Wolf Serno

Die sieben Todsünden

Gebeichtet zu Bologna 1576

Roman

KNAUR

Besuchen Sie uns im Internet:
www.knaur.de

FSC
www.fsc.org
MIX
Papier aus verantwortungsvollen Quellen
FSC® C083411

Originalausgabe September 2018
Knaur Taschenbuch

Ein Imprint der Verlagsgruppe
Droemer Knaur GmbH & Co. KG, München

Redaktion: Ilse Wagner
Covergestaltung: ZERO Werbeagentur, München
Coverabbildungen: © FinePic / shutterstock;
© Bridgeman images
Satz: Adobe InDesign im Verlag
Druck und Bindung: CPI books GmbH, Leck
ISBN 978-3-426-51721-5

2 4 5 3

Wie immer für mein Rudel:
Micky, Olli und Magda

Nicht zu vergessen:
Fiedler, Buschmann, Sumo und Eddi,
die schon auf der anderen Seite
der Straße gehen.

Wahrlich, wahrlich, ich sage euch,
wer Sünde thut,
der ist der Sünde Knecht.

Evangelium Johannis, 8, 34

Die religiösen Zitate des Romans
stammen überwiegend aus:

Die Bibel

Die ganze Heilige Schrift des
Alten und Neuen Testaments
Siebenundzwanzigster Abdruck
Gedruckt und verlegt von
B. G. Teubner in Leipzig, 1877

Eine Vorbemerkung zum Ort der Handlung

Bologna ist eine Stadt mit bewegter Vergangenheit. Ihre Geschichte reicht zurück bis ins Mittelalter, als sie eine unabhängige Kommune war, und weiter bis in die Zeit des Römischen Reiches, als sie eine Kolonie war und *Bononia* hieß. Noch früher lebten hier die Etrusker, die sie *Felsina* nannten, und das italische Volk der Umbrier. Davor die prähistorischen Steinzeitmenschen.

Gelegen in einer fruchtbaren Ebene am Fuße der Appeninen, war die Stadt seit jeher ein bevorzugter Lebensraum, ein pulsierender Handelsplatz und ein Knotenpunkt der Verkehrswege.

Ihre ursprüngliche Ausdehnung kann noch heute an den Überresten zweier Stadtmauern abgelesen werden. Der äußere Wall und die zwölf Tore bestanden vermutlich noch im Jahre 1576, zu einer Zeit also, in der die Handlung dieses Romans spielt. Sämtliche Hauptstraßen führten – gleich den Speichen eines unregelmäßigen Rades – ins Zentrum auf einen weitläufigen Zentralplatz: die Piazza Maggiore.

Damals wie heute wird die Piazza Maggiore beherrscht von der gewaltigen Basilika San Petronio, die nach dem Schutzheiligen der Stadt benannt ist. Ihre mächtigen Mauern überschatteten den angrenzenden Palazzo dei Notai, den Palast der Notare, in dem auch die Geldwechsler ihre Räume hatten. Gegenüber befand sich der Palazzo del Podestà, in dem die Ältesten residierten. An der dritten Seite der Piazza stand das beeindruckende, einer Festung gleichende Rathaus: der Palazzo Pubblico. Er war der offizielle Wohnsitz des vom Papst ernannten Legaten, der in allen Belangen das letzte Wort hatte. Er stand noch über der Regierung, die sich aus dem obersten Beamten, *Gonfalonier* genannt, sowie acht Konsuln und dem Senat zusammensetzte.

Auf dem Monte della Guardia, einem sich nach Südwesten erstreckenden Hügel, überragte das Kloster der Madonna di San Luca die Ebene. Es war eines von nicht weniger als sechsundneunzig Klöstern im Stadtgebiet.

Von den hoch aufragenden Wohntürmen, den sogenannten Geschlechtertürmen, die in früheren Zeiten durch wohlhabende Familien zum Schutz vor Angriffen errichtet worden waren, standen im späten sechzehnten Jahrhundert nur noch wenige, darunter die beiden berühmten, heute noch erhaltenen Türme Asinella und Garisenda.

Sie waren – wie nahezu alle Gebäude der Stadt – in Ermangelung von Marmor aus Ziegeln errichtet. Die Häuser schmiegten sich eng aneinander in Blocks, direkt an der Straße und direkt über den langen Arkaden, die noch immer typisch für Bologna sind. Von ihnen sagte man, sie seien angelegt zum Schutz vor Regen und Schnee – unter anderem für die vielen Studenten der Universität, die sich tags und nachts auf den Straßen herumtrieben oder bei feierlichen Anlässen in prächtigen Prozessionen mit ihren Professoren einherschritten.

Überhaupt spielte die äußere Erscheinung eine entscheidende Rolle. Strenge Regeln bestimmten die Etikette. Luxus und Zurschaustellung der Kleidung waren extrem. Kostbare Seiden und Brokate, goldene Ketten, Ringe und Knöpfe, Perlen und Juwelen waren in Mode, der Gebrauch von Puder und Parfum war gang und gäbe, das Färben der Haare sehr beliebt.

Daneben traten Aberglaube und Hexenwahn in hohem Maße zutage. Der Glaube an Astrologie, an die verborgene

Kraft von Edelsteinen und der mystische Einfluss von Worten und Zahlen waren weit verbreitet und beherrschten in nicht geringem Maße die Gedanken und das Schrifttum der Zeit.

Doch neben Glitzerwelt und Luxus zeichneten sich mehr und mehr Zerfallserscheinungen ab. Die Gesetzlosigkeit nahm zu. Posten und andere Ämter wurden an den Meistbietenden verschachert oder einem Verwandten zugeschanzt. Brutale Fehden zwischen einflussreichen Familien waren üblich. In den letzten Jahren unter Gregor XIII. (1502–1585) stieg die Zahl der Verbrechen ins kaum Erträgliche und behinderte den für die Stadt so notwendigen Handel beträchtlich.

Es waren die Armen und die Bettler, die Diener und die Tagelöhner, die am meisten unter den Gewalttaten litten. Hohe Steuern durch Adel und Kirche trugen zur Armut der Menschen bei. Kaminsteuern wurden oft mehrmals im Jahr erhoben, Salzsteuern ständig erhöht. Jede Ware, die in die Stadt kam, wurde ohne Ausnahme mit Abgaben belegt. Gegen Ende des Jahrhunderts drohte eine Hungersnot, und zehntausend Bettler hielten täglich die Hand auf.

So war die Situation, als sich gegen all den Protz und Prunk, gegen Armut und Not ein einzelner Priester stemmte. Sein Name war Pater Matteo, und er war Seelsorger einer kleinen Kirche namens Chiesa di San Simeone. Er setzte seine bescheidenen Kräfte dazu ein, den Menschen Hilfe zu bringen und Trost zu spenden – manchmal, wie er glaubte, mehr schlecht als recht, manchmal vielleicht ein wenig erfolgreicher. Aber immer im Namen des Herrn.

Beides, die kleine Kirche und Pater Matteo, hat es nie gegeben. Und doch können wir ihnen auch heute noch überall begegnen …

Die wichtigsten Personen in der Reihenfolge der Beichten

Pater Matteo – ein Priester, dem nichts Menschliches fremd ist, weil er nicht immer Priester war. Beichtvater und Seelsorger der Chiesa di San Simeone

Dovizio – Matteos »Küster, Koch und Kantor«. Brummig, aber treu

Gioacchino Pepoli – sein Hochmut wird nur von seiner Feigheit übertroffen. Beichtet deshalb die Sünden eines »Freundes«

Pamfalon – Patron der Gauklertruppe *Le Giocolieri*. Tritt als Ansager und Pulcinell auf

Lavinia – Pamfalons Tochter. Besitzt die seltsame Gabe, Zuschauer in Schlaf zu versetzen. Begeht Selbstmord aus Rache

Leonello und Leonardo – Zwillinge, Söhne von Pamfalon

Conor – ein gewitzter Bettler, stadtbekannt wegen eines klugen Raben, der auf den Namen Massimo hört

Doktor Marcello Galbaio – ein junger Arzt aus Berufung. Wohnt in einem Kuriositäten-Kabinett. Beichtet in einer katholischen Kirche, obwohl er Protestant ist

Umberto Fanti – der größte Geizhals Bolognas. Stirbt lieber, als auch nur einen einzigen Baiocco für Medikamente auszugeben

Die Witwe Memmo – eine Nachbarin, deren Hilfsbereitschaft den Geizhals Fanti nicht vor dem Tod bewahren kann

Alberto Dominelli – handelt mit lebensechten Miniaturnachbildungen, unter dem Leitsatz *Corpus in perfectio natura*

Violino – ein Jüngling, der wegen seiner engelsgleichen Stimme kastriert wird. Findet Zuflucht bei Pater Matteo

Marino – ein Bettler, der bis zu seinem Tod als *allacrimanto,* als Dauerweiner, arbeitet. Violinos Vater

Doktor Giorgio Fausto – ein teuflischer Alchemist mit pädophilen Neigungen. Will die Transmutation im Menschen nachweisen

Domenico Selvo – ein schwerreicher Seidenraupenzüchter. Sorgt dafür, dass Violino gegen seinen Willen kastriert wird

Bella – Selvos Töchterchen. Freundin Violinos

Pipo – ein Dieb und Frauenheld. Treibt Selvo durch einen wollüstigen Akt vor aller Augen in den Ruin

Meister Bruno – repariert den Beichtstuhl von San Simeone und baut das Gerüst für die Restauration der Fresken

Doktor Flabanico – soll Pater Matteos Knie heilen und nimmt stattdessen eine Aussatzschau an ihm vor

Nausica – eine junge Frau, die vergewaltigt wird und fast an der Abtreibung stirbt. Findet ein Zuhause bei Pater Matteo

Morna – eine alte Wehmutter, die nicht viel Worte macht und hilft

Sberleffo – ein Bettler und Grimassenschneider. Bringt die Menschen zum Lachen, indem er seine Nase in den Mund nimmt

Doktor Gaspare Tagliacozzi – ein Arzt, der zweifelhafte Heilmethoden anwendet. Behandelt Pater Matteos Knie mit warmem Schafsgedärm und zieht sich dessen Zorn zu

Gorgo – ein eingeschleppter Pestkranker aus Venedig. Stirbt trotz Pater Matteos aufopferungsvoller Pflege

Tullio Tegalliano – erscheint während des Karnevals als Satyr mit Phalli und Vulven auf der Brust. Geliebter von Giulia Anafesto

Giulia Anafesto – tritt während des Karnevals als verführerische Elfe auf. Geliebte des Satyrs

Anafesto – ein reicher Kunsthändler. Vater Giulias. Mitverursacher des *guerra balconale*, einer maßlosen Völlerei während der Karnevalstage

Riccardo Contarini – Sohn eines Weinhändlers. Geht aus Neid über Leichen und bereut seine Todsünde trotz allen Zuredens bis zuletzt nicht

Diotato Grimani – Freund und späterer Feind Riccardo Contarinis. Wird von diesem aus niederen Neidgefühlen ermordet

Meister Bonucci – Schirmmacher und Nausicas Vater. Verstößt seine vergewaltigte Tochter aus Angst vor dem Gerede der Nachbarn. Zeigt späte Reue und Einsicht

Filippo – Sohn eines Olivenbauern. Dieb und Faulpelz. Wettet, einem Mauerblümchen die Jungfernschaft stehlen zu können, ohne dass diese es bemerkt

Madalena Colberti – das Mauerblümchen. Ein hässliches Entlein, aus dem später ein Schwan wird. Verliebt sich in Filippo. Und umgekehrt

Gustavo – ein Dieb und Kumpan von Pipo. Will Filippo töten, weil er sich um die Wettsumme betrogen fühlt

Die erste der sieben Todsünden: Hochmut

superbia

Es war an einem der ersten Tage des Jahres 1576, als Pater Matteo wieder einmal Gelegenheit fand, Zwiesprache mit seinem Schöpfer zu halten. Er pflegte dies in der Sakristei seiner Kirche, der Chiesa di San Simeone, zu tun, wo er niederkniete und den Blick auf das kleine Kruzifix an der Wand richtete. »Herr«, sagte er, »es liegt geraume Weile zurück, dass ich um Deinen Rat und Deine Stärke gebeten habe. In der Zwischenzeit ist vieles geschehen, zu vieles, wenn Du mich fragst. Doch lass mich der Reihe nach berichten. Ich …«

In diesem Augenblick drang ein gewaltiges Poltern an sein Ohr, es schien aus dem Kirchenschiff zu kommen. Was ging da vor? Matteo erhob sich mühsam. Seit einigen Wochen plagten ihn Knieprobleme, was angesichts seines Alters – er zählte dreiundfünfzig Jahre – und der harten, kalten Steinfliesen in der Sakristei kein Wunder war. Er öffnete die Tür und sah an der gegenüberliegenden Wand vier Männer, die ein hölzernes Ungetüm heranschleppten. Es war der reparierte Beichtstuhl. Sie setzten ihn ächzend ab, hoben ihn wieder an und setzten ihn abermals ab. Offenbar wussten sie nicht, wo sein angestammter Platz war. Sie schnauften und schwitzten, und als einer der Träger den Pater entdeckte, rief er: »*Buon giorno,* Hochwürden, wir sollen uns bei Dovizio, dem Küster, melden!«

Matteo, ein Mann, dem das Leben schon manche Falte ins Gesicht geschnitzt hatte, war noch immer ungehalten über die Unterbrechung. »Ich weiß nicht, wo er steckt. Ich fürchte, ihr müsst mit mir vorliebnehmen.«

Der Träger lachte verlegen und wischte sich den Schweiß von der Stirn. »Wir wollten Euch nicht stören, Hochwürden.«

»Nun ja.« Matteo musste zugeben, dass der Beichtstuhl von San Simeone in der Tat ziemlich schwer war, ein Möbel aus massivem Eichenholz, geschlossen, zweigeteilt und hoch wie ein Schrank. Niemand, auch nicht der stärkste Mann, vermochte ihn geräuschlos zu transportieren. »Wo habt ihr denn euren Meister gelassen?«, fragte er versöhnlich.

»Meister Bruno ist in der Werkstatt, Hochwürden. Wir sollen auch recht schön grüßen.«

»Danke, eigentlich hatte ich erwartet, dass er mir das Ergebnis seiner Reparaturarbeit persönlich zeigt. Aber es scheint ja alles in Ordnung zu sein. Der Platz des Beichtstuhls ist übrigens auf der gegenüberliegenden Seite des Kirchenschiffs, ihr müsst euch also noch einmal bemühen.«

Die Träger unterdrückten eine Verwünschung und hoben das schwere Gebilde erneut an. Mit roten Gesichtern und geschwollenen Adern bugsierten sie es um die Bankreihen herum, setzten es ab und wollten sich aufatmend davonmachen, doch Matteo hielt sie auf. »Einen Augenblick noch. Ich muss etwas überprüfen.«

»Ja, Hochwürden.«

Matteo betrachtete das Dach des Beichtstuhls und die dort inmitten von Rosenreliefs hineingeschnittenen Buchstaben. Es waren acht Versalien, die zusammen das Wort IGNOSCAM ergaben. Er prüfte jeden Buchstaben genau, denn Meister Bruno war des Lateinischen nicht mächtig und hätte leicht einen Fehler machen können.

»Es ist alles richtig«, stellte Matteo erleichtert fest. »Bestellt eurem Meister meinen Dank.«

»Wird gemacht, Hochwürden.«

Die Träger bekreuzigten sich und strebten dem Ausgang

zu, doch Matteo war noch etwas eingefallen: »Und richtet ihm aus, er möge bei der Berechnung seiner Kosten nicht vergessen, dass dieses Gotteshaus zu den ärmsten der Gemeinde San Salvatore gehört.«

»Ja, Hochwürden.«

Sie verschwanden endgültig, und Matteo war wieder allein in seiner Kirche. Allein mit dem Beichtstuhl. Er strich mit der Hand über das grob gemaserte, vom Zahn der Zeit dunkel gefärbte Holz. Es fühlte sich warm und vertraut an. Und es roch schwach nach Weihrauch. Eine Eigenschaft, die von den zahllosen Messen herrührte, bei denen Dovizio das Thuribulum schwenkte, um den Altar, das Altarkreuz und die Reliquien zu beräuchern, während Matteo im vollen liturgischen Ornat das Kirchenschiff betrat, um den Gottesdienst zu beginnen.

Er schloss die Augen, genoss für einen Moment den Duft des Holzes und nahm wie von selbst seinen Platz im Beichtstuhl ein, den Platz des Zuhörens, des Verstehens und – sofern der Sünder Reue zeigte – den Platz des Vergebens. Er betrachtete das Gitterfenster mit dem rautenförmigen Muster, das Priester und Beichtenden trennte, und zog den Vorhang zu. Nun drang das Licht nur noch gedämpft zu ihm herein, während er selbst vollständig im Dunkeln saß. Oftmals hatte er darüber nachgedacht, warum der Priester in jedem Fall unsichtbar bleiben musste, warum die Beichte stets im Flüsterton stattfand, warum das Bußgespräch so ehernen Regeln unterworfen war. Wäre es der Sache des Herrn nicht manchmal dienlicher, fragte er sich, wenn ein strenges Wort von einer strengen Miene, ein aufmunterndes Wort von einer aufmunternden Miene begleitet würde? Indes, das zu beurteilen durfte er sich nicht anmaßen. Das Sakrament der Beichte war ein jahrhundertealtes Ritual und hatte sich vieltausendmal bewährt …

»Hochwürden?«

Matteo schreckte aus seinen Gedanken auf. Hinter dem Vorhang erkannte er im matten Licht einen Kopf. »Ja, ich bin hier«, antwortete er leise.

»Ich möchte beichten.«

Matteo seufzte unhörbar. Auf das geliebte Zwiegespräch mit seinem Schöpfer würde er zunächst wohl verzichten müssen.

Andererseits hatte jeder Gläubige das Recht und die Pflicht zu beichten, mehrmals im Jahr, je nachdem, wie viel Schuld er auf sich geladen hatte. Wer krank war, auf Reisen war oder andere triftige Gründe anführen konnte, dem Bußsakrament fernzubleiben, sollte versuchen, wenigstens ein Mal pro Jahr die *Confessio* abzulegen, und das möglichst am Osterfest. Bis zum Auferstehungstag Christi war es in diesem Jahr noch geraume Weile hin, aber vielleicht war die Schuld des Sünders besonders groß.

»Ich werde Euch die Beichte abnehmen«, sagte Matteo und wartete auf die Anfangsformel der Beichte, die von der anderen Seite kommen musste.

Als es still blieb, räusperte Matteo sich. »Es ist wohl einige Zeit her, dass Ihr Eure Vergehen vor Gott dem Herrn bekannt habt?«

»Warum, Hochwürden?«

»Weil Ihr, wie es scheint, die Anfangsformel der Beichte vergessen habt. Schlagt das Kreuz, dann will ich sie für Euch sprechen.«

»Gut, ich habe es geschlagen.«

»*In nomine patri et filii et spriritus sancti. Amen.* Merkt Euch den Satz für das nächste Mal.«

»Wie Ihr meint, Hochwürden.«

»Gott, der unser Herz erleuchtet, schenke dir wahre Erkenntnis deiner Sünden und Seiner Barmherzigkeit«, sprach

Matteo den Anschlusstext und fuhr fort: »Nun sagt mir, was Euch bedrückt.«

»Ich habe gesündigt.«

»Etwas genauer müsst Ihr schon werden.«

»Verzeiht, Hochwürden, kann ich sicher sein, dass kein Sterbenswort aus diesem Kasten an die Öffentlichkeit dringt?«

Matteo verspürte Unmut. »Alles, was Ihr sagt, sagt Ihr *sub rosa,* also unter der Rose. Die geschnitzte Rose schmückt diesen ›Kasten‹, wie Ihr ihn nennt, in üppiger Pracht, sie ist das Zeichen der Verschwiegenheit. Seid versichert, ich werde das Beichtgeheimnis in jedem Fall wahren.«

»Nun gut, meine Sünde besteht darin, einen, äh, Freund nicht von seiner Sünde abgehalten zu haben.«

»Das ist eine eher ungewöhnliche Verfehlung.«

»Ich fürchte, dafür wiegt die Schuld meines Freundes umso schwerer.«

»Wollt Ihr mir seinen Namen nennen?«

»Auf keinen Fall.«

»Schon gut, es war nur eine Frage.«

»Mein Freund wäre gewiss nicht damit einverstanden, wenn sein Name …«

»Seine Anonymität wird, wenn er es wünscht, selbstverständlich respektiert. Wollt Ihr mir wenigstens sein Alter verraten?«

»Mein Freund ist einundzwanzig.«

»Schön, und wie steht es mit Eurem Alter?«

»Ist das wichtig, Hochwürden?«

»In der Tat.« Matteo bezwang seine aufkommende Ungeduld und sprach ruhig weiter. »Weil eine Sünde bei einem achtzehnjährigen Heißsporn anders zu bewerten ist als bei einem vierzigjährigen Mann.«

»Das leuchtet ein. Ich bin, äh, auch einundzwanzig.«

»Also noch ein junger Mann. Und nun erzählt mir, was Euch und Euren Freund bedrückt. Zuvor aber noch eine Frage: Wäre es nicht besser, wenn er ebenfalls zur Beichte käme?«

»Zweifellos, Hochwürden.«

»Und warum tut er es nicht?«

»Ich hoffe, er tut es.«

Matteo gewann allmählich den Eindruck, dass sein Gegenüber ihm die Zeit stehlen wollte. Wahrscheinlich handelte es sich bei dem Vergehen, das ihm gleich zu Ohren kommen würde, nur um eine Belanglosigkeit, vielleicht war das Ganze sogar nur ein Studentenstreich, bei dem es darum ging, einen Priester an der Nase herumzuführen. Bologna, die altehrwürdige Universitätsstadt, in der seine Kirche stand, wurde zwar allgemein *la dotta,* »die Gelehrte«, genannt, man hätte sie aber genauso gut *la irriverenta,* die »Respektlose«, oder *l'atea,* »die Gottlose«, rufen können. »Ich denke, wir sollten keine Zeit mehr verlieren. Also bitte, beginnt.«

»Jawohl, Hochwürden. Ich muss vorausschicken, dass es sich bei meinem Freund um den Sohn eines der reichsten Männer der Stadt handelt. Der Vater ist Seidenkaufmann.«

»Seidenkaufmann?«

»Ja, er besitzt ein prächtiges Anwesen in der Via … aber der genaue Wohnort tut nichts zur Sache. Jedenfalls liegt das Anwesen in der Gemeinde San Mamolo.«

»Fahrt fort.« Matteo wusste, dass in der Gemeinde San Mamolo tatsächlich eine Reihe gut betuchter Seidenkaufleute lebte. Vielleicht, überlegte er, handelt es sich doch nicht um einen Studentenstreich. Immerhin wird Bologna auch die Stadt der Seidenweberei genannt.

»Der Vater meines Freundes gab eines Tages ein großes Fest in seinem Haus. Er hatte es von langer Hand vorbereiten lassen, denn das Ereignis sollte alles in den Schatten stellen, was die Gemeinde je gesehen hatte. Wem die Ehre zuteilwurde, eine Einladung zu erhalten, nahm dies zum Anlass, seine schönsten Gewänder hervorzuholen. Seide, Atlas und Brokat, schillerndes Organza, feinstes Tuch und edelster Schmuck bestimmten das Bild, als die Gäste zur genannten Stunde eintrafen. Überall blitzten goldene Ketten und Juwelen auf, erlesene Aromen von Duftkugeln durchzogen die Räume. Man lachte und plauderte, übergab der Dienerschaft beim Hereinkommen die pelzverbrämten Übermäntel, und der Vater meines Freundes begrüßte jeden Gast persönlich. Nicht nur, weil dies die Höflichkeit gebot, sondern auch, weil viele der Geladenen zu den Honoratioren der Stadt gehörten, die ihm bei seinen vielfältigen Geschäften von Nutzen sein konnten. Zu alledem spielten die besten Musikanten auf. Der Klang von Schalmeien, Flöten und Fideln füllte die Räume, Trommel und Triangel gaben den Takt dazu an.«

An dieser Stelle räusperte sich Matteo und sagte: »Es mag ein Merkmal unserer Zeit sein, dass manch einem die Zurschaustellung von Prunk und Pracht fast wichtiger erscheint als die Luft zum Atmen. Aber allein darin kann ich noch keine schwerwiegende Sünde erkennen. Im Übrigen: Welche Rolle spielte Euer Freund bei der Feier? Bisher habt Ihr ihn mit keiner Silbe erwähnt.«

»Mein Freund, Hochwürden, war an der Seite seines Vaters. Er war zum Nachfolger des Handelshauses bestimmt und sollte bei dieser Gelegenheit in die Gesellschaft eingeführt werden.«

»Ihr sprecht stets nur von dem Vater. Wo war die Mutter bei diesem Fest?«

»Der Vater ist Witwer. Seine Frau starb vor einigen Jahren an Bluthusten. Doch lasst mich weitererzählen: Nach der

Begrüßung führte der Vater seine Gäste zu dem großen Festsaal, in dem getafelt werden sollte. Auf den Tischen bog sich alles, was Küche und Keller hergegeben hatten: erlesenste Speisen von Rind, Lamm und Wildschwein, dazu Braten und Pasteten, Würste und Schinken – Fleisch, so weit das Auge reichte, eine Orgie aus Fleisch, der die Vielfalt des Geflügels in nichts nachstand. Der Gaumen des Feinschmeckers konnte wählen zwischen Fasan und Wachtel, Kapaun, Schwan und sogar Pfau. Fische und Suppen hingegen gab es nicht, denn der Vater war der Meinung, derlei fade Kost sei der Fastenzeit vorbehalten. Stattdessen lockten die verschiedensten kandierten Früchte und feinstes Zuckerwerk – Stück für Stück so delikat angerichtet, dass den Gästen das Wasser im Munde zusammenlief.«

Matteo erging es in diesem Augenblick ähnlich, denn das Einzige, was er bisher zu sich genommen hatte, war ein Becher Brühe am Morgen – der Rest einer Gemüsemahlzeit, die Dovizio für sie beide am Tage zuvor aufs Feuer gesetzt hatte. Der Küster war kein guter Koch und würde es niemals werden, doch Matteo war froh, dass er überhaupt jemanden hatte, der in dem kleinen Wohnhaus neben San Simeone die Küchenarbeit für ihn erledigte. Laut sagte er: »Eure Schilderung lässt an Genauigkeit nichts zu wünschen übrig. Allerdings habt Ihr mir noch nicht verraten, welche Rolle Ihr bei der Feier gespielt habt. Wart Ihr selbst anwesend?«

»Nein, Hochwürden. Es ist so, dass mein Freund mir die gesamte Geschichte bis ins Kleinste berichtet hat, vielleicht, weil es ihm half, die große Schuld, die er auf sich lud, besser zu ertragen.«

»Ich verstehe.« Matteo sah ein, dass er sich noch gedulden musste.

»Nachdem die Gäste den Speisen kräftig zugesprochen hatten und die Diener nicht müde geworden waren, roten

Lambrusco aus gläsernen Karaffen nachzuschenken, lockerte sich die Stimmung mehr und mehr auf. Das Geschehen verlagerte sich in die große Säulenhalle, die zum Garten hin offen ist. Die Dämmerung setzte ein. Fackeln und Lampions verbreiteten Licht, Kohlebecken spendeten angenehme Wärme. Die Musikanten folgten den Gästen und setzten ihre Darbietung auf einer Bühne in der Halle fort. Die Melodie einer langsamen Pavane erklang, als Aufforderung, den Abend mit einem Schreittanz zu eröffnen.

Doch bevor die ersten Schritte gesetzt wurden, ergriff der Vater das Wort. Er nutzte die Gelegenheit, um seine Gäste noch einmal in aller Form zu begrüßen und sie mit einem eigens zu diesem Zweck verfassten Poem zu erfreuen. Das Gedicht war einfach, kam ohne rhetorische Effekte und ohne geschwollene Worte aus und erhielt deshalb großen Beifall. Der Vater bedankte sich mit einer kleinen Verbeugung. Er wusste: Das Schreiben von Versen machte Eindruck. Es war in der feinen Gesellschaft Bolognas ebenso in Mode wie das Tragen von bunten Baretten oder tief geschlitzten Ärmeln.

Nachdem der Applaus verklungen war, forderte der Vater eine alte Freundin zur Pavane auf, um den Anfang zu machen. Obwohl der Wein ihm schon zu Kopf gestiegen war, gelang es ihm, die Schrittkombinationen nach links und rechts mit der gebotenen Würde auszuführen, und alsbald taten es ihm mein Freund und die anderen Herren mit ihren Damen nach. Anschließend erklang eine Gaillarde, ein Springtanz, der Kraft und Ausdauer erforderte, weshalb mehrere ältere Paare die Tanzfläche verließen.

So reihte sich Tanz an Tanz, und mancher Gast dachte bereits an den Aufbruch, als der eigentliche Höhepunkt des Abends nahte. Er kündigte sich an mit einem machtvollen Anschwellen der Musik, die lauter und immer lauter wurde, um dann ganz plötzlich auszusetzen. In der entstehenden Stille trat ein zierlicher Mann auf die Tanzfläche. Er trug ein Kostüm wie ein neapolitanischer Pulcinell, hatte eine Zipfelmütze auf dem Kopf und ein sackartiges, knöchellanges Hemd über dem Leib. Das Hemd bestand lediglich aus braunen und roten Flicken – ein Aufzug, der im Vergleich zu den kostbaren Gewändern der Gäste lächerlich wirkte und deshalb umgehend für Heiterkeit sorgte.

Der zierliche Mann schien das Lachen kaum zu hören. ›Mein Name ist Pamfalon‹, sagte er mit großem Ernst, ›ich bin Patron einer Gauklertruppe, die sich schlicht *Le Giocolieri* nennt. Wir haben an diesem Abend die Ehre, Euch mit unseren Künsten zu erfreuen.‹ Während er das sagte, war er wie zufällig an einigen der Umstehenden vorbeigegangen, machte halt und fragte: ›Vermisst Ihr nichts?‹

Die Gäste schauten sich an und schüttelten die Köpfe.

Pamfalon griff in eine seiner tiefen Taschen. ›Dann fehlt Euch dieses sicher auch nicht.‹ Seine Hand tauchte auf und präsentierte im Licht der Lampions einige Broschen und Fibeln. Erstaunte Rufe der Besitzer, die erst jetzt ihr Eigentum vermissten, waren die Antwort.

›Ihr sollt alles, was Euch gehört, zurückbekommen‹, versicherte Pamfalon und steckte die Gegenstände in seine Tasche zurück. Dann nickte er einer jungen Frau zu. ›Eine der Broschen gehört Euch. Holt sie Euch heraus.‹

Als die junge Frau ihn unsicher ansah, gestattete er sich ein Lächeln. ›Oder fürchtet Ihr Euch vor einem alten Mann?‹

Die Frau kicherte verlegen, doch dann griff sie zu und machte ein verdutztes Gesicht.

Pamfalon fragte: ›Findet Ihr nichts?‹

›Nein, eben war die Brosche doch noch …?‹

Daraufhin bat Pamfalon einen stattlichen Herrn, sein Eigentum zurückzunehmen, und auch dieser fand nichts in der Tasche.

So ging es weiter, sehr zum Erstaunen aller Gäste, die mittlerweile einen Halbkreis um Pamfalon gebildet hatten. Der zierliche Mann trat einige Schritte zurück, damit jeder ihn gut sehen konnte, und sagte: ›Vielleicht ist es kein Zufall, dass meine Tasche leer war. Ich bitte diejenigen, die etwas vermissen, ihre Kleidung zu überprüfen.‹

Die Gäste taten, wie ihnen geheißen, und zur Verblüffung aller befand sich jedes der verschwundenen Schmuckstücke wieder an seinem ursprünglichen Platz.

›Das ging nicht mit rechten Dingen zu!‹, rief einer. ›Wie habt Ihr das nur fertiggebracht?‹

Pamfalon streckte ihm seine Hände entgegen. ›Damit, Messer, mit nichts anderem. Seid versichert, es war keine Zauberei im Spiel. Die Kunst, Gegenstände verschwinden und wieder auftauchen zu lassen, verlangt nur etwas Geschicklichkeit und Ablenkung, nicht mehr.‹

Auch wenn es über das Vorstellungsvermögen der Gäste hinausging, glaubten sie dem zierlichen Mann, und dieser schien erleichtert …«

Hier unterbrach Matteo die ungewöhnliche Beichte und sagte: »Der Gaukler-Patron kann von Glück sagen. Nicht jedes Mal lässt sich ein Verdacht so leicht ausräumen.« Er dachte an eine Hexenverbrennung, die noch keine fünf Jahre zurücklag. In Rom war es gewesen, wo eine Frau auf dem Scheiterhaufen qualvoll starb. Er wusste nicht, was man ihr vorgeworfen hatte, außer, dass sie rothaarig war, er wusste nur, dass der Ankläger Girolamo Menghi hieß, ein Franziskaner-Minorit und ein großer Glaubenseiferer obendrein, der es sich zur Aufgabe gemacht hatte, jegliche Art von Besessenheit und Zauberei zu verfolgen. Menghi war im Klerus durchaus nicht unumstritten, und auch Matteo gehörte zu den Zweiflern, die mehr Besonnenheit und weniger Blindgläubigkeit anmahnten. Nicht zuletzt, weil vielerorts Aberglaube und Astrologie, dazu der Einfluss von mystischen Worten und Zahlen sowie das Bekenntnis zu der verborgenen Kraft von Edelsteinen zusehends um sich griffen. »Nun fahrt fort.«

»Jawohl, Hochwürden. Ich sagte, Pamfalon, der Gaukler-Patron, sei erleichtert gewesen, als er sah, dass man seine Darbietung nicht für Zauberei hielt. Er setzte sein Programm fort, wobei er es sich nicht nehmen ließ, einige Male zu erklären, welche Täuschung sich hinter dem Kunststück verbarg. Auch bei dem Trick mit dem Seidentuch verfuhr er so. Er bat einen der anwesenden Gäste zu sich und hieß ihn, sich auf einen bereitgestellten Stuhl zu setzen. Dann verwickelte er den Mann in ein Gespräch und begann, ein rotes Seidentuch in sein linkes Ohr zu stopfen. Die Gäste lachten und fragten sich, was als Nächstes geschehen würde. Sie sollten nicht lange warten müssen. Pamfalon wanderte um den Mann herum und zog zur Verblüffung aller das Tuch aus dem anderen Ohr heraus.

›Das ging nicht mit rechten Dingen zu!‹, rief wieder einer. Doch Pamfalon erklärte, er habe – unter aller Augen, doch unbemerkt – zuvor ein gleiches Tuch in das andere Ohr gestopft. Zum Beweis zog er das erste Tuch aus dem linken Ohr heraus. ›Seht Ihr, edle Herrschaften, zur Täuschung bedarf es nur einiger Geschicklichkeit und Ablenkung.‹ Er hielt inne und fuhr fort: ›Und in diesem Fall zweier gleicher Tücher.‹

Die Gäste klatschten.

Pamfalon bedankte sich bei dem Mann und entließ ihn. ›Bei der folgenden Darbietung werden jedoch weder Ablenkung noch Geschicklichkeit zum Einsatz kommen‹, kündigte er an, woraufhin einige der Gaukler eine schwere Truhe auf die Tanzfläche trugen. Ein Jüngling, keine sechzehn Jahre alt, folgte der Truhe und verbeugte sich in alle Richtungen.

›Das ist mein Sohn Leonello‹, stellte Pamfalon ihn vor. ›Bitte achtet genau darauf, was er tut.‹

Leonello hob den Deckel an und kletterte in das Behältnis, bis er vollständig verschwunden war. Nur sein Arm reckte sich noch einmal nach oben und schloss den Deckel. Pamfalon verriegelte die Truhe. Darüber hinaus bat er zur allgemeinen Erheiterung zwei gewichtige Gäste, sich auf den Deckel zu setzen, um auf jeden Fall zu verhindern, dass Leonello aus seinem Gefängnis ausbrechen könne.

Dann geschah erst einmal nichts.

Alle starrten auf die Truhe. Die beiden gewichtigen Herren. Die Gäste. Der Vater. Und mein Freund. Sie warteten, dass etwas geschehe, doch es geschah nichts – nur Pamfalon lächelte fein. Als die Spannung schließlich in Unruhe umzuschlagen drohte, sagte er: ›Edle Herrschaften: Niemand wird es mir glauben, aber mein Sohn war die ganze Zeit nicht eingeschlossen. Er war die ganze Zeit unter Euch!‹

Kaum hatte er das gesagt, trat Leonello aus der Mitte der Gäste heraus, ging zu seinem Vater und verbeugte sich nach allen Seiten.

Ungläubiges Staunen schlug ihm entgegen.

›Schaut ihn Euch genau an‹, befahl Pamfalon. ›Er ist es.‹

Das taten die Gäste. Und sie mussten erkennen, dass es sich um keinen anderen als Leonello handelte.

›Das ging nicht mit rechten Dingen zu!‹, rief zum dritten Mal einer.

›Doch, das tat es‹, widersprach Pamfalon. ›Lasst es mich Euch beweisen.‹ Er trat an die Truhe heran, entriegelte das Schloss und hob den Deckel.

Alle hielten den Atem an.

Aus der Truhe stieg Leonello. Oder besser: ein Jüngling, der ihm aufs Haar glich.

Pamfalon wies mit der Hand auf beide. »Darf ich vorstellen, edle Herrschaften: meine Söhne Leonello und Leonardo. Sie sind Zwillinge, die niemand auseinanderzuhalten vermag – und sie sind der Beweis dafür, dass soeben alles mit rechten Dingen zuging.‹

Erneut brandete Beifall auf.

Als er verebbte, setzte die Musik wieder ein. Fidel, Trommel und Schellenring spielten eine schnelle Moriskenmelodie, eine Weise, die sich bei Hofe und Adel zunehmender Beliebtheit erfreute, da der dazugehörende Tanz von Kraft und körperlicher Gewandtheit geprägt war. Doch wer sollte ihn ausführen?

Ein dritter Jüngling erschien, noch knabenhafter in seiner Erscheinung als Leonello und Leonardo, doch ungleich auffälliger gekleidet. Er trug ein mit Adlerfedern geschmücktes Barett, ein salamandergrünes Wams, eine resedafarbene Puffhose und storchenrote Beinlinge.

›Meine Tochter Lavinia!‹, rief Pamfalon nicht ohne Stolz.

›Eure Tochter?‹, kam es ungläubig zurück.

Pamfalon lachte zum ersten Mal an diesem Abend. ›So ist es, edle Herrschaften. Denn unter buntem Tuch lässt sich vieles verbergen: Armut oder Reichtum, Alter oder Jugend, Mann oder Frau. Lavinia jedenfalls ist eine Frau. Sie wird tanzen für Euch, und sie wird Euch‹ – er machte eine bedeutungsvolle Pause – ›ganz sicher in ihren Bann schlagen.‹

Sowie seine letzten Worte verklungen waren, riss Lavinia sich das Barett vom Kopf, und schwarze, lockige Haare quollen hervor.

Ein Raunen ging durch die Gäste. Die Musik wurde lauter und schneller. Lavinia begann zu tanzen. Sie wiegte sich im Rhythmus der Melodie, flocht eine erste Körperdrehung in ihre Darbietung ein. Es folgte einer der für den Moriskentanz charakteristischen Sprünge, dann ein zweiter, ein dritter, wobei sie Hände und Finger auf seltsame Art kreisen ließ. Tiefe, nie gehörte Laute entrangen sich ihrer Kehle. Sie wirkte wie ein schönes Tier, wie eine Katze, mal schien sie sich an die Gäste heranzupirschen, mal schien sie auf der Flucht zu sein. Doch ständig blieb sie in Bewegung, ihr Körper spannte und entspannte sich mit akrobatischer Fertigkeit, ihre Füße berührten den Boden kaum. Dann, mit einem gewaltigen Sprung, landete sie wieder in der Mitte der Tanzfläche, wo weitere Gaukler erschienen waren, um gemeinsam mit ihr weiterzutanzen.

Alsbald folgten einige der Gäste dem Beispiel. Die mutigsten und jüngsten waren es, und auch mein Freund war unter ihnen. Er und Lavinia fanden sich im Spiel der gemeinsamen Bewegungen, sie tanzten umeinander herum, aufeinander zu und voneinander fort, ergänzten sich auf ideale Weise, und wenn Lavinias Schritte zuvor denen einer jagenden Katze geglichen hatten, so schien sie jetzt selbst die Gejagte zu sein. Denn immer näher kam mein Freund ihr, immer stärker schien er sie zu bedrängen – bis sie sich abermals mit einem gewaltigen Sprung von ihm löste und einen Arm hochriss, um der Musik Einhalt zu gebieten.

Die Melodie brach ab. Die Tänzer hielten atemlos inne und verließen die Tanzfläche. Gleiches taten die Gaukler. Nur Lavinia und mein Freund blieben. Sie sahen sich schweigend an, und sie spürten, dass der Tanz ein Band um sie geknüpft hatte. Pamfalon, der sich die ganze Zeit im Hintergrund gehalten hatte, trat hinzu und wandte sich an die Gäste: ›Edle Herrschaften, der Moriskentanz soll nur der Auftakt zu einer weit ungewöhnlicheren Darbietung gewesen sein, denn meine Tochter Lavinia beherrscht eine Kunst, die ihresgleichen sucht. Zur Ausübung dieser Kunst bedarf es äußerster Ruhe – und eines Freiwilligen. Wer von Euch traut es sich zu, ihr zu assistieren?‹

›Ich!‹, rief mein Freund, bevor ihm ein anderer zuvorkommen konnte. ›Ich traue mir das zu.‹

Einen Herzschlag lang sah es so aus, als sei es Pamfalon nicht recht, dass mein Freund die Aufgabe übernahm, doch der Augenblick ging vorüber, und der Gaukler-Patron sagte: ›Wohlan, Lavinia, beginne rasch, denn ich glaube, dass dein Assistent bereits sehr müde ist.‹

Die Gäste lachten, da mein Freund alles andere als müde wirkte. Er hatte vielmehr nur Augen für Lavinia. Diese schien es nicht zu bemerken. Sie hob abermals einen Arm, und sofort kehrte Ruhe ein. ›Ich glaube, mein Vater hat recht‹, sagte sie mit dunkler, eindringlicher Stimme, einer Stimme, die in seltsamem Gegensatz zu ihrem schlanken Körper stand. ›Ihr seid müde.‹

Mein Freund lachte. Doch dann begegnete er Lavinias Augen, und sein Lachen erstarb. Er wusste nicht, warum, aber irgendetwas war in ihrem Blick, das ihn fesselte. Waren es zuvor ihr Tanz und ihre Ausstrahlung gewesen, die ihn in ihren Bann gezogen hatten, so waren es jetzt die Augen. Es waren bernsteinfarbene Augen, Augen von tiefer Unergründlichkeit, Augen, durch die sie zu sprechen schien.

›Ihr seid müde‹, wiederholten die Augen, ›sehr müde, es wäre besser, wenn Ihr Euch schlafen legtet.‹

Während dieser Worte hatten mehrere Gaukler ein Bett mit Decken und Daunenkissen herbeigetragen und stellten es neben Lavinia ab. Mein Freund bemerkte es nicht. Alle seine Sinne konzentrierten sich auf die Augen vor ihm.

›Wollt Ihr Euch schlafen legen?‹, fragten die Augen.

Mein Freund nickte.

›Das ist gut, denn es ist kalt. Sehr, sehr kalt. Es war lange nicht so kalt wie heute. Friert Euch?‹«

»Verzeiht, wenn ich Euch abermals unterbreche«, sagte Matteo, dem die Kälte selbst in die Glieder kroch. Man schrieb Anfang Januar, und in seiner Kirche herrschten eisige Temperaturen. San Simeone war schon immer ein armes Gotteshaus gewesen, in dem an allem gespart werden musste, selbst am Holz zum Heizen. Anders als in San Rocco, einer prächtigen Basilika, die nur wenige hundert Schritte entfernt lag. Dort waltete Pater Edoardo seines Amtes und las alljährlich die Messe anlässlich der Prozession der Seidenweber, eines farbenprächtigen Umzuges, der durch das gesamte Viertel führte und erst vor dem mit Blattgold und Juwelen geschmückten Altar endete. Der heilige Rocco war der Schutzpatron der Seidenweber, und diese ließen es sich nicht nehmen, ihm für seine Hilfe zu danken, indem sie seiner Kirche großzügige Geschenke machten. Doch Matteo wollte nicht undankbar sein. Er war ein Spätberufener, der viele Jahre als Medicus gearbeitet hatte, bevor ein einschneidendes Erlebnis ihn dazu bewog, sein Leben dem Dienst an Gott zu widmen, und er war froh, in San Simeone sein eigenes, bescheidenes Reich gefunden zu haben. Wenn es doch bloß nicht so bitterkalt wäre! »Braucht Ihr für Euren Bericht noch lange?«, fragte er.

»Ich fürchte, es dauert noch ein wenig, Hochwürden.«

Matteo zog die Kutte enger um den Leib. »Nun ja, nirgendwo steht geschrieben, dass eine Beichte kurz sein muss. Allerdings ist mir bisher nicht klar geworden, welcher Sünde Ihr Euch schuldig gemacht habt. Fahrt fort.«

»Danke, Hochwürden. Lavinia fragte also meinen Freund, ob ihn friere, woraufhin dieser nickte.

›Das ist kein Wunder‹, sagte sie, ›denn Ihr seid völlig unbekleidet. Seht nur an Euch herunter, Ihr habt überhaupt nichts an. Habt Ihr etwas an?‹

Mein Freund schüttelte den Kopf.

Einige der Gäste lachten, doch Lavinia hob den Arm und gebot Ruhe. ›Ihr müsst zu Bett, denn Ihr seid nackt und müde. Und Euch ist kalt. So kalt, dass Ihr mit den Zähnen klappert.‹

Mein Freund nickte und klapperte mit den Zähnen.

›Nun legt Euch hin. Und deckt Euch sorgfältig zu, denn es ist kalt. Und wenn Ihr Euch zugedeckt habt, werdet Ihr schlafen. Ihr werdet tief schlafen, ganz tief, und alles, was um Euch herum geschieht, werdet Ihr nicht erkennen. Es wird sein wie ein Traum. Und wenn ich mit den Fingern schnippe, werdet Ihr wach werden und Euch an nichts erinnern.‹

Mein Freund ging zum Bett und legte sich hinein. Seine Bewegungen glichen denen einer Maschine, sein Gesichtsausdruck war leer. Die Gäste starrten ihn an. Sie sahen, wie er die Augen schloss und sofort einschlief.

›Das ist vorher abgesprochen!‹, platzte einer der Gäste heraus. ›Ich wette, der Junge schläft nicht. Der tut nur so.‹

›Richtig, das Ganze ist ein abgekartetes Spiel‹, bekräftigte ein Zweiter.

Und ein Dritter meinte: ›Selbst wenn es kein Spiel sein sollte, bei mir würde der Blick nicht wirken.‹

Pamfalon, der auf den letzten Rufer aufmerksam geworden war, wandte sich höflich an ihn: ›Wenn Ihr einverstanden seid, Messer, nimmt Lavinia Euch beim Wort. Kommt auf die Tanzfläche und schaut ihr in die Augen.‹

Die Aufforderung kam dem Mann – es handelte sich um jenen, dem Pamfalon das Tuch aus dem Ohr gezogen hatte – jedoch zu plötzlich. Der Mut verließ ihn. Er murmelte irgendetwas und tauchte in der Menge der Gäste unter.

Dafür meldete sich ein anderer. Ein munterer Vierziger, der als *gargiolaro* zu Geld gekommen war. ›Wir Seilmacher sehen immer gern einer schönen Frau in die Augen!‹, rief er laut und hatte die Lacher auf seiner Seite.

Doch als er Lavinia gegenüberstand, verstummte er.

›Ein Seilmacher seid Ihr also‹, sagten Lavinias Augen. ›Das ist ein schöner Beruf. Ich sehe, wie Ihr in Eurer Werkstatt steht und die Fäden mit der Seilerkurbel zusammendreht. Seht Ihr Euch auch? Ihr steht an der Seilerkurbel und stellt ein kräftiges Tau her. Seht Ihr Euch?‹

Der *gargiolaro* nickte.

›Dann dreht nur weiter an der Kurbel.‹

Der Mann begann, ein unsichtbares Rad zu drehen.

›Ihr werdet so lange die Kurbel betätigen, bis ich mit dem Finger schnippe. Dann werdet Ihr aufhören und Euch an nichts erinnern. Habt Ihr das verstanden?‹

Der *gargiolaro* nickte, während seine Hand unablässig das unsichtbare Rad drehte.

Auf den Gesichtern der Gäste spiegelte sich eine Mischung aus Ungläubigkeit und Belustigung wider. Doch Lavinia hatte schon weitere Gäste zu sich gebeten. Während der *gargiolaro* fortfuhr, sein Rad zu drehen, und mein Freund im Bett tief zu schlafen schien, sorgte sie dafür, dass ein alter Mann, der unter ständiger Heiserkeit litt, ein fröhliches Karnevalslied anstimmte, weil er glaubte, die Zeit der Masken und der Tänze sei gekommen.

Es folgten zwei Frauen, die allgemein als spinnefeind bekannt sind. Nachdem Lavinias Augen zu ihnen gesprochen hatten, umarmten sie sich, herzten einander und küssten sich auf die Wangen.

Danach kam ein eher billig gekleideter Mann, Umberto Fanti mit Namen, der als einer der geizigsten Kaufleute Bolognas gilt. Seine Hand, die sonst jeden Baiocco zwei Mal umdreht, bevor sie ihn ein Mal ausgibt, verteilte großzügig Scudi, die hundert Mal wertvoller waren. Die Gäste wussten kaum, wie ihnen geschah.

So ging es weiter. Immer wieder bewirkte die Kraft von

Lavinias Augen eine seltsame Entrückung, und immer wieder, wenn sie mit dem Finger schnippte, schien es, als würden die Menschen aus einer anderen Welt erwachen. Niemand konnte sich an das erinnern, was in der Zwischenzeit geschehen war, nicht der *gargiolaro,* der verwundert auf seine Hände starrte, nicht der alte Herr, der wieder heiser war, nicht die beiden Frauen, die sich spinnefeind wie eh und je waren, und auch nicht der geizige Umberto Fanti.

Zuletzt ging Lavinia abermals zur Mitte der Tanzfläche, wo das Bett stand, in dem mein Freund schlief. Sie weckte ihn, und er stand auf. ›Wisst Ihr, warum Ihr Euch in dieses Bett gelegt habt?‹, fragte sie.

Mein Freund verneinte.

›Wisst Ihr, dass Euch sehr kalt war?‹

›Nein.‹

Dann wisst Ihr auch nicht, dass Ihr sicher wart, völlig nackt zu sein.‹

Mein Freund schaute erschreckt an sich herab. Als er sah, dass er vollständig angekleidet war, wirkte er erleichtert.

Die Gäste schmunzelten, doch manche unter ihnen begannen wieder zu zweifeln. War das alles wirklich keine Zauberei, keine geheime Magie?

Als hätte Pamfalon ihre Gedanken erraten, ergriff er rasch das Wort und rief: ›Edle Herrschaften, wie Ihr Euch sicher erinnert, sagte ich, dass hinter den Kunststücken des heutigen Abends nichts anderes als Geschicklichkeit und Ablenkung stehen. Genauso verhält es sich auch mit Lavinias Darbietung.‹

›Nun gut, das mag sein‹, rief einer der Herren und schwenkte ein Glas Wein dabei, ›aber Ihr habt uns bisher jedes Mal erklärt, welcher Trick sich hinter dem Kunststück verbirgt. Was ist das Geheimnis von Lavinias Augen?‹

Pamfalon antwortete: ›Messer, bitte glaubt mir, es gibt für

alles eine Erklärung, auch für dieses Geheimnis. Aber erlaubt, dass ich es nicht lüfte. Es muss Dinge geben, die nur wir Gaukler kennen, denn wenn es nicht so wäre‹ – er lächelte schief –, ›wie sollten wir dann noch Zuschauer finden.‹

›Richtig‹, rief der Vater, der sich auf seine Pflichten als Gastgeber besann, ›ein Geheimnis, das keines mehr ist, hat seinen Wert verloren. Wir wollen in den Festsaal zurückgehen und weiterfeiern.‹«

»Halt«, gebot Matteo leise, aber energisch an dieser Stelle, »ich habe Euch bisher sehr gut zugehört, und abgesehen davon, dass die Gäste des Abends sich zweifelsohne der Völlerei schuldig gemacht haben, kann ich noch immer nicht erkennen, was Eure Schuld in diesem Zusammenhang ausmachen soll. Wenn ich Euch richtig verstanden habe, seid Ihr ein Freund des Sohnes und wart an jenem Abend gar nicht dabei.«

»So ist es, Hochwürden«, kam die Antwort von der anderen Seite des Beichtstuhls. »Wartet noch ein wenig, dann werdet Ihr es erfahren.«

»Nun gut, ich höre.«

»Im Festsaal feierten, schmausten und tranken die Gäste noch bis spät in die Nacht, und der Vater bemühte sich, die wichtigsten Besucher von den Vorzügen seines Sohnes zu überzeugen. Er sprach von seinem wachen Verstand, seiner umfassenden Bildung, seinen angenehmen Umgangsformen und wurde nicht müde, ihn als seinen Nachfolger in den höchsten Tönen zu loben. Doch seine Versuche waren wenig erfolgreich, denn mein Freund wirkte die ganze Zeit mehr oder weniger abwesend. Er machte den Eindruck, als befände er sich nicht im Festsaal, sondern irgendwo an einem entfernten Ort. In einem unbeobachteten Augenblick verließ er tatsächlich den Saal und strebte in die Säulenhalle, in der zuvor die Gaukler aufgetreten waren. Er hegte die Hoffnung, Lavinia zu treffen. Wer ihn gefragt hätte, warum er so erpicht darauf war, noch einmal die Tochter des Gauklers zu sehen, dem wäre er die Antwort schuldig geblieben. Er wusste es nicht. Er fühlte sich nur magisch von ihr angezogen.

In der Säulenhalle stellte sich heraus, dass Pamfalon und seine Truppe das Haus bereits verlassen hatten. Mein Freund fragte die Bediensteten, wohin die Spielleute verschwunden seien, doch niemand konnte ihm Auskunft geben. Da machte er sich auf die Suche. Er nahm eine Laterne und ging mit ihr die Straßen rund um das Anwesen seines Vaters ab. Es war schon tief in der Nacht, kaum jemand war im Viertel noch auf den Beinen, und die wenigen Menschen, denen er begegnete, konnten ihm ebenfalls nichts zum Verbleib der Gaukler sagen.

Sie waren wie vom Erdboden verschwunden.

Als er unverrichteter Dinge nach Hause zurückkehrte, war der Vater noch auf und machte ihm heftige Vorwürfe. Er klagte, mein Freund habe ihn durch sein Verhalten bloßgestellt, ja, sogar lächerlich gemacht. Wie wolle er jemals in seine Fußstapfen treten, wenn er nicht einmal in der Lage sei, den Gästen Rede und Antwort zu stehen, sondern stattdessen einfach fortlaufe?

Mein Freund sagte dazu nichts. Er bat, auf sein Zimmer gehen zu dürfen, er sei müde.

Am anderen Tag machte er sich erneut auf die Suche nach den Gauklern. Er forschte den ganzen Vormittag nach ihnen, fragte Gott und die Welt, bis ihm schließlich Conor, ein Bettler, der auf der Piazza Maggiore um Almosen bittet, gegen ein paar Baiocchi weiterhalf. Conor sagte, Pamfalon sei mit seiner Truppe auf dem Weg nach dem Dörfchen Bentivoglio, dort wolle man im Schutz des Kastells ein Lager aufschlagen und in den nächsten Tagen einige Vorstellungen geben.

Mein Freund bedankte sich und eilte nach Hause, wo er ein Pferd bestieg, um die Stadt zu verlassen und auf der Via Ferrarese nach Norden zu reiten. Nach gut zwei Stunden erreichte er Bentivoglio. Pamfalon und die Seinen waren kurz zuvor eingetroffen. Fünf einfache Wohnwagen hatte man zu einem Kreis aufgestellt. In der Mitte des Kreises legte Pamfalon mit seinen Gauklern letzte Hand an den Aufbau des Zuschauerzeltes. Als er meinen Freund sah, hob er überrascht die Augenbrauen. ›Messer, Ihr hier? Was ist der Grund für Euer Erscheinen?‹

Mein Freund hatte während des gesamten Ritts darüber nachgedacht, welch einleuchtende Erklärung er dafür geben könne, doch ihm war nichts Gescheites eingefallen. Deshalb sagte er: ›Ich bin auf dem Weg nach Ferrara. Es ist reiner Zufall, dass ich dir und deinen *Giocolieri* begegne. Doch da wir uns schon getroffen haben, möchte ich die Gelegenheit nutzen und dich bitten, mir etwas zu verkaufen.‹

›Was könnte ich Euch schon verkaufen?‹

›Das rote Tuch, das du einem der Gäste meines Vaters durch den Kopf gezogen hast.‹

Pamfalon lächelte flüchtig. ›Ihr wisst, dass dies so nicht geschah. Es bedurfte vielmehr zweier Tücher, um den Schein zu erwecken. Doch es wird mir eine Ehre sein, Euch beide Tücher zu überlassen – selbstverständlich als Geschenk. Geht nur hinein ins Zelt. Dort werdet Ihr Lavinia antreffen, die ein paar Sitzbänke aufstellt für die Zuschauer, die wir heute Abend erwarten. Lavinia hat die Tücher.‹

Mit klopfendem Herzen betrat mein Freund das Zelt. Nachdem er sich umgesehen hatte, entdeckte er Lavinia. Sie trug eine Männerhose aus einfachem Blautuch und ein Leinenhemd, das ihre Fraulichkeit kaum verhüllte. Über sein

Erscheinen schien sie sich nicht zu wundern. ›Ich ahnte, dass Ihr kommen würdet‹, sagte sie mit ihrer dunklen Stimme. ›Was kann ich für Euch tun?‹

›Ich sprach draußen mit deinem Vater über die beiden roten Tücher. Er möchte, dass du sie mir schenkst.‹

›So, möchte er das?‹ Lavinia kräuselte die Stirn. Dann griff sie in die Taschen ihrer Hose und zog beide Hände, zu Fäusten geballt, wieder heraus. ›Ratet, wo sie sind.‹

›Beim Raten habe ich nie Glück.‹ Mein Freund deutete auf die linke Faust.

›Falsch.‹ Lavinia öffnete die Hand. Sie enthielt nichts.

›Ich wusste es. Nun gut, dann eben die andere.‹

›Meint Ihr?‹ Spott blitzte in ihren Augen auf. Sie öffnete die rechte Faust. Auch sie war leer.

›Du willst mich foppen! Du hattest gar keine Tücher in den Taschen.‹

›So? Und was ist das?‹ Wie aus dem Nichts hielt sie in jeder Hand ein Tuch.

Mein Freund staunte. ›Wie hast du das gemacht?‹

Lavinia lächelte. ›Mit Geschicklichkeit und Ablenkung.‹

›Das möchte ich auch können! Würdest du es mir beibringen?‹

›Nein.‹

›Bitte! Was nützt mir ein Geschenk, wenn ich damit nichts anfangen kann.‹

Lavinia zögerte. ›Der Trick verlangt sehr viel Übung.‹

›Ich habe Zeit.‹

›Müsst Ihr nicht nach Hause zu Eurem Vater?‹

›Nein, er hat mich beauftragt, in Geschäften nach Ferrara zu reisen, und erwartet mich nicht vor zwei Wochen zurück.‹

›In zwei Wochen kann sehr viel geschehen.‹

›Wie meinst du das?‹

›Ach, nichts. Wollt Ihr mir beim Aufbauen der Sitzbänke helfen? Sie sind ziemlich schwer.‹

›Gern.‹

Gemeinsam stellten sie die Bänke auf. Als sämtliche Sitze in Reih und Glied standen, fragte mein Freund: ›Wo sind eigentlich deine Brüder, ich habe sie draußen nicht gesehen?‹

›Sie sind unterwegs und werben für unsere Darbietung heute Abend. Sie jonglieren ein wenig mit Bällen und gehen auf den Händen, um die Aufmerksamkeit der Dorfbewohner zu erwecken. Aber ob es ihnen gelingt, sie zu uns zu locken, kann man nie genau wissen. Das Leben eines Gauklers ist hart. Einerseits ist es ein freies, unbeschwertes Dasein, andererseits stehen wir stets mit einem Bein im Gefängnis, weil man uns der Zauberei oder des Diebstahls verdächtigt. Wir sind nicht von Stand, wie Ihr es seid, Messer, man wirft uns mit Bettlern, Langfingern und Tagelöhnern in einen Topf. Wollt Ihr noch immer, dass ich Euch den Trick mit den roten Tüchern beibringe?‹

›Ja‹, antwortete mein Freund. ›Ja, das will ich.‹ Er griff nach ihrer Hand, um seine Absicht zu bekräftigen, doch sie entzog sie ihm. ›Lasst das.‹

Er sah sie an. Ihre bernsteinfarbenen Augen schienen das ganze Gesicht zu beherrschen. Es war ein schmales Gesicht mit ausdrucksstarkem Mund, der den Eigenwillen seiner Besitzerin erahnen ließ. ›Du bist schön.‹

›Spart Euch die Schmeicheleien. Ich weiß, was junge Herren damit bezwecken. Wollt Ihr nun den Trick erlernen oder nicht?‹

›Gewiss, gewiss.‹

›Dann schaut Euch die Tücher genau an. Sie sind mindestens fünf Ellen lang und wirken viel größer, als sie sind. Doch weil sie aus feinster Seide hergestellt wurden, lassen sie sich so stark zusammenknüllen, dass sie in die Schale einer Haselnuss passen.‹

›Mit einem normalen Tuch wäre der Trick also nicht möglich?‹

›Auf keinen Fall. Nur weil die Tücher sich so stark zusammendrücken lassen, können sie in einem Ohr verschwinden oder‹ – Lavinia machte zwei geschmeidige Handbewegungen – ›im Ärmel eines Hemdes.‹ In der Tat waren während ihrer letzten Worte beide Tücher schlagartig unsichtbar geworden.

›Das musst du mir noch einmal zeigen, aber langsam.‹

Sie tat es.

›Ich staune. Darf ich es auch mal versuchen?‹ Mein Freund probierte es und scheiterte kläglich.

Lavinia lachte. Es war das erste Mal, dass er sie lachen sah. Aller Ernst war aus ihrem Gesicht gewichen und hatte einem strahlenden Leuchten Platz gemacht.

›Lass es mich gleich noch einmal versuchen.‹ Obwohl er sicher war, den Trick dieses Mal besser ausführen zu können, stellte er sich linkisch an, denn er hoffte, sie würde wieder so lachen.

Doch sie tat ihm den Gefallen nicht.

›Ihr müsst fleißig üben, sonst werdet Ihr niemals Erfolg haben‹, sagte sie stattdessen. ›Und wenn Ihr den Bewegungsablauf beherrscht, seid Ihr noch immer nicht am Ziel, denn die Zuschauer sind flinker mit den Augen, als man glaubt. Es gilt, sie abzulenken. Das kann durch eine Geste sein, ein Wort oder ein Geräusch. Es kommt auf die Situation an. Sie zu erkennen und das Richtige zu tun, ist die eigentliche Kunst.‹

›Glaubst du, ich werde sie erlernen können?‹

Lavinia schaute ihn an. ›Ich glaube nicht. Vielleicht würde es Euch gelingen, aber Ihr wollt es nicht wirklich.‹

›O doch! Bedenke, ich habe zwei Wochen Zeit, um mit dir zu üben.‹

›Ich weiß. Wenn Ihr bei uns bleiben wollt, müsst Ihr meinen Vater um Erlaubnis fragen. Er ist der Patron. Und fragt ihn auch, ob Ihr Euer Pferd zu unseren Eseln stellen dürft, es muss schließlich irgendwo bleiben.‹

›Danke, Lavinia.‹

›Und nun geht, ich muss mich um das Abendessen kümmern.‹

Mein Freund verließ das Zelt und suchte Pamfalon. Er fand den alten Mann im größten der Wohnwagen, wo er an einem Tisch saß und einen Apfel schälte.

Mein Freund fragte, ob er ein paar Tage bei den *Giocolieri* bleiben dürfe. Er würde gern die Tricks mit den Seidentüchern erlernen.

Pamfalon sah ihn an. ›Eure Bitte ist ungewöhnlich, Messer, sehr ungewöhnlich sogar.‹

›Ich meine es ernst.‹

Pamfalon steckte sich ein Stück Apfel in den Mund. ›Wenn ich Euch die Erlaubnis erteile, werdet Ihr früher oder später merken, dass ich immer zu sagen pflege, was ich denke. Und ich denke, es sind weniger die roten Seidentücher, die es Euch angetan haben, als vielmehr meine Tochter.‹

Mein Freund wollte protestieren, aber Pamfalon winkte ab. ›Erspart Euch die Mühe. Wie gesagt, ich spreche aus, was ich denke. Wisset, Lavinia kann machen, was sie will. Sie ist alt genug. Sieben Jahre liegt es zurück, dass ihre Mutter starb. Sie war die Seele der *Giocolieri.* Bevor sie die Augen schloss, habe ich ihr eines schwören müssen: niemals zuzulassen, dass Lavinia auch nur ein Haar gekrümmt wird.‹

›Ich würde mir lieber die Hand abhacken lassen, als Lavinia Schmerz zuzufügen.‹

Pamfalon richtete die Spitze des Schälmessers auf meinen

Freund. ›Könnt Ihr das bei Gott dem Allmächtigen beschwören?‹

›Das kann ich.‹

›Gut, ich will Euch glauben. Doch solltet Ihr Euer Versprechen nicht einhalten, werde ich Euch mit diesem Messer töten.‹

›Das schreckt mich nicht.‹

Pamfalon musterte meinen Freund lange. Dann sagte er: ›Ich glaube nicht, dass du weißt, auf was du dich einlässt. Doch sei willkommen. Da du bei den täglichen Darbietungen nicht von Nutzen sein kannst, wirst du beim Auf- und Abbauen der Gerätschaften helfen, Wasser holen, Lasten tragen und all jene Dinge erledigen, die von den feinen Leuten als niedere Arbeiten bezeichnet werden. Ist das klar?‹

›Jawohl.‹

›Es heißt: Jawohl, Patron.‹

›Jawohl, Patron.‹

›Schön. Nur eines wirst du nicht: in meinem und Lavinias Wohnwagen schlafen. Such dir einen anderen Platz. Am Fuß der östlichen Kastellmauer gibt es einen Ziegenverschlag. Wird dir das genügen?‹

›Jawohl, äh, Patron. Darf ich mein Pferd zu euren Eseln stellen?‹

›Das darfst du. Und wenn du schon einmal da bist, kannst du auch gleich die Tiere füttern.‹

Mein Freund brachte sein Pferd zum Pferch der Esel, hängte den Tieren Futtersäcke um und füllte den Trog mit frischem Wasser. Es war eine Arbeit, die ihm leicht von der Hand ging, denn als Kind hatte er viel Zeit in den Stallungen seines Vaters verbracht. Anschließend legte er die wenigen Schritte zum Kastell zurück. Der Zahn der Jahrhunderte hatte an den Mauern des alten Bauwerks genagt, doch immer noch stand es trutzig in der Landschaft. Wie beschrieben, befand sich an der östlichen Mauer ein Ziegenverschlag. Als mein Freund sich bückte, um hineinzugelangen, verzog er unwillkürlich das Gesicht, die gehörnten Bewohner hatten einen strengen Geruch hinterlassen. Er sah sich um. In einer der Ecken stand ein Reisigbesen. Er nahm ihn und kehrte damit notdürftig den Boden. Dann setzte er sich auf die nackte Erde.

Es dauerte nicht lange, da wurde ihm kalt, und die Gedanken begannen, in seinem Kopf zu kreisen. Nie zuvor war er allein fort gewesen. Immer hatte der Vater ihn begleitet. Was würde der Vater unternehmen, wenn er seine Abwesenheit bemerkte?

Er musste eingeschlafen sein, denn irgendwann wurde er durch lautes Lachen und Rufen wach. Draußen war es bereits dunkel. Woher kamen die Geräusche? Er verließ den Verschlag und erkannte, dass im Zelt eine Vorstellung lief. Schwacher Lichtschein drang durch die Planen nach außen. Er lief hinüber und stellte sich in den Eingang. Ein Dutzend Dörfler saß auf den Bänken und starrte auf eine Truhe in der Mitte. Zwei kräftige Zuschauer hatten auf ihr Platz genommen, und Pamfalon rief: ›Hört zu, Leute: Niemand wird es mir glauben, aber mein Sohn war die ganze Zeit nicht eingeschlossen. Er war die ganze Zeit unter euch!‹

In diesem Augenblick murmelte jemand eine Entschuldigung, damit mein Freund ihn vorbeiließe. Es war Leonardo. Der zweite Zwilling strebte zur Mitte des Zeltes, stellte sich dort neben Pamfalon hin und verbeugte sich nach allen Seiten.

Ein Raunen ging durch die Dörfler. Jemand rief: ›Das ist Zauberei!‹

›Nein, das ist es nicht‹, widersprach Pamfalon. ›Lasst es mich euch beweisen.‹ Er entriegelte das Schloss und hob den Deckel. Aus der Truhe stieg Leonello.

Die Dörfler klatschten. Zuerst zaghaft, dann stärker.

Mein Freund musste lächeln. Die Darbietung kannte er bereits. Er wandte sich ab und ging zurück zum Ziegenverschlag, wo er sich fröstelnd auf den Boden setzte. Was will ich eigentlich hier?, fragte er sich. Es stinkt, es ist feucht, mein Magen knurrt, und dunkel ist es obendrein. Ich könnte jetzt zu Hause im Warmen sitzen, und die Diener würden mir zu essen und zu trinken bringen.

Ein Geräusch unterbrach seine Gedanken. Schritte näherten sich, eine Laterne verbreitete schwankendes Licht. ›Ich habe von Vater gehört, du darfst bleiben‹, sagte Lavinia mit ihrer dunklen Stimme.

Lavinia! Sein Herz tat einen Sprung.

›Ich habe dir einen Strohsack mitgebracht und etwas zu essen.‹ Sie breitete die Unterlage auf dem Boden aus und legte einen halben Laib Brot darauf. ›Die Laterne lasse ich dir auch da.‹

›Bleib‹, bat er. ›Geh nicht gleich wieder.‹

›Warum sollte ich bleiben?‹, fragte sie.

›Weil … weil ich mich mit dir unterhalten möchte.‹

›Unterhalten?‹ Sie kräuselte die Stirn. ›Worüber? Es ist schon sehr spät.‹

›Ich weiß‹, sagte er, ›bleib trotzdem. Komm, setz dich zu mir auf den Strohsack.‹

Widerstrebend setzte sich Lavinia neben ihn. Sie blickte ihn an, ruhig und ernst.

›Und nun?‹, fragte sie.

›Nun, äh, könntest du mir erzählen, wie du es anstellst, Menschen in Schlaf zu versetzen. Ich weiß, dein Vater macht darum ein Geheimnis, das er nicht lüften will. Er sagte aber auch, es gäbe für alles eine Erklärung. Bitte sag mir: Warum kannst du etwas, das andere nicht können?‹

Lavinia zuckte mit den Schultern. ›Warum fliegen Vögel,

warum hüpfen Frösche, warum springen Böcke? Es ist nun einmal so.‹

›Aber etwas muss doch in dir vorgehen, ich meine, es ist doch eine Kraft, mit der du das Verhalten der Menschen beeinflussen kannst?‹

›Ich weiß es nicht. Ich habe nie darüber nachgedacht. Es ist ganz einfach so, dass ich will, dass der andere in Schlaf fällt, und tut, was ich ihm sage.‹

›Es ist also Willensstärke, die das bewirkt?‹

Lavinia zögerte. ›Ja, es hängt mit meinem Willen zusammen. Mehr kann ich dir nicht sagen. Ich muss jetzt gehen.‹ Sie erhob sich mit einer anmutigen Bewegung und blieb noch einmal stehen. ›Hier stinkt es. Morgen musst du gründlich sauber machen und lüften. Gute Nacht.‹

›Gute Nacht, Lavinia.‹

Sie verließ ihn, und er blieb allein zurück. Hungrig biss er in das Brot. Es war billiges Brot, gebacken mit minderwertigem Erbsen- und Bohnenmehl, nicht duftend und weiß, wie er es kannte. Gern hätte er einen Schluck Wein getrunken, um es hinunterzuspülen, aber er hatte nicht einmal Wasser.

Nachdem er gegessen hatte, deckte er sich mit seinem Übermantel zu und löschte die Talgkerze in der Laterne. Noch einmal zogen die Bilder des Tages an ihm vorüber. Sein letzter Gedanke galt dem Vater, mit dem ihn so wenig verband. Der Vater war ein geltungssüchtiger Mann, der von allem nie genug bekommen konnte: von Geld, Ruhm und wichtigen Ämtern. Dazu setzte er sämtliche Hebel in Bewegung – und überließ nichts dem Zufall. Selbst das kleine Poem, für das er von seinen Gästen so viel Beifall erhalten hatte, stammte in Wahrheit nicht aus seiner Feder. Mein Freund hatte es verfasst. Mein Freund, der am gleichen Abend in die Gesellschaft hatte eingeführt werden sollen und der nichts so sehr verabscheute wie leeres Geschwätz und nichtssagende Floskeln. Vielleicht, dachte er beim Einschlafen, sollte ich auch für Lavinia ein kleines Gedicht machen …

Sein Schlaf war unruhig, die Geräusche der Nacht waren fremd und ungewohnt. Immer wieder wachte er auf. Als der Morgen kam, fühlte er sich wie gerädert. Aber darauf nahm von den *Giocolieri* niemand Rücksicht. Immerhin baten sie ihn an das gemeinsame Feuer, über dem ein Kessel mit gewürztem Haferbrei hing. Gegessen wurde aus einer großen Schüssel, in die jeder seinen Löffel tauchte. Mein Freund hatte keinen Löffel, doch Lavinia gab ihm einen. Er bedankte sich bei ihr und suchte den Blick ihrer bernsteinfarbenen Augen. Es gelang ihm nicht.

Nach der Mahlzeit sagte Pamfalon zu ihm: ›Wenn du einer von uns sein willst, musst du dich von deinen feinen Kleidern trennen. Lass dir von den Zwillingen ein paar alte Sachen geben. Sie müssten dir passen, denn die Jungen sind fast so groß wie du. Danach gehst du mit ihnen zum Schmied in Bentivoglio. Er soll sich drei unserer Wagenräder ansehen. Die Eisenringe an den Naben sind durchgerostet. Sie müssen erneuert werden.‹

›Jawohl, Patron.‹

Wenig später war er mit den Zwillingen unterwegs. Jeder von ihnen hatte eines der schweren Räder geschultert. Obwohl der Weg zum Schmied kaum eine Meile lang war, fiel ihm nach kurzer Zeit das Ausschreiten schwer. Den Zwillingen jedoch schien die Last nichts auszumachen, sie unterhielten sich lebhaft über die Vorstellung am gestrigen Abend und waren sich einig, dass sie beim nächsten Auftritt wechseln wollten: Dann sollte es Leonardo sein, der in die Truhe stieg. Überhaupt sei Abwechslung wichtig und jemand, der sein ganzes Leben an ein und demselben Fleck verbrächte, von Herzen zu bedauern. Ob mein Freund nicht auch dieser Meinung sei?

Der jedoch antwortete nur einsilbig. Er musste die Zähne zusammenbeißen und brauchte alle Kraft, um nicht innezuhalten und das vermaledeite Rad abzusetzen. Endlich hatten sie die Schmiede erreicht. Mein Freund stieß einen Seufzer der Erleichterung aus, doch die nächste Prüfung wartete schon auf ihn. Denn der Schmied erklärte sich zwar bereit, die Reparatur auszuführen, wollte dafür aber das Geld auf die Hand haben.

Die Zwillinge grinsten. ›Wir sollen Euch von unserem Patron grüßen, Meister‹, sagte Leonello. ›Er lässt ausrichten, dass es uns an Münze fehlt, da wir erst eine Vorstellung im Dorf gegeben haben. Wenn Ihr mit der Bezahlung nicht warten könnt, würde einer von uns den Lohn abarbeiten.‹

›So ist es‹, ergänzte Leonardo und schob meinen Freund vor. ›Dafür haben wir Euch unseren dritten Mann mitgebracht. Er ist ein guter Arbeiter.‹

Der Schmied kratzte sich am Kopf und sagte: ›Meinetwegen. Der Hilfsmann, der mir den Blasebalg zieht, trägt seit gestern den Arm in der Schlinge.‹

Dann wandte er sich an meinen Freund. ›Traust du dir die Arbeit zu?‹

Mein Freund wollte verneinen, denn er hatte noch nie eine Schmiede von innen gesehen, doch Leonardo sagte rasch: ›Aber sicher traut er sich das zu, Meister. Er ist nur etwas schüchtern und spricht nicht viel.‹

›Mir ist einer, der nicht viel redet, lieber als einer, der pausenlos plappert. In meiner Werkstatt wird mit der Hand gearbeitet, nicht mit dem Mund. Von mir aus kann er anfangen. Wenn er den Tag über fleißig ist, soll die Bezahlung am Abend abgegolten sein.‹

›Das ist ein Wort, Meister.‹ Die Zwillinge schlugen meinem Freund auf die Schulter, grinsten wieder und entfernten sich.

›Was stehst du hier noch herum?‹, fragte der Meister meinen Freund. ›Geh hinein und zieh am Blasebalg. Die Flamme im Feuer muss weiß sein, damit das Eisen glüht.‹

Und das tat mein Freund. Er arbeitete den ganzen Tag. Gegen Mittag spürte er jeden Knochen im Leib, seine Hände waren voller Blasen. Der Meister sagte, er solle hinausgehen und darauf pinkeln. Und weitermachen. Er machte weiter, obwohl er kurz davor war aufzugeben. Doch er dachte an Lavinia und daran, was sie wohl sagen würde, wenn sie von seiner Schwäche erführe. So hielt er durch, und als die Zwillinge bei Dunkelwerden kamen, war nicht nur manche Türangel geschmiedet und manche Pflugschar gerichtet, auch die Naben der Räder hatten neue Eisenringe erhalten.

Mein Freund musste ein zweites Mal an diesem Tag eines der Räder schultern und glaubte, unter dem Gewicht zusammenzubrechen. Aber er riss sich zusammen, kämpfte sich Schritt für Schritt voran und schaffte es bis zum Lager der *Giocolieri*. Dort angelangt, war er so erschöpft, dass er sich ohne ein weiteres Wort zu seinem Verschlag schleppte.

Als er hineinschlüpfte, spürte er, dass etwas anders war. Er wusste zunächst nicht, was. Dann bemerkte er es. Im Stall roch es nicht mehr. Jemand hatte ihn ausgemistet und gelüftet. Alles war ordentlich und sauber. Sogar eine Kiste stand neben dem Strohsack. Sie diente wohl als Tisch. Er zündete die Laterne an und erkannte im Licht etwas Brot, eine halbe Wurst und einen Krug Wasser.

Er aß und trank und schlief kurz darauf ein.

Am zweiten Tag schwärmte die Truppe in die umliegenden Dörfer aus, um Zuschauer für den Abend zu gewinnen. Mein Freund jedoch blieb im Lager. Pamfalon befahl ihm, die Latrine der Gaukler zu leeren und die Gülle auf dem

Feld des benachbarten Bauern zu verteilen. Danach musste er die abblätternde Farbe an den Türen der Wohnwagen mit einem Spachtel entfernen. Eine mühselige Arbeit, die er überdies allein verrichtete. Am Vortag hatte er wenigstens ab und zu ein Wort mit dem Schmied wechseln können, jetzt gab es nur die alte Katze des Patrons, die ihm Gesellschaft leistete. Wo war Lavinia? Er hatte sie am Morgen zum Markt nach Bentivoglio aufbrechen sehen. Wahrscheinlich wollte sie ein paar Nahrungsmittel kaufen. Der Gedanke an eine schmackhafte Mahlzeit half ihm eine Weile über die stumpfsinnige Tätigkeit hinweg. Seitdem er bei den Gauklern war, verspürte er ständig Hunger.

Am Abend, nach einer kräftigen Fleischsuppe, zog er sich in seinen Verschlag zurück und versuchte sich an dem Trick mit den Tüchern. Doch seine Hände waren zu steif und zittrig, um die notwendige Geschicklichkeit aufbringen zu können. Er wartete auf Lavinia. Sie kam nicht, und er schalt sich selbst einen Dummkopf. Welchen Grund sollte sie haben, ihn sehen zu wollen?

Als er am dritten Morgen erwachte, hatte er geschlafen wie ein Stein. Bei der gemeinsamen Mahlzeit saß Lavinia ihm gegenüber. Während er hungrig den Haferbrei in sich hineinlöffelte, erinnerte er sich daran, was sie ihm gesagt hatte: Andere in Schlaf zu versetzen und sie ungewollt Dinge verrichten zu lassen, sei eine Frage der Willensstärke. Wenn dem so war, hoffte er, genügend Willen aufbringen zu können.

Er beendete seine Mahlzeit und sagte wie beiläufig zu ihr: ›Ich habe gestern Abend vergeblich an dem Trick mit den Tüchern gearbeitet. Ich fürchte, ich brauche noch etwas Nachhilfe. Würdest du sie mir heute Abend geben?‹ Dabei suchte er ihren Blick und hielt ihn fest. Er sah ihr in die Augen und legte all seine Kraft in den einen Gedanken: Sag nicht Nein, sag Ja! Komm heute Abend zu mir, komm zu mir, ich wünsche es mir so sehr!

Abends, nach einem Arbeitstag, an dem er stundenlang Türen gestrichen und Holz für das Kochfeuer gehackt hatte, saß er auf seinem Strohsack und wartete. Die Zeit verging. Als es dunkel wurde, zündete er die Laterne an. Die Kerze war fast heruntergebrannt. Er wartete weiter. Irgendwann verlöschte das Licht mit einem zischenden Laut. Er war todmüde. Die Augen fielen ihm zu.

›Ich habe dir eine frische Kerze mitgebracht‹, sagte eine dunkle Stimme.

Er schreckte hoch. Vor ihm stand Lavinia. Sie zündete die Kerze an. Im matten Schein des Lichts leuchtete ihr Gesicht auf.

›Du bist gekommen‹, flüsterte er.

›Ich muss gleich wieder gehen.‹

›Bitte, bleib!‹ Er fragte sich, ob es seine Willensstärke gewesen war, die sie bewogen hatte, ihn zu besuchen.

›Warum sollte ich bleiben?‹

›Ich … ich möchte wissen, ob du es warst, die meinen Verschlag aufgeräumt hat.‹

Sie kräuselte die Stirn. ›Es war nicht viel Arbeit. Ich mag keine unangenehmen Gerüche.‹

›Danke, das war sehr … freundlich von dir.‹

›Ich hätte es für jeden anderen auch gemacht.‹ Sie wandte sich um und wollte gehen.

›Halt, so bleib doch. Ich bat dich heute Morgen, mit mir noch einmal den Tüchertrick zu üben.‹

Sie blickte auf seine Hände und sah ihm in die Augen.

Er wurde unruhig. ›Bitte, Lavinia, ich möchte nicht in Schlaf versetzt werden. Ich möchte nicht …‹

›Dass ich dir meinen Willen aufzwinge, so wie du es heute Morgen bei mir versucht hast?‹

›Du hast es also bemerkt?‹

›Du hast mich angestarrt. Und mich gebeten, dir Nachhilfe für den Tüchertrick zu geben, doch mit deinen Händen ist das unmöglich. Durch die Arbeit der vergangenen Tage fehlt es ihnen an Geschmeidigkeit.‹

›Ich verstehe.‹ Fieberhaft suchte er nach einem weiteren Grund, sie zum Bleiben zu bewegen. ›Sag mir, seit wann hast du die Gabe, andere in Schlaf zu versetzen? Kannst du dich an das erste Mal erinnern?‹

Zu seiner Überraschung ging sie auf seine Frage ein. ›Das liegt lange zurück. Ich weiß nicht mehr genau, wie alt ich war. Vielleicht elf oder zwölf Jahre.‹

›Willst du mir davon erzählen?‹ Er rückte auf dem Strohsack ein wenig zur Seite und hielt den Atem an. Tatsächlich! Sie setzte sich neben ihn. ›Es war weit im Westen, im Piemont‹, begann sie. ›Das Dorf war klein, seinen Namen habe ich vergessen. Ich erinnere mich aber, dass vor einer Hütte eine altersschwache Bank stand. Drei walnussgroße Trüffel lagen darauf. Ich wusste damals noch nicht, was Trüffel sind, doch ich war neugierig. Deshalb nahm ich eine und roch daran. Gerade wollte ich hineinbeißen, da erschien eine alte Frau in der Tür. Augenblicklich fing sie an zu keifen und schlug mir die Trüffel aus der Hand. Dann versetzte sie mir eine Maulschelle, dass mir der Kopf nur so zur Seite flog. Dazu hielt sie mich mit ihren gichtigen Krallen fest und zeterte: ›Du kleines Miststück, ich werde dich lehren, mich zu bestehlen!‹

Schon holte sie erneut aus, da trafen sich unsere Blicke. Sie hatte wässrige Augen mit roten Lidern, in denen die ganze Boshaftigkeit alter, verbitterter Frauen saß. ›Nein‹, rief ich, ›du schlägst mich nicht noch einmal!‹

Verwundert ließ sie von mir ab.

Ich entschuldigte mich hastig und versicherte ihr, ich hätte die seltsame Nuss nicht stehlen wollen, allenfalls vielleicht daran riechen. Ich sah ihr in die Augen und sagte ihr, das Ganze sei gewiss ein Irrtum. Sie sei eine kluge, weise Frau und werde überall im Dorf verehrt. Während ich redete, wurde sie zusehends ruhiger, aber ich traute dem Frieden nicht. Am liebsten hätte ich sie zurück in ihre Hütte geschickt, doch das ging natürlich nicht. Deshalb sagte ich zu ihr: ›Mütterchen, setz dich doch auf die Bank und mach ein Nickerchen. Ein erholsames, entspannendes Nickerchen. Gleich jetzt. Das wird dir guttun. Schlafe ein, schlafe ein …‹

Und während ich das sagte, sah ich, wie ihr der Kopf langsam auf die Brust sank. Ich war erstaunt, weil sie tat, was ich wollte, und redete rasch weiter: ›Schlafe, schlafe tief, damit ich dich nicht länger störe. Schlafe, schlafe, schlafe, und nachher will ich dich wieder wecken.‹

Mit diesen Worten stahl ich mich davon. Ich lief zurück zum Lager der *Giocolieri* und kam gerade noch rechtzeitig zur gemeinsamen Mahlzeit. Meinem Vater erzählte ich nichts, denn ich war nicht sicher, was er zu dem Vorfall sagen würde. Doch nach der Mahlzeit besann ich mich und ging noch einmal zurück zur Hütte der Alten. Zu meinem Erstaunen saß sie noch immer auf der Bank und schlief. Um sie herum standen die Dorfkinder und lachten.

Ich weckte die Alte auf, indem ich sagte: ›Wach auf, Mütterchen, wach auf, und du wirst dich an nichts erinnern.‹

Sie schlug die Augen auf, sah die kichernden Kinder und begann augenblicklich zu keifen. Sie war so böse wie zuvor. Ich aber wusste, dass meine Augen eine Kraft haben, die Dinge bewirken, wie sonst niemand.‹

Lavinia hielt inne und sagte: ›So war es, als ich das erste Mal meine seltsame Gabe erkannte. Bald darauf versuchte ich es ein zweites Mal, und als die Wirkung dieselbe war, erzählte ich meinem Vater davon. Er meinte, wir könnten gutes Geld damit verdienen, aber auch jederzeit in Teufels Küche kommen. Gaukler wären immer und überall Freiwild, wir müssten aufpassen und das Ganze als Trick hinstellen.‹

›Aber es ist kein Trick.‹ Lavinias Worte machten meinen Freund glücklich. Er war sicher, das Band zwischen ihm und ihr, das schon der Moriskentanz geknüpft hatte, war noch ein Stück enger geworden. Er sagte: ›Ich danke dir für deine Offenheit, deshalb will auch ich ganz offen sein. Dein Vater sagte am ersten Tag zu mir, er sei sicher, es wären weniger die roten Seidentücher, die es mir angetan hätten, als vielmehr seine Tochter. Natürlich stritt ich es ab, aber heute will ich dir sagen, dass er recht hatte. Ich bin einzig und allein deinetwegen zu den *Giocolieri* gekommen, und ich werde nicht rasten und ruhen, bis du mich erhört hast, ganz gleich, wie viel und wie lange ich dafür schuften muss.‹

Daraufhin sagte Lavinia nichts.

Mein Freund, den die Kühnheit seiner Worte selbst überraschte, wagte nicht, sie anzusehen.

Lavinia schwieg noch immer. Nur eine Träne rann ihr über die Wange.

›Um Gottes willen, du weinst ja!‹ Er wollte sie an sich ziehen, doch sie wand sich aus seinen Armen, sprang auf und lief davon.

In dieser Nacht machte er kein Auge zu.

Nach einem weiteren Tag, an dem Pamfalon dafür gesorgt hatte, dass meinem Freund die schwere Arbeit nicht ausging, wartete er abends in seinem Verschlag auf Lavinia. Er wartete mit Bangen und Hoffen, denn er hatte sie bei den Mahlzeiten nicht gesehen. Würde sie kommen?

Sie kam nicht. Er wälzte sich auf seinem Lager hin und her, hörte das Lachen und Rufen der Zuschauer aus dem Zelt, fragte sich, ob Lavinia ihren Auftritt haben würde, überlegte, ob er hinübergehen sollte, um nachzuschauen, entschied sich dagegen, wartete weiter, machte sich Vorwürfe, sie durch seine offenen Worte verschreckt zu haben, nahm sich vor, sie am nächsten Tag um Entschuldigung zu bitten, erwog, ob er seine Worte als Scherz hinstellen könne, um sie ihm wieder gewogen zu machen, seufzte tief auf und verstrickte sich erneut im Knäuel seiner wirren Gedanken.

Der Tag kam und mit ihm der Auftrag, nach Bentivoglio zu gehen und dort Mehlsäcke zu besorgen. Sein Vorschlag, die Esel für den Transport einzusetzen, lehnte Pamfalon mit der Begründung ab, die Grautiere müssten geschont werden. So quälte er sich ein weiteres Mal mit schweren Lasten ab. Er fragte Leonello und Leonardo, wo ihre Schwester sei, er habe sie seit gestern nicht gesehen, doch die Zwillinge gaben ihm nur eine nichtssagende Antwort.

Am Abend war er so müde, dass er fast überhört hätte, wie sich leise Schritte näherten. Er richtete sich von seinem Strohsack auf und erkannte eine Gestalt, die sich mit einer Laterne näherte. ›Bist du es, Lavinia?‹, rief er leise.

›Ja.‹ Sie setzte sich zu ihm.

›Wo warst du nur?‹, fragte er.

›Im Wald.‹

›Im Wald, ganz allein?‹

›Ich musste für mich sein, musste über vieles nachdenken.‹

›Worüber musstest du nachdenken?‹

›Über dich. Und über mich.‹

›Und was hast du herausgefunden?‹

›Es wird alles so kommen, wie es kommen muss.‹

›Heißt das …?‹, hob er an, doch sie schüttelte den Kopf. ›Mehr will ich nicht sagen. Schlafe jetzt.‹

›Wie kann ich schlafen, wenn du bei mir bist?‹, begehrte er auf.

›Beruhige dich, ich werde mich neben dich legen, damit du schlafen kannst.‹

Als sie zu ihm unter den Mantel schlüpfte, der ihm noch immer als Decke diente, rückte er scheu zur Seite. Er hatte noch nie bei einer Frau gelegen, hatte nie die Freuden der Liebe erlebt. Doch dann spürte er ihre Nähe und ihre Wärme, und beides besänftigte ihn auf unerklärliche Weise. Bald darauf war er eingeschlummert.

Am Morgen war sie fort. Der Platz neben ihm war leer, als wäre sie nie da gewesen. Hatte er alles nur geträumt? Er stand auf und nahm sich vor, sie zu fragen. Aber auch an diesem Tag bekam er sie nicht zu Gesicht. War sie wieder im Wald? Und wenn ja, was gab es über sie und ihn noch nachzudenken? Er war sicher, sie zu lieben. Ja, er liebte sie, wie er nie zuvor einen Menschen geliebt hatte.

Am Abend, nachdem abermals ein arbeitsreicher Tag hinter ihm lag, war er – anders als die Male zuvor – voll ruhiger Gewissheit. Sie würde kommen. Und sie würde bei ihm bleiben. Er musste nur Geduld haben.

Er löschte die Kerze in der Laterne, spannte all seine Sinne an, um sie kommen zu hören, und war doch überrascht, als sie plötzlich da war und sich schweigend neben ihn setzte.

Er hatte sich vorbereitet auf diesen kostbaren Augenblick, hatte sich tausend kluge Worte zurechtgelegt, doch nun, da sie gekommen war, hatte er alles vergessen. ›Ich weiß nicht, was ich sagen soll‹, flüsterte er.

›Du brauchst nichts zu sagen.‹

Er legte den Arm um ihre Schultern, und sie ließ es geschehen. Beide wussten, dass dies die Nacht war, die sie zusammenführen würde. Lange saßen sie so. ›Ich habe ein Gedicht für dich gemacht‹, sagte er leise.

›Ein Gedicht, für mich?‹

›Ja‹, antwortete er, ›es ist eher ein Spiel mit Worten, nicht lang und auch nicht poetisch, aber es kommt aus meinem Herzen. Willst du es hören?‹

›Ja‹, flüsterte sie.

›Es ist mir gestern in Bentivoglio eingefallen, denn der Dorfname besteht, wenn man ihn auf seine Bedeutung hin untersucht, aus drei Wörtern. Ich musste Mehlsäcke schleppen, doch nachdem ich die drei Wörter erkannt hatte, fiel mir das Tragen gleich viel leichter.‹

›Sage sie mir.‹

›Gut, ich will es versuchen: *Ben ti voglio* … Ich habe dich gern!‹

Mutiger geworden, fügte er hinzu:

›Ben ti voglio, amor mio!‹

›Das klingt wunderschön.‹

›Ich möchte …‹

›Was möchtest du?‹

›Ich möchte, dass du heute Nacht bei mir bleibst …‹

Verzeiht, Hochwürden«, sagte der Beichtende, »aber an diesem Punkt gebietet es die Diskretion, die weiteren Einzelheiten zu übergehen.«

Matteo hüstelte. »Nun, ich fürchte, ich kann sie Euch nicht ersparen. Versteht mich nicht falsch, ich bin nicht neugierig, aber das Bußsakrament besteht aus strengen Regeln. Danach müssen Sünden – und die Fleischeslust ist zweifelsohne eine der schwersten überhaupt, sofern Mann und Frau nicht im heiligen Bund der Ehe stehen – bis in alle Einzelheiten geschildert werden, weil nur so eine angemessene Buße durch den Priester festgelegt werden kann. Nur so ist er in der Lage, die Sünde richtig einzuordnen und zu vergeben. Bei Euch mag es so sein, dass Ihr die Verfehlung nicht selbst begangen habt, doch Ihr wisst davon und seid zumindest beteiligt.«

»Jawohl, Hochwürden, ich will mich den Wünschen der Kirche nicht verschließen.«

Matteo seufzte, während er versuchte, im Sitzen die Beine zu strecken, da ihn die Knie wieder schmerzten. »Nicht der Kirche sollt Ihr gehorchen, sondern Jesus Christus, dessen Wille durch den Priester erfüllt wird. Fahrt fort. Aber versucht, bei aller gebotenen Genauigkeit, Euch kurzzufassen.«

»Ich bemühe mich, Hochwürden. Obwohl es für mich schwer ist, die Tiefe der Gefühle und den Fortgang der Handlung in Worten wiederzugeben. Ich sagte zuletzt, mein Freund bat Lavinia, die Nacht über bei ihm zu bleiben, woraufhin sie wisperte: ›Es gibt einen Trick mit dem Tuch, den du leicht erlernen kannst.‹

›Ich möchte jetzt keinen Trick erlernen‹, entgegnete er.

›Vielleicht doch.‹ Sie nahm seine Hand und führte sie unter ihr Hemd. ›Das Tuch steckt nicht in meinem Ärmel, versuche, es zu finden.‹

Da verstand er. Behutsam tastete sich seine Hand vor und erfühlte das kleine Seidenknäuel zwischen ihren Brüsten.

›Hast du es gefunden?‹

›Nein, ich fürchte, du hast es verschwinden lassen.‹ Seine Hand begann sanft, ihre Brustspitzen zu streicheln. Lavinia stöhnte leise. Er fuhr fort, sie zu streicheln, spürte, wie ihre Brustspitzen hart wurden und sich aufrichteten, und bemerkte, dass es ihm an anderer Stelle ebenso erging. Er wurde mutiger, seine Hand schlüpfte in ihren Hosenbund, wanderte abwärts und beschäftigte sich mit den knisternden Härchen. Gleichzeitig fanden seine Lippen die ihren, sie waren warm und weich, und er merkte, wie die Erregung weiter in ihm wuchs. Großer Gott!, dachte er. Wohin wird das führen? Was hier geschieht, kenne ich nur aus Erzählungen. Hoffentlich versage ich nicht, als Mann muss ich wissen, was ich zu tun habe …

Seine Sorge war unbegründet, denn leise lachend versetzte Lavinia ihm unverhofft einen Stoß, der ihn rücklings auf den Strohsack beförderte. Sie schien zu wissen, was notwendig war, öffnete trotz der Dunkelheit mit wenigen Handgriffen seine Hose und setzte sich rittlings auf ihn. ›Komm, so komm doch‹, flüsterte sie, und er folgte ihr willig. Sie wiegten sich im Takt ihrer Liebe, spürten den anderen so nah, wie zwei Menschen einander nur spüren können, *ben ti voglio, amor mio … ben ti voglio, amor mio …* Jede einzelne ihrer Bewegungen kosteten sie aus, umschlangen sich, liebkosten sich, atmeten heftig, keuchten, stöhnten, wurden schneller und schneller, bis …«

»Halt!«, rief Matteo lauter, als er eigentlich wollte. »Das genügt. Eure Schilderung war ausführlich genug, um das Maß der Sünde zu beurteilen. Wie gesagt, ich bin nicht neugierig. Außerdem ist es nicht an mir, die Buße festzulegen, denn der Sünder sitzt nicht vor mir. Oder ist es doch so?«

»Äh, nein.«

»Das muss ich Euch glauben, will aber hinzufügen, dass eine Sünde zwar vor dem Priester, nicht aber vor Gott verheimlicht werden kann. Es wundert mich, wie eingehend Euch Euer Freund die, äh, Geschehnisse anvertraut hat.«

»Ich nehme an, es tat ihm gut, sich alles von der Seele zu reden.«

»Das mag sein. Im Übrigen seid Ihr mir noch die Auskunft schuldig, welche Sünde es war, die Ihr bei alledem begangen habt.«

»Ganz recht, Hochwürden. Ich erbitte nach wie vor Eure Langmut und will rasch fortfahren, denn je schneller ich erzähle, desto früher werdet Ihr mir die Buße für meine Verfehlung auferlegen können.«

»Dann berichtet weiter.«

»Nun, nach dieser Nacht waren Lavinia und mein Freund

ein Paar. Er glaubte zunächst, diesen Umstand verheimlichen zu müssen, doch wie sich zeigte, wussten bereits alle *Giocolieri,* wie es um beide bestellt war. Auch Pamfalon, der sich jedoch in Schweigen hüllte. Nur einmal, als mein Freund und Lavinia sich während der Morgenmahlzeit allzu verliebte Blicke zuwarfen, deutete er auf sein Schälmesser und sagte zu ihm: ›Denk an meine Worte.‹

So verging eine Woche voller Freude, in der mein Freund tagsüber wie ein Sklave schuftete und nächtens dafür reich belohnt wurde. Doch dann, eines Morgens vor Tagesanbruch, dröhnten Pferdehufe auf der Via Ferrarese. Eine Gruppe Reiter preschte heran. Derbe Fäuste schlugen an die Türen der Wohnwagen. ›Wo ist der junge Messer?‹, herrschte der Wortführer Pamfalon an.

›Ich weiß nicht, von wem Ihr sprecht.‹

›Stell dich nicht dümmer, als du bist. Wo ist er?‹

Bevor der Wortführer zuschlagen konnte, ging mein Freund, der durch den Lärm wach geworden war, dazwischen. ›Ich bin der, den Ihr sucht.‹

›Ihr habt unverzüglich mitzukommen. Befehl von Eurem Vater.‹

Mein Freund war in den wenigen Tagen bei den *Giocolieri* erwachsen geworden und blickte den Mann furchtlos an. ›Gut, aber zuvor will ich mich noch verabschieden.‹

Er ging zu Lavinia, die im Verschlag auf ihn wartete, und sagte: ›Du hattest recht, es ist alles so gekommen, wie es kommen musste. Aber mach dir keine Sorgen, meine Liebste. Ich werde zu dir zurückkehren, wenn ich mit meinem Vater gesprochen habe. *Ben ti voglio.*‹

Sie antwortete nicht. Doch eine Träne rann ihr über die Wange.

Er küsste sie. Dass es vor aller Augen geschah, kümmerte ihn kaum. ›Weine nicht.‹ Er griff in seine Tasche und holte die roten Tücher hervor. ›Hier, nimm. Du hast sie mir gegeben, jetzt sollst du sie wiederhaben. Sie sind das Unterpfand meiner Liebe. Nur wenige Tage, dann bin ich wieder da.‹

Sie schüttelte den Kopf, wild, verzweifelt, wandte sich ab und lief fort.

Er wollte ihr nachlaufen, wurde aber von dem Wortführer daran gehindert. ›Es wird Zeit, Messer!‹

›Schon gut. Ich hole mein Pferd.‹ Als er auf seinem Braunen saß, winkte er den *Giocolieri* zu. ›Wir sehen uns wieder!‹

Sie winkten zurück, vorsichtig, verhalten. Nur Pamfalon spielte mit seinem Messer.

Nach einem scharfen Ritt erreichte mein Freund mit der Reitergruppe das Anwesen des Vaters. Der Hausherr empfing den Sohn in seinem Arbeitszimmer. Seine Miene war eisig. Er schickte die Diener aus dem Raum und sagte: ›Welche Entschuldigung auch immer du vorbringst, ich werde sie nicht akzeptieren. Dein Verhalten ist unverzeihlich. Die halbe Republik Venedig habe ich nach dir absuchen lassen, die Leute zerreißen sich das Maul. Ich stehe da wie ein Narr. Von nun an wirst du genau das tun, was ich dir sage.‹

›Verzeih, Vater, es tut mir leid, dass ich dir Kummer bereitet habe, doch es ist viel geschehen, und mein Leben wird sich grundlegend ändern …‹

›Das wird es in der Tat!‹, unterbrach ihn der Vater. ›Und zwar von diesem Augenblick an. Die Zeit der Träumerei und Müßiggängerei wird ein Ende haben. Du wirst deine Tage im Kontor verbringen und erfahren, was es heißt, ein Kaufmann zu sein, du wirst gesellschaftliche Verpflichtungen wahrnehmen und lernen, gepflegte Konversation zu machen.‹

›Vater, bitte …‹

›Vor allen Dingen aber wirst du heiraten. Wenn du erst eine Frau hast, wird sie dir schon die Flausen austreiben!‹

›Vater, ich habe bereits eine Frau, ich …‹

›Das interessiert mich nicht. Es ist mir gleichgültig, mit welchem Flittchen du dir die Zeit vertrieben hast. Es ist das Letzte, was ich wissen will – und es ist das Letzte, was meine Geschäftspartner erfahren dürfen!‹

›Aber Vater …‹

›Schweig! Du gehst sofort auf dein Zimmer. Dort kannst du darüber nachdenken, was du mir angetan hast.‹ Der Vater läutete heftig die Glocke, und die Diener, die vermutlich ohne Ausnahme an der Tür gelauscht hatten, stürzten herein. ›Bringt mir Wein‹, befahl er. ›Und geleitet meinen Sohn auf sein Zimmer. Er muss sich ausruhen.‹

So verlief die erste Unterredung zwischen dem Vater und meinem Freund.

Am zweiten Tag versuchte er wieder, sein Anliegen vorzubringen, doch der Vater schnitt ihm das Wort ab. Er packte ihn am Ärmel und eilte mit ihm zum Hauptflügel des Anwesens, wo das Kontor sich befand. Er übergab ihn dem Leiter und befahl: ›Mein Sohn wird von heute an täglich am Schreibpult arbeiten, von morgens bis abends, sechs Tage in der Woche. Ich will, dass er den Wert der Zahlen und die Kunst der doppelten Buchführung schätzen lernt. Ihr seid mir persönlich dafür verantwortlich.‹

Der Leiter des Kontors dienerte und versicherte, es werde alles so geschehen, wie der Vater wünsche.

Am dritten und am vierten Tag unternahm mein Freund weitere Versuche, sich seinem Vater zu erklären, doch er scheiterte jedes Mal. Er dachte daran zu fliehen, einfach fortzureiten, wie er es schon ein Mal getan hatte, doch er stellte fest, dass er keinen Augenblick allein war. Stets hatte er jemanden an seiner Seite, der ein wachsames Auge auf ihn warf.

Nach zwei Wochen ergab es sich, dass der Vater einen besonders vorteilhaften Geschäftsabschluss getätigt hatte.

Mein Freund wollte die Gunst der Stunde nutzen, um sein Anliegen noch einmal vorzutragen. ›Vater‹, sagte er, ›du sprachst davon, ich solle heiraten. Ich muss dir sagen, dass mein Herz schon vergeben ist. Du kennst die Frau. Es ist Lavinia, die Tochter von Pamfalon, dem Patron der *Giocolieri.* Sie ist ein wunderbarer Mensch, ich liebe sie sehr und werde sie immer lieben.‹

Der Vater starrte ihn fassungslos an und wollte etwas entgegnen, doch diesmal kam ihm mein Freund zuvor. ›Ich will Lavinia heiraten – sie oder keine.‹

Der Vater brach in Gelächter aus. Dann schwoll eine Ader auf seiner Stirn. ›So, eine Gauklerin hast du dir ausgesucht? Weißt du eigentlich, wer du bist? Du bist der Sohn des erfolgreichsten Seidenkaufmanns von Bologna. Ich verkehre in den besten Kreisen, kenne sämtliche Stadtältesten persönlich, und mein Herr Sohn will sich mit einer Gauklerin begnügen, mit einer aus dem fahrenden Volk? Eher geht ein Kamel durch ein Nadelöhr, als dass du diese Schlampe mit ihren Hexereien heiratest!‹

›Sie ist keine Schlampe. Sie ist …‹

›Halt den Mund!‹

›Vater, ich …‹

›Geh zurück an die Arbeit. Dein Schreibpult wartet.‹

Mein Freund sah ein, dass es keinen Zweck hatte. Mit hängenden Schultern verließ er den Raum.

Eine Woche später hatte die Laune des Vaters sich um ein Vielfaches gebessert. Er rief meinen Freund zu sich in sein Arbeitszimmer und forderte ihn auf, sich zu setzen. ›Ich habe eine gute Neuigkeit‹, sagte er fröhlich. ›Kennst du den Gonfalonier Arturo Gentile? Er ist das Oberhaupt der *Anziani,* welche die Geschicke der Stadt lenken, und einer der einflussreichsten Männer überhaupt.‹

›Du hast mich ihm irgendwann einmal vorgestellt. Es liegt

einige Zeit zurück‹, antwortete mein Freund mäßig interessiert.

›So, tat ich das? Nun, vor ein paar Tagen hatte ich etwas im Palazzo del Podestà zu erledigen, wo Gentile seinen Amtssitz hat. Wir kamen ins Gespräch, und er scheint nicht abgeneigt, einer Heirat zwischen seiner Tochter und dir zuzustimmen. Ist das nicht eine wundervolle Neuigkeit?‹

Der Ansicht war mein Freund keineswegs, und das sagte er auch, doch der Vater wischte wieder jeden Einwand beiseite. ›Elena ist nicht nur eine glänzende Partie, sondern überdies ausnehmend hübsch. Sie wird dir gefallen. Nach dem Gespräch mit Gentile bin ich gleich hinüber zum Palazzo Pubblico gegangen, wo, wie du weißt, der päpstliche Legat Francesco Bonomi seinen Amtssitz hat. Seine Exzellenz war anwesend und schenkte mir einen Teil seiner kostbaren Zeit. Wir plauderten über dies und das und über die leidige Gürtelrose, die ihn seit einiger Zeit quält, sodann über das Wetter, die Preise, die Frauen und auch über die Ehe. Nachdem ich mich dergestalt vorgetastet hatte, fragte ich ihn rundheraus, ob er die Heiratsvermittlung übernehmen könne – natürlich gegen eine kleine Aufwandsentschädigung. Zu meiner großen Freude war er sofort einverstanden. Dank seiner Bemühungen werden Elena und ihre Mutter uns mit einem Antrittsbesuch beehren.‹

›Ich möchte diese Elena nicht kennenlernen. Und ihre Mutter auch nicht.‹

›Selbstverständlich möchtest du das. Morgen, am Sonntag, werden beide nach dem Kirchgang zu uns kommen. Ich habe der Dienerschaft bereits befohlen, sie möge alles vorbereiten.‹

Der Sonntag kam, und mein Freund musste einräumen, dass der Vater nicht zu viel versprochen hatte: Elena war in der Tat eine Schönheit. Sie war wohlgewachsen, hatte eine

Haut wie Alabaster und ebenmäßige Zähne, die sie bei jedem Lachen – und sie lachte gern – zeigte.

Der Vater hatte in den Kleinen Saal gebeten, wo Wein und Zuckerwerk bereitstanden. Nachdem man sich gesetzt hatte, versuchte er einen Scherz und sagte, er wisse wohl, dass dieser Besuch dem Brauche nach eigentlich der Hausherrin gelten müsse, da das jedoch aus naheliegenden Gründen nicht möglich sei, bäte er, mit seiner Person vorliebzunehmen.

Man lachte pflichtschuldigst, und die Unterhaltung begann zunächst auf beiden Seiten etwas verlegen, doch Elenas fröhliche Art ließ das Eis rasch tauen. Das Gespräch wurde lebhafter – wozu auch der köstliche Wein aus dem Oltrepò Pavese beitrug –, und mein Freund konnte nicht umhin, Elena immer wieder Blicke zuzuwerfen. Sie war wirklich reizend. Natürlich war sie mit Lavinia nicht zu vergleichen, er würde ihr treu sein und sie bis in alle Ewigkeit lieben.

In der Folgezeit häuften sich Elenas Besuche im prächtigen Anwesen des Vaters, und irgendwann hielten es weder ihre Mutter noch der Vater meines Freundes für notwendig, bei den Zusammenkünften dabei zu sein. So blieb es nicht aus, dass die beiden jungen Leute sich näherkamen. Das Bild Lavinias verblasste mit jedem Monat mehr und wurde von der strahlend schönen Elena überdeckt.

Wie Euch gewiss bekannt ist, Hochwürden, verheiraten die Bologneser Patrizier ihre Kinder bevorzugt im Frühling und im Sommer, wenn die Feierlichkeiten nicht auf die inneren Räume beschränkt werden müssen, sondern große Zelte im Garten aufgestellt werden können, in denen Musik und Tanz zur Erbauung einladen. Elena jedoch hatte ihren eigenen Kopf, sie wollte unbedingt zum Weihnachtsfest vor den Traualtar treten, und mein Freund, der ihr keinen Wunsch abschlagen konnte, erklärte sich damit einverstanden.

Der große Tag kam. Bevor der Bund der Ehe geschlossen wurde, luden der Gonfalonier und seine Gattin zu Spielen und Getränken in ihr prächtiges Haus. Anschließend bewegte sich die gesamte Hochzeitsgesellschaft in fröhlicher Prozession zur Basilika San Petronio, wo das junge Paar eingesegnet wurde. Der Vater meines Freundes hatte angeboten, die weiteren Festlichkeiten in seinem Anwesen stattfinden zu lassen, doch der Gonfalonier hatte höflich, aber bestimmt abgelehnt. Es sei gute Tradition, dass im Hause der Brauteltern gefeiert würde, er wolle da keine Ausnahme machen.

Am Wohnsitz des Gonfaloniers wartete bereits der Notar, der im Beisein von Zeugen den Ehevertrag aufsetzte, ein Dokument, in dem die Vereinbarungen über die Mitgift festgehalten wurden. In Elenas Fall enthielt es eine umfangreiche Liste, denn die Braut verfügte über eine reiche Aussteuer: neben Geld und Einrichtungsgegenständen auch Kleider, Pelze und Juwelen, dazu Teppiche, Tischwäsche, Silberbesteck, kostbare Gläser, Teller und Kannen, ferner Bettwäsche, Decken, Bezüge und andere Dinge des täglichen Bedarfs.

Nachdem den Formalitäten Genüge getan war, konnte die eigentliche Feier beginnen. Die Musikanten stimmten ihre Instrumente und begannen, unter Führung eines Clavicembalos zu spielen. Der Gonfalonier als Brautvater machte mit der strahlenden Elena die ersten Schritte einer Pavane und bat alsbald die anderen Paare, es ihm gleichzutun. Nach der Pavane folgte eine Courante. Langsam wurden die Tänzer mutiger, die Schritte schneller, was nicht zuletzt an dem gut bestückten Weinkeller des Gastgebers lag.

Mit Fortschreiten des Abends steigerte sich die Laune der Anwesenden immer mehr, auf der Tanzfläche drehten sich Dutzende von Paaren – ein bunter Wirbel aus schwitzenden

Körpern und farbenfrohen Stoffen. Zwischen den vielen bunten Kleidern, den hochgeschnürten Taillen, den engen Miedern, den tiefen Dekolletés mit ihren filigranen Goldgittern fiel ein junger Mann zunächst kaum auf. Er trug ein mit Adlerfedern verziertes Barett, ein salamandergrünes Wams, eine resedafarbene Puffhose und storchenrote Beinlinge. Wer genauer hingeschaut hätte, dem wäre nicht entgangen, dass sein Wams sich mächtig über dem Leib spannte und dass seine Stimmung keineswegs so ausgelassen war wie die der anderen Gäste. Mit einiger Mühe schob er sich durch die Menge und machte vor den Musikanten halt. Der Cembalospieler bemerkte ihn und fragte, ob er einen besonderen Musikwunsch habe. ›Nein‹, sagte der Jüngling, ›ich will, dass du die Finger von den Tasten nimmst.‹

›Warum?‹, fragte der Cembalist.

›Tu, was ich dir sage.‹

Widerwillig gehorchte der Mann, woraufhin der Jüngling den Deckel des Clavicembalos krachend zuschlug. Das Geräusch war so laut, dass augenblicklich Ruhe herrschte. Die Gäste tuschelten und fragten sich, was das zu bedeuten habe. Sie sollten nicht lange im Ungewissen bleiben, denn der Jüngling trat vor meinen Freund hin, riss sich das Barett vom Kopf und rief: ›Erkennst du mich nicht? Ich bin es, Lavinia.‹

Mein Freund wurde kreidebleich vor Schreck. Ganz anders sein Vater, dem wegen der unliebsamen Störung die Zornesröte ins Gesicht schoss. Er winkte einen Diener heran, der den ungebetenen Gast hinauswerfen sollte. Doch als der Diener in Lavinias Augen sah, wurde er plötzlich willenlos. Er senkte den Kopf und blieb wie schlafend stehen.

›So wird es jedem ergehen, der mich hindern will, das zu tun, was ich tun muss!‹, rief Lavinia mit heiserer, fremd klingender Stimme.

Mein Freund versuchte, ihrem Blick nicht zu begegnen, aber es war unmöglich.

›Sieh mich an! Seht mich alle an!‹, sprachen ihre Augen. ›Was ich dir zu sagen habe, soll jeder hören. Sechs Monate sind vergangen, seitdem du die *Giocolieri* verlassen hast, sechs Monate, in denen ich auf dich gewartet, geweint, gebetet und unser Kind ausgetragen habe, sechs Monate voller Hoffen und Bangen, ob du zurückkommen würdest. Bis ich gestern erfahren habe, dass alles umsonst war. Du hast dein Wort gebrochen. Deine Liebe war wertlos.‹

Mein Freund antwortete nicht. Die Augen Lavinias nagelten ihn fest. Plötzlich hielt sie die beiden roten Seidentücher in der Hand, zerriss sie und warf sie ihm vor die Füße. ›Der Unterpfand deiner Liebe – wertlos! Dein Wunsch, den Tüchertrick zu erlernen – wertlos! Das Versprechen, das du meinem Vater gabst, dir lieber die Hand abhacken zu lassen, als mir wehzutun – wertlos!‹

Immer mehr steigerte sie sich in ihren Zorn hinein. Die bernsteinfarbenen Augen sprühten Funken vor Wut. ›Wertlos, wertlos, wertlos!‹

Der Vater wollte sie von der Tanzfläche drängen. Er schien ihrer Bannkraft am besten trotzen zu können, doch auch seine Bewegungen erstarben.

›Versucht nur, mich aufzuhalten, es wird euch nicht gelingen! Vor Gott sind alle Menschen gleich, heißt es nicht so? Warum gilt dann ein Armer weniger als ein Reicher? Weil er Brot und Wasser auf den Tisch stellt statt Braten und Wein? Weil er in Lumpen geht und sich nicht mit Pelzen und Juwelen behängen kann? Woher nehmt ihr euren Hochmut? Woraus erwächst euer Dünkel? Ich sage euch, ihr seid genauso wertlos wie diese zerrissenen Tücher. Aber ich werde euch strafen. Diesen Tag sollt ihr nie vergessen. Er soll zum schrecklichsten Tag eures Lebens werden.‹

Sie zog ein Messer aus ihrem Wams, es war das Schälmesser von Pamfalon, und drückte es meinem Freund in die schlaffe Hand.

›Wenn ich sage ›Jetzt!‹, stößt du dir die Klinge ins Herz. Du wirst es tun, denn ich will es, und du hast es hundertfach verdient.‹

Nach diesen Worten war es so still im Saal, dass man eine Stecknadel hätte fallen hören.

Die Gäste hielten den Atem an. In den Gesichtern spiegelten sich Zweifel und Unglaube ebenso wie Anspannung und Sensationsgier. Würde mein Freund dem Befehl gehorchen?

Lavinia rief: ›Jetzt!‹

Er gehorchte.

Ohne zu zögern, mit Bewegungen, die einem Automaten glichen, führte er die Messerspitze zum Herzen.

Ein Stöhnen ging durch die Reihen.

Dann ein Schrei, ein heiseres Lachen. Lavinia wand ihm das Messer aus der Hand: ›Brav gemacht! Aber so leicht kommst du mir nicht davon. Ich will es sein, die heute stirbt, ich und mein Kind, du aber wirst tausend Tode sterben! Morgen, übermorgen, jede Woche, jeden Monat, jedes Jahr – immer dann, wenn du in deinem erbärmlichen Leben an diesen Augenblick zurückdenkst.‹

Abermals lachte sie heiser. Sie war nicht mehr bei Sinnen, umklammerte mit beiden Händen den Griff des Messers und stach wie besessen auf sich selbst ein. Zuerst in ihren schwangeren Leib, um das Ungeborene zu töten, dann, schon schwächer werdend, in die eigene Brust. Mit einem gurgelnden Laut sank sie blutüberströmt zu Boden.«

»Das ist ja grauenvoll!«, entfuhr es Matteo. »Wie lange liegt das schreckliche Ereignis zurück?«

»Keine zwei Wochen, Hochwürden. Wie ich sagte, die

Hochzeitsfeier – oder vielmehr: die Selbstentleibung Lavinias – fand am vergangenen Weihnachtsfest statt.«

»Aber davon hätte man doch gehört? Die Neuigkeit hätte sich wie ein Lauffeuer herumgesprochen.« Matteo fand den Inhalt der Beichte immer zweifelhafter.

»Gewöhnlich hätte die Nachricht sich rasch verbreitet, Hochwürden, doch vergesst nicht, der Gonfalonier und der Vater besitzen Geld und großen Einfluss. Der Vater war der Erste, der sich aus der Starre befreien konnte, nachdem die Willenskraft der Sterbenden nachzulassen begann. Er befahl, sie fortzuschaffen, und behauptete, sie wäre nicht bei Verstand. Sie hätte seinem Sohn schon länger nachgestellt. Verrückt sei sie, eine Hexe, die sich eingebildet habe, zwischen ihr und seinem Sohn bestünde eine Liebschaft. Weder Geld noch gute Worte hätten sie bewegen können, von ihren Wahnvorstellungen Abstand zu nehmen. Der Teufel mochte wissen, von wem das Kind in ihrem Leib stammte.

Natürlich glaubten die Gäste ihm, zumal der Gonfalonier in die gleiche Kerbe schlug. Er rief, die Hexe müsse zu einem Priester gebracht werden, am besten zu einem Inquisitor, damit sie vor ihrem Tode noch abschwören könne.«

»Nannte der Gonfalonier einen Namen?«, fragte Matteo.

»Ja, Hochwürden. Er erwähnte Girolamo Menghi, den Franziskaner-Minoriten. Doch Lavinia starb noch in derselben Stunde. Wie ich hörte, in einer Abstellkammer des Gesindes.«

»Nun gut, erzählt weiter. Und verratet mir, welche Rolle Ihr bei der Hochzeitsfeier gespielt habt. Oder wart Ihr nicht anwesend?«

»Doch, Hochwürden, ich war zugegen.«

»Dann habt Ihr ja alles hautnah miterlebt. Fahrt fort.«

»Nachdem Lavinia weggebracht und die Tanzfläche gereinigt worden war, versuchten Gastgeber und Gäste, den Vorfall zu vergessen. Doch niemandem gelang es. Jeder im Saal musste fortwährend an das grauenvolle Ereignis denken. Die ausgelassene Stimmung, wie sie vor der Untat geherrscht hatte, wollte sich nicht wieder einstellen. Bald darauf verließen die Gäste das Haus.«

»So hat die Rache Lavinias sich erfüllt«, sagte Matteo nachdenklich.

»Ja, Hochwürden. Leider ist die Geschichte noch nicht zu Ende. Denn am nächsten Tag schlich sich ein alter Mann auf das Anwesen des Vaters. Sein Ziel war der Gebäudeflügel, in dem mein Freund wohnt. Der Alte wurde jedoch entdeckt und festgehalten. Es war Pamfalon. Er gebärdete sich wie toll, wollte unbedingt zu meinem Freund und entwickelte Riesenkräfte. Nur mit roher Gewalt konnten ihn die Diener vor die Tür werfen. Er verfluchte den ›Mörder‹ seiner Tochter, schwor, ihn zu töten, und wenn es das Letzte sei, was er auf dieser Welt täte.«

Matteo dachte nach. Dann sagte er: »Ich habe zwei Fragen, die erste: Wo hält sich Pamfalon zurzeit auf?«

»Ich weiß es nicht, Hochwürden, ich nehme an, bei seiner Truppe, irgendwo im Umkreis unserer Stadt. Im Winter fahren die Gaukler ungern über Land.«

»Hm, das leuchtet ein. Meine zweite Frage ist: Wo liegt bei alledem Eure Schuld? Oder anders: Warum beichtet Ihr überhaupt? Denn dass Ihr den Eigentod Lavinias nicht verhindert habt, kann Euch nicht angelastet werden, sofern sie Euch ebenfalls in einen schlafähnlichen Zustand versetzte.«

»Ich bin erleichtert, dass mir daraus kein Vorwurf entsteht, Hochwürden. Doch muss ich einräumen, dass ich in den Monaten zuvor versäumte, meinem Freund die Hochzeit auszureden. Ich hätte ihn ermahnen müssen, Lavinia die Treue zu halten. In diesem Fall wären beide, Lavinia und ihr Ungeborenes, vielleicht noch am Leben.«

»Ich verstehe. So also war Eure Bemerkung gemeint, als Ihr eingangs sagtet, Eure Sünde bestünde darin, einen Freund nicht von seiner Sünde abgehalten zu haben.«

»Ganz recht, Hochwürden.«

Matteo räusperte sich. Er hatte dem Beichtenden zwei Fragen gestellt, aber in Wahrheit bewegten ihn weitaus mehr Gedanken. Die wichtigste Überlegung: Er glaubte nicht, dass der Mann vor ihm der Freund von Lavinias Liebhaber war. Er wár es selbst. Daran konnte kein Zweifel bestehen. Zu genau, zu glattzüngig, zu umfassend war die ganze Geschichte von ihm vorgetragen worden. Nur: Solange sein Gegenüber das nicht zugab, waren ihm die Hände gebunden. Die Buße für eine Todsünde, wie der Hochmut es war, konnte ihm nicht auferlegt werden und musste der – vergleichsweise leichten – Buße für eine lässliche Sünde weichen. Doch das war nicht gerecht!

»Hochwürden, darf ich auf Vergebung hoffen?«

Matteo verspürte Unmut. Der Beichtende wollte ein Geschäft mit Gott machen, hoffte, es sei mit ein paar Ave-Maria getan, und glaubte, sein Gewissen damit beruhigen zu können. Wie töricht der junge Mann doch war! Laut sagte er: »Ich weiß nicht, ob es Euch beim Hereinkommen aufgefallen ist: Über diesem Beichtstuhl steht das Wort IGNOSCAM. Es bedeutet ›Ich werde vergeben‹. Ihr dürft auf Gottes Gnade hoffen, sofern Ihr Eure Sünden von Herzen bereut.«

»Das tue ich.«

»Ich meine alle Eure Sünden.«

»Äh ja, ich bereue sie von Herzen. Seid Ihr zu einem Urteil gekommen?«

»Nein, ich brauche noch etwas Zeit. Ich habe Euch lange zugehört, nun seid Ihr es, der sich etwas gedulden muss.« Matteo grübelte. Natürlich lag es grundsätzlich im unerfindlichen Ratschluss des Herrn, den Beichtenden angemessen zu bestrafen, andererseits lag es in seiner, Matteos, Verantwortung, den göttlichen Willen auf Erden durchzusetzen. Und es widerstrebte ihm, den Sünder so leicht davonkommen zu lassen. Es widerstrebte ihm sogar ganz gewaltig. Was also tun?

Er räusperte sich. »Eure Buße lautet wie folgt: Ihr werdet den Aufenthaltsort der *Giocolieri* ausfindig machen, zu ihnen gehen und sie in Demut bitten, ihnen für die nächsten sechs Monate Eure Arbeitskraft zur Verfügung stellen zu dürfen. Ihr werdet kräftig mit anpacken und keine Tätigkeit scheuen, auch nicht die niedrigste, ganz so, wie Euer Freund es gehalten hat.«

»Nein!«

»Wie bitte? Nach Euren Schilderungen wird dort jede Hand gebraucht.«

»Verzeiht, Hochwürden, aber das ist unmöglich.«

Matteo konnte sich ein Lächeln nicht verkneifen. Es war unüberhörbar, dass sein Gegenüber die Vergeltung Pamfalons fürchtete. »Warum sollte das unmöglich sein?«

»Weil ... weil ich Kaufmann bin, ich habe Verpflichtungen, die ich nicht vernachlässigen kann. Bitte, erlegt mir eine andere Buße auf.«

»Ihr seid nicht der Einzige und nicht der Erste, der sein bisheriges Leben hinter sich lässt, um Gottgefälliges zu tun. Ihr tut es sogar nur für ein halbes Jahr. Wobei, und das vergaß ich eben, Ihr jeden Morgen und jeden Abend einen Rosenkranz beten sollt. Darüber hinaus sollt Ihr Euch eines enthaltsamen – und keuschen! – Lebens befleißigen. Nehmt Ihr die Buße an?«

»J... ja, Hochwürden.«

»Habt Ihr den aufrichtigen Vorsatz, die Sünde hinkünftig zu vermeiden?«

»Ja, Hochwürden.«

»So höret: Gott, der barmherzige Vater, hat durch den Tod und die Auferstehung seines Sohnes, unseres Herrn Jesus Christus, die Welt mit sich versöhnt und den Heiligen Geist gesandt zur Vergebung der Sünden. Durch den Dienst der Kirche schenke er dir Verzeihung und Frieden. So spreche ich dich los von deinen Sünden im Namen des Vaters und des Sohnes und des Heiligen Geistes.«

»Danke, Hochwürden.«

»Dankt nicht mir, dankt Eurem Gott. Im Übrigen hättet Ihr als Büßer am Ende der Lossprechungsformel ›Amen‹ sagen müssen.«

»Amen.«

»Nun ist es gut. Ihr könnt gehen.«

Matteo atmete tief durch und streckte die Beine aus. Während sich die Schritte des Beichtenden entfernten, dachte er, dass er vielleicht doch noch Zeit fände für ein erbauliches Gespräch mit seinem Schöpfer.

Wenig später kniete er in seiner Sakristei und setzte die Zwiesprache fort.

»Herr«, sagte er, während er mit gefalteten Händen auf das kleine hölzerne Kruzifix an der Wand blickte, »heute Morgen wollte ich Dir mein Leid klagen über den leeren Säckel von San Simeoni, jetzt plagen mich ganz andere Sorgen. Dem Sünder, der eben die *Confessio* ablegte, habe ich eine schwere Buße für seine Verfehlungen auferlegt. Es war der Hochmut seines Vaters, den er sich am Ende zu eigen machte, indem er selbst hochmütig wurde und glaubte, die Heirat mit einer gewissen Elena sei angemessener für ihn, als weiter für das Glück mit Lavinia zu kämpfen. Sein Hochmut war es, der ihn auch daran hinderte, die Sünde der Fleischeslust zu bereuen, zu sühnen und Lavinia zur Frau zu nehmen. Er hat ihr den Rücken gekehrt, hat sich blenden lassen von Elenas Schönheit. Siehst du das nicht auch so, Herr?«

Matteo sann eine Weile über das Gesagte nach, wog das Für und Wider seiner Gedanken ab und fuhr dann fort: »Mildernd mag in diesem Zusammenhang der Umstand sein, dass der Sünder seinem Vater zu Willen war, ihm also gehorchte, womit er im Sinne des vierten Gebotes handelte. Doch wie verhielte es sich, wenn der Sünder die Wahrheit gesagt haben sollte und, wie er behauptete, lediglich der Freund des Hochmütigen ist? In diesem Fall hätte ich einen verhängnisvollen Fehler begangen, seine Sünde wäre eine lässliche gewesen und hätte mit einer deutlich milderen Buße sanktioniert werden müssen. O Herr, gib, dass ich mich nicht geirrt habe!«

Die Ungewissheit, einen Fehler begangen zu haben, trieb Matteo am nächsten Morgen sehr früh aus den Federn. Nach einem kurzen Gebet, in dem er den Herrn um Beistand bat, lenkte er seine Schritte nach Süden, um zur Gemeinde San Mamolo zu gelangen.

Es war noch vor Tagesanbruch. Bologna, die rastlose, quirlige Metropole an der Savena, erwachte gerade erst zum Leben. Auf seinem Weg wählte Matteo kleine Nebenstraßen, die kaum vom Licht der nächtlichen Öllampen erhellt wurden, denn er wollte nicht erkannt werden. Ob er es schaffen würde, noch vor der Frühmesse zurück zu sein? Er bezweifelte es. Für alle Fälle hatte er den verschlafenen Dovizio aus dem Bett geholt und zu ihm gesagt: »Hör zu, Dovizio, ich muss für ein paar Stunden fort. Sollte ich zur Messe nicht wieder hier sein, schick die Gläubigen nach Hause.«

Der verschlafene Dovizio hatte erschreckt die Augen aufgerissen. »Hochwürden, welchen Grund soll ich ihnen nennen?«

»Denk dir etwas aus, dir wird schon was einfallen.«

»Aber was denn?«

»Ich, äh, hätte eine wichtige Verabredung.«

»So früh?«

»Ja … nein, zum Donnerwetter, frag nicht so viel.«

»Es stimmt also nicht?«

»Hör zu, Dovizio, du bist für mich Küster, Koch und Kantor, sei dieses eine Mal auch ein kleines bisschen Lügner. Genau betrachtet, ist es nicht einmal eine Lüge, um die ich dich bitte, allenfalls eine kleine Schwindelei.«

»Und die Gläubigen, die bei der Messe Trost und Stärkung suchen?«

»Nicken so früh ohnehin alle ein. Im Übrigen erscheint gewöhnlich kaum jemand außer der alten Mutter Carini. Und die will nur vor dem Seitenaltar für ihren verstorbenen Sohn beten. Und nun: Gott befohlen.«

»Gott befohlen, Hochwürden. Ich glaube, ich lege mich noch ein halbes Stündchen aufs Ohr.«

Matteo zog die Kutte fester um die Schultern. Es war kalt und klamm, feuchte Luft zog aus den Kanälen der Stadt herauf. Mit Anbrechen des Tageslichts erreichte er die ersten Häuser der Gemeinde San Mamolo. An einer Straßenecke stand ein kleiner Junge, der ein Nachtgeschirr in den Rinnstein entleerte. Als er den Pater in seiner Kutte bemerkte, bekreuzigte er sich.

»Guten Morgen, mein Sohn«, grüßte Matteo, »kennst du dich in dieser Gegend aus?«

Der Kleine nickte. »Kann schon sein.«

»Ich suche das Haus eines Mannes, dessen Sohn vor ungefähr zwei Wochen Hochzeit feierte.«

»Hier heiraten viele.«

Matteo fand, dass der Junge nicht besonders hilfsbereit war, ermahnte sich aber zur Geduld. »Ich meine das Haus eines reichen Seidenkaufmanns. Es ist eher ein Anwesen, mit großem Garten, ich glaube, es liegt in der Via … der Via …?«

»Meint Ihr die Via Castiglione?«

»Ja, die. Weißt du, wem das Haus gehört?«

»Ich glaube, Messer Pepoli.« Der Kleine streckte fordernd die Hand aus.

»Hat Messer Pepoli auch einen Vornamen?«

»Carlo.«

»Aha.« Den Namen Carlo Pepoli hatte Matteo schon gehört. »Und wie heißt sein Sohn?«

»Gioacchino.« Der Kleine hielt immer noch die Hand auf.

Matteo kramte nach einer kleinen Münze und legte sie hinein. »Die Via Castiglione ist ziemlich lang. Auf welcher Höhe finde ich das Haus?«

Der Kleine erklärte es.

»Danke.« Matteo wollte weitergehen, konnte sich aber eine Bemerkung nicht verkneifen. »Ich werde für dich beten, mein Sohn – allerdings ohne eine Gegenleistung dafür zu erwarten. Der Herr sei mit dir.«

Wenig später hatte er das Haus erreicht. Es war ein terrakottafarbener Prachtbau von gewaltigen Ausmaßen, um einiges größer als seine Kirche und weitaus beeindruckender. Matteo umrundete den Bau, entdeckte den angrenzenden Garten, der eher einem Park glich, und dahinter die ausgedehnten Stallungen. Er erinnerte sich, dass der Beichtende erzählt hatte, sein Freund habe als Kind viel Zeit darin verbracht. Nun, vielleicht war es kein schlechter Einfall, die Nachforschungen dort zu beginnen. Er öffnete eine knarrende Flügeltür und gelangte in einen langen Unterstand. Der Geruch nach Schweiß und Mist schlug ihm entgegen. Links und rechts in den Gattern erschienen neugierige Pferdeköpfe mit dampfenden Nüstern. Hier und da erklang ein Wiehern.

»Darf ich fragen, was Ihr hier sucht, Hochwürden?«

Matteo fuhr herum. Hinter ihm stand ein kräftiger Mann. Der Kleidung nach ein Knecht.

»Gelobt sei Jesus Christus«, sagte Matteo.

»In Ewigkeit. Amen«, ergänzte der Knecht, wie es der Brauch gebot.

Matteo war in diesem Augenblick dankbar, dass es die fromme Begrüßungsformel gab, denn sie verschaffte ihm die Möglichkeit, einer Antwort auszuweichen. Um noch mehr Zeit zu gewinnen, streckte er die Rechte vor, damit der Knecht seinen Priesterring küssen konnte. Als dies mit der gebotenen Ehrerbietung geschehen war, beschloss er, seinerseits eine Frage zu stellen: »Die Hochzeit des jungen Herrn Gioacchino war gewiss ein großes Ereignis für alle Bediensteten, nicht wahr?«

»O ja, Hochwürden, das war sie«, kam prompt die Antwort.

»Wenn auch die Feier im Haus des Gonfaloniers von einem tragischen Vorfall überschattet wurde, habe ich recht?«

»Ich weiß nicht, wovon Ihr redet, Hochwürden.«

»Nun, das geht mich auch nichts an. Die Zeremonie zuvor in San Petronio soll jedenfalls sehr schön gewesen sein.« Innerlich jubelte Matteo. Er war nun sicher, das Vaterhaus des Hochmütigen herausgefunden zu haben. Was blieb, war die Frage, ob der Beichtende, der ihm am gestrigen Tage gegenübergesessen hatte, nur der Freund des Hochmütigen war – oder gar der Hochmütige selbst. Ein Problem, bei dem der Knecht ihm sicher nicht helfen konnte. Matteo suchte nach einem nichtssagenden Satz, um sich verabschieden zu können, als ihm der Zufall zu Hilfe kam, und zwar in Form eines Rufs.

»Guido!«, erscholl es aus einem der hinteren Gatter. »Guido, wo steckst du nur? Ich glaube, Argonaut lahmt auf der rechten Hinterhand!«

»Ich komme schon, junger Herr!«, rief der Knecht, deutete Matteo gegenüber eine kurze Verbeugung an und lief in die Richtung, aus der die Stimme gekommen war.

Matteo drehte sich um und verließ mit raschen Schritten die Stallungen. »O mein Gott, ich danke Dir«, murmelte er im Davongehen, »Du hast alles so eingerichtet, dass ich klug wurde, ohne mein Wissen preisgeben zu müssen. Ich weiß nun, dass der junge Mann, der gestern bei mir gebeichtet hat, nicht der Freund des hochmütigen Sohnes war, sondern der Sohn selbst, denn ich habe seine Stimme zweifelsfrei wiedererkannt. Daraus folgt, dass ich keinen Fehler gemacht habe und ihm zu Recht die Buße für eine Todsünde auferlegte: nämlich niedere Arbeiten bei den Gauklern zu verrichten – bei ebenjenen Gauklern, deren Patron schwor, ihn zu töten, weil er seine Tochter geschwängert hatte und sie sitzen ließ.«

Matteo blieb abrupt stehen. Ein schrecklicher Gedanke war ihm gekommen: Würde der Patron seine Drohung wahr machen und in der Via Castiglione erscheinen, um den Sohn zu meucheln? Er hatte es schon ein Mal versucht, das wusste Matteo von der Beichte, und nichts sprach dagegen, dass er es noch einmal probieren würde. Das musste unbedingt verhindert werden! Doch wie? Wo finde ich die Gaukler?, fragte Matteo sich. Wo ziehen sie zur Winterzeit umher? Kann ich sie irgendwo aufspüren? Wohl kaum. Doch selbst wenn: Ich dürfte von der Mordabsicht nichts wissen, denn ich bin an das Beichtgeheimnis gebunden. Trotzdem, es muss versucht werden …

Unterdessen waren die Mauern von San Simeone wieder vor Matteo aufgetaucht. Gottlob schien tatsächlich niemand die Frühmesse besuchen zu wollen, nicht einmal die alte Carini. Stattdessen füllten sich die Gassen langsam mit fröhlichen, maskierten Menschen. Matteo beachtete sie nicht. Er ging ins Wohnhaus und befahl Dovizio, Isabella zu holen.

»Isabella?«, fragte der Küster. »Was wollt Ihr denn mit dem Maultier?«

»Ausreiten«, antwortete Matteo kurz. Ihm stand nicht der Sinn nach Diskussionen.

»Wie Ihr meint, Hochwürden.« Schulterzuckend entfernte sich Dovizio.

Wenig später war Matteo wieder unterwegs. Er nahm den Weg durch eines der nördlichen Stadttore, die Porta Mascarella, und lenkte Isabella auf die Via Ferrarese. Er tat dies, weil er hoffte, die Gaukler in dem kleinen Ort Bentivoglio anzutreffen. Gioacchino, der hochmütige Sohn, hatte den Dorfnamen erwähnt. Zwar sprach nichts dafür, dass die Gaukler sich dort aufhielten – allerdings sprach auch ebenso wenig dagegen. »Komm, Isabella, lauf ein bisschen schneller, damit wir wissen, ob ich mit meiner Vermutung richtigliege.«

Kurz vor Mittag tauchten ein paar Häuser am Straßenrand auf. Dahinter ragten alte Gemäuer und ein Wehrturm in die Höhe. »Das muss Bentivoglio sein, Isabella.«

Matteo ritt zum Kastell und entdeckte am Fuß der Mauern ein paar Wohnwagen. Sie waren kreisförmig aufgestellt, in ihrer Mitte brannte ein Kochfeuer mit einem Dreibein darüber. Matteo saß ab. »Warte hier, altes Mädchen. Es scheint, wir haben Glück.«

Er ging zu dem Kochfeuer, um das die Gaukler herumsaßen und das Mittagsmahl einnahmen. »Ich wünsche euch einen guten Appetit, der Herr segne eure Speise«, sagte er.

Die Gaukler blickten auf. Sie waren ein bunt zusammengewürfelter Haufen, Alt und Jung, Frauen und Männer. Ein

Zwillingspaar unter ihnen stach besonders hervor. Das müssen Leonello und Leonardo sein, schoss es Matteo durch den Kopf.

Einer der beiden Zwillinge fragte: »Was können wir für Euch tun, Hochwürden?«

»Euer Brot mit mir teilen«, antwortete Matteo, denn er hatte seit den frühen Morgenstunden nichts gegessen.

»Gern, seid unser Gast.« Der Zwilling machte eine einladende Geste. »Setzt Euch zu uns, wenn unsere Gesellschaft Euch willkommen ist.«

»Das ist sie. Ich bin Pater Matteo.«

»Mein Name ist Leonello, und das ist mein Bruder Leonardo.« Nacheinander nannte Leonello die Namen der anderen Gaukler.

Matteo nahm zwischen den Zwillingen Platz und ließ sich einen Löffel geben. Er kostete von der Suppe. Sie bestand aus Kohl und getrockneten Pilzen und schmeckte nicht sonderlich gut. Doch die Höflichkeit gebot es, sie zu loben.

Danach aßen sie gemeinsam.

Nachdem das Mahl beendet war, sagte Matteo: »Lasst uns für die Speise danken.« Die Gaukler falteten die Hände, und er sprach einen Vers aus dem hundertsechsunddreißigsten Psalm:

»Danket dem Herrn,
der allen Geschöpfen Nahrung gibt,
denn seine Huld währet ewig. Amen.«

»Amen«, wiederholten die Gaukler.

Um der unausgesprochenen Frage zuvorzukommen, sagte Matteo: »Ich bin in einer Mission unterwegs, über die ich nicht sprechen möchte. Aber ich bin euch sehr verbunden für eure Gastfreundschaft. Gibt es jemanden unter euch, dem ich Trost und Beistand spenden kann, so nennt mir seinen Namen. Ich will versuchen, ihm zu helfen.«

Leonello antwortete: »Trost und Beistand brauchen wir alle, Hochwürden, denn hinter uns liegt eine schwere Zeit. Besonderen Zuspruch aber benötigt unser Vater, der Patron Pamfalon.«

»Wo ist er?«, fragte Matteo.

»Dort drüben.« Leonello wies auf einen der Wohnwagen. »Er kapselt sich seit Tagen ab, isst und trinkt nicht, brütet nur noch vor sich hin.«

»Warum?«

»Weil er seine Tochter verloren hat.«

»Unsere Schwester«, ergänzte Leonardo.

»Ich werde für euch beten. Und ich will mit eurem Vater sprechen.«

»Danke, Hochwürden«, sagte Leonello.

Matteo stand auf, wobei er versuchte, sich den Schmerz in seinen Knien nicht anmerken zu lassen, und ging hinüber zu dem Wohnwagen. Er klopfte kurz an und trat ein.

Im Wagen erwartete ihn Halbdunkel. Durch die schmalen, mit Tierhäuten bespannten Fenster drang nur wenig Licht. Pamfalon saß in einer Ecke, klein und verhärmt, regungslos. Nur seine Hand strich mechanisch über ein Kleiderbündel, das neben ihm auf einer Truhe lag.

Matteo betrachtete den alten Mann und sah in ein Gesicht voller Trauer und Hass. Er spürte, dass Worte in diesem Augenblick nutzlos waren. Deshalb setzte er sich auf einen Schemel und wartete ab.

Lange schwieg Pamfalon. Er schien den Besucher kaum zu bemerken. Doch nach einer Weile wurden seine Bewegungen langsamer und erstarben schließlich ganz. Matteo glaubte schon, der Alte sei eingeschlafen, als dieser zu sprechen begann: »Eine blaue Hose und ein weißes Leinenhemd«, sagte er mit tonloser Stimme, »beides hat sie getragen, immer, wenn sie mit dem Schwindler zusammen war.«

Matteo blieb stumm. Er wusste, Pamfalon würde weitersprechen.

»Er hat ihr schöne Augen gemacht, tagelang. Hat uns alle an der Nase herumgeführt. Hat seinen Hochmut hinter harter Arbeit verborgen, nur um seinen Spaß mit ihr zu haben.«

»Von wem redet Ihr?«, fragte Matteo, der die Antwort kannte. Doch er musste sich unwissend stellen.

»Von Lavinia. Sie war meine Tochter. Der Schwindler hat ihr ein Kind gemacht.«

Matteo wartete darauf, dass Pamfalon seine Rede fortsetzte, aber der Alte schwieg. Wieder begann er, das Kleiderbündel zu streicheln.

Matteo sagte behutsam: »Ihr sprecht von Eurer Tochter, als sei sie tot. Glaubt mir, ich kenne den Schmerz, wenn man einen geliebten Menschen verliert. Auch ich hatte eine Tochter, dazu zwei Söhne und die wunderbarste Frau der Welt. Alle sind seit vielen Jahren tot. Ich verlor sie durch das Zehrfieber. Gott weiß, wie sehr ich dieses Fieber damals verflucht habe.«

»Und ich verfluche Gioacchino, den Hundsfott, der meine Tochter auf dem Gewissen hat!«, brach es aus dem Alten hervor.

»Das solltet Ihr nicht«, entgegnete Matteo freundlich, aber bestimmt. »Fluchen ist Sünde, Ihr macht Eure Tochter dadurch nicht wieder lebendig.«

»Ihr habt gut reden! Wie hättet Ihr reagiert, wenn Eure Tochter sich das Leben genommen hätte, weil ein Schwindler sie schwängerte und anschließend nicht mehr gesehen ward?«

»Um ehrlich zu sein – ich weiß es nicht.«

»Lavinia hat sich aus Verzweiflung das Leben genommen. Dafür wird er mit seinem eigenen Leben bezahlen.«

»Wie meint Ihr das?«

»Ich werde ihn töten!«

»Bitte, lasst davon ab. Die Rache ist mein, spricht der Herr.«

»Kommt mir nicht mit der Bibel! Steht darin nicht auch: Auge um Auge, Zahn um Zahn?«

»Das stimmt. Aber bei Matthäus im fünften Kapitel spricht unser Herr Jesus: … *Ihr habt gehört, dass gesagt worden ist: Auge für Auge und Zahn für Zahn. Ich aber sage euch: Leistet dem, der euch Böses antut, keinen Widerstand, sondern wenn dich einer auf die rechte Wange schlägt, dann halt ihm auch die andere hin.*«

»Wie kann ich an Jesus Christus glauben, wenn er solche Ungeheuerlichkeiten zulässt!«

»Beruhigt Euch, Pamfalon. Jeder trägt Gott in seinem Herzen. Auch Ihr. Überlasst es dem Allmächtigen, die Dinge auf Erden zu richten. *Wer zugrunde gehen soll, der wird zuvor stolz; und Hochmut kommt vor dem Fall …* so steht es in der Schrift. Vertraut auf Gottes Gerechtigkeit.«

»Ich vertraue keinem mehr!«

Matteo seufzte insgeheim. Das Gespräch hatte er sich einfacher vorgestellt. »Pamfalon, bitte hört mir zu: Wenn Ihr Gioacchino, den Ihr einen Schwindler nennt, tötet, ladet Ihr schwere Sünde auf Euch. Niemandem wäre mit der Tat gedient. Am allerwenigsten Euch. Denn Ihr würdet Euch danach um keinen Deut wohler fühlen.«

Pamfalon sagte nichts. Er streichelte weiter das Kleiderbündel.

»Denkt auch an Eure Söhne: Ihr würdet ihnen den Vater nehmen.« Matteo hielt inne und fuhr fort: »Darüber hinaus wären Eure Gaukler ohne Führung. Wollt Ihr Euch der

Verantwortung entziehen? Wollt Ihr alle ins Unglück stürzen? Ich behaupte, das wollt Ihr nicht!«

Pamfalon schwieg. Seine Hand ruhte auf dem Bündel. Seine Mundwinkel begannen zu zucken. Plötzlich brach es aus ihm hervor. Leise zunächst, dann ungehemmt. Er weinte, schluchzte, heulte wie ein Tier. Das ganze Leid, das sich über viele Tage in ihm aufgestaut hatte, trat plötzlich zutage.

Matteo beobachtete es und kam sich sehr hilflos vor. Er stand auf, ging zu dem alten Mann hinüber und legte ihm die Hand auf die Schulter. »Weint nur«, sagte er leise, »Tränen können sehr befreien. Ich weiß es aus eigener Erfahrung.«

Pamfalon beruhigte sich langsam. Er schnäuzte sich umständlich. »Aber wie soll es denn weitergehen?«

»Es wird weitergehen. Gott wird Euch den Weg weisen. Versprecht Ihr mir, von Eurem Vorsatz abzulassen?«

Pamfalon kämpfte mit sich. »Ja«, flüsterte er.

»Dann wird alles gut. Das Leben ist lebenswert, trotz allem. Ich werde für Euch beten. Und nun, Gott befohlen, mein Freund.« Matteo legte ihm die Hand auf die Stirn und segnete ihn zum Abschied.

Draußen ging er zu den wartenden Gauklern und sagte zu den Zwillingen: »Eurem Vater ist jetzt leichter ums Herz. Fragt ihn um Rat bei irgendeiner Arbeit, die zu verrichten ist. Das wird ihm guttun.«

»Danke, Hochwürden«, sagte Leonello.

»Das werden wir machen, Hochwürden«, sagte Leonardo.

Matteo bestieg Isabella und ritt heim nach Bologna.

Als er am Nachmittag in der Stadt eintraf, hallten die Straßen wider von Lärm und fröhlichen Rufen. Ihm fiel ein, dass es der Tag vor Epiphanias war, den viele Bolognesi zum

Anlass nahmen, ausgiebig zu feiern. Er kümmerte sich nicht darum, denn er hatte es eilig. San Simeone wartete. Ob Dovizio alle Arbeiten des Kirchenalltags erledigt hatte? Das Hauptschiff hatte gefegt, die Bänke hatten abgestaubt und die Altarkerzen erneuert werden müssen.

»Konntet Ihr Eure Verabredung wahrnehmen, Hochwürden?«, fragte Dovizio, nachdem Matteo ihn begrüßt hatte.

»Ja, danke.« Matteo musterte seinen Küster. Dovizio war von kleinem, gedrungenem Körperbau. Er hatte eine Gestalt, die nahezu ohne Hals in ein kugelrundes, gerötetes Gesicht überging, das häufig von einer mürrischen Miene beherrscht wurde. Doch der Eindruck täuschte. In Wahrheit steckte unter der rauen Schale ein weicher Kern, und es gab wenig, was Dovizio erschüttern konnte. Er diente schon eine halbe Ewigkeit in San Simeone und gehörte gewissermaßen zum Inventar. Matteo fuhr fort: »Ich hoffe, ich habe erreicht, was ich wollte. Und wie steht es mit dir? Hast du alles schaffen können während meiner Abwesenheit?«

»Selbstverständlich, Hochwürden.« Dovizio wirkte leicht gekränkt.

»Dann will ich mich in die Sakristei zurückziehen. Bitte sorge dafür, dass ich nicht gestört werde.«

»Ja, Hochwürden.«

Als Matteo mit sich und dem kleinen Kruzifix an der Wand allein war, fiel er auf die Knie, faltete die Hände und sprach: »O Herr, ich habe versucht, mein Bestes zu geben, damit Pamfalon seinen Seelenfrieden wiederfindet und sich nicht versündigt. Ich sagte ihm …«

»Hochwürden!«

»Was ist denn noch?« Ärgerlich wandte sich Matteo um. In der Tür stand Dovizio und rang aufgeregt die Hände.

»Hochwürden, verzeiht, aber eben kam die Nachricht,

dass zwei Straßen weiter ein Mann im Sterben liegt. Ein schrecklicher Unfall, so heißt es.«

»Ein Unfall? Ich komme.«

Dovizio verschwand, und Matteo wandte sich wieder an das Kruzifix. »O Herr, ich wollte Dir von Pamfalon berichten und für ihn beten, auf dass er Deine Gebote einhalte und nicht zum Mörder werde. Nun muss ich das Sterbesakrament geben und damit ein anderes Gebot einhalten. Doch welches ist wichtiger einzuschätzen? Das, welches ein Leben rettet, oder das, welches eine Seele rettet?

Manchmal, o Herr, ist es wirklich nicht leicht, Dein Diener zu sein.«

Die zweite der sieben Todsünden: Geiz

avaritia

Pater Matteo verließ seine Kirche und eilte hinaus auf den Vorplatz. Dovizio, sein Küster, hatte ihm soeben gemeldet, zwei Straßen weiter läge ein Mann im Sterben. Zwei Straßen weiter? Ebenso gut hätte er sagen können, im Labyrinth, denn an vielen Stellen glich Bologna einem Irrgarten. Matteo blickte sich hilfesuchend um. Wohin sollte er sich wenden? Seine Kirche, die Chiesa San Simeone, befand sich in der Via delle Lame, einer der größeren Straßen, die den Irrgarten wie die Speichen eines Rades durchzogen. Er beschloss, zur nächsten Nebenstraße zu laufen, dort würde man ihm vielleicht Auskunft geben können.

Doch das war leichter gedacht als getan, denn man schrieb den fünften Januar, den Tag vor Epiphanias, der Erscheinung des Herrn, auch Dreikönigsfest genannt. Das einfache Volk jedoch feierte das Fest von *La Befana*, der alten Hexe, die der Sage nach in der Nacht vom fünften auf den sechsten Januar von Haus zu Haus auf einem Besenstiel fliegt und Geschenke an die Kinder verteilt. Die Heiligen Drei Könige aus dem Morgenland, Caspar, Melchior und Balthasar, hatten ihr zuvor von der Geburt Christi erzählt und sie aufgefordert, sie zu begleiten. Da aber *La Befana* noch am Webstuhl saß und ihre Arbeit beenden wollte, brach sie ein paar Tage später auf und fand das Jesuskind nicht mehr im Stall vor. So begann ihre rastlose Suche, auf der sie den Kindern in aller Welt begegnete und sie mit Naschwerk und Süßigkeiten beschenkte. Ein Anlass, der in der Stadt von Groß und Klein ausgelassen gefeiert wurde und dafür sorgte, dass auf den Straßen der Teufel los war.

Matteo nahm den Leuten ihren heidnischen Brauch nicht übel. Sie hatten es im Alltag schwer genug. Wenn sie ihm nur nicht ständig im Weg stehen würden!

»Autsch!« Jemand hatte ihn unsanft angerempelt. Es war ein Mädchen mit einer Hexenmaske, das sich einen Besenstiel zwischen die Beine geklemmt hatte. Dazu sang es den Vers:

»La Befana vien di notte
con le scarpe tutte rotte …«

Der Vers war lustig, wenn auch ein Widerspruch in sich, denn entweder ritt *La Befana* auf einem Besenstiel, oder sie ging zu Fuß und zerschliss ihr Schuhwerk. Matteo schalt sich ob der müßigen Gedanken und fasste die Kleine am Schlafittchen. »Hör mal!«, rief er gegen den Lärm um ihn herum an. »Hier in der Gegend soll ein Unfall passiert sein. Weißt du, wo?«

Der Kopf mit der Maske nickte. Ein nackter Arm deutete in Richtung Via Casa piccina.

»Danke, Kleine.«

»La Befana vien di notte …«

Matteo eilte weiter. Wenig später hatte er die Gasse erreicht. Wie in vielen Straßen Bolognas waren auch hier die Häuser in Blocks errichtet und über langen Arkaden erbaut. Von den Arkaden sagte man, sie seien zum Schutz vor Regen und Schnee angelegt, besonders für die vielen Studenten, die sich tags und nachts auf den Straßen herumtrieben. Das mochte stimmen oder nicht, in jedem Fall lag unter einem der Arkadenbögen ein lebloser Mann mittleren Alters, umringt von nutzlosen Gaffern, denen nichts anderes einfiel, als lange Hälse zu machen. Wenigstens einer unter ihnen schien sich nicht nur aufs Glotzen zu beschränken, sondern war niedergekniet und kümmerte sich um den Verletzten.

Matteo musste die Ellbogen einsetzen, um den Ring der Gaffer zu durchbrechen. »Lasst mich durch!«, rief er. »Ich bin Priester.«

Die Leute sahen die Kutte mit dem silbernen Kreuz und gehorchten, wenn auch widerwillig. Matteo erkannte mit einem Blick, wie ernst die Situation war. Der Verletzte hatte das Bewusstsein verloren. Er lag in gekrümmter Position halb auf der Seite. Die Haare auf seinem Schädel waren blutverklebt.

Der Kniende blickte auf. »Gut, dass Ihr kommt, Hochwürden. Der Mann wurde von einem Ziegelstein getroffen, der sich über uns aus dem Arkadenbogen löste. Er hat eine Impressionsfraktur. Ich fürchte, er stirbt.«

Matteo beugte sich hinunter und betastete behutsam den Schädel. Was er fühlte, war eine dreiecksförmige Delle. »Ihr habt recht. Die *calvaria* ist im hinteren Bereich eingedrückt, wohl von einer Ecke des Ziegelsteins. Ich vermute, der Mann hat überdies ein intrakranielles Hämatom davongetragen. Wir könnten es mit einer Trepanation versuchen, um den Druck vom Gehirn zu nehmen.«

»Ihr überrascht mich, Hochwürden. Ihr seid gekleidet wie ein Priester, aber Ihr redet wie ein Arzt.«

»Ich habe früher als Medicus gearbeitet, doch das liegt lange zurück. Ich bin Pater Matteo.«

»Angenehm, Hochwürden.« Der Kniende erhob sich und deutete eine Verbeugung an. »Ich bin Doktor Marcello Galbaio. Ich habe ebenfalls Medizin studiert, in Padua, Erfurt und zuletzt am hiesigen Archiginnasio.«

»Dann sollten wir keine Zeit verlieren. Ich schlage vor, wir lassen den Patienten in meine Kirche bringen, da in dieser Zeit alle Hospitäler überfüllt sein dürften. Es ist die Chiesa di San Simeone, nicht weit von hier.«

»Einverstanden, aber ich habe nur einen Koffer mit kleinem *Armamentarium chirurgicum* dabei.«

»Das muss reichen. Zur Not besitze auch ich noch ein paar Teile, die zur Ausrüstung des Chirurgen gehören. Vielleicht können wir gemeinsam ein Leben retten.«

Sie befahlen zwei kräftigen Burschen, den Patienten auf einen Karren zu legen und diesen zur Kirche zu ziehen. Auf ihrem Weg durch die dicht gedrängten Feiernden wurden sie immer wieder mit spöttischen Zurufen bedacht, denn nicht wenige glaubten, der Bewusstlose auf dem Karren sei ein Opfer des Trunks. Zuckerwerk und Kandiertes flogen durch die Luft. Hier und da ging eine aus Stroh geformte Hexenpuppe lichterloh in Flammen auf, begleitet von dem Gejohle der Menge. Matteo dachte bei sich, wie unsinnig der heidnische Brauch um *La Befana* war, denn er verlangte, dass eine gute, Naschwerk verteilende Hexe am Ende verbrannt wurde. Laut sagte er: »Da vorn, das gotische Gebäude, das ist San Simeone. Wir bringen den Patienten am besten in die Sakristei. Dort sind wir ungestört.«

In der Sakristei dankten sie den beiden Burschen, die den Karren gezogen hatten, und lehnten den Patienten sitzend gegen die Wand mit dem hölzernen Kruzifix. Sie sicherten Kopf und Oberkörper mit einem kräftigen Seil, und Galbaio begann ohne Umschweife, das Haupthaar mit einem Schermesser zu entfernen. Im Schein zweier Laternen wurde klar, dass die Diagnose stimmte: Es handelte sich um eine Impressionsfraktur.

»Ich habe in meinem *Armamentarium* mehrere Trepane und einen Bogen, um sie in Drehbewegung zu versetzen, aber ich fürchte, keiner von ihnen hat die richtige Größe«, sagte Galbaio.

»Wartet.« Matteo verschwand und kehrte kurz darauf zurück. »Der müsste passen.«

Der junge Arzt nahm ihn und musterte ihn kritisch. Es war ein metallischer Bohrzylinder, dessen eines Ende in scharfe Sägezähne auslief, was ihm das Aussehen einer umgekehrten Krone verlieh. In seiner Mitte befand sich ein herausnehmbarer Dorn, mit dem er im Schädelknochen fixiert werden konnte. »Ihr habt ein gutes Auge, Hochwürden. Doch bevor ich mit dem Trepanieren beginne, sollten wir sicherstellen, das entstehende Loch auch schließen zu können. Am besten mit einer Goldmünze, denn wie Euch sicher bekannt ist, verursacht Gold als edelstes Metall am wenigsten Infektionen und Brände. Ich muss allerdings gestehen, dass ich damit nicht dienen kann. Ich gehöre nicht zu den Begüterten dieser Stadt.«

»Wem sagt Ihr das«, antwortete Matteo, »mir und meiner Kirche ergeht es genauso. Unser Patient jedoch sieht aus, als sei er recht betucht. Ich denke, die Situation erlaubt es, einen Blick in seine Gürteltasche zu werfen.« Er öffnete die Tasche und förderte eine Reihe von Utensilien zutage. Darunter mehrere Schlüssel am Bund, ein Siegel, fünf Würfel, ein Vergrößerungsglas, wohl zum leichteren Lesen kleiner Buchstaben, ein Ohrlöffel, Stahl und Stein, um Feuer zu schlagen, dazu Münzen in einem eingenähten Zugbeutel sowie mehrere gefaltete Papiere, bei denen es sich offenbar um Briefe handelte.

Matteo glättete die Briefe und überflog sie. »Der Mann heißt Orso Partecipazio«, sagte er. »Er scheint Geldwechsler zu sein, denn er unterhält eine Schreibstube im Palazzo dei Notai, wo auch die Notare ihre Kanzleien haben. Sein Haus steht an der Piazza Maggiore, also in unmittelbarer Nähe.«

»Dann haben wir vielleicht Glück«, sagte Galbaio, während er die letzten Haare abrasierte. »Schaut in den Zugbeutel.«

Matteo öffnete den Beutel und schüttelte den Inhalt in seine Handfläche. Es blinkte und blitzte. »Es scheint ein

Gold-Scudo dabei zu sein. Der Mann ist wahrhaftig nicht arm.«

»Gebt mir die Münze.« Galbaio verglich ihren Durchmesser mit dem des Trepans. »Die Größe stimmt überein. Wir können weitermachen. Ich hoffe nur, dass unserem Patienten die gnädige Ohnmacht erhalten bleibt.«

»Wenn nicht, sollten wir ihm *Liquor Laudanum* gegen die Schmerzen geben.«

»Womit ich ebenfalls nicht dienen kann.«

»Ich auch nicht.« Matteo rief nach Dovizio. Der gedrungene Küster erschien, sah den Verletzten am Boden sitzen, sah das Blut, die Haarbüschel, die Instrumente und wollte auf dem Absatz kehrtmachen. Doch Matteo hielt ihn fest. »Dovizio«, sagte er, »sei so gut und laufe zur Farmacia Del Monte und grüße den Apotecarius Colberti von mir. Er soll dir eine Flasche Laudanum geben. Und wenn du zurück bist, bring gleich auch einen Krug Wasser mit.«

Dovizio blickte entrüstet. »Hochwürden, ich bin nicht Euer Handlanger!«

»Ich weiß, Dovizio, du bist für mich Küster, Koch und Kantor, bitte, sei dieses eine Mal auch ein kleines bisschen Bote. Zumal du damit helfen kannst, ein Leben zu retten.«

Dovizio verschwand, noch immer ein wenig beleidigt. Galbaio hielt mittlerweile ein Skalpell in der Hand, um die Kopfhaut einzuschneiden. »Ich überlege, wie ich die Inzision vornehme.«

»Vielleicht in Doppel-T-Form?«, schlug Matteo vor. »Soviel ich weiß, arbeiteten die alten Meisterärzte häufig nach diesem Muster.«

»Versuchen wir es.« Galbaio setzte die Klinge an und blickte noch einmal auf. »Um ehrlich zu sein, ist dies meine erste Schädelöffnung. Ich habe während meines Studiums lediglich einmal bei einem derartigen Eingriff zugeschaut.«

»Ich habe auch keinerlei Erfahrung darin«, sagte Matteo. »Aber zusammen schaffen wir es.« Er gab sich damit zuversichtlicher, als er in Wirklichkeit war, doch das musste der junge Arzt nicht unbedingt wissen.

»Fangen wir an.« Galbaio führte konzentriert das Skalpell, nahm danach einen Spatel, löste damit die Hautlappen und schob sie auseinander. Matteo hielt sie mit Daumen und Mittelfinger an ihrem Platz und tupfte mit der anderen Hand das hervortretende Blut ab. Galbaio griff zu einem Schaber und entfernte einige Gewebereste, bis das Schädeldach weiß und sauber vor ihnen lag.

Unterdessen war Dovizio zurück mit dem Laudanum und einem Krug Wasser. Er stellte beides ab und fragte, den Anblick der Operationsstelle angestrengt vermeidend: »Braucht Ihr mich noch, Hochwürden?«

»Ja, bitte putze diesen Gold-Scudo mit Essigwasser, bis er nur so funkelt. Er muss makellos sauber sein. Danach magst du gehen.«

Dovizio gehorchte, während Galbaio den Trepan mit Hilfe des Dorns ansetzte. Er drehte das Instrument ein paar Mal von Hand hin und her, bis die Zähne gefasst hatten. Gottlob befand sich der Patient nach wie vor in einem Zustand barmherziger Bewusstlosigkeit.

Matteo ergriff vorsorglich den Wasserkrug.

Galbaio nahm den Trepanierbogen, wickelte die Saite um den Körper des Trepans und begann, ihn einige Male probehalber hin und her zu ziehen. Mit leichtem Druck fraßen die Zähne sich in den Knochen. »Seid Ihr bereit, Hochwürden?«

»Ich bin es.«

Gleichmäßig führte Galbaio den Bogen, der Trepan drehte sich nach links, nach rechts und wieder nach links, während Matteo die Hautlappen weiterhin auseinanderhielt. Kleine Knochenspäne, fein wie Mehl, lösten sich. Matteo pustete sie zur Seite und goss Wasser auf die Bohrstelle. Galbaio machte weiter, ruhig und stetig, bis er einen leichten Widerstand spürte, ein Zeichen dafür, dass der Trepan sich fast durch die Knochendecke gearbeitet hatte. Nachdem auch dieses letzte Hindernis überwunden war, entfernte Galbaio das kreisförmige Schädelstück mit einer Pinzette.

»Der Gold-Scudo ist sauber, kann ich nun gehen?«, drängte Dovizio.

Matteo nahm die Münze entgegen und überprüfte sie. »Gewiss«, sagte er und widmete seine Aufmerksamkeit wieder der Operation. Unter der geöffneten Schädeldecke erblickte er die offene Hirnhaut, auf der sich, bedingt durch die Impressionsfraktur, mehrere krustige Blutklümpchen gebildet hatten.

»Sehen wir nach, ob die *Dura mater* unverletzt ist«, murmelte Galbaio, während er begann, die Klümpchen zu entfernen. »Nein, es sieht leider nicht so aus«, fuhr er wenige Augenblicke später fort. »Sie ist beschädigt. Kein gutes Zeichen.«

»Wir müssen trotzdem weitermachen und können nur hoffen«, sagte Matteo.

»Und beten.« Galbaio lächelte. »Doch dafür seid Ihr zuständig, Hochwürden.«

Matteo erwiderte das Lächeln. »Alles zu seiner Zeit.«

Galbaio nahm den Gold-Scudo und drückte ihn mit einiger Mühe in das geschaffene Rundloch. »Er sitzt so stramm, dass eine weitere Befestigung am Knochen nicht vonnöten ist. Wenn alles gut geht, wird der Schädel im Laufe der Verheilung Wülste ausbilden, die das Geldstück wie ein Ring umspannen«, erklärte er. Dann griff er zu Rundnadel und Chirurgenfaden und begann, die Hautlappen zu vernähen.

»Meinen Respekt«, sagte Matteo. »Ich weiß noch genau,

wie man sich fühlt, wenn man eine Operation zum ersten Mal durchführt. Ihr habt es großartig gemacht.«

»Danke, Hochwürden. Das Lob gebe ich uneingeschränkt zurück. Doch wir wollen den Tag nicht vor dem Abend loben.«

»Ihr habt recht. Leider ist unser Patient noch immer nicht aufgewacht. Haltet Ihr ihn für transportfähig?«

Galbaio legte Nadel und Faden zur Seite und fühlte den Puls des Operierten. »Das Herz schlägt schwach, aber gleichmäßig. Ich denke, ja.«

»Dann sollten wir ihn mit Dovizios Hilfe zu seinem Wohnsitz bringen lassen. Die Angehörigen werden sich gewiss schon um ihn sorgen.«

»Das denke ich auch.« Galbaio schloss den Koffer mit seinem *Armamentarium.* »Ich werde den Patienten selbstverständlich begleiten und den Transport überwachen.«

»Das ehrt Euch. Darf ich Euch danach zu einer kleinen Stärkung in mein Wohnhaus einladen? Es liegt direkt neben der Kirche und ist nur ein bescheidenes Domizil. Darüber hinaus kann Dovizio, der für mich kocht, nicht gerade als ein Jünger Lukulls bezeichnet werden, aber vielleicht mögt Ihr dennoch kommen?«

»Gern, Hochwürden.« Man sah Galbaio an, dass er sich freute. »Doch ich weiß nicht genau, wann ich zurück sein kann.«

»Das macht nichts. Das Essen wird bereitstehen.« Matteo rief nach Dovizio und erklärte ihm, er müsse einen Pferdewagen besorgen und den Patienten nach Hause bringen.

Der Küster runzelte die Stirn und wollte etwas entgegnen, aber Matteo kam ihm zuvor: »Bitte, Dovizio, ich weiß, du bist für mich Küster, Koch und Kantor, sei dieses eine Mal auch ein kleines bisschen Kutscher.«

Dovizio fügte sich brummend und trug mit Galbaios Unterstützung den Patienten vor die Kirchentür. Matteo atmete tief durch und wandte sich an das hölzerne Kruzifix: »Herr«, sprach er, »Du hast gesehen, dass getan wurde, was getan werden konnte. Alles Weitere liegt nun in Deiner Hand. Der Patient Orso Partecipazio ist ein Geldwechsler, was die Vermutung nicht ausschließt, dass er ähnlich sündhaft gehandelt hat wie die Händler und Geldwechsler, die Du als Knabe aus dem Jerusalemer Tempel vertriebst. Sollte das so sein, bitte ich für ihn um Deine Gnade und Barmherzigkeit. Gib, dass er wieder ganz gesund wird. Amen.«

Matteo verließ die Sakristei und ging die wenigen Schritte hinüber zu seinem Wohnhaus. Von Dovizio, Galbaio und dem Patienten war nichts mehr zu sehen. Offenbar war es dem Küster rasch gelungen, einen Wagen aufzutreiben. Matteo spürte ein Gefühl der Verbundenheit. Dovizio hatte zwar Ecken und Kanten, aber wenn es darauf ankam, war auf ihn Verlass.

In der Küche seiner Wohnung fachte Matteo zunächst das Feuer an und legte etwas Scheitholz nach, denn es war kalt. Dann schaute er, was an Essbarem da war. Wie sich zeigte, war kaum noch etwas vorhanden. Er seufzte. Dovizio war wieder einmal nicht zum Einkaufen gekommen. Also musste er selbst kochen. Aber was? Am besten *vermicelli.* Das waren kleine, getrocknete Nudeln, die so hießen, weil sie die Form von Würmchen hatten. Er stellte Wasser auf den Ofen und maß drei Portionen *vermicelli* ab. Wenn Galbaio und Dovizio zurückkämen, würde er die Nudeln in das kochende Wasser geben und sie anschließend mit Salz und Olivenöl verfeinern. Zusammen mit einem Sangiovese aus der Gegend würden sie eine einfache, aber gute Mahlzeit abgeben.

Matteo setzte sich an den Tisch und wartete. Seine Gedanken kreisten um den jungen Arzt, der mit so bemerkenswerter Umsicht die Operation durchgeführt hatte. Ob der Patient überleben würde? Er war ein kräftiger Mann in den besten Jahren, ein wenig übergewichtig, aber von guter Konstitution. Matteo sprach eine kurze Fürbitte, damit der Allmächtige ihm baldige Genesung schenke, und wartete weiter.

Draußen auf der Via delle Lame und in den angrenzenden Straßen wurde unvermindert weitergefeiert. Lachen, Schreie, Rufe und Gesänge drangen durch das kleine Küchenfenster herein. Dazu ein brenzliger Geruch, der wohl von der Verbrennung der Strohpuppen herrührte. *La Befana,* die gute, böse Hexe, war für dieses Jahr zum letzten Mal auf ihrem Besenstiel unterwegs. Morgen würde der ganze Spuk vorbei sein und Epiphanias gefeiert werden. Das Fest der Erscheinung des Herrn und der Anbetung durch die Weisen aus dem Morgenland.

Das Wasser kochte. Matteo nahm den Topf vom Feuer, legte etwas Holz nach und wartete weiter. Er überlegte, welchen Inhalt er seiner morgigen Predigt geben sollte. Natürlich musste ein Bezug zu Epiphanias hergestellt werden, dies jedoch möglichst mit einfachen Worten und Vergleichen. Er hielt nichts davon, den Glauben zu verwissenschaftlichen. Die christliche Lehre sollte leicht verständlich sein, Güte, Stärke und Geborgenheit vermitteln.

Ob er sich vorab schon ein Glas Wein gönnen sollte? Nein, er musste warten. Galbaio und Dovizio konnten auch nichts trinken. Andererseits: Wem nützte es, wenn er sich den kleinen Genuss versagte? Matteo schenkte sich ein halbes Glas voll. Als er es an die Lippen setzen wollte, erschien Dovizio und nahm wortlos neben ihm Platz.

»Na, und?«, fragte Matteo nach einer Weile. »Spann mich nicht so auf die Folter.«

»Undank ist der Welten Lohn«, knurrte Dovizio.

»Wie meinst du das?«

»Wie ich es sage, Hochwürden. Als wir im Haus von diesem Geldwechsler ankamen, schien seine Frau sich nicht besonders über seinen Zustand zu grämen. Erst dachte ich, sie glaube, ihr Mann sei nur betrunken, aber dem war nicht so. Sie sah den verbundenen Kopf an und fragte: ›Ist er tot?‹

›Nein‹, antwortete der Doktor. Daraufhin stellte er sich vor und sagte, der Patient brauche viel Ruhe und leichte, bekömmliche Kost, wenn er wieder zu sich käme. Mit Gottes Hilfe werde er genesen.‹«

Matteo fragte: »Und was geschah dann?«

»Dann, so sollte man meinen, hätte die Frau sich dankbar zeigen müssen, aber sie machte keinerlei Anstalten dazu. Nur einer Magd befahl sie, ein Bett für den Kranken vorzubereiten. Das war schon alles.«

»Sehr groß scheint die Liebe zwischen den Eheleuten nicht zu sein«, sagte Matteo. Er dachte an den herabgefallenen Ziegelstein und fragte sich, ob der Unfall nicht ein Anschlag gewesen war – veranlasst von einer missgünstigen Ehefrau. Auszuschließen war das nicht. Denn neben Anstand und Moral traten in der Stadt zunehmend Zerfallserscheinungen auf. Die Korruption blühte, Posten und Ämter wurden an den Höchstbietenden verkauft oder einem Verwandten zugeschoben, brutale Fehden zwischen Familien und Familienangehörigen waren gang und gäbe. Über fünfundzwanzigtausend Verbrechen zählte man jedes Jahr in der Stadt, da war es fast schon normal, wenn ein unliebsamer Ehemann zu Tode kam.

»Wo ist Galbaio jetzt?«, fragte Matteo.

»Er sagte, er wolle noch so lange bei dem Kranken bleiben, bis er aus seinem Zustand erwacht sei. Ich soll Euch einen Gruß ausrichten, er bäte um Verständnis, es könne etwas später werden.«

»Das habe ich«, sagte Matteo. »Aber ich habe auch Hunger. Ich werde heute für uns kochen. Es gibt *vermicelli.*«

»*Vermicelli?* Nicht gerade meine Lieblingsspeise.«

»Es ist nichts anderes da. Ich kenne einen, der es versäumt hat, auf den Markt zu gehen und einzukaufen.«

»Verzeiht, Hochwürden, aber ich habe auch nur zwei Beine.«

»Was du nicht sagst.« Matteo brachte das heiße Wasser erneut zum Kochen und warf die Nudeln hinein. »Vielleicht sollten wir vorher ein Glas Wein trinken«, sagte er versöhnlich. »Es war ein langer Tag.«

Sie steckten die Nase ins Glas, schlossen die Augen, erfreuten sich am kräftigen Aroma und nahmen einen Schluck. Dann warteten sie schweigend, bis die Nudeln gar waren. Matteo tischte sie auf, gab Salz und Öl hinzu, und sie aßen.

Nach dem letzten Bissen wischte Dovizio sich den Mund und sagte: »Die Speise war doch recht annehmbar, Hochwürden. Ihr solltet öfter kochen.«

»Das könnte dir so passen.«

Dovizio grinste. »In jedem Fall danke ich dem Herrn für das, was Er uns beschert hat, und würde gern zu Bett gehen. Es sei denn, Ihr braucht mich noch.«

»Nein, geh nur. Gute Nacht.«

Als der Küster verschwunden war, stellte Matteo die restlichen *vermicelli* warm und genehmigte sich ein weiteres Glas Wein. Müdigkeit überkam ihn.

Es klopfte leise an der Tür. Er schreckte auf. *»Entra!«*

Galbaio trat ein. *»Buonasera,* Hochwürden. Ich konnte leider nicht früher kommen.«

»Das macht nichts. Setzt Euch.« Matteo musterte den Arzt. »Ihr seht nicht gerade glücklich aus. Was ist passiert?«

»Etwas, mit dem jeder in unserer Zunft leben lernen muss, Hochwürden.«

»Wollt Ihr damit sagen …?«

»Ja, unser Patient ist tot.« Galbaio seufzte und vergrub das Gesicht in den Händen.

»Das ist schlimm.« Matteo wusste, dass jedes tröstende Wort fehl am Platze sein würde. Er wartete eine Weile, dann sagte er: »Trinkt erst mal ein Glas Wein.«

Galbaio nahm einen Schluck.

»Es sind auch noch *vermicelli* da. Leider nur lauwarm, aber immerhin.« Matteo stellte die Nudeln auf den Tisch. »Esst in Ruhe, danach erzählt Ihr mir alles.«

Folgsam aß der junge Arzt. Man sah, dass er kaum schmeckte, was er zu sich nahm. Dennoch lobte er höflich die Speise. Als er fertig war, hob Matteo sein Glas. *»Salute!«*

»*Salute*, Hochwürden. Offen gesagt, ist mir nicht nach Trinken zumute.«

»Trinkt trotzdem, manchmal ist Wein Medizin. Und dann berichtet.«

Galbaio nippte an dem Wein und begann: »Wenn ich nicht wüsste, dass es Wirklichkeit ist, würde ich denken, ich hätte geträumt, denn nichts ereignete sich so, wie man es erwarten konnte. Es begann damit, dass die Ehefrau weder überrascht noch besorgt zu sein schien, als Dovizio und ich den Patienten in sein Haus brachten. Und es ging weiter damit, dass sie offenkundig kein Interesse daran hatte, ihm die bestmögliche Pflege angedeihen zu lassen. Vielmehr war sie sehr bemüht, einen jungen, gut aussehenden Herrn unbemerkt aus dem Haus zu schleusen. Ich berichtete von unserer Operation und fragte sie, wo wir den Patienten betten könnten. Sie verwies mich an eine der Mägde. Das Unverständnis in meinem Gesicht veranlasste sie schließlich, etwas von Kopfschmerzen zu murmeln, es ginge ihr nicht gut, sie müsse sich zurückziehen. Ich bot ihr meine Hilfe an, aber sie lehnte ab. Später jedoch, als ich am Bett des Patienten saß und Wache hielt, sah ich zufällig, wie sie das Haus rasch durch einen Nebeneingang verließ. Wenn Ihr mich fragt, Hochwürden, stimmte da etwas nicht. Da stimmte etwas ganz und gar nicht.«

»Ich bin Eurer Meinung. Die Frage ist, ob unser Patient zufällig oder absichtlich von dem Ziegelstein getroffen wurde. Ich vermute, es war ein Anschlag, den die Ehefrau in die Wege leitete. Doch ob das zutrifft, weiß ich nicht. Eines jedenfalls ist gewiss: Vor dem obersten aller Richter wird die Frau sich verantworten müssen.«

Galbaio lächelte schmerzlich. »Offen gestanden, als Arzt tröstet mich das wenig. Ich habe versagt.«

»Ihr habt das Menschenmögliche getan. Das sage ich Euch als einer, der selbst den Arztberuf ausübte.«

»Danke für Eure Worte, Hochwürden.«

»Es war Gottes Wille, dass der Geldwechsler Partecipazio starb. Im Übrigen habe ich mich natürlich auch gefragt, ob uns bei der Operation ein Fehler unterlaufen ist, aber ich bin zu dem Schluss gekommen, dass wir unsere Arbeit gut gemacht haben. Erzählt mir nun, wie unser Patient zu Tode kam.«

Galbaio zuckte mit den Schultern. »Wenn ich das wüsste, Hochwürden. Ich saß an seinem Bett, überprüfte regelmäßig Atmung und Puls und muss dennoch irgendwann für kurze Zeit eingeschlafen sein. Als ich aufwachte, sah ich mit einem Blick, dass der Kranke verstorben war. Woran, war äußerlich nicht zu erkennen. Ich vermute aber, dass sich unter der verletzten *Dura mater* noch Blutgerinnsel befanden. Sie mögen der Grund für den Exitus sein.«

»Da könntet Ihr richtigliegen.«

»Ich habe eine Bescheinigung über den Tod ausgestellt und dann einen Priester gerufen.«

»Warum habt Ihr mich nicht rufen lassen?«

»Das wollte ich, aber die Ehefrau war zwischenzeitlich zurückgekehrt und sagte, sie wünsche Beistand durch Pater Anselmo von San Petronio.«

»Dann ist es gut.«

»Nein, nichts ist gut, Hochwürden. Der Geldwechsler Partecipazio ist schon der zweite Patient, der mir innerhalb kurzer Zeit unter den Händen gestorben ist.«

»Der Tod gehört nun einmal zum Beruf des Arztes. Das geht uns Priestern im Übrigen genauso.«

»Gewiss, Hochwürden. Es ist nur so unsagbar schwer, sich damit abzufinden. Vielleicht übe ich den Arztberuf auch noch nicht lange genug aus. Bei dem zweiten Todesfall allerdings« – Galbaio hielt inne und schien mit sich zu kämpfen, ob er weiterreden solle –, »beim zweiten Todesfall allerdings …«

»Sprecht nur, ich höre.«

Galbaio holte tief Luft. »Ja, vielleicht sollte ich darüber sprechen, denn es belastet meine Seele.«

»Wollt Ihr beichten?«

»Ich weiß nicht, Hochwürden, es ist schon spät.«

»Ich habe Zeit.«

»Danke, Ihr seid sehr freundlich, aber ich glaube nicht, dass es richtig wäre.«

»Nanu, warum nicht?«

»Nun, äh, ich erwähnte schon, dass ich nicht zu den Begüterten dieser Stadt zähle. Der Grund liegt darin, dass die meisten Kranken sich lieber den Händen eines erfahrenen Arztes anvertrauen. Mir bleiben häufig nur die Patienten mit wenig Geld. Ich kann mir deshalb kein eigenes Haus leisten und wohne noch immer in einer Studentenunterkunft.«

»Das Problem kenne ich.« Matteo nickte. »Ich habe zu meiner Zeit auch für ein paar Monate so gewohnt. Aber warum erzählt Ihr mir das?«

»Weil die Regeln in der Unterkunft streng sind. Wer nach Mitternacht kommt, findet keinen Einlass mehr und muss am nächsten Tag zur Strafe einen Obolus entrichten.« Galbaio lächelte flüchtig. »Und das kann ich mir nicht leisten.«

»Ich verstehe. Doch Euch soll geholfen werden. Kommt morgen um die vierte Nachmittagsstunde zu mir in die Kirche. Dann bleibt noch genügend Zeit bis zur Abendmesse. Ich werde Euch im Beichtstuhl erwarten, und Ihr könnt Euch alles von der Seele reden.«

Galbaio zögerte, sagte aber: »Gut, Hochwürden. Ich werde da sein.«

Zur festgelegten Zeit saß Matteo im Beichtstuhl und lauschte den leisen Geräuschen, die von außen an sein Ohr drangen: dem Murmeln der Gläubigen, die ein Ave-Maria oder einen freudenreichen Rosenkranz beteten, dem Hüsteln, Rascheln, Räuspern, dem Klimpern, wenn jemand eine Münze in die Opferbüchse warf – vertraute, willkommene Laute, die sich Tag für Tag wiederholten.

Schritte näherten sich. »Pater Matteo?«

»Ja, ich warte hier auf Euch.« Matteo hörte, wie Galbaio sich ihm gegenüber hinsetzte.

»Ich hoffe, Ihr fandet gestern Abend noch Einlass in Eure Unterkunft?«, begann er das Beichtgespräch.

»Ja, danke, Hochwürden. Ich kam gerade noch rechtzeitig. Allerdings hatte ich eine unruhige Nacht. Der Schlaf wollte sich nicht einstellen. Immerzu musste ich an die heutige Beichte denken. Es fällt mir schwer, über meine Verfehlungen zu sprechen.«

»Da geht es Euch wie vielen. Wir sind alle Sünder, denn wir sind Menschen. Doch uns wird vergeben werden, wenn wir ehrlichen Herzens bereuen.«

»Das lässt mich hoffen. Darf ich etwas weiter ausholen, Hochwürden?«

Matteo lehnte sich auf seinem Sitz zurück und streckte die Beine aus. »Gewiss. Nehmt Euch die Zeit, die Ihr braucht.«

»Danke. Ich will über einen Mann erzählen, der einer der Geizigsten war, die jemals in unserer Stadt lebten. Sein Name lautet Umberto Fanti.«

»Umberto Fanti?« Matteo glaubte, den Namen schon einmal gehört zu haben. Dann fiel es ihm ein. Der Mann war Gast bei einem Fest des Seidenkaufmanns Carlo Pepoli gewesen. Bei diesem Fest war die Gauklerin Lavinia aufgetreten, die den Geizhals in einen derart entrückten, willenlosen Zustand versetzt hatte, dass er freiwillig viele Scudi an die anderen Gäste verteilte. Ein Vorgang, den niemand zuvor für möglich gehalten hätte.

»Ja, so heißt der Mann, Hochwürden. Wenn er Euch zu Lebzeiten begegnet wäre, hättet Ihr nicht geglaubt, einen reichen Herrn vor Euch zu haben, denn er lief stets in den billigsten Kleidern herum. Wer ihn nicht kannte, dachte, es mit einem Bettler zu tun zu haben. Kennt Ihr Conor von der Piazza Maggiore, Hochwürden?«

»Ja«, antwortete Matteo, »wer kennt ihn nicht. Er ist der wohl bekannteste Bettler in ganz Bologna, weil er einen Raben hat, der für ihn um Almosen bittet. Gewöhnlich sitzt er am großen Neptunbrunnen, dem *Fontana del Nettuno,* aber er hat auch schon vor meiner Kirche die Hand aufgehalten. Daher weiß ich, dass der Rabe Massimo heißt und Conor ihn bereits als Küken bekam.«

»Das stimmt, Hochwürden. Dann wisst Ihr sicher auch, dass Massimo sehr schlau ist und zwischen Silber- und Kupfermünzen unterscheiden kann. Conor behauptet den Leuten gegenüber, sein Rabe vermöge Metalle an der Farbe zu erkennen, was sie meistens nicht glauben. Daraufhin sagt er, sie könnten ja mal ein paar Münzen aus ihrem Geldbeutel holen und ihm den Inhalt zeigen. Tun sie's, fragt er Massimo: ›Wo ist das Silber?‹, woraufhin der Vogel sich die wertvollen Geldstücke zwischen dem Kupfer herauspickt und in den Bettelhut wirft.«

Matteo unterdrückte ein Lachen. »Ein sehr einträgliches Geschäft für Conor.«

»Normalerweise ja, Hochwürden. Nur nicht an jenem Tag, als Umberto Fanti zum *Fontana del Nettuno* kam. Auch ihm sagte Conor, sein Rabe könne Metalle an der Farbe erkennen, und wie erwartet, schien Fanti daran zu zweifeln. Er holte eine Handvoll Geldstücke hervor und zeigte sie dem Vogel. Massimo pickte sich sofort die silbernen heraus und warf sie in den Hut.

›Seht Ihr, ich habe nicht zu viel versprochen‹, rief Conor triumphierend.

Fanti antwortete – und ein boshaftes Lächeln spielte dabei um seine Lippen: ›Nein, das hast du nicht. Aber du hast übersehen, dass ich dir kein Almosen geben wollte. Wenn du meine Münzen behältst, so ist das Diebstahl. Ich müsste dich der Stadtwache melden.‹

Conor bekam einen Schreck. Das wollte er natürlich nicht. Deshalb sagte er: ›Ich stehle nie. Ihr könnt Euch Eure Münzen wieder aus dem Hut nehmen.‹

›Ich will dir glauben, du bist eine ehrliche Haut‹, sagte Fanti und nahm sich die Münzen heraus. Dann verschwand er rasch. Wenig später jedoch, als Conor in seinen Hut sah, musste er zu seinem Schrecken feststellen, dass nur billige Blechstücke darin lagen. Die von ihm zuvor erbettelten Silberstücke waren allesamt verschwunden. Der habgierige Fanti hatte Conor getäuscht – und es fertiggebracht, sogar einen armen Bettler zu bestehlen.«

»Eine schwere Sünde, von der Ihr mir berichtet«, sagte

Matteo leise. »Eine Todsünde sogar. Habgier mündet stets in Geiz, *avaritia,* denn der Gierige häuft tote Dinge an, um sich niemals wieder von ihnen zu trennen. Das Haben ist ihm wichtiger als das Geben. Ich hoffe, Umberto Fanti konnte beichten und bereuen, und seine Seele wurde nicht durch seine Sünden getötet.«

»Wartet ab, Hochwürden, die Geschichte des geizigsten Mannes von Bologna ist noch nicht zu Ende. Ich muss erwähnen, dass er zu seinen Lebzeiten bei seiner Schwester in deren Haus wohnte. Sie war das, was man eine alte Jungfer nennt, weltfremd und ein wenig versponnen. Sie hielt sich mit kleinen Näharbeiten über Wasser und war dem Geiz ihres Bruders rettungslos ausgeliefert. Immer, wenn sie ihn bat, zum Unterhalt des Hauses etwas beizusteuern, lehnte er dies ab. Mal mit dem Hinweis, er kümmere sich schließlich um die Verwaltung, mal mit der Behauptung, er habe bereits etwas gegeben, mal mit der Versicherung, er habe gerade kein Geld. In gewisser Weise stimmte das sogar, denn Fanti hatte niemals Geld – für andere. Geld war einzig und allein für ihn da. Seinen ganzen Scharfsinn verwandte er darauf, es anzuhäufen. Nie konnte er genug davon bekommen. Geld, das war sein Lebenselixier, sein Laster, sein tägliches Labsal.

Wenn er die Wahl gehabt hätte zwischen der Berührung einer schönen Frau und der Berührung einer Münze, hätte er sich immer für das Geldstück entschieden. Es zu betrachten, zu betasten, in der Hand zu wiegen, bereitete ihm Wellen der Lust. Dann leuchteten seine Augen, und sein Gesichtsausdruck verklärte sich.

Doch er konnte auch ganz anders dreinblicken. Wenn jemand ihm etwas schuldete, kannte er keine Gnade. So war es auch der armen Witwe ergangen, die im Nachbarhaus wohnte. Ihr Mann war Kutscher gewesen und hatte ein

Pferdefuhrwerk gelenkt. Mit dem Gespann fuhr er zwischen Bologna, Modena und Parma hin und her, um im Auftrag Fantis Waren zu transportieren. Sein Entgelt war ein Hungerlohn, mit dem er sich und die Seinen gerade über Wasser halten konnte.

Doch eines Tages geschah das Unglück: Als der Mann, Memmo war sein Name, das Fuhrwerk hinter Modena über die Secchia lenken wollte, sank eines der Räder in der Furt ein. Das Gefährt bekam Schieflage. Die Pferde gerieten in Panik und traten aus. Memmo, der sie beruhigen wollte, wurde getroffen. Er verlor das Bewusstsein und fiel in den Fluss, der an dieser Stelle nicht tief war. Doch tief genug, ihn ertrinken zu lassen. Dazu kam, dass eines der Pferde sich ein Bein gebrochen hatte und getötet werden musste. Die Ware auf dem Gefährt war ebenfalls nicht zu retten. Es handelte sich um Kisten mit Myrtenwurst, eine Spezialität Bolognas, die auch als Mortadella bezeichnet wird. Die Wurst landete samt und sonders in der Secchia und verdarb. Ähnlich erging es dem anderen Teil der Ladung: Weinfässern mit der Barbera- und Croatina-Traube.

Als Fanti von dem Unglück erfuhr, schäumte er vor Wut. Statt Anteilnahme zu zeigen und der Witwe Trost zu spenden, verlangte er von ihr, den Schaden sofort wiedergutzumachen, dabei lag ihr Mann noch nicht einmal unter der Erde. Immerhin gewährte er ihr nach einigem Hin und Her einen Aufschub. Sie durfte ihre Schulden abbezahlen. Doch auch das war schwer genug, denn die arme Frau stand allein mit drei Kindern da, von denen das Älteste noch keine zehn Jahre zählte.

Eine Zeit lang schaffte sie es dennoch. Sie arbeitete als Wäscherin und half zusätzlich Fantis Schwester bei der Näharbeit. Das änderte sich, als die Schwester von einem Tag auf den anderen starb. Der Bluthusten hatte sie dahingerafft. Fanti besaß nun das Haus. Er war ohne einen Handschlag um etliches reicher geworden und hätte zufrieden sein können. Er war es nicht, weil die Witwe keine Näharbeit mehr hatte und mit ihren Schuldzahlungen in Verzug geriet. Sie bat ihn inständig, ihr die restliche Summe zu erlassen, doch er blieb hart. Da schickte sie ihren ältesten Sohn, einen achtjährigen Knaben, zu den Färbern. Der Kleine musste von früh bis spät an den Bottichen stehen und Farbstoffe einrühren. Eine harte, ungesunde Tätigkeit, die er nicht lange aushielt. Er bekam juckenden Ausschlag am ganzen Körper und konnte nicht länger zum Gelderwerb beitragen. Trotz dieses Missgeschicks bestand Fanti auf dem Abtragen der Restschuld, anderenfalls drohte er, die arme Frau ins Gefängnis werfen zu lassen.

Da schickte sie in ihrer Verzweiflung das zweitälteste Kind, ein siebenjähriges Mädchen, zu den Seidenwebern, wo sie von früh bis spät am Webstuhl sitzen musste und sich krumm schuftete. Nach einiger Zeit kam es, wie es kommen musste: Auch das Mädchen wurde krank. Ihr tat der Rücken so weh, dass sie nicht mehr aufrecht gehen konnte. Die Wirbelsäule hatte bleibende Schäden davongetragen.

Da nahm die Witwe ihr jüngstes Kind mit zum Wäschewaschen. Es war ein Mädchen, erst fünf Jahre alt, doch sie musste schon arbeiten wie eine Frau. Jeden Morgen gingen beide an eine Biegung der Savena, wo sie die Kleider der Reichen im kalten Wasser des Flusses mit Seife auswuschen, ausspülten, auswrangen und zum Trocknen auslegten …«

»Haltet ein!«, rief Matteo an dieser Stelle. »Es ist wahrlich schwer zu ertragen, was Ihr erzählt. Gab es denn niemanden, der Fanti, diesem Unmenschen, das Handwerk legte?«

»Doch, Hochwürden, den gab es.«

»Und wer war der lobenswerte Mann?«

»Er selbst.«

»Wie bitte?«

»Lasst mich weitererzählen, Hochwürden, dann werdet Ihr es erfahren, ebenso, wie Ihr erfahren sollt, welche Sünde ich in diesem Zusammenhang auf mich geladen habe.«

»Schon gut, ich wollte Euch nicht drängen. Die Empörung ging nur mit mir durch.«

»Ich kann Euch versichern, mir ging es damals genauso. Wo war ich stehen geblieben? Ach, richtig: bei der Witwe Memmo. Nun, zu jener Zeit, als sie mit ihrer jüngsten Tochter jeden Morgen die Wäsche der Reichen wusch, geschah es, dass eine Veränderung mit Fanti vor sich ging. Zu Habgier und Geiz gesellte sich bei ihm eine zwanghafte Angst vor Erkrankungen. Vielleicht, weil seine Schwester an Bluthusten gestorben war, vielleicht, weil die Kinder der Witwe Memmo nacheinander ernstlich erkrankten – keiner weiß es. In jedem Fall lernte Fanti den Händler Alberto Dominelli kennen. Dominelli hatte seinen Laden bis vor wenigen Jahren in einer der Nebenstraßen zwischen dem Klosterhospital der Nonnen von San Lorenzo und dem Palazzo dell'Archiginnasio. Habt Ihr schon einmal seinen Namen gehört?«

»Leider nein.«

»Er war ein ganz besonderer Mensch. Über seinem Laden stand in verwitterten Buchstaben *Corpus in perfectio natura*, was, wie Ihr natürlich wisst, ›Dinge, so vollkommen wie die Natur‹ bedeutet. Wer eintrat, musste sich bemerkbar machen, denn Dominelli, ein zierlicher alter Mann, litt unter Schwerhörigkeit. Hatte man jedoch seine Aufmerksamkeit errungen, eröffnete er einem eine neue Welt. Genau so erging es Fanti. Er hatte mehr aus Zufall denn aus Neugier den Laden betreten und erblickte plötzlich Gegenstände, die er nie zuvor gesehen hatte. Dominelli begrüßte ihn in der ihm eigenen freundlichen Art und sagte: ›Ich bin Bewunderer, Bewahrer und Sammler aller Dinge, die klein sind. Ihr werdet auf dieser Welt keinen Gegenstand finden, der nicht hundertmal kleiner sein könnte. Fangen wir mit diesem an. Wisst Ihr, was das ist, Signore?‹

›Ein Schlitten?‹, fragte Fanti.

›Richtig! Ihr habt ein gutes Auge. Es ist ein Holzschlitten von der Art, wie er bei Schneefahrten an den Hängen der Appeninen Verwendung findet, nur eben so klein wie der Nagel meines Fingers. Und doch könnt Ihr daran jede Einzelheit erkennen.‹

›Das stimmt‹, sagte Fanti.

›Ähnlich klein ist auch diese schwarze Kutsche. Es ist eine Paradekutsche, wie sie bei Umzügen von den Honoratioren eingesetzt wird, gern auch von unserem Stadtoberhaupt, dem hoch zu verehrenden Gonfalonier. Oder hier: ein Leiterwagen zum Transport von Heu, kaum größer als der Same des Grases, aus dem später das Heu erwächst. Oder hier: ein römischer Streitwagen mit Kampfsicheln an den Rädern, wie ihn Julius Caesar bei seinem Triumphzug zum Kapitol von Rom benutzt haben mag.‹

Fanti konnte nicht umhin, beeindruckt zu sein. ›Ihr scheint zu jedem Stück eine Geschichte erzählen zu können.‹

Dominelli kicherte. ›So ist es. Die Erfahrung lehrt, dass ein Gegenstand mit Geschichte viel interessanter ist als einer ohne.‹

›Da mögt Ihr recht haben. Aber für was sollen die winzigen Gefährte gut sein?‹

Dominelli kicherte noch mehr und verkündete fröhlich: ›Für Flöhe.‹

›Für Flöhe? Pfui Teufel!‹

›Die Gefährte sind Bestandteile eines Flohzirkus. Doch lasst mich fortfahren. Eurer Reaktion entnehme ich, dass wir das Richtige noch nicht gefunden haben. Darf ich Euch an den nächsten Tisch bitten? Nehmt ruhig die Lupe zur Hand, damit Ihr besser sehen könnt. Wisst Ihr, was das ist?‹

›Das sieht aus wie eine kleine Brosche.‹

›Richtig, aber was für eine! Schaut nur noch genauer hin, dann werdet Ihr ein aus Elfenbein geschnitztes Motiv, welches der Heiligen Schrift entstammt, erkennen können: *Die Speisung der Fünftausend.* Oder hier, weitere Broschen mit weiteren Motiven: *Die Hochzeit zu Kana, Der Tanz ums Goldene Kalb, Das Letzte Abendmahl, Der Barmherzige Samariter.*‹

›Sehr schön.‹ Fanti verlor allmählich das Interesse. Nichts von dem, was er gesehen hatte, kam der Schönheit eines kleinen Geldstücks gleich.

›Setzt Euch doch.‹ Dominelli schob ihm einen Stuhl hin. ›Das ist typisch für mich. Ich plappere und plappere und vergesse darüber meine Rolle als Gastgeber. Darf ich Euch ein Glas Wein anbieten? Es ist ein Tropfen aus dem Friaul, die hier üblichen Trauben wollen mir nicht recht schmecken.‹

›Warum nicht.‹ Fanti sagte nie Nein, wenn es etwas umsonst gab.

Er trank einen Schluck, während Dominelli weitersprach: ›Ihr habt viel Geduld mit mir, deshalb möchte ich Eure Aufmerksamkeit auf dieses Geduldsspiel mit kabbalistischen Buchstaben lenken. Es findet in der Aushöhlung eines Pfefferkorns Platz. Wenn Ihr genügend Geschick beweist, wird sich Euch das verborgene Sprichwort erschließen. Es heißt: *Was Blumen für den Garten sind, sind Gewürze für die Speisen.* Oder darf ich Euch dieses chinesische Hohlkugelwunderwerk empfehlen? Es nennt sich *Ball-im-Ball-im-Ball-im-Ball-im-Ball.* Die Hohlkugel besteht aus einem einzigen Stück Walrosszahn und ist ohne jegliche Naht gefertigt.‹

›Sehr hübsch.‹ Fanti trank einen weiteren Schluck und überlegte, mit welcher Floskel er sich verabschieden könne.

›Als Mann habt Ihr früher sicher nicht mit Puppen gespielt, dennoch könnte dieses Püppchen Euch gefallen.‹ Dominelli zeigte auf die filigrane Figur eines weiblichen Körpers, der nicht länger als ein kleiner Finger war. ›Es ist ein Anatomiepüppchen.‹

›Ein Anatomiepüppchen? Wozu ist das gut?‹

›Nun, abgesehen davon, dass es hübsch anzusehen ist, hat es auch großen Nutzen. Es besteht aus gewachstem Holz, dessen feine Maserung seinen Leib wie Adern durchzieht. Schaut nur genau hin, es wirkt in allen seinen Körpermaßen so lebensecht, ja, so natürlich, als wolle es sich jeden Moment erheben und zu sprechen beginnen.‹

Fanti war zum ersten Mal beeindruckt.

›Nehmt es nur in die Hand. Ihr werdet sehen, es birgt eine Menge Überraschungen.‹

Fanti tat, wie ihm geheißen. Er untersuchte die kleine Figur vorsichtig und stellte fest, dass die winzigen Arme abnehmbar waren, ebenso wie die Beine und das hübsche Köpfchen mit dem flachsblonden Haar. Der Brust- und der Bauchbereich hatten die Funktion eines Deckels, nach dessen Entfernung miniaturkleine Organe, jedes für sich herausnehmbar, sichtbar wurden: Herz, Lunge, Leber, Niere, Milz, Magen, alles war vorhanden, sogar die verschlungenen Windungen des Darms.

›Ein Anatomiepüppchen‹, sagte Fanti mehr zu sich selbst und dachte bei sich: Ich muss es unbedingt besitzen, es scheint ein Glücksbringer zu sein. Wenn ich jedes einzelne der kleinen Organe mit Weihwasser besprühe, werden meine eigenen Organe für immer gesund bleiben. Schon heute habe ich es ständig am Magen, es pfeift in der Lunge, und die Galle kommt mir hoch.

Laut sagte er: ›Habt Ihr ein solches Püppchen auch mit schwarzen Haaren?‹

›Oh, das tut mir leid.‹ Ein Schatten fiel auf Dominellis Gesicht. ›Ich habe nur dieses eine.‹

›Das ist schade. Eines mit schwarzen Haaren hätte ich genommen. Ich mag keine blonden Haare.‹

›Nun‹ – Dominelli kämpfte mit sich, denn er wollte das Püppchen gern verkaufen. Genau genommen musste er es sogar, denn die Geschäfte liefen schlecht, und es fiel ihm von Mal zu Mal schwerer, die Ladenmiete zu entrichten – ›ich würde es Euch billiger lassen.‹

›Wie viel?‹ In Fantis Augen glitzerte es.

›Normalerweise kostet ein solches Püppchen fünf Scudi, aber weil es das Letzte ist und weil Ihr es seid, Signore, sagen wir: dreieinhalb Scudi.‹

›Dreieinhalb Scudi?‹ Fanti blickte, als habe Dominelli seine Mutter erschlagen. ›Das ist nicht Euer Ernst!‹

›Nun, nun …‹ Der zierliche Mann wurde unsicher. ›Ihr müsst bedenken, dass die Figur in vielen, vielen Arbeitsstunden von einem Holzschnitzkünstler angefertigt wurde.‹

›Wir müssen alle arbeiten.‹

›Gewiss, doch allein die dabei zur Anwendung gekommenen winzigen Werkzeuge sind so kostbar, dass ich jedes für sich hier ausstellen könnte. Hm, wisst Ihr was? Ich gebe Euch das Püppchen für drei Scudi. Ich bin zwar kein Krösus, aber ich will auch kein Knauserer sein.‹

›Eineinhalb.‹

Dominelli schüttelte traurig den Kopf. ›Beim besten Willen, Signore, dafür kann ich es nicht hergeben.‹

›Ich glaube, Ihr seid doch ein Knauserer.‹

›Nein, Signore, und ich bin auch kein Feilscher. Wir werden uns nicht handelseinig. Doch es war mir eine Ehre, mit Euch zu sprechen.‹

›In Gottes Namen, dann eben zwei Scudi. Denn auch ich bin kein Knauserer.‹«

»Das ist der blanke Hohn!«, entfuhr es Matteo an dieser Stelle. »Ausgerechnet der größte Geizhals behauptet das von sich. Woher habt Ihr eigentlich Euer genaues Wissen über diesen Menschen?«

»Ich habe Erkundigungen über ihn eingezogen. Und ich hatte Gelegenheit, ihn ganz genau kennenzulernen. Nur noch ein wenig Geduld, Hochwürden, dann werdet Ihr die Zusammenhänge erfahren.«

»Ich bin gespannt.«

»Nun, zurück zu den zwei Scudi. Sie entsprachen nicht einmal dem Preis, den Dominelli selbst gezahlt hatte, doch er brauchte das Geld, und deshalb willigte er ein. Er wickelte das Püppchen vorsichtig in ein Papier und legte es in ein Kästchen für den sicheren Transport. ›Ich bin sicher, Ihr werdet Eure Freude daran haben‹, sagte er und hielt die Hand auf. Fanti übersah die Hand, nahm das Kästchen und wandte sich zum Gehen.

›Verzeiht, Signore, die zwei Scudi …!‹, rief Dominelli.

Fanti hielt inne. Er wirkte ärgerlich. ›Guter Mann‹, sagte er, ›Ihr glaubt doch nicht, ich trüge eine derart hohe Summe bei mir. Ich werde Euch das Geld morgen vorbeibringen.‹

›Nun, nun …‹ Die Verzögerung war Dominelli eigentlich nicht recht, andererseits sagte er sich, dass es auf einen Tag nicht ankäme. ›Ich bin einverstanden.‹

›Das freut mich. *Arrivederci.*‹

›*Arrivederci,* Signore.‹

Am nächsten Tag wartete Dominelli vergeblich auf Fanti. Ebenso am darauffolgenden. Als eine Woche verstrichen war, wurde der zierliche Händler misstrauisch. War er zu gutgläubig gewesen? Er stellte Nachforschungen an, und es gelang ihm mit einiger Mühe, das Wohnhaus des Geizhalses ausfindig zu machen, denn zum Glück war Fanti von auffälliger Gestalt, er maß über sechs Fuß in der Höhe, war hager wie ein Hungerleider und hatte eine Hakennase. Das Haus, in dem er wohnte, liegt in der Gemeinde San Michele de Leprosetto, und als Dominelli das herausgefunden hatte, fasste er sich ein Herz, ging hin und betätigte den Türklopfer.

Niemand öffnete ihm. Das war seltsam, denn er hätte schwören können, kurz zuvor einen Kopf an einem der Fenster gesehen zu haben. Er klopfte ein zweites Mal. Wieder vergebens. Er schaute durch das Fenster und erblickte einen Tisch. Auf dem Tisch stand ein Teller mit einem angebissenen Stück Brot. Daneben ein halb geleertes Glas Wein. Fanti war offensichtlich bei seiner Mahlzeit gestört worden und tat so, als sei er nicht zu Hause. Dominelli musste unverrichteter Dinge wieder gehen.

Er wartete eine weitere Woche, in der er so gut wie nichts verkaufte, die Kosten für seinen Laden jedoch nach wie vor anfielen. Deshalb machte er sich erneut auf den Weg zu Fanti. Er tat es nicht gern, denn er kam sich dabei wie ein Bittsteller vor. Wieder klopfte er, und wieder rührte sich nichts. Da ging er hinüber zu der Nachbarin und lernte auf diese Weise die Witwe Memmo kennen. Die erzählte ihm von ihrem eigenen Leid und davon, welch erbarmungsloser Mensch Fanti sei. Mehr als drei Dutzend Fuhrwerke nenne er sein Eigen und dazu mindestens hundert Zugtiere. Ein großer Teil der Waren, die innerhalb und außerhalb der Stadt geliefert würden, kämen mit Hilfe seiner Dienste ans Ziel. Ein richtiges Netz habe er aufgebaut, in dessen Mittelpunkt er säße – und wie eine Spinne auf Beute lauere. Wer ihm etwas schulde, den presse er aus, und was er einmal besäße, das gäbe er nie wieder her.

›Ich danke Euch für Eure offenen Worte‹, antwortete Dominelli. ›Ich weiß jetzt, mit welch hartherzigem Geizhals ich es zu tun habe. Doch Unrecht darf nicht Unrecht bleiben. Noch ist nicht aller Tage Abend.‹

Am Folgetag legte er seine besten Kleider an und ging zum Palazzo Pubblico, denn er hoffte, auf dem Rathaus würde man ihm weiterhelfen. Doch er hatte sich getäuscht. Man bedauerte und versicherte, man sei nicht zuständig, er solle es im Palazzo dei Notai schräg gegenüber versuchen. Einer der dort ansässigen Juristen könne ihm sicher weiterhelfen. Er ging hinüber, betrat eine der Kanzleien und hatte Glück. Ein Advokat war so freundlich, ihn gleich zu empfangen. ›Was kann ich für Euch tun, Signore?‹, fragte er und deutete einladend auf einen Stuhl.

Dominelli erklärte, wer er sei und womit er sein Brot verdiene. Dann berichtete er von den Schwierigkeiten, sein Geld für das Anatomiepüppchen zu erhalten.

›Wie heißt der Mann, der Euch den Betrag schuldet?‹, fragte der Advokat.

›Umberto Fanti.‹

›Der Fuhrunternehmer?‹

›Ja, der.‹

Der Advokat pfiff durch die Zähne. Dominelli wartete.

›Wenn ich Euch richtig verstanden habe‹, wiederholte der Advokat, ›habt Ihr eine Ware verkauft, aber das Geld dafür nicht erhalten?‹

›So ist es.‹

›Und Ihr wart Euch zuvor mit dem Käufer handelseinig geworden?‹

›Ja, der Preis sollte zwei Scudi betragen.‹

Der Advokat nickte aufmunternd. ›Dann ist der Fall klar: Zwischen Euch und dem Käufer ist ein mündlicher Vertrag zustande gekommen. Und Verträge sind einzuhalten. *Pacta sunt servanda,* wie es so schön heißt. Fanti schuldet Euch das Geld.‹

›Das heißt, ich habe Anspruch darauf?‹ Dominelli schöpfte Hoffnung. Vielleicht würde sich alles zum Guten wenden.

›Selbstverständlich. Ich nehme an, Ihr könnt beweisen, dass Ihr das, äh, Püppchen dem Käufer übergeben habt?‹

›Wie meint Ihr das?‹

›Ich meine, gibt es Zeugen dafür?‹

›Ich war mit Fanti allein in meinem Laden.‹

›Also keine Zeugen.‹ Der Advokat spitzte die Lippen. ›Dann, fürchte ich, bleibt Euch nichts anderes übrig, als Euch auf die Ehrlichkeit des Mannes zu verlassen.‹

›Aber das ist doch gerade das Problem! Der Mann ist ein Betrüger!‹

›Das habe ich nicht gehört.‹ Der Advokat hob mahnend die Hand. ›Fanti gilt als ein streitbarer Mann. Wenn er erfährt, wie Ihr ihn genannt habt, könnte er Euch wegen Verleumdung oder Beleidigung belangen.‹

Dominelli verstand die Welt nicht mehr. ›Ist mir denn überhaupt nicht zu helfen?‹, fragte er.

›Ihr müsstet beweisen, dass Fanti im Besitz des Püppchens ist.‹

›Aber wie! Er lässt mich doch nicht einmal ins Haus.‹

Der Advokat zuckte bedauernd mit den Schultern. ›Tja, dann steht im Zweifelsfalle Euer Wort gegen das seine. Ihr behauptet, das Geld für das Püppchen nicht erhalten zu haben. Er wird sagen, er hätte die Ware nie erworben. Ich fürchte, Ihr müsst Euch mit dem Verlust abfinden.‹

Dominelli erhob sich. ›Danke‹, sagte er tonlos und verließ die Kanzlei.

Der Advokat rief ihm nach: ›Ich werde Euch meine Rechnung zukommen lassen, Signore.‹

Doch das hörte Dominelli schon nicht mehr. Es hätte den Entschluss, den er in diesem Augenblick fasste, auch nur verstärkt. Einen Tag später fand man ihn tot in seinem Laden auf. Er hatte sich das Leben genommen. Klein und zerbrechlich wie ein vergrößertes Anatomiepüppchen lag er zwischen den Miniaturwagen des Flohzirkus, dem Geduldsspiel mit den kabbalistischen Buchstaben und dem Hohlkugelwunderwerk *Ball-im-Ball-im-Ball-im-Ball-im-Ball.* Die ›Dinge, so vollkommen wie die Natur‹, deren Bewunderer, Bewahrer und Sammler er allezeit gewesen war, umgaben ihn in der Stunde des Todes. Der Arzt, der ihn untersuchte, stellte als Ursache für den Exitus eine Arsenvergiftung fest.«

»Eine Arsenvergiftung?«, unterbrach Matteo überrascht. »Wie will Euer Kollege das diagnostiziert haben? Gift im Körper ist schwer oder gar nicht nachzuweisen.«

»Ihr habt recht, Hochwürden.« Die Stimme Galbaios klang amüsiert. »Doch könnt Ihr zweierlei nicht wissen: Erstens, der Arzt war ich, und zweitens fand ich in der Hand Dominellis die getreue Verkleinerung einer Seekiste mit drei Schlössern. Darin häufte sich ein weißes Pulver. Es handelte sich vermutlich um Arsen. Nun werdet Ihr einwenden, dass es viele weiße Pulver gibt, aber ich machte die Probe aufs Exempel. Ich ging zu einem Fischhändler in der Nähe, der stets einige lebende Forellen in einem Wasserbecken feilhält. Nachdem ich den Gegenwert für die Fische entrichtet hatte, streute ich das Pulver ins Becken, und schon nach kurzer Zeit waren alle Fische tot. Damit war der Beweis erbracht: Dominelli hatte sich vergiftet.«

»Meinen Respekt, Ihr seid sehr umsichtig vorgegangen.«

»Zu viel der Ehre, Hochwürden. Ich erinnerte mich nur an das, was der Bologneser Stadtarzt Bartolomeo da Varignana schon einmal tat. Ich nehme an, Ihr kennt den Fall?«

»Ja, ich kenne ihn. Wie wohl jeder, der am hiesigen Archiginnasio studiert hat. Varignana war ein Meister der Zergliederungskunst und gilt als einer der Ersten, der anatomische Sektionen durchführte. Im Jahre 1302 soll er einem Mann namens Azzolino den Leib aufgeschnitten haben.«

»Genau so ist es. Der Mann wurde ›der schwarze Azzolino‹ genannt, weil er sich nach seinem plötzlichen Tod zunächst grün und dann schwarz verfärbte. Der Verdacht auf einen Giftmord lag nahe. Nur: Wie sollte man das beweisen? Daraufhin öffnete Varignana den Magen des Toten und präparierte einen Teil des Inhalts heraus. Es handelte sich unter anderem um Schweinefleisch und Rosinen. Beides roch normal, wenn man von den Magensäften einmal absieht. Varignana jedoch gab sich damit nicht zufrieden, sondern nähte einen Teil der Masse in ein Stück frisches Fleisch ein und warf es einem streunenden Hund hin. Kaum hatte der Köter den Bissen hinuntergeschlungen, zeigte er alle Anzeichen einer Vergiftung. Seine Körpertemperatur sank, er wand sich vor Schmerzen. Damit stand fest: Azzolino war ebenfalls vergiftet worden. Sogar den Täter fand man. Es war ein Wirt, in dessen Locanda ebendieses Fleisch-Rosinen-Gericht auf den Tisch kam. Er hatte eine Tochter, die mit Azzolino verbandelt war und ein Kind von ihm erwartete. Der erboste Wirt hatte sich auf seine Weise rächen wollen.«

»Aha, ich verstehe: So wie Varignana einen Hund für den Giftbeweis verwendete, so bedientet Ihr Euch der Fische.«

»Richtig, Hochwürden.«

»Was nun den armen Dominelli angeht, so denke ich, dass er an der Ungerechtigkeit zerbrach, die ihm widerfuhr. Ich werde für seine Seele beten. Doch Ihr, Galbaio, seid mir noch die Erklärung schuldig, woher Ihr die Einzelheiten der Geschichte so genau kennt.«

»Dominelli hinterließ einen Abschiedsbrief, in dem er alles bis ins Kleinste schilderte. Offenbar war es ihm ein Herzensbedürfnis, den betrügerischen Fanti über seinen Tod hinaus anzuklagen. Der Brief war an mich gerichtet.«

»An Euch? Wie das?«

»Alberto Dominelli war mein Onkel.«

»Euer Onkel? Das ist eine Überraschung.«

»Er war ein entfernter Oheim. Dass ich ihn an jenem Tag besuchen wollte, war reiner Zufall, denn wir hatten sehr wenig Kontakt, was nicht zuletzt an seiner eigenbrötlerischen Lebensweise lag.«

»Nun gut, doch welche Rolle spieltet Ihr bei der ganzen Sache? Ihr erwähntet vorhin, der Geldwechsler Partecipazio sei schon der zweite Patient, der Euch innerhalb kurzer Zeit unter den Händen starb.«

»Das ist richtig. Wie es sich beim Ersten verhielt, will ich jetzt berichten. Wobei der Bericht gleichzeitig meine Beichte sein soll. Doch zunächst muss ich erwähnen, dass sich niemand fand, der sich um die Hinterlassenschaft meines Onkels kümmerte – niemand außer mir. All seine Kostbarkeiten musste ich zu Schleuderpreisen verkaufen, um die aufgelaufenen Schulden bezahlen zu können, auch die Rechnung des Advokaten. Am Ende blieb nur ein kleiner Betrag, der gerade noch ausreichte, um Alberto Dominelli, den Beschützer, Bewahrer und Sammler aller Dinge, die klein sind, mit Anstand unter die Erde zu bringen. Leider nur auf einem Gräberfeld außerhalb der Stadt, in der Nähe der Kartause des San Girolamo di Casara, doch immerhin in geweihtem Boden.

Ich trauerte mehrere Tage um meinen Onkel, hörte mich um, was man in der Stadt über Umberto Fanti sprach, und ging dann zu ihm. Zuvor hatte ich lange überlegt, unter welchem Vorwand ich ihn aufsuchen könne. Denn eines stand für mich fest: Erst wenn sich alle Vorwürfe bewahrheitet hatten, wollte ich mich als Neffe Dominellis zu erkennen geben. Schließlich hat alles im Leben seine zwei Seiten, und auch Fanti würde seine Version der Geschehnisse haben. Weil mir kein plausibler Grund für den Besuch einfiel, beschloss ich, alles auf mich zukommen zu lassen. Ich vertraute darauf, dass mir die rechten Worte einfallen würden.

Doch bevor ich den Türklopfer an seinem Haus betätigte, pochte ich an ein Fenster des Nachbarhauses. Die Witwe Memmo erschien. Sie hatte ein verhärmtes Gesicht und Augen, denen man ansah, dass sie viel weinte. ›Was wollt Ihr, Signore?‹, fragte sie.

›Ich habe ein Bündel Leibwäsche bei mir, das gewaschen werden muss‹, sagte ich. ›Könnt Ihr das für mich erledigen? Gegen eine angemessene Entlohnung, versteht sich.‹

Sie sah das Bündel an und sagte: ›Dafür müsste ich drei Baiocchi nehmen.‹

›Das ist mir recht.‹

»Die Teile wären aber nicht vor nächster Woche fertig.‹

›Das macht nichts, Signora.‹

Sie wollte mir das Bündel abnehmen, aber ich sagte mit meinem gewinnenden Lächeln: ›Die Sachen sind schwer. Ich will sie für Euch ins Haus tragen.‹

›Wie Ihr wollt.‹ Sie machte eine einladende Geste, und ich ging hinein. Der Raum, in den ich kam, war spartanisch eingerichtet, aber blitzsauber. An einem Tisch saßen drei Kinder, ein Junge und zwei Mädchen. Sie aßen dünne Suppe aus einer Schüssel und musterten mich mit hohlen Blicken. Ich stellte das Bündel auf einer Kiste ab und sagte beiläufig zu der Witwe: ›Das ältere Eurer Mädchen scheint eine Skoliose zu haben. Eine sehr schmerzhafte Veränderung der Wirbelsäule. Dagegen muss etwas getan werden.‹

Die Augen der Witwe wurden schmal. ›Seid Ihr Arzt? Ich habe kein Geld für teure Behandlungen.‹

›Das glaube ich Euch‹, versicherte ich und überlegte rasch. Dann kam mir ein Gedanke. ›Ich kenne eine junge Frau, die Euch gewiss helfen wird. Sie arbeitet als Schwester im Hospital bei den Nonnen von San Lorenzo, doch eigentlich ist sie Schneiderin. In dieser Eigenschaft hat sie für einen gewissen Doktor Tagliacozzi gearbeitet. Tagliacozzi ist Spezialist für die Nasenrekonstruktion, eine Behandlung, bei der ein Hautlappen des Oberarms an der Nase anwachsen muss, was bedingt, dass die Patienten für lange Zeit in starrer, aufrechter Haltung verweilen müssen …‹

›Was hat das mit meiner Tochter zu tun?‹

›Wartet, Signora, ich will es Euch erklären. Die Patienten, von denen ich eben sprach, tragen aus diesem Grund eine maßgeschneiderte, stützende Weste, und ebendiese Westen werden von Signorina Castagnolo angefertigt. Ich bin sicher, sie überlässt Euch eine für kleines Geld, und ich bin genauso sicher, dass Eure Tochter darin deutlich weniger Schmerzen haben wird. Mit ein wenig Glück bildet sich die Skoliose sogar zurück, denn das Mädchen ist jung, und die Wirbelsäule wächst sich vielleicht noch zurecht.‹

›Ich kann kaum glauben, was Ihr sagt. Wo ist der Haken bei der Sache?‹

›Es gibt keinen. Ich bin Arzt aus Berufung, Signora. Ich habe einst geschworen zu helfen, und zwar ohne Ansehen der Person.‹

›Tja, dann …‹ Die Witwe suchte nach Worten, und ihre Augen füllten sich mit Tränen. ›Ich weiß nicht, was ich sagen soll. Glaubt Ihr wirklich …?‹

›Ja, das glaube ich. Nehmt gleich morgen Eure Tochter an die Hand und geht mit ihr zur Strada San Felice. Am Ende der Straße, weit im Westen der Stadt, findet Ihr das Haus. Richtet einen Gruß von mir aus. Ich bin Doktor Galbaio und recht gut bekannt mit Doktor Tagliacozzi. Dann wird die Signorina Bescheid wissen – und Euch helfen.‹

›Bei der heiligen Mutter, ich bin Euch so dankbar!‹

›Nicht der Rede wert. Wisst Ihr, woher Euer Sohn den Ausschlag hat?‹

›Von der Färbearbeit, Dottore. Eine Zeit lang hat er noch weiter am Bottich gestanden und die Lauge gerührt, aber dann ging es nicht mehr. Der Juckreiz und die Schmerzen – unerträglich, sage ich Euch!‹

›Was habt Ihr dagegen unternommen?‹

›Ich habe ihm Kamillenbäder gemacht.‹

›Hm. Damit kommt Ihr nicht weit. Lasst mich die Hautschäden näher in Augenschein nehmen. Nun, wie es aussieht, sind sie von rauer, trockener Beschaffenheit. Versucht es deshalb mit saurer Molke. Kalkpulver und Johannisöl könnten ebenfalls zum Einsatz kommen, aber ich denke, Molke ist das Mittel der Wahl.«

›Meint Ihr wirklich? Wieso hat mir das noch niemand gesagt?‹

›Das weiß ich nicht, aber schon die alten Meisterärzte empfahlen, Trockenes mit Feuchtem und Feuchtes mit Trockenem zu bekämpfen. Was nun das kleinste Eurer Kinder angeht, so scheint sie mir bis auf die rissigen roten Hände gesund. Versucht es bei ihr mit etwas Wollfett, das wirkt Wunder.‹

›Jawohl, Dottore, wie kann ich Euch nur danken? Ah, ich weiß! Ich werde Euch die Wäsche umsonst machen, das ist das Mindeste, was ich tun kann.‹

›Nicht nötig, Signora.‹

›Doch, ich bestehe darauf!‹

›Na schön, wenn Ihr unbedingt wollt. Aber nun muss ich gehen.‹

Ich verließ das Haus der Witwe und wusste, dass alles, was ich über sie und ihre Kinder zuvor gehört hatte, stimmte. Würde es bei Fanti genauso sein? In jedem Fall hatte ich eine glückliche Mutter mit ihren Kindern zurückgelassen.«

»Das glaube ich Euch gern«, stimmte Matteo zu. »Es gibt kein großartigeres Gefühl auf Gottes weiter Welt, als einem kranken Menschen geholfen oder ihn gar gesund gemacht zu haben. Ich kann mich ganz genau daran erinnern.«

»Gestattet Ihr eine Frage, Hochwürden?«

»Ja, nur zu.«

»Wie kam es, dass Ihr Priester wurdet? Ihr wart doch sicher mit Leib und Seele Arzt?«

»Das war ich. Ich arbeitete seinerzeit in Ferrara und bewohnte eine schöne Villa direkt am Ufer des Po di Volano. Meine Frau schenkte mir vier Kinder, wir waren eine fröhliche Familie, die das Glück gepachtet zu haben schien – bis eines Tages das Zehrfieber aus den Niederungen des Flussarms hervorkroch. Es packte meine Frau, die Tochter und zwei Söhne, und sie verglühten innerhalb weniger Stunden. Kein Gebet, kein Medikament, keine ärztliche Kunst konnte etwas dagegen ausrichten. Doch mir war noch der jüngste Sohn geblieben. Auch er rang mit dem Tode. Da faltete ich die Hände und sprach zu Gott: ›Allmächtiger, ich schwöre: Wenn Du das Zehrfieber von ihm nähmest, würde ich Priester werden und mein Leben dem Dienst an Dir widmen. Doch Du siehst selbst: Ich kann es nicht, denn ich bin Arzt, und meine ganze Kraft muss den Kranken gehören. Mein Sohn soll deshalb für mich ins Kloster gehen. Bitte, schenke ihm das Leben.‹

So sprach ich, und ich hoffte auf Gottes Gnade. Aber ich hoffte vergebens. Auch mein letzter Sohn starb, denn mit Gott lässt sich kein Handel treiben. Ich war es, der fortan in Keuschheit und Armut leben sollte. Da verschenkte ich alle meine Habe und begann eine lange Wanderschaft. Sie führte mich über die halbe italische Halbinsel und endete in der Abtei Montecassino, die vor über tausend Jahren vom heiligen Benedikt gegründet wurde. Ich bat um Aufnahme, die mir Abt Ignazio III. freundlich gewährte. Fünf Jahre verbrachte ich auf dem erhabenen Hügel der Abtei, war Novize, empfing die Weihen und wurde Priester. Dann wollte ich meinen Glauben hinaus in die Welt tragen. Der gütige Ignazio war inzwischen verstorben, deshalb wandte ich mich an seinen Nachfolger, den tatkräftigen Angelo IV., und fragte ihn, ob er eine Aufgabe für mich habe. Er sagte, er stünde in häufigem Kontakt mit dem päpstlichen Legaten von Bologna und wisse von diesem, dass ein Seelsorger für die Chiesa di San Simeone in der Gemeinde San Salvatore gesucht werde. So kam ich hierher. San Simeone ist eine kleine Kirche, arm und nicht besonders ansehnlich, wie Ihr sicher bemerkt habt, gleichwohl fand ich in ihren Mauern meine Erfüllung. Denn auch als Priester kennt man das großartige Gefühl, heilen zu können – immer dann, wenn man einer Seele Frieden bringt. Etwa durch Abnehmen der Beichte. Fahrt deshalb fort.«

»Jawohl, Hochwürden. Ich verließ also das Haus der Witwe Memmo und ging zum Nachbarhaus, wo Fanti wohnte. Ich klopfte, doch niemand öffnete mir. Soll es mir genauso ergehen wie meinem armen Onkel?, fragte ich mich. Da ging knarrend die Tür auf. Ein hochgewachsener, hagerer Mann um die fünfzig stand vor mir und musterte mich argwöhnisch.

›Seid Ihr der Fuhrunternehmer Fanti?‹, fragte ich, um Höflichkeit bemüht.

›Wer will das wissen?‹

›Ich bin Doktor Galbaio. Wenn Ihr derjenige seid, für den ich Euch halte, hätte ich vielleicht einen lohnenden Auftrag zu vergeben.‹

›Einen lohnenden Auftrag?‹

›So ist es‹, bestätigte ich und fügte aufs Geratewohl hinzu: ›Ich muss etwas Wertvolles transportieren lassen.‹

›Kommt herein.‹ Fanti schien sein Misstrauen überwunden zu haben. Vielleicht lockte ihn auch die Aussicht auf ein gewinnbringendes Geschäft.

Ich folgte ihm in den Eingangsraum, dessen einzige

Möblierung in einem schweren Eichentisch bestand. Darauf lagen zahlreiche Papiere und Schriftrollen, insgesamt ein ziemliches Durcheinander. Wenn sein Fuhrunternehmen ähnlich konfus arbeitet, schoss es mir durch den Kopf, dürfte auf seine Dienste wenig Verlass sein. Mein Blick schweifte weiter und entdeckte eine halb geöffnete Tür, die in einen Nebenraum führte. Offenbar handelte es sich um das Schlafgemach Fantis, denn ich sah das Kopfende eines Pfostenbetts. Und an dem Kopfende des Bettes, auf einem Beistelltisch, lag das Anatomiepüppchen!

›Was kann ich für Euch tun, Dottore?‹

»Darf ich mich setzen?‹, fragte ich, um Zeit zu gewinnen. Ich hoffte, Fanti würde mir einen Trunk anbieten, doch ich sah mich getäuscht. ›Nun, äh‹, sagte ich, ›ich erwähnte bereits, dass mein Name Galbaio ist. Ich bin ein *Doctorus medicus* und habe ein paar wertvolle Bücher in Venedig gekauft.‹

›Bücher? Venedig?‹

›Ihr habt richtig gehört. Kennt Ihr den Drucker Gaspare Bindoni? Er ist einer der erfolgreichsten seiner Zunft und hat seine Presse in der Lagunenstadt stehen. Mit seiner freundlichen Vermittlung habe ich mehrere Werke erwerben können.‹

›Ich transportiere keine Bücher.‹

›Seid Ihr sicher? Es sind besondere Werke, erschienen in sehr begrenzter Auflage. Kleinode der Wissenschaft. Ich hatte gehofft, einer Eurer Kutscher, der ohnehin Venedig ansteuert, könnte sie auf dem Rückweg nach Bologna mitnehmen, sozusagen als Beifracht?‹

›Tut mir leid. Und nun …‹

›Wie eben erwähnt, es sind außergewöhnliche Bücher, etwa *Pupae Anatomicae Minimae*, ein Werk, das auf die geheimen Kräfte kleiner Anatomiepuppen eingeht.‹

›Ein Buch über Anatomiepuppen?‹

›Unter anderen‹, sagte ich und hoffte, Fanti würde mir nicht ansehen, dass ich log.

›Was steht in dem Buch?‹

›Oh, das weiß ich nicht genau. Würde ich es sonst kaufen wollen? Man sagt aber, dass manche Puppen eine Seele haben. Je perfekter sie gefertigt sind und je genauer ihre Organe herausgebildet wurden, desto eher die Wahrscheinlichkeit, dass sie Leben in sich bergen und ihrem Besitzer zu bleibender Gesundheit verhelfen.‹

›Ist das Euer Ernst?‹

›Ich sage nur, was ich gehört habe‹, antwortete ich und amüsierte mich insgeheim über das plötzliche Leuchten in Fantis Augen. ›Als Arzt stehe ich derlei Behauptungen natürlich kritisch gegenüber, andererseits gibt es in der Medizin nichts, was es nicht gibt.‹

›Nun, vielleicht besteht doch eine Möglichkeit, die Werke aus Venedig für Euch abzuholen.‹

›Tatsächlich? Ihr würdet mir einen großen Dienst erweisen. Ich möchte die Bücher nämlich nicht von einem normalen Boten bringen lassen, sondern will dem Überbringer blind vertrauen können. Deshalb kam ich zu Euch.‹

›Eine gute Entscheidung.‹

›Ich kam auch deshalb zu Euch, weil ich auf einen angemessenen Preis hoffe.‹

›Das könnt Ihr.‹ Fantis knochiges Gesicht nahm einen lauernden Ausdruck an. ›Wenn ich an die große Verantwortung denke, die mit dem Transport einhergeht, sind fünf Scudi pro Buch wohl nicht zu viel.‹

Ich musste an mich halten, um nicht aufzuspringen und dem Kerl ins Gesicht zu sagen, welch widerwärtiger Mensch er sei. Der Preis war eine Unverschämtheit, selbst wenn man bedachte, dass er vielleicht nur ein erstes Angebot war.

Doch mir reichte es. Der Geizhals hatte sein wahres Gesicht gezeigt. Da er im Besitz des Püppchens war, konnte ich sicher sein, dass niemand anderer als er meinen Onkel in den Tod getrieben hatte. Alles, was der arme Dominelli in seinem Abschiedsbrief geschrieben hatte, stimmte. Ich wollte ihn rächen! Aber wie? Als Arzt, der einen Eid geleistet hatte, waren mir die Hände gebunden, und auch juristisch war dem Geizhals nicht beizukommen. Was blieb, war das Püppchen. Die Freude daran wollte ich ihm gründlich versalzen.

›Fünf Scudi pro Buch, das wären bei zwanzig Werken so viel, wie ein Professor am hiesigen Archiginnasio im Jahr verdient‹, wandte ich zum Schein ein.

›Ihr sagtet selbst, es seien besondere Werke, Kleinode der Wissenschaft.‹

›Gewiss, gewiss, zumal sie unschätzbar wertvolle Ratschläge für die Gesundheit enthalten. Das erwähnte Werk über die Anatomiepuppen zum Beispiel gibt den wichtigen Hinweis, man möge die Figur nach dem Auseinandernehmen wieder vollständig zusammenfügen, bevor man sie an ihren Platz zurücklegt. Anderenfalls fehle ihr das Organ, um am Leben zu bleiben, und ihr Besitzer würde wenig später genau an jenem Organ schwer erkranken.‹

›Das … glaube ich nicht.‹

›Glaubt es oder lasst es. Ich habe als Arzt zu viel erlebt, um behaupten zu können, es sei nicht so. Doch was kümmert es Euch, Ihr besitzt ja eine solche Puppe nicht‹, sagte ich scheinheilig. ›Was Euren Transportpreis angeht, so muss ich darüber nachdenken. Ich werde Euch wissen lassen, ob ich ihn akzeptiere. Für heute darf ich mich empfehlen.‹

Ohne seine Antwort abzuwarten, verließ ich den Geizhals und schlug den Weg zu meiner Unterkunft ein. Unterwegs fragte ich mich, ob ich mich für meinen Racheversuch schämen müsse, aber ich kam zu der Überzeugung, dass er völlig unbedeutend war im Vergleich zu dem, was der Geizhals meinem armen Onkel angetan hatte. Ich hatte kein schlechtes Gewissen, im Gegenteil: Ich war sogar sicher, der Gerechtigkeit einen Dienst erwiesen zu haben. Seht Ihr das auch so, Hochwürden?«

Matteo räusperte sich. »Nein, das sehe ich nicht so, denn Ihr habt einen Menschen belogen und getäuscht. Dennoch ist niemand zu Schaden gekommen, sodass von einer lässlichen Sünde ausgegangen werden kann. Gott wird Euch vergeben, wenn Ihr Eure Verfehlung in aufrichtiger Reue bekennt. Dazu bedarf es nicht einmal der Hilfe eines Priesters.«

»Das macht mich sehr froh, Hochwürden. Doch leider war das erst der Anfang meiner Beichte. In den nächsten drei Wochen ging ich meiner Arbeit nach und tat all jene Dinge, die ein Arzt täglich zu tun pflegt. Dann erreichte mich die Botschaft, der Fuhrunternehmer Umberto Fanti bäte dringend um meinen Besuch.

Was will der Mann von mir?, fragte ich mich. Hat er sich besonnen und bietet einen anständigen Transportpreis für die Bücher, die ich niemals bestellt habe?

Ich ging hin. Es war ein schöner Spätsommertag, das erste Laub fiel bereits von den Bäumen. Doch so hell der Tag war, so düster war die Miene des Geizhalses, als er mir die Tür öffnete. Er bat mich herein und wies mir einen Stuhl vor seinem Eichentisch an. ›Ich habe noch einmal über den Preis für den Transport Eurer Bücher nachgedacht‹, sagte er mit heiserer Stimme. ›Einer meiner Kutscher bricht morgen nach Venedig auf. Er könnte die Werke mitbringen für, sagen wir, vier Scudi pro Exemplar. Um wie viele Bücher handelt es sich überhaupt?‹

Die Frage brachte mich in Bedrängnis, schließlich hatte ich nirgendwo Bücher bestellt. Was sollte ich antworten? ›Sehr freundlich‹, sagte ich, ›aber seit unserem letzten Gespräch sind drei Wochen vergangen. Ich habe die Bücher bereits.‹

»Soso, Ihr habt sie bereits‹, murmelte er. ›Dann hattet Ihr vielleicht auch Gelegenheit, sie zu studieren?‹

›Ich lese viel‹, sagte ich, was immerhin stimmte.

Er schwieg. Dann hustete er. ›Ich frage mich, ob es zutrifft, was Ihr mir über das Zusammenfügen von Anatomiepuppen erzählt habt.‹

›Worauf wollt Ihr hinaus?‹

In Fantis knochigem Gesicht arbeitete es. Er kämpfte offenbar mit sich. Dann platzte es aus ihm heraus: ›Ich besitze ein solches Püppchen, Dottore! Ich habe es vor einigen Tagen auseinandergenommen und vergessen, den linken Lungenflügel wieder einzusetzen.‹

›Ja, und?‹

›Und nun glaube ich, es auf der Brust zu haben.‹

In diesem Augenblick hätte ich sagen können, dass die Folgen des unvollständigen Zusammenbauens von mir frei erfunden waren, aber ich schwieg.

›Meint Ihr, ich habe es auf der Brust?‹

›Wenn Ihr wollt, untersuche ich Euch.‹ Ich stand auf und hieß ihn, seine Oberkleider abzulegen. Dann hielt ich ein Ohr an seine Brust und befahl ihm, tief ein- und auszuatmen. Er tat es.

Zu meiner Überraschung hörte ich tatsächlich ein kaum vernehmbares Rasseln im Brustkorb. Oder hatte ich mich geirrt? ›Habt Ihr Schwierigkeiten beim Atmen?‹

›Nein, nur wenn ich huste.‹

Ich schaute Fanti in den Rachen und betrachtete die Zunge, konnte aber nichts Auffälliges entdecken. ›Nun, die kalte Jahreszeit steht vor der Tür. Für alle Fälle solltet Ihr Euch Kampfer aus einer Farmacia besorgen und Inhalationen vornehmen. Dreimal am Tag. Atmet die Dämpfe tief ein und zählt langsam bis hundert. Das wird Euch Linderung verschaffen.‹

›Danke.‹

Ich dachte an die vier Scudi, die Fanti noch immer für den Transport meiner nicht existenten Bücher verlangte, und legte mir, entgegen meiner sonstigen Gewohnheit, bei der Bemessung meines Honorars keine Bescheidenheit auf: ›Für meine Bemühungen berechne ich Euch fünf Paoli.‹

›Fünf Paoli, das ist ein halber Scudo! Ein Vermögen!‹

›Wollt Ihr damit sagen, dass meine Beratung das Geld nicht wert ist?‹

›Äh, nein, gewiss nicht.‹ Fanti hustete. ›Unglücklicherweise verwahre ich niemals Geld zu Hause. Erlaubt, dass ich Euch den Betrag zuschicke.‹

Ich ahnte, dass Fanti sein Versprechen nicht einlösen würde, doch mir waren die Hände gebunden. Was hätte ich machen sollen! Ich konnte ihn schlecht einen Betrüger nennen, zumal nicht ganz auszuschließen war, dass er doch bezahlen würde. ›Nun gut‹, sagte ich, ›ich wünsche Euch baldige Genesung‹, und verließ das Haus in dem Bewusstsein, es nie wieder zu betreten.

Eine Woche verging, und selbstverständlich blieb Fantis Zahlung aus. Dafür erreichte mich die Nachricht, es ginge ihm schlecht. Er bäte mich, nach ihm zu schauen.

Als ich ihn begrüßte, sah ich auf den ersten Blick, dass er tatsächlich krank war. Sein Gesicht hatte eine fiebrige Färbung, seine Augen waren gerötet, sein Atem rasselte. ›Habt Ihr die Kampfer-Inhalationen durchgeführt?‹, fragte ich.

›Es geht mir nicht gut‹, krächzte er.

›Legt Eure Kleider ab, ich will Euch untersuchen.‹ Wieder horchte ich an seiner Brust, schaute in seinen Mund und tastete darüber hinaus den Bereich unter seinen Ohrläppchen ab. Gottlob konnte ich keine Knoten erfühlen. ›Ihr habt einen unangenehmen Husten und überdies Fieber. Es hätte nicht so weit kommen müssen. Nun gilt es, zu verhindern, dass der Husten sich auf die Bronchien legt. Inhaliert, wie ich es Euch verordnet habe. Legt Euch ins Bett, schwitzt gehörig und trinkt heiße Milch mit Honig. Mit Gottes Hilfe wird alles in ein paar Tagen überstanden sein. Für meine heutigen Bemühungen berechne ich Euch wieder einen halben Scudo. Ihr schuldet mir also insgesamt einen ganzen Scudo. Habt Ihr diesmal das Geld im Haus?‹

Fanti bekam einen Hustenanfall.

›Legt Euch zu Bett. Ich will hinüber zur Witwe Memmo gehen, damit sie nach Euch sieht und Euch versorgt. Ich hörte, sie schulde Euch etwas. Versprecht mir, dass ihre Schuld damit abgegolten sein wird.‹

Fanti krächzte etwas.

›Ich habe Euch nicht verstanden.‹

›Ja … nein, nun …‹

›Das nehme ich als Zusage. In drei Tagen werde ich wiederkommen.‹

Ich ging hinüber zu der Witwe, bat sie, nach Fanti zu sehen, und fügte hinzu: ›Ich hoffe, er wird Euch dafür Eure Restschuld erlassen.‹

Drei Tage später klopfte ich an Fantis Tür. Abermals hatte ich mein Geld nicht bekommen, trotzdem fühlte ich mich für ihn verantwortlich, denn er war mein Patient. Die Tür wurde nicht geöffnet. Stattdessen lief die Witwe herbei, rang die Hände und rief: ›Gut, dass Ihr kommt, Dottore. Es geht ihm ja so schlecht! Ich habe getan, was ich konnte, habe ihm jede Stunde Wadenwickel gemacht, aber für Kampfer, Milch und Honig fehlte mir das Geld.‹

›Wieso Euch?‹, fragte ich.

›Er hat keinen einzigen Baiocco herausgerückt.‹

Ich versuchte, mir meine Verärgerung nicht anmerken zu

lassen. ›Ich danke Euch‹, sagte ich. ›Jetzt kümmere ich mich um ihn.‹

Wenig später sah ich Fanti. Er war nur noch ein Schatten seiner selbst, lag in seinem Pfostenbett und streichelte mit heißen Händen das Anatomiepüppchen. ›Ich habe meinem Liebling die Lunge aus dem Leib gerissen‹, krächzte er, ›dafür muss ich nun sterben.‹

›Unsinn, Signore‹, entgegnete ich, ›wenn Ihr meinen Anweisungen Folge geleistet hättet, wäret Ihr längst wieder gesund.‹

›… mein armer Liebling.‹

›Schon gut.‹ Ich schlug die Decke zurück und untersuchte den Geizhals. ›Ihr habt mittlerweile eine ausgewachsene Bronchitis. Damit ist nicht zu spaßen. Sollte daraus eine Lungenentzündung entstehen, liegt Ihr auf den Tod. Möchtet Ihr das?‹

›Nein …‹

›Schön, wir wollen die Pferde nicht scheu machen, aber von jetzt an müsst Ihr tun, was ich sage. Für Inhalationen seid Ihr bereits zu schwach, die Witwe soll Euch deshalb den Kampfer auf die Brust reiben. Gebt ihr Geld, damit sie ihn besorgt. Ebenso Milch und Honig. Es ist wichtig, dass der Husten sich löst. Ihr müsst die Bronchitis ausschwitzen und das Fieber senken. Das beste Mittel, das die Wissenschaft dafür kennt, ist eine echte Perle. Ich weiß nicht, ob Ihr eine im Haus habt. Ich vermute, nein. Deshalb rate ich Euch dringend, eine besorgen zu lassen. Eine nicht zu kleine, hört Ihr? Spart nicht am falschen Ende. Vertraut dabei der Witwe Memmo, sie ist eine gute Frau. Sie soll die Perle im Mörser pulverisieren und mit Fenchel und Dill zu einem Trank verkochen. Diesen Trank sollt Ihr heiß zu Euch nehmen, in kleinen Schlucken, mehrmals am Tag. Habt Ihr das verstanden?‹

›Ja … ja …‹

›Gut, dann gehe ich jetzt. Ihr schuldet mir anderthalb Scudi, doch ich nehme nicht an, dass ich sie heute bekomme. Gute Besserung, Signore. In drei Tagen will ich wieder nach Euch sehen.‹ Ich ging hinüber zur Witwe und erklärte ihr, was ich verordnet hatte.

Zwei Tage später erschien sie bei mir in der Unterkunft, tränenüberströmt, und rief: ›Er ist tot!‹

›Allmächtiger, wie konnte das passieren?‹

›Nichts von dem, was Ihr ihm verschrieben habt, wollte er nehmen, Dottore!‹

›Auch nicht die Perle?‹

›Die am allerwenigsten. Er sagte, lieber wolle er sterben, als so viel Geld für Talmi auszugeben. Ich habe das nicht ernst genommen, doch genau so ist es geschehen.‹ Erneut brach sie in Tränen aus.

›Kommt mit.‹ Zusammen liefen wir zu Fantis Haus. Als wir vor der Tür standen, wollte ich hineingehen, aber die Witwe hielt mich auf. ›Dottore‹, sagte sie, ›erschreckt Euch nicht, er sieht so seltsam aus.‹

›Keine Sorge‹, entgegnete ich, ›als Arzt ist mir der Anblick eines Toten nicht fremd.‹

›Ich möchte nicht mit hinein.‹

›Wie Ihr wollt.‹ Ich ging in das Schlafzimmer, bekreuzigte mich und trat näher. Gebrochene Augen starrten mir entgegen, aus einem fremden, bizarr anmutenden Gesicht. Fantis Wangen wirkten aufgeblasen wie ein Ballon! Um mich abzulenken, nahm ich die notwendigen Untersuchungen vor. Ich prüfte den Puls, legte einen Finger an die Halsschlagader und berührte ein Lid seiner offen stehenden Augen. Es zuckte nicht – ein unfehlbares Zeichen für den Tod. Ich drückte die Lider zu. Friedlich lag Fanti da, das Anatomiepüppchen in den kalten Händen. Doch was hatte es mit seinem Gesicht auf sich? Ich wollte die Lippen öffnen und in den Mund hineinschauen. Es gelang nicht. Der *Rigor mortis* hatte eingesetzt, Fanti war steif wie ein Brett, also bereits vor mehreren Stunden verstorben.

Er hätte mir leidtun können, denn trotz seines Reichtums war er ein armer Mann. Er hatte sich lieber vom Leben getrennt als von einem einzigen Baiocco. Was war er für ein Mensch gewesen? Ich begann, mich im Haus umzusehen, streifte durch die Räume und stellte fest, dass alle Zimmer auf das Ärmlichste eingerichtet waren. Nur eines bildete eine Ausnahme. Es war vermutlich das seiner verstorbenen Schwester. Hier fanden sich Teppiche auf dem Boden und Bilder an den Wänden. Auch Möbel, die zum Sitzen einluden. Sonst aber nirgendwo. Zum Schluss ging ich zurück in den großen Eingangsraum mit dem Eichentisch. Die Papiere darauf lagen offen herum, und ich kam nicht umhin, ein paar davon zu lesen.

Fanti hatte enge Beziehungen mit verschiedenen Ämtern und Behörden gehabt und Lieferungen jeglicher Art für sie besorgt. Auch für die Juristen im Palazzo dei Notai. Ob der Advokat, bei dem mein Onkel vergeblich Hilfe gesucht hatte, auch zu Fantis Geschäftspartnern zählte? Ich gab mir selbst die Antwort: Du wirst es nie erfahren. Und wenn, wem würde es nützen?

Interessant dagegen war diese Erkenntnis: Anders als alle Welt glaubte, hatte Fanti weder Wagen noch Zugtiere besessen. Er hatte stets nur die Transporte vermittelt und so die Kosten für den Unterhalt eines Fuhrparks gespart. Die einzige Ausnahme war das Gespann des Kutschers Memmo gewesen.

Das bedeutete: An materiellen Gütern besaß Fanti nichts, wenn man von dem Haus seiner Schwester einmal absah. Nur Geld. Bare Münze, die er so liebte.

Aber wo war das ganze Geld? Fanti war doch als steinreicher Mann gestorben?

Ich trat an das Pfostenbett und entwand seinen Händen das Anatomiepüppchen, denn es gehörte ihm nicht, da er es nie bezahlt hatte. Dabei stellte ich fest, dass die Finger des Toten sich wieder bewegen ließen. Der *Rigor mortis* verschwand allmählich.

Ich brachte die Hände in eine fromme, gefaltete Position und beschloss, der Ursache für die prallen Wangen auf den Grund zu gehen. Ich zog die Unterlippe des Toten herunter und glaubte, meinen Augen nicht zu trauen: Eine Goldmünze fiel mir entgegen!

Da bog ich den gesamten Kiefer nach unten, und links und rechts quollen die Münzen aus seinem Mund hervor. Es waren Scudi d'Oro besonderer Prägung, Münzen, die anlässlich der Inauguration von Papst Paul IV. geprägt worden waren. Jede einzelne so viel wert wie hundert Scudi. Ein Vermögen, das mir da entgegenfiel!

Wie ein Hamster sich die Backentaschen füllt, so hatte Fanti sich das Gold in den Mund gestopft – aus Angst, jemand könne es nach seinem Tod finden. Ich schüttelte den Kopf und kam zu der Erkenntnis, dass ich einen Menschen wie Fanti nie verstehen würde …«

»In der Tat, das ist nicht zu verstehen«, schaltete sich Matteo ein, »aber Eure Geschichte verdeutlicht einmal mehr, was der Dämon Mammon aus einem Menschen machen kann. Bei Matthäus heißt es: *Ihr könnt nicht Gott dienen und dem Mammon.* Was habt Ihr mit den Goldmünzen gemacht? Sie behalten?«

»Nein, Hochwürden. Es lag mir fern, einen Dieb zu bestehlen. Doch ich muss gestehen, dass ich mir drei Goldstücke nahm. Eines davon betrachtete ich als Bezahlung für meine ärztlichen Bemühungen. Die anderen beiden verwahrte ich. Alle restlichen Münzen tat ich zurück in den Mund. Anschließend schlang ich unterhalb des Kinns eine Binde um den Kopf, damit der Kiefer geschlossen blieb. Mehr konnte ich nicht tun. Ich ging hinüber zur Witwe Memmo und gab ihr die anderen beiden Goldstücke. Sie wusste kaum, wie ihr geschah, doch ich sagte: ›Die habt Ihr Euch redlich verdient. Ich bin sicher, es war im Sinne des Toten, dass Ihr sie bekommt. Ansonsten war kein Geld im Haus.‹ Dann bat ich sie, einen Priester zu holen. Der Fall Umberto Fanti war für mich abgeschlossen.

Ein paar Tage später erfuhr ich, dass Fanti ein Armenbegräbnis erhalten habe. An seinem Grab standen nur der Priester und die Witwe, niemand sonst. Ein armseliges Ende mit einem Mund voller Gold!«

»Ja, das ist es«, sagte Matteo nachdenklich. »Das also war Eure Beichte. Dem Inhalt zufolge muss ich mir mehr Sorgen um Fanti machen als um Euch, denn zweifellos hat er sich der Todsünde des Geizes schuldig gemacht. Eine solche Verfehlung wird immer dann begangen, wenn der Mensch in einem schweren Fall bewusst und absichtlich ein wichtiges Gesetz Gottes übertritt. Er fällt damit aus der Gnade, verliert das ewige Leben und ist zur unendlichen Höllenstrafe verurteilt – es sei denn, er bereut, beichtet seine Sünde und empfängt durch die Kirche die Vergebung Gottes. Das aber konnte hier nicht geschehen, weil Fanti weder bereute noch beichtete. Ich werde für seine Seele beten.

Aber nun zu Euch: Dass Ihr gelogen und getäuscht habt, hatten wir schon festgestellt. Im weiteren Verlauf Eurer Geschichte ist jedoch einiges dazugekommen. Neuerliches Lügen und neuerliches Täuschen, gepaart mit Halbwahrheiten. Was aber am schwersten wiegt, ist, dass Ihr den Tod Fantis nicht verhindert habt.«

»Verzeiht, Hochwürden, ich habe getan, was aus ärztlicher Sicht notwendig war. Als ehemaliger Kollege werdet Ihr das bestätigen.«

»Nein, Galbaio, das werde ich nicht. Ihr wisst genau, was ich meine: Ihr habt in viel zu großen Zeitabständen nach Fanti gesehen und billigend in Kauf genommen, dass es ihm von Tag zu Tag schlechter ging. Ihr selbst habt von Rache gesprochen, spracht sogar nur von einem Racheversuch, aber der Tod Fantis hat aus dem Versuch Wirklichkeit werden lassen.«

»Hochwürden, bitte …«

»Ich bin noch nicht fertig. Eine einfache Frage wird Euch beweisen, dass ich recht habe: Hättet Ihr Eure Mutter genauso behandelt wie Fanti?«

»Nun …«

»Seht Ihr, das ist es, was ich meine.«

»Ja, Hochwürden.«

»Ihr habt Fanti auf dem Gewissen, habt eine schwere Sünde auf Euch geladen. Ist Euch das jetzt bewusst?«

»Ja, Hochwürden. Ich glaube, ich ahnte es die ganze Zeit, aber ich wollte es nicht wahrhaben.«

»Dann fehlt zum Empfang des Bußsakraments durch mich noch Eure ehrliche Reue, dazu der gute Vorsatz, künftige Sünden zu vermeiden, und die Bereitschaft zur Wiedergutmachung. Aber als gutem Katholiken ist Euch das sicher bekannt.«

»Ich muss noch etwas beichten, Hochwürden.«

»Noch etwas?«

»Ja, ich bin kein Katholik. Ich bin Protestant.«

»Wie bitte?« Matteo verschlug es die Sprache. »Sagt das noch einmal.«

»Ich bin Protestant, Hochwürden.«

Matteo schwieg. Eine solche Situation hatte er noch nie erlebt.

»Vielleicht erinnert Ihr Euch, Hochwürden. Ich erzählte gestern, ich hätte eine Zeit lang in Erfurt studiert. Ich wohnte dort in der Burse zum St. Georg, die von manchen im Scherz auch ›Biertasche‹ genannt wird. Aber sie ist nicht nur ein fideles Studentenheim, sondern auch ein Hort der Glaubensstärke, was nicht zuletzt daran liegt, dass sie neben Persönlichkeiten wie Ulrich von Hutten und Georg Spalatin auch Martin Luther in ihren Mauern beherbergte. Durch ihn und seine Thesen kam ich zum Protestantismus. Es sind die Einfachheit und die Bescheidenheit der Lehre, fern jeglichen Gepränges, die mich überzeugten. Luther ist ein großer Reformator.«

»Darüber kann man geteilter Meinung sein.« Matteo hatte sich gefangen. »Euer Luther muss jedem guten Katholiken wie ein Ketzer vorkommen, denn er schreibt Jesus, dem göttlichen Sohn unseres Herrn, diese Attribute zu: *humanitas, infirmitas, stultitia, ignominia, inopia, mors, humilitas* … also, wie Ihr als Lateiner wisst: Menschlichkeit, Schwachheit, Torheit, Unwissenheit, Unvollkommenheit, Sterblichkeit, Niedrigkeit. Nennt Ihr diese Eigenschaften etwa göttlich?«

»Ich denke, Luther wollte Jesus in keinem Fall seine Göttlichkeit absprechen, er meinte vielmehr, dass Jesus sich auf eine Stufe mit dem Menschen stellte, um ihn besser verstehen zu können.«

»Das sind Spiegelfechtereien!«

»Verzeiht, Hochwürden, sind es nicht immer Spiegelfechtereien, wenn es um die Interpretation des rechten Glaubens geht? Kommt es nicht letztlich nur darauf an, dass uns der Glaube Glück, Trost und Kraft verleihen kann?«

»Lenkt nicht ab. Warum habt Ihr mir nicht von vornherein gesagt, dass Ihr Protestant seid?«

»Hättet Ihr mir dann die Beichte abgenommen?«

»Ihr irrt. Ich habe Euch nicht die Beichte abgenommen. Ganz einfach, weil ich es nicht kann.«

»Diese Antwort, Hochwürden, hatte ich erwartet. Ich wollte mich Euch trotzdem anvertrauen. Wenn Ihr so wollt, glaubenübergreifend. Ich brauchte einen Menschen, der zuhören kann. Und ich habe ihn in Euch gefunden. Das Gespräch mit Euch hat mir die Augen geöffnet. Ich bereue, was ich getan habe, und möchte Buße tun. Bitte, nennt mir meine Strafe.«

»Ich kann Euch keine Buße auferlegen.«

»Dann sagt mir, wie ich meine Schuld abtragen kann.«

Matteo seufzte. »Ihr seid hartnäckig. Aber in Gottes Namen: Dass Ihr als Bologneser Arzt das Ospedale della Vita und das Ospedale della Morte kennt, versteht sich. Aber wisst Ihr auch, woher die beiden Hospitäler ihren Namen haben?«

»Offen gestanden, nein, Hochwürden.«

»Nun, Die Erklärung liegt in den Namen der zwei Orden, die seinerzeit die Hospitäler gründeten. Die frommen Brüder der Arciconfraternita di Santa Maria della Morte besuchten regelmäßig die Gefängnisse, um die zum Tode Verurteilten zu trösten und sie zum Galgen zu begleiten. Sie taten es erstmals im Jahre 1336, zu einem Zeitpunkt, als die Mitglieder der Confraternita della Vita ihr Hospital bereits sechzig Jahre lang betrieben. Man sagt, das Della Vita habe seinen Namen, weil sich die Patienten dort mit bemerkenswerter Schnelligkeit von allen Krankheiten, sogar den schwerwiegendsten, erholen. Sollte das so sein, wäre der Dienst für einen Arzt im Della Vita in der Tat leichter. Ihr werdet deshalb im Ospedale della Morte arbeiten. Dort wird, wie in allen Hospitälern der Stadt, jede kundige Hand gebraucht. Ihr werdet dafür keinen einzigen Baiocco nehmen, sondern Euer ganzes Entgelt den Armen spenden.«

»Für wie lange, Hochwürden?«

»Das stelle ich in Euer Ermessen. Alles, was ich eben sagte, war ohnehin nur ein Vorschlag. Noch etwas: Da Ihr als Protestant schwerlich ein Ave-Maria beten könnt, rate ich zu drei Vaterunsern täglich.«

»Ich nehme Euren ›Vorschlag‹ mit Freuden an, Hochwürden, und bin Euch sehr dankbar.«

»Ihr braucht mir nicht zu danken. Was ich tue, tue ich für Gott. Und nun geht in Frieden. Vielleicht begegnen wir uns einmal wieder.«

»Das würde mich von Herzen freuen. *Arrivederci*, Hochwürden.«

»Arrivederci.«

Nachdem Galbaio den Beichtstuhl verlassen hatte, atmete Matteo tief durch und streckte die Beine aus, um die schmerzenden Knie zu entlasten. Dann stand er auf und strebte hinüber in die Sakristei. Im Kirchenschiff hatten sich bereits zahlreiche Gläubige eingefunden, manche noch ein wenig blass und erschöpft von den Feiern für *La Befana*. Sie saßen in den Bänken, beteten und warteten auf den Beginn der Predigt zum Epiphaniasfest. Derweil stand Dovizio im Kirchturm und läutete die Glocken von San Simeone. Matteo legte mit Hilfe zweier Messdiener die liturgischen Gewänder an und ging im Geiste noch einmal die Predigt durch. In den letzten Jahren hatte er stets über die Erscheinung Jesu und ihre Bedeutung für den Glauben gesprochen, heute wollte er den Schwerpunkt auf das erste Wunder, die Hochzeit zu Kana, legen, die im Johannes-Evangelium beschrieben wurde. Die Hochzeit zu Kana mit dem Weinwunder galt als das erste der sieben Zeichen dafür, dass in Jesu der von Gott gesandte Messias zu sehen sei. So weit, so gut. Vielleicht könnte er im nächsten Jahr auf das zweite Wunder eingehen, die Sohnesheilung des königlichen Beamten zu Kapernaum …

Unterdessen war Dovizio aus dem Turm zurück, legte neuen Weihrauch in das brennende Thuribulum und ergriff es.

»Seid ihr so weit?«, fragte Matteo.

Dovizio und die Messdiener, zwei Knaben aus der Nachbarschaft, nickten.

»Dann folgt mir.« Matteo ging zur Tür und betrat das Kirchenschiff. Die Gläubigen erhoben sich, während er sich langsam auf den Altar zubewegte. Er tat dies stets mit einem leichten Lächeln, denn ein Gottesdienst, so seine Auffassung, war ein Anlass zur Freude.

Er blieb stehen, küsste den Altar, das Symbol für den Herrn, und drehte sich seiner Gemeinde zu.

Die Gläubigen machten das Kreuzzeichen, und er sprach langsam: »Im Namen des Vaters, des Sohnes und des Heiligen Geistes.«

»Amen«, antworteten die Gläubigen.

»Der Herr sei mit euch.«

»Und mit deinem Geiste.«

»Liebe Brüder und Schwestern, eine Hochzeit ist immer ein ganz besonderes Ereignis, ein Ereignis der Liebe, der Zuwendung, der innigen Verbindung …«

Die Predigt hatte begonnen.

Nach der Predigt und der Eucharistie nahm Matteo wie immer seinen Platz im Kirchenportal ein, um seine Gläubigen zu verabschieden. Er schüttelte Hände, strich über Kinderköpfe und fand für viele Menschen persönliche Worte. Als der Letzte der Gemeinde gegangen war, blieben nur die

Bettler zurück. Matteo musste an Galbaio denken, der zum Protestanten geworden war und Luther verehrte. Dieser hatte in seinen Thesen die Auffassung vertreten, in der Christenheit dürfe es keine Bettler geben. Welch unbarmherziger Gedanke! Matteo schüttelte den Kopf. Bettler gehörten zum Leben wie das Brot, das man mit ihnen teilte.

Einer der Bettler schien neu im Kreis der Almosenempfänger zu sein. Er saß etwas abseits im Dunkeln, da das Licht der Laterne über dem Kirchenportal ihn nicht erreichte, und sang leise ein Lied. Ein Bettler, der sang? Neugierig trat Matteo näher und erkannte die Melodie. Es war *In dulci jubilo,* ein Kirchenlied, das häufig um die Weihnachtszeit gesungen wurde.

»Du singst schön«, sagte Matteo. »Habe ich dich hier schon einmal gesehen?«

»Nein, Hochwürden.«

Matteo stutzte. Der Stimme nach war der Bettler ein Mädchen. »Wer so schön singt wie du, sollte eigentlich nicht betteln müssen.«

»Ich hab's auch noch nie getan.« Das Mädchen starrte auf seine Füße, die in Lumpen steckten.

»Vielleicht hättest du Lust, im Chor von San Simeone mitzusingen?«

»Nein.« Die Antwort kam schnell und schroff.

»Bedrückt dich etwas?«

»Nein!«

»Also doch.« Matteo überlegte, wie er helfen könnte. »Wenn du jemanden brauchst, der dir zuhört, sage es nur. Ich habe immer ein offenes Ohr.«

Das Mädchen schwieg und starrte auf seine Füße.

»Nun gut, ich will dich nicht drängen. Aber manchmal ist es gut, wenn man jemanden weiß, zu dem man gehen kann.« Matteo entfernte sich. »Gott befohlen, mein Kind.«

»Ich habe gesündigt!«

Matteo blieb stehen. »Das dachte ich mir. Ich hoffe, es sind nur kleine Sünden?«

»Nein.«

»Magst du darüber sprechen? Welchen Namen hat deine Sünde?«

»Wollust.«

»Wollust? Nun, äh, ich hoffe, es ist bei schmutzigen Gedanken geblieben?«

»Nein, Hochwürden, ich … ich habe meinen Mund nicht nur zum Singen benutzt.«

Allmächtiger!, dachte Matteo. So ein junges Ding! Was die Kleine angedeutet hatte, machten sonst nur die Huren in den Bordellen Bolognas. »Komm morgen um die Mittagszeit zur Beichte.«

»Nein, bitte. Es geht nicht.«

»Bist du sicher?«

Das Mädchen schwieg.

Matteo wartete eine Weile und spürte, dass es zwecklos war. »Ich wünsche dir alles Gute. Möge Gott dir den rechten Weg weisen«, sagte er und ging zurück in die Sakristei.

Auf halbem Wege blieb er stehen. Etwas war von oben auf ihn herabgefallen. Ein kleines Stück Putz. Matteo seufzte und blickte hinauf. Die Fresken von San Simeone boten in der letzten Zeit zunehmend Anlass zur Sorge. Sie waren verwittert und blätterten ab. Eine Erneuerung – mindestens jedoch eine Ausbesserung – war dringend vonnöten. Doch woher sollte er das Geld dafür nehmen? Alles wurde immer teurer – und auch die Rechnung von Meister Bruno für die Reparatur des Beichtstuhls stand noch aus.

Matteo seufzte abermals und ging zur Opferbüchse. Er holte den Schlüssel hervor und öffnete das Vorhängeschloss, um den Inhalt herauszunehmen. Vielleicht hatten die Gläubigen zum Epiphaniasfest ein wenig mehr gegeben als sonst? Nein, es war wie immer wenig. Die Mitglieder seiner Gemeinde gehörten nun einmal nicht zu den Reichen ... Doch halt, was war das? Es sah aus wie eine Brosche, ein hübsches Stück, offenbar aus Elfenbein gefertigt und zweifellos von Wert. Was hatte es unter all den Baiocchi und Paoli zu suchen?

Matteo sah näher hin und erkannte ein geschnitztes Motiv – die Hochzeit zu Kana! Was hatte das zu bedeuten? Richtig: Galbaio hatte erzählt, sein Onkel hätte solche Miniaturen feilgehalten. War Galbaio bei seiner Predigt gewesen? Ein Protestant bei einem katholischen Gottesdienst? Vielleicht war er doch nicht für die allein seligmachende Kirche verloren? Matteo spürte ein warmes Gefühl der Verbundenheit. Ein Katholik, der im umgekehrten Fall eine protestantische Kirche besuchte, beging eine Todsünde, so viel stand fest. Wie unterschiedlich die Wege zu Gott doch waren ...

Mit diesen Gedanken betrat Matteo die Sakristei, in der Dovizio schon auf ihn wartete, um ihm aus den liturgischen Gewändern zu helfen. Matteo übergab die Büchse mit dem Inhalt, damit der Küster ihn verwahre, und sprach dazu die Worte: »Gott ist es gegeben, Gott ist es zugedacht.«

Die Brosche jedoch behielt er für sich.

Später, als er allein in seinem Lieblingsraum war, fiel er auf die Knie und sprach zu dem hölzernen Kruzifix: »O Herr, Du hast gesehen, welch ein Geschenk mir gemacht wurde – es ist ein Kunstwerk und gleichzeitig ein Zeugnis Deines ersten Wunders. Ich erhielt es von einem Mann, der vom rechten Glauben abgekommen ist und dennoch heute an dem einzig wahren Dienst an Dir teilnahm. Gib, dass seine Seele nicht der ewigen Verdammnis anheimfällt. Gib, dass ich ihm nicht umsonst zugehört habe.

Durfte ich ihm zuhören? Er verschwieg mir, dass er sich nicht mehr zum allein seligmachenden Glauben bekennt. Durfte ich ihm eine Buße auferlegen? Denn natürlich war es eine Buße, nichts anderes. Sie als Strafe zu bezeichnen, war reine Wortklauberei. Durfte ich die Brosche aus der Opferbüchse annehmen, Herr? Sie ist fraglos ein Dankesgeschenk für den Erhalt des Bußsakramentes. Andererseits aber auch ein Zeichen Deiner Verehrung.

Und dann ist da noch dieses Bettlermädchen mit der Engelsstimme, das *In dulci jubilo* sang und sagte, es habe in Wollust gesündigt. Sie war verzweifelt, das spürte ich. Hätte ich sie nicht energischer zur Beichte auffordern müssen? Auch dieser Tag hinterlässt wieder mehr Fragen als Antworten.

Manchmal, o Herr, ist es wirklich nicht leicht, Dein Diener zu sein.«

Die dritte der sieben Todsünden: Wollust

luxuria

Zweiundsiebzig Stufen ging es hinauf bis zur Spitze des Kirchturms von San Simeone. Pater Matteo erklomm sie mit einiger Mühe, nicht nur, weil ihn an diesem kalten, klaren Januartag wieder die Knie schmerzten, sondern auch, weil er nicht mehr der Jüngste war. Er zählte dreiundfünfzig Jahre, und einen Großteil dieser Zeit hatte er kniend im Gebet verbracht.

Endlich oben angelangt, pfiff ihm der Wind gehörig um die Ohren, doch der Ausblick, den er in luftiger Höhe genoss, entschädigte ihn für die Kletterei. Bologna – oder *la dotta,* wie die Stadt der Gelehrten auch genannt wurde – breitete sich zu seinen Füßen aus wie ein unrundes Rad, von dessen Mittelpunkt, der Piazza Maggiore, die großen Arkadenstraßen wie Speichen nach außen verliefen.

Matteo atmete ein paar Mal tief ein und wandte sich um zu Meister Betalli, einem Glockengießer aus Castelnovo ne' Monti, der hinter ihm die steile Treppe hinaufgestiegen war. »Es ist wirklich ein Segen, dass Ihr zurzeit in Bologna weilt«, sagte er zu ihm. »Danke, dass Ihr Euch die Mühe macht und mich anhören wollt.«

»Nicht der Rede wert«, antwortete Betalli etwas kurzatmig.

»Hier ist unser Sorgenkind.« Matteo wies auf eine vier Fuß hohe Glocke, die neben ihnen im Gebälk hing. »Der Klang unserer Hosianna ist warm und voll und ruft die Gläubigen seit vielen Jahren zum Dienst an Gott. Aber wer genau hinhört, bemerkt, dass sich seit ein paar Wochen etwas verändert hat. Der Ton ist nicht mehr so rund, sondern eher hart, vielleicht auch ein wenig spitz im Verhall. Den Grund dafür seht Ihr hier, Meister.« Matteo zeigte auf einen schmalen Spalt am unteren Rand des Glockenkörpers.

»Hm.« Betalli legte seinen Daumen in den Spalt. »So etwas kommt nicht von ungefähr. Wahrscheinlich ein Blitz. Die Bronze um den Riss ist teilweise angeschmolzen.«

»Ein Blitz?« Matteo lächelte schmerzlich. »In diesem Fall hätte die Inschrift sich als wenig hilfreich erwiesen. Sie ist schon etwas verwittert, wie Ihr seht: *Fulgura Frango – Tonitena Repello.*«

»Ich kann kein Latein«, sagte Betalli.

»Verzeiht.« Matteo biss sich auf die Lippen. »Ich wollte Euch nicht zu nahe treten. Gott hat den Menschen verschiedene Fähigkeiten zugewiesen. Der eine kann Latein, der andere kann Glocken gießen. Die Inschrift bedeutet: ›Blitze breche ich – Donner stoße ich zurück‹.«

»Aha. Und nun soll ich den Riss reparieren?«

»Wenn es möglich ist, ja.«

»Möglich ist vieles. Aber wie ich Euch verstanden habe, herrscht im Kirchensäckel ziemliche Leere.«

Matteo musste an die noch ausstehende Rechnung des Tischlermeisters für die Reparatur des Beichtstuhls denken und daran, dass die Fresken im Kirchenschiff immer mehr abblätterten. San Simeone war ein altes Gotteshaus. Ein altes, armes Gotteshaus. »Ja, unsere Mittel sind leider recht begrenzt. Ich muss an Euch als Christenmensch appellieren, es für kleine Münze zu machen.«

Betalli, ein kräftiger Mann mit der Figur eines Fasses, schnaufte. »Ihr stellt Euch das so einfach vor! Wisst Ihr eigentlich, was Ihr da von mir verlangt? Als Erstes müsste die Glocke mit einem Flaschenzug abgeseilt werden, denn hier oben kann ich sie nicht reparieren. Die nächste Schwierigkeit wäre, dass ich sie nicht durch den Turm hinunterlassen kann, weil die Treppen im Wege sind. Das heißt, ich müsste von außen einen Tragebalken anbringen. Hätte ich die Glocke glücklich am Boden und die siebzig Meilen zu meiner Werkstatt transportiert, müsste sie an ihrer Krone angehoben und gekippt werden, damit die Stelle mit der gerissenen Außenhaut in die Glut der Esse gehalten werden kann. Gleichzeitig müsste ich ein Stück gleicher Bronze erhitzen, den Riss damit ausfüllen und mit Feuer verschweißen.«

»Mit Feuer verschweißen? Das klingt vielversprechend.«

»Im Gegenteil. Damit beginnt das Hauptproblem. Denn niemand kennt heute mehr die genaue Zusammensetzung der Glockenbronze. Zwar schwanken die Zinnanteile beim Guss nur geringfügig, aber schon kleine Unterschiede können große Auswirkungen auf Klang und Festigkeit haben.«

»Mit anderen Worten: Es geht nicht?«

»Das habe ich nicht gesagt.« Betalli schnaufte wieder. »Ihr habt an mich als Christenmensch appelliert, doch bedenkt, die Arbeiten könnten nicht von mir allein bewältigt werden, sie würden die Hilfe vieler Männer in Anspruch nehmen. Die Kosten wären gewaltig.«

»Ich verstehe.« Matteo konnte seine Enttäuschung nicht verbergen.

»Ich mache Euch einen Vorschlag, Hochwürden: Lasst die HOSIANNA, wie sie ist. Der Riss kann ihr nichts anhaben, sie wird noch Jahrzehnte läuten. Vielleicht ein wenig anders im Klang, aber kaum einer wird es bemerken. Außerdem habt Ihr noch die beiden kleinen Glocken, die zweifellos heil sind.«

»DEXTRA und SINISTRA«, sagte Matteo und ersparte sich die Bemerkung, dass die Namen »rechts« und »links« bedeuteten. Er wollte Betalli nicht noch einmal in Verlegenheit bringen.

»Tja, dann …«, sagte Betalli.

»Dann danke ich Euch, Meister. Vielleicht ist es manchmal ganz gut, die Dinge zu lassen, wie sie sind.«

»Ihr sagt es. Das Leben ist hektisch genug.«

Einträchtig kletterten sie die steilen Treppen hinab, sich dabei gegenseitig stützend. Unten angelangt, verabschiedeten sie sich voneinander und wünschten sich ein »Gott befohlen«.

Matteo blickte Betalli nach. Er konnte dem Meister seine offenen Worte nicht verübeln, zumal der Mann gewiss recht hatte. Die Hosianna klang immer noch schön, und Gott war es sicher einerlei, ob sie einen Spalt aufwies oder nicht.

Mit diesen Gedanken strebte er zum Seitenausgang, als ein Ruf ihn innehalten ließ: »Pater Matteo?« Es war eine helle Stimme, die Stimme eines Mädchens, und sie kam Matteo bekannt vor.

»Ja, bitte?«

»Pater Matteo, ich bin im Beichtstuhl. Wenn Ihr Euch erinnert: Ich habe gestern Abend mit den Bettlern vor der Kirche gesessen und gesungen.«

»Ich weiß, du sangst *In dulci jubilo,* und ich fragte dich, ob du Lust hättest, im Kirchenchor mitzumachen. Ich sagte, glaube ich, außerdem: ›Wer so schön singt wie du, sollte eigentlich nicht betteln müssen.‹« Matteo nahm auf der anderen Seite des trennenden Gitterfensters Platz, zog den Vorhang zu und streckte die Beine aus, eine Position, die der Würde des Bußsakraments kaum entsprach, doch sie brachte seinen schmerzenden Knien Entlastung.

»Und ich antwortete: ›Ich hab's auch noch nie getan.‹«

»Ich erinnere mich. Du sagtest überdies, äh, nun ja, du habest deinen Mund nicht nur zum Singen benutzt. Wenn du damit das meintest, was ich verstanden habe, musst du schreckliche Dinge erlebt haben.«

»Ja, Hochwürden. Ich wollte eigentlich nicht kommen.

Aber ich habe niemanden, mit dem ich reden kann. Ich bin ganz allein. Und ich weiß auch nicht, ob ich alles sagen werde. Es ist eine lange Geschichte.«

Matteo dachte an Dovizio, seinen Küster, Koch und Kantor, der drüben im Wohnhaus das Mittagsmahl zubereitet hatte und wahrscheinlich schon auf ihn wartete. »Das macht nichts. Ich denke, wir beginnen. Schlage das Kreuz und sprich die Anfangsformel.«

»Ja, Hochwürden, ich schlage das Kreuz. *In nomine patri et filii et spriritus sancti. Amen.*«

»Gott, der unser Herz erleuchtet, schenke dir wahre Erkenntnis deiner Sünden und Seiner Barmherzigkeit. Und nun, mein Kind, haben wir alle Zeit der Welt.«

»Ja, Hochwürden. Ich ...«

Matteo wartete. »Lass dir Zeit.«

»Ich weiß nicht, wie ich anfangen soll.«

»Beginne einfach. Rede frei von der Leber weg. Alles andere findet sich.«

»Ja, nun ... mein Vater war ein Bettler, aber ich selbst war niemals einer, und ich will auch niemals einer werden!«

»Keiner zwingt dich dazu«, sprach Matteo beruhigend. »Fahre nur fort.«

»Mein Vater war Dauerweiner, falls Ihr wisst, was das ist, Hochwürden.«

»Nein, ich habe den Ausdruck noch nie gehört.«

»Es gibt nicht viele Dauerweiner in Bologna, vielleicht drei oder vier, weil es eine hohe Kunst ist, immer und zu jeder Zeit weinen zu können. *Allacrimanti* nennen sie sich, und sie sind sehr stolz auf ihr Gewerbe. Ihr fragt Euch sicher, woher ich das weiß, obwohl ich selbst nie ein Bettler war, aber mein Vater hat mir alles erzählt, bevor er starb.«

»Er ist tot? Das tut mir leid. Ich werde für seine ewige Seele beten.«

»Danke, Hochwürden. Mein Vater hieß Marino, er lebte bis zu seinem Tod in der Casa Rifugio.«

»Der Casa Rifugio?«

»Es ist ein baufälliges Gebäude, das eine Pfandleihe beherbergt. Sie wird nur zum Schein betrieben, von einem alten Juden namens Itzik Rosenstern ... Verzeiht, Hochwürden, kann ich mich darauf verlassen, dass diese Dinge unter uns bleiben?«

»Gewiss. Alles, was du sagst, sagst du *sub rosa.* Unter der Rose gilt das Beichtgeheimnis.«

»Dann ist es gut. Wie gesagt, mein Vater, der *allacrimanto,* lebte hier, ebenso wie Fabio, der noch heute als Dauerweiner arbeitet. Beide tranken immer sehr viel und behaupteten: ›Ohne Wasser keine Flüssigkeit, ohne Flüssigkeit keine Träne, ohne Träne kein Geschäft. Nur wenn die Tränen unablässig fließen, bemitleiden einen die Menschen genügend und lassen ein paar Baiocchi springen.‹

Auch viele der anderen Bewohner haben das Betteln zur Kunst erhoben. Etwa Conor, der einen Raben besitzt, der Kupfer- von Silbergeld unterscheiden kann, bevor er es den Gebern aus der Hand pickt.«

»Ja, Conor kenne ich. Er ist bekannt in der ganzen Stadt.«

»Man sagt von ihm, dass er in den nächsten Jahren sicher König wird.«

»König?«

»Bettlerkönig, Hochwürden. Der Erste unter Gleichen, der alle wesentlichen Dinge des Zusammenlebens bestimmt. Er entscheidet auch, wer Zutritt zur Casa Rifugio haben darf. Neben dem König gibt es den Rat der Bettler. Er bestand damals aus Ludovico, dem Schminker, und anderen. Ludovico versteht es, so kunstvoll mit Puder, Farben und Tierblut umzugehen, dass jedermann glaubt, er wäre soeben Opfer eines Überfalls geworden – und sich barmherzig zeigt.

Ein weiteres Mitglied war Latus, der seinen Namen einem Bettler mit Lateinkenntnissen verdankt, denn er neigt zu weitschweifiger Rede. Allerdings mit dem, äh, Hinterteil. Er ist Kunstfurzer und wird ›Latus, der Flatus‹ gerufen. Er vermag dank seines Könnens die verschiedensten Melodien zum Besten zu geben. Besonders einträglich ist sein Geschäft natürlich zur Karnevalszeit, wenn er *Quant'è bella giovinezza* furzt, aber auch sonst lässt sich mit dieser Art geblasener Luft der eine oder andere Baiocco gut verdienen.«

Matteo hüstelte. Er fragte sich, ob die junge Beichtende nicht etwas zu sehr in die Einzelheiten ging. In jedem Fall schien es ihm sehr ungewöhnlich, dass ein junges Mädchen so freizügig redete.

»Habe ich etwas Falsches gesagt, Hochwürden?«

»Nein, nein, fahre nur fort.«

»Teofilo, der Tanzmäuser, war ebenfalls im Rat. Er ist der Freund aller Mäuse, sie fressen ihm aus der Hand. Und sie tanzen für ihn. In kleinen, bunten Kostümen, die den Gegensätzlichkeiten, wie Feuer und Wasser, Engel und Teufel, Tag und Nacht und so weiter, entsprechen. Er hat seinen Stammplatz auf der Piazza Ravegnana, in der Nähe der beiden aneinandergelehnten Geschlechtertürme, der Asinella und der Garisenda, und gegen ein paar Baiocchi öffnet er seinen Holzkasten einen Spalt und stößt den besonderen Pfiff aus. Kaum ist dieser verklungen, erscheint ein spitzes rosa Näschen in der Öffnung. Es folgt die ganze Maus im Kostüm, und nach ihr kommen weitere. Neun oder zehn kleine, lustige Nager sind es am Schluss, und alle bewegen sich nach der Melodie, die der Tanzmäuser pfeift. Mit etwas Fantasie kann man sogar einen Springtanz in dem Ganzen erkennen.

Auch Sberleffo war im Rat. Er wird so genannt, weil er wie

kein Zweiter Grimassen schneiden kann. Seine Kunst ist es, das Gesicht so zu verziehen, als würde es von unsichtbaren Händen gefaltet. Erst stülpt er die Lippen vor wie ein Fisch, weiter und weiter, bis zu einem aberwitzigen Ausmaß, dann nimmt er, als wäre es die normalste Sache der Welt, seine Nase in den Mund. Es sieht so verrückt aus, dass jedermann lachen muss. Eine Vorführung, die der Spendenfreude besonders auf die Sprünge hilft.«

»Du drückst dich sehr gut aus«, sagte Matteo an dieser Stelle. »Sehr ungewöhnlich für einen Bettler.«

»Ich war, wie gesagt, nie ein Bettler, Hochwürden. Ich schildere ihre Künste nur deshalb so eingehend, damit Ihr Euch ein Bild machen könnt, in welche Umgebung ich hineingeboren wurde.«

»Nun gut, du sagtest, dein Vater sei ein *allacrimanto* gewesen und bereits tot. Wer ist deine Mutter?«

»Meine Mutter ist auch tot. Sie war eine Aschesammlerin. Sie soll Holzasche gesammelt und daraus Seife gemacht haben.«

»Seife aus Asche?« Matteo hatte nie etwas über dieserart Herstellung gehört.

»Es ist eine billige Methode, sich ein paar Baiocchi zu verdienen. Man braucht dazu nur ein altes Fass mit Löchern im Boden. Dahinein gibt man eine Schicht Kies, deckt ein Tuch darüber und füllt anschließend die Holzasche ein. Dann lässt man langsam Regenwasser durch das Fass laufen. Das durchgelaufene Wasser wird durch Kochen so lange verdickt, bis ein Ei darauf schwimmen kann. Fertig ist die Lauge. Die Lauge wird mit geschmolzenem Rinderfett gemischt und muss ein paar Stunden sieden. Beim Abkühlen gibt man zum Aushärten Salz hinzu, später auch noch Kräuter für den Duft.«

»Ich staune über dein Wissen.«

»Das ist nichts Besonderes, Hochwürden. In den Armenvierteln der Stadt weiß jedes Kind, wie man Seife herstellt. Die Schwierigkeit liegt nur in der richtigen Zusammensetzung. Meine Mutter soll eine sehr gute Seifenmacherin gewesen sein. Sie lernte Marino, meinen Vater, auf der Piazza Nettuno kennen, als dieser gerade herzzerreißend weinte. Meine Mutter jedoch glaubte, er sei wegen der Qualität ihrer Seife in Tränen ausgebrochen. Darüber gerieten sie sich in die Haare. Sie stritten heftig, bis sie merkten, dass sie sich liebten. Später traute sie der König nach Bettlerart in der Casa Rifugio. Das alles hat mir mein Vater erzählt, denn an meine Mutter habe ich keine Erinnerung. Sie starb bei meiner Geburt.

Mein Vater vergoss echte Tränen nach ihrem Tod. Er wusste nicht, wie er mich am Leben erhalten sollte, weil er nirgendwo eine Amme für mich finden konnte. Schließlich legte er mich schweren Herzens vor die Hoftür eines Waisenhauses, in der Hoffnung, man könne mich dort versorgen.

Von da an lebte ich im Waisenhaus Salvamento in der Via de' Gargiolari. Es war eine harte Zeit. Die Schwestern waren streng und schlugen uns häufig. Wer zu laut war, wurde geschlagen, wer zu spät war, wurde geschlagen, ja, selbst wer weinte, wurde geschlagen. Stock und Rute waren unsere täglichen Begleiter. Über allem aber stand der Hunger. Ich kann mich an keinen Tag erinnern, an dem ich nicht hungrig zu Bett gegangen wäre. Häufig sang ich mich mit knurrendem Magen in den Schlaf. Es waren die ersten Male, bei denen man mir sagte, ich könne singen.

Die einzige Abwechslung in dem tristen Einerlei war der Wochentag, an dem eines der älteren Kinder mit sorgfältig abgezählter Münze zum Markt am Ende der Via de' Gargiolari geschickt wurde. Als ich acht Jahre alt war, durfte auch ich zum ersten Mal gehen. In freudiger Erwartung eilte ich mit dem Einkaufskorb zu den Ständen, denn ich wusste, es fand sich stets Gelegenheit, dieses oder jenes zu probieren. Eine willkommene Abwechslung bei unserem kargen Essen.

Doch bevor ich meine wenigen Baiocchi ausgab, prüfte ich die Waren genau auf ihre Güte, ich kostete hier, kostete da und schwelgte in den Genüssen des Marktes. Als Erstes tat ich einige Äpfel in den Korb und wollte sie gerade bezahlen, als ich unsanft angerempelt wurde.

›Kannst du nicht aufpassen!‹, schnauzte mich ein junger Bursche an und lief davon.

Ich schüttelte den Kopf über so viel Dreistigkeit und tastete nach meinen Münzen. Sie waren fort. Ich brauchte einen Augenblick, um zu begreifen, was geschehen war. ›Der Kerl hat mich bestohlen!‹, rief ich und lief ihm hinterher.

Doch ich kam nicht weit. Schon nach wenigen Schritten hatte mich die Marktfrau eingeholt und packte mich beim Kragen. ›Das haben wir gern!‹, fauchte sie. ›Einkaufen, ohne zu bezahlen, aber nicht bei mir!‹

›Ich habe nicht gestohlen‹, rief ich.

›Ach, und wie kommen meine Äpfel in deinen Korb?‹

›Ich wollte sie doch gerade bezahlen.‹

›Jaja, und Krähen krächzen nicht!‹

›Ich schwöre bei der heiligen Mutter, ich sage die Wahrheit.‹

›Versündige dich nicht!‹

›Ich sage die Wahrheit!‹, wiederholte ich und begann zu weinen.

Vielleicht erweichte das die Frau, denn sie sagte: ›Na gut, dann gib mir jetzt das Geld.‹

›Ich habe keins. Es wurde mir doch eben genommen. Der Kerl hat es geklaut.‹

›Welcher Kerl?‹

›Der weggelaufen ist. Da, in die Richtung.‹

Von dem Dieb war weit und breit nichts zu sehen.

›Jetzt reicht's aber!‹ Die Geduld der Frau war erschöpft. Sie riss mir den Korb aus der Hand und wandte sich an die herbeigelaufenen Menschen. ›Hat jemand den Marktaufseher gesehen? Der soll das kleine Scheusal ins Loch stecken. Aufseher, he, Aufseher!‹

Die Menge teilte sich. Ein teuer, aber nachlässig gekleideter Herr erschien. Er hatte üppig wuchernde Augenbrauen und sehr schmale Lippen. Kein Zweifel, das war nicht der Marktaufseher. ›Was geht hier vor?‹, fragte er.

Die Marktfrau erklärte es ihm, während sie mich mit eiserner Hand festhielt.

Der Herr musterte mich von oben bis unten. ›Ist es wahr: Hast du gestohlen?‹

›Nein!‹, rief ich verzweifelt.

›Ich glaube dir‹, sagte er, und seine Worte klangen wie Engelsgesang in meinen Ohren.

Inzwischen war der Marktaufseher erschienen und wollte wissen, was los sei. Daraufhin redeten alle durcheinander, doch der Herr gebot Ruhe. ›Hier ist angeblich ein Diebstahl passiert‹, sagte er, ›aber ich sehe niemanden, dem etwas abhandengekommen ist.‹

›Doch, die Äpfel sind mir gestohlen worden!‹, rief die Marktfrau.

›Wieso gestohlen?, fragte der Herr. ›Ihr haltet sie doch in den Händen.‹

›Ja, aber …‹

›Es ist gut‹, sagte der Herr, und zum Marktaufseher gewandt, fügte er hinzu: ›Lasst Euch nicht weiter von Eurer Arbeit abhalten, guter Mann. Ich kümmere mich um das Kind.‹

Der Marktaufseher brummte zustimmend und entfernte sich, ebenso die Marktfrau und die Umstehenden. Mein

Retter und ich blieben zurück. Wieder musterte er mich. ›Hast du Hunger?‹, fragte er.

Ich nickte heftig.

›Ich werde dir zu essen geben‹, sagte er freundlich, ›du siehst ja ganz verhärmt aus.‹

›Ich muss zurück ins Waisenhaus.‹

›Warum?‹ Er nahm mich bei der Hand und bog mit mir in die nächste Querstraße ab.

Ich erklärte, dass die Schwestern mich und das Geld vermissen würden.

›Was würden sie denn mehr vermissen?‹, fragte er.

Die Frage verstand ich nicht. ›Wenn ich ohne Geld und Essen heimkomme, schlagen sie mich wieder.‹

›Mach dir keine Sorgen, ich werde dem Waisenhaus die Summe ersetzen. Und den Korb dazu. Nun komm.‹

Wir gingen durch viele Straßen, die ich noch nie gesehen hatte, bis er schließlich vor einem Haus stehen blieb. Es war ein sandfarbenes, zweigeschossiges Gebäude mit großen Bogenfenstern und gleichgearteter Eingangstür. Prächtige Friese und aufwendige Freskenmalerei bestimmten das Bild der Fassade.

›Tritt ein.‹ Er führte mich in einen hellen, sehr hohen Raum voller gläserner Apparaturen. Sie waren groß und klein, bauchig und länglich, und ich konnte mit ihrem Anblick nichts anfangen.

›Das ist mein Laboratorium‹, erklärte mein Retter. ›Es ist das Zentrum meines Lebens. Wie du siehst, steht auch mein Bett darin, denn oftmals habe ich mitten in der Nacht einen Einfall, dessen Überprüfung nicht den geringsten Aufschub duldet.‹

›Ja‹, sagte ich höflich und verstand noch immer nichts. ›Die sehen hübsch aus.‹ Ich zeigte auf die Apparaturen. »Wie Tiere aus Glas.‹

›Das hast du gut beobachtet. In der Tat tun sie das, denn die Form der alchemistischen Geräte orientiert sich an der Natur. Man unterscheidet Pelikan, Schildkröte, Wildgans und andere. Dieser Kolben da mit den vielen Abzweigungen wird Hydra genannt.‹

Ich antwortete nicht und fragte mich stattdessen, wann er sein Versprechen wahr machen würde und mir etwas zu essen gäbe.

›Das Figierglas dort wird auch als Strauß bezeichnet, wegen seines langen Halses.‹

›Strauß? Ist das auch ein Tier?‹

›Ja, es lebt in Afrika, jenseits der Barbareskenküste. Der Strauß ist wichtig bei der Bereitung des Steins der Weisen. Die letzten Schritte dieses Vorgangs, so die Lehre, müssen im zugeschmolzenen Figierglas erfolgen.‹

Ich nickte höflich, obwohl ich nichts verstanden hatte. ›Und was ist das da?‹, fragte ich.

›Das ist ein Alambic. Alambic ist arabisch und bedeutet Destillationskolben. Dieser ist doppelschnablig und sehr groß, weshalb er in einem eisernen Dreibein ruht.‹

Ich schaute das gläserne Ungetüm an. Es war fast so groß wie ein weiteres, das noch gewaltigere Ausmaße hatte und danebenstand.

›Das ist ein Bär.‹ Mein Retter schmunzelte. ›Er ist so riesig, dass du bequem in seinem Bauch verschwinden könntest. Er ist ideal für den langen, nassen Weg und ruht ebenfalls auf einem Dreibein.‹

›Ich habe Hunger‹, sagte ich.

›Oh, verzeih, ich vergaß ganz, dir etwas zu geben. Komm mit in die Küche.‹

Wir gingen in einen Nebenraum, der von einem großen Ofen beherrscht wurde. Der Ofen war aus roten Ziegeln gemauert und sehr heiß, er glühte förmlich. ›Das ist der Athanor, der Ofen des Alchemisten‹, erklärte mein Retter, während er einen Kasten öffnete und Brot herausnahm. Es war gutes weißes Brot, wenn auch schon etwas hart. Doch das störte mich nicht, hungrig hieb ich meine Zähne hinein.

›Hier ist auch Käse.‹ Er gab mir ein Stück Parmigiano, das ich ebenfalls mit Heißhunger verzehrte, dazu trank ich einen großen Becher Wasser.

›Ich bin übrigens Doktor Fausto, Doktor Giorgio Fausto‹, sagte mein Retter. ›Ich glaube, wir werden uns gut vertragen.‹

›Das glaube ich auch‹, sagte ich artig und biss erneut in das Brot. Ich war sicher, in diesem Augenblick hätte ich mich sogar mit dem Satan vertragen. Wie schnell ich meinen Gedanken bereuen sollte, ahnte ich allerdings noch nicht.

Nachdem ich gegessen hatte, sagte der Doktor: ›Du siehst müde aus. Willst du dich nicht ausruhen?‹

Tatsächlich fühlte ich mich sehr müde, obwohl es erst um die Mittagszeit war. ›Wo kann ich denn schlafen?‹, fragte ich.

›In meinem Bett.‹

›In Eurem Bett?‹

Ich muss wohl sehr erstaunt geguckt haben, denn der Doktor lachte. ›Gewiss, oder siehst du hier ein anderes Bett? Leg dich nur hin, ich brauche es nicht. Ich muss sowieso noch etwas arbeiten.‹

Da zog ich meine Schuhe aus und schlüpfte unter die weiche Decke. ›Ich danke Euch für alles‹, murmelte ich schläfrig. Dann schlummerte ich ein.

Als ich aufwachte, wusste ich nicht, wo ich war. Helles Morgenlicht fiel durch den Vorhang des großen Fensters. Meine Erinnerung kam zurück. Der Markt. Der Dieb. Die Äpfel. Und mein Retter. Ich wollte aufstehen, aber irgendetwas hinderte mich daran. Es war eine große Hand, die sich zwischen meine Beine geschoben hatte. Sie gehörte Doktor Fausto. Er lag neben mir und schlief. Das fand ich seltsam. Ich schob die Hand zur Seite, richtete mich auf und schlug die Decke zurück. Dann erschrak ich. Ich war von Kopf bis Fuß nackt. Meine geflickte Kleidung lag sauber gefaltet auf einem Schemel neben dem Bett.

Plötzlich kam mir alles recht unheimlich vor. Rasch schlüpfte ich in meine Sachen.

›Hast du gut geschlafen, mein Kind?‹

Ich fuhr herum. Hinter mir stand Doktor Fausto. Bis auf seine Zimarra, den langen Übermantel, war er vollständig angezogen.

›Ja … danke‹, stotterte ich.

›Dann wollen wir nach dem Athanor sehen. Du weißt doch, dem Ofen der Alchemisten.‹ Er ging hinüber in den Nebenraum und begann, neues Holz in den Ofen zu schieben. ›Das Feuer im Athanor muss ununterbrochen brennen‹, erklärte er, ›denn je mehr es dem ewigen Feuer gleichkommt, desto besser gelingt das Werk.‹

›Welches Werk?‹, fragte ich.

›Das Große Werk‹, antwortete er und schloss die Ofenklappe. ›Seine Vollendung ist das Ziel aller Alchemisten, die Umwandlung von Materie.‹

Er ging mit mir zurück ins Laboratorium und blieb vor einem Arbeitstisch mit Schreibzeug und Experimentiergefäßen stehen. ›Sieh mal, weißt du, was das ist?‹, fragte er und ließ ein wenig Löschsand durch seine Finger rinnen.

›Sand?‹

›Richtig, eines der vier Elemente. Die anderen drei heißen Meer, Luft und Feuer. Jedes ist nur eine vorübergehende Zustandsform von der allem zugrunde liegenden Materie. Sie ist das zustandslose Nichts, das wir Alchemisten *Prima materia* nennen, und dieses Nichts kann sich wandeln, mal in dieses, mal in jenes Element. Nach der griechischen Naturphilosophie kann die Umwandlung nur mit Gottes Hilfe geschehen, sie ist also eine himmlisch beeinflusste Geburt auf chemischer Ebene. Da wir die Umwandlung des Nichts gedanklich mit einer stofflichen Stufenleiter der Vollkommenheit verbinden, steht am Ende dieser Leiter der wertvollste Stoff überhaupt: das Gold.‹

›Gold?‹, fragte ich. Es war das einzige Wort, das ich verstanden hatte.

›Ganz recht!‹ Der Doktor hatte sich warm geredet. ›Du fragst dich vielleicht, wie es sein kann, dass sich in einem Sandkorn Gold verbirgt, aber das Geheimnis ist der Same, der dem Körnchen entzogen werden muss, um ihn in einem anderen Stoff keimen zu lassen. Nur so entsteht in der Theorie Gold. Doch bis zum heutigen Tage ist das Mittel dazu noch nicht gefunden. Wir nennen es den Roten Löwen oder den Stein der Weisen. Wer ihn besitzt, kann alles aus allem machen. Aus Sand Gold, aus Feuer Wasser, aus Luft Stein.‹ Er sah mich aus leuchtenden Augen an. ›Vielleicht sogar aus Bösem Gutes.‹

›Ich glaube, ich muss zurück ins Waisenhaus.‹

›O nein!‹ Er lachte. ›Das musst du nicht. Ich habe noch am gestrigen Tage alles geregelt. Du darfst erst einmal bei mir bleiben. Nenne mich in Zukunft Dottore Giorgio.‹

›Ja‹, sagte ich.

›Na, komm.‹ Er lachte. ›Versuch's mal.‹

›Dottore Giorgio.‹

›Brav! Das klingt schon besser. Und nun wollen wir uns den gläsernen Apparaten zuwenden.‹

›Kann ich etwas zu essen haben?‹

›Aber natürlich.‹ Er ging zum Brotkasten und griff hinein. ›Ach! Wie konnte ich das vergessen. Das Brot ist mir gestern

Abend – du schliefst bereits geraume Weile – in den Bären gefallen. Und der Käse auch. Du musst dir die Speise herausholen, denn etwas anderes habe ich nicht im Haus.‹

Er führte mich zurück ins Laboratorium und zeigte auf den gläsernen Riesenapparat, den er als Bären bezeichnete. Und richtig: An seinem Boden lagen Brot und Käse. Mir lief das Wasser im Mund zusammen, aber eine kräftige Glaswand trennte mich von der Speise.

›Wie ich bereits sagte‹, ließ sich der Doktor vernehmen, ›du musst dir beides herausholen, denn du siehst selbst: Ich bin zu breit in den Schultern, um durch die Öffnung von oben hineinschlüpfen zu können.‹

Ich blickte den Apparat genauer an. Es bedurfte einiger Fantasie, um in seinem Körper einen Bären zu erkennen, da sein bauchiges Unterteil eher an den dicken Leib eines gigantischen Pilzes erinnerte. Nach oben hin verjüngte sich der Leib zu einer schmalen, kreisförmigen Öffnung, die von einer kuppelartigen Haube geschlossen wurde. Die Haube wiederum wies an der Seite ein schnabelförmiges Abflussrohr auf.

›Ich werde die Haube abnehmen, damit du einsteigen kannst‹, sagte der Doktor. Er stellte eine hölzerne Leiter an den gläsernen Leib, prüfte ihre Standfestigkeit und kletterte empor. Mit einiger Anstrengung hob er die Haube ab, stieg damit hinunter und setzte sie ächzend auf den Boden. ›Nun wünsche ich dir einen guten Appetit.‹

Er nickte mir aufmunternd zu, und ich stieg die Sprossen nach oben. Aus sieben Fuß Höhe blickte ich zu dem Doktor hinunter.

›Ich hoffe, du bist schwindelfrei?‹

›Ich weiß nicht, wie ich da hineinkommen soll.‹

›Setz dich auf den Rand und pack mit den Händen die gegenüberliegende Seite. Halt dich gut fest, hörst du! Dann lässt du dich hinuntergleiten, bis deine Beine in der Luft hängen. Den Rest musst du springen.‹

›Ich habe Angst.‹

›Ich dachte, du hast Hunger.‹

Ich zögerte. Mein Herz klopfte wie wild …«

»Jesus Christus!«, rief Matteo an dieser Stelle. Er konnte nicht länger schweigend zuhören. »Was ist das nur für ein Mensch, dieser Doktor Fausto? Wollte er dich in den Tod schicken?«

»Nein, Hochwürden, er wollte mich wohl eher prüfen. Lasst mich weitererzählen, dann werdet Ihr mehr über seinen Charakter erfahren.«

»Gut, gut, ich höre.«

»Ich überwand meine Angst und tat, wie mir geheißen. Weil ich Hunger hatte, und weil ich dem Doktor zu Gefallen sein wollte. Immerhin hatte er mich aus den Fängen der wütenden Marktfrau gerettet und dafür gesorgt, dass ich nicht zurück ins Waisenhaus musste. Zitternd hing ich mit den Händen am Rand, unter mir noch drei oder vier Fuß leerer Raum und am Boden die ersehnte Speise. Verrückte Gedanken schossen mir durch den Kopf, doch meine größte Sorge war, auf das Brot und den Käse zu fallen und beides zu zerquetschen. Dann ließ ich los. Es gab einen dumpfen Laut, als ich landete. Der Bauch des Bären brummte. Gottlob hatte ich mich nicht verletzt. Auch der Speise war nichts geschehen. Hungrig biss ich in das Brot und stellte fest, dass es der übrig gebliebene Rest vom Tag zuvor war. Gleiches galt für den Käse. Doch das war mir einerlei. Ich war weitaus schlechtere Kost gewohnt. Ich schlang die Speisen hinunter. Weil ich so hastig aß, musste ich mehrmals laut aufstoßen. ›Verzeiht, Dottore Giorgio‹, sagte ich.

Doch der Doktor antwortete nicht.

›Dottore?‹, fragte ich und blickte mich suchend um. Mein

Retter war verschwunden. Auch die Leiter, die am Leib des Bären gelehnt hatte, war fort. ›Dottore Giorgio!‹

Meine Blicke irrten durch den Raum. Durch das gerundete Glas stellte sich mir alles verzerrt dar. Pelikan, Schildkröte, Wildgans, Hydra, Strauß. Der Tisch, das Bett. ›Dottore Giorgio!‹

Ich geriet in Panik. Mir wurde bewusst, in welch engem Gefängnis ich saß. Alles war zum Greifen nah – und gleichzeitig unerreichbar fern, durch das dicke, trennende Glas. Ich schrie, ich tobte, ich schlug mit den Fäusten gegen den Bauch des Bären, allein, es war alles umsonst. Da begann ich zu singen. Ich sang *In dulci jubilo,* wie immer, wenn ich verzweifelt war:

In dulci jubilo
nun singet und seid froh.
Unsers Herzens Wonne
liegt in praesepio …

Dann weinte ich hemmungslos.

Irgendwann, ich weiß nicht, wie lange ich gefangen war, sah ich durch den Schleier meiner Tränen den Doktor. Er kam durch die Tür herein und schien bester Laune zu sein. In den Händen trug er eine hölzerne Kiste, die er schwungvoll auf dem Arbeitstisch absetzte.

›Ich will hier raus!‹, schrie ich ihm entgegen.

Er lachte. ›Aber natürlich sollst du da herauskommen. Ich war nur rasch einige Speisen einkaufen. Es war nichts mehr im Haus, und ich kann dich doch nicht verhungern lassen.‹

›Ich hatte solche Angst!‹

›Aber, aber, nun ist Dottore Giorgio doch wieder da.‹ Er holte die Leiter, stellte sie an den Bauch des Bären und stieg hinauf, bis er hoch über mir angelangt war. ›Gib mir deine Hand.‹ Er beugte sich zu mir herunter, packte mich und zog mich mit erstaunlicher Kraft zu sich hinauf. ›Schon bist du wieder frei. Komm, halt dich an mir fest.‹

Ich klammerte mich an ihn.

Schritt für Schritt kletterte er mit mir zurück auf den Boden des Laboratoriums. ›Siehst du, das war doch gar nicht so schwer.‹

›Ich will nie wieder da rein!‹

›Hat es dir denn nicht gefallen?‹

›Nein!‹

Er lachte. ›Sag, bist du mir etwa böse?‹

›Ja … nein, ich weiß nicht.‹

›Weißt du denn, was eine Transmutation ist?‹

›Nein.‹ Ich hatte das Wort noch nie gehört. Es interessierte mich auch nicht. Ich ging zu dem großen Fenster, um hinauszuschauen, denn das Laboratorium kam mir plötzlich ebenso eng vor wie der Bauch des Bären. Ich zog den Vorhang zurück in der Erwartung, einen Hof, einen Platz oder andere Häuser zu sehen. Stattdessen prallte ich zurück. Etwas hatte mich geblendet, hatte mir schmerzhaft in die Augen gestochen. Es war ein großer Spiegel vor dem Fenster, der das Sonnenlicht in das Laboratorium leitete.

›Ich brauche für meine Arbeit manchmal sehr viel Licht‹, erklärte der Doktor. ›Komm, setz dich zu mir an den Arbeitstisch, ich will dir erklären, was eine Transmutation ist, bevor du sie am eigenen Leibe erfährst.‹

›Können wir nicht ein bisschen spazieren gehen?‹, fragte ich zaghaft. Der Gedanke, an der frischen Luft und unter anderen Menschen zu sein, erschien mir sehr verlockend. Sogar die Vorstellung, ins Waisenhaus zurückzukehren, hatte für mich ihren Schrecken verloren.

›Nein. Du sollst erfahren, was eine Transmutation ist.‹

›Ich will es nicht wissen.‹

›Du willst es nicht wissen?‹

›Nein!‹

Er holte aus und schlug mir ins Gesicht. ›Sagtest du Nein?‹ In seinen Augen glitzerte es. Der Wahn stand darin. ›Frag mich, was eine Transmutation ist.‹

Ich hielt mir die brennende Wange.

›Frag mich, in drei Teufels Namen!‹

›Was … ist eine Transmutation?‹

›Oh, willst du das wirklich wissen?‹ Er lächelte glücklich. ›Es gibt nicht viele, die sich für meine Kunst interessieren. So höre: Die Transmutation ist die Hauptaufgabe des Alchemisten. Er nimmt Stoffe und macht sie kraft seines Wissens zu anderen Stoffen. Der größte Alchemist jedoch ist der Körper selbst, denn er nimmt mit der Nahrung keinen Stoff auf, der so fest ist wie der Zahnschmelz – es ist der Körper, der ihn dazu transmutiert. Paracelsus schreibt: *… ein Alchemist ist der Beck, so er Brodt backt, der Rebman in dem, so er Wein macht, der Weber in dem, so er Tuch macht. Was macht die Byrnen zeitig, was bringt die Trauben? Nichts als die natürliche Alchimey. Also lehrne, was Alchymia sey, zu erkennen …* Hast du das verstanden?‹

›Ja‹, flüsterte ich, denn ich hatte Angst, der Doktor würde mich nochmals schlagen.

›Brav! Dann wiederhole, was ich gesagt habe.‹

›Die Transmutation ist die Hauptaufgabe des Alchemisten. Er nimmt Stoffe …‹

›Ja, weiter!‹

Ich zuckte mit den Schultern. Der Doktor hatte mir so viel Neues, Fremdes an den Kopf geworfen, dass ich es mir einfach nicht merken konnte.

›… und macht sie kraft seines Wissens zu anderen Stoffen … Weiter!‹

Ich fing an zu weinen.

›Du sollst weiterreden!‹ Er schlug mich.

Ich hielt die Ellbogen vor mein Gesicht, aber er schlug mich nochmals. Und während er mich schlug, sagte er die ganze Litanei noch einmal auf. Danach fragte er mich wieder ab. Schlug mich, fragte mich, schlug mich abermals, bis ich endlich den gesamten Text fehlerfrei aufsagen konnte.

›Brav!‹ Er lachte glücklich. ›Aus dir wird noch einmal ein richtiger Alchemist. Nun wollen wir gemeinsam essen.‹ Er holte die Speisen heran. Es waren die gleichen wie am Tag zuvor. Brot und Käse. Dennoch griff ich nach dem Brot und wollte hineinbeißen, doch er riss es mir aus der Hand. ›Wir Alchemisten stehen immer mit einem Bein auf dem Scheiterhaufen, weil viele Menschen glauben, wir würden mit unserer Arbeit dem Herrgott zu nahe treten. Sie tun unsere Kunst als Scharlatanerie ab. Dennoch sind wir sehr gottesfürchtig. Sprich ein Tischgebet, bevor wir speisen.‹

Ich murmelte ein Gebet, das ich im Waisenhaus gelernt hatte, und durfte endlich etwas essen.

Nach der Mahlzeit sagte er zu mir: ›Ich bin froh und stolz, dich gefunden zu haben. Morgen wollen wir zusammen experimentieren.‹

›Mit dem Bären?‹, fragte ich erschreckt.

Er schmunzelte. ›Habe ich da etwa Angst in deiner Stimme gehört?‹

›Nein, nein.‹

›Brav! Was ein rechter Alchemist ist, der kennt keine Furcht. Nun wollen wir auf dich und deinen Eintritt in die Zunft der Goldmacher anstoßen. Warte hier.‹ Er ging hinüber in die Küche und machte sich dort summend für eine Weile zu schaffen. Dann kehrte er mit zwei Gläsern Rotwein zurück. Er gab mir eines und schaute mich strahlend an. ›Auf dich, *collega!*‹

Ich zögerte. Nie zuvor hatte ich Wein getrunken.

›Trink schon, *salute!*‹

›*Salute*‹, sagte ich leise und trank einen Schluck.

›Trink aus, das gehört dazu.‹

Tapfer leerte ich das ganze Glas, obwohl der Wein mir sauer wie Essig schmeckte.

›Nun wollen wir uns noch einmal mit den vier Elementen Erde, Meer, Luft und Feuer beschäftigen: Jedes ist nur eine vorübergehende Zustandsform von der allem zugrunde liegenden Materie. Sie ist das zustandslose Nichts, das wir Alchemisten *Prima materia* nennen, und dieses Nichts … nun, wie geht es weiter?‹

›Dieses Nichts …‹, wiederholte ich und versuchte, mich zu konzentrieren, denn um alles in der Welt wollte ich vermeiden, erneut geschlagen zu werden. ›Dieses Nichts …‹ Ich musste abbrechen. Nicht nur, weil ich den Text nicht mehr wusste, sondern auch, weil ich nicht mehr wach bleiben konnte. Eine große Müdigkeit überkam mich. Ich fragte mich, warum das so war und warum die Tischplatte so plötzlich auf mich zukam.

Und dann, dann fragte ich mich gar nichts mehr.

Ich wachte durch ein lautes Pochen auf. Es hörte sich an, als klopfe jemand kräftig gegen Glas. Ich öffnete die Augen und sah den Doktor. Er saß mir gegenüber und rief: ›Guten Morgen, *collega!* Welch herrlicher Tag zum Experimentieren!‹

Mein Schädel brummte. Die Erinnerung kam zurück. Ich war sehr plötzlich eingeschlafen. Zu plötzlich. Jemand hatte mir etwas in den Wein getan. ›Ich möchte nicht experimentieren‹, widersprach ich.

Der Doktor lachte. ›Aber wir sind doch schon dabei.‹

›Wieso?‹

›Blick dich um.‹

Ich stieß einen Schrei aus. Wieder saß ich im Bauch des Bären. Ich begann, am ganzen Leib zu zittern. ›Ich will hier raus!‹

›Nicht doch. Ohne dich würde der Versuch nicht gelingen. Du bist sozusagen die Voraussetzung dafür. Das Material, das ich brauche. Der Stoff, der vonnöten ist. Schau einmal nach oben, der Bär hat ein Hütchen mit Feder bekommen.‹

Ich blickte nach oben und erkannte, dass mein gläsernes Gefängnis eine Haube mit Abflussrohr erhalten hatte.

›Und nun schau einmal, was neben mir steht.‹

›Ein Kohlebecken?‹

›Richtig. Eines von dreien, die ich im Abstand von jeweils einhundertzwanzig Grad um den Bären herum aufgebaut habe. Sie werden dir tüchtig einheizen, denn heute sollst du zum ersten Mal transmutieren.‹

›Bitte, bitte, lasst mich raus!‹

›Das ist nicht möglich. Sei lieber stolz darauf, dass ich dich für dieses Experiment auserwählt habe. Konzentriere dich auf das Stoffliche in dir, damit der Versuch gelingt.‹

›Lasst mich raus, um des lieben Heilands willen!‹

›Nein, ich sagte doch: Das ist nicht möglich.‹

›Du … du verrückter Mann! Ich hasse dich! Ich hasse dich! Du musst der Satan sein!‹ Ich begann, bitterlich zu weinen.

Der Doktor lächelte zufrieden. ›Wenn es noch eines Beweises bedurft hätte, so ist dieser soeben von dir erbracht worden. Du bist bockbeinig. Du hast Widerworte. Meine Vermutung, als du der armen Marktfrau die Äpfel stahlst, hat mich nicht getrogen: Du bist von Grund auf böse. Und deshalb ideal für mein Experiment. Ich werde dich zum Guten transmutieren, indem ich dich über alle Maßen ins Schwitzen bringe. Das Negative soll aus dir hervortreten, und nur das Destillat des Guten soll von deinen Säften übrig bleiben.‹

›Hilfe! Hilfeee!‹

›Schrei nur, du kleines Scheusal, die Transmutation wird dich reinigen, sie ist die alchemistische Läuterung schlechthin.‹ Er ging hinüber in den Raum mit dem Athanor und kam mit einem brennenden Kienspan zurück. ›Der große Augenblick ist gekommen.‹ Er entzündete die Kohlebecken und fachte die Feuer mit einem Blasebalg an. Dazu sagte er in feierlichem Tonfall: ›Die Flammen stehen als Symbol des Höllenfeuers, in dem du sitzen sollst. Dein Schweiß jedoch soll wandern: *Schweiß, geh hinaus aus dem Mark in die Ader, von der Ader in das Fleisch und vom Fleisch in die Höhle des Bären!*‹

Nach kurzer Zeit wurde mir unerträglich heiß. Wie mein Peiniger vorausgesagt hatte, begann ich, heftig zu schwitzen. Heilige Mutter Maria, hilf mir! Ich halte es nicht aus, ich halte es nicht länger aus! Wimmernd und nach Luft ringend, kauerte ich am Boden des gläsernen Bären. Mit letzter Kraft sang ich:

›*In dulci jubilo*
nun singet und seid froh.
Unsers Herzens Wonne
liegt in praesepio …‹

Dann verlor ich die Besinnung.

Ein Schwall eiskalten Wassers erweckte mich zum Leben. Mein Peiniger stand auf der Leiter und hatte einen Holzeimer in der Hand. Er schien bester Laune zu sein. ›Ein Teil des Experiments ist bereits gelungen‹, rief er. ›Dein Gesichtsausdruck wirkt nicht mehr so verschlagen wie zuvor. Vielleicht bist du etwas erschöpft, aber das gehört dazu. Opfer müssen der Wissenschaft dargebracht werden. Komm, richte dich auf, gib mir deine Hand.‹

Doch ich war kaum in der Lage, ihm zu gehorchen, obwohl ich nichts lieber wollte, als dem verhassten Gefängnis zu entrinnen. Erst beim zweiten oder dritten Versuch gelang es ihm, mich am Arm emporzuziehen und glücklich auf der anderen Seite der Glaswand abzusetzen.

Als ich auf meinen wackligen Beinen stand, reichte er mir ein fingerhutgroßes Glas. ›Trink das!‹

›Was ist das?‹

›Es ist die Transmutation deines Selbst.‹

Unschlüssig starrte ich auf die blassgelbe Flüssigkeit.

›Nun trink schon. Es ist das Destillat des Stofflichen, die reine Essenz des Guten.‹

Langsam begriff ich, dass er damit den Dunst meines Schweißes meinte, der sich unterhalb der Haube tröpfchenförmig gesammelt hatte und durch das Abflussrohr hinausgeflossen war. Ekel ergriff mich. Ekel vor meinen eigenen Ausscheidungen. ›Nein!‹, rief ich.

›Wenn ich dir zu trinken befehle, trinkst du! Die reine Essenz des Guten wird das Böse in dir wandeln.‹

›Nein!‹

Sein Blick verfinsterte sich. Er packte mich und drückte den Fingerhut an meine fest geschlossenen Lippen. Ich zappelte und wehrte mich mit allen Kräften. Dabei verschüttete er den Inhalt des kleinen Gefäßes. Er brüllte auf vor Wut und fing wieder an, mich zu schlagen. Er drosch auf mich ein, bis er völlig außer Atem war und ich kaum noch die Arme schützend vor mein Gesicht halten konnte.

›Das soll dir eine Lehre sein, du Scheusal!‹

Ich weinte vor mich hin.

Nach einer Weile beruhigte er sich, holte Brot und Käse und legte beides auf den Arbeitstisch. ›Wir wollen beten und essen.‹

›Ich habe Durst.‹

Er gab mir einen Becher Wasser.

Ich trank gierig. Nie hatte mir Wasser besser geschmeckt. Durch das mörderische Experiment war mein Körper wie ausgedörrt. Ich flüsterte: ›Esst Ihr nur, ich habe keinen Hunger.‹

Er musterte mich. Ein Lächeln stahl sich in sein hartes Gesicht. ›Nanu?‹, sagte er. ›Du bist ja auf einmal so bescheiden. Willst du mir den Vortritt lassen? Das ist brav. Ich glaube, wir sind auf dem richtigen Weg.‹

Er wollte mir über den Schopf streichen, aber ich wich zurück. ›Ich bin müde‹, sagte ich.

›Natürlich. Ich werde mein Bett herrichten, damit du darin schlafen kannst.‹

›Kann ich nicht woanders schlafen?‹

›Hast du etwa Angst vor mir?‹ Seine Stimme klang nahezu zärtlich. ›Du kannst schlafen, wo du willst. Möchtest du noch etwas Wasser trinken?‹

›Ja, gern.‹

›Ich hole es, warte.‹

Er ging in den Nebenraum und kam mit dem gefüllten Becher zurück. ›Wasser ist das edelste Getränk auf Erden, das Urelement. Trink aus.‹

Ich trank. Der Beigeschmack des Wassers erinnerte mich an den Wein, den er mir gegeben hatte. Das fand ich seltsam. Ich wollte darüber nachdenken, doch er strich mir abermals über die Haare und sagte: ›Wahrlich, ich glaube, das Böse in dir weicht langsam dem Guten, und Dottore Giorgio hat dich sehr, sehr gern. Hast du Dottore Giorgio auch ein bisschen gern?‹

Ich wollte ihm sagen, dass ich ihn hasste und dass ich lieber den Satan im Reich der Finsternis gernhaben würde als ihn, aber das Sprechen fiel mir plötzlich schwer, und ehe ich es mich versah, war ich fest eingeschlafen.

Ich schlug die Augen auf und fand mich im Bett meines Peinigers wieder. Abermals hatte er mich überlistet. Gottlob lag er jedoch nicht neben mir, und auch seine Hand hatte er nicht zwischen meine Schenkel gezwängt. War ich nackt? Ja, ich hatte nichts am Leib. Der Gedanke, dass er mich im Schlaf entkleidet hatte, jagte mir Schauer über den Rücken. Wenigstens lagen meine Sachen gefaltet über dem Schemel – genau wie beim letzten Mal.

War er in der Nähe? Ich blickte zum Nebenraum und spitzte gleichzeitig die Ohren. Nein, er war weder zu hören noch zu sehen. Vielleicht war er fort, um Besorgungen zu machen. Rasch erhob ich mich, um in meine Kleider zu schlüpfen, als eine Stimme mich aufhielt. ›Guten Morgen, *collega.*‹

Ich erstarrte. Wie eine Marionette drehte ich mich um und erblickte meinen Peiniger. Er war vollständig nackt. Ich wich zurück.

›Bleib stehen‹, sagte er sanft.

Verängstigt hielt ich inne. Ich versuchte, den Blick von ihm zu wenden, doch es gelang mir nicht.

›Ja, schau nur genau hin, *collega,* schau dir den Beweis an, dass durch Transmutation auch Schlaffes zu Steifem werden kann. Fasse es an, bewundere es, schmecke die Kraft, die sich darin verbirgt!‹

Und dann …«

»Genug, genug!« Matteo hielt es nicht mehr auf seinem Sitz. »Das ist der erschütterndste Bericht, den ich jemals gehört habe.« Er stand auf, eilte zur anderen Seite des Beichtstuhls und legte dem Mädchen beschützend die Hand auf die Schulter. »Du brauchst nicht über das Schreckliche zu sprechen, was dieser Unhold von dir verlangte. Ich weiß jetzt, warum du sagtest, du hättest deinen Mund nicht nur zum Singen benutzt. Komm, gehen wir in meine Sakristei, dort kannst du mir dein Herz weiter ausschütten. Denn dies ist keine Beichte, es ist eher ein Aufschrei der Verzweiflung.«

Matteo führte das Mädchen hinüber in seinen Lieblingsraum, schloss hinter sich sorgfältig die Tür und fand zum ersten Mal Gelegenheit, es näher anzusehen. »Du bist ja ein Junge!«, rief er erstaunt aus.

Der Junge antwortete ernst: »Ja, Hochwürden. Und ich bin schon siebzehn Jahre alt.«

»Aber deine Stimme …?«

»Man hat mich kastriert, Hochwürden.«

»Jesus Christus! Dieser Doktor Fausto hat sich wahrhaftig an dir versündigt. Man muss ihn zur Rechenschaft ziehen.«

»Das wird nicht mehr möglich sein.«

»Ist er etwa …?«

»Ja, Hochwürden. Lasst mich berichten, wie es dazu kam.«

»Gut, ich bin da, um zuzuhören. Setzen wir uns. Leider gibt es in meiner Sakristei weder Wein noch Wasser. Ich bin also ein schlechter Gastgeber. Wie ist überhaupt dein Name?«

»Violino, Hochwürden.«

»Das passt zu dir. Nun, ich denke, wir überspringen jene, äh, Begebenheit, die du zuletzt andeutetest, und du erzählst, wie der Unhold zu Tode kam.«

»Ja, Hochwürden. Am Nachmittag dieses Tages zeigte

mir mein Peiniger eine weißgraue Masse von der Größe eines Brotlaibs und fragte mich: ›Weißt du, was das ist?‹

Natürlich wusste ich die Antwort nicht.

›Es ist das griechische Feuer‹, antwortete er mit Stolz in der Stimme.

›Feuer?‹, fragte ich ungläubig.

›Ich habe es selbst hergestellt. Die Mischung besteht aus Öl, Harz, Schwefel und gebranntem Kalk. Die genaue Zusammensetzung ist mein Geheimnis.‹

›Ich sehe kein Feuer‹, sagte ich.

Er lachte. ›Der Klumpen sieht sehr harmlos aus, bis man ihn entzündet. Die Wirkung des Feuers ist verhängnisvoll, denn einerlei, wo es brennt, ob über oder unter Wasser, es ist durch nichts auf der Welt zu löschen. Es brennt stundenlang, manchmal tagelang. Dieses Feuer wird tagelang brennen.‹

Ein schrecklicher Verdacht regte sich in mir, der sich sofort bestätigen sollte. Mein Peiniger teilte den Klumpen in ein Dutzend kleine Portionen und gab sie in die Kohlebecken. Dann entzündete er sie mit einem Kienspan aus dem Athanor. Sofort schlugen die Flammen empor, hell, rötlich, aggressiv. Ihr Fauchen klang für mich wie Satans Atem.

Ich wusste: Dieses Mal würde ich im Bären verbrennen. ›Bitte nicht!‹, flehte ich. ›Bitte nicht!‹

Mein Peiniger tätschelte mir die Wange. ›Aber, aber, warum denn so ängstlich, *collega?*‹

›Nein!‹ In meiner Not ergriff ich das metallene Pistill eines Mörsers und schlug damit drohend in die Luft. ›Niemals gehe ich wieder da hinein!‹

Er stutzte. Dann lachte er. ›Vielleicht sollten wir zuerst ein Gläschen zur Beruhigung trinken.‹ Er wand mir das Pistill aus der Hand und legte es zur Seite. ›Warte, ich hole uns Wein aus der Küche.‹

Zitternd wartete ich auf seine Rückkehr. Meine Gedanken rasten. Was konnte ich tun, um der Situation zu entrinnen?

Schon war er mit zwei Rotweingläsern zurück. Eines stellte er vor mich auf den Arbeitstisch und hob das andere an die Lippen. ›*Salute,* trink!‹

›Nein!‹

›Nein?‹ Er lächelte. ›Du kannst wählen: zwischen der heimeligen Wärme im Bären und einem tödlichen Schlag mit dem Pistill, denn dies ist deine letzte Möglichkeit, zu einem guten Menschen zu transmutieren.‹

Da ergab ich mich in mein Schicksal. Zitternd wollte ich mein Glas ergreifen, doch in meiner Angst verfehlte ich es. Ich berührte ein kleines Experimentiergefäß daneben. Es fiel um und zersprang am Boden.

›Du nichtsnutziger Tölpel!‹ Mein Peiniger schlug nach mir. ›Sieh nur, was du angerichtet hast!‹ Er bückte sich und kroch unter den Tisch, um sich den Schaden anzusehen.

Während er sich fluchend unter mir zu schaffen machte, kam mir die Eingebung, die mein Leben rettete. Ich hielt den Atem an – und vertauschte die Gläser. Keinen Augenblick zu früh, wie sich zeigte, denn schon richtete er sich wieder auf. Er lächelte mich an. ›Wir wollen den kleinen Zwischenfall vergessen. Dottore Giorgio ist dir nicht böse. Du musst nur brav deinen Wein trinken.‹

›Ja‹, sagte ich, ›das will ich tun.‹

›*Salute,* mein liebes Kind.‹

›*Salute,* Dottore.‹

Wir tranken, und abermals zwang er mich, das ganze Glas zu leeren. Ich tat es, voller Sorge, ob mir die Sinne wie bei den Malen zuvor schwinden würden. Doch gottlob trat die Wirkung nicht ein. Stattdessen blinzelte der Doktor ein paar Mal und fuhr sich mit der Hand über die Augen. ›Mir ist plötzlich so seltsam‹, murmelte er.

›Vielleicht solltet Ihr einen Becher Wasser trinken‹, schlug ich vor.

›Ja, ja, vielleicht.‹ Schwankend erhob er sich und blieb mitten in der Bewegung stehen. ›Du verfluchtes Scheusal!‹ Er hatte begriffen, was geschehen war. ›Ich bring dich um!‹ Wieder schlug er nach mir, und wieder war ich schneller. Ich sprang zur Seite und lief hinter den Bären.

›Ich bring dich um!‹ Er griff nach dem Pistill und taumelte auf mich zu. Ich betete, dass die Dosis reichen möge, den kräftigen Mann zu fällen, denn anderenfalls würde mein letztes Stündlein geschlagen haben.

›Warte, du Scheusal!‹ Zischend sauste das Pistill durch die Luft. ›Warte, du …‹

Schritt für Schritt wich ich zurück. Lieber Gott, gib, dass er umfällt!, flehte ich im Stillen. Lass ihn umfallen, lass ihn endlich umfallen!

Und er fiel. Mit einem gurgelnden Laut sank er zu Boden, ein Kohlebecken dabei umreißend. Augenblicklich fraßen sich die Flammen in seine Kleider. Mit matten Bewegungen versuchte er, sich ihrer zu erwehren. Er stöhnte wie ein Tier, hustete, keuchte, rang nach Atem. Beißender Qualm breitete sich aus. Ich lief hinüber in die Küche und holte den Holzeimer mit Wasser, eilte zurück und kippte das Nass über seinen zuckenden Körper. Es zischte und brannte weiter. Das griechische Feuer! Es würde nie ausgehen, hatte mein Peiniger stolz verkündet. Wie recht er damit gehabt hatte. Und wie tödlich es für ihn sein würde!

Sand!, schoss es mir durch den Kopf. Löschsand vom Arbeitstisch, vielleicht sollte ich es damit versuchen? Ich hastete hinüber zu dem Tisch und holte den Sandtopf. Sein Inhalt war lächerlich gering, und trotzdem musste ich es probieren. Ich kippte den Topf über ihm aus – wieder vergebens. Es brannte weiter, das Höllenfeuer.

Unterdessen hatten die Flammen auf den Holzfußboden und den Tisch übergegriffen, die ersten Gefäße zersprangen in der Hitze. Flammen, überall Flammen. Nur schemenhaft nahm ich das Gesicht meines Peinigers wahr, seltsam wirkte es, unheimlich, zu einem letzten höhnischen Lachen verzerrt. Ein Angstschrei entrang sich meinen Lippen. Angst vor dem Peiniger. Angst vor den Flammen. Angst um mein Leben. Nur raus hier! Raus aus dem Inferno!

Aber wie? In den vergangenen Tagen hatte ich mehrmals versucht fortzulaufen, doch jedes Mal feststellen müssen, dass sämtliche Türen verschlossen waren. Die Schlüssel! Mein Peiniger hatte sie gewiss in der Tasche. Unmöglich, an sie heranzukommen. Was tun? Heilige Mutter, hilf!

Das Fenster. Das Fenster mit dem Spiegel! Dahinter winkte die Freiheit. Doch zunächst musste ich den Spiegel zertrümmern. Ich ergriff das schwere Pistill und schleuderte es mit aller Kraft aus dem Fenster. Der Spiegel zerbrach in tausend Stücke, und – o Wunder! – eine Straße tat sich vor mir auf. Eine Arkadenstraße, wie es sie zu Dutzenden in Bologna gibt.

Ich kletterte über das Fenstersims und lief, so schnell ich konnte, fort, fort von dem Ort des Schreckens.«

Matteo streckte die Beine und wollte etwas sagen, doch er kam nicht dazu. Es klopfte an der Tür. »Ich kann jetzt nicht!«, rief er ungehalten.

Die Tür öffnete sich trotzdem. Im Rahmen stand Dovizio, die Fäuste in die Hüften gestemmt. »Hochwürden«, sagte er vorwurfsvoll, »habt Ihr schon einmal ein kaltes *Risotto di zafferano* gegessen?«

»Dovizio, bitte, ich kann jetzt …«

»Verzeiht, Hochwürden, wenn nicht, dann hättet Ihr seit über einer Stunde Gelegenheit dazu gehabt. So lange warte ich nämlich schon mit dem Safranreis auf Euch.«

»Es tut mir leid, Dovizio, aber manchmal ist Zuhören wichtiger als das Essen. Bitte habe Verständnis.«

Dovizio machte eine wegwerfende Geste. »Verständnis, Verständnis, davon wird der Reis auch nicht wieder warm. Und selbst wenn es so wäre, glaubt Ihr, er würde dann noch so gut schmecken?«

»Dovizio, bitte!«

»Jaja, ich geh ja schon.« Der Küster verschwand grollend.

Matteo seufzte und lächelte flüchtig. »Manchmal hat er es nicht leicht mit mir. Aber nun fahre fort. Was passierte, nachdem dir die Flucht gelungen war?«

»Ich lief vielleicht hundert Schritte, dann versperrte mir ein Menschenauflauf den Weg. Wie gebannt starrten die Leute auf das Haus meines Peinigers. Stichflammen schlugen aus den Fenstern. Explosionen erschütterten die Luft. Nachbarn bangten um ihren Besitz. Schon wurden Eimerketten gebildet, um den Brand zu löschen. Rufe, Schreie, Kommandos flogen hin und her. Ich aber wusste, dass alle Bemühungen umsonst sein würden. Das griechische Feuer war nicht zu löschen. Die einzige Möglichkeit bestand darin, das Haus abbrennen zu lassen und ein Übergreifen der Flammen zu verhindern.

Ich drehte mich um und verschwand in der Menge.«

»Wohin führte dich dein Weg?«, fragte Matteo. »Du sagtest, du seist ein Kastrat. Hat dir der verblendete Doktor Fausto das angetan?«

»Nein, Hochwürden, der war es nicht. Es war jemand, den ich genauso hassen lernte.«

»Erzähle, ich höre.«

»Ziellos irrte ich durch die Straßen, noch immer die schrecklichen Bilder vor Augen. Ich hatte keine Vorstellung davon, wo ich mich befand, nur eines stand für mich fest: Ich wollte nicht wieder ins Waisenhaus zurück. Irgendwann gelangte ich zu den Geschlechtertürmen Asinella und Garisenda. Ein Pfiff ließ mich zusammenfahren. Ich blickte mich um und sah einen Bettler, der mit geheimnisvoller Miene einen Holzkasten öffnete. Die Menschen um ihn herum machten lange Hälse. Ein spitzes Näschen erschien im Spalt des Kastens. Ein Mäuschen! Ein Mäuschen im Kostüm eines *arlecchino,* lustig anzusehen, mit weißen und schwarzen Flicken. Die Menschen lachten. Der Bettler ließ weitere Mäuse frei und pfiff eine Melodie, nach der sie tanzten, während er mit der Hand kreisende Bewegungen machte, die ihnen die Richtung wiesen. Neben ihm stand ein anderer Bettler, der großen Kummer zu haben schien, denn ihm schossen die Tränen nur so aus den Augen. Mitleidige Rufe in der Menge wurden laut. Der Mann schluchzte. Ein paar Baiocchi flogen in den gemeinsamen Bettelhut. Gern hätte auch ich den Bettlern etwas gegeben, denn sie lösten in mir ein seltsames Gefühl der Verbundenheit aus. Woher es rührte, wusste ich nicht.

Ich blieb, bis die Menge sich verlaufen hatte. Derjenige, der fortwährend in Tränen ausgebrochen war, wirkte plötzlich gar nicht mehr traurig. Er zählte die gesammelte Münze und sagte zu dem anderen Bettler: ›Das hat sich gelohnt, Tanzmäuser. Deine Tierchen und meine Tränen haben uns zu einer guten Einnahme verholfen.‹ Dann wurde er meiner gewahr und runzelte die Stirn: ›So wie du aussiehst, könntest du einer von uns sein, aber ich kenne dich nicht. Woher kommst du?‹

Ich log: ›Ich lebe auf der Straße‹, denn ich hatte Angst, er würde mich ins Waisenhaus zurückbringen.

›Soso, auf der Straße‹, wiederholte er. Man sah ihm an, dass er mir kein Wort glaubte. ›Da müsste ich dich eigentlich kennen. Wie alt bist du?‹

Ich streckte mich. ›Schon acht.‹

›Schon acht, aha.‹ Er wurde sehr nachdenklich. ›Zeig mir mal deinen Unterarm.‹

›Warum?‹

›Mach schon.‹

Ich schob den Ärmel meiner Jacke hoch.

›Nicht den linken, den rechten Unterarm.‹

Widerstrebend gehorchte ich, denn ich zeigte das braune Muttermal, das dort saß, nicht gern. Zu oft war ich deshalb im Waisenhaus gehänselt worden.

Der Bettler jedoch hänselte mich nicht. Er brach wieder in Tränen aus, umarmte mich und rief: ›Oh, heilige Mutter, welche Freude! Tanzmäuser, sieh nur, er ist es tatsächlich!‹

›Von wem sprichst du?‹, fragte der Tanzmäuser.

›Von meinem Sohn! Es ist Violino, ich bin ganz sicher.‹

Der Tanzmäuser setzte den Kasten ab und sah mir ins Gesicht. ›Hm‹, sagte er, ›da magst du recht haben. Das Alter würde passen. Und er ist genauso rothaarig wie der Säugling, den du damals vorm Waisenhaus abgelegt hast.‹

›Ich will nicht wieder dahin zurück!‹, rief ich. ›Nie im Leben!‹

›Das brauchst du auch nicht.‹ Der Bettler wischte sich die Tränen ab und lachte. ›So wahr ich Marino heiße und dein Vater bin. Komm, wir gehen nach Hause.‹

Zusammen gingen wir zur Via Urbana, in der die Casa Rifugio liegt. Ich glaube, ich erwähnte das Gebäude schon. Es ist ein zweistöckiger Palazzo, der seine besten Tage hinter sich hat. Die Fassade ist bröckelig, die Tür hängt in den Angeln, und die Sonnensegel über den Balkonen sind eingerissen. Keine Menschenseele scheint darin zu wohnen. Nur ein verwittertes Schild mit der Aufschrift *Banco dei pegni* verrät, dass sich eine Pfandleihe im Erdgeschoss befindet.

Vorsichtig stiegen wir eine knarrende Treppe in den Keller hinab. Plötzlich hörte ich ein lautes Krächzen direkt neben meinem Ohr. Ich schrak zusammen und wäre fast gefallen, aber mein Vater und der Tanzmäuser lachten. »Conors Rabe scheint sich zu freuen, dass du kommst, Violino.«

Eine Tür öffnete sich, der Rabe flog uns voran in einen schwach erleuchteten, saalähnlichen Raum. Mehrere Gestalten saßen darin an einem langen Tisch. Sie hatten Gesichter, die unterschiedlicher kaum sein konnten, doch alle musterten mich mit argwöhnischen Blicken. Nur eines der Gesichter kam mir bekannt vor, es war das von Conor mit der verstümmelten Nase.«

»Ach ja«, bestätigte Matteo. »Professor Aranzio vom hiesigen Archiginnasio führte später die Operation durch. Es war eine der ersten ihrer Art, und die ganze Stadt sprach davon. Man stelle sich vor: Ein Bettler mit einer rekonstruierten Nase.«

»Ganz recht, Hochwürden. Ebenso bekannt dürfte jedoch Massimo sein, Conors Rabe, der sich in diesem Augenblick auf seiner Schulter niederließ.«

»Gewiss, gewiss.«

»Mein Vater stellte mich freudestrahlend vor und löste damit großes Erstaunen aus. ›Das ist dein Sohn?‹, kam es ungläubig von allen Seiten.

›Ja, mein Sohn!‹ Vater erklärte die glückliche Fügung, die uns zusammengebracht hatte.

Daraufhin wurde ich auf das Herzlichste begrüßt. Latus furzte eine Melodie, und Sberleffo schnitt ein paar Grimassen, die mich zum Lachen brachten. Ich sah mich um. Außer dem langen Tisch befanden sich noch weitere Möbelstücke in dem Raum. An der hinteren Wand standen drei strohgepolsterte Bettgestelle, auf denen allerdings niemand lag, seitlich befand sich eine Kochstelle mit Zangen und Schürhaken, an der sich Itzik Rosenstern, der alte Jude, zu schaffen machte. Dahinter standen mehrere Vorratsfässer, ferner ein Regal mit Töpfen, Schüsseln, Pfannen und rechter Hand ein dreibeiniges Kohlebecken, ein Kleiderständer, an dem ein paar zerschlissene Jacken und Hosen hingen, und ein stabiler, mit einem siebenarmigen Leuchter erhellter Beistelltisch. An dem Beistelltisch blieb mein Blick hängen, denn auf ihm warteten Köstlichkeiten, die ich nur vom Hörensagen kannte: Schinken, Braten und Pasteten sowie Gorgonzola und andere Käsesorten, dazu mit Hühnerfleisch gefüllte Teigtaschen, kandierte Senffrüchte und feinstes Brot mit Kräutern und Oliven.

Hinter dem Beistelltisch befand sich eine zweite, kaum sichtbare Tür, die sich unversehens öffnete. Tribuno, der Bettlerkönig, trat ein. ›Ich höre, wir haben ein neues Mitglied‹, sagte er freundlich. ›Da trifft es sich gut, dass die Reichen dieser Stadt so viele Speisen anlässlich des Festes von *La Befana,* äh, entbehren konnten.‹

Beifälliges Gelächter begleitete seine Worte.

›Dann lasst uns essen. Alles Weitere können wir am Tisch besprechen.‹

Am Tisch hatte ich die Ehre, neben Tribuno zu sitzen, der es sich nicht nehmen ließ, mir von den besten Speisen anzubieten. An meiner anderen Seite saß Vater, und mir gegenüber saßen Fabio, der wie Vater als *allacrimanto* arbeitete, der Tanzmäuser, Conor, Sberleffo, Latus und Ludovico, der Schminker. Am Ende der Tafel hockte Itzik Rosenstern, der die Pfandleihe zum Schein betrieb. Er schob sich eingeweichtes Brot in den zahnlosen Mund und sagte immerzu: ›Oj, oj, *masel tov, masel tov,* wer hätte gedacht, dass der Junge jemals wieder auftaucht. Die Schickse vom Waisenhaus hat doch gesagt, er wär tot …‹

›Das tut jetzt nichts zur Sache‹, sagte Tribuno, und mein Vater legte mir von der Pastete nach.

›Wenn du ein guter Bettler werden willst‹, sagte Tribuno

zu mir, ›kann man mit der Unterweisung nicht früh genug beginnen. So höre: Es ist nicht leicht, einen guten Platz zu finden, und noch viel schwieriger, ihn zu verteidigen.‹

›Stimmt‹, sagte Conor und steckte Massimo ein Stück Käse zu. ›Ich für meinen Teil sitze ganz in der Nähe vom großen Neptunbrunnen auf der Piazza Maggiore. Da treffen sich abends die Liebespaare und schnäbeln miteinander. Wer verliebt ist, dem sitzt die Münze locker, weißt du. Aber man muss immer da sein. Jeden Tag zur gleichen Zeit, bei Wind und Wetter. Zu den Verliebten sag ich, wie gut sie zueinander passen und dass die Welt noch nie so ein schönes Paar gesehen hat und dass sie bestimmt mal reizende *bambini* kriegen würden. Dann kichern die Mädchen, und die Jünglinge kriegen 'ne ganz breite Brust. Ja, man muss einen guten Platz haben, ohne den läuft nichts.‹

›So ist es.‹ Tribuno nickte.

Der Tanzmäuser fragte: ›Was würdest du denn machen, wenn plötzlich ein anderer an deinem Platz die Hand aufhält?‹

›Ich weiß nicht‹, sagte ich.

›Dann wird's schwierig, sag ich dir‹, versicherte Tribuno, besonders, wenn der andere stärker ist. Man muss schon gute Freunde haben, die einem helfen, sonst ist man verloren. Und man muss in einer Organisation wie der unseren sein. Weißt du, was das ist?«

›Nein‹, sagte ich schüchtern.

›Eine Organisation ist so etwas Ähnliches wie eine Zunft, nur dass die Mitglieder keine Handwerker sind, sondern Bettler. Ein Zunfthaus haben wir nicht, aber immerhin ein Haus, nämlich dieses.‹

›Auch wenn man seinen Zweck auf den ersten Blick nicht erkennt.‹ Mein Vater grinste. ›Hier lebt der Großteil von uns. Hier finden unsere Versammlungen statt, wenn etwas zu besprechen ist. Wir sind nicht ehrbar, und wir haben auch nicht so viel zu verlieren wie die Herren von Stand, aber wir haben unser eigenes Gericht. Wer dem anderen seinen guten Platz wegnimmt, der kommt vors Gericht.‹

Ich staunte. ›Bettler haben ein eigenes Gericht?‹

›Gewiss‹, bestätigte Tribuno, ›und zwar unter meinem Vorsitz. Wer verurteilt wird, der hat nichts zu lachen, das kannst du mir glauben.‹

»Und welche Strafen verhängt der König?«

»Davon wollen wir jetzt nicht reden. Dafür ist der Tag zu schön. Jedenfalls weißt du jetzt, wie wichtig ein guter Platz ist.‹

›Ja‹, sagte ich, ›das weiß ich jetzt.‹

Das Mahl zog sich bis zum späten Nachmittag hin. Danach legten sich einige der Bettler vorzeitig zur Ruhe, weil sie in der Nacht nochmals ihrem Gewerbe nachgehen wollten, besonders vor San Petronio und dem Palazzo dei Notai, wo immer sehr viel Trubel herrschte. Auch ich war müde, und mein Vater sagte: ›Leg dich dazu, du musst mit einem von ihnen das Lager teilen, denn wir haben nur drei Betten.‹

›Nein‹, sagte ich, ›das will ich nicht.‹

›Aber warum denn nicht?‹

Ich dachte an die Hand des Doktors zwischen meinen Schenkeln. ›Weil … ich es nicht will.‹

Mein Vater gab nach. ›Dann musst du eben auf dem Boden schlafen.‹

›Das macht mir nichts aus.‹ Ich suchte mir einen Platz in der hintersten Ecke des Raumes, rollte mich zusammen und schlummerte ein.

So verbrachte ich die erste Nacht in der Casa Rifugio.

Am nächsten Tag nahmen mich mein Vater, Conor und der Tanzmäuser mit zur Piazza Maggiore. Ich sollte die Kunst des Bettelns erlernen. Doch ich konnte weder dauerhaft weinen, noch besaß ich einen Raben oder Mäuse, die mir halfen, die Münzen der Menschen lockerzumachen. Das Einzige, was ich zu bieten hatte, war meine Stimme – und die reichte nicht aus. Ich stand am Neptunbrunnen und sang vergeblich gegen den Lärm des großen Platzes an.

Am nächsten Tag versuchte ich es wieder, und auch am übernächsten, aber ich konnte nichts dazu beitragen, unseren Bettelhut zu füllen. Um die Mittagszeit erschien Sberleffo und sagte: ›Wisst ihr schon das Neueste? Die Flammen im Haus von diesem Doktor Fausto sind erst heute Morgen verlöscht. Keiner kann sich erklären, warum.‹

Ich hätte ihm die Antwort geben können, aber ich schwieg. Sberleffo erzählte, dass sämtliche Mauern bis auf den Grund niedergebrannt seien. Alles sei vernichtet worden, nur ein riesiges Glasgefäß habe noch zwischen den Trümmern aufgeragt. In dem Gefäß habe sich seltsamerweise die Leiche des Doktors angefunden – so verformt und verkohlt, dass man sie kaum wiedererkennen konnte.

Sberleffo schnitt eine Grimasse und schloss: ›Das geschieht diesem Hexer recht, nach allem, was er dir angetan hat, Violino.‹

›Ja‹, sagte ich, aber ich empfand keinerlei Genugtuung. Ich war einfach nur froh, den Fängen dieses Unmenschen entronnen zu sein.

›Freu dich doch‹, sagte mein Vater, ›sing ein Lied. Du kannst so schön singen.‹

Aber mir war nicht danach zumute. Meine Begabung schien nicht zum Betteln geeignet, zumal es immer schwieriger wurde, die Bolognesi um Almosen zu erleichtern. ›Man kann es ihnen kaum verdenken‹, sagte der Tanzmäuser. ›Die

Kaminsteuer ist im letzten Jahr gleich dreimal erhöht worden, und die Salzsteuer zweimal. Alles, was an Waren in die Stadt kommt, wird besteuert, jedes Fass Wein, jede Kiste Äpfel, jeder Ballen Stoff. Demnächst nehmen die Herren da oben noch Geld für die Luft, die wir atmen.‹

›Und dann ist da noch unsere liebe Konkurrenz‹, fügte Conor hinzu. ›Niemand hat sie gezählt, aber manche sagen, es sind nicht weniger als zehntausend Bettler, die in unseren Mauern leben.‹

›Jammern hilft nicht‹, sagte mein Vater und brach in Tränen aus, ›uns bleibt nichts anderes übrig, als weiterzumachen.‹

So vergingen mehrere Jahre. Dann geschahen kurz hintereinander zwei Dinge, die mein Leben entscheidend verändern sollten. Als Erstes starb mein Vater. Es war ein tragischer Tod, mitten im Sommer. Ein Wespennest, in das er versehentlich trat, wurde ihm zum Verhängnis. Über fünfzig Stiche waren es, die er davontrug, zu viele, um überleben zu können. Wir begruben ihn auf einem Feld vor der Stadt. Tribuno sprach ein paar Bibelverse, die Vögel zwitscherten, und ich sang *In dulci jubilo.* Zum ersten Mal hatte ich das Gefühl, dass mir alle zuhörten.

Das zweite Ereignis fand wenige Tage später statt, es war an der Ecke Via Urbana, Via D'Azeglio. Eine schwarze Kutsche hielt, und ein vornehm gekleideter Herr stieg hastig aus. Er trug ein etwa achtjähriges Mädchen auf den Armen und rief nach Wasser. Aus einem der Häuser wurde ein voller Eimer geholt. Der Herr setzte das Mädchen vorsichtig auf dem Pflaster ab und lehnte es mit dem Rücken gegen eine Hauswand. ›Sie ist kaum bei sich‹, sagte er, ›ich muss ihr die Stirn kühlen.‹

Das Mädchen stöhnte zum Gotterbarmen und hielt sich die rechte Kopfhälfte. Mittlerweile hatte sich ein Kreis aus Neugierigen um die Kranke gebildet. Auch ich war darunter.

›Kein Arzt kann ihr helfen‹, erklärte der Herr, der offensichtlich ihr Vater war, und legte einen feuchten Lappen auf ihre Stirn. ›Sie nennen es *male della zucca,* Kürbiskrankheit, wegen der starken Kopfschmerzen. Aber mehr fällt den *Doctores* dazu nicht ein.‹

Wieder stöhnte das Mädchen. Plötzlich beugte es sich vor und übergab sich heftig. Erschreckt wichen die Leute zurück. ›Ja, macht nur, dass ihr wegkommt!‹, rief der Vater. ›Zu mehr seid ihr nicht nütze.‹

Er tauchte den Lappen erneut in den Eimer, wrang ihn aus und legte ihn ihr wieder auf die Stirn. ›Was willst du denn noch?‹, fuhr er mich an, denn ich war als Einziger stehen geblieben.

Ich weiß bis heute nicht, warum, aber statt einer Antwort begann ich zu singen. Ich sang leise und voller Inbrunst, denn mir tat die Kleine leid. Ich sang alle Lieder, die ich kannte, und als ich fertig war, lächelte sie.

›Geht es dir besser, Bella?‹, fragte der Vater.

›Ja, etwas‹, hauchte sie.

Daraufhin sah mich der Vater verwundert an. ›Ich weiß nicht, warum, aber offenkundig hat dein Gesang heilende Kraft. Du hast fertiggebracht, was selbst die besten Ärzte nicht vermochten …‹«

»… und bis heute nicht vermögen«, unterbrach Matteo. »Verzeih, Violino, wenn ich deinen Redefluss störe, aber das ist interessant, denn schon Homer wusste zu berichten, dass die Hellenen vor Troja die Pest mit Musik bekämpften und dass Odysseus die Blutung einer Wunde mit Gesang stillte. Warum also sollte es nicht möglich sein, die *hemicrania,* den halbseitigen Kopfschmerz, mit einem Lied zu lindern?‹« Im Stillen fügte er hinzu: und warum nicht auch die Schmerzen in einem alten Priesterknie? Laut sagte er: »Doch das nur nebenbei. Berichte weiter.«

»Jawohl, Hochwürden. Der Vater fragte mich: ›Was bin ich dir schuldig?‹

›Nichts‹, antwortete ich.

›Ich möchte mich aber erkenntlich zeigen‹, beharrte er.

›Nun, dann vielleicht eine gute Mahlzeit. Ich habe seit Tagen nichts Vernünftiges gegessen.‹

Der Vater überlegte. ›Gut‹, sagte er. ›Hilf mir, Bella in die Kutsche zu heben.‹

Ich tat, wie mir geheißen. ›Und nun?‹, fragte ich.

›Nun kommst du mit. Mein Koch wird für dich zubereiten, was immer du dir wünschst.‹

Wir fuhren in Richtung Monte della Guardia, auf welchem, wie Ihr sicher wisst, das Kloster der Madonna di San Luca liegt. Am Fuße des Hügels stand der Palazzo des Vaters, der sich als ein reicher Seidenraupenzüchter namens Domenico Selvo erwies. Nach unserer Ankunft verabschiedete er sich von mir und übergab mich seinem persönlichen Diener, einem hochnäsig dreinblickenden Mann namens Obelerio, der mich in den Küchentrakt führte. Dort lernte ich den dicken Koch Fulvio kennen, der mich nach meiner Lieblingsspeise fragte und nicht ohne Selbstgefälligkeit hinzufügte: ›Es gibt nichts, was Fulvio nicht mit seinen begnadeten Händen zaubern könnte.‹

Ich wusste nicht, was ich mir wünschen sollte, und zuckte mit den Schultern.

›Dann lass dich überraschen.‹

Kurz darauf ließ er für mich eine Fünf-Gänge-Mahlzeit auftischen, wie ich sie nie zuvor gegessen hatte: Sie begann mit Kalbsnieren auf geröstetem Brot, setzte sich fort mit gerührten Wachteleiern, mit einer Dorade im eigenen Saft, mit gerösteten Schweinerippchen und endete schließlich mit einer kandierten Dattelrolle.

Heißhungrig verzehrte ich alles bis auf den letzten Bissen, auch wenn mir die Nieren nicht besonders mundeten. Doch das behielt ich für mich. Stattdessen sparte ich nicht mit Lob. Wie alle Künstler war auch Fulvio für Schmeicheleien sehr empfänglich, und fortan hatte ich einen Freund im Haus.

Nach der Mahlzeit erschien wieder Obelerio und eröffnete mir, Bella, die junge Herrin, wünsche mich zu sehen. Ich folgte ihm in ihr Gemach, wo sie auf einem *divano* ruhte. Sie sah noch sehr mitgenommen aus, und ich fragte sie: ›Möchtest du ein weiteres Mal *In dulci jubilo* hören?‹

›Nein‹, antwortete sie, ›ich will, dass du bei uns wohnst. Jedes Mal, wenn der Schmerz wiederkommt, sollst du singen. Ich habe mit Vater gesprochen. Er ist einverstanden.‹

›Das ist mir recht‹, sagte ich, denn nichts zog mich in die Casa Rifugio zurück.

›Danke.‹ Sie lächelte.

›Oh, gern geschehen. Woran liegt es, dass mein Gesang dir helfen kann?‹

›Das weiß ich auch nicht. Ich glaube, es hängt mit den Tönen zusammen. Sie kämpfen gegen die Schmerzen. Die Schmerzen sind nur auf einer Seite, weißt du, aber sie pochen ohne Erbarmen. Erst sind sie stumpf, dann werden sie spitz, dann wieder stumpf und spitz und immer so weiter. Ich habe das Gefühl, die Töne der Melodie wandern in meinem Kopf hin und her und glätten die Spitzen, damit sie nicht mehr so wehtun.‹

›Mir hat der Kopf auch schon häufig wehgetan‹, versicherte ich und dachte an die vielen Schläge, die ich in meinem Leben hatte einstecken müssen. ›Ich freue mich, wenn ich dir helfen kann.‹

›Und ich freue mich, dass du da bist.‹ Bella lächelte noch immer.

Das brachte mich in Verlegenheit. Zum Glück kam Oberio in diesem Augenblick zurück, um mir meine Schlafstelle zuzuweisen. Es handelte sich um eine Besenkammer neben der Gesindeküche, die eher ein Loch als ein Raum war, aber das kümmerte mich nicht. Ich war glücklich. Zum ersten Mal in meinem Leben hatte ich einen Schlafplatz ganz für mich allein.

Eine Zeit des Müßiggangs begann. Ich musste mich nicht um meine Zukunft sorgen, brauchte nicht zu betteln, konnte schlafen, wann immer ich wollte, und hatte stets ausreichend zu essen. Die einzige Unterbrechung dieses fortwährenden Einerleis waren die Tage, an denen Bella unter Kopfschmerz litt. Dann wurde ich gerufen und musste so lange singen, bis die Pein nachließ.

Nach ungefähr einem halben Jahr beschloss Bellas Vater, ich solle an dem Hausunterricht für sie teilnehmen. Er tat es, um seinem Töchterchen einen Gefallen zu erweisen, denn Bella hatte sich wiederholt über die Langeweile während der Lektionen beklagt.

So kam es, dass man mich lesen und schreiben lehrte und mich in Latein, Geometrie und Musik schulte. Ich lernte gern und schnell, dennoch begann ich, mich nach Abwechslung zu sehnen – ein Wunsch, der schneller als gedacht wahr werden sollte.

Es war auf einem der ausschweifenden Feste, die Bellas Vater in seinem Palazzo zu geben pflegte, als eine der kostbar gekleideten Damen unversehens über heftige Schmerzen klagte. Sie wurde leichenblass und stöhnte, der Kopf wolle ihr schier zerspringen. Die angebotene Hilfe erwies sich als nutzlos. Weder der Duft verschiedener Parfumkugeln noch kühlende Lappen vermochten ihr Leiden zu lindern. Da kam dem Hausherrn der rettende Einfall: Er ließ nach mir schicken und befahl mir zu singen.

Ich sang alle Strophen von *In dulci jubilo,* die ich kannte, und nach der dritten oder vierten nahm das Gesicht der Dame wieder etwas Farbe an. Zum Erstaunen der Anwesenden ging es ihr besser.

Einer der älteren Herren namens Andrea Gabrieli, der als Organist und Komponist Berühmtheit erlangt hatte, sagte: ›Mein lieber Selvo, ich weiß nicht, ob wir soeben Zeuge einer Wunderheilung geworden sind, aber eines steht fest: Ihr beherbergt ein Juwel unter Eurem Dach, ein Juwel, das Ihr der Öffentlichkeit nicht vorenthalten dürft. Warum lasst Ihr den Jungen nicht ein paar Madrigale singen?‹

Sein Vorschlag fand begeisterte Zustimmung, und so geschah es, dass ich in der Folgezeit regelmäßig bei Selvos Festen sang. Ich trug lustige Weisen mit weltlichen Texten vor, die von Instrumenten wie Clavicembalo, Violone und Krummhorn begleitet wurden. Es war eine schöne Zeit – für Selvo, der dadurch mehr und mehr gesellschaftliche Bedeutung gewann, und auch für Bella und mich, denn zwischen uns hatte sich eine zarte Freundschaft entwickelt.

Die Freude jedoch fand ein jähes Ende, als im folgenden Frühjahr sämtliche Seidenraupen Selvos von der Flecksucht befallen wurden. Die Tierchen wiesen innerhalb kürzester Zeit am ganzen Körper braunschwarze Flecken auf und waren nicht mehr in der Lage, Seide zu produzieren und sich einzupuppen.

Ein herber Verlust für Selvo, der in jenem Jahr keinerlei Gewinn machte. Da er jedoch einen guten Leumund hatte, liehen die Banken ihm Geld für einen neuen Anlauf. Das Unglück wollte es, dass im nächsten Jahr die Flecksucht erneut ausbrach und Selvo endgültig an den Rand des Ruins geriet. Er hatte bereits seinen Palazzo und alles darin Befindliche verpfändet, als mir ein Einfall kam. Ich erinnerte mich an die heilende Wirkung meines Gesangs und schlug ihm vor, alle Damen, die unter Kopfschmerz litten, mit der gebotenen Diskretion einzuladen, damit ich sie von ihrer Pein erlöse – natürlich gegen eine üppige Bezahlung.

Der Einfall erwies sich als Selvos Rettung. In Windeseile sprach sich herum, dass im Palazzo am Fuße des Monte della Guardia ein Wundermittel gegen den Kopfschmerz zur Anwendung kam, und die herbeiströmenden Damen – seltsamerweise leiden fast nur Frauen unter der *male della zucca* – waren so dankbar, dass sie nahezu jeden Preis für meine Dienste zahlten. Selvo strich das Geld mit der größten Selbstverständlichkeit ein, ohne mir auch nur einen einzigen Baiocco zu überlassen. Er selbst aber lebte wieder in Saus und Braus. Die Geschäfte mit dem Kopfschmerz gingen so gut, dass er die Zucht der Seidenraupen aufgab. Sie sei zu unsicher, sagte er, tätschelte mir die Wange und fügte hinzu, ich sei zuverlässiger als die kleinen Krabbeltiere, weil ich keine Flecksucht bekäme.

Dafür bekam ich etwas anderes, wie er nur wenige Monate später feststellen musste. Ich wurde fünfzehn Jahre alt und zeigte erste Anzeichen des Stimmbruchs. Manches Wort, das mir entschlüpfte, hatte einen kieksenden Beiklang. Eines Tages nahm er mich beiseite und sagte zu mir: ›Hör mal, Violino, gefällt dir das Leben in meinem Palazzo?‹

›Ja, sehr‹, antwortete ich arglos.

›Möchtest du, dass alles so bleibt, wie es ist?‹

›Gewiss, Messer Selvo.‹

Er seufzte. ›Leider spricht vieles dafür, dass wir alle demnächst verarmen. Dann nämlich, wenn du in den Stimmwechsel kommst. Dein Gesang hätte gewiss nicht mehr die heilende Kraft, denn du würdest eine Oktave tiefer singen.‹

›Daran habe ich auch schon gedacht, Messer. Aber dagegen lässt sich nichts ausrichten. Jeder Junge kommt irgendwann in den Stimmbruch.‹

›Nicht jeder, Violino.‹ Selvo sah mich an.

›Wie meint Ihr das?‹

›Nun, wir könnten einen kleinen Eingriff bei dir vornehmen lassen. Nur zwei kurze Schnitte, und die Sache wäre ausgestanden. Danach wäre alles wieder so wie jetzt.‹

›Ihr meint, Ihr wollt mir die … Ihr wisst schon, was ich meine … abschneiden lassen?‹

›So ist es.‹ Selvo nickte väterlich. ›Wie gesagt, nur ein kleiner Eingriff, völlig schmerzfrei.‹

›Nein!‹

›Du enttäuschst mich.‹ Auf Selvos Stirn entstand eine Falte. ›Denk doch einmal daran, was ich alles für dich getan habe. Ich habe dich aus der Gosse geholt, habe dich genährt und gekleidet, habe dir Unterricht geben lassen, habe dir sogar den Umgang mit meinem Töchterchen erlaubt. Und nun bist du so undankbar.‹

›Nein!‹

›Willst du denn, dass wir alle am Bettelstab gehen?‹

›Ich bin lieber arm als ein Kastrat.‹

Selvo seufzte. ›Nun gut, ich kann dich nicht zwingen. Vielleicht überlegst du es dir noch einmal.‹

An den folgenden Tagen machte er noch mehrere Versuche, mich umzustimmen, aber ich blieb fest. Schließlich sagte er zu mir: ›Ich habe mit Bella gesprochen. Sie ist deiner Meinung, wir sollten den Eingriff nicht durchführen. Vergiss, was ich von dir verlangte, und lass uns das Beste daraus machen. Wir wollen ein letztes Fest feiern, und danach sehen wir weiter.‹

Der Tag des Festes kam, Selvo lud mich am Abend zuvor in seine Privatgemächer ein. Nie war ich darin gewesen, und ich staunte über die Pracht, mit der er sich umgab. Allein die

Hölzer seines Pfostenbettes waren sämtlich mit Blattgold überzogen, Kissen und Decken mit feinsten Daunen gestopft. Alles im Raum war aus den kostbarsten Materialien gefertigt, selbst das Nachtgeschirr bestand aus purem Gold. ›Setz dich, Violino‹, sagte er und deutete auf sein Bett. ›Wir werden uns in Bälde trennen müssen. Weißt du schon, was du in deinem neuen Leben machen willst?‹

Darüber hatte ich noch nicht nachgedacht. ›Vielleicht singe ich für Geld‹, sagte ich.

›Wo denn? Auf der Straße?‹, fragte er.

›Ich weiß nicht‹, sagte ich und musste an die Piazza Maggiore denken, auf der ich vergeblich gegen den Lärm angesungen hatte.

›Nun ja, kommt Zeit, kommt Rat. Hast du schon einmal einen Tresterbranntwein probiert?‹

›Nein, Messer.‹

›Dann wollen wir zur Feier des Tages einen trinken.‹ Er goss zwei große Gläser voll. ›*Salute.*‹

›*Salute,* Messer.‹ Ich sah, wie Selvo sein Schnapsglas mit einem Zug leerte, und wollte mir keine Blöße geben. Ich tat es ihm gleich. Augenblicklich raubte mir das Zeug den Atem, Tränen schossen mir in die Augen.

›Ist dir nicht gut, Violino?‹

›Doch, doch‹, versicherte ich hastig.

›Dann schenke ich noch einmal nach.‹ Abermals goss er die Gläser voll und prostete mir zu.

›*Salute,* Messer.‹ Mit Todesverachtung kippte ich den scharfen Schnaps hinunter.

›Alles, was recht ist, du hältst dich wacker. Aber einen dritten verträgst du nicht, oder?‹

›N… nein.‹

›Dachte ich mir's doch.‹ Selvo lachte. Es klang in meinen Ohren, als lache er mich aus.

›Noch einen!‹ Ich streckte ihm mein Glas hin.

›Oh, du bist ja doch ein ganzer Mann. Die Frage ist nur, wie lange noch.‹

›D… der Schnaps wirft … mich nicht um‹, rief ich laut und wunderte mich, dass ich Selvo plötzlich doppelt und dreifach sah. Ich blinzelte. Noch immer nahm ich drei Männer wahr, die zuvor nicht dagestanden hatten. Seltsamerweise sahen sie auch ganz unterschiedlich aus. Ich wollte sie fragen, wer sie seien, aber einer hielt mir den Mund zu, packte mich und warf mich aufs Bett. Ein Zweiter fasste mich am anderen Arm und hielt mich fest.

Der Dritte beugte sich über mich, riss mir die Hose vom Leib und zwang meine Beine auseinander.

Plötzlich war ich wieder nüchtern. Ich wollte schreien, aber der Erste hielt mir wieder den Mund zu.

Ich biss ihm in die Hand.

›Du verfluchter kleiner Bastard!‹ Er schlug mir die Faust mit aller Kraft ins Gesicht, und ich verlor das Bewusstsein.

Als ich wieder zu mir kam, spürte ich einen unerträglichen Schmerz zwischen meinen Beinen. Ich blickte mich um. Ich lag noch in Selvos Prachtbett. Unter mir hatte man eine billige Plane ausgebreitet. Sie war von der Art, wie man sie zum Abdecken von Waren verwendet. Die Plane war voller Blut – meinem Blut.

Erneut verlor ich das Bewusstsein.

Als ich wieder erwachte, hatte meine Umgebung sich vollständig verändert. Ich lag in meiner Besenkammer. Allein mit meiner Verzweiflung, allein mit meinen Schmerzen. Im schwachen Schein einer Kerze untersuchte ich die Stelle zwischen meinen Beinen. Sie war verbunden mit einer blutigen Kompresse. Vorsichtig löste ich sie und sah, was ich befürchtet hatte. Ich war kein Mann mehr. Nur eine Hautfalte zeugte von dem, was einmal da war. Und zwei Schnitte, die man mit groben Stichen vernäht hatte. Ich warf mich zurück und schluchzte wie ein Kind.

Am anderen Morgen besuchte Bella mich. Sie fragte, wie es mir ginge, und ich antwortete, es ginge mir gut, da ich vor ihr keine Schwäche zeigen wollte. Doch sie glaubte mir nicht, und am darauffolgenden Tag erschien ein Arzt. Er besah sich die Operationsstelle, wiegte bedenklich den Kopf hin und her und sagte, der Eingriff sei von laienhafter Hand ausgeführt worden. Er könne sich für eine Heilung nicht verbürgen, da die Wunde bereits Schwären aufwiese. Ein Brand sei nicht auszuschließen. Er gab Puder auf die Wunde und verband sie neu. Dann sagte er: ›Bete, mein Junge, du wirst Gottes Hilfe brauchen.‹

Drei Wochen lag ich danach in meiner Kammer, hohes Fieber und heftige Schmerzen quälten mich ohne Unterlass, und mehrfach glaubte der Arzt, meine letzte Stunde sei gekommen. Aber Gott, so schien es, war mit mir, denn irgendwann heilte das Schandmal zwischen meinen Beinen, und ich konnte mich, wenn auch auf wackligen Beinen, erheben.

Selvo erschien und gab sich mitfühlend. Er griff nach meiner Hand und sagte: ›Ich hoffe, du nimmst mir nicht übel, dass ich unser gemeinsames Glück erzwingen musste?‹

›Nein‹, log ich. Denn insgeheim hatte ich Rache geschworen. Rache für das, was er mir angetan hatte. Irgendwann würde er dafür bezahlen.

›Das ist schön.‹ Er tätschelte mir die Hand, und mir wurde fast schlecht von seiner Heuchelei. ›Da es dir besser geht, könnte ich wieder einige Damen, die unter der *male della zucca* leiden, einladen. Was meinst du?‹

›Ja‹, sagte ich, ›die Gefahr einer Stimmveränderung ist ja nicht mehr gegeben.‹

Er lachte. ›Ich wusste, du bist ein guter Junge. Bella hat

übrigens nach dir gefragt. Sie weilt jetzt in Padua bei einer Großtante, die ihr all jene Dinge, die eine junge Dame können muss, viel besser beibringen kann als ich.‹

Daraufhin schwieg ich. Es ging Selvo nichts an, wie sehr ich Bella vermissen würde.

›Dann ist es abgemacht. Ab morgen singst du wieder.‹

Und ich sang wieder, als wäre nie etwas geschehen. Doch tief in meinem Herzen herrschte Verbitterung. Jedes Mal, wenn ich ein hübsches Mädchen sah, musste ich daran denken, dass ich kein Mann mehr war, und jedes Mal schmiedete ich Pläne, wie ich die Schmach heimzahlen könne.

Über ein Jahr verging, bis ich glaubte, den richtigen Weg für meine Genugtuung gefunden zu haben. An einem Sonntagvormittag, als Selvo in der Kirche betete, schlich ich in sein Schlafgemach und stahl das Nachtgeschirr. Es war aus purem Gold und sicher die Dienste wert, die ich damit bezahlen wollte. Den Nachttopf versteckte ich unter meiner Zimarra und ging damit zur Casa Rifugio, wo meine Bettlerfreunde mich freudig begrüßten und mich fragten, wie es mir ergangen sei. Ich antwortete nur einsilbig und bat, Tribuno, den König, sprechen zu dürfen. Kurz darauf saß ich ihm allein gegenüber. Ich stellte das Nachtgeschirr auf den Tisch und sagte: ›Das soll die Bezahlung für meine Rache sein.‹ Dann erklärte ich, was mir widerfahren war, und bat ihn, den Topf zu Geld zu machen und zwei schamlose Personen aufzutreiben.

›Topf, Geld, schamlose Personen – du sprichst in Rätseln‹, sagte Tribuno.

Ich erklärte ihm meinen Plan in allen Einzelheiten. Als ich fertig war, pfiff er durch die Zähne. ›Der Topf ist viel Geld wert, aber ob ich dafür jemanden finde, der dazu bereit ist, weiß ich nicht. Vielleicht in einem der billigen Bordelle. Jedenfalls will ich mein Bestes versuchen.‹

›Ich danke dir, Tribuno, ich weiß, du wirst mich nicht enttäuschen.‹

Ich kehrte zurück in den Palazzo und schrieb einen Brief an den Legaten Bolognas. Dann fälschte ich Selvos Unterschrift und versiegelte das Schreiben mit seinem Petschaft. Anschließend bat ich einen Jungen auf der Straße, den Brief bei seinem Empfänger abzugeben.

Am Abend sagte ich zu Selvo: ›Messer, ich möchte wieder einmal für Eure Freunde singen, ein paar fröhliche Weisen, die sie ergötzen, denn ich bin es leid, immer nur die *male della zucca* zu bekämpfen.‹

›Ja, vielleicht ist das gar nicht so dumm‹, sagte er, nachdem er sich die Sache überlegt hatte. ›Es liegt einige Zeit zurück, dass in meinem Palazzo ein Fest gegeben wurde.‹

›Ich möchte am kommenden Sonntag singen‹, sagte ich.

›Warum schon so bald?‹

›Weil wir keine Zeit verlieren sollten, Messer. Manche Damen tuscheln schon, es fehle Euch an Geld für eine Feier. Genaue Namen weiß ich nicht, aber man hört so dies und das.‹

›Mag sein, dass du recht hast, Junge. *Bisogna battere il ferro quando e caldo*, wie es so schön heißt. Man muss das Eisen schmieden, solange es heiß ist. Am Sonntag werden wir feiern. Ich freue mich schon darauf.‹

›Ja‹, sagte ich, ›ich auch.‹

Der Sonntag kam und mit ihm ungefähr drei Dutzend Gäste, überwiegend Paare, die im großen Saal des Palazzo unter lebhaftem Geplauder Platz nahmen. Selvo hatte auf meine Anregung hin die Stühle in einem Halbkreis aufbauen lassen, damit der Künstler – also ich – während der Darbietung für jedermann gut sichtbar war. Die allgemeine Spannung stieg. Auch die meine, denn ich fragte mich, ob der von mir geladene Gast wohl erscheinen würde. Der Beginn der Vorführung war für die siebte Nachmittagsstunde festgelegt worden, und ich dachte schon, mein Brief hätte seinen Zweck verfehlt, als der Legat Francesco Bonomi doch noch geruhte zu erscheinen. Er war mit allen Insignien seiner Würde gekleidet und in Begleitung seines Sekretärs sowie dessen Stellvertreter. ›Mein lieber Selvo‹, sagte er mit volltönender Stimme, ›ich danke Euch sehr für die freundliche Einladung.‹

Selvo schaute drein wie ein Ochse im Regen. Er wusste nichts von der Einladung, konnte andererseits aber schlecht behaupten, sie sei nicht erfolgt. Der Legat ist, wie Ihr wisst, die wichtigste Persönlichkeit Bolognas. Er ist vom Papst höchstselbst ernannt und hat, da die Stadt zum Kirchenstaat zählt, in sämtlichen Belangen das oberste Sagen, mehr noch als der Gonfalonier, der alle zwei Monate neu gewählt wird.

›Exzellenz, es ist mir eine große Ehre.‹ Selvo verbeugte sich so tief, dass seine Nasenspitze fast die Knie berührte.

Bonomi runzelte die Stirn und nahm Selvo beiseite: ›Hört mal, in der Einladung stand, dass der Gesang meine Gürtelrose beseitigen könne. Abgesehen davon, dass mein Leiden schon Stadtgespräch zu sein scheint, erwartet Ihr doch wohl nicht, dass ich mich vor allen Gästen entkleide?‹

Selvo fiel fast die Kinnlade herunter, doch ich tat so, als hätte ich die Frage zufällig gehört, und sagte: ›Euer Exzellenz, nach der Vorstellung will ich exklusiv für Euch singen. Die Wirkung des Gesangs wird dann viel größer sein.‹

›Aha. Nun, dann ist es gut.‹ Bonomi gab sich mit der Erklärung zufrieden.

Rasch wurden drei weitere Stühle herbeigeschafft und vor die erste Reihe gestellt, damit der Kirchenfürst den besten Überblick hatte.

Dann setzte die Musik ein, und ich begann mit meiner Darbietung. Ich sang zunächst ein paar bekannte Stücke, die mit artigem Applaus bedacht wurden. Sie waren lustig, witzig und auch ein bisschen zotig, doch nicht zu sehr, damit Seine Exzellenz sich nicht bloßgestellt fühlte. Auf meinen Wink hin trug die Dienerschaft anschließend ein großes Bett herein und stellte es auf der Saalfläche ab. Es war über und über mit weißen Kissen bedeckt und sah sehr unschuldig aus. Einige Gäste steckten die Köpfe zusammen und fragten sich, was das zu bedeuten habe.

Sie sollten nicht lange warten müssen. Denn nun wurde die Musik lauter, und ich stimmte ein derbes Madrigal an. Es war das Stück, in dem die sieben Stellungen des Liebesaktes beschrieben werden, sowie die süße Wollust, die man dabei empfindet. Dazu erschien ein junges Paar im Saal, dessen Gesichter unter zwei Masken verborgen waren. Ihre Körper jedoch waren nahezu nackt. Die Brüste und das pralle Gesäß der Frau wurden kaum von einem Schleier verdeckt, und der Mann trug einen Schurz, der sein Gemächt nur knapp verhüllte. Sie schienen weder mich noch die Anwesenden zu bemerken und hatten nur Augen füreinander.

Bei den ersten Tönen meines Gesanges begannen sie, mehr schlecht als recht zu tanzen. Man sah, dass sie keinerlei Übung darin hatten. Es war eine armselige Darbietung – genau wie von mir erhofft. Auch das, was danach kam, entsprach präzise meinen Wünschen, denn die Frau legte sich ins Bett, zog die Beine an und spreizte sie weit. Gleichzeitig kam der Mann über sie und tat so, als führe er heftige Bewegungen aus. Dazu keuchten und stöhnten beide laut.

Die Gäste trauten ihren Augen kaum, blickten ungläubig und mit versteinerten Mienen, während ich schon dabei war, die Wollust der zweiten Stellung mit schlüpfrigen Versen anzukündigen. Der Mann ließ von der Frau ab, damit sie sich auf ihre Hände und Knie stützen und ihm ihr Gesäß entgegenstrecken konnte. Sein Schurz fiel und gab einen prächtig aufgerichteten Penis frei. Er näherte sich der Frau – und hielt mitten in der Bewegung inne. Denn den Legaten Bonomi hatte es nicht länger auf seinem Stuhl gehalten. ›Aufhören!‹, rief er. ›Das ist unerhört! Unzucht, Ketzerei, Gotteslästerung! Was habt Ihr Euch dabei gedacht, Selvo? Seid Ihr von allen guten Geistern verlassen? Das wird ein Nachspiel haben …‹«

»… Ganz recht! Ich kann mich der Empörung meines Glaubensbruders nur anschließen«, warf Matteo an dieser Stelle ein. »Aber meine Entrüstung gilt auch dir, Violino. Wie konntest du nur zu so etwas fähig sein!«

»Verzeiht, Hochwürden. Heute würde ich wohl kaum noch einmal so handeln, aber damals war ich blind in meinem Verlangen nach Abrechnung. Selvo hatte mir einen Teil meines Genitals rauben lassen, deshalb sollten es auch Genitalien sein, die ihm zum Verhängnis wurden.«

»Ich kann dein Handeln trotzdem nicht gutheißen. Gott hat den Menschen nicht das Glück der Liebe geschenkt, damit sie es zur Schau stellen. Was ist aus dem Seidenraupenzüchter Selvo geworden?«

»Nachdem alle Gäste es dem Legaten gleichgetan und den Palazzo fluchtartig verlassen hatten, hockte er als gebrochener Mann am Boden und rief immerfort: ›Wer hat mir das nur angetan, wer hat mir das nur angetan? Warst du das etwa, Violino?‹

›Ich habe nur gesungen‹, log ich.

›Ich bin für alle Zeiten erledigt‹, jammerte er weiter. ›Die Gesellschaft wird mich meiden wie Aussatz und Pest. Lieber Gott, was mache ich nur?‹

Mein Mitleid für ihn war nur begrenzt. Ich scheuchte das schamlose Paar aus dem Saal und suchte meine Besenkammer auf. Dort packte ich meine wenige Habe zusammen und verließ den Palazzo. Nichts hielt mich mehr an dem

Ort, wo man mir so grausam mitgespielt hatte. Ich schulterte mein Bündel und machte mich auf den Weg hinunter in die Stadt. Eigentlich hätte ich hochbeglückt über den Erfolg meiner Arglist sein müssen, doch in mir war – zu meinem Erstaunen – nicht mehr als ein schales Gefühl. Einen billigen Triumph hatte ich mir verschafft, der nichts an meinem körperlichen Zustand ändern würde.

Ohne dass ich es merkte, lenkte ich meine Schritte wieder zur Casa Rifugio, wo ich herzlich begrüßt wurde. Tribuno kniff vielsagend ein Auge zu und fragte mich, ob das von ihm gedungene Paar meinen Vorstellungen entsprochen habe.

›Ja‹, antwortete ich knapp.

›Hast du irgendetwas?‹

›Nein, nein.‹

›Es war gar nicht so leicht, die beiden aufzutreiben. Der Kerl ist ein Dieb und Frauenheld, Pipo mit Namen, der jeder Schürze nachjagt und für Geld alles tut. Die Frau ist eine Hure aus dem Bordell *Cuore Rosso* in der Via del Cane. Ach, da fällt mir ein: Von dem Erlös für den Nachttopf ist noch etwas übrig, willst du es zurückhaben?‹

›Nein, es soll für die Allgemeinheit sein. Wenn du erlaubst, bleibe ich hier, bis Gras über die Sache gewachsen ist.‹

›Tu das, du kannst so lange bleiben, wie du willst.‹

›Danke.‹ Ich bezog wieder meine alte Ecke und übte mich in Geduld. Es dauerte mehrere Wochen, bis die Gemüter sich beruhigt hatten, denn die Gäste meiner Darbietung zerrissen sich das Maul und sorgten dafür, dass alle Welt von dem frevlerischen Auftritt erfuhr. Wenig später gab es erneuten Anlass für Gerüchte, denn Selvo, so hieß es, sei den Gifttod gestorben – eine Entwicklung, die ich bei Gott niemals wollte. Ob er sich selbst entseelt hatte oder ein anderer es gewesen war, wusste niemand zu sagen. Auch bei dem Gift war man sich nicht einig. Die meisten glaubten jedoch, es habe sich um das Toxikum des Aprikosenkerns gehandelt.

Danach versuchte ich es wieder mit dem Betteln, und abermals zeigte sich, dass ich zu diesem Beruf nicht tauge. Niemand auf den Straßen und Plätzen Bolognas wollte meinen Gesang hören, geschweige denn, dafür etwas geben. Das hatte zur Folge, dass ich meinen Bettlerfreunden in der Casa Rifugio zunehmend zur Last fiel. Am schlimmsten aber waren für mich die Weihnachtszeit, Neujahr und das Fest von *La Befana*. Es sind Anlässe, bei denen ein Einsamer noch einsamer wird, und ein Verzweifelter noch verzweifelter.

In dieser Verfassung kam ich gestern Abend nach San Simeone, denn die kleine Kirche strahlt Zuversicht und Frieden aus. Ich sang für mich und hoffte, Trost zu finden.«

»Stattdessen habe ich dich gefunden«, sagte Matteo. »Aber vielleicht kommt es auf dasselbe hinaus. Zweifellos bist du jemand, der Schuld auf sich geladen hat, aber du bist auch einer, der des Zuspruchs bedarf. Zu beidem will ich dir etwas sagen: Was deine Schuld angeht, so wiegt sie auf den ersten Blick schwer, denn du hast nicht nur Fleischeslust mit Doktor Fausto getrieben, sondern auch seinen Tod verursacht, indem du die Weingläser vertauschtest.

Auf den zweiten Blick jedoch sind deine Verfehlungen nur mittelbar, denn gegen den Willen des Doktors konntest du nichts ausrichten, ebenso wenig, wie du die Folgen des Gläsertausches abzusehen vermochtest. Ähnlich verhält es sich mit dem Seidenraupenzüchter Selvo: Die Todsünde Wollust war dein Werkzeug, mit dem du ihn strafen wolltest – bewusst und absichtlich. Andererseits hast du selbst keine Wollust getrieben und den Tod Selvos nicht gewollt.

Dennoch bist du in Sünde verstrickt, denn du hast den Hingang zweier Menschen vor Gott zu verantworten. Ich frage dich: Bereust du deine Verfehlungen von Herzen?«

»Ja, Hochwürden, das tue ich.«

»Dann höre: Gott hat durch Jesus Christus die Welt mit sich versöhnt und den Heiligen Geist gesandt zur Vergebung der Sünden. Durch den Dienst der Kirche schenke Er dir Verzeihung und Frieden. Ich spreche dich los von deinen Sünden im Namen des Vaters und des Sohnes und des Heiligen Geistes. Amen.«

»Amen.«

»Und nun zu deiner Buße, die gleichzeitig Trost für dich sein mag: Du wirst im kommenden Jahr ein gottgefälliges Werk verrichten und dich in einer Kirche Bolognas nützlich machen. Du wirst dort Kerzen aufziehen, Monstranzen putzen, Weihrauch bereitstellen, Staub wischen. Du wirst das Kirchenschiff fegen, Stühle und Bänke reinigen und die Gewänder der Messdiener mit Eiweiß stärken. Du wirst im Chor singen, dem Küster bei seinen vielfältigen Verrichtungen zur Hand gehen und stets ein höfliches Wort für den Pater finden. Willst du das alles?«

»Ja, Hochwürden, gern! Aber von welcher Kirche sprecht Ihr?«

Matteo lächelte. »Von meiner. In dem Wohnhaus, das zu San Simeone gehört, sind noch zwei Kammern frei. Eine soll für dich sein. Allerdings ist sie vollgestopft mit alten Möbeln. Die müsstest du zunächst entfernen, vielleicht mit Dovizios Hilfe … ah, da kommt er ja gerade.«

»Habe ich eben meinen Namen gehört?« Der gedrungene Küster stand in der Tür und war der fleischgewordene Vorwurf. »Das Risotto, Hochwürden, ist jetzt für die Katz!«

»Vergib mir, Dovizio, ich konnte wirklich noch nicht kommen.« Rasch erklärte Matteo die Zusammenhänge und fuhr fort: »Freu dich doch, ab heute hast du einen Helfer. Damit ist allen gedient: Dir, Violino und auch mir, denn ich muss deine Klagen über zu viel Arbeit nicht länger ertragen. Violino wird übrigens drüben in einer der beiden unbenutzten Kammern wohnen. Sei so gut und hilf ihm beim Ausräumen der alten Einrichtung.«

Dovizios Blick verfinsterte sich. Er wollte etwas entgegnen, aber Matteo kam ihm zuvor. »Ich weiß, du bist für mich Küster, Koch und Kantor«, sagte er, »sei dieses eine Mal auch ein kleines bisschen Möbelträger.«

Dovizio brummte: »Ihr versteht es immer wieder, meine Gutmütigkeit auszunutzen. Aber in Gottes Namen, so sei es.«

Am darauffolgenden Tag, man schrieb den achten Januar, fand Matteo nach der Sonntagsmesse wieder einmal Zeit für eine Zwiesprache mit seinem Schöpfer. Er suchte die geliebte kleine Sakristei auf, ließ sich ächzend auf die Knie nieder und faltete die Hände. »Herr«, sagte er zu dem hölzernen Kruzifix an der Wand, »was gestern geschah, hast Du selbst gesehen, denn nichts bleibt Deinem göttlichen Blick verborgen. Deshalb frage ich Dich: Habe ich alles richtig gemacht? War die Sühne, die ich Violino auferlegte, nicht zu eigennützig? Das Bußsakrament, so heißt es, ist auch ein Sakrament der Versöhnung, und mein Bestreben ist es, dem Jungen den Weg zu Dir zu weisen. Er hat einen guten Kern, das spüre ich.

Und doch: Hätte die Sühne nicht schärfer sein müssen, damit er nicht aus der Gnade fällt und sein ewiges Leben verwirkt? Immerhin hat er an Selvo Rache geübt und das Böse in sich zugelassen. Andererseits wollte er seinen Peiniger Doktor Fausto vor dem Verbrennen retten, indem er das griechische Feuer zu löschen versuchte. O Herr, ich kann es drehen und wenden, wie ich will: die Unsicherheit bleibt – und die Hoffnung auf Deine Gnade und Barmherzigkeit.

Und dann, Herr, ist da noch ein weiterer Gedanke, der mich quält: Darf ich Violino bitten, meine Knie zu besingen, auf dass sie mich weniger schmerzen? Wird sein Bemühen Erfolg haben? Darf ich auf ein wenig Linderung hoffen? Ich weiß, mit derlei Allerweltsfragen sollte ich Dich nicht behelligen. Du hast anderes zu tun, als Dich um die Knie eines Priesters zu sorgen. Vielleicht, Herr, ist es auch Dein Wille, dass ich die Schmerzen mit Freuden hinnehme, denn sie sind nichts gegen die Qualen, die Du am Kreuz ertrugst, damit wir alle dem Höllenfeuer entgehen und die Vergebung unserer Sünden erlangen können.

Hast Du eine Antwort für mich? Bitte, weise mir den rechten Weg.

Manchmal, o Herr, ist es wirklich nicht leicht, Dein Diener zu sein.«

Die vierte der sieben Todsünden: Zorn

ira

»Dieser Tag, liebe Glaubensbrüder und -schwestern, ist ein besonderes Ereignis für San Simeone«, rief Pater Matteo mit lauter Stimme von der Kanzel herab, »denn wir schreiben den zweiten Februar, Mariä Lichtmess. Beim Evangelisten Lukas heißt es, an diesem Tag hätten die Muttergottes und Joseph ihren erstgeborenen Sohn in den Tempel gebracht, auf dass er dort geweiht werde. Und der greise heilige Simeon, nach dem unsere Kirche benannt wurde, empfing sie auf den Stufen und bezeichnete das Jesuskind als … *ein Licht, das die Heiden erleuchtet, und als Herrlichkeit für dein Volk Israel.* In diesem Sinne lasset uns beten …«

Es folgte der Rest der Liturgie mit ihrer Abfolge aus Fürsprache und Gesang, und Matteo schloss, nachdem er die Gemeinde gesegnet hatte, mit den Worten: »Die Kerzen, liebe Glaubensbrüder und -schwestern, wurden bereits für das kommende Jahr geweiht. Ihr Licht symbolisiert Christus, unseren Herrn. Nehmt sie am Ausgang in Empfang, sie sollen bei Unwettern oder sonstiger Unbill entzündet werden, damit sie euch behüten und beschützen. Und vergesst nicht, für jede Kerze einen kleinen Obolus zu entrichten, es ist für einen guten Zweck. Amen.«

Er stieg mit zusammengebissenen Zähnen die Treppe der Kanzel hinunter, denn die Knie schmerzten ihn wieder einmal bei jedem Schritt. Langsam bahnte er sich den Weg zwischen den zum Aufbruch bereiten Gemeindemitgliedern hindurch, bemühte sich, gütig zu lächeln, schüttelte Hände, segnete Kinderköpfe und gelangte glücklich bis zum Ausgang, während Dovizio, sein Küster, Koch und Kantor, der Orgel ein paar letzte majestätische Töne entlockte. Violino verteilte derweil die Kerzen an die Gläubigen.

Matteo nahm Violino beiseite und flüsterte: »Wie sieht es aus, spenden die Leute freudig?«

»Es hört sich an, als würden sie mehr Paoli als Baiocchi in die Opferbüchse werfen. Dem Klang nach ist sogar der eine oder andere Scudo dabei. Ein gutes Zeichen, Hochwürden.«

»Dem Herrn sei Dank. Und dir auch, Violino.« Matteo drückte dem Kastraten die Hand und dachte, dass es ein Segen sei, den jungen Mann in seine Obhut genommen zu haben. Gut drei Wochen lag es zurück, dass er ihm Unterkunft in dem bescheidenen Wohnhaus der Kirche angeboten hatte. Nur Dovizio, sein mürrischer Küster, war davon zunächst nicht erbaut gewesen. Doch unter der rauen Schale des Küsters verbarg sich ein weicher Kern, und dieser hatte dafür gesorgt, dass beide sich zunehmend gut verstanden.

»Wir wollen später nachzählen, wie viel die Lichtmess-Kerzen eingebracht haben«, sagte Matteo. »Ich hoffe, es ist nicht zu wenig, die Kosten von San Simeone sind wie ein Fass ohne Boden.«

»Ich tue mein Bestes, Hochwürden.«

»Das weiß ich, mein Sohn.« Matteo nahm in der Kirchentür Aufstellung und verabschiedete sich von den Mitgliedern seiner Glaubensgemeinde. Er fand für jeden ein aufmunterndes Wort und dachte bei sich: Eigentlich hätte ich selbst Zuspruch nötig, die Schmerzen in den Knien bringen mich noch um. Doch nach außen hin lächelte er und fuhr fort, den Leuten Gottes Beistand für den Rest des Tages zu wünschen.

Einer der Letzten, die San Simeone verließen, war Meister Bruno, der Tischler, der den Beichtstuhl repariert hatte und dessen Rechnung noch nicht beglichen war.

»Der Herr sei mit Euch, Meister«, sagte Matteo. »Ich freue mich, dass Euer Weg Euch wieder einmal in meine Kirche geführt hat.«

»Nun, Hochwürden« – Bruno kratzte sich am Kopf –, »um ehrlich zu sein, bin ich nicht nur gekommen, um Euren Worten zu lauschen. Gewiss, es war eine schöne Predigt, doch davon allein wird meine Familie nicht satt.«

»Wie meint Ihr das?« Matteo ahnte bereits, was kommen würde.

»Ich meine, dass ich noch immer auf meine zehn Scudi warte, die ich für die Reparatur Eures Beichtstuhls bekomme.«

»Ich weiß, Meister. Ich bitte um Verständnis. Sagt, ginge es nicht ein wenig, äh, billiger? Ihr wisst selbst, San Simeone ist eine arme Kirche.«

»Das weiß ich. Und ich weiß auch, dass ich Euch einen guten Preis gemacht habe. Die Reparatur hat mich und meine Gesellen mehrere Tage gekostet, von dem Material gar nicht zu reden. Normalerweise hätte ich viel mehr verlangen müssen. Also, Hochwürden: Wann zahlt Ihr?«

Matteo gab sich einen Ruck. »Heute, Meister. Ich werde Violino nachher mit dem Betrag zu Euch schicken.«

»Oh, das freut mich.« Bruno schien überrascht, so schnell ans Ziel gekommen zu sein. Zufrieden wandte er sich zum Gehen, hielt jedoch noch einmal inne. »Ach, übrigens, es war wirklich eine schöne Predigt.«

»Danke, Gott befohlen.« Matteo lächelte schmerzlich und hoffte, die Opferbüchse möge beim Nachzählen genug hergeben, um die leidigen Schulden zu tilgen.

Wie sich wenig später zeigte, reichte es gerade eben. Nur ein paar Baiocchi blieben übrig, nachdem die zehn Scudi für den Meister abgezählt waren.

»Und wovon soll ich in den nächsten Tagen für uns kochen?«, beschwerte sich Dovizio und warf Violino einen vorwurfsvollen Blick zu. »Immerhin sind wir neuerdings zu dritt.«

»Ich brauche nicht viel«, sagte der Kastrat.

»Ich auch nicht«, sagte Matteo. »Wir beide wollen gern verzichten, damit wenigstens du nicht darben musst. Nicht wahr, Violino?«

Violino grinste und nickte.

»Ich brauche auch nicht viel!«, blaffte Dovizio. »Gott ist mein Zeuge. Aber aus nichts kann ich nichts zubereiten.«

»Das wissen wir doch«, besänftigte Matteo ihn.

»Und wir wissen auch, dass wir ohne Euch und Eure Kochkunst längst verhungert wären«, fügte Violino hinzu.

»Nun ja, das ist ja wenigstens etwas. Ich will sehen, was sich machen lässt. Kommst du mit zum Markt?«

Violino wollte zustimmen, aber Matteo schüttelte den Kopf. »Er muss unsere Schulden begleichen. Wir sehen uns nachher alle bei der Abendmahlzeit.«

Kurz bevor Dovizio mit dem Anrichten des Essens fertig war – er hatte es tatsächlich geschafft, aus wenig viel zu machen –, ging Matteo zu Violino und bat ihn auf ein Wort.

»Was kann ich für Euch tun, Hochwürden?«

»Nun, es ist ein etwas ungewöhnliches Anliegen, das ich an dich herantragen möchte«, fing Matteo umständlich an. »Ich habe lange hin und her überlegt, ob ich dich damit behelligen kann.«

»Sagt einfach, was es ist.«

»Ja, also: Würdest du für mich singen?«

»Für Euch singen, warum?«

Matteo fiel es nicht leicht, über seine Probleme zu reden. Als Seelsorger war er es gewohnt, sich um die Nöte anderer zu kümmern, nicht umgekehrt. Durfte er die vermeintliche Schwäche offenbaren? Doch es half nichts, wenn er Hilfe wollte, musste er sprechen. »Du hast mir während deiner Beichte erzählt, dein Gesang könne den einseitigen Kopfschmerz lindern, und ich habe mich gefragt, ob die Wirkung bei Knien ähnlich sein würde. Vielleicht ist der Gedanke heidnisch, aber ich klammere mich ein wenig daran, weil schon die alten Griechen an Paieon, den Götterarzt, glaubten, der die Personifikation des heilenden Liedes war.«

Violino riss die Augen auf. »Ihr habt Schmerzen in den Knien, Hochwürden?«

»So ist es. Ich wünschte, ich könnte dir eine andere Antwort geben, aber seit Monaten quält es mich bei jedem Schritt wie mit Messerstichen. Mal ist es besser, mal schlechter. Meistens ist es schlechter. Besonders schlimm ist es, wenn ich in der Sakristei niederknie, um Zwiesprache mit dem Herrn zu halten.«

»Ich könnte *In dulci jubilo* singen, Hochwürden. Wollen wir es gleich versuchen?«

»Wenn es dir nichts ausmacht.«

Matteo setzte sich auf einen Stuhl, entblößte das Bein und legte es auf einen Schemel. »Man sieht dem Knie nicht an, wie sehr es mich peinigt. Es wirkt, als könne es kein Wässerlein trüben, und doch denke ich manchmal, der Leibhaftige säße darin.«

»Dann wollen wir versuchen, ihn auszutreiben.« Violino holte Luft und stimmte mit klarer, engelsgleicher Stimme an:

»In dulci jubilo
nun singet und seid froh.
Unsers Herzens Wonne
liegt in praesepio …«

Violino sang alle Strophen, die er kannte, und Matteo saß da und lauschte und hoffte und wartete – darauf, dass der immerwährende Schmerz nachließ. Am Ende sagte er: »Ich glaube, es ist schon etwas besser geworden.« Doch er sagte es eher, weil er dachte, sich Violino gegenüber dankbar zeigen zu müssen, als dass er wirkliche Linderung spürte.

»Das freut mich.« Der Kastrat strahlte. »Wir können es gern wiederholen, Hochwürden. Eine Medizin nimmt man auch nicht nur ein Mal.«

»Ja, vielleicht sollten wir das. Doch zunächst danke ich dir von Herzen. Noch etwas: Dovizio muss nicht unbedingt von der, äh, Behandlung meines Beines wissen. Er würde sich nur unnötig Sorgen machen. Nun lass uns zu ihm gehen, er wartet sicher schon mit dem Essen auf uns.«

Als sie in die Küche kamen, fanden sie auf dem Tisch einen köstlichen *agnello al forno* mit Auberginengemüse vor, den alle drei mit gutem Appetit verspeisten. Nach der Mahlzeit sprach Matteo das Dankgebet und sagte: »Hör mal, Dovizio, dafür, dass du nichts zur Verfügung hattest, ist dir ein bemerkenswert leckerer Lammbraten gelungen. Wie hast du das fertiggebracht?«

Der Küster lächelte geschmeichelt. »Es war tatsächlich so, Hochwürden, dass ich für die paar Baiocchi aus der Opferbüchse nicht viel mehr als die Auberginen bekam, aber dann erinnerte ich mich an die Witwe Memmo, die ganz in der Nähe des Marktes wohnt. Ihr wisst doch, die Frau, der Doktor Galbaio zu zwei Goldstücken aus dem Nachlass des geizigsten Mannes Bolognas verhalf.«

»Du sprichst von Umberto Fanti?«

»Genau von dem. Der Witwe Memmo jedenfalls geht es wegen der Goldstücke recht gut. Sie hatte beim Metzger ein halbes Lamm gekauft und davon einige Koteletts auf dem Feuer. Ich entbot einen Gruß von Euch und gab ihr vier

Lichtmess-Kerzen – eine für sie, drei für ihre Kinder. Dann versicherte ich ihr, es sei nicht unbedingt nötig, dafür etwas zu spenden.

Aber nein, entgegnete sie, das wolle sie gern, unglücklicherweise verwahre sie ihr Geld jedoch nicht im Haus, weil heutzutage so viel gestohlen würde. Ich wiederholte, es sei halb so schlimm, dass sie nichts geben könne, und blickte angelegentlich auf das halbe Lamm. Da begriff sie – und schnitt mir ein schönes Bratenstück ab.«

»Eigentlich«, sagte Matteo, »müsste ich dich für deine Vorgehensweise tadeln, aber nach so einem Mahl fällt es mir schwer.«

»Mir auch«, sagte Violino und grinste.

Dovizio lächelte schief. »Mir, Hochwürden, fällt es dagegen überhaupt nicht schwer, Euch um Hilfe beim Abwasch zu bitten. Und dem jungen Herrn Violino würde auch kein Zacken aus der Krone fallen, wenn er uns dabei unterstützte.«

So kam es, dass alle drei wenig später einträchtig das Geschirr säuberten und abtrockneten.

Am Tag darauf wiederholte Violino seinen Heilgesang und am Folgetag noch einmal. Er wechselte zudem die Lieder und gab sich alle Mühe, aber irgendwann musste Matteo eingestehen, dass der Schmerz in seinen Knien keinen Deut nachgelassen hatte. Das Einzige, was er feststellte, war, dass die Beschwerden beim Gehen nachließen. Doch das war eine Auswirkung, die er auch schon früher bemerkt hatte. »Wenn ich einmal in Bewegung bin, ist es zu ertragen«, sagte er.

»Vielleicht solltet Ihr besser einen Arzt aufsuchen«, schlug Violino vor.

»Und wie soll ich den bezahlen?«, fragte Matteo. »Im Übrigen halte ich nicht allzu viel von den Jüngern des Äskulap. Sicher, es gibt Ausnahmen, aber ich weiß, wovon ich rede. Schließlich war ich selbst einmal Medicus.«

»Ihr wart früher Arzt?«

»Das liegt lange zurück. Es war vor meiner Zeit als Seelsorger.«

»Und was ist mit diesem Doktor Galbaio, von dem neulich die Rede war? Ihr scheint ihn zu kennen, Hochwürden. Vielleicht behandelt er Euch umsonst.«

»Ja, ich kenne ihn. Aber gerade weil das so ist, werde ich nicht zu ihm gehen. Es wäre mir unangenehm.«

Violino überlegte. »Ich habe noch ein paar Paoli, die mir Tribuno, der Bettlerkönig, als eiserne Reserve gab. Die könnte ich Euch überlassen.«

»Das kommt nicht infrage.«

»Überlegt es Euch, Hochwürden. Ihr habt so viel für mich getan. Ihr würdet mir eine Freude machen, wenn Ihr das Geld annähmt.«

»Ich sagte, nein, und dabei bleibt es.«

Zwei Tage später, man schrieb Montag, den sechsten Februar, machte Matteo sich auf den Weg zu Doktor Flabanico, einem Arzt alter Schule, der an die hergebrachten Lehrbücher glaubte und es mit Aristoteles hielt, der die Leber als Sitz des Lebens ansah und sie mit der Sonne als Ausgangspunkt für die Urzeugung verglich.

Flabanico wohnte drei Straßen weiter, und Matteo hatte eigentlich nicht hingehen wollen, aber Violino war hartnäckig gewesen und hatte immer wieder auf ihn eingeredet. Überdies hatte Matteo an sich bemerkt, dass er wegen der dauerhaften Schmerzen zunehmend unduldsamer, teilweise sogar ungerecht wurde, und dagegen musste etwas unternommen werden.

»Was kann ich für Euch tun, Hochwürden?«, fragte Flabanico geschäftig, als Matteo sein Behandlungszimmer betrat.

»Ich habe Schmerzen in den Knien, Dottore.«

»Dann wollen wir uns den Fall einmal ansehen.« Der Arzt betastete eingehend beide Gelenke. Er nahm sich Zeit, prüfte hier, klopfte da, fragte nach der Art des Schmerzes, nach der Häufigkeit des Auftretens und so weiter und so fort.

Matteo gab Auskunft, so gut er konnte, und ertappte sich dabei, dass er eigentlich kein langes Gespräch wollte, sondern einfach nur eine wirksame Arznei.

Derweil kam Flabanico auf die Vier-Säfte-Lehre zu sprechen. »Blut, Schleim, gelbe Galle und schwarze Galle sind es, die stets im Gleichgewicht sein müssen, Hochwürden«, erklärte er. »Überwiegt nur einer dieser Säfte, entsteht ein Missverhältnis und dadurch die Krankheit. Genau das ist bei Euren Knien der Fall. Es gilt also, die Ausgewogenheit – wir Ärzte sprechen übrigens von Eukrasie – wiederherzustellen. Denn wie der stete Tropfen den Stein höhlt, so zerstören die Säfte selbst Gelenke, wenn sie sich nicht im Gleichgewicht befinden. Man muss die Gichtsäfte, die in einem Gliede wüten, auflösen, zerteilen und ausleiten. Am besten mit einer guten Salbe aus Wermutblättern und Hirschmark.«

Flabanico nahm ein Töpfchen mit der genannten Salbe und begann, die Knie damit einzureiben.

Matteo dachte an die Kosten und daran, dass es gewiss billiger war, das *unguentum* in Zukunft selbst herzustellen, und fragte: »Wie wird die Salbe angemischt?«

»Oh, interessiert Ihr Euch für Medizin?«, fragte Flabanico zurück.

»Ja, in der Tat.«

»Nun, so hört, das Rezept lautet wie folgt.« Flabanico verfiel in einen dozierenden Tonfall: *»Zerstoße Wermutblätter in einem Mörser zu Brei, nimm sodann einen Teil Hirschmark, zwei Teile Hirschtalg und vier Teile von diesem Wermutbrei und mache eine Salbe daraus. Ein Mensch, der von schwerstem Gliederreißen geplagt wird, so, dass sogar seine Gelenke zu zerbrechen drohen, den salbe nah am Feuer dort ein, wo es ihm wehtut, und er wird geheilt.«*

»Vielen Dank, ich werde es mir merken«, sagte Matteo.

Flabanico gab ihm das Töpfchen mit dem Salbenrest. »Gute Besserung. Und vergesst nicht, die nächste Einreibung in der Nähe eines Feuers vorzunehmen. In Euren Knien sitzt die Kälte, deshalb tut Wärme ihnen gut.«

»Ich werde daran denken.« Matteo entrichtete die gewünschte Bezahlung, was ihm dank Violinos eiserner Reserve möglich war, und gab Flabanico zum Abschied die Hand. »Nochmals Dank und Gott befohlen.«

»Gott befohlen, Hochwü…« Der Arzt stutzte. »Darf ich noch einmal Eure Hand sehen?«

Matteo zeigte sie ihm.

Flabanico schaute plötzlich sehr ernst drein. »Ihr habt da einen bohnenförmigen weißen Fleck auf dem Handrücken. Das kann ein Hinweis auf Aussatz sein.«

»Auf Aussatz? Ihr macht Scherze.«

»Keineswegs.«

»Nun gut, ich möchte mich trotzdem empfehlen.«

»Bei allem Respekt, Hochwürden.« Flabanico stellte sich Matteo in den Weg. »Ich muss an Eure Vernunft appellieren. Der weiße Fleck kann eine *macchia bianca* sein, ein Anzeichen für die harmlose, wenn auch hässliche Weißfleckenkrankheit, er kann aber auch ein Indiz für den Aussatz sein.«

Matteo wurde ärgerlich. »Hört mal, Dottore, wenn man

von meinen Knien absieht, fühle ich mich seit Jahr und Tag gesund wie ein Fisch im Wasser. Ich möchte jetzt gehen.«

»Ihr bleibt. Das befehle ich Euch kraft meines Amtes als offiziell von der Stadt für die Aussatzschau beauftragter Arzt. Es tut mir leid, ich kann Euch eine genaue Untersuchung nicht ersparen. Ebenso wenig, wie ich Euch die Einweisung in das Leprosenhaus von San Lazzaro werde ersparen können – vorausgesetzt, mein Verdacht sollte sich bestätigen. Ihr wisst sicher, wie außerordentlich kontagiös der Aussatz ist. Bitte beantwortet meine Fragen, damit ich Euch den Schaubrief ausstellen kann.« Flabanico setzte sich hinter seinen Schreibtisch, nahm einen Bogen Papier zur Hand und tauchte die Feder in ein Tintenfass.

Matteo dämmerte allmählich, dass sein gesamtes Leben jählings aus den Fugen zu geraten drohte. Wer in ein Leprosenhaus eingewiesen wurde, verließ es in der Regel niemals wieder, fristete seine Tage in strenger Abgeschiedenheit unter Aufsicht eines Siechenmeisters, betete, arbeitete, trug die Kleidung der Aussätzigen und musste, sofern er auf öffentlichen Wegen oder Plätzen betteln durfte, die Menschen vor sich warnen, indem er eine Klapper betätigte und dazu »Aussatz, Aussatz!« rief.

Matteo seufzte. »In Gottes Namen, was wollt Ihr wissen?«

»Zunächst gestattet mir noch einen Hinweis, da Ihr, wie Ihr sagtet, an Medizin interessiert seid: Eure Bemerkung, Ihr würdet Euch seit Jahr und Tag gesund wie ein Fisch im Wasser fühlen, muss nichts besagen, weil es durchaus fünf Jahre und länger dauern kann, bis die ersten Anzeichen der Krankheit sichtbar werden. Das heißt, Ihr könntet den Keim der Seuche schon lange in Euch tragen, ohne es bemerkt zu haben. Nur eine fachkundig durchgeführte Aussatzschau vermag diesen Umstand auszuschließen – oder zu bestätigen, je nachdem. Doch nun zur Sache: Euer Name und Euer Wohnort sind mir selbstverständlich bekannt, Hochwürden. Wie steht es um die Personen, mit denen Ihr unter einem Dach lebt?«

Matteo gab Auskunft über Dovizio und Violino und versicherte, soviel er sehen könne, seien beide gesund.

Flabanico schrieb mit wichtiger Miene die Antworten nieder und sagte: »Das mag zunächst genügen. Ob bei Euren Mitbewohnern eine Aussatzschau nötig ist, wird vom Ergebnis dieser Begutachtung abhängen. Bitte legt Eure Kutte ab.«

»Wie bitte?« Matteo glaubte, nicht richtig gehört zu haben.

»Ich bat Euch, die Kutte abzulegen. Das gilt auch für die Wäsche darunter. Dann dreht Euch langsam um die eigene Achse, damit ich die Hautflächen Eures Körpers in Augenschein nehmen kann.«

»Ich gehorche. Aber die leinene Hose behalte ich an.«

Flabanico musterte Matteo. »Nun gut, ich denke, das Ergebnis dürfte dadurch nicht verfälscht werden. Im Übrigen seid Ihr für einen Mann Eures Alters ungewöhnlich schlank und muskulös. Vermutlich wählt Ihr Eure Kost mit Umsicht und Bedacht aus.«

»Ich bemühe mich.« Matteo dachte, dass er seine ranke Erscheinung viel mehr der Tatsache verdankte, dass Dovizio häufig nur eine dünne Suppe auf den Tisch bringen konnte. Aber das ging den Doktor nichts an.

»Nun bewegt Euch schon. Ich bin Arzt. Ein nackter Mann ist mir nicht fremd.«

Matteo gehorchte zögernd, und Flabanico nahm eine Operationslaterne und leuchtete den Körper seines Patienten von oben bis unten ab. Als er fertig war, sagte er: »Die Hautflächen zeigen keine Besonderheit, von einigen Leberflecken abgesehen. Lasst mich einen Blick in Euren Mund werfen.« Er nahm einen Spatel und schob damit die Zunge hin und her. Sie wies keine verräterischen Spuren auf. »Schön, und nun lasst mich hinter Eure Ohren sehen.«

»Was wollt Ihr da entdecken?«

»Ich hoffe, nichts. Die sogenannten Lepraknötchen treten immer zunächst hinter den Ohren auf. Später dann an Nase, Kinn und Wangen.« Flabanico bog Matteos Ohrmuscheln nach vorn und betrachtete eingehend die Haut dahinter. Zufrieden konstatierte er keine Auffälligkeiten.

»Dauert die Prozedur noch lange?« In Matteos Stimme schwang Ungeduld mit.

»Wir sind erst am Anfang.« Flabanico nahm einen Spreizer, drückte damit die Nasenlöcher auseinander und betrachtete eingehend das *septum.* Die Scheidewand sah völlig normal aus – keinerlei Auflösungserscheinungen. Ebenfalls ein gutes Zeichen. »Sehr schön«, sagte Flabanico. »Ich glaube, draußen fängt es an zu regnen.«

»Was?« Matteo blickte überrascht zum Fenster, und genau das hatte Flabanico beabsichtigt. Er nutzte den Augenblick der Ablenkung und stach seinem Patienten mit einer Lanzette in den Fußrücken.

»Autsch!« Matteo zuckte zusammen. »Was soll das nun wieder?«

»Ich sammle Beweise gegen Eure Aussätzigkeit. Oder anders gesagt: Aussätzige leiden ab einem bestimmten Stadium unter Gefühllosigkeit der Extremitäten, was bei Euch aber offenbar nicht zutrifft. Wisst Ihr, was das ist?« Flabanico hielt Matteo die geöffnete Hand hin, in der ein rotes Kügelchen lag.

»Ihr werdet es mir gleich sagen.«

»Es ist eine Vogelbeere. Sie findet sich zur Blütezeit hundertfach im Gezweig der Eberesche. Aber darum geht es nicht. Ich will sehen, ob Ihr in der Lage seid, die Beere mit Daumen und Zeigefinger zu greifen.«

Kopfschüttelnd nahm Matteo das Kügelchen auf.

»Die Greiffähigkeit der Hand ist ebenfalls Teil der Aussatzschau.« Flabanico ließ sich die Vogelbeere zurückgeben und sagte: »Lasst mich Euren Puls prüfen.« Er tat es mehrmals und sehr sorgfältig. »Nun, Euer Herzschlag ist stark und regelmäßig. Vielleicht etwas beschleunigt, aber das mag an der Besonderheit der Situation liegen.«

»Ich möchte mich wieder anziehen.«

»Das könnt Ihr gleich, vorher brauche ich noch Euren Harn für die Uroskopie.«

»Glaubt Ihr wirklich, bei der Harnschau Indizien für Aussatz erkennen zu können?«

»Sonst würde ich sie nicht durchführen. Darüber hinaus halte ich mich nur an die Vorschriften.« Flabanico griff zur gläsernen *matula.* »Uriniert da hinein. Dann sehen wir weiter.«

»Muss das sein?«

»Je rascher Ihr meine Anweisungen befolgt, desto früher haben wir das Ergebnis.«

Matteo zuckte mit den Schultern, nahm die *matula* und wandte sich um. Alsbald war ein kräftiges Plätschern zu vernehmen. Dann gab er das Glas zurück.

Flabanico nahm es entgegen, hielt es ins Licht und begann wieder zu dozieren: »Nicht jeder Urin ist von Natur aus gelb, müsst Ihr wissen. Die Lehrmeinung unterscheidet nicht weniger als zwanzig Farben, von Kristallklar über Hellgelb, Taubengrau, Himbeerrot, Tiefgrün bis hin zu Schwarz.« Er schüttelte das Glas und betrachtete es eingehend. »Wir teilen die Flüssigkeitssäule in drei Zonen ein: die obere, die mittlere und die untere. Je nachdem, wo sich bestimmte Substanzen wie Tröpfchen, Wölkchen, Flöckchen *et cetera* absetzen, sind sie Anzeichen dafür, was im Körper des Patienten vorgeht. Der kundige Uroskopist kann eine Magenkrankheit ebenso aufspüren wie ein Steinleiden, eine Wassersucht ebenso wie ein Karzinom. Ja, er vermag sogar eine Empfängnis zu erkennen, noch bevor die Glückliche etwas von ihrem Zustand ahnt.«

»Was Ihr nicht sagt.« Als ehemaligem Medicus war Matteo die Uroskopie nicht fremd. Doch hatte er die Meinung vieler Kollegen, die sie als Nonplusultra für jedwede Diagnose ansahen, niemals teilen können. »Ich glaube nicht an die Unfehlbarkeit der Harnschau. Wer roten Urin ausscheidet, muss noch lange nicht krank sein. Vielleicht hat er nur Rote Bete gegessen.«

Flabanico beachtete den Einwand nicht. »Bei Eurem Urin handelt es sich zwar nicht um den vorgeschriebenen Morgenurin, doch ist seine Beschaffenheit aussagekräftig genug, um zu erkennen, dass die Säfte in Euren Organen im Gleichgewicht sind.« Er gestattete sich ein Lächeln. »Ansonsten ist festzustellen, dass Ihr nicht schwanger seid.«

»Das beruhigt mich aber.«

Flabanico setzte sich wieder hinter seinen Schreibtisch und hielt seine Beobachtungen fest.

»Seid Ihr nun fertig?«

»Fast. Die Aussatzschau verlangt noch eine Gesangsprobe von Euch.«

»Eine was?«

»Eine Gesangsprobe, da der Aussatz die Stimme verändert. Welches Lied gesungen werden muss, ist in den Vorschriften nicht festgelegt. Aber ich denke, darauf kann ich verzichten. Ebenso auf die Geschmacksprobe Eures Urins. Bleibt die Frage, ob Ihr unter häufigem Aufstoßen oder Atem- und Schweißgeruch leidet.«

»Nicht, dass ich wüsste.«

»Das dachte ich mir.« Flabanico schrieb wieder und blickte auf, nachdem er Streusand auf das Papier gegeben hatte. »Meinen Glückwunsch, Hochwürden. Mit diesem Schaubrief bescheinige ich Euch Eure Reinheit. Hier, das Wort *mundus,* das im Fazit von mir unterstrichen wurde, ist der Beweis.«

»Wie schön, kann ich mich wieder anziehen?«

»Selbstverständlich, Hochwürden. Verwahrt den Schaubrief gut und zeigt ihn auf Verlangen vor. Dann kann Euch nichts geschehen. Bitte, habt Verständnis für mein Handeln. Ich habe nur meine Pflicht getan, wie sie mir von der Stadt auferlegt wurde.«

»Gewiss, gewiss.« Matteo war noch immer ungehalten. Die überstandene Prozedur ließ sich nur schwer mit der Würde eines Priesters vereinbaren. Er nahm den Schaubrief entgegen. »Kann ich endlich gehen?«

Flabanico erhob sich. »Ja, das könnt Ihr. Was den Fleck auf Eurem Handrücken angeht, so vermute ich, dass er ein Zeichen für die Weißfleckenkrankheit ist. Macht Euch darum keine Sorgen, selbst wenn die Stelle sich vergrößern sollte. Ich bitte nochmals um Nachsicht. Notabene: Die Aussatzschau ist nicht kostenpflichtig. Ich werde dafür von der Stadt bezahlt. Ihr müsst mir nur noch bestätigen, dass sie an Euch durchgeführt wurde.«

Matteo unterschrieb das entsprechende Papier.

»Gute Besserung für Eure Knie, Hochwürden. Ihr werdet sehen, die Salbe mit dem Hirschmark wirkt Wunder.«

»Ich danke Euch, Dottore«, sagte Matteo steif. »Wenn es Gott gefällt, wird es sein, wie Ihr sagt. *Arrivederci.*«

»*Arrivederci,* Hochwürden.«

Wie sich in den nächsten Tagen herausstellte, bewirkte die von Doktor Flabanico verordnete Salbe weder ein Wunder, noch brachte sie eine nennenswerte Linderung, was Matteos Zorn auf seine Knie nur noch vergrößerte. »Sie schmerzen nicht nur, sie sind nutzlos wie ein alter Kropf!«, wetterte er.

»Vielleicht sollte ich es noch einmal mit dem Singen versuchen«, schlug Violino zaghaft vor.

»Warum sollte dann etwas gelingen, das bisher vergebens war«, grollte Matteo.

»Ich könnte einen gregorianischen Gesang vortragen. Nichts ist frömmer und gottgefälliger. Allerdings wüsste ich keinen passenden Text.«

»Hm.« Matteo überlegte. Die Anteilnahme Violinos stimmte ihn versöhnlich. »Wir könnten es mit einigen Versen des achtunddreißigsten Psalms versuchen. Die meisten Texte der gregorianischen Gesänge beruhen auf Psalmen.«

Gleich darauf sang der Kastrat mit heller, reiner Stimme:

»Ich gehe krumm und sehr gebückt;
den ganzen Tag gehe ich traurig …
Verlaß mich nicht, Herr, mein Gott,
sey nicht ferne von mir.
Eile mir beizustehen, Herr, meine Hülfe …«

Als Violino fertig war, sagte Matteo: »Du hast sehr schön gesungen, ich danke dir.«

»Hauptsache, es hilft, Hochwürden.«

Doch auch der gregorianische Gesang zeigte keine Wirkung.

Einige Tage später versuchte Dovizio, dem Violinos Heilungsversuche nicht verborgen geblieben waren, Matteo von einem erneuten Gang zum Arzt zu überzeugen. »Ihr könnt nicht tatenlos zusehen, wie die Gicht Euch die Gelenke zerfrisst, Hochwürden. Ihr müsst zu einem Medicus gehen.«

»Gott will, dass ich leide.«

»Niemand will, dass Ihr leidet. Auch nicht Gott. Wer weiß, vielleicht hat er längst einem Arzt die Kraft gegeben, Euch zu heilen, während Ihr zu Hause herumsitzt und Trübsal blast.«

»Richtig«, bekräftigte Violino. »Ihr habt von Doktor Galbaio erzählt, der mit Eurer Hilfe einen Verletzten am Kopf operierte. Er scheint ein tüchtiger Arzt zu sein. Ihr solltet ihn aufsuchen.«

»Nein.«

»Hochwürden, bitte. Niemandem ist damit gedient, wenn Ihr Euch so quält.«

»Nein, nein und nochmals nein!«

Mit grimmigen Gedanken humpelte Matteo einen Tag darauf – es war der elfte Februar – zu Doktor Galbaio. Er sah dies als eine Schwäche gegenüber dem Schmerz an, der ihn plagte, als eine Niederlage, die er sich nicht eingestehen mochte, aber das Pochen in seinen Knien hatte sich in der zurückliegenden Nacht bis zur Unerträglichkeit gesteigert. *Geh … zum … Arzt …!*, hatte es ohne Unterlass darin gehämmert. *Geh … zum … Arzt …! Geh … zum … Arzt …!*, und irgendwann hatte Matteo, zermürbt von der Pein, seinen Widerstand aufgegeben.

Das fürsorgliche Angebot von Dovizio und Violino, ihn zu begleiten und zu stützen, hatte er selbstverständlich abgelehnt. Doch jetzt, da er sich mühsam seinen Weg durch die von Arkadenbögen gesäumte Via Casa piccina bahnte, bereute er seinen Starrsinn. Wo wohnte Galbaio eigentlich genau? Der Doktor hatte nur von einer Studentenunterkunft in der Nähe der Universität, dem altehrwürdigen Archiginnasio, gesprochen. Plötzlich blieb Matteo mitten in der Bewegung stehen. Fast wäre er in eine Pfütze getreten. Sie war klein und sah nicht wie andere Pfützen aus, denn sie war rot. Rot? Das musste Blut sein. Von irgendwoher war es auf die Straße geflossen. Matteo folgte der Spur und erblickte in einer Hausecke eine zusammengekrümmte junge Frau. Kein Zweifel, sie war die Urheberin des Blutes, denn ihr Rocksaum war feucht. »Was fehlt dir, meine Tochter?«, fragte Matteo behutsam.

Keine Antwort. Nur ein leises Wimmern.

»Es muss doch etwas passiert sein? Du blutest stark.«

Das Wimmern wurde lauter.

»Du kannst es mir ruhig sagen. Ich bin Pater Matteo. Ich habe immer ein offenes Ohr, wenn eine Seele in Not ist.« Er legte seine Hand beruhigend auf ihre Schulter. »Hast du vielleicht das, was alle Frauen, äh, ein Mal im Monat haben?«

Die junge Frau blickte zu Boden und schüttelte den Kopf.

»Was ist es dann?«

Sie begann zu schluchzen, ihre Schultern zuckten unter seiner Hand.

»Wie ist dein Name?«

»Nausica.«

»Nausica, bitte, rede, es ist nicht mehr viel Zeit. Das Leben läuft aus dir heraus.«

»Ich ... ich hab's nicht gewollt«, flüsterte sie nach einer Weile.

»Was hast du nicht gewollt?«

»... hab's verloren.« Ein neuer Weinkrampf schüttelte sie.

Matteo dämmerte, was sie meinte. Sie hatte abgetrieben. Zorn wallte in ihm auf. Da hatte sich eine junge Frau mutwillig Schmerzen zugefügt, die sie nicht hätte haben müssen, und er, Matteo, musste wegen der Schmerzen in seinen

Knien leiden, obwohl er stets bemüht war, neben den kleinen, lässlichen Sünden keine schwere Verfehlung zu begehen. Womit hatte er das verdient, wo blieb da die Gerechtigkeit? Am schlimmsten war jedoch: Nausica hatte ein keimendes Leben zerstört. Eine Todsünde!

Das alles schoss Matteo zwischen zwei Atemzügen durch den Kopf. Er holte ein drittes Mal Luft, um ihr Vorhaltungen zu machen, doch er beherrschte sich im letzten Augenblick. Ihr Leben war in Gefahr. Es musste etwas geschehen. Taten waren jetzt wichtiger als Worte. »Kannst du gehen?«, fragte er.

Sie schüttelte den Kopf. »Es tut so weh«, flüsterte sie.

»Ich werde dich tragen. Lege einen Arm um meine Schultern.«

Mit Mühe hob er sie hoch und trat mit seiner Last aus der Hausecke hervor. Zum ersten Mal sah er ihr Gesicht. Überrascht stellte er fest, dass es von großer Schönheit war, mit einem vollen, ausdrucksstarken Mund, einer kleinen, geraden Nase und ebenmäßigen Zügen, die von langen schwarzen Locken eingerahmt wurden. Keine zwanzig Jahre zählte sie, da war er sicher. Wie immer, wenn er es mit einer schönen Frau zu tun hatte, spürte er Verlegenheit. Um sich nichts anmerken zu lassen, sagte er zu ihr: »Ich will gar nicht wissen, wer an dir herumgepfuscht hat, denn es ist höchste Zeit für kundige Hilfe. Gibt es in der Nähe eine Hebamme?«

»Ich weiß nicht.«

Matteo blickte sich suchend um und fragte einen vorbeilaufenden Boten.

»Tut mir leid, Hochwürden.«

Wenig später versuchte er es noch einmal. Wieder vergebens.

»Zum Donnerwetter, irgendwo muss es hier doch eine Wehmutter geben!«

Ängstlich zuckte Nausica zusammen.

»Verzeih, es war nicht so gemeint. Wir werden schon eine finden.«

In diesem Augenblick schlurfte eine bucklige Frau heran. »Was schreit Ihr denn so, Hochwürden?«, krächzte sie. »Die alte Morna ist nicht mehr die Schnellste, aber noch nie zu spät gekommen, wenn's pressierte. Bringt die Frau in meine Kammer. Ich wohne ganz oben unter dem Dach in dem Haus dort drüben.«

Die Alte wieselte mit bemerkenswerter Schnelligkeit voraus, und Matteo hatte Mühe, ihr zu folgen – besonders, als es die steilen Stiegen hinaufging. Jede Stufe war wie ein Messerstich in seine Knie, aber er durfte keine Schwäche zeigen. Der Schweiß trat ihm auf die Stirn, die Arme wurden ihm lahm, und er schickte ein Stoßgebet des Dankes in den Himmel, als er endlich in der Dachkammer angelangt war. Er legte Nausica auf ein Strohlager, und die alte Morna begann augenblicklich, sich geschäftig um sie zu kümmern. Matteo schien plötzlich Luft zu sein.

»Ich gehe dann«, sagte er und fügte, noch immer nach Luft ringend, hinzu: »Höre, Nausica, du bist hier in guten Händen, doch wenn du wieder halbwegs gesund bist, musst du dich bei mir in der Kirche San Simeone melden. Es ist wichtig für dein Seelenheil, dass du beichtest. Und nun leb wohl, ich werde für dich beten.«

»Danke, Hochwürden«, flüsterte sie. »Danke für alles.«

Er verbeugte sich vor der Wehmutter und sagte: »Ich weiß, dass es für eine Frau, die ihre Frucht verloren hat, niemanden gibt, der ihr besser helfen kann als eine Hebamme. Kein Heiler, kein Bader und auch kein Arzt, denn sie alle sind in diesen Dingen nicht so erfahren. Bitte gebt Euer Bestes.«

»Das tut die alte Morna immer.«

»Ich danke Euch und will auch Euch in meine Gebete einschließen. Gott befohlen.«

Ächzend stieg er die vielen Stufen hinab und humpelte zurück auf die Straße. Durch das traurige Ereignis hatte er fast vergessen, dass er auf dem Weg zu Doktor Galbaio war. Umso rascher setzte er nun die Schritte in Richtung Archiginnasio.

Als er den Haupteingang erreicht hatte, wo die bunt gekleideten Studenten lachend, schwatzend und gestikulierend in den Innenhof strebten, hielt er einen von ihnen an und fragte nach der Studentenunterkunft.

»Die liegt an der Ostseite der Gebäude, Hochwürden.«

»Aha. Könnt Ihr noch etwas genauer werden?«

»Rückwärtig zur Kapelle Santa Maria de' Bulgari, in einer Seitengasse, der Viuzza da Ginnasio.«

»Danke, mein Sohn.« Matteo humpelte weiter in die angegebene Richtung. Als er die Gasse erreicht hatte, stellte er fest, dass in ihr das genaue Gegenteil zum Trubel am Haupteingang herrschte, nämlich wohltuende Stille.

So hat alles in der Welt seine Kehrseite, dachte er dankbar und entdeckte wenige Schritte vor sich ein altersschwaches Tor, auf dem die verwitterten Buchstaben DOMUS STUDENTIUM verrieten, dass er sein Ziel erreicht hatte. »Herr, ich danke Dir«, murmelte er erleichtert.

»Zu wem wollt Ihr, Hochwürden?« Ein Mann mit mächtigem Leib, wallendem Bart und geröteter Nase, deren Farbe auf ein inniges Verhältnis zum Wein hinwies, baute sich vor Matteo auf.

»Gelobt sei Jesus Christus«, sagte Matteo.

»In Ewigkeit. Amen«, ergänzte der Mann notgedrungen.

»Ich bin Pater Matteo, und wer seid Ihr?«

»Arturo Dandolo, Hochwürden. Ich bin hier der *portinaio,* deshalb muss ich Euch nach Eurem Begehr fragen, bevor ich Euch passieren lasse. Ihr glaubt ja gar nicht, was die Studenten heutzutage alles anstellen, wenn sie sich unbeaufsichtigt fühlen. Händel, Raufen, Rangeleien sind an der Tagesordnung. Aber ich habe auf alles ein scharfes Auge, ich …«

»Wohnt hier ein Doktor Galbaio?«

»Galbaio, gewiss.« Dandolo griff sich mit wichtiger Miene in den Bart, klaubte ein paar Haare heraus und zwirbelte sie zusammen. »Ich weiß allerdings nicht, ob er da ist, ich …«

»Dann lasst es mich herausfinden.« Matteo schob den Dicken zur Seite und betrat die Unterkunft. Ein paar Gänge zweigten vor ihm in verschiedene Richtungen ab, und er wusste nicht, welchen er nehmen sollte. Dandolo konnte ihm keine Auskunft geben, von ihm war weit und breit nichts mehr zu sehen. Wahrscheinlich hatte er sich beleidigt zurückgezogen. Doch wieder half ihm ein junger Bursche weiter.

»Doktor Galbaio?«, fragte er. »Diesen Gang entlang, bis zur letzten Tür. Aber erschreckt nicht, Hochwürden, wenn er Euch einlässt.«

»Wie meint Ihr das?«

Der Bursche lachte. »Lasst Euch überraschen.«

Matteo humpelte bis zu der angegebenen Tür und klopfte.

Galbaio öffnete. »Hochwürden, das ist aber eine Überraschung!«, rief er. »Was verschafft mir die Ehre?«

»Darf ich eintreten?«

»Gewiss, aber wundert Euch nicht. Mein Domizil ist etwas, äh, ungewöhnlich.«

Matteo betrat den Raum und wäre fast gegen zwei riesige Schildkrötenpanzer gelaufen, die wie beinerne Glocken von der Decke herabhingen. »Jesus Christus!«, entfuhr es ihm. »Was ist das?«

Galbaio grinste. »Ihr steht vor zwei Exponaten aus der Sammlung von Professor Aldrovandi. Als ehemaliger Medicus, der am Archiginnasio studiert hat, wird sein Name Euch geläufig sein. Weniger bekannt ist vielleicht die Tatsache, dass der Professor mit nie erlahmender Leidenschaft Kuriositäten aller Art sammelt – und zwar so erfolgreich, dass sein Haus nicht mehr genug Platz bietet, all seine Schätze aufzunehmen. Deshalb hat er diesen Raum für seine Zwecke gemietet und mich gebeten, die Kostbarkeiten von Zeit zu Zeit abzustauben. Dafür wohne ich hier umsonst. Wenn Ihr wollt, Hochwürden, seht Euch gern einmal um.«

Die freundliche Aufforderung konnte Matteo schlecht ablehnen, und in der Folgezeit kam er aus dem Staunen nicht heraus, denn er sah Dinge, die er allenfalls vom Hörensagen kannte. Er bewunderte Stoßzähne, Walknochen, Schlangen, Echsen und ausgestopfte Krokodile, ferner Straußeneier, Kugelfische und Fangarme von Kalmaren, dazu Hunderte von Holzschnitten mit Kräuterabbildungen aller Art, Geweihe und Gehörne, Krebsscheren, Bärenkrallen, außerdem verschiedene Exemplare von Testikelpaaren, etwa die Hoden des Stiers, nicht zu vergessen die Riesennüsse einer Palme, deren Form an die Gesäßbacken einer Frau erinnerten, kindskopfgroße Seeigel und zahllose andere Fossilien.

»Ja, Aldrovandi galt schon immer als eigenwillige Natur«, sagte Matteo, als er seinen Rundgang beendet hatte.

»So ist es«, bestätigte Galbaio. »Da wundert es fast, dass er noch heute regelmäßig eine Vorlesung hält, die allgemein die ›Normale‹ genannt wird und am Morgen den Hauptkurs in Naturphilosophie darstellt.«

»Ich habe davon gehört. Als ich seinerzeit studierte, weilte er allerdings noch nicht am Archiginnasio. Das liegt zu lange zurück. Darf ich mich setzen?« Matteo konnte sich kaum noch auf den Beinen halten.

»Selbstverständlich.« Galbaio wies einladend auf einen Stuhl, über dem drohend das mehrreihige Gebiss eines Haies hing. »Lasst mich raten: Ihr seid wegen Eurer Knie hier.«

»Woher wisst Ihr das?«, fragte Matteo überrascht.

Galbaio grinste. »Ich wäre ein schlechter Arzt, wenn mir verborgen geblieben wäre, dass Ihr stark humpelt. Ihr habt zwar versucht, es Euch nicht anmerken zu lassen, aber es ist Euch nicht gelungen.«

Matteo seufzte. »Ich fühle mich durchschaut.«

»Seit wann habt Ihr die Beschwerden, Hochwürden?«

»Ach, wenn ich das so genau wüsste. Wie alles, was von Übel ist, hat es sich langsam herangeschlichen, wurde dann immer stärker und stärker und wütet seitdem in mir, dass es kaum auszuhalten ist.«

»Das hört sich nicht gut an.« Galbaio stand auf und holte einen Krug Wein mit zwei Bechern. »Trinkt erst einmal, das wird Euch guttun. Ihr seid recht blass, und auf Eurer Stirn steht der Schweiß. Der Weg zu mir muss Euch sehr angestrengt haben. *Salute.*«

»Salute.« Matteo trank und dachte an Nausica, die zu tragen ihm äußerst schwergefallen war, doch er hielt es nicht für notwendig, Galbaio davon zu berichten.

»Warum habt Ihr so lange gewartet, einen Arzt zu konsultieren?«

»Das habe ich gar nicht.« Matteo erzählte von seinem Besuch bei Doktor Flabanico und schloss: »Er hat mir etwas bestätigt, das ich vorher schon wusste: nämlich nicht an Aussatz zu leiden. Mein eigentliches Leiden jedoch konnte er nicht beheben.«

»Dann wollen wir sehen, ob ich dazu in der Lage bin. Lasst mich Eure Knie anschauen.«

Matteo entblößte seine Beine, und Galbaio untersuchte die Kniegelenke lange und sorgfältig. Im Wesentlichen tat er das, was zuvor schon Doktor Flabanico gemacht hatte, und als er mit seiner Begutachtung fertig war, fragte er: »Welcher Art ist der Schmerz, den Ihr spürt, Hochwürden?«

»Es kommt drauf an, je nachdem, welchen Dienst mir die Knie erweisen müssen. Am schlimmsten ist das Treppensteigen. Dann habe ich das Gefühl, ich ginge mit ihnen durch die Hölle.«

Galbaio schmunzelte. »Für Euch als Priester sicher eine schreckliche Vorstellung. Doch Spaß beiseite: Der Schmerz ist ein *phaenomenon,* das die Gelehrten bis heute nicht richtig verstehen, denn er ist weder sichtbar noch tastbar, hörbar oder riechbar, und dennoch gibt es ihn ganz zweifellos. Gewöhnlich geht er mit einer Verletzung einher. Es gibt aber auch Schmerzen, die ohne erkennbaren Grund ständig vorhanden sind oder nur von Zeit zu Zeit auftreten – wie der einseitige, bohrende Kopfschmerz. Manche Wissenschaftler jedoch bestreiten, dass es sich dabei um echten Schmerz handelt, sie behaupten, wahre Pein setze das Vorhandensein einer Wunde voraus. Fest steht, dass der Schmerz vielfältig ist und sehr von der Persönlichkeit des Gepeinigten abhängt. Er kann dumpf, spitz, stechend, wild oder brennend sein. Er gelangt, so die Meinung vieler Gelehrter, vom Ort der Verletzung über die Fäden der Nerven zur Zirbeldrüse im Gehirn. Der Vorgang ist vergleichbar mit der Arbeit des Küsters im Kirchturm: In dem Augenblick, wo er unten am Seil zieht, ertönt am oberen Ende die Glocke.«

Matteo nickte. Er musste an Dovizio denken, der bis vor Kurzem die HOSIANNA geläutet hatte, und nun, da Violino es für ihn tat, vor Beginn der Messe die Orgel spielen konnte, um die Gläubigen auf den Gottesdienst einzustimmen – eine Aufgabe, die ihm als Kantor ebenfalls oblag. »Ich verstehe«, sagte er laut. »Und je schlimmer die Wunde, desto heftiger das Geläute, nicht wahr?«

»Ja, Hochwürden. Leider gehören die Knie zu den kompliziertesten Gelenken, die es gibt, und ebenso bedauerlich ist, dass wir Ärzte keinen Blick in sie hineinwerfen können. Ich vermute aber, dass sich der Oberschenkelknochen, die Kniescheibe und der Schienbeinknochen bei jedem Eurer Schritte aneinander reiben. Was wiederum eine Folge Eures fortgeschrittenen Alters ist.«

»So alt fühle ich mich noch gar nicht.«

»Gewiss, Hochwürden. Doch der Beweis für meine Konklusion ist schnell erbracht – einfach, weil es keinen zwanzigjährigen Mann gibt, der unter dieserart Beschwerden leidet. Was nun die Therapie angeht, so kann ich Euch wenig Hoffnung machen. Das A und O jedoch ist, dass Ihr die Knie bewegt, und zwar so, dass der Schmerz erträglich bleibt. Das heißt: Vermeidet nach Möglichkeit das Ersteigen von Treppen, und achtet darauf, dass Ihr nicht zu viel kniet.«

»Soll ich etwa im Stehen zu meinem Schöpfer sprechen? Soll ich meine Kanzel verwaisen lassen? Wie stellt Ihr Euch das vor?« Matteo bemerkte, wie der Zorn über ihn kam.

»Wer krank ist, kann auch im Stehen beten. Sogar im Liegen, wenn er die Letzte Ölung empfängt.«

»Ich bin nicht krank.«

»Hochwürden, bitte!« Galbaio blickte ernst. »Selbstverständlich seid Ihr krank. Und Ihr seid wie alle Ärzte – oder besser: wie alle ehemaligen Ärzte – ein schlechter Patient. Verzeiht meine Offenheit, aber wenn Ihr tut, wozu ich Euch geraten habe, werdet Ihr mit Euren Knieproblemen leben lernen. Im Übrigen empfehle ich Euch zur Regeneration ein paar Kräuterwickel. Sie mögen die Gichtsäfte in Euren Knien eindämmen und zur Linderung beitragen. Wartet, ich kopiere für Euch das Rezept.«

Galbaio trank einen letzten Schluck Wein und setzte sich an eine hohe Kiste, die ihm als Tisch diente. Mit dem Federmesser spitzte er einen Gänsekiel zu, tauchte ihn in schwarze Tinte und begann zu schreiben. Als er fertig war, las sich die Anweisung wie folgt:

Ein Mensch, der weichliches Fleisch hat und infolge von Unmäßigkeit im Trinken oder anderer Ursache an einem seiner Glieder von der Gicht geplagt wird, soll Petersilie nehmen und das Vierfache davon Weinraute und in einer Schüssel mit Olivenöl durchbraten lassen. Die Kräuter soll er so heiß, wie sie sind, auf die Stelle legen, wo er den Schmerz empfindet, und sie durch ein übergelegtes Tuch befestigen. Die Kälte des Petersiliensaftes bändigt nämlich das Anschwellen der Gichtsäfte, die Wärme des scharfen Rautensaftes hält dieselben Säfte zusammen, sodass sie nicht im Übermaß zunehmen, und das Öl durchdringt sie und löst sie auf, und das tun sie, wenn sie in der angegebenen Weise miteinander gemischt werden.

Matteo überflog das Rezept und fragte: »Darf ich das mitnehmen?«

Galbaio lächelte. »Dafür habe ich es geschrieben. Lasst die Wickel zweimal am Tage auflegen, einmal morgens, einmal abends. Und fasst Euch in Geduld. Ihr sagtet selbst, das Übel habe sich langsam herangeschlichen, da könnt Ihr nicht erwarten, dass es von heute auf morgen verschwindet.«

»Ihr habt ja recht.« Matteo erhob sich mit einiger Anstrengung. »Ich habe Eure Zeit lange genug in Anspruch genommen. Erlaubt, dass ich mich empfehle. Was nun den Lohn für Eure Dienste angeht …«

»… so seid Ihr mir selbstverständlich nichts schuldig. Ich weiß selbst, wie es ist, wenn man jeden Baiocco zweimal umdrehen muss, bevor man ihn einmal ausgibt. Ich habe Euch gern geholfen, Hochwürden.«

»Gott segne Euch. Ich muss gestehen, dass ich mir Eitelkeiten nicht leisten kann, und nehme Euer großzügiges Angebot gern an. Lebt wohl, mit Gott!«

»Lebt wohl, Hochwürden. Und gute Besserung.«

Wieder war eine Woche ins Land gegangen. Man schrieb mittlerweile den neunzehnten Februar, hier und da begann es bereits, zart zu grünen. Die ersten Zeichen des Frühlings traten zutage. Nur in Matteos Knien war alles beim Alten. Trotz ständiger Wickelwechsel und umsichtiger Fürsorge durch Dovizio und Violino hatte sich am Zustand der leidigen Gelenke nichts verbessert.

»Womit habe ich das nur verdient?«, zürnte Matteo. »Soll das bis zum Ende meiner Tage so weitergehen? Es gab mal eine Zeit, da konnte ich springen wie ein Vollblut, und jetzt, jetzt quäle ich mich voran wie ein Greis. Fehlt nur noch, dass ich am Stock gehen muss!«

»Ihr dürft die Hoffnung nicht aufgeben«, versuchte Violino, ihn zu beschwichtigen.

»Vielleicht kann Euch eine leckere Speise trösten?«, fragte Dovizio. »Ich habe keine Mühen gescheut, um Eure Gedanken etwas aufzuhellen, und es ist mir gelungen, heute einen besonders wohlschmeckenden Wasserbewohner zuzubereiten. Bitte kommt zu Tisch.«

»Das finde ich sehr aufmerksam von dir«, sagte Matteo halb versöhnt. »Du hast daran gedacht, dass heute der Sonntag Septuagesima ist, der siebzigste Tag vor dem Ende der Osterwoche, und dass in meinem Haushalt schon ab heute gefastet wird. Gegen einen vorzüglichen Fisch ist nichts einzuwenden.« Er setzte sich zu seinen beiden Mitbewohnern und sprach mit ihnen ein Dankgebet.

»Guten Appetit, Hochwürden.«

»Guten Appetit auch euch.« Matteo ließ sich den Teller mit der dampfenden Speise reichen. »Hm, das duftet köstlich, ich will gleich einmal probieren.« Er kostete, schmeckte, kostete nochmals, und sein Gesicht verfinsterte sich. »Das ist ja Fleisch!«, rief er empört. »Das Fleisch eines Warmblüters! Derlei Genuss ist dem Fastenden strikt verboten, so hat es Papst Gregor bereits anno 590 in einem Dekret verfügt.«

Dovizio grinste. »Es ist Biber, Hochwürden. Ein Nagetier, das im Wasser lebt und einen schuppigen Schwanz hat, der an die Haut eines Fisches erinnert. Der Biber ist also mehr Fisch als Säuger und bildet damit eine Ausnahme von der Verfügung. Ihr könnt sein Fleisch ruhig genießen.«

»Das sind Haarspaltereien. Ich werde das Fleisch nicht anrühren. Und ihr auch nicht. Darauf bestehe ich.«

»Verzeiht, Hochwürden, aber ich glaube, Ihr seid im Irrtum.«

»Was soll das heißen? Willst du mit mir in einen Disput darüber eintreten, was die heilige Mutter Kirche von uns in der Fastenzeit verlangt und was nicht?« Die Zornesfalte auf Matteos Stirn vertiefte sich.

»Um Gottes willen, nein, Hochwürden.« Dovizio gab sich zerknirscht. »Aber auf dem Konstanzer Konzil, das von 1414 bis 1418 tagte, wurden Biber, Dachs und Otter als unbedenklich eingestuft.«

»Woher willst du das wissen?«

»Pater Edoardo von San Rocco erzählte es mir gestern auf dem Markt. Ich traf ihn zufällig.«

»Soso, Pater Edoardo.« Matteo brummte etwas Unverständliches in sich hinein. Er war nicht besonders gut auf seinen Glaubensbruder von der Nachbarkirche zu sprechen, seitdem dieser ihn einmal gebeten hatte, Unterstützung bei einer Teufelsaustreibung zu leisten. Es hatte sich um einen sieben- oder achtjährigen Jungen gehandelt, dessen Eltern davon überzeugt waren, in ihrem Sohn säße der Satan. In der Tat war der Junge von beängstigender Natur, redete wirres Zeug, lachte, wenn es nichts zu lachen gab, trat nach der Katze, schlug Fliegen tot, nässte in seine Kleidung, schielte, zappelte und war ein steter Quell des Unheils. Für Edoardo war die Sache von vornherein klar gewesen. Eine exorzistische Zeremonie sei nötig, hatte er verkündet, während Matteo kraft seiner medizinischen Ausbildung eher glaubte, es mit einem Geistesschwachen zu tun zu haben. Weil er das aber nicht beweisen konnte und überdies seiner Sache nicht ganz sicher war, ließ er den Dingen ihren Lauf.

Edoardo hatte sich vor dem Jungen aufgebaut und mit beschwörender Stimme gerufen: »Nenne deinen Namen, Dämon! Ein Wurm in den mächtigen Händen des Herrn sollst du sein! Ungeziefer, Natterngezücht, animalisches Geschmeiß, so heiße ich dich! Nenne deinen Namen, sage mir, wer du bist, dass du diese arme Seele zerstören willst.«

Der Junge hatte ihn mit großen Augen angestarrt und am ganzen Leib gezittert.

»Wisse, Verfluchter der Finsternis, dieser Mensch ist ein getaufter Mensch! Er ist Jesu Christi gleichgestaltet, denn der Allerhöchste in seiner Gnade war bereit, mit diesem Menschen in die Gemeinschaft zu treten, wie es das Taufsiegel bekundet. Ja, dieser Mensch ist geprägt durch das unauslöschliche, geistliche Siegel, zum Zeichen, dass er Christus angehört. So ist es, und so wird es immer sein, bis zum Ende aller Tage ...«

Danach hatte er den Jungen mit seinem Atem angeblasen, mehrfach vor ihm ausgespuckt und das Ausfahrwort gerufen: *»Ex-animo ... ex-animo ... ex-animo!«*

Zu diesem Zeitpunkt hatte Matteo seinen Glaubensbruder zur Seite nehmen und ihn um eine Unterbrechung bitten wollen, denn er war zu der Überzeugung gekommen, dass der Junge Todesängste ausstand und ganz gewiss kein Teufel in ihm wohnte, doch Edoardo hatte sich nicht aufhalten lassen.

»Mit der Taufe hat Gott dem Menschen sein Angebot gemacht, und niemals nimmt er dieses Angebot zurück. Niemals kann das Böse zwischen ihm und einem getauften Menschen stehen. Die heimtückische Schlange, die da heißt Teufel und Satan, sie hebe sich hinweg von dieser armen Seele, denn sie ist ihr ärgerlich. Wer Sünde tut, der ist vom Teufel, und des Teufels ist, wer sich versündigt. Und so lesen wir im vierten Kapitel bei Matthäus: *Heb dich weg von mir, Satan ... Du sollst anbeten Gott, Deinen Herrn, und Ihm allein dienen. Da verließ ihn der Teufel; und siehe, da traten die Engel zu ihm und dieneten ihm.* Ja, wahrhaftig, so steht es geschrieben ...«

»... ja, so steht es bei Matthäus geschrieben« – Matteo war seinem Glaubensbruder ins Wort gefallen –, »und nun wollen wir die Muttergottes anrufen.« Er hatte drei Ave-Maria gebetet und das Thuribulum entzündet. Beides, die monotonen Worte und der würzige Weihrauch, konnte den Jungen nach einiger Zeit beruhigen.

Danach hatte Matteo den Eltern versichert, ihr Sohn sei nicht länger vom Teufel besessen, nur an Verstand mangele es ihm. Doch mit Gottes Hilfe würde sich auch das eines Tages ändern. Sie sollten nur Geduld beweisen und recht häufig darum beten.

Edoardo aber wurde nach dieser Zeremonie, die ihm so unverhofft aus der Hand genommen worden war, ein Gegner Matteos, dem er insgeheim Unglaube, ja, sogar Ketzerei vorwarf.

»Pater Edoardo muss es ja wissen«, sagte Matteo nicht ohne ironischen Unterton. »Das Biberfleisch, Dovizio, kannst du trotzdem den Hunden auf der Straße vorwerfen. An diesem Tisch wird davon nichts gegessen.«

Der Küster wollte etwas entgegnen, aber Matteos erhobene Hand gebot ihm Schweigen. »Ich weiß, du hast es nur gut gemeint, aber ich kenne die Findigkeit jener Gläubigen, die überall nach Schlupflöchern suchen und im Zweifelsfall sogar Schildkröten braten, weil manche der Panzertiere ebenfalls im Wasser leben. Nein, nein, mit Gott ist kein Geschäft zu machen, merkt euch das. Und nun lasst uns das Gemüse essen. Es ist gewiss genauso schmackhaft wie das Fleisch.«

Sie aßen schweigend, und als sie fertig waren, klopfte es an der Tür.

»Wer kann das sein?«, fragte Matteo. »Schau einmal nach, Violino.«

Violino gehorchte und kam mit der Auskunft zurück, es handele sich um eine junge Frau. »Nausica heißt sie, Hochwürden. Sie möchte Euch sprechen.«

»Nausica?« Matteo war freudig überrascht. In den vergangenen Wochen hatte er manches Mal an sie gedacht und sich gefragt, was wohl aus ihr geworden war. Offenbar hatte sie die Folgen der Abtreibung überstanden. Welch eine gute Nachricht! »Ich komme.«

»Gelobt sei Jesus Christus«, sagte er, als er ihr gegenüberstand.

»In Ewigkeit. Amen.«

»Ich freue mich, dass du den Weg zu mir gefunden hast.«

»Ich freue mich auch, Hochwürden. Sehr sogar.« Sie blickte ihn an und schlug dann die Augen nieder.

Er sah, dass sie braune Augen mit grünen Sprenkeln hatte. Etwas, das ihm zuvor nicht aufgefallen war. »Äh, ja. Ich wollte sagen, ich freue mich, dass du den Weg zu Gott gefunden hast, denn sicher willst du beichten.«

»Ja, Hochwürden, deshalb bin ich gekommen.« Ihre Augen füllten sich mit Tränen. »Aber nicht nur deshalb.«

»Weine nicht. Du kannst mir alles gleich erzählen.« Während sie hinüber zur Kirche gingen, drängten sich Matteo viele Fragen auf, doch er stellte sie nicht. Er würde noch früh genug erfahren, was die junge Frau durchgemacht hatte. »Hier kannst du dir alles von der Seele reden.« Er deutete auf den Beichtstuhl. »Nimm Platz und fürchte dich nicht. Wer sich dem Herrn anvertraut, dem wird vergeben werden.«

»Danke, Hochwürden.«

Matteo setzte sich auf seine Seite, zog den Vorhang zu und sagte: »Vor der eigentlichen Beichte verrate mir, wie es dir bei der alten Morna ergangen ist. Ich habe zweimal nach ihr schicken lassen, um zu erfahren, wie es dir geht, aber beide Male vergeblich. Ich habe mir, offen gesagt, häufig Sorgen um dich gemacht.«

»Oh, Ihr habt Euch um mich gesorgt?«

»Nun ja, als Diener der Kirche ist das meine Pflicht, nicht wahr?«

»Natürlich. Aber die alte Morna hört nicht besonders gut, und misstrauisch ist sie obendrein. Sie öffnet nicht jedem. Ich war bei ihr in guten Händen. Sie versteht sehr viel von den Dingen, die man wissen muss, wenn man … da unten blutet.«

»Das beruhigt mich. Bist du denn wieder ganz gesund?«

»Ja, es geht mir gut. Bis auf …«

»… deine Seele. Ich verstehe. Dann wollen wir gemeinsam das Beichtgespräch beginnen.« Matteo sprach mit Nausica die vorgeschriebenen Anfangsformeln. »Nun sag mir, was dich bedrückt, meine Tochter.«

»Ich weiß nicht, wie ich anfangen soll. Es … es war alles so grauenvoll.«

»Gewiss. Doch Reden bedeutet Erleichterung, und was deine Sünden betrifft, so sollen sie dir vergeben werden – wenn du sie ehrlichen Herzens bereust.«

»Das tue ich, Hochwürden. Vielleicht hätte ich an jenem Tag im Sommer niemals zu den öffentlichen Feierlichkeiten im Archiginnasio gehen sollen, aber wann hat unsereiner schon einmal die Möglichkeit, der Herstellung des viel gerühmten, allheilenden Theriaks beizuwohnen. Ich stand mit einer Freundin oben in der Loggia und blickte hinab auf den mit rotem Damast ausgelegten Hof. Überall drängten sich lachende und rufende Menschen, grün gewandete Pedelle versuchten vergeblich, Ordnung zu schaffen, tausend Gerüche lagen in der Duft, sodass mir fast schwindelig wurde. Sie rührten von den zahllosen Kräutern her, die auf girlandengeschmückten Karren standen, von den Drogenschwaden, die dampfend aus den großen Kesseln stiegen, von den nach Veilchen, Rosen, Lavendel oder Bergamotte duftenden Parfumkugeln und Riechkissen der Damen. Ich konnte mich kaum sattsehen an den Formen und Farben der Gegenstände, an den Wappen und Fahnen und den übergroßen Büsten zweier Männer, von denen jeder eine griechische Vase in seinen Händen hielt …«

»Die Büsten stellen Hippokrates und Galen dar, die als Begründer der abendländischen Medizin jedes Jahr aufs Neue geehrt werden, indem sie als Erste eine Probe des fertig zubereiteten Theriaks erhalten«, erklärte Matteo. »All das muss sehr aufregend für dich gewesen sein.«

»Das war es. Das Läuten der großen Glocke von San Petronio klang beständig herüber, und das unablässige Gemurmel aus Hunderten von Mündern erinnerte mich an das Summen eines Bienenkorbs. Irgendwann gingen meine Freundin und ich hinunter in den Hof, gerade noch rechtzeitig, um mitzuerleben, wie die wichtigsten Kräuter als letzte Beigabe in die Kessel hineingeschüttet wurden. Als dies geschehen war, setzte ein noch viel größerer Jubel ein, denn gleichzeitig wurde begonnen, Wein an jedermann auszuschenken.«

Nausica hielt in ihrer Erzählung inne und fuhr dann fort: »Ich trinke normalerweise niemals Wein, Hochwürden, aber an jenem Tag war alles so anders, so leicht, so unbeschwert, dass ich nicht widerstehen konnte. Ich nippte an dem Wein, den man mir entgegenhielt, nippte nochmals und trank das Glas kurz entschlossen aus. Sofort spürte ich, wie mir der Alkohol zu Kopf stieg, er löste mir die Glieder, machte mich ausgelassen und mutig, und so hatte ich nichts dagegen, als mich eine Handvoll Studenten fragte, ob ich einen Blick in ihren Vorlesungssaal werfen wolle. Ich folgte ihnen lachend und ahnungslos und wunderte mich auch nicht, als wir plötzlich in einem leeren, dunklen Raum standen. ›Wo sind denn eure Bänke?‹, fragte ich und kicherte. ›Oder sitzt ihr auf dem Boden, wenn der Professor etwas erzählt?‹

Statt einer Antwort packte mich eine derbe Hand von hinten und hielt mir den Mund zu, während zwei andere Kerle mir die Beine wegrissen. Sie warfen mich rücklings auf die Fliesen, zerrten mir die Röcke hoch und …« Ein Schluchzen unterbrach Nausicas Bericht. Bisher hatte sie mit ruhiger Stimme gesprochen, doch nun übermannte sie die schreckliche Erinnerung.

»Lass dir Zeit, meine Tochter«, sagte Matteo mitleidig. »Ich kann dir leider die Einzelheiten nicht ersparen. Aber vielleicht ist es auch ganz gut so, denn alles, was du aussprichst, quillt wie aus einer Wunde aus dir hervor, und am Ende wird – so Gott will – von alledem nur eine Narbe übrig bleiben.«

»Ja, Hochwürden.« Nausica weinte weiter.

Matteo wartete. Er räusperte sich. »Nun, ich nehme an, dass die Unholde sich an dir vergingen.«

»Ja.« Ihre Stimme war nur noch ein Wispern. »Sie ... sie waren alle betrunken, wechselten sich ab, lachten, prahlten mit ihrer Männlichkeit, und ich, ich schrie, ich bettelte, ich flehte, und trotzdem hörte mich niemand, denn ständig hielt mir einer den Mund zu, während die anderen mich nacheinander ... oh, es war so furchtbar. Und es tat so furchtbar weh.«

»Du armes Ding.« Matteo spürte, wie Zorn in ihm aufwallte. Blanke Wut auf die gottlosen Täter. Am liebsten hätte er seinen Platz verlassen, wäre zu ihr hinübergegangen und hätte sie in die Arme geschlossen, aber er wusste, dass er das nicht durfte.

»Endlich ließen sie von mir ab. Einer riss Stoffstreifen aus meinem Kleid, knebelte und fesselte mich, während die anderen lachend danebenstanden. ›*Arrivederci*, kleine *puttanella*‹, rief er, ›vergiss uns nicht, vielleicht kommen wir morgen früh wieder.‹«

»Ich hoffe, sie kamen nicht zurück?«

»Nein, Hochwürden, ich verbrachte die ganze Nacht in dem Raum. Es war die schlimmste Nacht meines Lebens. Am Morgen fand mich einer der Pedelle. Er wurde leichenblass, als er mich sah, und befreite mich, so rasch er es vermochte.«

»Konntest du ihm schildern, wie die Kerle aussahen?«

»Nein, Hochwürden. Jeder von ihnen sah aus wie hundert andere.«

»Was geschah dann?«

»Der Pedell brachte mich zu einem der Professoren. Der fragte mich, wer das gewesen sei, doch ich brachte an jenem Morgen keinen Ton heraus. Meine Zunge war noch wie gelähmt. Ein anderer Professor kam hinzu, und ich beobachtete, wie beide leise miteinander sprachen. Wahrscheinlich dachten sie, ich könne sie nicht hören, aber ich habe sehr feine Ohren. Sie beratschlagten, ob sie den Vorfall dem Kanzler der Universität melden sollten, doch sie kamen zu dem Schluss, dass die Sache zu unbedeutend sei, um ihn damit zu behelligen. ›Was du erlebt hast, ist sehr bedauerlich‹, sagte der Erste zu mir. ›Aber es ist das Vernünftigste, wenn wir die Sache auf sich beruhen lassen. Vergiss das Ganze. Geh nach Hause und pass das nächste Mal besser auf, mit wem du dich einlässt.‹«

Matteo merkte, wie der Zorn ihn erneut packte. »Diese Worte sind an Kaltherzigkeit nicht zu überbieten«, schnaubte er. »Doch leider ist es so, dass ein Körnchen Wahrheit in ihnen steckt. Die Universität hat ihre eigene Gerichtsbarkeit, und im Zweifelsfall hackt eine Krähe der anderen kein Auge aus. Wie ging es weiter?«

»Ich richtete mich notdürftig wieder her und schleppte mich nach Hause. Auf dem Weg plagten mich immer noch Schmerzen, deshalb ging ich in die Farmacia Del Monte, die in der Nähe des Mezzo della Citta liegt. Gottlob war der Apotecarius Colberti nicht im Laden, sondern seine Tochter. Ihr konnte ich mich anvertrauen, und sie gab mir Weidenrinde gegen die Pein.«

»Hast du dich auch deinen Eltern anvertraut?«

»Um Gottes willen, nein! Vater und Mutter machten mir schon Vorwürfe genug, fragten, wo ich die Nacht gewesen sei, was ich mir dabei gedacht hätte, einfach nicht nach Hause zu kommen, und derlei mehr. Ich antwortete, es sei spät geworden, ich hätte zum ersten Mal in meinem Leben einen Schwips gehabt und deshalb die Nacht bei der Freundin verbracht. Mit der Erklärung gaben sie sich zufrieden. Mein Vater sagte, wer abends feiern könne, könne morgens auch arbeiten, ich solle mich an das Zuschneiden der Stoffe machen.«

»Bist du Schneiderin, meine Tochter?«

»Nein, Hochwürden, Schirmmacherin. Ich habe das Handwerk gelernt, weil auch mein Vater es ausübt. Er ist als *Ombrellaio* Bonucci in der Stadt bekannt und brachte mir alles bei. Meine Hauptaufgabe besteht darin, schöne Farben und Muster für Seidenstoffe zu entwerfen, sodann weben zu lassen und zuzuschneiden. Leider geht das Geschäft in letzter Zeit nicht mehr so gut wie früher. Mein Vater sagt immer, es gibt in Bologna zu viele Arkaden und zu wenig Regen. Ich liebe meine Arbeit sehr. Vielleicht hätte ich über ihr sogar das schreckliche Ereignis vergessen, doch dann, vierzehn Tage später, wartete ich vergeblich auf meine, äh …«

»Du meinst, deine Monatsblutung blieb aus?«, half Matteo nach.

»Ja, Hochwürden. Zunächst dachte ich mir nicht viel dabei, weil es schon öfter vorgekommen war, doch nach einem weiteren Monat kamen mir Zweifel, und nach dem dritten Monat war ich sicher, schwanger zu sein. Ich trug ein Kind der Sünde unter dem Herzen.«

»Leider hast du mit dem, was du sagst, recht. Du hast in jener Nacht gesündigt, doch verdient deine Verfehlung, wenn ich es recht bedenke, nicht die ewige Strafe, da du sie weder absichtlich noch freiwillig begingst. Sie ist als lässlich einzustufen. Anders verhält es sich mit den Unholden, die dir das antaten. Wenn sie nicht bereuen und wiedergutmachen, ist ihnen das Höllenfeuer gewiss.«

»Eure Worte beruhigen mich, Hochwürden. Ich wünschte, ich hätte sie auch meinem Vater sagen können. Doch ich wusste, für ihn hätte die Schande, die über sein Haus zu kommen drohte, jedes erklärende Wort überflüssig gemacht. Deshalb schwieg ich. Nur einige Tage später allerdings schöpfte meine Mutter beim Einweichen meiner Leibwäsche Verdacht. Sie fragte mich, ob meine Regel ausgeblieben sei.

Da ich noch nie besonders gut lügen konnte, versuchte ich es mit ein paar Ausflüchten, doch sie ahnte sofort, was geschehen war. ›Wer ist es?‹, fragte sie immer wieder, und immer wieder antwortete ich: ›Ich weiß es nicht!‹

Als mein Vater davon erfuhr, tobte er: ›Wer immer dir das angetan hat, er muss dich heiraten! Ich will nicht ins Gerede kommen. Die Nachbarn tratschen ohnehin schon genug, weil du mit deinen neunzehn Jahren noch immer keinen Mann hast. Also: Wer ist es?‹

Ich konnte ihm keine Antwort geben. Von da an machten mir meine Eltern die Hölle heiß. Kein Tag verging ohne Vorwürfe, Gezeter oder eisiges Schweigen. In meiner Not beschloss ich, meiner Schwangerschaft ein Ende zu bereiten. Heimlich versuchte ich, den alten Mühlstein hinter dem Haus hochzustemmen, denn ich hatte gehört, das Tragen schwerer Lasten führe zur Selbstabtreibung. Unter Aufbietung all meiner Kräfte hob ich ihn immer wieder hoch, spannte alle Muskeln an, bis mir der Atem knapp wurde und der Schweiß auf die Stirn trat.

Dann wartete ich. Und hoffte. Doch nichts geschah. Das Kind in mir wuchs weiter.

Da beschloss ich, wieder zur Farmacia Del Monte zu gehen, und ich hatte Glück. Colbertis Tochter war da, der ich mich schon einmal anvertraut hatte. Sie riet mir zu gemahlenem Mutterkorn, das ich in heißem Wasser auflösen und trinken sollte. Ich versuchte es. Doch danach konnte ich kaum noch atmen, die Luft wurde mir knapp, ich erstickte fast. Dazu kam ein beklemmendes Schwindelgefühl. Ich fühlte mich dem Tode nahe. Nur meinem Kind schien die Prozedur nichts auszumachen. Es wuchs weiter in mir, als sei nichts geschehen.

Mein nächster Versuch bestand in dem Verzehr von Mark, das ich aus Schafsknochen herauslöste. In der Nacht darauf überfiel mich wellenförmiges Fieber, ein steter Wechsel aus Hitzeschweiß und Schüttelfrost. Drei Wochen lag ich mit dem Fieber zu Bett, oftmals zwischen Leben und Tod – kaum beachtet von Vater und Mutter, die nicht müde wurden, mir Vorwürfe zu machen.

Mittlerweile war ich im vierten Monat. Die Verzweiflung ließ mich nochmals zur Farmacia gehen, und diesmal riet die Tochter mir zum Pulver des Schwarzen Senfs. Ich löste es in Wasser auf und brachte die Flüssigkeit ein in die ... in die ...«

»Du brauchst nicht weiterzureden, meine Tochter«, sagte Matteo sanft. »Ich weiß, wo die Flüssigkeit hineinlief.«

»Danke, Hochwürden. Ihr seid so gut zu mir.«

»Unsinn, ich höre nur zu.«

»Und Ihr seid so verständnisvoll. Darf ich eine Bitte äußern?«

»Natürlich.«

»Sagt nicht immer ›meine Tochter‹ zu mir. Ich möchte nicht ... Eure Tochter sein.«

»Äh, gewiss.«

»Der Schwarze Senf jedenfalls brachte auch nicht den gewünschten Erfolg. Das Einzige, was er bewirkte, waren Entzündungen und stechende Schmerzen. Bald danach probierte ich es mit dem Öl des Sadebaums, das ich an gleicher Stelle anwandte, um künstliche Blutungen herbeizuführen. Diesen Versuch überlebte ich nur mit knapper Not ...« Nausica begann abermals zu schluchzen.

»Weine doch nicht, meine ... äh, ich wollte sagen: Tränen können sehr befreiend sein. Lass dir nur Zeit. Alles wird sich richten, so es dem Herrn gefällt.« Matteo fragte sich, ob er die Beichte abbrechen und zu einem anderen Zeitpunkt fortsetzen sollte, doch Nausica hatte sich gefangen.

»Ich war bereits im fünften Monat, als ich nicht mehr ein noch aus wusste. Mein Leib zeigte eine deutliche Rundung, und das Getratsche in der Nachbarschaft nahm von Tag zu Tag zu. Meine Eltern bedrängten mich nach wie vor und bestanden auf einer Ehe mit dem Vater des Kindes. Da entschloss ich mich, ihnen die ganze Wahrheit zu erzählen. Ich schilderte das schreckliche Ereignis in allen Einzelheiten, und als ich geendet hatte, sagte ich: ›Nun wisst Ihr, dass dieses Kind mindestens drei Väter hat und dass es zwecklos ist, nach einem zu fragen.‹

Meine Mutter sagte tonlos: ›Das überlebe ich nicht.‹ Und mein Vater schäumte vor Wut und wollte auf der Stelle zum Archiginnasio laufen, um eine Untersuchung durchzusetzen. Nur mit Mühe konnte ich ihn davon abhalten, indem ich zu ihm sagte: ›Wecke nicht schlafende Hunde, Vater. Das Beste für uns alle wird sein, wenn ich das Kind verliere, ganz gleich, auf welche Weise.‹

›Wie meinst du das?‹, fragte meine Mutter.

›Du weißt schon, wie ich es meine‹, antwortete ich. ›Ich werde das Kind verlieren, und dann wird Ruhe sein.‹

Am nächsten Tag ging ich zu einer *fabbricante d'angeli*, um das Kind wegmachen zu lassen. Wo sie wohnt und wie sie heißt, tut nichts zur Sache. Ihren Namen hatte ich von einer Straßenbekanntschaft erfahren. Sie blickte mich prüfend an und sagte: ›Bevor ich einen Handschlag tue, will ich Geld sehen. Ein Paolo, das ist der Preis.‹

Ich gab der Engelmacherin den Gegenwert in zehn Baiocchi, und sie reichte mir ein Tuch. ›Setz dich auf das Bett, spreize die Beine und binde dir das Tuch vor die Augen‹, befahl sie. ›Was gleich geschieht, wollen die wenigsten sehen. Halt still, dann ist es schnell vorbei.‹

Dann begann sie, sich an mir zu schaffen zu machen. Sie murmelte eine Art Zauberspruch und sagte: ›Erschrick nicht, wenn es wehtut. Am besten, du hältst die Luft an und denkst daran, wie viel Spaß es dir gemacht hat, als es damals passierte.‹ Noch während sie das sagte, spürte ich einen stechenden Schmerz. Unwillkürlich wollte ich die Beine schließen, aber sie zwang sie auseinander. ›Halt still! Das Kind will sich vor mir verstecken, aber es wird ihm nichts nützen. Ich hole es jetzt mit der Schlinge.‹ Wieder spürte ich einen Schmerz, der mir fast die Sinne raubte. Ich begann zu wimmern, flehte, sie möge aufhören, alles beim Alten belassen, doch sie fuhr mich an: ›Reiß dich zusammen, jetzt ist es zu spät, die Frucht ist halb draußen!‹

Endlich, es kam mir vor wie eine halbe Ewigkeit, ließ sie von mir ab. Wieder murmelte sie den seltsamen Zauberspruch und sagte: ›Das Kind ist abgetrieben. Willst du wissen, ob es ein Junge oder ein Mädchen war?‹

›Nein!‹, heulte ich. ›Ich will mein Kind wiederhaben, das ist alles, was ich will.‹

Sie lachte verächtlich. ›So wie du verhalten sich viele. Beim nächsten Mal überlege es dir vorher. Ich habe dir eine Kompresse angelegt. Die sollst du einige Tage tragen. Der Zauberspruch wird das Fieber fernhalten. Kannst du aufstehen? Das ist gut. Du musst jetzt gehen, es kommt gleich noch eine weitere Frau, die in Nöten ist.‹

So schleppte ich mich zurück auf die Straße, schwach und schmerzgepeinigt. Ich lehnte mich an eine Hauswand und redete mir ein, alles sei überstanden. Wie konnte ich mich nur so irren! Dann lief ich weiter, irgendwohin, blind vor Trauer um mein Kind. Ich hatte etwas getan, das ich niemals hätte tun dürfen. Plötzlich bemerkte ich, dass ich die Kompresse verloren hatte. Blut lief auf die Pflastersteine unter mir. Mein Blut. Oder war es das Blut meines Kindes? Ich erschrak zu Tode und verkroch mich in eine Hausecke. Ich war der verzweifeltste Mensch auf Erden. Alles war mir einerlei, ich wollte nur noch sterben. So habt Ihr mich gefunden, Hochwürden.«

Matteo räusperte sich. Er suchte nach Worten, denn die Erzählung hatte ihn in ihren Bann geschlagen. Selten hatte er eine so bedauernswerte, aufwühlende Geschichte gehört. »Ja, so habe ich dich gefunden«, wiederholte er mit belegter Stimme. »Nun ist es an mir, zu entscheiden, welcher Verfehlungen du dich schuldig gemacht hast und wie sie zu sühnen sind. Es ist gut, dass du den Weg zu mir gefunden hast, denn ich will versuchen, dich mit Gottes Hilfe wieder auf den rechten Glaubenspfad zu führen. Ich sagte schon: Dass man dir im Archiginnasio Gewalt antat, dich zwang, an einer sündigen Handlung beteiligt zu sein. Das ist aber nicht dein Verschulden und deshalb als lässliche Sünde zu betrachten. Anders verhält es sich mit deinem Besuch bei der *fabbricante d'angeli:* Du bist dort hingegangen mit dem klaren Bestreben, abzutreiben, eine Todsünde, von der ich dich nicht ohne Weiteres freisprechen kann. Wisse, zum Empfang des Bußsakraments bedarf es fünferlei: der Gewissenserforschung, der Reue, des guten Vorsatzes, des Bekenntnisses und der Wiedergutmachung. Lass uns die Punkte in Ruhe durchgehen. Bist du dir bewusst, eine schwere Sünde begangen zu haben?«

»Ja, Hochwürden, das bin ich.«

»Bereust du deine schwere Sünde?«

»Von ganzem Herzen!«

»Hast du den festen Willen, zukünftig nicht mehr zu sündigen?«

»Ja, so wahr mir Gott helfe.«

»Gibt es eine Sünde, die du noch nicht erwähnt hast und die in meine Überlegungen einzubeziehen wäre?«

»Nein, Hochwürden, nicht dass ich wüsste.«

»Dann komme ich jetzt zum fünften Punkt, der Wiedergutmachung. Wobei ich berücksichtigen will, dass deine Eltern einen Großteil Schuld mit daran tragen, dass du ein ungeborenes Leben vernichtet hast. Vielleicht war es sogar so, dass sie dir durch ihr Verhalten gar keine andere Wahl ließen. Sie wären gut beraten, ihre Sünden ebenfalls zu beichten. Aber das nur nebenbei. Es geht um dich, Nausica. Gott will, dass ich dir ein angemessenes Bußwerk auferlege. Aber was heißt ›angemessen‹? Lass mich nachdenken …«

Matteo grübelte eine Weile und sagte dann: »Du sollst ein halbes Jahr lang jeden Morgen einen Rosenkranz beten und dabei nicht vergessen, dass dieser aus fünfzehn Gebetsabschnitten besteht, von denen jeder ein Vaterunser, zehn Ave-Maria und ein Ehre-sei-dem-Vater beinhaltet. Dazu einen weiteren Satz, der ein Ereignis aus dem Leben Jesu und Marias schildert. Ferner sollst du in dieser Zeit im Waisenhaus Salvamento in der Via de' Gargiolari arbeiten. Es ist ein Ort, an dem du dein Kind hättest abgeben können, wenn es in deinem Elternhaus nicht willkommen gewesen wäre. Und es ist ein Ort, an dem es häufig an Nächstenliebe mangelt – jedenfalls nach Violinos Erzählung. Es wird für dich also keine leichte Zeit sein. Versuche dennoch, das Beste daraus zu machen. Nimmst du die Buße an?«

»Ja, Hochwürden, mit Freuden.«

»So höre die Lossprechungsformel.« Matteo sprach sie, und als er geendet hatte, sagte Nausica: »Amen.«

»Damit ist die Beichte beendet. Du magst jetzt gehen. Ich wünsche dir Friede und Gottes Segen.«

Matteo blieb noch eine Weile sitzen und hing seinen Gedanken nach. Die Beichte Nausicas hatte ihn stark berührt. Sie war eine außergewöhnliche junge Frau. Mit einem außergewöhnlichen Schicksal. Und sie war schön …

Matteo erhob sich, verließ seinen Platz und betrat das Kirchenschiff. Er war allein in dem großen Gewölbe, kein Gläubiger saß zu dieser Tageszeit in den Bänken und betete zu Gott. Eine gute Gelegenheit, die Sakristei aufzusuchen und Zwiesprache mit dem Herrn zu halten. Schon wollte er seine Absicht in die Tat umsetzen, als ihn ein leiser Ruf aufhielt: »Hochwürden?«

Der Ruf kam aus dem Beichtstuhl. War Nausica noch nicht fort? Er ging zur anderen Seite des Stuhls und öffnete die Tür. Zusammengekauert saß sie da, klein und verletzlich. Eine Träne rann ihr die Wange hinab.

Er erschrak. War die Buße zu hart ausgefallen? Hatte sie wieder Schmerzen? Stand ihr die Rückkehr zum Elternhaus bevor? »Um Gottes willen, warum weinst du?«

Sie griff nach seiner Hand und hielt sie fest. »Ich bin so froh«, flüsterte sie.

»Froh?« Er überlegte, ob er ihr seine Hand überlassen durfte.

»Ja, dass alles vorbei ist. Dass ich mir alles von der Seele reden konnte. Danke, Hochwürden.«

»Das war doch selbstverständlich.«

»Das war es nicht, und das wisst Ihr auch. Niemand kann so gut zuhören wie Ihr.« Sie legte seine Hand an ihre Wange und schloss die Augen. »Danke, Hochwürden.«

»Nun, äh …« Er räusperte sich umständlich. »Ich denke, es ist das Beste, wenn du jetzt gehst.«

Ende Februar, als man beim Mittagsmahl saß und Dovizio wieder einmal lustlos in seinem Essen herumstocherte, wurde es Matteo zu bunt. »Schau nicht so verdrießlich drein, Dovizio«, rügte er, »bei Matthäus heißt es im sechsten Kapitel, Vers sechzehn: *Wenn ihr fastet, sollt ihr nicht sauer sehen …*, und ein Gemüsegericht ist genauso viel wert wie ein fetter Kapaun. Wir darben gerade einmal seit zehn Tagen. Die anderen Gläubigen mögen damit erst in einer Woche beginnen, wir aber müssen mit gutem Vorbild vorangehen. Im

Übrigen: Was ist diese kleine Bürde, die wir auf uns nehmen, gegen die Fastentage unseres Herrn Jesus in der Wüste! Da wirst du wohl noch die Zeit bis zum Osterfest ohne Fleisch aushalten.«

»Habt Ihr wieder Schmerzen in den Knien?«

»Wie kommst du plötzlich darauf?«

»Weil Ihr so unduldsam seid.«

»Meine Knie haben mit der Fastenzeit nichts zu tun. Die Fastenzeit ist eine Bewährungsprobe des Betens und Darbens und der spirituellen Vorbereitung auf das österliche Hochfest.«

Matteo führte den nächsten Bissen zum Mund und tat so, als würde er die Speise genießen. Insgeheim jedoch schmeckte sie ihm genauso wenig. Und wenn er ehrlich war, hing seine Gereiztheit sehr wohl mit den Knien zusammen. Und mit Nausica. Immer wieder hatte er in den vergangenen Tagen an sie denken müssen. Ihr Schicksal war ihm wirklich sehr nahegegangen. Nur ihr Schicksal? Sie war eine wunderschöne junge Frau. Und sie hatte seine Hand genommen und gehalten, in einer Art, die mehr war als bloße Berührung. Da war er ganz sicher. Sie hatte ihn angesehen wie eine Frau, die … Nein, da war nichts zwischen ihr und ihm, und das würde auch so bleiben. Er hatte das Keuschheitsgelübde abgelegt, daran hielt er sich. Und doch: Ihre braunen Augen mit den grünen Sprenkeln, die vollen Lippen, die entzückende kleine Nase – all das war eine stete Anfechtung. Jesus Christus, warum fiel es ihm nur so schwer, sie aus seinen Gedanken zu verbannen!

»Hochwürden, ist Euch nicht gut?« Violino schaute ihn besorgt an.

»Wie, was?« Matteo schreckte auf. »Warum sollte mir nicht gut sein?«, knurrte er.

»Es war nur eine Frage.«

»Jaja, schon recht. Sprich du heute das Dankgebet für die Speise.«

Violino gehorchte.

Nach dem »Amen« sagte Matteo: »Dovizio, ich denke, es könnte deiner Achtung vor einer einfachen Speise förderlich sein, wenn du heute den Abwasch allein tätigen würdest. Violino mag derweil neue Kerzen am Altar aufstecken und vor dem Kirchenportal fegen.«

»Jawohl, Hochwürden.«

Weder Dovizio noch Violino schienen von ihren Aufgaben besonders begeistert, aber Matteo beachtete sie nicht.

Er hatte anderes im Sinn.

»He, Violino!«

Der Kastrat hielt mit dem Fegen inne, hob den Kopf und blickte in eine teuflische Grimasse. Vor Schreck fiel ihm fast der Besen aus der Hand.

Sberleffo, der Grimassenschneider, lachte. »Erkennst du einen alten Bettlerfreund nicht mehr?«

»Großer Gott, hast du mich erschreckt! Bist du hier, um die Hand aufzuhalten?«

Sberleffo nahm seine Nase in den Mund, als sei es die normalste Sache der Welt, und grinste. »Nein, ich wollte dich treffen. Tribuno, unser König, schickt mich. Er will wissen, wie es dir geht.«

»Danke, sehr gut. Ich vermisse nichts.«

»Wirklich?« Sberleffo stülpte die Lippen vor wie ein Fisch.

Violino musste lachen. »Wirklich. Ich bin gesund und habe ein Dach über dem Kopf. Pater Matteo ist streng, aber gerecht. Vielleicht hält er es mit dem Fasten manchmal etwas zu genau, aber ich habe mir noch nie sehr viel aus Fleisch gemacht.«

»Und was ist mit dem Küster, der uns Bettler manchmal wegjagt?«

»Dovizio? Er ist von der Sorte, die sich gern über alles beschwert, im Grunde aber ein Herz aus Gold hat. Auch mit ihm komme ich gut zurecht. Er will mich demnächst im Kirchenchor singen lassen.«

»Dann ist ja alles in Butter.« Sberleffo begann, auf seiner Nasenspitze herumzukauen, was ihn fast nachdenklich aussehen ließ. »Werd's Tribuno ausrichten. Bleib gesund, mein Freund.«

»Du auch.« Violino wollte weiterfegen, doch ihm fiel noch etwas ein. »Grüße Tribuno und frag ihn, ob er dafür sorgen könnte, dass nicht mehr vor San Simeone gebettelt wird.«

»Warum das denn?«

»Weil wir eine arme Kirche sind. Alles, was die Gläubigen den Bettlern geben, fällt nicht mehr in die Opferbüchse. San Simeone ist wirklich sehr arm. Wir konnten kaum die Reparatur des Beichtstuhls bezahlen, und von der Decke rieselt der Putz. Die Fresken müssten dringend erneuert werden. Gar nicht zu reden von der HOSIANNA, die einen Sprung aufweist.«

»Wir müssen auch leben.«

»Wem sagst du das. Aber vielleicht verlegt ihr euer Feld mehr nach San Rocco. Du weißt doch, der heilige Rocco ist der Schutzpatron der Seidenweber, und bei denen klimpern die Münzen viel lockerer.«

»Hm, hm.« Sberleffo faltete sein Gesicht ein paar Mal zusammen und auseinander. »Vielleicht hast du recht. Ich will sehen, was sich machen lässt. Hab eine gute Zeit.«

»Du auch.«

Violino beendete seine Arbeit mit dem Besen und ging hinein in die Kirche, um die Kerzen am Altar zu erneuern. Auch an ihnen wurde deutlich, dass San Simeone nicht zu den reichen Kirchen gehörte, denn sie waren aus billigem Hammeltalg hergestellt. Dennoch mussten sie in ihren Leuchtern gerade stehen, einerlei, aus welchem Blickwinkel man sie betrachtete. Violino summte ein Lied, trat ein paar Schritte zurück, um sein Werk besser begutachten zu können, und stutzte. Hinter sich hatte er ein seltsames Geräusch gehört. Eine Art Klatschen – und ein Stöhnen. Ein Stöhnen? Es schien aus der Sakristei zu kommen.

Vorsichtig öffnete er die Tür und lugte hinein. Ein Mann mit nacktem Oberkörper saß da auf dem Boden, mit dem Rücken zu ihm. Der Rücken war voller blutiger Striemen. Sie rührten von einer Geißel her, mit der sich der Mann züchtigte.

»Hochwürden!«

Matteo blickte auf, fuhr jedoch fort, sich zu schlagen.

»Hochwürden, halt, Ihr bringt Euch noch um!« Violino sprang vor und entwand Matteo die Geißel.

»Lass das! Wie kommst du dazu, meine Buße zu stören? Gib die Peitsche wieder her!«

»Bei allem Respekt, Hochwürden. Ich kann mir keine Sünde vorstellen, die Euer Handeln rechtfertigen würde.«

»So, kannst du das nicht? Was weißt du schon von mir?« Matteos Stimme klang dumpf. Er war voller Verzweiflung, weil er seine Gedanken nicht im Zaum halten konnte. Er hatte seinen Schöpfer angefleht, nicht an Nausica denken zu müssen – und dennoch fortwährend an sie gedacht. An ihre Augen, ihre Lippen, ihre wundervolle Haut. Es musste eine Lust sein, ihre Haut zu streicheln, das Sichtbare zu liebkosen und das Unsichtbare zu ertasten und am Ende … ja, auch daran hatte er gedacht. Schmutzige Gedanken waren es gewesen, lüstern und schwach. Eines Priesters unwürdig. Die einzig denkbare Strafe dafür war die Selbstkasteiung. »Gib mir die Peitsche!«

»Nein!« Violino schüttelte heftig den Kopf. »Ich weiß, warum Ihr Euch geißelt. Ihr wollt Gott gnädig stimmen, damit er Euch die Schmerzen in den Knien nimmt. Aber ich sage Euch, Ihr solltet es bei einem Arzt versuchen, der sein Handwerk wirklich versteht. Doktor Tagliacozzi ist ein solcher Arzt. Ich kenne ihn, denn ich habe ihn während meiner Zeit bei dem Seidenraupenzüchter Domenico Selvo aufgesucht. Tagliacozzi ist noch jung an Jahren, aber ein berühmter Spezialist für alles, was das Zusammenwachsen und Heilen von Körperteilen betrifft. Auch mir hat er sehr geholfen, weil meine Narbe nach der Kastration ständig schmerzte. Bitte, geht zu ihm. Macht noch diesen einen Versuch.«

Matteo hatte sich mittlerweile erhoben und wollte nach der Geißel greifen, aber in diesem Augenblick kam Dovizio dazu. »Was geht denn hier vor?«, fragte er.

Violino sagte schnell: »Ich versuche gerade, Hochwürden davon zu überzeugen, dass die Peitsche seine Schmerzen in den Knien nicht beseitigen wird. Er sollte vielmehr zu einem guten Arzt gehen.«

»Das meine ich auch«, sagte Dovizio mürrisch. »Es wird höchste Zeit. Vom Peitschen allein ist noch niemand gesund geworden.« Er hielt inne und sah Matteo vorwurfsvoll an. »Und vom Fasten auch nicht.«

Wieder wollte Matteo etwas entgegnen, aber wieder kam ihm Violino zuvor. »Dann sind wir uns einig! Ich schlage vor, Ihr zieht Euch an, Hochwürden, und folgt mir zum Altar. Sagt mir, ob die Kerzen alle in der richtigen Position stehen.«

Matteo gab sich geschlagen. Er sagte sich, dass er die Selbstkasteiung jederzeit wiederholen konnte. Vielleicht morgen oder übermorgen, wenn sich die Gelegenheit ergab …

Die Familie von Doktor Gaspare Tagliacozzi gehörte zu den ältesten und reichsten Bolognas, was man dem Haus, in dem er wohnte, schon von Weitem ansah. Während Matteo sich dem Gebäude mit schleppenden Schritten näherte, stellte er fest, dass es mit seinen fünf Stockwerken und der Dachterrasse als krönendem Abschluss viel eher einem Palazzo als einem Wohnhaus glich. Kunstvolle Friese und Freskenmalerei mit Goldelementen schmückten den oberen Bereich der Fassade, Balkone mit reich verzierten Balustraden bestimmten den unteren, terrakottafarbenen Teil. Insgesamt wies jedes Stockwerk mehrere große Spitzbogenfenster auf.

Matteo verschnaufte vor der hohen, zweiflügeligen Tür des Hauptportals und betätigte den bronzenen Klopfer. Ein älterer Mann in Livree öffnete: »Pater Matteo?«, fragte er.

»Der bin ich.«

»Mein Name ist Adelmo. Ich bin der persönliche Diener des Herrn Doktor. Bitte folgt mir.«

Adelmo ging mit schnellen Trippelschritten durch eine Vorhalle und stieg dann eine Marmortreppe hinauf in den ersten Stock. Die Treppe war ein weiterer Hinweis auf das Vermögen der Familie, denn Marmor oder anderes dekoratives Gestein kommen im Umland Bolognas nicht vor, beides muss von weit her unter großem Aufwand herangeschafft werden. »Wenn Ihr Euch einen Moment gedulden wollt, Hochwürden, der Herr Doktor wird gleich kommen. Solltet Ihr bis dahin etwas brauchen, ruft einfach nach mir.«

»Danke, ich brauche nichts.«

»Sehr wohl.«

Adelmo verschwand. Matteo befand sich in einem Raum, dessen Wände mit kunstvoll gewebten Teppichen behängt waren, die Motive der Seidenherstellung zeigten, angefangen von der Raupe auf dem Maulbeerbaum über die Verarbeitungsstufen des Fadens bis hin zum Webstuhl. Für die einzige Unterbrechung des Ablaufs sorgte ein Kamin, auf dem ein Dutzend kleine Tonfiguren stand. Matteo sah näher hin und erkannte, dass es sich um Nasen handelte. Menschliche Nasen in jeder Größe und Form. Er nahm eine auf und betrachtete sie. Kein Zweifel, der Erschaffer des Gebildes war mit Umsicht und Genauigkeit zu Werke gegangen.

»Ich sehe, Ihr wisst meine künstlerischen Bemühungen zu schätzen, Hochwürden.«

Matteo fuhr herum und erkannte den Hausherrn. Es war ihm etwas peinlich, in seiner Neugier ertappt worden zu sein, doch Tagliacozzi lächelte und nahm ihm die Figur aus der Hand. »Sicher fragt Ihr Euch, welche Bewandtnis es mit den Nasen hat. Nun, es sind die Nasen meiner Patienten, oder besser: Die Nasen, die ich ihnen als neue Gesichtszier vorschlage, bevor ich sie aus dem Hautlappen ihres Oberarms in sechs Akten modelliere. Ein Vorgang, den ich *Ars reparatoria* nenne.«

Matteo war noch immer etwas verlegen und sagte steif: »Ich habe davon gehört. Allerdings bin ich wegen meiner Knie hier.«

Doktor Tagliacozzi nickte. »Das wurde mir angekündigt. Darf ich Euch in mein Behandlungszimmer unter der Dachterrasse bitten? Dort oben herrscht mehr Licht, und gutes Licht ist bei einer Diagnose stets vonnöten.«

Matteo folgte dem Doktor mühsam in das oberste Stockwerk und nahm erleichtert auf einem Stuhl Platz.

Tagliacozzi setzte sich vor ihn hin. »Könnt Ihr die Beine anheben und gleichzeitig beugen?«

Matteo tat es.

»Ich sehe, die Übung fällt Euch nicht leicht. Der Grund mag auch darin liegen, dass sich Eure Muskulatur infolge geringer Bewegung zurückgebildet hat. Ich fürchte, ich kann Euch weitere Beschwerden nicht ersparen, wegen der

Flexionen und Extensionen der Beine, die für die Untersuchung notwendig sind.«

»Macht, was Ihr für nötig haltet.«

Es folgten mehrere Übungen, die Matteo den Schweiß auf die Stirn trieben, Prozeduren, die er größtenteils schon einmal bei den vorangegangenen Ärzten über sich hatte ergehen lassen müssen und die seinen Willen zur Mitwirkung nicht gerade vergrößerten. Tagliacozzi befühlte immer wieder die Knie, besah sie von allen Seiten, beroch sie und hielt sogar sein Ohr daran. Es fehlte nur noch die Verkostung, und er hätte alle seine fünf Sinne für die Diagnose eingesetzt.

Aber er kam auch so zu einem Ergebnis. »Ich habe leider keine guten Nachrichten für Euch, Hochwürden. Die Funktion Eurer Knie wird nicht in vollem Umfang wiederhergestellt werden können.«

»Das habe ich befürchtet«, sagte Matteo.

»Doch mag sich der augenblickliche Zustand verbessern lassen, wenn die Reibung der Knochen gemildert wird.«

»Haltet Ihr das für möglich?«

»Ich würde es sonst nicht sagen.« Tagliacozzi betätigte ein Glöckchen, und wie auf Zuruf erschien Adelmo mit einem hölzernen Bottich, den er vor Matteo absetzte. Der bläulich rote Inhalt dampfte, roch süßlich und war von schlingenartiger Beschaffenheit. »Was ist das?«, fragte Matteo misstrauisch.

»Das sind die Gedärme des Schafs«, antwortete der Doktor. »Sie stammen von einem eben geschlachteten Tier und sind deshalb noch warm. Ihr werdet von heute an täglich Eure Knie in frische Eingeweide tauchen, und zwar für eine Stunde. Ihr dürft vorher nichts gegessen haben, um die Wirkkraft des Gekröses nicht zu mindern. Nach der Stunde sollen die Knie für die Hälfte der vorherigen Zeit in ein heißes Bad gelegt und anschließend mit warmem Wein gewaschen und getrocknet werden. Was folgt, sind Bewegungsabläufe, die ich Euch zeige und die Ihr fortan selbsttätig durchführen müsst.«

»Gedärme des Schafs?«, fragte Matteo entrüstet. »Wollt Ihr damit sagen, dass vor jeder Behandlung meiner Knie ein Schaf sein Leben lassen muss?«

»Warmes Gekröse ist das, was Cardano, Aldrovandi, Sacchi und andere Meisterärzte empfehlen, Hochwürden. Wollen wir nun mit der Behandlung beginnen? Noch sind die Gedärme nicht erkaltet.«

»Nein.« Matteo spürte, wie ihm die Galle hochkam. Als ehemaligem Medicus waren ihm ungewöhnliche Rezepturen bekannt, aber Schafsgedärm als Therapie, davon hatte er noch nie gehört. »Ich will nicht, dass ein Tier für mich stirbt, nur weil ich Schmerzen in den Knien habe.«

Tagliacozzi lächelte amüsiert. »Warum so ablehnend, Hochwürden? Solange es Krankheiten gibt, wird es auch ungewöhnliche Antworten darauf geben. Bei Atemnot etwa hilft der Verzehr von in Wein und Kräutern eingelegter Fuchslunge. Bei Haarausfall verbrannter Taubenmist oder die Asche von Fröschen, bei Harnverhaltung das Einführen dreier großer Läuse in den Penis.«

»Das mag alles sein, kommt für mich aber nicht infrage, Dottore.« Matteo hatte beschlossen, der Behandlung ein Ende zu setzen. »Und wo ich gerade dabei bin: Ich bezweifle stark, dass die Erneuerung menschlicher Nasen im Sinne der christlichen Lehre ist. Eine Wunde oder ein Kratzer können sich schließen, das war Gottes Wille, als er Adam und Eva erschuf. Aber ich frage Euch: Konnte es ebenso sein Wille sein, dass der Mensch ihm die Schöpfung streitig macht, indem er Körperteile nachwachsen lässt? Ist der Ausdruck *Ars reparatoria* in diesem Zusammenhang nicht

Blasphemie? Wie könnt Ihr Euch anmaßen, den von Gott geschaffenen Leib ›reparieren‹ zu wollen?«

Wieder lächelte Tagliacozzi amüsiert: »Es ist der ideale Weg, der Natur das wiederzugeben, was sie auf tragische Weise verlor, also nichts anderes als die Wiederherstellung des von Gott geschaffenen Körpers, Hochwürden.«

»Gott hat dem Menschen ein Schicksal vorherbestimmt, dazu gehört auch der Verlust einer Nase. Es ist Sünde, Gott korrigieren zu wollen.«

»Gilt das nicht auch für schmerzende Knie, Hochwürden?«

Matteo stutzte. »In der Tat, Ihr habt recht. Ich bin Euch sehr dankbar für diese Erkenntnis. Und darf mich deshalb empfehlen.«

»Wie Ihr wollt, Hochwürden. Ich komme allerdings nicht umhin, Euch meine Bemühungen in Rechnung zu stellen.«

»Gewiss, vergesst es nur nicht.«

Wütend verließ Matteo das prächtige Haus und humpelte durch die belebten Straßen zurück zu seiner Kirche. In der Sakristei kniete er nieder und wurde demütig: »O Herr«, sprach er, »drei Ärzte habe ich aufgesucht, und keiner von ihnen hat mich zu heilen vermocht. Es muss Dein Wille sein, dass ich mit Schmerzen leben soll – als Strafe für alle meine Sünden, die kleinen wie die großen. Besonders aber für meine Unduldsamkeit, meine Gereiztheit, meinen immer wiederkehrenden Zorn. Wie heißt es doch in der Heiligen Schrift, dem Buch der Bücher: *Denn wenn man Milch stößt, so wird Butter daraus, und wer die Nase hart schnäuzt, zwingt Blut heraus, und wer den Zorn reizt, ruft Streit hervor …*

Überhaupt, o Herr, sind meine Schmerzen nur ein Windhauch gegen den Sturm, den die arme Nausica hat durchstehen müssen … siehst Du, nun denke ich schon wieder an sie. Ich fürchte, ich bin unverbesserlich. Zorn in Verbindung mit schmutzigen Gedanken – welche Verfehlung könnte größer sein als diese Todsünde! Herr, ich bitte Dich, gib mir die Weisheit, zu erkennen, wie ich sühnen kann, wie ich verhindern kann, aus Deiner göttlichen Gnade zu fallen. Soll ich mir eine neue Peitsche besorgen? Die alte wurde versteckt, möglicherweise auch vernichtet von Dovizio oder Violino, ich weiß es nicht. Ich weiß überhaupt nichts mehr. Was soll ich nur tun …?«

Vielleicht war Doktor Tagliacozzi nicht der fähigste Arzt in Bologna, der schnellste war er allemal, denn es vergingen keine vierundzwanzig Stunden, da wurde in San Simeone schon seine Rechnung abgegeben. Violino nahm sie entgegen und händigte sie aus. »Darf ich fragen, wie hoch sie ist, Hochwürden?«

Matteo faltete das Papier auseinander und unterdrückte eine Verwünschung. »Fünf Scudi, so eine Unverfrorenheit! Von dem hinzugefügten Vermerk ganz schweigen. Da steht, die Rechnung hätte eigentlich höher ausfallen müssen, doch es sei gelungen, Fleisch und Knochen des Schafes zu verkaufen, sodass der Kadaver nicht berechnet werden musste.«

»Hochwürden, es ist mir sehr unangenehm, dass Euer Besuch bei Doktor Tagliacozzi so unglücklich endete.«

»Du hast es ja nur gut gemeint. Woher ich allerdings das Geld für die Behandlung nehmen soll, weiß Gott allein.«

»Kommt Zeit, kommt Rat, Hochwürden. Morgen beginnt der Karneval in der Stadt. Da wird der Doktor anderes im Kopf haben, als an Rechnungen zu denken.«

Matteo seufzte. »Ich wünschte, du hättest recht. Hast du den kleinen Reliquienschrein auf dem Altar im Seitenschiff schon poliert?«

»Ja, Hochwürden. Was verbirgt sich eigentlich in dem Schrein?«

»Das weißt du nicht?«

»Nein, niemand hat es mir bisher gesagt.«

»Es sind die Fingerknöchelchen des Namensgebers unserer Kirche, des heiligen Simeon. Es heißt, sie hätten eine weite Wanderschaft hinter sich: von Konstantinopel aus seien sie im Jahre 1243 nach Zadar in Dalmatien überführt worden, wo man sie in der Kathedrale der heiligen Anastasia verwahrte, bis sie schließlich vor über hundert Jahren als Geschenk nach San Simeone weitergereicht wurden. Wenn du willst, darfst du einen Blick auf sie werfen. Komm mit.«

Matteo ging vor, blieb aber nach wenigen Schritten jählings stehen und griff sich an den Kopf. Von oben war ein großes Stück Putz herabgefallen.

Violino sprang hinzu. »Großer Gott, Hochwürden, ist Euch etwas passiert?«

»Nein, nein.« Matteo klang noch etwas benommen. Er besah sich das Stück – es handelte sich um einen Teil vom Baum der Erkenntnis –, klopfte sich die Kutte ab und murmelte: »Wo soll das nur enden, die Fresken müssten dringend erneuert werden. Ob es Sinn macht, das Stück aufzuheben? Was meinst du, Violino?«

»Verzeiht, Hochwürden, was sagtet Ihr?«

»Jesus Christus, hörst du mir nicht zu?«

»Doch, doch.« Violino wies mit dem Finger auf einen Punkt hinter Matteos Rücken. »Es scheint nur so, dass wir Besuch bekommen haben.«

»Besuch?« Matteo fuhr herum – und erblickte Nausica. »Nausica!« Er musste an sich halten, um nicht auf sie zuzueilen. »Was machst du hier?«

»Ich muss mit Euch sprechen, Hochwürden.«

Täuschte er sich, oder hatte sie schon wieder Tränen in den Augen? »Gewiss, natürlich. Gehen wir in die Sakristei, da sind wir ungestört. Violino, die Knöchelchen zeige ich dir ein anderes Mal.«

»Ist recht, Hochwürden.«

Wenig später, als er ihr gegenübersaß, fragte er: »Was kann ich für dich tun?«

Nausica schlug die Hände vors Gesicht und begann zu weinen. »Verzeiht, ich hatte mir fest vorgenommen, Euch nichts vorzuheulen ... oh, es ist so furchtbar.«

»Nun, äh, so schlimm wird es schon nicht sein.« Er kam sich sehr hilflos vor. Da er sie nicht berühren durfte, blieb ihm nur das Wort. Doch was konnte er sagen? »Was bedrückt dich, meine ... äh, Nausica?«

Sie weinte weiter, und er wartete.

Schließlich wurde sie etwas ruhiger und wischte sich die Tränen von den Wangen. »Vater hat mir die Tür gewiesen«, sagte sie mit halbwegs fester Stimme.

»Wie bitte, er hat dich verstoßen?«

»Ja ... ja.« Wieder begann sie zu weinen. »Er sagte, er und Mutter könnten die Schande nicht mehr ertragen, die Nachbarn würden sich das Maul über mich zerreißen, niemand würde mehr mit ihnen reden, und ich sei schuld daran, dass er keine Aufträge mehr bekäme.«

»Ja, die Menschen sind manchmal grausam. Aber dass deine Eltern ihr eigenes Kind verleugnen, das ist eine schwere Sünde. Soll ich mit deinem Vater reden?«

»Nein, nur das nicht! Er kann so gewalttätig werden, und ich will nicht, dass er Euch ... Ach, es ist sowieso alles verloren.«

»Aber du hast doch noch die Arbeit im Waisenhaus, nicht wahr?« Matteo bemerkte selbst, dass sein Hinweis mehr als lahm klang.

»Die habe ich. Doch das Haus ist überfüllt, alle Säle und Kammern sind bis auf den letzten Platz besetzt. Ich kann dort nicht übernachten. Und nun weiß ich nicht, wohin.«

»Das ist allerdings ein Problem.« Matteo blickte grübelnd das hölzerne Kruzifix an, das hinter Nausica an der Wand hing. Und während er es anschaute, kam ihm ganz plötzlich die Erkenntnis: Dass Nausica vor ihm saß, war ein Wink Gottes. Ein Hinweis darauf, wie die Buße für seine schmutzigen Gedanken ausfallen sollte. Sie würde darin bestehen, die schöne junge Frau täglich ansehen und dennoch Zurückhaltung üben zu müssen. Darin, mit ihr zu reden, zu beten, zu singen, zu lachen, zu leben und dennoch immer wieder aufs Neue verzichten zu müssen. Welch eine Prüfung! Würde er widerstehen können?

Er räusperte sich. »Nun, ich mache dir einen Vorschlag: Du kannst drüben im Wohnhaus schlafen, dort ist noch eine Kammer frei.«

»Oh, wirklich?« Nausicas Gesicht, eben noch verweint, begann zu leuchten. Ehe Matteo es verhindern konnte, sprang sie auf und umarmte ihn. »Ich danke Euch, Hochwürden, ich danke Euch so sehr. Oh, wie kann ich das nur wiedergutmachen?«

»Du könntest Dovizio beim Kochen und Violino beim Putzen helfen – nach deinem Dienst im Waisenhaus.«

»Ja, ja, natürlich. Gern! Oh, ich bin so froh!«

Matteo befreite sich. Gerade noch rechtzeitig, bevor Dovizio die Sakristei betrat – wie immer, ohne vorher anzuklopfen. Als er Nausica sah, runzelte er die Stirn, sagte aber ausnahmsweise nichts.

»Gut, dass du kommst!«, rief Matteo eine Spur zu laut. »Nausica wird ab heute unseren Haushalt verstärken und in der freien Kammer drüben im Haus schlafen.«

»Die Kammer steht voller alter Gegenstände.«

»Dann schaff sie hinaus.«

»Wohin?«

»Irgendwohin. Verschenke sie notfalls an die Armen und richte alles her. Du bist doch sonst so erfinderisch.«

»Ich bin Küster, Koch und Kantor.«

»Ich weiß, sei dieses eine Mal auch ein kleines bisschen Zimmerwirt.«

Dovizio stemmte die Fäuste in die Seiten und wollte protestieren, doch Matteo kam ihm zuvor: »Dovizio, bitte!«

»Also meinetwegen, ich bin es ja gewohnt, dass in diesem Haus alles über meinen Kopf hinweg entschieden wird.«

»Danke.« Matteo lächelte. »Geh nur schon vor, Nausica kommt gleich nach.« Als der Küster verschwunden war, sagte Matteo zu ihr: »Ich will mich um dich kümmern und alles dafür tun, damit du ein nützliches Glied unserer christlichen Gemeinde wirst. Glaube mir, die Zeit heilt viele Wunden. Vielleicht wird dein Vater dir eines Tages verzeihen können – und du deinem Vater. Und nun geh. Wir sehen uns beim Abendessen.«

Als Nausica ihn allein gelassen hatte, ging er zur Tür und schloss sie ab – eine Maßnahme, die er nie zuvor ergriffen hatte. Doch er war es leid, in seinem Lieblingsraum gestört zu werden. Er ließ den Schlüssel stecken und rückte einen Stuhl vor das hölzerne Kruzifix. Dann setzte er sich und blickte das Abbild seines Schöpfers an. Er faltete die Hände und begann zu sprechen: »Es ist das erste Mal, dass ich während der Zwiesprache nicht vor Dir knie, o Herr«, sagte er, »aber es redet sich leichter ohne Schmerzen, und Du weißt, mein Glaube an Dich wird davon nicht berührt. Er ist stark und unverbrüchlich, ganz gleich, ob mich etwas quält oder nicht. Denkst Du, ich mache es mir zu leicht? Wenn es so ist, gib mir ein Zeichen – so, wie Du mir ein Zeichen gabst, als ich erkannte, wie ich für meine schmutzigen Gedanken sühnen soll. Gib mir die Kraft, die Buße zu bestehen. Mache mich blind für Nausicas Reize. Mache mich stark, die Gier in mir zu besiegen. Die Gier, den Grimm und den immer wieder aufwallenden Zorn, damit ich die Schuld der Todsünde vor Dir abtragen kann. Wird mir all das gelingen? Darf ich auf Gelassenheit und Heiterkeit hoffen?«

Matteo hielt inne und seufzte aus tiefstem Herzen. »Manchmal, o Herr, ist es wirklich nicht leicht, Dein Diener zu sein.«

Die fünfte der sieben Todsünden: Völlerei

gula

Am zweiten Tag des Monats März, als Pater Matteo, Dovizio, Violino und Nausica beim Morgenmahl saßen, sagte Matteo: »Heute beginnt der Karneval mit dem Eröffnungszug auf der Piazza Maggiore. Da ich beabsichtige, am Sonntag über die Veranstaltungen und ihre Eigenarten zu predigen, werde ich mich unter das Volk mischen.«

»Karneval ist Karneval«, brummte Dovizio, an einem Stück Brot kauend. »Jedes Jahr dasselbe, die Stadt steht kopf, die Leute spielen verrückt.«

»Und doch wird es diesmal anders sein«, beharrte Matteo, »denn während die Leute sich bei uns in Bologna vergnügen, grassiert in Venedig die Pest – keine hundert Meilen von hier. Wie und warum die Menschen in unserer Stadt trotzdem feiern können, das möchte ich gern herausfinden.«

»Ich glaube, jeder hat seine eigenen Sorgen«, sagte Nausica und begann, das Geschirr abzuräumen.

»Richtig«, pflichtete Violino ihr bei, »und je größer die eigenen Sorgen sind, desto geringer das Interesse an den Problemen der anderen.«

»Das wäre eine unchristliche Einstellung«, rügte Matteo. »Ich will ergründen, ob sie zutrifft.« Er stand auf und warf sich eine Zimarra über seine Kutte. »Es muss nicht jeder gleich sehen, dass ich Priester bin.«

»Seid vorsichtig, Hochwürden«, warnte Violino, »die Karnevalszeit ist auch ein Fest für Langfinger.«

»Ich habe nichts, das man mir stehlen könnte, nur das silberne Kreuz an der Halskette und den Priesterring am Finger. Denjenigen möchte ich sehen, der es wagt, mir eines von beidem abnehmen zu wollen.«

Violino grinste. »Wir wissen, Ihr könnt sehr wehrhaft sein, Hochwürden.«

»Und sehr unvorsichtig«, fügte Dovizio hinzu. »Soll nicht lieber einer von uns mit Euch gehen?«

»Auf keinen Fall. Ich kann allein auf mich aufpassen. Sorgt ihr nur dafür, dass in der Kirche alles seinen gewohnten Gang geht. Ich weiß nicht, wann ich zurück sein werde. Wartet also nicht mit dem Mittagsmahl auf mich.«

»Es gibt ohnehin nichts, das zu essen sich lohnen würde, weil in diesem Haus ja schon seit Wochen gefastet wird, ganz im Gegensatz zu anderen Häusern, in denen erst am Aschermittwoch die Zeit der schmalen Kost beginnt«, knurrte Dovizio. Aber er sagte es so leise, dass der Pater es nicht mehr hörte.

Matteo zog die Zimarra fester um die Schultern und verließ das Wohnhaus von San Simeone, in dem er und seine Anvertrauten lebten. Es war ein kühler, klarer Tag, nur wenige Wolken zeigten sich am blassblauen Himmel. Ein Wetter, so recht nach dem Geschmack der zahllosen Narren, die von überall her zur Piazza Maggiore strömen würden. Auch Matteo machte sich auf den Weg. In der Via delle Lame, der Straße, in der seine Kirche, die Chiesa San Simeone, lag, war es noch vergleichsweise ruhig. Nur ein paar Maskierte huschten hier und da unter den Arkaden hindurch, und auf den Balkonen, welche die Straße säumten, verloren sich ein paar Neugierige. Von irgendwoher erklang das berühmte Karnevalslied, das auch in diesem Jahr wieder in aller Munde sein würde:

Quant'è bella giovinezza
Che si fugge tuttavia!
Chi vuol esser lieto, sia:
di doman non c'è certezza!

Es war eine Weise, die »il Magnifico«, der legendäre Lorenzo di Medici, höchstselbst gedichtet hatte und die Matteo daran erinnerte, dass seine eigene Jugend lange zurücklag und viel zu schnell vorübergegangen war. Dreiundfünfzig Jahre zählte er mittlerweile, und der Zahn der Zeit hatte auch an seiner Gesundheit Spuren hinterlassen. Langsam bewegte er sich die Straße entlang in Richtung Mittelpunkt der Stadt. Je näher er seinem Ziel kam, desto belebter wurden die Straßen und Plätze. Zahllose Besucher eilten aus dem Umland herbei, um innerhalb der Mauern mit ungestümer, hitziger Leidenschaft zu feiern. Sie trugen Masken jeglicher Art, in einer Vielfalt, wie Matteo sie selten zuvor erblickt hatte. Sie grinsten ihn an, lachten, weinten, schmollten oder drohten, während sie an ihm vorbeiliefen, nicht selten einen vollen Weinschlauch schwenkend.

Er ertappte sich dabei, dass ihr Lachen und ihre Fröhlichkeit ihn ansteckten. Er gönnte den Menschen diese Kurzweil, auch wenn vieles im Karneval einen heidnischen Ursprung hatte. Die Stadt, die auch *la brada,* »die Wilde«, *la peccaminosa,* »die Sündige«, oder *la smodata,* »die Unmäßige«, genannt wurde, würde ihren Beinamen wieder einmal alle Ehre machen.

Als er die Piazza Maggiore erreichte, hatten sich bereits Hunderte dort versammelt und in lockerer Formation Aufstellung genommen. Die unterschiedlichsten Verkleidungen verschmolzen zu einem bunten Meer aus Wikingern, Burgfräuleins, Gladiatoren, Nonnen, Galeerensklaven, griechischen Göttinnen und römischen Imperatoren. Am auffälligsten aber waren die beiden Figuren, die zusammen mit den Musikern den Anfang des Zuges bildeten. Sie saßen auf einem hölzernen Karren und verkörperten das »Karnevalsgericht«, eine beliebte Verspottung der regulären Gerichtsbarkeit, bestehend aus dem »Gebieter der Missregierung«, einem fetten, rotgesichtigen Mann, und einer dürren, keifenden Frau, einer wahren Xanthippe, mit der er sich fortwährend lautstark zum Ergötzen der Leute stritt. Die Frau repräsentierte überdies die drohende Fastenzeit, die vom Ausklang des Karnevals am *martedì grasso* bis hin zum Osterfest währte.

Matteo betrachtete beide, nicht ohne zu schmunzeln, und dachte unwillkürlich an den Aschermittwoch in fünf Tagen und daran, dass er den Gläubigen dann das Aschekreuz auf die Stirn malen würde – als heilwirksame Sakramentalie.

Doch so weit war es noch nicht, denn in diesem Augenblick setzte sich der Zug unter der ohrenbetäubenden Musik von Trommeln, Flöten und Schellenringen in Bewegung. Kommandos flogen hin und her, Gesang erklang, die ersten Menschen begannen zu tanzen, während der Gebieter der Missregierung und seine Xanthippe dazu übergingen, mit großen Stoffknüppeln aufeinander einzuschlagen. Unter allseitigem Gelächter umrundete der Zug einmal den Neptunbrunnen und wälzte sich dann wie ein Lindwurm in eine der Hauptstraßen hinein, um sich dort mit weiteren Feiernden zu vereinigen. Viele von ihnen trugen Masken der Gegensätzlichkeit, die unterschiedliche Allegorien darstellten: den Tod und das Mädchen, Feuer und Wasser, Engel und Teufel, Nymphe und Bacchus, Melancholie und Ausgelassenheit. Sie posierten und agierten auf die fröhlichste Weise und wurden immer wieder von leicht bekleideten Blumenmädchen getrennt, die sich zwischen sie drängten, um sie mit Blüten und Kränzen zu bewerfen. Weitere Paare stießen hinzu, wie Arlekino und Columbine, Sonne und Mond, Zebra und Pferd.

Besonders ein Pferd fesselte Matteos Aufmerksamkeit, denn man hatte es als Einhorn kostümiert, mit einer schneeweißen Decke und einem auf den Kopf geschnallten Stoßzahn des Narwals. Sein Besitzer, ein als Merlin maskierter Zauberer, führte es nicht ohne Stolz am Zügel.

Matteo fragte sich gerade, wo das Gegenstück zu dem Einhorn sein mochte, als plötzlich ein Esel herangetrieben wurde. Auf ihm saß ein neapolitanischer Pulcinell mit Zipfelmütze und einem sackartigen, knöchellangen Hemd über dem Leib.

Seltsam!, schoss es Matteo durch den Kopf, sowohl der Pulcinell als auch der Zauberer mit dem Einhorn kommen mir bekannt vor. Doch nein, ich bilde mir nur etwas ein und ... Jesus Christus, was ist das?

Mit einer einzigen Bewegung hatte der Pulcinell eine Radschlosspistole hervorgeholt und abgedrückt. Der Schuss war so laut, dass Matteo glaubte, ihm seien die Trommelfelle geplatzt. Gottlob jedoch konnte er kurz darauf wieder hören. Ihm war nichts weiter geschehen.

Anders war es dem Einhorn ergangen. Die Kugel hatte ihm den Kopf zur Seite gerissen und ein großes Loch unterhalb des Walzahns hinterlassen. Rasch füllte es sich mit Blut. Der Zauberer rief entsetzt: »Argonaut, oh, mein armer Argonaut!«, und versuchte verzweifelt, das Einhorn auf den Beinen zu halten – umsonst. Es knickte in den Vorderläufen ein und fiel auf die Seite. Angesichts des sterbenden Pferdes blieben die Menschen für einige Augenblicke stehen und starrten es an, doch dann setzten sie sich wieder in Bewegung, singend, lachend, jubelnd, als wäre nichts geschehen. Niemand schien gewillt, sich durch irgendeinen Anblick – und sei er noch so grausam – von seinem Vergnügen abbringen zu lassen.

Der Pulcinell schien unterdessen wie vom Erdboden verschluckt. Suchend blickte Matteo sich um, schaute in jede Richtung, und plötzlich fiel es ihm wie Schuppen von den Augen: Der als neapolitanischer Harlekin verkleidete Schütze war niemand anderer als Pamfalon, der Patron der Gauklertruppe *Le Giocolieri!*

Pamfalon hatte zweifelsohne einen Grund, das Pferd – oder seinen Besitzer – zu töten, denn dieser hatte seine Tochter, die schöne Lavinia, erst geschwängert und dann sitzen lassen, woraufhin sie Selbstmord beging. Während all dieser Gedanken war Matteo aufs Geratewohl losgelaufen. Weit konnte Pamfalon auf seinem Esel nicht gekommen sein, schon gar nicht in dem Gedränge, das überall herrschte. Täuschte er sich, oder stand der Pulcinell nicht dort in dem Hauseingang und tat so, als unterhielte er sich mit einem Nachbarn?

Matteo beschleunigte seine Schritte, bis er direkt hinter ihm stand, und klopfte ihm auf die Schulter: »Pamfalon!«, rief er außer Atem. »Für diese Tat wirst du dich verantworten müssen, vor Gott und der Welt …«

Dann verstummte er, denn der Pulcinell hatte sich ihm zugewandt, erstaunt und auch ein wenig ärgerlich, und Matteo erkannte, dass er es keineswegs mit Pamfalon zu tun hatte, sondern mit einem Unbekannten. Er murmelte eine Entschuldigung und ließ den Mann stehen. Wie hatte er sich nur so irren können! Andererseits: Pamfalon war gewiss nicht der Einzige, der sich an diesem Tag als Pulcinell verkleidet hatte. Irgendwie musste es ihm gelungen sein, im Gewoge der Menge unterzutauchen. Zu dumm! Matteo war seinerzeit eigens zu ihm gegangen und hatte ihn gebeten, sich nicht an dem untreuen Liebhaber seiner Tochter zu rächen. Nun hatte er es doch getan. Matteo schickte einen Stoßseufzer gen Himmel und murmelte: »Herr, Deine Wege sind unergründlich, aber Dein Wille geschehe.«

Mittlerweile war er wieder bei dem sterbenden Pferd angelangt. Sein Besitzer, ein junger Mann, hatte die Zauberermaske abgelegt und kniete daneben. Er weinte bittere Tränen.

»Ihr habt das Tier wohl sehr geliebt?«, fragte Matteo.

Der Mann nickte stumm.

»Habt Ihr es mehr geliebt als Lavinia?«

Der Mann riss die Augen auf. »Was sagt Ihr da? Wer seid Ihr überhaupt?«

Matteo öffnete seine Zimarra einen Spalt, sodass sein silbernes Kreuz sichtbar wurde. »Ich bin Pater Matteo. Vor zwei Monaten habt Ihr bei mir im Beichtstuhl gesessen und eine traurige Liebesgeschichte erzählt. Sie handelte von Eurem Freund und Lavinia, der Gauklertochter. Die Geschichte hat mich sehr berührt – aber nicht überzeugt. Denn nicht Euer Freund war es, der Lavinia verließ, Ihr wart es selbst. Euer Name ist Gioacchino Pepoli, Ihr seid der Sohn des reichen Seidenkaufmanns Carlo Pepoli, und Ihr wart zu feige, mir die Wahrheit zu sagen, wahrscheinlich aus Angst vor einer zu hohen Buße.«

»Hochwürden, ich …«

»Deshalb fiel die Buße für Euch genauso schwer aus, wie sie für den erfundenen Liebhaber gewesen wäre. Sie sollte in sechs Monaten Dienst bei den Gauklern bestehen, um so das Pamfalon angetane Leid halbwegs wiedergutzumachen. Doch Ihr seid nicht zu ihm gegangen.«

»Hochwürden, der Patron drohte, mich zu töten! Wäret Ihr an meiner Stelle gegangen?« Der junge Mann hob beschwörend die Hände.

Matteo wusste darauf zunächst keine Antwort. Dann sagte er: »Ich hoffe, ich hätte es getan. Auf jeden Fall wäre ich nicht so hochmütig gewesen wie Ihr. Denn auch der Hochmut war es, der Euch den Weg zu Pamfalon verwehrte. Immerhin habe ich etwas anderes gemacht: Ich habe den Gaukler-Patron nach Lavinias Tod aufgesucht und ihm das Versprechen abgerungen, Euch nicht zu töten.«

»Das habt Ihr getan?«

»So ist es.«

Gioacchino Pepoli lachte freudlos und deutete auf sein Pferd. »Da seht Ihr, mit welchem Erfolg.«

»Ja, es scheint so, als hätte ich ihn nicht überzeugen können.« Matteo seufzte. »Er musste seine Rache haben. Ich glaube jedoch, dass er mit voller Absicht Euer Pferd tötete – und nicht Euch. Denn hätte er dies vorgehabt, wäre es ihm aus der kurzen Entfernung mit Sicherheit gelungen.«

»Was wollt Ihr damit sagen?« Gioacchino Pepoli begann, sein totes Pferd zu streicheln.

»Ich will damit sagen, dass Pamfalon sich genau überlegte, was er tat. Er wollte Euch großen Schmerz zufügen, scheute aber davor zurück, Euch zu töten, denn trotz allem ist er ein frommer Mann. So verfiel er auf den Gedanken, das Pferd zu erschießen und anschließend in der Menge zu verschwinden.«

»Ich könnte die Stadtwache auf ihn hetzen.«

»Das würde ich lassen. Erstens laufen mehrere als Pulcinell verkleidete Männer im Karnevalszug, und es fiele Euch schwer, dem richtigen Pulcinell die Tat nachzuweisen; zweitens – und das ist entscheidender – hat Pamfalon mit der Tat für sich einen Schlussstrich gezogen.«

Gioacchino Pepoli überlegte. »Meint Ihr damit, auch für mich wäre der Fall erledigt?«

»Richtig.«

»Und bis auf meinen armen Argonaut hätte die Sache noch einen guten Abschluss gefunden?«

»Nicht ganz, Ihr vergesst die Buße, die Gott Euch durch meinen Mund auferlegt hat. Wenn Ihr mit Eurem Schöpfer im Reinen sein wollt, solltet Ihr den Dienst bei den Gauklern antreten. Zumal Ihr um Euer Leben nicht mehr zu fürchten braucht.«

Darauf hin antwortete Gioacchino Pepoli lange Zeit nichts,

nur sein totes Pferd streichelte er immerfort. Schließlich sagte er: »Ich will es tun. Ich weiß nicht, was mein stolzer Vater und meine nicht minder stolze Ehefrau dazu sagen werden, wenn ich niedere Dienste bei den *Giocolieri* verrichte, aber ich will es tun.«

»Das freut mich.«

»Und ich möchte mich bei Euch entschuldigen, Hochwürden, weil ich Euch im Beichtstuhl hinters Licht führen wollte.«

»Schon gut, meine Person ist bei der ganzen Angelegenheit am unwichtigsten. Geht nur zu den Gauklern, dann will ich zufrieden sein.«

»Das verspreche ich.«

»Gelobt sei Jesus Christus.«

»In Ewigkeit. Amen.«

»*Arrivederci*, mein Sohn.«

»*Arrivederci*, Hochwürden.«

Auf dem Rückweg, Matteo war noch voller Gedanken an das soeben Erlebte, wurde er plötzlich unsanft angerempelt. Die Verursacherin war Thetys, genauer: eine Frau, die sich als Gemahlin Poseidons verkleidet hatte. Sie entschuldigte sich wortreich, ergriff Matteos Hände und rief: »Oh, Messer, es tut mir ja so leid!«

»Schon gut, es ist ja nichts passiert«, murmelte Matteo und wollte weiter, doch die Frau schien ehrlich zerknirscht. »Wo hatte ich nur meine Augen! Es war wirklich keine Absicht.«

»Jaja, nicht der Rede …« Plötzlich spürte Matteo, dass etwas nicht stimmte. Er befreite seine Hände mit einem Ruck und griff hinter sich – gerade noch schnell genug, um einen Kerl, der wie Poseidon aussah, zu packen. »Ich bin zwar ein

Mann Gottes«, grollte Matteo, »aber durchaus von dieser Welt. Glaub ja nicht, ich würde den Rempeltrick nicht kennen: Der eine lenkt das Opfer ab, während der andere ihm von hinten die Taschen leert. Aber nicht mit mir, mein Freund!«

»Lasst mich los!«

»Ich denke nicht daran.«

Poseidon versuchte, sich zu befreien, und Thetys, die auf einmal überhaupt nicht mehr zerknirscht wirkte, wollte ihm dabei helfen. Doch sie war zu schwach dafür. Sie stieß einen Fluch aus und lief davon. Poseidon wäre ihr gern gefolgt, aber Matteo hielt ihn eisern fest. »Ich werde dich der Stadtwache übergeben!«, drohte er. »Wie man hört, werden Dieben wie dir neuerdings Daumen und Zeigefinger abgehackt. Das wird dich lehren, noch einmal anständige Menschen zu bestehlen.«

»Nein!«, heulte Poseidon auf. »Bitte, Hochwürden, ich bin ein unbescholtener Mann. Es ist das erste Mal, dass ich versucht habe …«

»Und das soll ich dir glauben? Beleidige nicht meine Intelligenz! Wie viel hast du schon zusammengestohlen?«

»Ich … ich …«

»Heraus mit der Sprache!«

»Nicht viel, Hochwürden, wirklich nicht viel.«

»Zeig her.«

Poseidon holte zitternd sein Diebesgut hervor. Es waren knapp drei Paoli.

Matteo nahm die Münzen an sich und sagte: »Es gibt nur eine Möglichkeit, deine Finger zu retten: indem du das Geld der Kirche spendest. Hast du etwas dagegen einzuwenden?«

»Äh, nein, Hochwürden.«

»Schön. Und um ein Übriges zu tun, solltest du deine

Schandtaten noch heute beichten. Ansonsten wird ein Unwetter über dir aufziehen, wie du es noch nie erlebt hast.«

»Jawohl, Hochwürden.«

»Nun verschwinde. Und bessere dich!«

Aufatmend lief Poseidon davon. Matteo sah ihm nach. Die Wahrscheinlichkeit, dass der Langfinger von nun an zu einem guten Menschen werden würde, war verschwindend gering. Immerhin: Fürs Erste war ihm das Handwerk gelegt, und die Münzen konnten für die Instandsetzung von San Simeone Verwendung finden.

Mit dieserart Gedanken strebte Matteo nach Hause. Er war sehr zufrieden mit sich.

Am Abend, als die Hausgemeinschaft beim Essen saß, berichtete Matteo von dem Versuch, ihn zu bestehlen. Nausica fasste sich ans Herz und rief: »Gott sei Dank, dass es so glimpflich abgelaufen ist, Hochwürden! Ich darf gar nicht daran denken, was alles hätte geschehen können.«

»Es ist ja nichts passiert.« Matteo tat es gut, dass sie so besorgt um ihn war – und schalt sich gleichzeitig der Eitelkeit.

Dovizio sagte: »Wenn ich Euch begleitet hätte, wäre es gar nicht erst zu dem Versuch gekommen. Ich sehe jedem Langfinger an der Nasenspitze an, was er vorhat.«

»Ach? Auch wenn die Nasenspitze sich unter einer Maske verbirgt?«

»Ihr wisst schon, wie ich's meine.«

»Nein, das weiß ich nicht.«

Bevor das Wortgeplänkel ernster wurde, mischte Violino sich ein und fragte: »Hochwürden, habt Ihr schon herausgefunden, warum die Bolognesi in der Lage sind, Karneval zu feiern, obwohl in Venedig die Pest herrscht?«

Matteo dachte an die Menge, die fröhlich an dem sterbenden Pferd vorbeimarschiert war, unbeeindruckt von den Leiden der armen Kreatur. »Ich ahne es«, antwortete er, während Nausica ihm noch eine Kelle Suppe nachfüllte. »Es hängt wohl mit dem grauen Alltag zusammen, der für die meisten aus Not, Schweiß und Tränen besteht. Karneval ist das genaue Gegenteil davon. Die Kehrseite allen Kummers. Die närrischen Tage sind für sie wie ein kostbarer Schatz, der unbedingt geborgen werden muss. Wer ihn nicht findet, der fällt der Verzweiflung anheim. Sie klammern sich an diesen Schatz wie Ertrinkende, wollen an nichts anderes denken, von nichts anderem wissen und wenigstens ein Mal im Jahr alles vergessen. Ich glaube, die Pest könnte nur eine Straße weiter ausbrechen – es wäre ihnen einerlei, sie würden trotzdem feiern wollen, blind für das Schicksal ihres Nächsten, denn mit ihrem eigenen Schicksal haben sie schon mehr als genug zu tun.«

Daraufhin schwieg die Runde, bis Dovizio sagte: »Kurzum, Hochwürden: Das Hemd ist den Leuten näher als der Rock.«

»So kann man es auch sagen.«

»Werdet Ihr morgen wieder an den Umzügen teilnehmen?«, fragte Nausica.

»Ich weiß es noch nicht.«

»Es gäbe einen Grund dafür«, sagte Violino. »Ich habe festgestellt, dass noch mehrere Dutzend von den Lichtmess-Kerzen übrig sind. Die könnten wir am Straßenrand verkaufen.«

»Das würde dem Kirchensäckel mehr als guttun«, brummte Dovizio und schlürfte geräuschvoll den letzten Löffel Suppe in sich hinein. »Ich habe heute schon wieder ein Stück Putz auf den Kopf bekommen.«

»Ja, die Fresken blättern ab wie die Borke vom Baum.«

Matteo seufzte. »Sie müssten dringend erneuert werden. Wahrscheinlich ist es ein guter Gedanke, die Kerzen zu verkaufen. Violino und ich werden sie morgen feilbieten.«

»Kann ich nicht auch mitkommen?«, fragte Nausica und schaute Matteo aus ihren braunen Augen mit den grünen Sprenkeln an.

»Äh, nein. Ich meine, ich kann dir nicht verbieten, zum Karneval zu gehen, zumal du es ohne Zweifel verdient hättest, auf andere Gedanken zu kommen. Aber ich wäre dir dankbar, wenn du bei Dovizio bliebest und ihm dabei helfen würdest, die Thuribula zu säubern. Sie sind vom Weihrauch schon wieder ganz schwarz.«

»Ja, Hochwürden, natürlich.«

»Ich danke dir für dein Verständnis. Nun sprich das Dankgebet für die Speise, die uns der Herr beschert hat.«

Folgsam faltete Nausica die Hände und sprach:

»Danket dem Herrn,
der allen Geschöpfen Nahrung gibt,
denn seine Huld währet ewig.
Amen.«

»Amen«, murmelten auch die anderen, und Matteo sagte: »Ich denke, es ist Schlafenszeit. Es war ein langer Tag. Gehen wir zu Bett. Der Herr schenke euch eine ruhige Nacht und einen erholsamen Schlaf.«

»Gute Nacht, Hochwürden«, erklang es einträchtig.

Am anderen Morgen, es war Samstag, stellten Matteo und Violino einen alten Tisch an die Via delle Lame und legten die Lichtmess-Kerzen darauf. Dann warteten sie. Ein paar Nachtschwärmer schwankten johlend vorbei, in zerrissenen, fleckigen Kostümen. Einer von ihnen hielt ein abgenagtes Hühnerbein wie eine Trophäe in die Luft und sang dazu ein zotiges Lied. »Da zeigt sich mal wieder, woher das Wort ›Karneval‹ kommt«, brummte Matteo.

»Woher denn?«, fragte Violino.

»Von *carne,* was bekanntlich Fleisch heißt und gleichermaßen die Esslust wie die Fleischeslust meint.«

»Die Burschen sehen nicht mehr so aus, als könnten sie das eine oder das andere genießen.«

»Da magst du wohl recht haben, mein Sohn.«

Wieder warteten sie. Weitere Narren zogen heran. Sie wirkten nicht so übernächtigt wie die Ersten, sondern frisch und ausgeruht. Sie waren bereit für ein neues, großes, überschäumendes Spiel der Freude, der Ausgelassenheit, des Sichvergessens. Sie würden die Straßen und Plätze zu Bühnen machen und die Innenstadt zu einem öffentlichen Theater. Fröhlich winkten sie zu den Balkonen am Straßenrand hinauf, wo schon einige Anwohner standen, darunter auch Damen, die trotz der frühen Stunde festlich gekleidet waren wie zu einem *banchetto.* Später würde ihr Aufzug stark in Mitleidenschaft gezogen werden, wenn einige von ihnen Eier auf die Menge unter sich warfen und die Feiernden mit faulen Früchten oder Pferdeäpfeln antworteten. In der Tat gab es in diesen Tagen keine Trennung zwischen Zuschauern und Akteuren, denn häufig war es dem einfachen Volk erlaubt, in die Häuser der Vornehmen einzudringen und sich gemeinsam mit den Bewohnern zu vergnügen.

So hoben sich die sozialen Unterschiede auf, ja, sie kehrten sich sogar um in Parodien und Possen. Ein Beispiel dafür stellten die nächsten Narren dar, bei denen Frauen in Vogelkostümen daherkamen, Männer in Frauenröcken und Bauern in der Tracht von Jurastudenten, die übergroße Paragraphenzeichen in den Händen schwenkten. Ihnen folgten verschiedene Wagen, Karren und Kutschen, deren Blickfang ein römischer Streitwagen mit zwei Zenturionen bildete, dicht gefolgt von einem hochbeladenen Heuwagen, auf dem Kinder in bunten Kostümen saßen. Sie riefen mit seltsam tiefen Stimmen und warfen Zuckerwerk herab.

Matteo und Violino traten unwillkürlich einen Schritt zurück, als der Wagen dicht an ihnen vorüberfuhr und plötzlich zum Stehen kam, weil ein paar Tänzer den Zugpferden im Wege waren. Ein Schwall kandierter Früchte prasselte auf sie herab. Die Kinder über ihnen lachten und fielen jählings um, denn der Wagen war ruckartig wieder angefahren.

Violino bückte sich nach einer kandierten Feige und verharrte mitten in der Bewegung. »Hochwürden, seht nur, ein Toter! Er muss aus dem Heu des Wagens gefallen sein.«

»Ein Toter?« Matteo blickte nach unten. »Bist du sicher?« Er berührte mit dem Finger eines der geschlossenen Lider. Es zuckte. »Er lebt. Sein Kopf glüht. Wir müssen ihn von der Straße ziehen, sonst wird er überfahren.«

Mit vereinten Kräften hoben sie den Mann an und legten ihn neben dem Tisch mit den Kerzen ab. Dabei öffnete sich sein Kragen, der Hals mit einer Reihe rotdunkler Geschwülste wurde sichtbar. Matteo stieß einen Pfiff aus. Derlei Wucherungen hatte er schon einmal gesehen, damals, in seiner Zeit als Medicus. Wenn sein Verdacht sich bestätigte, konnte aus dem fröhlichen Bologna schlagartig ein Jammertal werden. Aber stimmte seine Vermutung? Nicht jede Geschwulst musste gleich bösartig sein. Es galt, kühlen Kopf zu bewahren und zu helfen. Das gebot die Christenpflicht.

Matteo warf seine Zimarra über den Kranken und sagte zu Violino: »Hilf mir, den Mann zu schultern.«

»Warum, Hochwürden?«

»Ich will ihn zu San Simeone tragen, um seine Schwären näher zu untersuchen.«

»Ich komme mit.«

»Nein, du bleibst hier. Anderenfalls wären Tisch und Kerzen weg, das können wir uns nicht leisten.«

Violino fügte sich. »Ist recht, Hochwürden.«

»Ich schicke dir später jemanden, der dir hilft, den Tisch zurückzubringen. Versuche in der Zwischenzeit, die Kerzen zu verkaufen.«

Matteo trug den Kranken in seine Kirche und machte vor der Sakristei halt. Wo war nur der Schlüssel zur Tür? Er kramte mit einer Hand in seinen Taschen, während die andere die Last auf der Schulter hielt. Da war er ja! Vielleicht sollte er demnächst die Tür doch wieder offen lassen. Rasch schloss Matteo auf und legte den Kranken auf dem Boden vor dem Kruzifix ab.

Dann begann er mit seiner Untersuchung. Der Kranke war ärmlich gekleidet, mit einer geflickten Hose aus Blautuch, einem abgewetzten Lederwams und einem Leinenhemd, das hölzerne Knöpfe aufwies. Die Hände waren schwielig von harter Arbeit, die Nägel schmutzig. Das Gesicht war unrasiert und glühte vor Fieber. Er mochte dreißig Jahre alt sein und irgendwo als Knecht arbeiten. »Wie ist dein Name?«, fragte Matteo und klopfte ihm leicht gegen die Wange.

Der Kranke stöhnte, schien aber bei Bewusstsein.

»Wie heißt du?« Matteo schlug dem Kranken nochmals gegen die Wange.

Diesmal antwortete er. »Gorgo«, krächzte er.

»Gut, Gorgo, ich möchte, dass du dein Becken anhebst, damit ich dir die Hose abstreifen kann. Glaubst du, du schaffst das?«

Gorgo nickte und spannte alle Muskeln an.

Matteo zog ihm die Hose herunter und untersuchte die Leisten. Auf den ersten Blick waren sie ohne Makel. Auf den zweiten jedoch erkannte er mehrere blassrosa Flecken. Wie am Hals saßen sie in einer Reihe, und es gehörte wenig Vorstellungskraft dazu, sich auszumalen, dass sie in wenigen Stunden ausgereift sein und wie die Geschwülste am Hals aussehen würden.

Matteo fasste seine Erkenntnisse zusammen: Der Kranke hatte hohes Fieber und die typischen Beulen in Körperregionen, wo die Lymphknoten saßen, kleine Gebilde, deren Funktion die Medizin nicht hinreichend kannte. Eines aber wusste jeder erfahrene Arzt: Waren sie geschwollen, und hatten sich an ihrer Stelle Geschwülste gebildet, so war dies ein untrügliches Zeichen für die Bubonenpest, für die Geißel Gottes, die in unregelmäßigen Abständen über die Menschheit herfiel – so wie über Venedig in diesem Jahr.

Und Bologna? War Gorgo nur ein Vorbote dessen, was *la peccaminosa,* »der Sündigen«, ebenfalls blühte? Wenn dem so war, musste Matteo den zuständigen Behörden unverzüglich Meldung erstatten. Die Folgen würden einschneidend sein und zum sofortigen Abbruch der Karnevalsfeierlichkeiten führen. Zur unbefristeten Quarantäne. Und zu zahllosen anderen Maßnahmen. Nicht zuletzt zum Ausheben von Massengräbern …

Und wenn nicht? Wenn Gorgo nur ein Einzelfall war? Würde es nicht besser sein, erst einmal abzuwarten, ob ein zweiter Fall auftrat?

Gut und schön, aber Gorgos Bubonen mussten in jedem Fall versorgt werden. In ihnen saßen eitrige, kranke Säfte, die mit dem Skalpell herauszuoperieren waren. Normalerweise eine Arbeit, die vom Wundarzt oder Bader ausgeführt wurde, doch hieße das, schlafende Hunde zu wecken.

»Ich muss es selbst machen«, murmelte Matteo. »Ein Operationsmesser habe ich noch, aber ansonsten fehlt mir manches.«

Er ging zur Tür und rief nach Nausica, die Dovizio mittlerweile half, die Pfeifen der Orgel abzustauben.

»Was kann ich für Euch tun, Hochwürden?« Ihre braunen Augen mit den grünen Sprenkeln sahen ihn an.

Wieder fühlte er Unsicherheit. Und Verlangen. Doch er hatte sich die Buße auferlegt, ihr zu widerstehen. Auch wenn es noch so schwerfiel. »Höre, Nausica«, sagte er möglichst gleichgültig, »ich brauche Verbandsmaterial, Weidenrinde zur Fiebersenkung und ein Fläschchen Laudanum. Hole mir alles aus der Farmacia Del Monte. Grüße den Apotecarius Colberti von mir, er möge sich um die Rechnung keine Sorgen machen, ich würde sie in den nächsten Tagen begleichen.«

Nausica erschrak. »Seid Ihr krank, Hochwürden?«

Matteo zögerte. Am liebsten hätte er keiner Seele etwas von Gorgo erzählt, doch er würde sein Geheimnis ohnehin nicht auf Dauer bewahren können.

»Nein, aber du kannst Colberti ruhig sagen, ich fühlte mich nicht wohl.«

»Gewiss, ja.« Nausica knetete die Hände. »Seid Ihr nun krank oder nicht?«

»Nein. Ich habe jemanden aufgelesen, um den ich mich kümmern muss. Vielleicht hat er ein ansteckendes Leiden, deshalb soll niemand davon erfahren. Versprich mir, dass du schweigen wirst.«

»Natürlich, Hochwürden. Welche Krankheit ist es denn?«

Matteo verwünschte insgeheim die weibliche Neugier. »Es ist die *Pestis bubonis.*«

»Davon habe ich noch nie gehört.«

»Du brauchst dir den Namen auch nicht zu merken. Nun beeil dich.«

Matteo kehrte zu Gorgo zurück und fühlte ihm den Puls. Er war sehr schwach.

»Wo bin ich?«, flüsterte Gorgo und blickte Matteo aus blutunterlaufenen Augen an.

»In meiner Kirche. Ich bin Pater Matteo.«

»Muss ich ... sterben?«

»Das liegt in Gottes Hand.« Matteo bemühte sich, seiner Stimme einen zuversichtlichen Klang zu geben, obwohl er wusste, dass es zwar zahllose Therapien gegen die Pest gab, aber keine Heilungsaussicht. Dennoch hörte man immer wieder, dass einer von tausend Kranken überlebte. Vielleicht war Gorgo dieser eine. Matteo beschloss, für ihn zu beten. »Warte, ich bin gleich zurück.« Er ging hinüber ins Wohnhaus und entnahm seinem alten Instrumentenkasten mehrere Skalpelle. Sie waren scharf und gut geölt, als hätten sie darauf gewartet, wieder zum Einsatz zu kommen. »Ich hätte euch lieber an eurem Platz gelassen«, murmelte er, während er zurück zur Sakristei eilte, »denn ich weiß nicht, ob ich mit euch noch umgehen kann.«

Kurz darauf fragte er Gorgo: »Schmerzen die Geschwülste am Hals sehr?«

Der Kranke nickte.

»Wie lange hast du sie schon?«

Gorgo krächzte irgendetwas, seine Zunge klebte ihm am Gaumen.

»Warte, hier ist ein Becher Wasser.« Matteo hob Gorgo den Kopf an, damit er trinken konnte. Danach schien es ihm etwas besser zu gehen. »Also, wie lange hast du die Geschwülste schon?«

»Fünf Tage vielleicht?«

»Hm.« Auch diese Antwort sprach dafür, dass die Diagnose Pest richtig war. »Und weißt du, wie du auf den Heuwagen gekommen bist?«

»Zwerge.«

»Zwerge?« Matteo glaubte, nicht richtig gehört zu haben.

Gorgo nickte. »Sie haben mich hochgehoben und im Wagen versteckt. Konnt mich nicht wehren. Es sind Taschendiebe allesamt. Haben mich in Giudecca aufgelesen und hierhergebracht.«

»Augenblick, nicht so schnell.« Matteo ordnete seine Gedanken. »Die Zwerge, die man normalerweise für Kinder halten würde, haben dich, einen Pestkranken, von der Südinsel Venedigs, von Giudecca, fortgeholt?«

»Ja, es sind Taschendiebe aus Ferrara.«

»Warum haben sie dich entführt?«

Langsam und stockend antwortete Gorgo, denn das Sprechen fiel ihm schwer. Vieles von dem, was er sagte, hatte er sich während der Fahrt aus den Gesprächen der Zwerge zusammengereimt. Als er geendet hatte, ergab sich für Matteo folgendes Bild: Es gab eine Diebesbande in Ferrara, die sich aus sieben Zwergen zusammensetzte. Sie nannte sich *I Sette Nani* und war nur eine von mehreren Banden, aber die kleinste und schwächste, weshalb die anderen sie dazu zwangen, im ärmsten Bezirk zu arbeiten, wo es kaum etwas zu holen gab. Da fassten die Zwerge den Plan, die Karnevalstage in Bologna auszunutzen, um die Pest unbemerkt in die Stadt zu bringen. Die Bevölkerung – und mit ihr die hiesigen Taschendiebe – sollte zum großen Teil ausgelöscht werden, wodurch sie sich ein neues und konkurrenzloses Betätigungsfeld erhofften.

»Aber das grenzt doch an Selbstmord!« Matteo konnte kaum glauben, was er gehört hatte. »Die Pest ist so ansteckend wie keine andere Seuche. Manche sagen, man bekäme sie vom bloßen Anblick eines Kranken, andere behaupten, ihre Ursache steige mit unsichtbaren Miasmen aus der Erde auf, und wieder andere machen die Konstellation von Planeten für ihr Entstehen verantwortlich. Tatsache ist: Niemand, der sich auf sie einlässt, kann ihr entkommen.«

»Die Zwerge haben ihr ’n Schnippchen geschlagen. Allesamt haben sie die Krankheit gehabt, sagen sie.«

»Nicht möglich!« Matteos Gedanken arbeiteten. Das hieß, wer die Pest einmal besiegt hatte, war gegen sie für immer gefeit. Aber diese Fälle waren so selten, dass sie nur in Lehrbüchern standen. Konnte es unter diesen Umständen sein, dass gleich fünf Erkrankte die Seuche überlebt hatten? Konnte es sein, dass Zwerge immun gegen die Pest waren, weil ihre kleinen Körper ungeahnte Abwehrkräfte gegen die Krankheit entwickelten? Unsinn, das waren wenig wissenschaftliche Überlegungen, die niemandem halfen. Matteo unterbrach seine wirren Gedanken und ging zur Tür, denn es hatte geklopft.

Draußen stand Nausica mit den gewünschten Dingen aus der Farmacia.

Matteo nahm sie dankend entgegen. »Hat dich Colberti auch nicht zu sehr ausgequetscht?«

»Nein, Hochwürden, überhaupt nicht. Seine Tochter war da, sie hat nicht viel gefragt.«

»Das ist gut. Weißt du was? Du warst vorhin enttäuscht, dass du nicht zum Karneval gehen konntest. Ich habe es mir überlegt. Leiste Violino an der Straße Gesellschaft und hilf ihm, die Lichtmess-Kerzen an die Narren zu verkaufen. Später trage mit ihm den Tisch zurück.«

»Oh, danke, Hochwürden!« Nausica wollte seine Hand ergreifen und sie küssen, aber Matteo konnte es gerade noch verhindern. »Nun geh, ich komme hier schon allein zurecht.«

Doch wie sich kurz danach herausstellte, hatte er damit übertrieben, denn der Kranke konnte nicht in der Sakristei bleiben. Sie war ein Ort, in dem häufig ein und aus gegangen wurde, unter anderem, wenn Gottesdienst stattfand und die Messdiener ihre Gewänder dort anlegten. Gorgo musste in den Kirchenkeller hinuntergetragen werden, und das schaffte er nicht ohne Hilfe.

Er wandte sich erneut zur Tür und rief nach Dovizio. Als der gedrungene Küster erschien, sagte er: »Dovizio, ich weiß, du bist für mich Küster, Koch und Kantor, sei dieses eine Mal auch ein kleines bisschen Krankenträger.«

»Krankenträger? Wer ist denn krank?«, fragte Dovizio misstrauisch.

Matteo erklärte rasch die Hintergründe und schloss: »Gorgo hat die Pest. Ich will ihn unten im Kirchenkeller neben das Ossarium legen und operieren. Ich kann dich wegen der Ansteckungsgefahr nicht zwingen, mir zu helfen, ihn hinunterzutragen, aber allein schaffe ich es nicht.«

Dovizio, sonst stets die Ruhe selbst, war blass geworden. »Die Pest in unserer Kirche?« Er schnaufte. »Ich kann es kaum glauben. Es klang, als würdet Ihr über das Wetter reden.«

»Ich sage nur, wie es ist. Bitte, Dovizio. Ich glaube, wie alles im Leben hat Gott uns auch diese Prüfung zugedacht. Wir müssen sie annehmen – und mit seiner Hilfe bestehen. Oder auch nicht. Sein Wille geschehe.«

Der Küster brummte: »Ihr lasst mir wie immer kaum eine Wahl, aber das kenne ich ja nicht anders. In Gottes Namen, ich packe mit an!«

Gemeinsam schoben sie die schwere Kredenz für die liturgischen Geräte zur Seite und öffneten die darunter befindliche Falltür. »Es liegt lange zurück, dass ich im Keller war«, sagte Matteo, während er, eine Laterne in der Hand, als Erster die steile Steintreppe hinabstieg. »Wir wollen uns zunächst umsehen, ob alles noch beim Alten ist.«

Feuchte, abgestandene Luft schlug ihnen entgegen, als sie unten angelangt waren. Spinnweben streiften ihre Gesichter, eine Ratte huschte aufgeschreckt davon. Vor ihnen tauchten drei jahrhundertealte Steinsärge auf. Ob in ihnen jemand ruhte, wusste Matteo nicht, doch jeder trug eine Jahreszahl: MCCI, MCCLVII und MCCCLXXXII. Rechts von den Särgen befand sich eine verstaubte Eichentür. Sie führte in das Ossarium, in dem Totengebeine der Pest-Epidemie von 1348 lagen.

Neben dem Ossarium stand eine stabile Werkbank. Auch sie war von einer dicken Staubschicht bedeckt, ebenso eine Maurerkelle und ein alter Bottich mit gehärtetem Mörtel, die darauf lagen. Wer die Gegenstände einst vergessen hatte, würde wohl nie jemand erfahren. »Wir werden den Kranken auf die Werkbank legen. Ein Strohsack als Unterlage muss genügen«, entschied Matteo. »Siehst du den Luftschacht über dir? Er wird dafür sorgen, dass unser Patient gut atmen kann. Nun wollen wir ihn herunterholen.«

Einige Zeit später lag Gorgo in seinem behelfsmäßigen Krankenbett. Matteo hatte zwei weitere Laternen herbeigeschafft und sagte zu ihm: »Ich werde dir zunächst etwas Laudanum einflößen, denn das, was ich mit dir vorhabe, wird nicht ohne Schmerzen abgehen.«

Gorgo nickte und trank gehorsam ein kleines Quantum der segensreichen Flüssigkeit.

Matteo wartete auf das Eintreten der Wirkung und überprüfte noch einmal seine Skalpelle. Er hatte beschlossen, die Operation allein durchzuführen. Dovizio hatte genug andere Aufgaben und konnte überdies kein Blut sehen.

»Ich werde jetzt deine Geschwülste öffnen«, sagte er zu Gorgo, »denn es ist wichtig, den Eiter und damit die kranken Säfte aus deinem Körper zu entfernen.«

Er griff zum Skalpell – und legte es wieder zur Seite. Es lag Jahre zurück, dass er zuletzt eines benutzt hatte. Mut und Selbstvertrauen gehörten dazu, mit einem Messer in lebende Haut zu schneiden, und es kam ihm so vor, als täte er es zum ersten Mal. Er ergriff die Klinge abermals und machte die erste Inzision.

Gorgo zog scharf die Luft durch die Zähne, sagte aber nichts. Matteo machte einen zweiten Schnitt, sodass ein Kreuz entstand, und drückte mit den Fingern die Ränder der Beule ein. Eine schleimige gelbliche Masse quoll aus der Wunde. Gorgo verkrampfte sich trotz des Laudanums. Matteo achtete nicht darauf. Er drückte weiter, bis nur noch Blut und Sekret hervorkamen, und atmete erst einmal durch. Doch er gönnte sich kaum eine Pause, denn er wusste nicht, wie lange die schmerzdämpfende Wirkung des Laudanums anhalten würde. Er tupfte die operierte Bubone sauber und machte sich an die zweite. Kurz darauf an die dritte. Anschließend legte er dem Patienten einen Verband an und schickte insgeheim ein Dankgebet zum Himmel. Alles war so weit gut verlaufen. Ihm war nicht die Hand abgerutscht, und die kranken Säfte waren entfernt. Herr, ich danke Dir!

Mühsam richtete er sich auf. Der Rücken tat ihm höllisch weh, aber das spielte keine Rolle. »Trink von dem Weidenrindenaufguss, er wird dein Fieber senken«, sagte er zu Gorgo. »Und dann schwitze und schlafe. Schlaf ist die beste Medizin.«

Der Kranke antwortete nicht, denn ein Hitzeschauer durchlief seinen Körper. Doch er blickte dankbar.

»Ich schaue nachher wieder nach dir.«

Matteo stieg die Stufen der Steintreppe empor und wandte sich in der Sakristei an das kleine Kruzifix an der Wand. »Herr«, sagte er, nachdem er sich gesetzt hatte, »gib, dass ich alles richtig gemacht habe. Ich möchte abwarten, ob weitere Pestfälle in der Stadt auftauchen. Wenn nicht, will ich die Sache vertuschen, wenn ja … doch daran wage ich nicht zu denken. Gib, dass Gorgo ein Einzelfall bleibt. Erlöse ihn von dem Übel. Ach, und dann ist da noch etwas:

Ich wollte mich nicht als barmherziger Samariter aufspielen, als ich ihn mit meinem Mantel bedeckte und in Deine Kirche trug, ich wollte einfach nur Christ sein. Gib, dass er gesund wird. Denn wie heißt es über Dich und Deine Gnade im einundneunzigsten Psalm: *Denn er errettet mich vom Strick des Jägers und von der schädlichen Pestilenz …*«

Matteo seufzte und erhob sich. Trotz der Zwiesprache mit seinem Schöpfer fühlte er sich schwach und ausgelaugt. Die Knie schmerzten, die Schulden drückten, die Fresken bröckelten von den Wänden. Und Nausica beherrschte noch immer seine Gedanken. Zu alledem war die Sorge um den Pestkranken gekommen.

Am Sonntagmorgen war das Erste, was Matteo tat, in den Kirchenkeller hinabzusteigen und nach Gorgo zu sehen. Im Schein der Laterne zeigte sich, dass sein Patient über die Maßen schwitzte. Doch gottlob, er lebte. Sollte er ihm feuchte Wadenwickel machen? Nein, es würde besser sein, ihn schlafen zu lassen. Das Abtupfen und Kühlen der Stirn mochte fürs Erste genügen. Matteo nahm ein Tuch und fragte sich zum wiederholten Mal, ob er alles richtig machte und nichts vergaß. Die Pflege eines Pestkranken hatte er sich einfacher vorgestellt. Dabei tat er nichts anderes als das, was Hunderte, vielleicht Tausende von selbstlosen Menschen in Venedig täglich tun mussten.

In der vergangenen Nacht hatte er nicht schlafen können und in die Bücher geguckt, die er noch aus seiner Zeit als Medicus besaß. Besonders die Kapitel, in denen die Therapien gegen die Pest behandelt wurden, hatten ihn interessiert. Doch es war wenig genug gewesen, was er dort fand. Ein spanischer Schiffsarzt schrieb, der Entdecker Christoph Kolumbus habe anno 1498 auf seinem Weg nach Neu-Spanien einen Halt auf der Azoren-Insel Buenavista gemacht und dort portugiesische Aussätzige angetroffen, die durch den Verzehr von blutreichem Schildkrötenfleisch genasen. Was gegen Aussatz helfe, so die Conclusio, müsse auch gegen die Pest wirken, da die Symptome beider Krankheiten sich in manchem glichen.

Ein unfehlbares Mittel gegen den Schwarzen Tod, so hieß es weiter, sei das Abkochen von Eisenhut. Allerdings müsse man bei der Applikation Vorsicht walten lassen, denn *aconitum,* wie die Wissenschaft den Eisenhut nenne, habe giftige Eigenschaften. Probat seien schließlich auch das Ansetzen von Schröpfkugeln und harmonische Klänge.

Matteo hatte innegehalten und überlegt, ob er Violino bitten solle, mit seinem Gesang das Übel zu bekämpfen. Doch er hatte sich dagegen entschieden. Bei seinen Knien hatte die Musik auch keine Linderung gebracht, und überdies wollte er den jungen Kastraten nicht der Ansteckungsgefahr aussetzen.

Matteo tupfte Gorgo noch einmal die Stirn ab und verließ ihn wieder.

Wenig später legte er im Wohnhaus einen Bogen Papier auf sein Schreibpult, griff zur Feder und schrieb einen kurzen Text nieder, in dem er mitteilte, dass die Kirche am heutigen Sonntag wegen eines Krankheitsfalles geschlossen bliebe. Dann rief er nach Violino und bat ihn, das Papier an der Kirchentür zu befestigen.

Violino las den Text und sagte: »Die Leute werden glauben, Euch sei etwas zugestoßen, Hochwürden.«

»Das sollen sie auch.«

»Aber es ist wegen des Pestkranken im Kirchenkeller, nicht wahr?«

»Ja«, sagte Matteo. »Dovizio hat dir wohl schon alles erzählt?«

»Ihr habt es ja nicht getan.«

»Nun ja, vielleicht hätte ich es gestern beim Abendessen erwähnen sollen. Aber je weniger Menschen um den Kranken wissen, desto besser. Belassen wir es dabei. Und nun schlage das Papier an die Kirchentür.«

»Mache ich. Braucht Ihr mich danach noch?«

»Nein, hilf nur Dovizio bei seiner Arbeit.«

»Ich könnte auch Nausica in der Küche zur Hand gehen.«

»Wie du willst.«

Zwei Stunden später schaute Matteo wieder nach Gorgo. Diesmal war der Kranke wach. Seine Augen lagen tief in den Höhlen, die Jochbeine standen spitz hervor. Er verfiel zusehends.

»Ich komme, um nach den Geschwülsten zu sehen«, sagte Matteo betont munter.

Gorgo nickte schwach. Sein Fieber war seltsamerweise verschwunden. Hatte der Körper nicht einmal mehr die Kraft, auf die Krankheit mit Hitze zu antworten? Vorsichtig besah Matteo sich die operierten Stellen. Sie nässten ein wenig, schienen sich aber nicht entzündet zu haben. Er zog die Decke zur Seite und untersuchte die Leisten des Kranken. Wie befürchtet, hatten sich dort neue Bubonen gebildet – pralle, rotdunkle Schwären, denen man die Bösartigkeit schon von Weitem ansah. Später würde er sie aufschneiden. Vorher jedoch musste er dem Kranken ein wenig von der mitgebrachten Suppe geben. Das würde ihn stärken und die erneute Operation besser überstehen lassen. So Gott wollte.

Nachdem Gorgo ein paar Löffel Suppe in sich hineingeschlürft hatte, prüfte Matteo seinen Puls. Erst nach mehreren Versuchen konnte er ihn ertasten. Er war sehr schwach. »Bald wird es dir besser gehen.«

Gorgo schüttelte unmerklich den Kopf. »Lasst … mich. Will sterben.«

»Das erlaube ich nicht. Halte durch, und du wirst leben. Nun versuche wieder, zu schlafen.«

Am Nachmittag schnitt Matteo auch die neu gewachsenen Bubonen auf. Die Prozedur verlief wie beim ersten Mal, doch wie zuvor war ungewiss, ob sie Erfolg haben würde. Solange sich immer neue Geschwülste bildeten, würde die Pest weiter in Gorgos Körper wüten. Es war wie der Kampf gegen die Hydra, deren neun Köpfe auf neun Hälsen immer wieder doppelt nachwuchsen. Ja, die Pest war zäh, tückisch und unberechenbar. Den Schwachen, so hieß es, unterlag sie, die Starken besiegte sie. Aber es konnte auch genau umgekehrt sein. Welche Gesetzmäßigkeit mochte sich dahinter verbergen? Oder gab es gar keine?

Seufzend verließ Matteo den Kranken.

Am Montag verschlechterte sich Gorgos Zustand weiter. Ein Anzeichen dafür war der Durchfall, der als neue Plage hinzugekommen war. Als Matteo die Zudecke fortnahm, sah er es: Der Kranke hatte das Bett vollgemacht.

Matteo schluckte. Einen Augenblick lang fehlten ihm die Worte. »Nun ja«, sagte er dann, »das ist schon jedem von uns passiert. Halb so schlimm.«

»'s tut mir leid«, flüsterte Gorgo.

»Das braucht es nicht. Du solltest erst einmal essen.« Matteo zog den Kranken in eine sitzende Position, heraus aus seinem Schmutz, und begann, ihn zu füttern.

Nach drei Löffeln sank sein Kopf kraftlos zur Seite. »Kann nicht mehr«, flüsterte er.

»Dann isst du nachher weiter«, tröstete Matteo ihn. »Das Lager muss neu gemacht werden. Ich werde dich von der Werkbank heben und an die Mauer setzen.« Doch das war leichter gesagt als getan, denn Gorgo war ein kräftiger

Mann. Immerhin schaffte Matteo es nach zwei Versuchen. Danach holte er aus dem Wohnhaus saubere Bettlaken und brachte auf dem Rückweg einen Eimer frisches Wasser mit. Er füllte einen Becher mit dem kühlen Nass und sagte zu Gorgo: »Du musst viel trinken.«

Gehorsam nippte der Kranke an dem Wasser. Anschließend an einer Abkochung von *aconitum*, die Matteo eigens aufgesetzt hatte. Dann sank sein Kopf kraftlos nach hinten. »Will wieder liegen.«

»Gleich«, sagte Matteo, »erst muss ich dein Lager neu herrichten.« Er beseitigte den Schmutz, so gut es ging, mit dem restlichen Wasser, zog die sauberen Laken auf und hob Gorgo wieder auf die Werkbank. Als er es geschafft hatte, zitterte er am ganzen Körper.

Hat die Pest auch mich erwischt?, fragte er sich voller Schrecken. Ist ihr tödlicher Arm so schnell? Nein, ich bin nur erschöpft. Und ich bin es nicht gewohnt, schwere Lasten zu tragen. Seit vorgestern Abend habe ich nichts gegessen und den Kontakt zu meinen Anvertrauten vermieden, aus Angst, ich könnte sie anstecken. Die verfluchte Krankheit! Ich will vor ihr nicht kapitulieren. Noch hat sie sich nur mit Gorgos Leib zufriedengegeben. Ein weiterer Fall wurde bisher nicht bekannt. Herr, ich danke Dir und bitte Dich: Mach, dass sie die Stadt verschont, mach, dass sie mich verschont, denn ich habe große Angst. In Deine Hände gebe ich mein Leben …

Am Dienstag – in Bologna wurde noch immer mit großer Ausdauer Karneval gefeiert – schien es, als würde der Lebensfunke in Gorgo verlöschen. Sein Körper war ausgetrocknet wie altes Dörrobst, und Matteo wusste sich nicht anders zu helfen, als immer wieder zu versuchen, ihm Wasser einzuflößen. Meistens vergeblich. Gorgo verschluckte sich, lief rot an, röchelte, keuchte, wehrte ihn mit matten

Bewegungen ab. Aber Matteo blieb hartnäckig. »Du musst trinken, Gorgo, trinken! Trinke um dein Leben!«

Gorgo antwortete nicht mehr.

Matteo gab auf. Er wollte es sich nicht eingestehen, aber er war selbst so schwach, dass er sich am liebsten neben den Kranken gelegt hätte. Tag und Nacht hatte er sich gesorgt und gekümmert, und nun spürte er, dass ihn die Kräfte verließen.

»Ich bin gleich zurück«, murmelte er, »muss etwas essen, nur eine Kleinigkeit, nur eine Kleinigkeit …«

Dann wurde ihm schwarz vor Augen.

Er wachte auf und sah in ein Gesicht. Es war schön und gehörte Nausica.

»Wo bin ich?«

»In meiner Kammer, Hochwürden.«

Er fuhr hoch, doch sie drückte ihn mit sanfter Gewalt zurück in die Kissen. »Ihr wart ohnmächtig. Dovizio fand Euch im Kirchenkeller, nachdem wir vergeblich nach Euch gerufen hatten.«

»Wie spät ist es?«

»Wir haben Dienstagabend. Ihr müsst stundenlang neben dem Kranken gelegen haben.« Nausica blickte ihn vorwurfsvoll an. »Ihr hättet mir ruhig sagen können, dass Gorgo die Pest hat. Ich hätte Euch geholfen, ihn zu pflegen. Nun haben wir zwei Kranke.«

»Ich bin nicht krank. Außerdem wollte ich dich nicht beunruhigen.«

»Oh, das wolltet Ihr nicht?« Ihr Gesicht wurde weich. »Das war sehr rücksichtsvoll.« Sie griff nach seiner Hand und legte sie auf ihre kleine, feste Brust.

Er wollte sie ihr entziehen, aber sie ließ es nicht zu. »Ich wollte Euch immer schon sagen, dass ich damals bei meiner Beichte etwas vergessen habe.«

»Etwas vergessen?«

»Ja, es ist doch so, dass man alle seine schmutzigen Gedanken offenlegen muss?«

»Äh, gewiss.« Matteo beschloss, ihr seine Hand zu lassen. Zumindest für wenige Augenblicke.

»Das heißt, eigentlich waren die Gedanken nicht schmutzig.« Sie sah ihn an. »Sie waren sogar sehr schön.«

Matteo wurde es heiß. Er wollte sich aufrichten, wollte ihr Bett verlassen, aber er war zu schwach.

Ihr Gesicht näherte sich dem seinen. »Ich habe von einem Bett geträumt, darin nur Ihr und ich, und dass wir beide ...«

»Hochwürden!« Es war Dovizio, der heftig an Nausicas Kammertür klopfte. »Hochwürden! Nausica! Darf ich reinkommen?«

»Natürlich«, antwortete Matteo und zog hastig seine Hand zurück. Er dankte seinem Schöpfer für die Unterbrechung, denn ohne sie, das wusste er, wäre er schwach geworden.

Dovizio steckte den Kopf durch die Tür. »Verzeiht, Hochwürden, ich weiß, dass Ihr Ruhe braucht, aber ich glaube, der Kranke ist tot.«

»Tot?«

»Ja, ich war gerade unten im Kirchenkeller.«

»So war alles umsonst.« Matteos Stimme klang müde. »Doch des Herrn Wille geschehe. Ich komme.«

Nausica protestierte. »Hochwürden, Ihr seid dazu noch nicht in der Lage!«

»Doch, das bin ich.« Er erhob sich ächzend. »Nausica, ich danke dir für deine Fürsorge.«

»Das war doch selbstverständlich, Hochwürden.«

Er schaute sie an und sagte, jedes Wort betonend: »Ich denke, dass sich das nicht wiederholen wird.«

Nausica schlug die Augen nieder.

Dovizio sagte: »Wir waren ziemlich erschrocken, als wir Euch ohnmächtig im Keller fanden, aber nun scheint's ja wieder zu gehen.«

»Ja, es scheint so. Ich will zu Gorgo und ihm die Letzte Ölung geben. Unverzeihlich, dass ich es nicht rechtzeitig vor seinem Tode tun konnte. Aber mein Fleisch war zu schwach.«

»Jawohl, Hochwürden.«

Mit halbwegs festen Schritten ging Matteo hinüber in die Sakristei, nahm einen Krug mit geweihtem Olivenöl und stieg die Treppen hinab in den Keller. Dovizio folgte ihm mit einer Laterne.

Gorgo lag friedlich auf der Werkbank, seine Gesichtszüge hatten sich geglättet, im Tode wirkte er wie schlafend. »Dem Allmächtigen sei Dank, sein Leidensweg ist zu Ende«, murmelte Matteo. Er legte dem Toten die Hand auf die Stirn und sagte: *»In nomine patris et filii et spiritus sancti.«* Dann salbte er mit dem Öl die Stirn und die Hände des Toten und sagte dazu: »Durch diese heilige Salbung bitte ich Dich, o Herr, um Dein reiches Erbarmen für diese Seele, stehe ihr bei mit der Kraft des Heiligen Geistes, befreie sie von ihren Sünden, rette sie und richte sie in Deiner Gnade wieder auf.«

Er schlug das Kreuz, hielt inne und sprach abschließend das Vaterunser. »Amen.«

»Amen«, sagte Dovizio neben ihm und räusperte sich. »Wir können ihn nicht hierlassen, Hochwürden. Er muss begraben werden.«

»Wem sagst du das.« Matteo seufzte.

»Wir sollten ihn vor die Stadtmauern schaffen und in einem der brachliegenden Felder verscharren.«

»Das ist viel zu weit. Wir haben Dienstag, *martedì grasso*, in der Stadt geht es ein letztes Mal drunter und drüber, bevor die Fastenzeit beginnt. Wir können froh sein, wenn wir es schaffen, Gorgo unbehelligt bis zum Friedhof vom Ospedale della Vita zu transportieren.«

»Ihr habt recht. Aber wir sollten noch warten, bis es dunkel wird, Hochwürden.«

»Einverstanden. Lassen wir den armen Gorgo noch so lange hier unten liegen.«

Sie stiegen die Steintreppe empor, schlossen die Falltür und rückten die schwere Kredenz darüber. »Ich kümmere mich wieder um meine Orgel«, sagte Dovizio.

»Ist der eine Blasebalg immer noch defekt?«

»So löchrig wie ein Käse.« Dovizio unterdrückte eine Verwünschung. »Es müsste mal eine Orgel erfunden werden, die ohne Blasebälge und ohne Bälgetreter auskommt.«

Matteo runzelte die Stirn. »Aber Violino tritt sie doch? Jedenfalls hat er mir das erzählt.«

»Hochwürden, nur zu Eurer Erinnerung: Wir brauchen zwei Männer für die Bälge, einer allein schafft es nicht, und nicht jeder ist so geschickt wie unser Kastrat. Es sind auch rechte Trampeltiere dabei.«

»Du wirst schon mit dem Problem fertig.«

»Das sagt Ihr immer.« Dovizio steuerte die Tür an, die sich in diesem Augenblick öffnete, und prallte mit einem hünenhaften Mann zusammen. »Verzeiht, ich suche den Pater«, sagte er.

»Der steht dahinten«, brummte Dovizio und entfernte sich.

Matteo musterte den Neuankömmling, der wie ein griechischer Satyr aussah. Er trug eine schwarze Lockenperücke mit Eselsohren auf dem Kopf und war nackt bis auf einen Schurz aus Ziegenfell. Sein gesamter Oberkörper war rasiert und mit Symbolen der Lüsternheit, wie Phalli und Vulven, bemalt. Auf seinem Rücken hing, umgeschnallt, ein übergroßer Aulos aus Röhrenknochen. An den Mann schmiegte sich eine blonde Elfe mit spitzen Ohren, deren Blöße kaum von einem knappen Schaffell bedeckt wurde. Sie trug einen Köcher mit Pfeilen über der Schulter und hielt einen Bogen in der Hand.

»Euer Aufzug ist, vorsichtig ausgedrückt, nicht gerade angemessen für den Besuch einer Kirche«, sagte Matteo stirnrunzelnd.

»Verzeiht, Hochwürden«, erwiderte der Satyr, »es ist nicht der mangelnde Respekt, der uns zu Euch führt, sondern ein Notfall.«

»Ein Notfall?«

»Ganz recht. Draußen liegen drei Schwerverletzte, die dringend behandelt werden müssen.«

»Schwerverletzte gehören nicht in die Kirche, sondern ins Hospital.«

»Natürlich, Hochwürden, aber Ihr ahnt nicht, wie voll es dort in diesen Tagen ist. Und die Verletzten benötigen wirklich Hilfe. Vielleicht sogar die Letzte Ölung.«

»Nun gut, führt mich nach draußen zu ihnen.«

Sie traten vor das Kirchenportal, und Matteo sah, dass der Satyr nicht übertrieben hatte. Die Verletzten lagen auf einem hölzernen Karren, der von einem Grautier gezogen wurde, und boten ein Bild des Jammers. Neben dem Umstand, dass sie allesamt betrunken waren, aus vielen Wunden bluteten und zum Gotterbarmen stöhnten, fiel vor allem eines auf: Sie waren ungeheuer dick.

»Was ist mit ihnen geschehen?«, fragte Matteo.

»Sie sind gestürzt, Hochwürden.«

»Aha, nun, sie brauchen zweifellos Hilfe. Ich werde Dovizio und Violino bitten, Euch beim Hineintragen der Patienten zu helfen. Am besten, Ihr schiebt mehrere Kirchenbänke zusammen, damit wir sie betten können. Und nun entschuldigt mich, ich will meinen Instrumentenkasten holen.«

Kurz darauf war Matteo zurück. Im Kirchenschiff ruhten die Verletzten auf ihren behelfsmäßigen Lagern, die mit Decken und Tüchern abgepolstert waren. Auch Nausica hatte mit angefasst und erwartete ihn mit den anderen.

»Dovizio verriet mir, dass Ihr früher als Medicus gearbeitet habt, Hochwürden«, sagte der Satyr, »das nenne ich Glück im Unglück.«

»Nennt es, wie Ihr wollt«, brummte Matteo, »und freut Euch nicht zu früh, ich habe fast alles vergessen.«

»Ich bin Euch sehr dankbar.«

»Schon gut, fangen wir an.« Der erste Patient, der wie die anderen als römischer Senator verkleidet war, hatte einen Bauch wie ein Fass und konnte von Glück sagen, so bezecht zu sein. Anderenfalls hätte der offene Bruch seines Unterarms ihm sehr viel mehr Schmerzen bereitet. Matteo stellte keine langen Fragen, gab dem Mann ein Quantum Laudanum und beauftragte Dovizio, zwei Bretter zu holen. Gleichzeitig schickte er Violino zur Farmacia Del Monte, um Heilsalben und Kräuterkissen zu besorgen.

Während er auf die Wirkung des Laudanums wartete, besah er sich den zweiten Mann. Dieser war fast noch dicker als der erste, mit teigigem Gesicht und einem Fischmündchen, aus dem beständig Schmerzenslaute hervordrangen. Der Grund dafür wurde erst bei näherer Untersuchung deutlich: Er hatte sich mehrere Rippen gebrochen.

Der dritte Fettleibige hatte am ganzen Körper Schürf- und Schnittwunden davongetragen, darüber hinaus einen verstauchten Fuß und Einblutungen im Gesicht. Seine Verletzungen sahen von allen am gefährlichsten aus, verursachten aber wohl die geringsten Schmerzen.

Matteo befahl Nausica und der Elfe, die Schürfwunden

mit Kompressen abzudecken und zu verbinden, und machte sich selbst daran, die tiefsten der Schnittwunden mit einer Rundnadel zu vernähen.

Als er den letzten Stich getan hatte, kam Dovizio zurück, die gewünschten Bretter in der Hand. »Danke, Dovizio«, sagte er, »ich brauche dich und den Satyr, damit ihr den Patienten mit dem offenen Bruch festhaltet.«

Die beiden ungleichen Männer taten wie befohlen, und Matteo zog mit aller Kraft am Unterarm des Dicken, bis der herausragende Knochen wieder in seine alte Position glitt. Der Dicke ächzte und stöhnte zum Steinerweichen, doch Matteo bedauerte ihn nicht.

»Wo ist Violino?«, fragte er.

»Hier, Hochwürden.« Der Kastrat betrat in diesem Augenblick die Kirche. »Ich hoffe, ich habe alles dabei.«

»Wir werden sehen.« Matteo säuberte die Bruchstelle und nahm ein Kräuterkissen von Violino entgegen. »Hat der Apotecarius gesagt, was das Kissen enthält?«

»Ja, Rosskastanie, wilde Malve, Arnika und Steinklee.«

»Schön, hoffen wir auf die heilende Wirkung.« Matteo drückte das Kissen gegen die Wunde und fixierte es. Dann wickelte er einen strammen Verband um die Stelle und stabilisierte den Bruch von beiden Seiten mit den Brettern. Nachdem er auch den Brettern mit mehreren Leinenstreifen Halt gegeben hatte, blickte er auf. »Eine Bruchlade wäre besser, aber …«

Dovizio grinste. »In der Not frisst der Teufel Fliegen, nicht wahr, Hochwürden?«

»Der Teufel hat in diesem Hause nichts verloren. Hilf lieber, unserem zweiten Patienten einen Streckverband anzulegen, damit seine Rippen wieder zusammenwachsen können.« Matteo lächelte zurück. »Sonst werde ich persönlich dafür sorgen, dass du in die Hölle kommst.«

Bald darauf war auch das mit vereinten Kräften geschafft. Matteo wischte sich den Schweiß von der Stirn. »Der Herr gebe, dass ich alles richtig gemacht habe.« Dann kam ihm ein Einfall. Er nahm den Satyr beiseite und sagte: »Es mag sein, dass die Hospitäler überfüllt sind, trotzdem sollten wir die Patienten zum Ospedale della Vita bringen. Ihre Verletzungen sind versorgt, und sie brauchen nur noch ein Lager. Fürs Erste jedenfalls. Ach, da fällt mir ein: Bei der Gelegenheit könnten wir einen Verstorbenen mitnehmen, der in meiner Kirche die Letzte Ölung erhalten hat. Ihr seid doch einverstanden?«

»Gewiss, Hochwürden. Ich stehe tief in Eurer Schuld.«

»Dann machen wir es so. Doch zuvor noch eine Frage: Ihr spracht von einem Sturz als Ursache der behandelten Verletzungen. Das fällt mir schwer zu glauben. Nennt mir den wahren Grund.«

»Nun, Hochwürden ...« Der Satyr wurde plötzlich sehr verlegen. »Das lässt sich nicht mit wenigen Worten sagen.«

»Dann sagt es mir ausführlich. Ich möchte es wissen.«

»Ich ... ich halte es für das Beste, wenn ich zu Euch in den Beichtstuhl komme.«

Matteo nickte. »Wie Ihr wollt. Dort spricht es sich leichter. Doch morgen, am Aschermittwoch, fehlt mir die Zeit. Seid deshalb am Donnerstag so gegen Mittag bei mir, dann könnt Ihr Euch alles von der Seele reden.«

»Danke, Hochwürden.«

»Und nun: vorwärts. Schafft mit Violinos Hilfe die Verletzten wieder auf den Karren. Die beiden Frauen mögen ebenfalls mit anfassen. Dovizio und ich holen derweil den Toten.«

Matteo eilte mit dem Küster in die Sakristei, schob die Kredenz zur Seite, öffnete die Falltür und stieg mit ihm in den Keller hinab.

»Können wir die Leiche nicht einfach ins Ossarium legen?«, fragte Dovizio, als sie vor dem Leichnam standen.

»Nein, ich will, dass er in geweihter Erde begraben wird«, entgegnete Matteo. Sie hoben den Leichnam von der Werkbank herab und trugen ihn die steilen Stiegen hinauf.

»Hoffentlich hat der Satyr keine allzu feine Nase«, keuchte Dovizio, als sie oben angekommen waren. »Die Pest hat ihren eigenen Geruch.«

»Das bildest du dir nur ein. Jeder Tote riecht anders. Allerdings« – Matteo hielt nachdenklich inne – »sollte niemand gleich sehen, dass Gorgo Verbände trägt. Es wäre besser, sie zu verbergen. Doch womit? Wir haben nichts.«

»Vielleicht doch.« Dovizio grinste schief. »Wir könnten ihm eines der alten Messgewänder überziehen. Die haben einen hübschen hohen Kragen.«

»Das kommt überhaupt nicht infrage.«

»Natürlich, Hochwürden.«

»Andererseits heiligt der Zweck die Mittel. Versuchen wir's.«

Kurz darauf sah Gorgo sehr feierlich und fromm aus. Dovizio nickte zufrieden: »So wird niemand sich trauen, ihn anzurühren.«

»Hoffen wir's. Ich wünschte, wir hätten das Ganze schon hinter uns.«

Sie trugen Gorgo hinaus und legten ihn auf den Karren zu den Verletzten, die so mit sich und ihren Schmerzen beschäftigt waren, dass sie kaum mitbekamen, was um sie herum geschah. Violino, der Satyr und die schöne Elfe hatten schon auf sie gewartet. Nausica indessen war zurück ins Wohnhaus gegangen. Sie sollte die Abendmahlzeit vorbereiten.

Der Satyr gab dem Grautier einen Klaps, und der seltsame Zug setzte sich langsam in Bewegung, die Via delle Lame hinunter, wo manche Unentwegte noch immer feierten, und dann weiter in Richtung Innenstadt. Die Dunkelheit hatte mittlerweile eingesetzt, Lampen an den Häuserwänden wiesen den Weg. Der Karneval tobte den fünften Tag in der Stadt, und selbst die hartgesottenen Bolognesi zeigten allmählich Ermüdungserscheinungen. Matteo und seinen Begleitern war das nur recht. Ohne Zwischenfälle erreichten sie das Hospital, wo sie die Verletzten in die Obhut eines Fraters gaben.

»Der Herr sei mit dir und dem hilfreichen Werk, das du vollbringst, Bruder«, sagte Matteo zu ihm. »Bitte habe Verständnis dafür, dass wir nicht lange verweilen können, wir müssen noch einen Toten begraben.«

»Wir alle sind nur aus Erde und Staub. Mögest du die rechten Worte finden«, antwortete der Frater.

Sie zogen weiter bis zu der großen Mauer, welche die Friedhöfe des Ospedale della Vita und des Ospedale della Morte trennt. Dort verabschiedeten sich der Satyr und die Elfe von Matteo und Dovizio.

»Ich erwarte Euch am Donnerstag«, sagte Matteo zu dem Satyr.

»Ich werde kommen, Hochwürden.«

»Schön. Ach, da fällt mir ein: Wohin soll ich das Grautier nachher bringen?«

Der Satyr blickte schuldbewusst. »Ich weiß es nicht, Hochwürden. Das Grautier stand auf der Straße, und es fehlte die Zeit, nach seinem Besitzer zu fragen. Führt es einfach zurück in die Via delle Lame, es wird seinen Weg schon nach Hause finden.«

»Nun gut, so machen wir es. Gott befohlen.«

»Gott befohlen, Hochwürden.«

Wenige Augenblicke später waren sie allein. »Und nun?«, fragte Dovizio.

»Nun gehen wir bis zum Ende der Mauer, wo es am dunkelsten ist«, antwortete Matteo. »Dort wollen wir Gorgo ein Grab schaufeln.«

»Darf ich fragen, womit?«

»Mit den zwei Schaufeln, die du besorgen wirst, während ich schon vorgehe. Bis gleich.« Matteo nahm den Esel beim Zügel und führte ihn fort.

Dovizio schaute ihm kopfschüttelnd nach. Aber er machte sich auf die Suche und fand tatsächlich zwei geeignete Werkzeuge zum Graben.

Nach einer Stunde gemeinsamer harter Arbeit fragte er: »Meint Ihr nicht, dass die Grube endlich tief genug ist, Hochwürden?«

»Nein, das meine ich nicht«, antwortete Matteo, obwohl ihm das Kreuz lahm war und er jeden Muskel spürte. »Wir haben es mit einem Pesttoten zu tun, und diese müssen sechs Fuß tief verscharrt werden.«

»Dann graben wir nächste Woche noch.«

Doch so war es nicht. Wenig später sagte Matteo: »Ich glaube, das reicht. Legen wir ihn hinein.« Vorsichtig hoben sie den Toten in die Grube, ein wenig Erde bröckelte dabei an den Seiten herab. Im fahlen Licht der Nacht verschwanden die Konturen des Leichnams in der Tiefe. Matteo und Dovizio traten an den Rand und falteten die Hände. »Wir wissen nichts von dir, wir kennen weder deinen Vater noch deine Mutter, noch wissen wir, ob du Geschwister hattest«, sagte Matteo. »Warst du verheiratet, hattest du Kinder? Warst du ein fröhlicher Mensch oder eher von ernster Natur? Liebtest du deine Arbeit, oder warst du ein Faulpelz? Das alles wissen wir nicht von dir, Gorgo – und dennoch bist du uns ans Herz gewachsen. In Gottes Hände befehle ich deinen Geist und bete für deine unsterbliche Seele. Schlafe in Frieden.«

Er sprach noch ein Vaterunser, dann schütteten sie die Grube wieder zu.

Dovizio sammelte ein paar kleine Steine und legte sie in Form eines Kreuzes auf das Grab. »Meint Ihr, Gorgo wird der einzige Pesttote bleiben, Hochwürden?«, fragte er.

»Ja, der Kelch scheint an den Bolognesi vorübergegangen zu sein. Und auch an uns. Danken wir dem Herrn dafür.«

»Ja, Hochwürden.«

»Nun lass uns heimgehen.«

Am Donnerstag betrat ein großer Mann gegen Mittag die Kirche. Er war gekleidet wie ein Herr von Stand, trug Schwarz, wie es der spanischen Mode entsprach, und einen weiß plissierten und getollten Kragen. Der Kragen bildete den oberen Abschluss eines vielknöpfigen wattierten Wamses, das mit einem goldenen Faden durchwirkt war. Abgerundet wurde die Staffage durch eine die Oberschenkel bedeckende Puffhose und eine eng anliegende Trikothose. Seine Erscheinung wirkte insgesamt so vornehm, dass Matteo sie nie mit dem Satyr des vorvergangenen Tages in Verbindung gebracht hätte.

Und doch war er es.

»Ich muss gestehen, ich hätte Euch nicht wiedererkannt«, sagte Matteo.

Der Satyr verbeugte sich leicht. »Dann ist es wohl Zeit, dass ich mich vorstelle. Mein Name ist Tullio Tegalliano. Ich bin der Sohn eines Druckereibesitzers aus Rom und seit einigen Monaten in Geschäften hier.«

»Nur in Geschäften?«, fragte Matteo, der an die Elfe an der Seite des Satyrs dachte.

»Um bei der Wahrheit zu bleiben: nicht nur, Hochwürden.«

»Dann ist dies vielleicht der richtige Zeitpunkt, um mit dem Beichtgespräch zu beginnen?«

Tegalliano atmete tief durch. »Das wird das Beste sein.«

»Ihr kennt die vorgeschriebenen Formeln?«

»Ja, Hochwürden.«

»Dann lasst uns beginnen.«

Nachdem beide ihren Platz eingenommen hatten und den Ritualen Genüge getan war, sagte Matteo: »Ich höre.«

»Ich weiß nicht recht, wie ich anfangen soll.«

Matteo schwieg. Aus Erfahrung wusste er, dass dem Beichtenden Zeit gelassen werden musste. Die ersten Sätze fielen immer am schwersten.

»Nun, Hochwürden, Ihr habt mich gefragt, wie die drei schwergewichtigen Männer zu ihren Verletzungen kamen, weil Ihr an einen Sturz als Ursache nicht glauben mochtet. In der Tat ist die Sache etwas komplizierter, um nicht zu sagen: Es ist eine lange Geschichte.«

»Erzählt sie mir, damit sie ein gutes Ende nimmt.«

»Jawohl, Hochwürden. Also, das Ganze begann letzten Freitag damit, dass ich auf einem Balkon am Ende dieser Straße stand und das Karnevalstreiben mit Staunen verfolgte. Unter mir schob sich die Menge hindurch wie ein bunter, tausendfach gegliederter Wurm aus Armen, Beinen und Köpfen. Die Menschen sangen, tanzten, lachten und bewarfen einander mit allem, was man in den Taschen haben kann.

›Geht es bei Euch in Rom auch so wild zu?‹, fragte mich der Hausherr, der mit seiner Familie neben mir stand. Er war als Zeus verkleidet und die Seinen als Göttinnen und Götter, während ich selbst mich, wie Ihr wisst, in einen Satyr verwandelt hatte.

›Nein‹, antwortete ich, ›aber vielleicht liegt das daran, dass mein Vaterhaus ganz in der Nähe des Vatikans steht.

Papst Gregor XIII. gilt nicht als Freund des Karnevals. Da halten die Leute sich zurück.‹

›Ein Mal im Jahr wollen sie alles vergessen‹, sagte er und warf von dem bereitstehenden Zuckerwerk eine Handvoll hinunter. ›Dann ertränken sie ihre Sorgen und begraben ihre Nöte, jedenfalls für ein paar Tage. Gönnen wir ihnen den Spaß.‹

›Ja, gönnen wir ihnen den Spaß‹, bekräftigte ich und schreckte im gleichen Augenblick zusammen, denn irgendetwas war direkt neben mir gegen die Hauswand geklatscht. Es hatte ein paar gelbe Spritzer auf meiner Brust hinterlassen, und ich erkannte, dass es sich um ein Ei handelte. Halb ärgerlich, halb amüsiert blickte ich nach unten, um den Werfer zu ermitteln, doch es war unmöglich, ihn in der Masse der Leiber auszumachen. Kurz darauf, ich hatte den Vorfall schon wieder vergessen, landete abermals ein Ei an der Hauswand. Der Aufprall ging diesmal mit einem hellen Lachen einher, das trotz des Lärms unter mir gut hörbar war. Mein Blick schweifte umher, und ich nahm eine Bewegung auf dem gegenüberliegenden Balkon wahr. Zusammen mit anderen Feiernden stand dort eine zauberhafte Elfe, die mit einem Ei nach mir zielte. Sie also war die Schuldige! Ich lachte sie an, denn an diesem Tag konnte ich niemandem etwas übel nehmen, und überdies war sie wirklich voller Liebreiz. Als das Ei heranflog, fing ich es auf, hielt es hoch, sodass sie es gut sehen konnte, und schlürfte es mit großem Genuss aus. Dann warf ich die leere Schale hinunter in die Menge.

Sie lachte zurück, griff zum nächsten Ei und bewarf mich wieder.

Abermals fing ich es auf und schlürfte es mit übertriebener Geste aus. So ging es noch ein paar Mal, bis Zeus neben mir darauf aufmerksam wurde. Da er den Besitzer des gegenüberliegenden Palazzos nicht besonders schätzt, nahm er den Vorfall zum Anlass, ihn seinerseits mit ein paar rasch herbeigeholten Eiern zu bewerfen. Er traf auch, was großes Gelächter auf unserem Balkon auslöste. Das nächste Ei jedoch wurde abgefangen und ebenfalls ausgeschlürft.

Daraufhin wurden sämtliche Eier im Hause zusammengesucht und in rascher Folge hinübergeworfen, mittlerweile nicht nur von Zeus, sondern auch von seiner gesamten Götterfamilie. Die andere Seite sah sich das nicht lange an, sondern antwortete auf die gleiche Weise. Ein Wettstreit der Geschicklichkeit begann, ein Treffen, das darin bestand, den gegnerischen Eiern auszuweichen, sie aufzufangen und auszuschlürfen.

Doch irgendwann gingen beiden Seiten die Wurfgeschosse aus, ein paar Austern mussten deshalb herhalten. Diese sind, wie Ihr wohl wisst, in der Emilia-Romagna eher selten anzutreffen, weshalb bald danach Nüsse und Äpfel hin und her flogen. Sie wurden ebenfalls verzehrt, begleitet von höhnischen Rufen. Ein Weinschlauch, prall gefüllt, wurde hinübergeschleudert, mehr als Waffe denn als Gabe gedacht. Der Schlauch wurde aufgefangen, reihum gereicht und ausgetrunken.

Daraufhin fielen auf unserem Balkon ein paar abfällige Bemerkungen über die mangelnde Trinkfestigkeit des Gegners, was dieser nicht auf sich sitzen ließ und seinerseits einen Weinschlauch herüberwarf, mit der Aufforderung, es besser zu machen.

Das ließ unsere Seite sich nicht zweimal sagen, leerte das lederne Behältnis bis auf den letzten Tropfen, und der nächste Schlauch ging auf die Reise. Das Spiel, aus dem längst ein Kampf geworden war, wiederholte sich.

So zog sich der Tag hin, die Balkoninsassen hüben wie drüben wurden immer betrunkener, obwohl beide Seiten durch ständiges Essen versuchten, leidlich standfest zu bleiben. Ich selbst, das muss ich an dieser Stelle hinzufügen, habe mir noch nie viel aus Wein gemacht, weshalb ich an diesem Tag wohl der Nüchternste in der ganzen Straße war. Statt zu trinken, hielt ich immer wieder Ausschau nach der schönen jungen Elfe, die dann und wann auf dem Balkon erschien und sich ebenfalls nicht an dem Gelage beteiligte.

Irgendwann verließ ich die berauschte Götterfamilie um mich herum, ging hinunter auf die Straße, schob mich durch das Gedränge und betrat das gegenüberliegende Haus. Kaum war ich in der Tür, fiel mir ein völlig bezechter Diener vor die Füße. Ich stieg über ihn hinweg und ging weiter. Mein Ziel war das obere Stockwerk mit dem feindlichen Balkon. Doch immer wieder wurde ich aufgehalten. Körper drängten mich zur Seite, Fäuste stießen mich, Hände griffen nach mir, zerrten an meinem Schurz aus Ziegenfell oder wollten die aufgemalten Phalli und Vulven an meiner Brust betasten. Ich erwehrte mich all dieser Zudringlichkeiten, so gut ich konnte, und kämpfte mich nach oben durch bis zum Balkon.

Dort angekommen, bot sich mir ein Bild der Verderbtheit: eine Ansammlung Besoffener, die kreuz und quer am Boden lagen – hohle Gesichter, sabbernde Münder, lächerlich hilflose Bewegungen –, und über allem der widerwärtige Gestank von Erbrochenem. Meine schöne Elfe, die ich kurz zuvor noch an diesem Platz gesehen hatte, war gottlob nicht unter ihnen. Doch wo mochte sie sein?

Ich begann, das ganze Haus zu durchsuchen, Stockwerk für Stockwerk, denn sie konnte nicht einfach vom Erdboden verschwunden sein. Ein- oder zweimal glaubte ich, sie unter den Feiernden erkannt zu haben, aber jedes Mal hatte ich mich getäuscht.

Wo war sie nur? Schließlich landete ich ganz unten im

Keller, einem Labyrinth aus halbdunklen Vorratsgewölben. Langsam tastete ich mich vor, spähte in jede Kammer, bis ich dachte, auch hier würde meine Suche erfolglos bleiben. Doch dann ließ mich ein schwaches Geräusch herumfahren. Da! Hinter einem Mauervorsprung musste sie stehen, denn dort ragte ein zierlicher Schuh hervor. Lautlos näherte ich mich und machte einen entschlossenen Schritt auf sie zu. ›*Buongiorno,* schöne Elfe‹, rief ich, ›darf ich fragen, warum du mich mit Eiern beworfen hast?‹

Sie schreckte zurück, doch nur für einen kurzen Augenblick, dann hatte sie sich gefangen. ›Wäre dir der Amorpfeil von meinem Bogen lieber gewesen?‹, fragte sie keck.

›Ich kann mir vieles vorstellen, was mir lieber gewesen wäre. Ich fordere eine Wiedergutmachung!‹

Sie lächelte. ›Was muss ich tun, um deine Verzeihung zu erlangen, oh, starker Satyr?‹

›Komm näher, dann werde ich es dir sagen.‹

›Ich traue mich nicht.‹ Sie kicherte. ›Du hast so schreckliche Abbildungen auf deiner Brust.‹

›Sie sind Verheißungen des Glücks, die Erfüllung der Liebe. Störe dich nicht an ihnen. Ich will einen Kuss.‹

›Nein.‹

›Doch.‹ Ich zog sie an mich und küsste sie. Als ich es tat, war ich mir nicht sicher, ob sie es zulassen würde, aber als sie in meinen Armen lag, spürte ich, dass sie genau das gewollt hatte – ebenso wie ich. Lange standen wir so, und als ich sie endlich freigab, sagte ich heiser: ›Ich glaube, du brauchst deinen Pfeil nicht mehr auf mich abzuschießen, schöne Elfe. Du hast mich schon getroffen.‹

Statt einer Antwort küsste sie mich wieder. ›Ich denke, du musst nun gehen‹, flüsterte sie. ›Mein Vater hat seine Augen überall.‹

›Dein Vater sieht im Moment alles doppelt, ich habe mich

auf dem Balkon selbst davon überzeugt.‹ Ich ließ meine Hand unter ihr Schaffell gleiten, denn ich wollte mehr als nur einen Kuss. Während andere an diesem Tag ihre Trunkenheit feierten, befand ich mich in einem nie gekannten Rausch. ›Dein Vater ist weit‹, sagte ich drängend, ›weiter entfernt als der Mond, begleite du mich zu den Sternen der Liebe.‹

›Bitte, nein‹, hauchte sie. ›Ich möchte eine gute Elfe sein. Und eine brave Tochter …‹«

Matteo räusperte sich. »Nun«, sagte er, »dass während der Karnevalstage Ess- und Trinkbares auf den Balkonen hin und her fliegt und dass der eine oder andere Satyr sich einen Kuss raubt, ist noch nichts Ungewöhnliches – sofern es dabei bleibt, und das will ich zu Euren Gunsten annehmen. Ein solches Treiben ist zwar nicht unbedingt mit den Lehren der Kirche vereinbar, doch wie heißt es so schön im Evangelium des Johannes: *Wer unter euch ohne Sünde ist, der werfe den ersten Stein auf sie.* Darf ich davon ausgehen, dass die erwähnte Elfe ebenjene ist, die Euch am vorgestrigen Tag begleitet hat?«

»Ja, Hochwürden. Ihr Name ist Giulia Anafesto.«

»Anafesto?« Matteo horchte auf. Ein Mann dieses Namens wohnte tatsächlich in der Via delle Lame, er nannte sich Kunsthändler und galt als aufbrausender Charakter. Kein Wunder, dass die Elfe den Zorn ihres Vaters gefürchtet hatte. »Ich kenne Anafesto, er gehört meiner Gemeinde an. Allerdings ist er kein großer Kirchgänger. Hat er etwas mit dem Unfall zu tun, durch den die Verletzten zu mir gelangten?«

»Nur indirekt, Hochwürden. Wenn Ihr gestattet, erzähle ich weiter: Auf dem Weg zurück sah ich, wie Zeus sich auf seinem Balkon mühevoll aufrichtete und mit schwerer Zunge ein paar kränkende Sätze zu Anafesto hinüberrief. Sie gipfelten in der Behauptung, dieser könne offenbar nicht mehr vertragen als ein Säugling, und es wäre besser gewesen, ihm eine Amme zuzuführen, statt einen Weinschlauch zuzuwerfen.

Anafesto, den seine Diener gerade vom Balkon schleppen wollten, weil seine Beine ihn nicht mehr trugen, war zwar trunken wie Bacchus selbst, aber so bezecht, dass er die Beleidigung nicht mitbekommen hätte, war er nicht. Er schäumte vor Wut und schwor Vergeltung.

Am zweiten Tag, dem Samstag, stand er frühmorgens noch ein wenig blass auf seinem Balkon und blickte siegesgewiss zu uns herüber. Er hatte seine Mannschaft mit einigen stadtbekannten Fresssäcken verstärkt und wollte auf diese Weise sicherstellen, nicht als Erster die Waffen strecken zu müssen.

Doch davon ahnten wir zunächst nichts. Während unter uns die Umzüge farbenprächtig vorüberzogen, laut, wild, von schriller Musik begleitet, flogen erneut die Weinschläuche hin und her. Zeus und seine Familie hielten sich wacker, sogar als später gebratene Hühner und Tauben, Stücke des Ochsens und ganze Schweinsköpfe auf unserem Balkon landeten.

›Zeus, den Göttervater, kann niemand bezwingen!‹, rief mein Gastgeber und aß und trank, soviel er konnte. Die anderen auf unserer Seite taten es ihm gleich, allein, gegen die maßlosen Fresser und Säufer von gegenüber kamen sie nicht an. Am Nachmittag mussten sie aufgeben. Sie waren nicht mehr in der Lage, auch nur den kleinsten Happen zu essen oder den kleinsten Schluck zu trinken.

Anafesto, der das Prassen weitgehend seinen bezahlten Fresssäcken überlassen hatte, stand auf seinem Balkon und drohte mit der Faust. ›Das wird dich lehren, wie Säuglinge zu trinken vermögen!‹, brüllte er. ›Schlaf deinen Rausch aus, und gib dich ein für alle Mal geschlagen!‹

Genau dazu riet ich meinem Gastgeber noch am selben Abend, als dieser wieder halbwegs bei Sinnen war. ›Der Klügerer gibt nach‹, sagte ich zu ihm.

Doch davon wollte er nichts wissen. ›Anafesto ist ein übler Zeitgenosse, eigensinnig und selbstherrlich, es kann nicht schaden, ihm eine richtige Lektion zu erteilen‹, entgegnete er. ›Morgen ist ein neuer Tag, dann wird er sein blaues Wunder erleben.‹

Am Sonntag ging das, was inzwischen *guerra balconale,* Balkonkrieg, genannt wurde, weiter. Zeus hatte seine Mannschaft ebenfalls verstärkt, um die erlittene Schmach nicht noch einmal erleben zu müssen. Einige der dicksten Männer Bolognas standen auf seinem Balkon, mit Mägen so groß wie Futtertröge. Dass einer oder zwei von ihnen am vergangenen Tag ihre zweifelhaften Fähigkeiten Anafesto, seinem ungeliebten Gegner, zur Verfügung gestellt hatten, fiel ihm nicht auf. Doch weil es so war und Fresser gegen Fresser und Säufer gegen Säufer antraten, konnte am Ende des Tages keine Seite den Sieg für sich verbuchen.

›Lasst es dabei bewenden‹, bat ich ihn an diesem Abend erneut.

Doch Zeus legte einen ähnlichen Starrsinn an den Tag wie Anafesto. ›Seine Seite hat angefangen‹, sagte er mit rauer Stimme. ›Noch ist nicht aller Tage Abend. Der Montag und der Dienstag liegen vor uns, dann werde ich ihn Mores lehren.‹

›Was habt Ihr davon, ihn zu besiegen?‹, fragte ich. ›Gibt es nicht Wichtigeres im Leben?‹

›Eher geht ein Kamel durch ein Nadelöhr, als dass ich ihm den Triumph gönne‹, erwiderte Zeus. ›So einfach ist das.‹

Am Montag standen auf beiden Balkonen die feistesten Männer der Stadt, bereit für einen neuen Wettkampf. Bestimmte Regeln hatten sich mittlerweile herausgebildet. Gefressen und gesoffen wurde jeweils für eine Stunde, wobei nichts, was hinüber- und herüberflog, zu Boden fallen durfte, sondern aufgefangen und unverzüglich verzehrt werden musste. Zwei Schiedsrichter – einer pro Balkon – überwachten mit Argusaugen das Geschehen, verteilten unter Gegröle und Gelächter der Menge Punkte für jedes ausgeschlürfte Ei und für jeden ausgetrunkenen Becher, für jedes verschlungene Hühnerbein und für jeden geleerten Schlauch.

Unter Zuhilfenahme einer Sanduhr wurden in stündlichen Abständen kurze Pausen eingelegt, man verschnaufte und verrichtete die Notdurft, um anschließend den sinnlosen Kampf mit unverminderter Dummheit fortzusetzen. Das Ergebnis an diesem Abend: abermals ein Unentschieden, nachdem die Schiedsrichter sich nicht einigen konnten, da jeder den Vorteil bei der eigenen Partei sah.

Der fünfte Tag, *martedì grasso,* sollte und musste die Entscheidung bringen. Beide Balkone setzten alles daran, den Sieg zu erringen. Der Kampf wogte hin und her, bis plötzlich unter gewaltigem Knirschen und Krachen der gegenüberliegende Balkon abbrach und mit sämtlichen Fressern und Säufern auf die Straße fiel. Sogar in dieser Situation, in der einige ernsthaft Verletzte zu beklagen waren, erklang hier und da lautes Lachen in der Menge, es wurde jedoch übertönt vom Stöhnen und Wehklagen der Abgestürzten. Anafesto war, soviel ich sehen konnte, nicht zu Schaden gekommen, und es muss zu seiner Ehrenrettung gesagt werden, dass er mithalf, die Verletzten auf den Eselskarren zu laden.«

»Nun verstehe ich die Zusammenhänge«, sagte Matteo. »Ebendiese Verletzten habt Ihr in meine Kirche gebracht.«

»So ist es, Hochwürden.«

»Was ich allerdings nicht verstehe, ist, warum Ihr der Mitverursacher dieses verabscheuungswürdigen Balkonkrieges seid. Schließlich habt Ihr selbst gesagt, Ihr würdet Euch aus Wein nichts machen.«

»Das stimmt, Hochwürden, doch ich muss gestehen, dass mir der Eiwurf der schönen Elfe nicht ungelegen kam. Ich suchte nach einer Möglichkeit, die Bewohner des gegenüberliegenden Hauses von ihr abzulenken, allen voran den gestrengen Herrn Vater.«

»Das ist Euch zweifellos gelungen, sonst hätte der Kuss im Keller nicht stattfinden können.«

»Dass aus dem ersten Eiwurf ein *guerra balconale* mit allen seinen Begleitumständen werden würde, habe ich nicht kommen sehen.«

»Aber billigend in Kauf genommen.«

»Ich gebe es zu.«

»Und weiter? Ihr hört Euch an, als wäre das noch nicht alles, was Ihr zu beichten habt.«

»Nun, äh, Giulia und ich, wir lieben uns schon seit geraumer Weile, aber nie hatten wir auch nur einen einzigen Augenblick für uns. Bis der Karneval kam. Und eher zufällig die Eier hin und her flogen. Da dachte ich, ein Wettkampf zwischen den Balkonen, ein Wettstreit, an dem alle teilnähmen, auch der Vater, käme gerade recht. Niemand würde bemerken, wenn die Elfe und ich für einige Zeit verschwänden.«

»Verschwänden, aha. Verschwänden, um was zu tun?«

»Nun, äh …«

»Ich sage es Euch auf den Kopf zu, Tegalliano: Ihr habt Euch nicht nur den Kuss im Keller geraubt, wie ich zunächst gehofft hatte, sondern noch mehr. Ihr habt ein Fleisch genossen, das Ihr nicht genießen durftet. Nicht nur am ersten Tag des Balkonkrieges, sondern auch an den Folgetagen, stimmt's? Das ist eine schwere Sünde.«

»Ich bereue sie von Herzen, Hochwürden, und sie belastet mich sehr. Sonst wäre ich nicht hier.«

»Das, immerhin, ist ein Anfang. Lasst mich überlegen und das Für und Wider Eurer Taten abwägen. Da ist zunächst die Völlerei, die sich beide Balkonseiten in widerwärtiger, nicht zu überbietender Weise zuschulden kommen ließen. Ihr selbst habt Euch nicht an den Ausschweifungen beteiligt, wart aber ohne Zweifel – ob gewollt oder nicht – der Anstifter dazu. Die Frage wird sein, ob die Buße für den Anstifter einer Sünde genauso hoch ausfallen muss wie für den Sünder selbst.«

Matteo hielt inne, überlegte und fuhr dann fort: »Was mildernd für Euch spricht, ist die Tatsache, dass Ihr mehrfach versucht habt, Zeus, Euren Gastgeber, von weiterer Völlerei abzuhalten. Ebenso, dass Ihr die Verletzten nach dem Balkonabsturz geborgen und zu mir in die Kirche gebracht habt, zusammen mit Giulia Anafesto, der schönen Elfe, Eurer Braut.«

»Meiner Braut?« Tegalliano klang überrascht. »Verzeiht, Hochwürden, das ist sie nicht. Gott weiß, wie sehr ich wünschte, es wäre so …«

»Es ist so, Tegalliano. Ihr werdet die Elfe heiraten, um auf diese Weise die Sünde der Fleischeslust nichtig zu machen. Da eine Heirat aber zweifelsohne keine Buße für Euch bedeutet, sondern eher eine Belohnung, werdet Ihr mit der Eheschließung noch ein ganzes Jahr warten. Dies soll gleichzeitig die Buße für Eure Braut sein.«

»Hochwürden, ich …«

»Ich bin noch nicht fertig. Die Buße dafür, dass Ihr der Völlerei tatenlos zugesehen habt, soll in einer ausgiebigen Fastenzeit bestehen. Ihr und Eure Braut werdet bis zu Eurer Heirat fasten, Ihr werdet in dieser Zeit keinen Tropfen Alkohol anrühren und den Genuss von Fleisch vermeiden – ich meine jeglichen Fleischesgenuss, versteht Ihr mich?«

»Gewiss, Hochwürden, selbstverständlich. Ich bin überwältigt, auch wenn ich anmerken möchte, dass Giulia und ich unsere Liebe schon viel zu lange verbergen müssen. Da fällt es schwer, noch ein ganzes Jahr zu warten.«

Matteo lachte im Stillen. »Wie alt seid Ihr, Tegalliano?«

»Zweiundzwanzig, Hochwürden.«

»Das allerdings ist ein Alter, in dem ein Jahr noch wie eine Ewigkeit erscheint. In spätestens zehn Jahren werdet Ihr wissen, dass die Zeit uns viel zu rasch davoneilt. Dabei verbirgt sie sich überall: in einem langsam fallenden Wassertropfen, in dem schnellen Flügelschlag eines Vogels, in den verhallenden Tönen einer Glocke … Womit ich zurück auf Eure Hochzeit komme. Sie soll in meiner Kirche stattfinden, doch dafür müsste sie ein wenig verschönert werden. Eine kleine Spende zur Restauration unserer Fresken wäre daher willkommen.«

»Selbstverständlich, Hochwürden, ich werde mit vollen Händen geben, ich fürchte nur, Ihr habt bei alledem den Vater der Braut vergessen. Er ist Witwer, müsst Ihr wissen, und Giulia sein einziges Kind. Ich glaube kaum, dass er sie ohne Weiteres freigeben wird.«

»Das lasst nur meine Sorge sein, Tegalliano. Ich werde mit Anafesto sprechen und bin sicher, er will nicht schuld daran sein, wenn seine Giulia ins Fegefeuer kommt, nur weil er die von mir verhängte Buße verhindert.«

»Ich bin beeindruckt, Hochwürden. Eurer Argumentation ist nichts entgegenzusetzen.«

»Das hoffe ich. Wenn von Eurer Seite nichts mehr zu beichten ist, höret hiermit die Lossprechungsformel: Gott, der barmherzige Vater, hat durch den Tod und die Auferstehung Seines Sohnes, unseres Herrn Jesus Christus, die Welt mit sich versöhnt …«

Es war der Montag nach Aschermittwoch, Nausica teilte gerade die Suppe aus, ein aufgewärmtes Gericht aus den Resten der letzten drei Tage, als ein Bote im Wohnhaus von San Simeone erschien und einen Umschlag übergab. Ohne ein weiteres Wort schickte er sich an, wieder zu gehen.

Matteo hielt ihn auf. »Sollst du nicht auf eine Antwort warten?«

Der Bote verneinte und verschwand.

»Von wem ist denn die Nachricht?«, wollte Dovizio wissen.

Matteo öffnete den Umschlag und entfaltete das Papier. »Es ist keine Nachricht«, sagte er, »es ist eine Mahnung. Doktor Tagliacozzi erinnert mich daran, dass er nicht länger gewillt ist, auf die fünf Scudi zu warten, die er mir für seine ärztlichen Dienste in Rechnung gestellt hat.«

»Dass der Mann sich nicht schämt! Eigentlich dürfte er überhaupt kein Geld verlangen, weil Eure Knie nicht besser geworden sind«, empörte sich Nausica.

»Wenn Ärzte nur nach ihren Heilerfolgen bezahlt würden, wären viele von ihnen längst verhungert«, brummte Dovizio. »Wollt Ihr zahlen, Hochwürden?«

Matteo seufzte. »Tagliacozzi droht, sich bei weiterer Säumnis direkt an den Legaten zu wenden.«

»Da fährt er schweres Geschütz auf. Wenn Ihr es mit dem Legaten verderbt, habt Ihr die höchste Instanz in der Stadt gegen Euch.«

Nausica rief: »Warum wendet dieser Arzt sich nicht gleich an den Papst oder an den Herrgott persönlich!« Ihre Augen funkelten vor Zorn.

Matteo winkte ab. »Es wäre ohnehin einerlei. Weil ich die fünf Scudi nicht habe. Das Wenige, was nach den Messen in der Opferbüchse bleibt, reicht gerade einmal aus, um uns über Wasser zu halten.«

»Und die Lichtmess-Kerzen, was ist damit?«, fragte Dovizio.

»Den Erlös haben wir auch schon aufgegessen.«

Nausica überlegte. »Und das Geld, das Ihr dem Taschendieb abgenommen habt, Hochwürden?«

»Das waren knapp drei Paoli, nicht mal ein Zehntel der Summe, die der ehrenwerte Herr Doktor einfordert. Auch sie wurden mittlerweile zu Brot und Suppe.«

Dovizio brummte: »Dann hilft es nichts, Ihr müsst diesen Tegalliano fragen, ob er die Spende für die Fresken nicht ein bisschen früher herausrückt.«

»Das kommt überhaupt nicht infrage. Im Übrigen ist das Geld für die Verschönerung unserer Kirche vorgesehen und nicht zum Begleichen schamlos hoher Arztrechnungen.«

»Tja, dann weiß ich nicht, was wir noch tun können, Hochwürden.«

»Aber ich!« Violino, der die ganze Zeit geschwiegen hatte, grinste vielsagend.

»Du?« Alle blickten ihn an.

»Gestern hat mich Sberleffo, der Grimassenschneider, besucht. Ich hatte ihm von der hohen Rechnung erzählt. Die Sache war mir peinlich, schließlich war ich es, der Doktor Tagliacozzi empfohlen hatte.«

»Ja, und?« Matteo blickte fragend.

Violinos Grinsen wurde breiter. »Das hier hat mir Sberleffo für Euch gegeben, Hochwürden. Mit einem schönen Gruß von allen Bettlern.«

Matteo nahm einen kleinen Leinenbeutel entgegen. »Was hat das zu bedeuten?«

»Schaut nur hinein.«

Matteo öffnete den Beutel. »Darin sind Münzen, wertvolle Münzen«, stellte er fest. »Fünf Scudi, wenn ich richtig zähle. Wem gehören sie?«

»Euch.«

»Mir? Mach keine Witze.«

»Es scheint, Ihr erfreut Euch einiger Beliebtheit bei den Ärmsten Bolognas, Hochwürden. Sie haben für Euch gesammelt.«

»Gesammelt? Für mich?«

»Ganz recht. Es ist gewissermaßen der Dank dafür, dass sie seit Langem vor Eurer Kirche die Hand aufhalten dürfen. Das Geld im Beutel stammt allerdings von San Rocco. Der Platz ist ergiebiger – sofern Pater Edoardo das Betteln gestattet, was allerdings nicht immer der Fall ist.«

»Das kann ich nicht annehmen.«

»O doch, das müsst Ihr sogar. Oder wollt Ihr Tribuno, den Bettlerkönig, mit seinen Untertanen beleidigen?«

Matteo schüttelte den Kopf, er konnte es noch immer nicht fassen. »Nein, nein, natürlich nicht. Nun denn, in Gottes Namen, ich nehme es an …«

An diesem Abend saß Matteo wieder vor dem hölzernen Kruzifix und faltete die Hände. »Manchmal, o Herr«, sagte er, »geschehen Dinge, die wir nicht erwarten. So war es heute mit dem Geld der Bettler, das mir gegeben wurde. Indem ich es annahm, machte ich mich selbst zum Bettler und stellte mich auf eine Stufe mit ihnen. Sollte das so sein? Wolltest Du mir bedeuten, dass ich in der Vergangenheit die Demut vermissen ließ?

Ich weiß, ich bin schwach, und meine Gedanken sind schmutzig. Wenn der arme Gorgo nicht an der Pest gestorben wäre und wenn Dovizio mich nicht gerufen hätte, müsste ich jetzt eine Todsünde beichten. Doch Gorgo starb im rechten Augenblick, sodass ich Nausicas Reizen entrinnen konnte. War das ein Wink von Dir?

Ich danke Dir, dass Du Deine schützende Hand über die Stadt gehalten und sie von der Pest verschont hast. Ich danke Dir, dass Du mir geholfen hast, die richtige Entscheidung zu fällen und den Krankheitsfall nicht öffentlich zu machen. Und ich danke Dir, dass Du mir die Hand geführt hast, als es galt, die Verletzten des *guerra balconale* zu verarzten.

Und dann ist da noch etwas, o Herr, was mich bewegt: Kann eine Hochzeit Buße sein? Ist sie nicht doch mehr Belohnung als Strafe? Andererseits habe ich Tegalliano und seiner Giulia eine einjährige Fastenzeit bis zum Jawort auferlegt, was tausendfache Enthaltsamkeit bedeuten wird – wenn sie sich daran halten.

Gib, dass sie stark sein werden.

Und gib, dass ich die rechten Worte finde, wenn es gilt, Giulias strengen Vater von der Notwendigkeit der Ehe zu überzeugen. Ich habe mich weit vorgewagt, als ich den jungen Leuten die Hochzeit versprach.

Zu weit?

Manchmal, o Herr, ist es wirklich nicht leicht, Dein Diener zu sein.«

Die sechste der sieben Todsünden: Neid

invidia

Rund sechs Wochen waren ins Land gegangen, als Pater Matteo endlich Zeit fand, sein Versprechen einzulösen. Er hatte während der Karnevalstage einem jungen Paar zugesichert, sich beim Vater des Mädchens dafür zu verwenden, ihren Angebeteten heiraten zu dürfen. Das Problem war nur, dass der Vater nicht die leiseste Ahnung von der Existenz des Bräutigams hatte und dass beide Liebenden mehrfach von einem Fleisch gekostet hatten, das sie nicht essen durften. Überdies war Anafesto, so der Name des Vaters, als streng, schroff und aufbrausend bekannt. Es würde kein leichtes Unterfangen sein, ihm das Einverständnis abzuringen.

Anafesto war ein Mann in den Vierzigern mit harten Gesichtszügen und klobiger Gestalt, dem niemand zugetraut hätte, dass er der Vater einer so zierlichen, hübschen Tochter war. Er verdiente sein Brot als Kunsthändler und bewohnte einen alten Palazzo am Ende der Via delle Lame, ungefähr fünfhundert Schritte von der Chiesa di San Simeone, der Kirche Matteos, entfernt.

Lange hatte Matteo überlegt, wie er das Gespräch mit dem schwierigen Mann beginnen sollte, bis ihm die kleine Statue eingefallen war, die er seit vielen Jahren besaß. Mit ebendieser Statue stand er nun vor Anafestos Palazzo und betätigte den ringförmigen Türklopfer. Ein Diener erschien und runzelte fragend die Stirn.

»Ich bin Pater Matteo von San Simeone und möchte deinen Herrn sprechen«, sagte Matteo.

»Seid Ihr mit ihm verabredet?«

»Ich fürchte, nein.«

»Dann kann ich nichts versprechen. Ich werde fragen, ob Messer Anafesto Zeit für Euch erübrigen will.«

Das war eine grobe Unhöflichkeit, aber Matteo glaubte, nicht in der Situation zu sein, darum viel Aufhebens zu machen. Er fasste sich in Geduld und nahm die Gelegenheit wahr, die Fassade näher zu betrachten. Einschließlich dem Mezzanin und der Dachterrasse verfügte der Palazzo über vier Geschosse, deren Vorderfront im oberen Teil mit vergoldeter Freskenmalerei geschmückt war, während eine Reihe von hölzernen Vorbauten, über denen im Sommer schräg gespannte Leinenplanen vor der Sonne schützten, den unteren, terrakottafarbenen Teil bestimmten. Insgesamt zeugte jeder Zoll des Hauses vom Reichtum seines Besitzers.

Das Einzige, was das Gesamtbild störte, war der während der vergangenen Karnevalstage herabgestürzte Balkon. Er war noch nicht erneuert worden und hatte ein hässliches Loch im Mauerwerk hinterlassen.

Die Tür öffnete sich abermals, und der Diener führte ihn hinauf ins obere Geschoss, in das *piano nobile,* wo Matteo angewiesen wurde, im Empfangssalon zu warten.

Er wartete lange und war schon drauf und dran zu gehen, als Anafesto erschien. »Was führt Euch zu mir?«, fragte er ohne Umschweife und ohne sich für sein spätes Erscheinen zu entschuldigen.

Statt einer Antwort streckte Matteo ihm die Hand mit dem Priesterring entgegen, sodass Anafesto gezwungen war, sich vorzubeugen und den Ring zu küssen.

»Gelobt sei Jesus Christus«, sagte Matteo.

»In Ewigkeit, amen«, ergänzte Anafesto, denn so gebot es die Vorschrift.

Nachdem Matteo auf diese Weise klargestellt hatte, wie

man einen Gottesmann geziemend behandelte, sagte er: »Ich bin gekommen, um Eure Meinung als Kunstkenner zu erbitten.«

»Worum geht es?«, fragte Anafesto.

Matteo holte die kleine Statue unter seiner Kutte hervor. »Um Diana, die Göttin der Jagd.«

Anafesto nahm die Figur entgegen, betrachtete sie eingehend von allen Seiten und sagte, nun etwas zugänglicher: »Setzt Euch, Hochwürden. Darf ich Euch eine Erfrischung anbieten?«

»Nur ein Glas Wasser.«

Anafesto klingelte nach seinem Diener und bestellte das Gewünschte. Dann setzte er sich ebenfalls. »Um auf Eure Bitte zurückzukommen: Eure Diana ist aus rötlichem Alabaster, misst in der Länge ungefähr einen halben Fuß und trägt einen kurzen dorischen Chiton, ferner ein Himation um die Taille und an den Füßen Sandalen. Der Chiton war, wie Ihr wahrscheinlich wisst, im alten Griechenland ein sehr gebräuchliches, direkt am Körper getragenes Unterkleid, das Himation der dazugehörende Mantel. Diana greift mit ihrer rechten Hand nach hinten, um einen Pfeil aus dem Köcher zu ziehen, während ihre Linke das abgebrochene Stück eines Bogens hält. Da zwischen ihren Beinen ein Hirsch hervorspringt, glaubt der flüchtige Betrachter, sie griffe dem Tier ins Geweih, um es zu bändigen.«

Matteo war erstaunt. »Das habe auch ich immer gedacht. Dabei steht die Statue schon viele Jahre neben meinem Bett.«

»Wie seid Ihr in ihren Besitz gekommen?«

»Ich habe sie als junger Mann einem Freund abgekauft, der in Geldschwierigkeiten steckte.«

»Aha. Und nun steckt Ihr in Geldschwierigkeiten?«

Matteo schluckte. Die unverblümte Art seines Gegenübers brachte ihn in Verlegenheit. »Um ehrlich zu sein, ja. Genauer gesagt, geht es um die Kirchenkasse, die wieder einmal leer ist. Als Anwohner wisst Ihr sicher, dass unsere Gemeinde mehrheitlich aus Armen besteht, die nicht viel spenden können. Die wenigen Reichen jedoch lassen sich selten von dem berühmten Satz aus der Apostelgeschichte des Lukas leiten. Er lautet: *Geben ist seliger denn nehmen.*«

»Worauf wollt Ihr hinaus?« Anafesto schien den Seitenhieb nicht bemerkt zu haben.

»Ich will sagen, dass unsere altehrwürdige Turmglocke, die HOSIANNA, einen Riss hat, dass die Kirchenbänke morsch sind und dass der Putz mit jedem Tag mehr von den Fresken herabbröckelt – Missstände, die dringend behoben werden müssten, bisher aber nicht beseitigt werden konnten. Da habe ich mich meiner Diana erinnert. Wie viel würdet Ihr mir für sie geben?«

Anafesto schürzte die Lippen. »Wer sagt Euch, dass ich sie haben will?«

»Ihr handelt doch mit Kunst?«

»Das stimmt. Nun ja, zehn Scudi wäre sie mir wert, höchstens.«

»So wenig?«

»Das wäre sogar noch viel. Es handelt sich bei Eurer Diana um die häufig hergestellte Kopie einer Figur aus der Zeit Hadrians, die schon damals die Kopie einer verloren gegangenen Bronzestatue des griechischen Bildhauers Leochares war. Darüber hinaus besteht Eure Diana aus Alabaster und kann demzufolge nicht im Freien aufgestellt werden, da dieser, anders als Marmor, nicht wetterfest ist.«

Um Zeit zu gewinnen, trank Matteo einen Schluck des mittlerweile bereitgestellten Wassers. Dann sagte er: »Ganz so wertlos, wie Ihr vorgebt, scheint mir meine Diana doch nicht zu sein. Besonders, wenn Ihr einmal das Antlitz betrachtet. Es ähnelt dem Eurer Tochter Giulia sehr.« Die Behauptung war kühn, aber Matteo vertraute auf die Eitelkeit, die in jedem Menschen schlummert. Und er sollte recht behalten.

Anafesto stutzte und nahm das Gesicht der Statue näher in Augenschein. »Meint Ihr wirklich?«

»Gewiss. Außerdem ist da das Elfenkostüm mit dem Köcher und dem Bogen, das Giulia an den Karnevalstagen trug. Wenn ich es mit der Kleidung Dianas vergleiche, stelle ich weitere Übereinstimmungen fest. Eure Tochter ist eine klassische Schönheit.«

»Ihr habt Giulia während der ausgelassenen Tage gesehen?«

»Sie kam am Dienstag vor Aschermittwoch zu mir in die Kirche.«

»Ach, wollte sie beten?« Anafesto wirkte belustigt.

»Nein, sie brachte mir mehrere Verletzte, nachdem Euer Balkon abgebrochen und auf die Straße gestürzt war. Ihr selbst, so hörte ich, habt geholfen, die Verletzten auf einen Eselskarren zu laden.«

»Woher wisst Ihr das alles?«

Matteo überhörte die Frage. »Dem Herabstürzen ging der mittlerweile als *guerra balconale* bekannte Balkonkrieg voraus. Ein stupides Fressen und Saufen von Euch und Euren Mitbewohnern im Wettbewerb gegen einen Balkon auf der anderen Straßenseite – sinnlos und sündhaft, besonders, wenn man bedenkt, wie viel Armut in der Stadt herrscht.«

»Es war Karneval!«

»Die Zeit der Narretei entschuldigt nicht alles. Schon gar nicht, wenn Schwerverletzte zu beklagen sind. Es hat mich und meine Anvertrauten mehrere Stunden gekostet, sie zu versorgen. Von den teuren Arzneien gar nicht zu reden.«

»Daher also weht der Wind.« Anafesto lachte höhnisch.

»Ich soll Euch für Eure Dienste bezahlen. Aber da seid Ihr bei mir an der falschen Adresse! Eure armselige Diana war nur ein Vorwand, um bei mir zu betteln. Geht mit ihr anderswo auf die Jagd nach Almosen. Und lasst in Zukunft meine Tochter aus dem Spiel. Sie hat mit Eurer Diana nichts zu schaffen.«

»Wirklich nicht? Immerhin war auch sie während der Karnevalstage mit Pfeil und Bogen unterwegs. Die Frage ist nur, als was: als Jägerin oder als Freiwild? Ihr wisst doch, wie locker die Sitten heutzutage sind. Und eine schöne junge Frau ...«

»Was wollt Ihr damit sagen?«

»Ich will damit sagen, dass eine schöne junge Frau einen Beschützer braucht.«

»Einen Beschützer?« Anafesto sprang auf und funkelte Matteo wütend an. »War da ein Mann hinter meinem Rücken, der meine Kleine belästigt hat? Das kann nicht sein, das wäre mir aufgefallen!«

»Wie denn? Ihr wart doch tagelang damit beschäftigt, Euch den Wanst vollzustopfen, nur um den Nachbarbalkon im Prassen zu übertreffen.«

»Wer ist es? Ich will es wissen!«

»Sein Name ist Tullio Tegalliano.«

»Was, das Söhnchen des Druckereibesitzers aus Rom?«

»Das ›Söhnchen‹, wie Ihr ihn nennt, ist zweiundzwanzig Jahre alt und einen Kopf größer als Ihr. Er ist ein kräftiger junger Mann, dessen stattliche Erscheinung dafür gesorgt hat, dass Euer Töchterchen während des Karnevals unbehelligt blieb. Wer weiß, von wie vielen Kerlen sie sonst unzüchtig berührt worden wäre.«

»Heißt das etwa, dieser Tullio hat mit ihr ...?«

»Das müsst Ihr ihn selber fragen. Ich weiß nur, dass er Eure Tochter liebt und dass Eure Tochter ihn liebt.«

»Ausgeschlossen!« Anafesto schrie fast. »Meine kleine Augenweide hat noch nie Geheimnisse vor mir gehabt. Und das wird sie mir auf der Stelle bestätigen! Giulia, G-i-u-l-i-a! Komm sofort her!«

Es klopfte zaghaft, und Giulia trat ein. Sie trug ein taubenblaues Kleid aus Seidenorganza mit hochgeschnürter Taille und züchtigem Dekolleté, das wunderbar zu ihren blonden Haaren passte. »Du hast mich gerufen, Vater?«, fragte sie und schlug die Augen nieder.

»Das habe ich, meine Kleine.« Anafesto klang auf einmal sehr liebevoll. »Sag mir, du kennst doch diesen Tullio Tegalliano nicht näher?«

»Nun, Vater ...« Sie zögerte und blickte Matteo hilfesuchend an.

»Sag mir, dass es nicht so ist!«

»Er ist ... sehr nett.«

»Heißt das, Pater Matteo hat recht, und ihr beide ...?«

Giulia nickte heftig.

»Das ist ein Skandal! Wie konntest du mich nur so hintergehen! Habe ich nicht immer alles für dich getan? Habe ich dir nicht jeden Wunsch von den Augen abgelesen? Das ist nun der Dank!« Anafesto war außer sich, gestikulierte wild und tigerte im Raum auf und ab, während Giulia bei jedem seiner Worte zusammenzuckte.

So ging es eine Weile weiter, bis ihm der Atem knapp wurde und er Luft schöpfen musste. In die Stille hinein sagte Matteo leise: »Giulia, bitte geht hinaus und richtet dem Diener aus, ich würde gern ein Glas Wein trinken.«

Als sie fort war, wandte er sich an Anafesto: »Ich kann mir denken, wie Euch zumute ist. Ich habe selbst einmal etwas ganz Ähnliches erlebt. Es liegt schon Jahrzehnte zurück, und doch erinnere ich mich an jede Einzelheit.«

»Das interessiert mich nicht!«

»Das sollte es aber. Es war der Vater meiner späteren Frau, der mich aus dem gleichen Grund zur Rede stellte und mich beschimpfte.«

»Was, Ihr seid verheiratet? Als Priester? Das wird ja immer schöner!«

»Ich war es, Anafesto. Ich hatte Frau und Kinder bis zu jenem Tag, als das Zehrfieber in die Stadt kam und mir meine liebsten Menschen nahm. Ich verstand das als einen Wink Gottes, ging ins Kloster und leistete die Gelübde. So fand ich ein geistliches Glück nach dem weltlichen Glück. Doch dem weltlichen war ein ähnliches Gewitter vorausgegangen wie heute. Ich versuchte, den Vater meiner Braut von meinen ernsten Absichten zu überzeugen, aber ich kam überhaupt nicht zu Worte. Gottlob hatte sie eine sehr kluge, verständige Mutter, der es gelang, ihren Gemahl zu beschwichtigen.«

»Soso, ich verstehe. Und heute wollt Ihr in die Mutterrolle schlüpfen und mich besänftigen?«

Matteo gestattete sich ein Lächeln. »Warum nicht? Die Mutter sagte damals zu ihrem Mann: ›Sei einmal ehrlich zu dir selbst. Ist es nicht so, dass du Angst hast, etwas zu verlieren, von dem du glaubst, es gehöre dir? Wenn du deine Tochter wirklich liebst, darf es nichts Wichtigeres für dich geben, als sie glücklich zu machen. Lass sie ziehen, und du wirst immer einen Platz in ihrem Herzen haben.‹

Der Vater antwortete: ›Er ist ein Grünschnabel und kann meiner Tochter nichts bieten.‹

›Oh, doch‹, entgegnete die Mutter, ›er wird vierundzwanzig Jahre alt, ist Arzt und meint es aufrichtig.‹

›Aufrichtig? Woher willst du das wissen?‹

›Weil ich eine Frau bin. Als Mann glaubst du, der Bräutigam sei dein Rivale. Du bist neidisch auf seine Jugend, denkst, er will dir die Tochter wegnehmen. Das ist Unsinn.

Du bist ihr Vater, er hingegen wird ihr Ehemann sein. Das sind zwei verschiedene Paar Schuhe. Spring über deinen Schatten, sag Ja, und wir werden alle glücklich sein – auch du, spätestens, wenn du Großvater bist.‹«

Nach dieser langen Rede schien Anafesto halbwegs beruhigt. Er setzte sich und musterte Matteo aus zusammengekniffenen Augen. »Ich bin nicht dumm, Hochwürden, und habe durchaus begriffen, was Ihr mir sagen wollt. Ihr Priester redet ja gern in Gleichnissen. Aber findet Ihr nicht auch, dass meine Tochter sich mir hätte anvertrauen müssen?«

»Da bin ich ganz Eurer Meinung.« Matteo nickte. »Allerdings solltet Ihr nicht vergessen, dass Ihr ein ziemlicher Hitzkopf seid und dass Euer Töchterchen sich deshalb fürchtete, Euch zu sagen, wie es um sie steht.«

»Hitzkopf, ich?«, brauste Anafesto auf – und setzte sich gleich wieder hin. Ihm war klar geworden, wie recht Matteo mit seiner Einschätzung hatte. »Nun gut, meinetwegen. Ich gebe zu, dass der Gaul manchmal mit mir durchgeht. Aber es ist nur, weil ich mich um Giulia sorge. Ich habe doch sonst niemanden, seit meine Frau tot ist.«

»Ihr habt Gott.«

»Gewiss, gewiss. Das sagt ihr Priester immer, und immer kommt ihr mit einem Gleichnis daher. Ich hoffe, das eben genannte Beispiel stimmt nicht in allen seinen Teilen. Oder wolltet Ihr andeuten, dass auch ich bald Großvater werde?«

Matteo trank sein Glas aus. »Nein, aber dass Ihr bald Schwiegervater werdet.«

»Wie bitte?« Anafesto schüttelte ungläubig den Kopf. »Die Welt ist verrückt«, sagte er. »Bis eben war ich ein nichts ahnender Kunsthändler – nun soll ich plötzlich ein Schwiegervater sein. Aber wahrscheinlich werdet Ihr mir jetzt sagen, dass alles Gottes Wille ist.«

»Ist es nicht so?«

»Wahrscheinlich habt Ihr recht. Nun ja, dann werde ich mich wohl an den Gedanken gewöhnen müssen, aber ich ...«

Ein Freudenruf unterbrach ihn. Er kam von der Tür, in der Giulia mit einem Tablett stand. »Vater, darauf lass uns ein Glas Wein trinken! Oh, mein Tullio ist so klug und stark und ritterlich, er ist der wunderbarste Mann der Welt ...« Sie unterbrach sich und schenkte ihrem Vater einen Augenaufschlag, wie nur verliebte Töchter ihn zustande bringen. »Außer dir natürlich.«

Anafesto lachte geschmeichelt. »Wenn du mir so kommst, kann ich dir nichts abschlagen, das weißt du. Aber sei's drum, trinkt Ihr ein Glas mit, Hochwürden?«

»Gern.«

Sie stießen an, und Matteo setzte das Gespräch fort: »Ihr sagtet eben, Ihr würdet Euch an den Gedanken gewöhnen müssen, Schwiegervater zu werden. Ich möchte hinzufügen, dass Ihr Euch dafür Zeit nehmen könnt, denn ich habe den beiden Brautleuten deutlich gemacht, die Hochzeit dürfe nicht vor dem nächsten Jahr stattfinden – auch, um ihnen Gelegenheit zu geben, ihre Liebe auf Beständigkeit zu überprüfen.« Dass die Wartezeit in erster Linie eine Buße für die genossene Fleischeslust war, verschwieg Matteo aus verständlichen Gründen.

»Das klingt sehr vernünftig.« Anafesto schien erleichtert.

Matteo trank sein Glas aus. »Alles Weitere können wir demnächst besprechen. Zunächst aber solltet Ihr Euren künftigen Schwiegersohn kennenlernen – und ihm mit Wohlwollen begegnen. Ich kann Euch versichern, er ist ein vielversprechender, verantwortungsbewusster junger Mann aus gutem Hause, der es ernst meint.«

»Ich bin einverstanden.«

»Danke, Vater!« Giulia fiel Anafesto um den Hals und küsste ihn stürmisch.

Matteo hüstelte und steckte seine Statue ein. »Ich glaube, für meine Diana und mich ist es Zeit, zu gehen. Ich darf mich empfehlen, Gott befohlen.«

Wenig später schritt er, den Kopf noch voller Gedanken, auf der Via delle Lame zurück zu seiner Kirche. Es war ein schöner Tag im Mai, der Mittwoch vor Christi Himmelfahrt, und die Menschen gingen frohgemut ihren Geschäften nach. Als er sein Gotteshaus erreichte, sah er, dass die Tür über dem Portal geschlossen war. Niemand schien heute in den alten Mauern beten zu wollen. Nun, das konnte man den Menschen bei dem sonnigen Wetter nicht verübeln. Und zur Zwiesprache mit dem Herrn bedurfte es keines Altars. Er lenkte seine Schritte zu dem angrenzenden Wohnhaus und betrat es.

Stimmengewirr in der Küche sagte ihm, dass Besuch da war. In dem kleinen Raum, dessen Bild von dem rußgeschwärzten Ofen bestimmt wurde, saß Nausica am Esstisch. Daneben hockte eine alte Frau, die Matteo nicht sofort erkannte, wohl auch, weil sie herzzerreißend weinte und die Hände immer wieder vors Gesicht schlug.

Nausica rief: »Gut, dass Ihr kommt, Hochwürden, die alte Morna ist völlig verzweifelt, wir müssen ihr helfen!«

»Gewiss«, sagte Matteo und blickte sie fragend an.

»Ihr kennt doch Morna, die Wehmutter?«

»Ach ja, natürlich!« Nun erinnerte sich Matteo. »Was bedrückt Euch, Mutter Morna?«

Die Alte schluchzte. »Er wird in der Hölle schmoren bis in alle Ewigkeit!«

»Von wem sprecht Ihr?«

»Ins tiefste Verlies vom Palazzo del Podestà haben sie ihn geworfen und zum Tode durch den Henker verurteilt! Wenn er nicht die Absolution erhält, wird seine Seele mit ihm sterben.«

»Wen meint Ihr?«

»Oh, es ist ja so furchtbar!« Ein neuer Tränenstrom brach aus der Alten hervor.

Matteo begriff, dass er so nicht weiterkam. Er fasste sich in Geduld und beobachtete, wie die Alte sich mit einem Tuch die Tränen abwischte. Als sie sich halbwegs beruhigt hatte, flüsterte sie: »Riccardo.«

»Riccardo?« Der Name sagte Matteo nichts. »Ich kenne den Mann nicht. Ist er aus Bologna?«

»Ja, Hochwürden. Sein Vater war ein schwerreicher Weinhändler aus dem Geschlecht der Contarinis, die bis vor wenigen Jahrzehnten noch einen Geschlechterturm an der Porta San Vitale bewohnten.«

»Die Contarinis, jaja.« Matteo wusste jetzt, von welcher Familie die Rede war. Kritische Zungen behaupteten, es gebe in der ganzen Stadt nicht einen Tropfen Wein, an dem die Contarinis nichts verdienen würden. Ob das der Wahrheit entsprach, ließ sich schlecht sagen. Klar schien jedenfalls, dass eine so arme Frau wie Mutter Morna nicht mit ihnen verwandt sein konnte. Doch in welcher Beziehung stand sie dann zu dem Verurteilten? »Warum bewegt Euch das Schicksal dieses Riccardo so sehr?«, fragte er.

Morna schniefte. »Er ist der Letzte, der noch lebt, Hochwürden. Und ich war doch seine Amme! Über zwanzig Jahre ist es her, dass er an meiner Brust lag. Oh, er war so ein reizendes Kind! Ein Sonnenschein, den alle Welt liebte. Niemand konnte damals ahnen, was aus ihm werden würde. Doch er hat sich zu einem Teufel gewandelt, der mit seinem Höllenfeuer zahlreiche Menschen verbrannte. Nun schmachtet er im Verlies und will mit niemandem sprechen. Nicht einmal mit mir. Bitte, Hochwürden, nehmt ihm die Beichte ab, damit seine ewige Seele nicht der Verdammnis anheimfällt.«

»Ich fürchte, für den Bezirk um die Piazza Maggiore ist ein Priester von San Petronio zuständig.«

»Der war schon bei Riccardo und ist auf taube Ohren gestoßen.«

»So, hm. Ich weiß wirklich nicht, ob ich Euch helfen kann.«

»Habe ich Euch nicht auch einmal geholfen? Euch und Nausica?«

Das stimmte in der Tat. Es lag noch gar nicht lange zurück, da war er mit der heftig blutenden Nausica zu der alten Frau geeilt und hatte sie in deren Obhut gegeben. Und Morna hatte geholfen, ohne lange zu fragen. Sie hatte nicht wissen wollen, wie oft und mit welch zweifelhaften Mitteln sie versucht hatte, sich der Leibesfrucht zu entledigen, und sich auch nicht darum geschert, dass sie der Schande wegen von ihren Eltern verstoßen worden war. Das alles hatte Morna nicht in Erfahrung bringen wollen und augenblicklich gehandelt. War es da nicht selbstverständlich, dass auch er jetzt half?

Matteo seufzte. »Gut, ich werde Riccardo aufsuchen. Gleich jetzt.«

»Aber Hochwürden, wollt Ihr nicht vorher essen?« Nausicas Stimme klang vorwurfsvoll. »Ich habe *vermicelli* mit einer leckeren Pilzsoße gemacht.«

»Gott weiß, wie gern ich deine *vermicelli* mag, aber wenn ich Mutter Morna richtig verstanden habe, duldet meine Aufgabe keinen Aufschub. Du kannst mir die Nüdelchen warm machen, wenn ich zurück bin.«

Matteo stand auf und verließ die Küche. Während er den Weg zur Piazza Maggiore zurücklegte, fragte er sich, warum ausgerechnet er die richtigen Worte finden sollte, wenn sein Glaubensbruder von San Petronio es nicht geschafft hatte. Offenbar war dieser Riccardo ein besonders starrköpfiger junger Mann, dem ein Leben nichts galt – nicht einmal sein eigenes.

Mit diesen Gedanken betrat er den Palazzo del Podestà, grüßte die Wachen und stieg die Treppe in den Keller hinab. Ein Schließer mit einem großen Schlüsselbund am Gürtel trat ihm entgegen und hob die Hand. »Halt, hier könnt Ihr nicht weiter, Hochwürden. Der zum Tode Verurteilte darf mit niemandem sprechen.«

»Auch nicht mit Gott?«

»Äh, wie meint Ihr?«

»Ich meine, dass Gott durch mich mit dem Gefangenen zu sprechen wünscht. Willst du dich dem widersetzen?«

Der Schließer zögerte. »N… nein. Aber ich habe meine Befehle.«

»Sie gelten nichts gegen den Befehl Gottes. Und der lautet: Führe mich auf der Stelle zu dem Gefangenen.«

»Jawohl.« Kleinlaut nahm der Mann eine Fackel von der Wand und ging voraus. »Passt auf, dass Ihr nicht ausrutscht. Es ist feucht hier unten.«

Matteo antwortete nicht. Er hatte genug damit zu tun, den Rat zu befolgen.

»Da wären wir.« Der Schließer öffnete eine Gittertür und wies auf einen gut gekleideten jungen Mann, der in einem Haufen Stroh hockte.

»Danke«, sagte Matteo. »Lass mir die Fackel hier. Ich möchte sehen, mit wem ich es zu tun habe.«

»Wie Ihr wollt. Ich verschwinde. Wenn Ihr fertig seid, ruft nach mir. Bis dahin muss ich die Tür verriegeln.«

Bevor er endgültig ging, drehte der Schließer sich noch einmal um. »Und seht Euch vor. Der Kerl hat mindestens zwanzig Menschen auf dem Gewissen. Dem kommt es auf einen mehr oder weniger nicht an.«

»Schon gut.« Matteo steckte die Fackel in ein Mauerloch

und sagte: »Ich bin Pater Matteo. Ich weiß nicht, welche Schuld Ihr auf Euch geladen habt, aber es ist nie zu spät, Reue zu zeigen und den Herrgott um Vergebung zu bitten.«

Riccardo antwortete nicht. In seinem Blick lag Verachtung.

Matteo sah sich um. Das Verlies war klein, eher ein Loch, es maß höchstens drei mal drei Schritte im Geviert und stank nach menschlichen Fäkalien. Der Grund dafür war der unausgeleerte Holzeimer, der in einer Ecke stand. Daneben, wie zum Hohn, hatte jemand einen Krug mit Wasser und einen Becher hingestellt. »Wollt Ihr etwas trinken?«, fragte Matteo.

Riccardo würdigte ihn keiner Antwort.

Matteo überwand seine Abscheu und goss sich ein wenig von dem Nass in den Becher. Er trank. Das Wasser schmeckte besser als erwartet. »Ihr solltet etwas trinken.«

Riccardo schaute an ihm vorbei.

»Verzeiht, ich vergaß, dass ich Luft für Euch bin.« Matteo wartete auf eine Reaktion, aber auch seine Ironie bewirkte nichts.

Er dachte an die *vermicelli* und daran, dass er Hunger hatte und gern wieder gegangen wäre, doch er riss sich zusammen. So schnell wollte er nicht aufgeben. Jedenfalls nicht so schnell, wie sein Glaubensbruder von San Petronio es getan hatte. »Wenn Ihr nicht sprechen wollt, will ich es auch nicht«, sagte er und gähnte ausgiebig. »Ich glaube, ich werde ein wenig schlafen. Euer Schweigen ist ermüdend.«

Er gähnte abermals und streckte sich auf dem Stroh in der gegenüberliegenden Ecke aus. Der Boden war hart und glitschig, aber er ließ sich nichts anmerken. Er tat so, als schliefe er ein, und begann, bis tausend zu zählen. Dabei beobachtete er Riccardo unter halb geschlossenen Lidern hervor. Er sah, wie dessen überheblicher Gesichtsausdruck der Neugier wich, und stellte fest, dass er eingehend gemustert wurde. Siehst du, dachte er, ganz so unnahbar, wie du tust, bist du doch nicht! Du bist ein arrogantes Jüngelchen, verwöhnt, verzogen und stur obendrein. Wenn es stimmt, was mir gesagt wurde, hast du große Schuld auf dich geladen, so groß, dass du darüber nicht sprechen kannst. Aber ich will dir helfen – der alten Morna zuliebe, und weil es Christenpflicht ist.

Er zählte weiter, und als er bei tausend angekommen war, tat er so, als wache er auf.

Riccardo setzte wieder sein überhebliches Gesicht auf.

Matteo streckte sich. »Habe ich lange geschlafen?«

Keine Antwort.

»Wisst Ihr, welche Tageszeit wir haben?«

Riccardo schwieg beharrlich.

Langsam wurde es Matteo zu bunt. Was konnte er noch unternehmen, um den Sturkopf zum Sprechen zu bringen? Sollte er es mit Beten versuchen? Wohl kaum. Es musste etwas Ungewöhnliches sein, etwas Unerwartetes, etwas, das den Panzer seiner Überheblichkeit sprengte. Aber was?

Matteo überlegte hin und her, und dann kam ihm der Zufall zu Hilfe. Er spürte ein Rumpeln im Leib und ließ einen lauten Furz.

Riccardo zuckte zusammen. »Pfui, Teufel!«, entfuhr es ihm.

Matteo lachte insgeheim. »Das hättet Ihr nicht gedacht, dass auch ein Priester mal einen Wind fahren lässt, wie?«

Riccardo drehte ihm den Rücken zu.

»Im Übrigen hat ein Wind nichts mit dem Teufel zu tun, ganz gleich, wie arrogant Ihr mich dabei anschaut. Ich bin sicher, Euch wird demnächst dasselbe passieren – spätestens, wenn Ihr den Eimer benutzen müsst.«

»Ihr redet wie ein Latrinenleerer – nicht wie ein Priester.«

»Ich rede wie ein Mensch. Jeder von uns ist ein Mensch – einerlei, wie niedrig er geboren wurde, einerlei, welche Schuld er auf sich geladen hat. Welche Schuld habt Ihr auf Euch geladen?«

Riccardo lachte spöttisch. »Respekt, Hochwürden, Ihr zieht rhetorisch alle Register, um mich auszufragen. Aber ich werde Euch nichts sagen. Ich habe getan, was ich tun musste, und bereue nichts.«

Matteo erkannte, dass er zu vorschnell gewesen war. Riccardo war nicht nur arrogant und stur, sondern auch intelligent. Es bedurfte eines neuen Anlaufs, ihn zum Reden zu bringen. Doch damit, das spürte er, musste er sich Zeit lassen.

Er wartete geraume Weile und sagte dann: »Auch ich habe getan, was ich tun musste, und bereue nichts.« Er hielt inne, um die Spannung seiner Worte zu steigern, und fuhr fort: »In meinem früheren Leben war ich Arzt. Ich studierte hier in Bologna und arbeitete, nachdem ich den *Doctorus medicinae* erworben hatte, in Ferrara. Ich war jung, hatte Erfolg und heiratete eine wunderbare Frau. Sie schenkte mir vier Kinder. Ich war der glücklichste Mann auf Erden. Doch nichts auf dieser Welt ist von Dauer, denn eines Tages kam das Fieber. Es nahm mir alle meine Kinder und die Frau dazu, und Gott wies mir einen neuen Platz im Leben an – den des Priesters. Es war ein schwerer Weg, doch ich fügte mich und habe den Schritt nie bereut. Seitdem ich mein Leben Gott geweiht habe, herrschen Frieden, Heiterkeit und Zuversicht in mir. Ich wünschte, ich könnte Euch ein wenig davon abgeben.«

»Das wird nicht nötig sein. Ich bin auch so mit mir im Reinen.«

»Vielleicht tut es Euch trotzdem gut, über Eure Taten zu reden?«

»Wohl kaum. Ich habe viele Sünden begangen und bereue keine davon. Im Gegenteil, ich würde jede einzelne wieder begehen. Ich hasse die Heuchelei bei der Beichte, das falsche Gewinsel, das ängstliche Gerede von Schuld und Wiedergutmachung, nur um die Absolution zu erlangen. Ich bin ehrlich zu mir selbst und ehrlich zu anderen, und was ich getan habe, war gerecht.«

Matteo sagte langsam: »Ihr glaubtet also, Ihr müsstet der Gerechtigkeit zum Sieg verhelfen, weil Euch Unrecht widerfahren war?«

Riccardo nickte. »Ich hätte es nicht besser ausdrücken können.«

»Erzählt mir davon.«

»Nein.«

»Wie Ihr wollt, es war nur ein Vorschlag.«

Erneut wartete Matteo, doch diesmal war er sicher, dass Riccardo von sich aus wieder sprechen würde. Und so war es auch.

»Es muss sechzehn Jahre zurückliegen, man schrieb anno 1560, als ich Diotato zum ersten Mal sah«, sagte Riccardo nach geraumer Zeit. »Er war dreizehn, ein Jahr älter als ich, aber einen Kopf kleiner.«

»Wer ist Diotato?«, fragte Matteo.

»Der Mann, den ich vor zwei Wochen getötet habe.«

»Warum?«

»Weil es unumgänglich war.«

»Ich verstehe.«

»Nein, Ihr versteht nichts. Denn anfangs waren wir gute Freunde. Ich weiß noch genau, wie Vater und ich beim Morgenmahl saßen und der Kammerdiener mit einem Räuspern auf sich aufmerksam machte. ›Was gibt es?‹, fragte Vater ungehalten, denn er liebte es nicht, beim Essen gestört zu werden.

›Da ist einer, der sich nicht abweisen lässt. Er sagt, er nähme Arbeiten aller Art an.‹

Vater, der ausgedehnte Weinberge im Piemont besaß und riesige Kellereien betrieb, konnte zu jenem Zeitpunkt jede Hand brauchen. ›Schick ihn herein.‹

Der Kammerdiener verschwand und schob wenig später einen ärmlich gekleideten, stämmigen Mann in den Raum. Der Mann war tief gebräunt und hatte einen Armstumpf.

›Jetzt sehe ich, warum du den Mann abgewiesen hast‹, sagte Vater zu seinem Diener. ›Wirf ihn hinaus.‹

›Bitte, Messer, um der Liebe Christi willen, gebt mir Arbeit‹, flehte der Mann und machte eine tiefe Verbeugung. ›Ich bin stark, glaubt mir, ich kann Fässer mit einer Hand rollen, ich kann eine Weinpresse bedienen, ich kann Rebstöcke beschneiden, ich kann schwere Lasten tragen, ich kann ein Pferd am Zügel führen, ich kann …‹ Während er weiter auf meinen Vater einredete, bemerkte ich, dass hinter ihm ein Junge stand, wahrscheinlich sein Sohn, denn er war ihm wie aus dem Gesicht geschnitten. Der Junge glaubte sich unbeobachtet, stahl ein Stück Parmaschinken vom Tisch und ließ es in seiner Jacke verschwinden. Es geschah so schnell, dass ich kaum mit den Augen folgen konnte. Ich starrte wie gebannt. Nie zuvor hatte ich so etwas gesehen.

Inzwischen hatte mein Vater genug von dem Redeschwall des Mannes und wollte ihn mit einer herrischen Bewegung hinausscheuchen, doch der Mann machte einen letzten Versuch. ›Bitte, Messer‹, rief er, ›lasst mich Euch beweisen, wie stark ich bin, danach mögt Ihr entscheiden, ob Ihr eine Hand wie die meine wirklich nicht braucht.‹

›Ja, Vater, lass es den Mann beweisen‹, mischte ich mich ein. In Wahrheit aber war ich gespannt, ob der Junge noch mehr stehlen würde.

Er kam nicht dazu. Denn der Mann ging in die Knie,

packte mit seiner gesunden Hand eines der vier Tischbeine und hob daran den gesamten Tisch in die Luft. Es war eine unglaubliche Kraftdemonstration, denn die Tafel war reich gedeckt mit Brot, Käse, Früchten und Wein.

Vater staunte. Dann sagte er: ›Der Schinken fehlt. Eben war er noch da.‹

›Ich habe ihn gegessen, Vater!‹, rief ich schnell.

›Du?‹

›Ja, warum gibst du dem Mann keine Arbeit?‹

›Hm.‹ Vater überlegte. ›Kraft hat er ja, das stimmt. Aber ich weiß nichts von ihm.‹

›Dem kann ich abhelfen, Messer‹, versicherte der Mann rasch. ›Ich stamme aus Supaesino, einem Bergdorf bei Aquila in den Abruzzen, wo ich Linsen anbaute und ein paar Ziegen hielt. Vor einem halben Jahr hat ein Erdbeben die Gegend erschüttert. Unser ganzes Dorf wurde zerstört. Auch mein Haus. Ein herabstürzender Balken hat mir die Hand zerquetscht. Meiner Frau und den anderen Kindern erging es noch schlimmer – sie sind tot, wie fast alle Nachbarn. Seitdem ziehe ich mit meinem Sohn über Land auf der Suche nach Arbeit. Bitte, seid barmherzig und gebt mir eine Anstellung.‹

›Als was denn? Als Ziegenhirte in meinem Garten?‹

›Bitte, Messer.‹

Ich mischte mich abermals ein: ›Er könnte die Geräteschuppen und die Stallungen anmalen. Dazu braucht er nur eine Hand, und du hast selbst gesagt, dass die Gebäude wieder einen Anstrich benötigen.‹

›Das habe ich. Nun ja, ich bin kein Unmensch, der Mann kann bleiben und im Gesindetrakt wohnen.‹ Vater blickte den Einarmigen an. ›Wie heißt du überhaupt?‹

›Davide Grimani, Messer. Und das ist Diotato, mein Sohn.‹

›Schön, und nun lasst mich weiter essen.‹

So begann meine Freundschaft mit Diotato, die zu einer unversöhnlichen Feindschaft werden sollte.«

Matteo sagte nachdenklich: »Es heißt, eine Freundschaft muss man sich verdienen, eine Feindschaft jedoch erwirbt man. Was ist zwischen Euch geschehen?«

»Nichts, Hochwürden, zunächst jedenfalls. Ein paar Tage später aber lief mir Diotato im Garten über den Weg. ›Na, hat dir der Schinken geschmeckt?‹, fragte ich ihn.

›Er war sehr gut‹, antwortete er.

›Du schuldest mir etwas, denn ich habe dich nicht verraten.‹

Er runzelte die Stirn. ›Ich hätte dich auch nicht verraten. Ich weiß, wie es ist, wenn der Hunger einem das Gedärm zerfrisst.‹

›Außerdem habe ich dafür gesorgt, dass dein Vater jetzt Arbeit hat.‹

Diotato schaute mich an. ›Das stimmt. Hast du es aus Mitleid getan?‹

›Nein‹, sagte ich. ›Ich wollte, dass du bleibst, damit du mir zeigen kannst, wie man stiehlt.‹

Wieder schaute er mich an, prüfend, abschätzend. ›Ich habe gestohlen, weil ich Hunger hatte. Du hast keinen Hunger. Deshalb werde ich es dir nicht zeigen.‹

Mit diesen Worten ließ er mich stehen. Das war das erste Mal, dass ich ihm allein begegnete.«

Matteo sagte: »Ein bemerkenswerter Junge, dieser Diotato. Was geschah beim zweiten Mal?«

»Da sah ich ihn auf einer Mauer neben den Stallungen sitzen. Er hielt ein Stück Käse in der Hand und biss hinein. Ich fragte ihn: ›Hast du den Käse auch gestohlen?‹

›Nein‹, sagte er und bot mir von dem Stück an. Es war gelblich und wies zahlreiche grünblaue Flecken auf. ›Gaia, die Küchenmagd, hat es mir geschenkt.‹

Ich nahm einen Bissen und verzog das Gesicht. Der Käse schmeckte scharf.

›Das ist Gorgonzola‹, erklärte mir Diotato in seiner ernsten Art. ›Man nennt ihn auch *Stracchino di Gorgonzola*, also: der Müde von Gorgonzola. Kennst du die Geschichte, wie es zu dem Namen kam?‹

›Nein‹, sagte ich. ›Käse hat mich noch nie interessiert.‹

Er ging nicht auf mich ein und fuhr fort: ›Ich habe sie gehört, als Vater und ich durch die Lombardei zogen. Sie geht so: Ein Melker, der am Abend im Stall seine Arbeit verrichtete, bekam Besuch von einer leichtblütigen Magd. Sie fragte ihn: ›Was machst du da?‹, und er zeigte ihr, wie man mit geübter Hand an den Zitzen des Euters zieht. Das gefiel ihr, und sie sagte, sie wüsste, wo es zwei weitere hübsche Zitzen gebe. Ob er wissen wolle, wo. ›Ja‹, sagte er, und sie entblößte ihre Brüste. Er betastete sie und spielte mit ihnen. Danach küssten sie sich und taten es die ganze Nacht. Am anderen Morgen war er so müde, dass er aus Versehen die Morgenmilch mit der vom Abend zusammenschüttete. Daraus entstand ein neuer Käse, den seine Freunde nach ihm ›den Müden‹ benannten.‹

›Was bedeutet: ›sie taten es die ganze Nacht‹‹, wollte ich wissen.

›Das sage ich dir nicht.‹

›Warum nicht?‹, begehrte ich auf.

›Dafür bist du noch zu klein.‹

Das ärgerte mich, er war zwar ein Jahr älter, aber ich war größer und, wie ich glaubte, auch stärker. ›Ich werde dir zeigen, wie klein ich bin!‹, rief ich und schlug ihm ins Gesicht.

Er zuckte zusammen, wich aber keinen Zoll zurück. ›Ich wollte dich nicht beleidigen‹, erwiderte er ruhig. ›Ich habe dir nur gesagt, was man mir geantwortet hat. Ich weiß nämlich auch nicht, was es bedeutet.‹

›Warum hast du dich nicht gewehrt?‹

›Ich mag keinen Streit. Streit führt zu nichts.‹

›Du bist ein Feigling!‹

Er schaute mich an. ›Mein Vater sagt, dass ich mutig bin.‹

Das hatte mein Vater noch nie zu mir gesagt. ›Warum?‹, fragte ich.

›Hast du schon einmal ein Erdbeben erlebt?‹

›Nein.‹

›Da, wo ich herkomme, gibt es sie häufig. Aber noch nie war eines so schlimm wie das letzte. Es fängt immer ganz harmlos an. Man denkt, man sei gestolpert oder hätte eine falsche Bewegung gemacht, dabei ist es die Erde, die unter einem erzittert. Das Zittern wird mit jedem Mal stärker und endet schließlich in gewaltigen Stößen. Steinlawinen rollen von den Bergen herab, Bäume knicken um, Spalten tun sich auf. Wer von alledem im Haus überrascht wird, muss spätestens zu diesem Zeitpunkt ins Freie geflüchtet sein oder, wenn das nicht möglich war, sich unter einem stabilen Tisch verkrochen haben. Niemand wusste das besser als Vater, und trotzdem hielt er sich nicht daran. Statt draußen auf dem Feld zu bleiben, eilte er in unsere Hütte, denn seine Sorge galt Mutter und uns Kindern. Kaum war er bei uns, stürzte der vordere Teil des Gebäudes ein und versperrte den Ausgang. Vater wollte uns einen Weg durch die Schuttreste bahnen, aber es war nicht möglich. Da befahl er uns, die Erdgrube aufzusuchen, die zum Frischhalten von Lebensmitteln diente. Er hoffte, wir würden darin geschützt sein, da sie von einem schweren Eichendeckel verschlossen wurde. Als alle in Windeseile hinabgestiegen waren – alle außer ihm und mir –, geschah es: Ein gewaltiger Stoß sorgte dafür, dass auch der Rest des Gebäudes einstürzte. Er riss Vater den Eichendeckel aus der Hand, schleuderte ihn durch den Raum und ließ die Dachbalken auf ihn herabregnen.

Eine dichte Staubwolke hüllte alles ein. Als sie sich gelegt hatte, stellte ich fest, dass ich unverletzt war. Von Vater sah ich nur eine Hand. Sie ragte unter einem Balken hervor, zuckte und war voller Blut. Dann hörte ich ihn. ›Hilf mir, Junge‹, stöhnte er, ›so hilf mir doch!‹

Ich versuchte, den Balken hochzuheben, aber es gelang mir nicht, zu viele Trümmer lagen darauf. Wieder stöhnte Vater. Dann hörte ich dumpfe Schreie aus der Erdgrube. Mutter und meine Geschwister waren dort lebendig begraben. Was sollte ich zuerst tun? Vater retten! Er würde mir helfen, den Rest der Familie zu befreien. ›Warte, Vater‹, rief ich, ›ich hole dich da raus!‹

Doch wie ich das anstellen sollte, war mir ein Rätsel. Dann fiel es mir ein. Ich brauchte einen Hebel, um meine Kräfte zu verstärken. Ich fand eine Latte und schob sie unter den Balken, der Vaters Hand einklemmte. Mit Hilfe des Hebels schaffte ich es, den Balken hochzustemmen. Kaum war mir das gelungen, verschwand die Hand und hinterließ eine blutige Spur. ›Vater?‹, rief ich. ›Vater?‹

Ein Rumpeln und Scharren war die Antwort. Dann – zu meiner grenzenlosen Erleichterung – richtete Vater sich in einem Berg von Schutt auf. Er taumelte, tat einen Schritt auf mich zu und fiel mir in die Arme. Er ist ein schwerer Mann und riss mich zu Boden. Ich erkannte, dass er die Besinnung verloren hatte. Und ich sah, dass seine Hand nur noch an einer Sehne hing.

Ich schrie vor Schreck, und das weckte ihn wieder auf. ›Die Hand …‹, murmelte er heiser, ›ich verblute. Du musst mir den Arm abbinden.‹

›Ja, Vater.‹ Ich riss einen Streifen von meinem Hemd ab, schlang ihn fest um den Oberarm und verknotete ihn. ›Ist es so richtig?‹, fragte ich.

Aber Vater war schon wieder ohnmächtig geworden. Er

lag halb auf mir und atmete flach. Meine Bemühungen, ihn zu wecken, waren vergeblich. Er antwortete nicht. Stattdessen hörte ich die Schreie aus der Erdgrube. Jeder drang wie ein Messerstich in mein Herz. ›Mutter‹, rief ich, ›Vater und ich holen euch da raus, habt nur ein wenig Geduld!‹

Ich betete zu Gott, er möge Vater wieder zu sich kommen lassen. Und mein Flehen wurde erhört. Nach einiger Zeit schlug er die Augen auf. ›Wir müssen hier raus‹, krächzte er.

›Was ist mit Mutter und den anderen?‹, fragte ich ängstlich.

Er schüttelte den Kopf. ›Die Trümmer über dem Eichendeckel sind zu hoch. Wir können sie nicht abtragen, schon gar nicht mit nur drei Händen. Wir können froh sein, wenn wir es schaffen, den Ausgang freizuräumen, um uns selbst zu retten.‹

›Ich habe Angst!‹

›Ich auch. Nimm das Messer aus meiner Tasche.‹

›Warum?‹

›Schneide die Hand ab. Sie taugt zu nichts mehr.‹

›Nein, Vater!‹

›Tu, was ich dir sage, oder wir sterben beide.‹

Zitternd gehorchte ich. Nie werde ich vergessen, wie eine leblose Hand sich anfühlt.

Vater nahm all seine Kraft zusammen und rief: ›Liebste, halte mit den Kindern durch. Diotato und ich holen Hilfe. Halte durch, halte durch …!‹

Dann begannen wir, uns durch den Schutt und die Trümmer zum Ausgang zu graben. Es gelang uns tatsächlich, ihn zu erreichen. Das Tageslicht begrüßte uns hell und freundlich, als wäre nie ein Erdbeben geschehen. Doch um uns herum standen nur noch Ruinen, keine Menschenseele ließ sich blicken. Nur eine einzelne Ziege kletterte über den zugeschütteten Weg. Sie gehörte dem alten Fabbro. Er ist der Schmied in unserem Dorf und war einer der wenigen, die überlebten. Er brannte den Armstumpf aus und verband ihn.

Ich weiß nicht, wie lange er dafür brauchte, aber sofort danach machten wir uns mit ihm und zwei weiteren Männern auf den Weg, um Mutter und die Geschwister aus der Erdgrube zu retten. Wir taten unser Bestes, aber wir kamen zu spät. Vielleicht, weil wir nur zu fünft waren. Fünf Überlebende von dreiundachtzig. So viele Bewohner hatte einst unser Dorf.

Wir konnten Mutter und die Geschwister nur tot bergen. Wir begruben sie wie die anderen Toten auf dem Friedhof von Aquila. Pater Benedetto von der Nachbargemeinde hielt die Predigt. Danach nahm Vater mich beiseite und sagte zu mir: ›Unsere Existenz hier oben in den Bergen ist zerstört. Wir müssen fortgehen. Ich werde mir Arbeit suchen, es muss auch mit einer Hand gehen. Der Armstumpf verheilt gut.‹

›Ich will nicht fort, Vater.‹

›Darauf kommt es nicht an. Wenn du nicht so umsichtig gehandelt hättest, wäre ich mit Mutter und deinen Geschwistern eines elenden Todes gestorben. So aber musste ich sie verlassen, damit du leben kannst. Nie ist mir eine Entscheidung schwerer gefallen.‹

›Ja, Vater.‹

›Trotzdem möchte ich dir etwas sagen. Du weißt, warum wir Menschen in den Bergen unseren Hauptort Aquila genannt haben: weil wir hier oben frei wie die Adler sind. Mutig, zupackend und stark – und genau wie ein Adler hast du dich nach dem Beben verhalten. Ich bin stolz auf dich.‹«

Nach dieser langen Rede schwieg Diotato, und ich sagte: ›Ich gebe zu, das ist eine traurige Geschichte. Warum hast du sie mir erzählt?‹

›Damit du mich nie wieder einen Feigling nennst‹, antwortete er.

›Gut‹, sagte ich und streckte ihm die Hand hin.

Er ergriff sie.

Wir schüttelten uns die Hände, und ich sagte feierlich: ›Von nun an werde ich dich ›Adler‹ nennen.‹

Die nächsten Wochen und Monate waren wir fast täglich zusammen. Wir spielten alle möglichen Spiele, am häufigsten aber Ritter und Räuber, wobei ich der Ritter war, denn ich hatte von meinem Vater ein Holzschwert erhalten, der Adler hingegen war nur der Räuber. Beide hatten wir ein paar Jungen aus der Nachbarschaft um uns geschart, deren Anführer wir waren, und meistens gelang es mir und meinen Rittern, die Räuber zu besiegen.

Eines Tages jedoch glückte es uns nicht. Wir befanden uns vor den Mauern Bolognas in einem ausgedehnten Obstgarten, wo wir Äpfel stahlen und uns damit bewarfen. Die Räuber pflückten die Früchte schneller, zielten besser und trafen häufiger. Ich war kurz davor, unsere Niederlage einzugestehen, als plötzlich der Obstbauer erschien, voller Wut, eine Mistgabel schwingend. Wir lachten ihn aus und machten uns keine Sorgen, denn wir hatten schnelle Beine und kannten die Gegend gut. Aber auch der Bauer wusste um die Örtlichkeiten. Und er war nicht allein. Er und seine Knechte kamen immer näher. Nacheinander schnappten sie alle Ritter und Räuber – alle, bis auf den Adler und mich. Wir konnten am schnellsten laufen und wären ihnen auch entwischt, wenn sich nicht unverhofft ein Seitenarm der Sabena vor uns aufgetan hätte. Mit fliegendem Atem und hämmerndem Puls blieben wir am Ufer stehen. Nicht auszudenken die Schmach, wenn uns der Bauer erwischen würde. ›Wir müssen kämpfen!‹, keuchte ich.

›Unsinn‹, versetzte der Adler. ›Zwei Jungen gegen ausgewachsene Männer, wie soll das gehen. Es muss eine andere Lösung geben. Sieh nur!‹ Er wies auf das dichte Schilf im seichten Wasser. ›Das könnte unsere Rettung sein.‹

›Wie meinst du das?‹

Der Adler antwortete nicht, watete ins Wasser und schnitt mit dem Messer zwei Schilfhalme ab. Die Halme maßen knapp einen Fuß in der Länge und waren innen hohl. Der Adler gab mir einen und sagte: ›Tauche und nimm den Halm in den Mund. Das andere Ende muss aus dem Wasser ragen. Ich will das Gleiche tun. So können wir atmen und in Ruhe abwarten, bis der Bauer verschwunden ist.‹

Gesagt, getan. Kaum waren wir untergetaucht, kam der Bauer auch schon heran. Er schimpfte so laut, dass ich es sogar unter Wasser hören konnte. Obwohl ich sicher war, dass er mich nicht sah, klopfte mir das Herz bis in den Hals. ›Irgendwo müssen die Spitzbuben doch stecken!‹, rief er. ›Schaut überall nach.‹

Eine Zeit verging, die mir wie eine Ewigkeit vorkam. Ich versuchte, ruhig durch den Mund zu atmen, und dachte an den Adler, der neben mir rücklings im Wasser lag. Langsam kroch mir die Kälte in die Glieder. Meine Hände und Füße wurden taub. Dann, endlich, bemerkte ich, wie der Adler sich neben mir erhob und aus dem Wasser stieg. Rasch folgte ich ihm.

›Die Luft ist rein‹, sagte er und lachte.

›Schade, dass wir das dumme Gesicht des Bauern nicht sehen konnten.‹

›Ja, wahrscheinlich schwört er Stein und Bein, er hätte es mit Hexerei zu tun gehabt.‹

›Dabei waren es nur zwei Schilfhalme, die ihn an der Nase herumgeführt haben. Wie bist du so schnell auf den Einfall gekommen?‹

Der Adler winkte ab. ›Das war nicht weiter schwer. In

dem halben Jahr nach dem Erdbeben haben Vater und ich manche brenzlige Situation überstehen müssen. Eine ähnliche war dabei, als wir Rüben auf einem Feld stahlen. In den Marken war es, an einem Fluss namens Foglia. Allerdings taten wir es aus Hunger und nicht aus einer bloßen Laune heraus. Vielleicht sollten wir morgen, wenn seine Wut verraucht ist, zu dem Bauern gehen und ihn um Entschuldigung bitten. Immerhin ist ihm ein Schaden entstanden …«

An dieser Stelle wurde die Rede Riccardos unterbrochen, denn der Schließer stand vor der Tür und rief: »Hochwürden, ist alles in Ordnung?«

»Ja«, rief Matteo zurück, »aber bring mir noch eine zweite Fackel. Es redet sich besser bei mehr Licht.«

Der Schließer brummte irgendetwas, brachte die Fackel und verzog sich wieder.

Matteo konnte Riccardo jetzt näher in Augenschein nehmen. Er sah, dass der Gefangene ein blaues Wams mit angeknöpften, geschlitzten Ärmeln trug, von denen der eine rot und der andere grün war. Sein Beinkleid bestand aus eng anliegender violetter Seide, und seine Füße steckten in edlen Stiefeln aus weichem Leder. Zu alledem passte das Gesicht. Es war das Gesicht eines Patriziersohns, dem man ansah, dass er sich dünkte, etwas Besseres zu sein. Insgesamt war das Äußere wenig überraschend. Das Einzige, was auffiel, waren die Hände. Riccardo versteckte sie auffällig.

Matteo hielt es für verfrüht, darauf einzugehen, und fragte: »Habt Ihr bei dem Obstbauern um Verzeihung gebeten?«

Riccardo lachte. »Wozu? Der Dummkopf hatte einen Tag später den Vorfall sicher schon vergessen. Und aus den Äpfeln konnte er noch Most machen.«

»Wenn Ihr meint«, erwiderte Matteo und dachte sich seinen Teil. »Fahrt fort.«

»Gut, wenn es Euch interessiert. Ein Jahr mochte vergangen sein, als ich begann, die Frauen um mich herum mit anderen Augen anzusehen. Ihre Gestalt unterschied sich von jener der Männer, war weicher, runder, verlockender, an Stellen, auf die ich zuvor nie geachtet hatte. Nun aber starrte ich sie an, sah die schwellenden Brüste und die prallen Gesäße, bewunderte die Zartheit der Haut, den Duft langer Haare, den Blick schöner Augen – und spürte dabei, wie es mich zwischen den Beinen juckte …« Riccardo hielt inne, zog eine Augenbraue hoch und sagte: »Sollte ich mich zu sehr in Einzelheiten verlieren und Euer priesterliches Ohr verletzen, Hochwürden, lasst es mich gern wissen.«

»O nein«, entgegnete Matteo und hätte fast hinzugefügt: Ich bin Kummer gewohnt. Stattdessen sagte er: »Es gehört zu meinen Aufgaben, zuhören zu können. Erzählt nur weiter.«

»Wie Ihr wollt. Von den Frauen gefiel mir am besten Gaia, die Küchenmagd. Sie war jung, siebzehn Jahre alt, und um einiges älter als ich. Doch, wie ich glaubte, bereits erfahren in den Dingen, nach denen ich mich sehnte. Sie hatte eine Himmelfahrtsnase und ein großes Muttermal auf der Wange, war ansonsten aber mit weiblichen Attributen üppig ausgestattet. Sie bewohnte eine kleine Kammer im Gesindetrakt, wo sie allein schlief. Das wollte ich mir zunutze machen. Eines Sonntags nach dem Kirchgang hatte sie frei, und ich schlich mich vor ihre Tür. Ich klopfte.

›Bist du es, Alessia?‹, kam es von drinnen. Alessia war die andere Küchenmagd, mit der Gaia sich angefreundet hatte.

›Ja‹, sagte ich mit verstellter Stimme. Das Herz schlug mir bis zum Hals.

›Komm doch rein.‹

Ich öffnete die Tür. Gaia stand vor ihrem Strohlager und wandte mir den Rücken zu. Sie war nackt.

Ich starrte sie wie gebannt an. Die offenen Haare, die

schmalen Schultern, die strammen Backen. Alles, was ich mir in langen Nächten erträumt hatte, sah ich nun leibhaftig vor mir.

›Was willst du, Alessia?‹ Gaia drehte sich um und stieß einen leisen Schrei aus. Der Kittel, den sie gerade anziehen wollte, fiel zu Boden.

Ich schloss die Tür hinter mir.

›Hui, junger Herr, was habt Ihr mir für einen Schrecken eingejagt!‹ Gaias Stimme klang vorwurfsvoll, doch in ihren Augen glitzerte es. Sie setzte sich auf ihr Lager und öffnete langsam die Schenkel. ›Ich glaube, Ihr solltet gehen.‹

Ich blieb. Das schwarze Dreieck zwischen ihren Beinen erschien mir wie das Paradies.

›Seid ein braver Junge und geht.‹ Gaia ließ sich zurücksinken und zog die Beine an. ›Ich möchte keinen Ärger mit Eurem Vater kriegen.‹

›Der wird nichts davon erfahren‹, murmelte ich heiser und bewegte mich wie eine Marionette auf sie zu.

Gaia kicherte. ›Ihr macht mir Angst, junger Herr. Ich bin doch nur eine Magd und muss auf meinen guten Ruf achten.‹

›Jaja.‹ Ich hörte kaum, was sie sagte. Ihre Nacktheit lockte. Mit zwei, drei Schritten stand ich neben ihr, den Blick unverwandt auf ihre Blöße gerichtet.

›Ihr macht mich verlegen, wenn Ihr mich so anstarrt. Außerdem ist mir kalt. Bitte, deckt mich zu.‹

›Nein‹, sagte ich und legte mich neben sie.

›Ihr seid unartig.‹ Wieder kicherte sie. ›Wollt Ihr mich mit Eurem Körper wärmen?‹

›Ja‹, sagte ich heiser. ›Ja, das will ich.‹ Ich drängte mich an sie, und meine Hand glitt wie von selbst zwischen ihre Schenkel. Ich spürte die Feuchte darin und die knisternden Härchen. Mutig geworden, begann meine Hand, das Paradies weiter zu erforschen, tastete hier, prüfte da, während ich selbst zum Bersten gespannt war.

Schließlich konnte ich nicht mehr an mich halten, mit hastigen Bewegungen streifte ich mein Beinkleid ab und warf mich über sie. Kaum war ich zwischen ihren Beinen, versuchte sie, diese zu schließen. ›Bitte nicht, junger Herr!‹

Ich hörte nicht auf sie, sondern versuchte ungestüm, ans Ziel zu gelangen. Es war für mich das erste Mal, dass ich bei einer Frau lag, und deshalb war ich nicht erfahren in der Verwirklichung meines Wunsches, zumal Gaia plötzlich alles tat, ihn mir zu verwehren. Sie stieß mich von sich und rief: ›Lasst das, junger Herr!‹

Doch ich war wie im Rausch. Ich nahm sie kaum wahr und wollte unbedingt das Paradies erobern.

›Hilfe, Hilfe!‹ Gaia schrie so laut, dass man es im ganzen Gebäude hören konnte. Das brachte mich zur Besinnung. Ich ließ von ihr ab. Verwirrt und ernüchtert.

Gaia blickte mich wütend an. Sie schien wie verwandelt. ›Ich bin nur eine kleine Magd, junger Herr, aber glaubt nicht, dass Ihr alles mit mir machen könnt. Geht, oder ich sag's Eurem Vater.‹

Das wollte ich auf keinen Fall. Ich kleidete mich wieder an und verließ ohne ein weiteres Wort ihre Kammer. Ich war wie vor den Kopf geschlagen. Immer wieder fragte ich mich im Verlauf des Tages, ob ich Gaia wirklich so falsch verstanden hatte. Sicher, ich hatte sie nackt überrascht, aber danach? Hatte sie mir danach nicht mit ihrem Körper zu verstehen gegeben, dass ich willkommen war?

Am späten Sonntagabend kam ich zu dem Schluss, dass ich zu stürmisch gewesen war. Frauen, so hatte ich gehört, wollten behutsam umschmeichelt und erobert werden. Sicher war das auch bei Gaia der Fall. Ich ging hinaus in den Garten und pflückte eine rote Rose. Die Blume, hoffte ich, würde mir den Weg ins Paradies öffnen. Ich schlich mich in den Gesindetrakt und blieb vor Gaias Kammer stehen. Gerade wollte ich anklopfen, als ich ein Kichern hörte. Es kam von drinnen, und es kam mir bekannt vor.

Was ging in Gaias Kammer vor?

Geräuschlos öffnete ich die Tür einen Spalt und warf einen Blick hinein. Wieder sah ich Gaias Rücken, nur dass sie diesmal nicht stand, sondern saß. Sie saß in ihrem Bett, breitbeinig wie ein Mann im Sattel, und bewegte ihren Körper auf und nieder. Und sie kicherte.

Ich brauchte einige Augenblicke, um zu erkennen, dass jemand unter ihr lag, der statt meiner das Paradies erobert hatte und es wieder und wieder in seiner ganzen Tiefe auskosten durfte. Neid kroch in mir hoch, heftiger Neid, doch hielt er mich nicht davon ab, weiterhin das Geschehen wie gebannt zu verfolgen. Zwei Hände erschienen links und rechts und umklammerten Gaias Hüften, sie steuerten ihren Unterleib, veranlassten ihn, sich mal schneller und mal langsamer zu bewegen, dann immer schneller und schneller ... Gaias Kichern ging in ein Stöhnen über, in ein Keuchen, schließlich, auf dem Höhepunkt der Lust, in einen unterdrückten Schrei. Ein zweiter Schrei untermalte ihren Jubellaut, tiefer, kräftiger. Er kam von dem Eroberer des Paradieses.

Gaias Bewegungen wurden träger und erstarben ganz. Erschöpft ließ sie sich nach vorn fallen. Zwei Arme umfassten ihren Körper und hielten ihn. Eine Weile geschah nichts. Dann hörte ich ihre Stimme, sie klang gedämpft, denn Gaia ruhte mit dem Gesicht in der Achsel ihres Eroberers. ›Du bist mein Ritter, mein starker Ritter‹, flüsterte sie.

Dann erhob sie sich langsam und ging zur Waschschüssel, die in der Ecke stand. Der Eroberer folgte ihr. Ich warf die Rose fort und sah, bevor ich ging, dem Kerl ins Gesicht.

Es war der Adler.«

Matteo räusperte sich. »Das war sicher ein einschneidendes Erlebnis für Euch«, sagte er. »Vielleicht sogar der Punkt, an dem aus Eurer anfänglichen Freundschaft eine Feindschaft entstand?«

»Ja, vielleicht«, antwortete Riccardo. »Niemand hat je von meiner Beobachtung erfahren, auch der Adler nicht, und dennoch war sein Handeln eine unerhörte Kränkung für mich. Man stelle sich vor: Er, der Sohn eines Ziegenbauern, hatte sich etwas genommen, das mir zustand, mir, dem Sohn eines der reichsten Männer Bolognas.«

»Ich verstehe, was Ihr meint. Doch bedenkt, dass er es sich nicht nur genommen hat – er hat es auch bekommen. Vielleicht, weil er als Freier für Gaia infrage kam, im Gegensatz zu Euch.«

Riccardo spuckte ins Stroh. »Sie war eine Schlampe, die mit meinen Gefühlen gespielt hat, mehr nicht. Ich habe dafür gesorgt, dass sie kurz darauf davongejagt wurde. Ich habe nie wieder etwas von ihr gehört – bis zu jenem Tag, an dem der Adler für seine Hinterhältigkeit bezahlen musste.«

Matteo warf einen Blick auf die Fackeln und sah, dass beide weit heruntergebrannt waren. »Ihr müsst mir von diesem Tag berichten, aber ich vermute, bis dahin floss noch viel Wasser die Sabena hinunter. Wenn Ihr erlaubt, verlasse ich Euch jetzt. Morgen Nachmittag, im Anschluss an die Messe zum Himmelfahrtstag, werde ich Euch wieder aufsuchen.«

»Wie Ihr wollt.« Riccardos Tonfall ließ keinen Schluss zu, ob er sich darüber freute oder nicht.

Matteo stand auf, wobei er seine Knie spürte. Sie quälten ihn schon seit vielen Monaten und erinnerten ihn daran, dass er dreiundfünfzig Jahre zählte, ein Alter, in dem die Zipperlein sich vermehrt meldeten. Doch er ließ sich nichts anmerken und sagte: »Ich werde für Euch beten und …«

»Das braucht Ihr nicht.«

»Mag sein. Ich werde es trotzdem tun. Niemand weiß, was Gott mit Euch vorhat. Vielleicht schenkt er Euch Einsicht und Erleuchtung. Ich wünsche Euch eine geruhsame Nacht.«

Auf seinem Weg nach oben sagte er zu dem Schließer: »Ich kenne die Schuld des Gefangenen erst zu einem geringen Teil, aber eines ist sicher: Ganz gleich, was er verbrochen hat, es rechtfertigt nicht, den Kübel mit den Exkrementen ungeleert zu lassen. Wenn ich morgen wiederkomme, will ich einen sauberen Eimer sehen.«

Der Schließer brummte irgendetwas.

»Ach, noch eines: Was ist mit den Händen des Gefangenen passiert?«

»Fragt ihn selbst, Hochwürden.«

»Das werde ich.« Matteo beschloss, die Unterhaltung abzubrechen. Sein Bedarf an Gesprächen war für heute gedeckt. Er war müde und hungrig und fragte sich, ob Nausica ein paar *vermicelli* für ihn zurückgehalten hatte …

Als Matteo das kleine Wohnhaus neben San Simeone betrat, hörte er plötzlich ein leises Geräusch. Etwas war ihm vor die Füße gefallen. Er blickte nach unten und sah sein silbernes Kreuz auf den Bodendielen liegen. »Nanu«, murmelte er und hob es auf. Dann erkannte er, was passiert war: Ein Glied der Halskette, an der er das Kreuz zu tragen pflegte, hatte sich gelöst. Seufzend steckte er beides in seine Gürteltasche. Ohne das Kreuz auf der Brust fühlte er sich nur als halber Mensch. Es begleitete ihn schon seit seiner Zeit als Novize. Es war schlicht und ziemlich abgegriffen, doch er liebte es, und er trug es sogar, wenn er im vollen Ornat die Messe feierte.

Den Schaden selbst reparieren konnte er nicht, so viel stand fest, denn seine Hände waren in handwerklichen Dingen nicht geübt. Wer konnte ihm helfen? Dovizio! Der Küster setzte zwar häufig eine mürrische Miene auf, doch unter seiner rauen Schale verbarg sich ein weicher Kern, und wer die richtigen Worte fand, der konnte von ihm alles haben.

Matteo legte die wenigen Schritte zu Dovizios Kammer zurück und klopfte.

»Ja?«, kam es von drinnen.

»Ich bin es«, sagte Matteo und trat in den spärlich möblierten Raum.

Dovizio saß auf seinem Bett und blickte vorwurfsvoll. »Ihr müsst einen guten Grund haben, mich zu stören, Hochwürden. Ich wollte mich gerade hinlegen.«

»Den habe ich.« Matteo holte das Kreuz und die Kette hervor und schilderte sein Problem.

Dovizios Miene verfinsterte sich. »Hört mal, Hochwürden, ich bin für Euch Küster, Koch und Kantor, die Reparatur von Halsketten gehört nicht zu meinen Aufgaben.«

»Irrtum, Dovizio«, erwiderte Matteo. »Seit ich Nausica in unseren Haushalt aufgenommen habe, kocht sie für uns alle. Du bist für mich also nur noch Küster und Kantor. Tu mir den Gefallen und sei dieses eine Mal auch ein kleines bisschen Silberschmied.«

»Nun, nun …« Dovizio zögerte.

»Wer soll es denn sonst machen? Du bist der Einzige, der so etwas kann.«

Dovizio schnaubte. »Ihr versteht es immer wieder, mich einzuwickeln, Hochwürden! Aber sei's drum, es ist ja für einen guten Zweck.«

»Das ist es.« Matteo grinste innerlich und verließ Dovizio.

Er ging geradewegs zur Küche und stieß die Tür auf. »Ich hoffe, ein paar *vermi…*«, rief er und hielt inne. Am Tisch saßen Violino und Nausica eng nebeneinander, und Violino hatte ihre Hände in die seinen genommen. Es war eine Situation, die sehr vertraut wirkte. Und die sehr überraschend für Matteo war. Denn es lag noch nicht lange zurück, da hatte Nausica versucht, ihn zu verführen, was ihr Gott sei Dank nicht gelungen war. Doch hatte das weniger an Matteos Standhaftigkeit gelegen als vielmehr daran, dass Dovizio im rechten Moment nach ihm gerufen hatte.

Nausica und Violino, sollte sich da etwas anbahnen?

Fürwahr, die beiden wären ein ungleiches Paar. Sie, die Tochter des Schirmmachers Bonucci, die wegen einer Abtreibung von ihm verstoßen worden war – er, der Sohn eines Bettlers, der zum Betteln nicht taugte und wunderschön singen konnte, weshalb man ihn vor dem Stimmbruch hatte kastrieren lassen.

Matteo spürte den Stachel der Eifersucht, schalt sich dafür und sagte laut: »Störe ich?«

»Aber nein, Hochwürden!« Nausica war aufgesprungen. Ihr gerötetes Gesicht strafte sie Lügen. »Ich habe für Euch *vermicelli* warm gehalten. Es ist noch eine große Portion da.«

»Danke, ich habe einen Bärenhunger.«

»Wo wart Ihr denn die ganze Zeit?«, fragte Violino. »Es ist schon dunkel draußen. Wir hatten Angst, Ihr kämt nicht mehr.«

»Das ist eine lange Geschichte«, erwiderte Matteo ausweichend. »Vielleicht erzähle ich sie euch ein andermal.« Er begann zu essen, stellte aber kurz darauf fest, dass sein Appetit nicht so groß wie gedacht war. »Es schmeckt wirklich hervorragend, besonders die Pilzsoße«, sagte er zu Nausica, »aber ich kann nicht mehr. Es war ein langer Tag. Verzeih, wenn ich mich schon zur Ruhe begebe.«

Er stand auf, ging zur Tür und drehte sich noch einmal um. »Aber vielleicht ist euch beiden das sogar recht?«

Am Himmelfahrtstag machte sich Matteo mit reparierter Halskette und frisch poliertem Kreuz zum Palazzo del Podestà auf, wo der Schließer ihm diesmal keine Schwierigkeiten bereitete, sondern ihn sofort hinunter ins Verlies brachte. »Ich habe zwei neue Fackeln angesteckt, damit es heller ist«, brummte er. »Und den Kübel mit der Scheiße habe ich auch geleert.«

»Ich danke dir. Gelobt sei Jesus Christus.«

»In Ewigkeit. Amen.« Der Schließer verschwand.

Matteo ließ seinen Blick schweifen. Riccardo Contarini saß in gleicher Haltung im Stroh und musterte ihn spöttisch. »Da seid Ihr ja wieder. Habt Ihr noch nicht genug von meinen Liebesabenteuern gehört, Hochwürden?«

»Kommen denn noch weitere?«, fragte Matteo zurück.

»Nein.«

»Auch das soll mir recht sein. Das Einzige, worauf ich bei einem Gespräch Wert lege, ist Offenheit. Doch bevor Ihr beginnt, eine Frage: Hat man Euch zu essen gegeben?«

»Ja, eine Wassersuppe. Ich habe dem Schließer gesagt, er soll sie zusammen mit den Exkrementen wegkippen.«

»Ich habe Euch etwas Besseres als Wassersuppe mitgebracht.« Matteo zog unter der Kutte ein Behältnis hervor und öffnete den Deckel. »Ich hoffe, Ihr mögt *vermicelli*? Sie sind kalt, aber köstlich.«

»Behaltet Eure Nudeln. Wozu soll ich noch essen, man wird mir ohnehin den Kopf abschlagen.«

»Ihr habt Hunger, das sehe ich.«

»Nein!« Riccardo hob abwehrend die Hand und zog sie sofort wieder zurück.

»Ihr habt zerquetschte Finger und seid zu stolz oder zu eitel, sie mir zu zeigen. Schon gestern ist mir aufgefallen, dass Ihr Eure rechte Hand verbergt. Auf dem Weg hierher, als ich an der Folterkammer vorbeikam, wurde mir klar, warum.

Man hat Euch die Daumenschrauben angelegt, weil Ihr nicht gestehen wolltet. Was, um Himmels willen, wolltet Ihr nicht gestehen?«

»Es gibt nichts, das ich nicht zugegeben hätte.«

»Was habt Ihr denn zugegeben?«

»Dass ich den Adler getötet habe. Ihn und alle anderen.«

Matteo holte tief Luft. »Wie?«

»Ich habe es mit großem Aufwand und mit großer Sorgfalt geplant. Und ich habe es gern getan. Aber das zu erzählen, hieße, mit dem Ende der Geschichte anzufangen. Wollt Ihr das?«

»Äh, nein.« Matteo hatte auf ein kurzes, abschließendes Gespräch gehofft, aber daraus würde wohl nichts werden. »Berichtet mir alles, was Ihr für notwendig haltet. Doch wollt Ihr Euch vorher wirklich nicht stärken?« Er nahm eine Nudel in die Hand und hielt sie Riccardo vor den Mund. »Sie ist in Pilzsoße getaucht und die Verführung selbst. Der Apfel vom Baum der Erkenntnis ist nichts dagegen.«

»Ihr glaubt doch nicht, dass ich da hineinbeiße?«

»Doch, das glaube ich«, sagte Matteo, schob die Nudel zwischen Riccardos Lippen – und das Wunder geschah: Riccardo öffnete den Mund und probierte.

»Warum nicht gleich so. Erzählt mir bei ein paar weiteren *vermicelli,* was Euch widerfuhr.«

Riccardo zögerte, kämpfte mit sich, doch das Verlangen siegte. Nachdem er die erste Nudel gekostet hatte, war der Damm gebrochen. Mit sichtlichem Behagen schlang er Nudel um Nudel in sich hinein und berichtete mit vollem Mund: »In der Folgezeit versuchte ich, mir nicht anmerken zu lassen, wie sehr der Adler mich in meiner Ehre verletzt hatte, und der Fechtunterricht, den mein Vater mir und ihm angedeihen ließ, half mir dabei. Denn im Fechten war ich stets der Stärkere und Geschicktere. Zumindest bis zu jenem Zeitpunkt – ich zählte mittlerweile fünfzehn Jahre –, als er zu wachsen begann und mich am Ende um Hauptes-länge überragte.

Im gleichen Jahr, man schrieb 1563, entschied mein Vater, mich in seinem Kontor zum Kaufmann ausbilden zu lassen. Ebenso den Adler, auf den er große Stücke hielt. Die Ausbildung dauerte sechs Jahre und führte den Adler und mich in mehrere Städte, wo wir bei Vaters Handelspartnern hospitierten und alles über Buchführung und Bilanzen lernten. Nach der Ausbildung zog es den Adler zurück zu seinen Wurzeln nach Aquila, ich hingegen blieb in Bologna – und musste wenige Monate später den Tod meines Vaters beklagen.«

Matteo gab Riccardo die letzte Nudel und sagte: »Das waren gewiss schwere Stunden für Euch.«

»So ist es. Die gesamte Verantwortung für das Unternehmen meines Vaters ruhte plötzlich auf meinen Schultern. Während der Adler sich in der Provinz einen schönen Tag machte, musste ich mich ständig neuen Problemen stellen. Doch mit Geschick und Hartnäckigkeit konnte ich die Geschäfte weiter ausbauen. Dies umso mehr, als es mir gelang, in Spanien neue Kontakte zu knüpfen und einen Teil des Weinhandels im Raum Madrid zu kontrollieren. Es war das Jahr, in dem der Bau des Palastes El Escorial in Angriff genommen wurde, mit Tausenden von Maurern, Steinmetzen, Mörtelmischern und Hilfsarbeitern, die Abend für Abend gewaltigen Durst hatten.

Zwei Jahre später stand plötzlich der Adler vor der Tür meines Kontors. Ich hatte die ganze Zeit nichts von ihm gehört, doch nun bat er mich um meine Hilfe. Er sagte, er habe bei der Wiederansiedlung seines durch das Beben zerstörten Dorfes geholfen und wolle nun eine Gelegenheit nutzen, ebenfalls in den Weinhandel einzusteigen.

Ich fragte, was er mit Gelegenheit meine, und er antwortete, Papst Pius V. habe dem Dorf einen Besuch abgestattet, um den Menschen seelischen Beistand zu leisten, und in diesem Zusammenhang habe er den Heiligen Vater kennengelernt. Dieser sei bei aller Güte und Askese gleichwohl ein Freund des Weines und stets daran interessiert, einen guten Tropfen zu probieren.

›Und was hat das mit mir zu tun?‹, fragte ich.

›Du könntest mir eine Summe Geldes leihen, als Startkapital, um einen eigenen Handel aufzuziehen‹, antwortete er. ›Ich hätte die Möglichkeit, den Vatikan mit Wein zu beliefern.‹

›Ich soll mir also selbst Konkurrenz machen?‹, fragte ich.

Er lachte. ›Es geht nur um ein paar Fässer. Der Papst ist alt und kränkelt. So viel vermag er nicht zu trinken.‹

›Ich weiß nicht, ob es klug wäre, dir zu helfen.‹

›Bitte, um unserer alten Freundschaft willen.‹

›Meinetwegen, niemand soll sagen, ich hätte kein Herz.‹

Der Adler umarmte mich und sagte: ›Ich danke dir. Du wirst es nicht bereuen.‹

Doch das war, wie sich zeigte, eine schamlose Lüge, denn mit jedem Jahr nahm sein Geschäft zu. Bald verkaufte er nicht nur an den Vatikan, sondern auch an den Klerus in den großen Städten. Er ließ einen Frascati-Wein aus drei verschiedenen Rebsorten in einem bestimmten Mischungsverhältnis herstellen und machte um die Rezeptur ein großes Geheimnis. Der Wein war nach Meinung von Fachleuten kein herausragender Tropfen, doch weil die Obersten des Landes ihn über die Maßen lobten, war er bald darauf buchstäblich in aller Munde.

Je größer das Geschäft des Adlers wurde, desto mehr ging das meine zurück. Man stelle sich vor: Mir, dem er seine Existenz als Kaufmann verdankte, schnürte er den Atem ab.

Da half es auch nichts, dass er eines Tages zu mir kam und mir anbot, zu gleichen Teilen sein Partner zu werden. Selbstverständlich lehnte ich ab. Sein Ansinnen zu akzeptieren, hätte für mich bedeutet, ein Almosen anzunehmen. Dafür war ich zu stolz!

Und ich war noch immer ein wohlhabender Mann, obwohl auch der Weinhandel im Raum Madrid deutlich nachgelassen hatte. Nach und nach musste ich die Ländereien und die Kellereien meines Vaters verkaufen. Niemand sollte denken, ich könne mir den Luxus nicht mehr leisten, den er seinen Freunden und Nachbarn vorgelebt hatte.

Dann, eines Tages im Mai vor zwei Jahren, fiel die Kräuselmilbe über meine Rebstöcke im Piemont her. Sie breitete sich in Windeseile über weite Teile Norditaliens aus und zog weiter nach Mittelitalien, wo sie auch im Anbaugebiet des Frascati wütete. Der Schaden, der mir durch die verfluchten Spinnentiere entstand, wurde nur durch den Gedanken versüßt, dass sie auch vor den Reben des Adlers nicht haltgemacht hatten. Diesen Schlag des Schicksals würde sein Geschäft nicht überleben. Ich jedoch besaß noch immer eine letzte Kellerei in San Mamolo und mehrere Palazzi in der Nähe der Piazza Maggiore.

Ich wartete darauf, dass der Adler zu mir käme, um mich ein zweites Mal um Geld anzubetteln – und ich freute mich darauf, ihm eine Abfuhr erteilen zu können.

Doch er kam nicht. Er hatte ohne mein Wissen weitläufige Äcker um Genua erworben, wo er Weizen anbauen ließ – ein Getreide, das von der Kräuselmilbe verschmäht wird. Das Geschäft mit dem Weizen rettete ihn. Wahrscheinlich wollte er sich an meinem Misserfolg weiden, als er in jener Zeit zu mir kam, um mir eine Partnerschaft im Weizengeschäft anzubieten. Welch eine Gnade! Ich jagte ihn zur Tür hinaus.

Mein einziger Trost in diesen schweren Tagen war eine bezaubernde junge Frau. Sie war die Tochter eines reichen Gewürzhändlers, der das Anwesen neben dem meinen erwarb. Nachdem er das Haus mit seiner Familie und der Dienerschaft bezogen hatte, gab er ein großes Einweihungsfest, zu dem er alle Freunde und Nachbarn einlud. Bei dieser Gelegenheit lernte ich Violetta, so der Name der bezaubernden jungen Frau, kennen. Sie trug an jenem Abend eine rubinrote Robe, einen Traum aus schwerem Atlas mit tiefem Dekolleté, das alle Blicke auf sich zog. Ich unterhielt mich gerade mit ihrem Vater, einem großen Mann mit bedächtiger Art, als sie zu uns trat und ihn fragte, ob sie mich zu einem Tanz entführen dürfe. Selbstverständlich war er einverstanden, und alsbald schritten wir zur Melodie einer Pavane auf die Tanzfläche. Die Pavane ist, wie Ihr wisst, ein langsamer Tanz, weshalb wir Muße fanden, ein paar Worte zu wechseln. Am Anfang unserer Unterhaltung versuchte ich einen Scherz. Ich sagte: ›Ich hoffe, Ihr habt mich, den Weinhändler, nicht nur aus einer Weinlaune heraus zum Tanz aufgefordert?‹

Violetta lachte und antwortete: ›Um ehrlich zu sein, war es Vater, der das wollte. Er meinte, ich solle einmal vorfühlen, welch ein Mensch Ihr seid und ob sich der Gewürzhandel gut mit dem Weinhandel vertragen würde.‹

›Wie meint Ihr das?‹, fragte ich und versuchte, nicht allzu sehr auf ihr Dekolleté zu starren. In der Tat wölbten sich mir bei jedem ihrer Schritte zwei wundervolle Rundungen entgegen, straff durch das Mieder nach oben gehoben, mit rosigen, nur knapp verdeckten Brustspitzen. Der Anblick schlug mich so in seinen Bann, dass ich kaum Augen hatte für ihr hübsches Gesicht mit den lächelnden Lippen und die kunstvolle Frisur mit den blonden Löckchen.

›Nun, Vater denkt nur in Umsätzen und Gewinn. Er hörte davon, dass die Familie Contarini halb Italien mit Wein versorgt. Da das Gleiche für seine Gewürze gilt, dachte er, dass auch die Transportwege übereinstimmen müssten, zumindest zum größten Teil.‹

›Ich verstehe‹, sagte ich, ›durch gemeinsamen Transport ließen sich Kosten sparen.‹ Was ich nicht sagte, war, dass ich seit mehreren Monaten keinen Wein mehr ausgeliefert hatte, dass ich eine Vielzahl von Rechnungen nicht begleichen konnte und dass ich von den Banken keine Kredite mehr bekam. Widerstrebend löste ich den Blick von ihren Brüsten und schaute ihr in die Augen. ›Ich bin der Letzte der Contarinis, Sohn eines erfahrenen Kaufmanns, und habe die Kunst des Geldvermehrens von Grund auf erlernt. Vielleicht kommen wir ins Geschäft?‹

›Vielleicht. Ich werde Vater sagen, dass Ihr interessiert seid.‹

›Wartet, nicht so schnell.‹ Ich blieb stehen und führte sie von der Tanzfläche. ›Setzt Euch.‹ Sie setzte sich auf einen Stuhl, wodurch ich einen noch tieferen Einblick in ihr Dekolleté bekam. ›Bevor ich mich auf ein Geschäft mit Eurem Vater einlasse, möchte ich genauso vorgehen wie er: Er hat Euch gebeten, mehr über mich in Erfahrung zu bringen, nun soll es umgekehrt sein: Ich möchte mehr über ihn erfahren – durch Euch.‹

›Was wollt Ihr wissen?‹

›Das werde ich Euch fragen, wenn wir uns wiedersehen – allein.‹

Wieder lachte Violetta. ›Ihr scheint eine sehr eigene Art zu haben, Geschäfte einzufädeln.‹

›Die habe ich. Treffen wir uns morgen Abend nach Sonnenuntergang? Es gibt eine Bank, die am Ende unseres Gartens steht, direkt neben der Via Vergato. Dort möchte ich mit Euch über Euren Vater sprechen.‹

Sie zögerte kurz, dann willigte sie ein. ›Vielleicht sollte ich Vater nichts von unserer Verabredung sagen?‹

›Das wird das Beste sein.‹

Am Abend des nächsten Tages traf ich sie. Sie saß auf der Bank und wartete auf mich. Ich konnte mein Glück kaum fassen. Leider trug sie ein hochgeschlossenes Kleid, denn es war kühl. Sie begann, über ihren Vater zu reden, lobte ihn in den höchsten Tönen, sprach von seinem Geschick, seiner Tatkraft, seiner Zuverlässigkeit, doch ich hörte kaum hin. Ich versuchte, das Gespräch in andere Bahnen zu lenken, machte ihr Komplimente und berührte wie zufällig ihre Brüste.

Sie ließ es geschehen, was mich mutiger machte. Ich nahm meine Zimarra und legte sie ihr um, mit der Bemerkung, sie dürfe sich nicht erkälten. Meinen Arm ließ ich danach wie aus Versehen auf ihren Schultern ruhen, und auch das erlaubte sie. ›Glaubt Ihr, dass Ihr mit Vater zusammenarbeiten könntet?‹, fragte sie.

›Ich glaube, dass sich Wein und Pfeffer gut vertragen‹, antwortete ich und beschloss in diesem Augenblick, meinen verbliebenen Grundbesitz in Bologna zu verkaufen, um meinen Weinhandel wieder aufleben zu lassen. Es würde ein letzter Versuch sein, aber er würde sich lohnen, davon war ich überzeugt. ›Ich könnte mir auch einen Würzwein vorstellen, vielleicht eine Verbindung aus Nelken, Muskatnuss und Wein. Das wäre eine besonders enge – Verbindung‹, sagte ich und küsste sie auf den Mund.

Sie schien nicht überrascht. ›Ich muss jetzt gehen‹, sagte sie. ›Vater fragt sich gewiss schon, wo ich bin.‹

›Ihr seid doch gerade erst gekommen.‹

›Ich will ihm von unserem Gespräch berichten.‹

›Nein‹, sagte ich schnell. ›Ich würde lieber erst noch weiter verhandeln. Wann können wir uns wieder treffen?‹

Wir einigten uns auf einen Tag in der darauffolgenden Woche, zur gleichen Zeit, am gleichen Ort.

Abermals war Violetta pünktlich zur Stelle, in einem hochgeschlossenen Kleid, obwohl der Abend mild war. Ich hatte eine Parfumkugel besorgt, die ich ihr zum Geschenk machte. Sie steckte ihre kleine Nase in den duftgetränkten Stoff und roch daran. ›Sandel und Bergamotte‹, sagte sie, ›meine Lieblingsdüfte. Ich danke Euch. Doch eigentlich wollte ich mit Euch über schwarzen, grünen und weißen Pfeffer sprechen.‹

›Das können wir immer noch‹, sagte ich und küsste sie. Es war ein leidenschaftlicher Kuss, den sie nach anfänglicher Scheu erwiderte. ›Wirst du mit Vater zusammenarbeiten?‹, fragte sie.

›Ja‹, antwortete ich, ›aber vorher haben wir beide noch sehr viel zu besprechen.‹

In den folgenden Wochen traf ich Violetta regelmäßig, und ich nutzte die Stunden der Zweisamkeit, um von den Früchten der Liebe zu kosten. Gleichzeitig war ich nicht untätig. Ich verkaufte meinen restlichen Besitz, die Palazzi an der Piazza Maggiore und die Kellerei, um an Geld für einen Neubeginn im Weinhandel zu gelangen. Da ich verkaufen musste, erzielte ich nur einen lächerlichen Preis, aber das war mir einerlei. Die Zusammenarbeit mit dem Vater meiner Angebeteten winkte, und überdies hatte ich beschlossen, dass er mein Schwiegervater werden sollte.

Beim nächsten Treffen mit ihr machte ich eine Andeutung in diese Richtung, doch zu meiner Überraschung reagierte sie zurückhaltend. Ich ließ mich dadurch nicht beirren, sondern sprach das Thema auch beim nächsten Mal an – mit demselben Ergebnis. Was hatte meine Angebetete nur? Wahrscheinlich sorgt sie sich, mir als Ehefrau nicht gerecht werden zu können, sagte ich mir.

Diese Sorge wollte ich ihr beim nächsten Schäferstündchen ein für alle Mal nehmen. Wie stets erschien sie in dem hochgeschlossenen Kleid, doch diesmal störte es mich nicht, denn ich wusste: Alles, was der Stoff an Verlockungen verbarg, würde ich demnächst nach Belieben in Augenschein nehmen können – als ihr Ehemann. Ich hatte eine Rose gepflückt und sagte: ›Liebste, ich weiß, was dich bedrückt und was dich abhält, dich zu mir zu bekennen, aber ich kann dich beruhigen, du bedeutest mir mehr, als Worte jemals ausdrücken könnten. Ich will mit deinem Vater zusammen Handel treiben – als gleichberechtigter Partner, der zur Familie gehört.‹

›Wie meinst du das?‹, fragte sie.

›Ich will dich heiraten, denn ich liebe dich. Bitte werde meine Frau.‹

Violetta lachte verächtlich und wand sich aus meiner Umarmung. ›Dazu müsstest du bei Vater um meine Hand anhalten, und ich glaube nicht, dass er sie dir geben würde.‹

›Warum nicht, wir lieben uns doch!‹

›Du hast mich die ganzen Wochen in dem Glauben gelassen, du wärest ein erfolgreicher Weinhändler. Du bist es nicht. Schon lange nicht mehr. Du hast mich hintergangen. Nur gut, dass Vater herausgefunden hat, welch ein Betrüger du bist.‹

›Aber liebst du mich denn nicht?‹ Ich versuchte, sie erneut an mich zu ziehen, aber sie stieß mich von sich.

›Wie kann ich jemanden lieben, der mein Vertrauen so missbraucht hat!‹

›Nun gut, ich gebe zu, ich habe dir am Anfang die Wahrheit verschwiegen. Aber ich habe alles getan, um wieder erfolgreich zu sein. Mein letztes Hemd habe ich dafür gegeben.‹

›Du wolltest nur meinen Körper! Und du wolltest Vater ausnutzen, um geschäftlich wieder Fuß zu fassen. Das nennst du Liebe?‹

›Aber Liebste …!‹, rief ich und wurde durch ein lautes Quietschen unterbrochen. Es stammte von der Bremse einer vornehmen Kutsche, die in diesem Augenblick in der Via Vergato hielt. Ein Diener sprang vom rückwärtigen Trittbrett herab, riss die Tür auf und klappte ein Treppchen heraus. Dann verbeugte er sich tief in meine Richtung. Noch ehe ich begriff, was vor sich ging, hatte Violetta sich erhoben und war zu der Kutsche geeilt. Der Diener half ihr hinein und schloss die Tür. Mit einem Peitschenknall setzte das Gefährt sich wieder in Bewegung. Im Davonfahren sah ich das Wappen seines Besitzers – es war ein goldener Adler.«

»Ein Adler?«, fragte Matteo nach. »Ich nehme an, die Kutsche gehörte Diotato Grimani, Eurem ehemaligen Freund.«

»So ist es.« Im flackernden Licht der Fackeln verzog sich Riccardos Gesicht vor Hass. »Es war wie bei Gaia, der Magd, die er mir Jahre zuvor ausgespannt hatte. Nur mit dem Unterschied, dass ich Violetta wirklich liebte. Sie, die mir vorwarf, ihren Vater hintergangen zu haben, hatte mich selbst betrogen und hinter meinem Rücken eine Liebschaft mit dem Adler angefangen. Ich stand mit leeren Händen da. Ich hatte nicht nur die Frau, die ich heiraten wollte, verloren, sondern auch den Rest meines Vermögens.

Ich begann zu trinken. Ich goss alles, was mir an Alkohol in die Finger kam, in mich hinein, Wein, Schnaps, Bier in wahlloser Folge, in ungeheuren Mengen. Ich trank bis zur Besinnungslosigkeit, trank, bis mir der Schädel schier zu platzen schien, und in den wenigen Stunden, da ich nüchtern war, hatte ich nur einen Gedanken: Rache.

In diesen Monaten, die ich wie im Nebel erlebte, erreichte mich die Nachricht, dass Violetta heiraten würde. Ihr Auserwählter war niemand anderer als der Adler. Die Hochzeit sollte am zweiundzwanzigsten April dieses Jahres, am Ostersonntag, stattfinden. Die anschließende Feier war im Haus des Brautvaters geplant – direkt neben meinem Anwesen.

Ein Plan reifte in mir. Anfangs hielt ich seine Durchführbarkeit für unmöglich. Doch je länger ich darüber nachdachte, desto sicherer war ich, dass ich Erfolg haben würde. Ich hörte mit dem Trinken auf, denn ich brauchte einen klaren Kopf. Ich begann, Erkundigungen über den Ablauf der Feier einzuziehen, und fand heraus, dass nach dem Festmahl zum Tanz aufgespielt werden sollte, und zwar im großen Gartenpavillon, da es im Freien noch zu kalt war.

Der Pavillon sollte zum Ort meiner Rache werden.

In der Nacht vor der Hochzeit schlich ich mich hinüber in den benachbarten Garten und besah mir das Gebäude von allen Seiten. Das helle Mondlicht half mir dabei. An der Südseite standen ein paar Holzbänke, vermutlich sollten sie am nächsten Tag noch im Pavillon aufgebaut werden. Ich stellte mehrere übereinander, kletterte hinauf und erreichte auf diese Weise das Dach, wo ich bis zur Mitte kroch und innehielt. Der Mond war mittlerweile hinter einer Wolke verschwunden, eine Katze miaute in der Ferne. So weit war alles gut gegangen.

Ich nahm die mitgeführte Kiepe vom Rücken und holte aus ihr einen großen, geschnürten Ballen Stroh hervor. Das Stroh befestigte ich am Mittelpfosten des Pavillons, dessen Spitze aus dem Dach herausragte. Dann griff ich zum Herzstück meines Racheplans: einem hölzernen Fuß mit Gestänge, an dem eine Lupe befestigt war. Die Lupe diente gemeinhin als Lesehilfe, in meinem Fall jedoch sollte sie zum Brennglas werden. Ich hatte zuvor mehrere Versuche angestellt, in welcher Höhe sich das Brennglas befinden musste, um die Sonnenstrahlen punktgenau zu bündeln und das Stroh entzünden zu können.

Nachdem ich die Apparatur aufgebaut hatte, kam der Mond wieder hinter den Wolken hervor. Ich betrachtete mein Werk. Niemand, der im Garten stand, würde es sehen können. Und es würde seine tödliche Wirkung entfalten – vorausgesetzt, die Sonne schien.

Ich stieg vom Dach und schlich zum anderen Ende des Gartens. Dort stand, wie ich wusste, ein Posten, der das Haus bewachte. Er hielt sich im Gebüsch verborgen, doch ich hatte ihn schon Tage zuvor bei der Ausarbeitung meines Plans entdeckt. Ich näherte mich ihm geräuschlos, schlug ihn von hinten zu Boden und schnitt ihm die Kehle durch. Sollte mein Vorhaben gelingen, durfte ich vor nichts zurückschrecken. Der Mann zuckte noch ein paar Mal, dann lag er still. Ich hob ihn hoch und warf ihn mir über die Schulter. Dann spähte ich nach allen Seiten, ob die Luft rein war. Nichts rührte sich. Kein Mensch zeigte sich weit und breit. Nur die Katze miaute wieder in der Ferne. Ich ... verzeiht, sagtet Ihr gerade etwas, Hochwürden?«

»Ich habe nur ein Gebet für Euch gesprochen, damit der Herr Euch gnädig sein möge.«

Riccardo lachte freudlos. »Seid nicht zu vorschnell, Hochwürden, ich bin noch lange nicht fertig. Im Übrigen lege ich keinen Wert auf Absolution.«

»Warten wir's ab«, entgegnete Matteo. »Fahrt fort.«

»Der Hochzeitstag kam. Mein Blick richtete sich nach oben, und ich stellte mit Erleichterung fest, dass der Himmel über Bologna wolkenlos war. Auf dem Nachbargrundstück wurde bereits lautstark gefeiert, und mitten unter den fröhlichen Gästen befand sich das Hochzeitspaar, der Adler und Violetta. Sie lachten und scherzten und turtelten wie die Tauben. Normalerweise hätten mich bei dem Anblick Neid und Eifersucht gepackt, so aber lächelte ich nur kalt. Ich wartete auf den richtigen Sonnenstand und darauf, dass die Gäste den Pavillon aufsuchten.

Als ich glaubte, die Sonne habe ihre Position erreicht, ging ich hinüber zu den Feiernden. Ich trug die Livree des

Postens, den ich in der Nacht zuvor getötet hatte, damit niemand mich erkannte. Ein halb betrunkener Gast befahl mir, ihm Wein zu bringen, und ein anderer beklagte den Geschmack der Wildpastete, ein Dritter fragte mich, wo die Latrine sei. Ich schlüpfte bei alledem, so gut ich konnte, in die Rolle des Dieners und wartete sehnsüchtig auf die Musiker, die im Pavillon zum Tanz aufspielen sollten. Endlich begannen sie, und die Gäste strömten hinein, lachend und schwatzend – nicht ahnend, dass sie in den Tod gingen. Denn kaum hatte der Letzte das Gebäude betreten, begann es auf dem Dach zu knistern. Ein leises Fauchen folgte. Dann ein Rauschen. Das Brennglas hatte das Stroh entzündet! Ich nahm einen Balken und rammte ihn unter die Klinke der Pavillontür, damit niemand sie von innen öffnen konnte.

Dann wartete ich. Zunächst geschah nichts. Drinnen spielte man eine Gaillarde. Der Holzboden dröhnte unter den Sprüngen der Tänzer. Dann wurden die Geräusche überlagert von einem tiefen Brummen, als würden tausend Hummeln um das Gebäude fliegen. Gleichzeitig begann es, stark nach Rauch zu riechen.

Auch drinnen hatte man die Anzeichen des Feuers bemerkt. Rufe und Kommandos erschollen, die Musik brach ab. Jemand rüttelte an der Tür, bekam sie aber nicht auf. Wieder waren Rufe zu hören, diesmal lauter, hektischer, verzweifelter. Ich stand vor dem Pavillon und genoss die Situation. Wer zuletzt lacht, lacht am besten, dachte ich triumphierend.

Doch schon näherte sich ein halbes Dutzend Diener aus dem Hauptgebäude, darunter zwei Bewaffnete. Sie wollten die Tür zum Pavillon öffnen. Ich stieß sie zurück. Sie wurden handgreiflich. Da zog ich mein Schwert, das ich unter der Livree verborgen hatte, und tötete sie. Es war leicht, denn anders als ich schienen sie die Kunst des Fechtens nicht erlernt zu haben. Sie wehrten sich kaum.

Mittlerweile stand das gesamte Gebäude in Flammen. Die Schreie drinnen wurden leiser, verstummten schließlich ganz. Hitze breitete sich aus. Sie war so stark, dass ich mich einige Schritte entfernen musste. Ich hustete, denn der Rauch drang mir in die Lungen. Dann, mit einem gewaltigen Krachen, brach die Decke des Pavillons ein. Sie hatte wie Zunder gebrannt.

Ob drinnen noch jemand lebte? Ich glaubte es nicht. Zur Sicherheit wartete ich noch eine Weile, bis auch die Wände des Gebäudes eingestürzt waren und alle Gäste unter sich begraben hatten.

Unterdessen hatte sich eine Menschenmenge um das brennende Gebäude versammelt. Die Leute reckten die Hälse, gafften und ergötzten sich an dem schrecklichen Bild. Auf der Via Vergato hatte sich eine Kette aus Helfern gebildet, die Löscheimer an die Brandstelle heranbringen wollte, doch jede Anstrengung würde zu spät kommen.

Das war der Zeitpunkt, mich zu entfernen. In einem unbeobachteten Moment schlich ich hinüber zu meinem Haus. Ich setzte mich und trank ein Glas vom besten Piemonteser. Dann noch eins. Und noch eins. Erst jetzt wurde mir klar: Mein Plan war aufgegangen! Meine Rache gelungen! Der Adler, Violetta, ihr Vater – die ganze verlogene Gesellschaft hatte ihre gerechte Strafe bekommen. Ich selbst aber würde ungestraft bleiben. Niemals würde die Ursache des Brandes herausgefunden werden, da die von mir ersonnene Apparatur mit in den Flammen verbrannt war.

Doch da hatte ich mich getäuscht. Eine Woche nach der Tat standen zwei kräftige Männer der Stadtwache vor meiner Tür. Sie fragten mich, ob ich Riccardo Contarini sei. Nichts ahnend bejahte ich. ›Dann seid Ihr verhaftet‹, sagten sie und brachten mich hierher in den Palazzo del Podestà. Trotz meiner Proteste warfen sie mich in dieses Verlies. Sie behandelten mich wie ein Tier. Mich, den Sohn eines der angesehensten Bürger dieser Stadt!

Drei Tage später wurde ich vom Richter und seinen Beisitzern verhört. Man behauptete, ich hätte den Brand gelegt, doch ich stritt alles ab, im Bewusstsein, dass man mir nichts anhaben konnte. Der Richter lächelte. ›Wir werden beweisen, dass Ihr lügt‹, sagte er und gab einem der Bediensteten einen Wink. ›Ihr werdet der Todesstrafe nicht entgehen.‹

Der Bedienstete schob einen dicklichen, mondgesichtigen Mann in den Raum.

›Kennt Ihr diesen Mann?‹, fragte der Richter.

›Nein‹, sagte ich, obwohl ich glaubte, den Dicken schon einmal gesehen zu haben.

›Es ist der Glasschleifer Barnaba Visconti. Behauptet Ihr immer noch, ihn nicht zu kennen?‹

›Ich habe ihn noch nie gesehen.‹

›Messer Visconti ist sicher, Euch vor gar nicht langer Zeit diese Lupe verkauft zu haben.‹ Der Richter zeigte mir eine verkohlte Glasscheibe. ›Erinnert Ihr Euch?‹

›Nein‹, sagte ich.

Der dicke Visconti quäkte: ›Ich hab ihm die Lupe verkauft, ich schwör's bei allen Heiligen!‹

Einer der Beisitzer sagte: ›Diese Lupe wurde zwischen den verkohlten Holzresten gefunden. Mit ihr wurde der Brand entzündet, und Ihr seid der Besitzer. Das beweisen die Initialen RC, die winzig klein am Rand hineingeritzt sind. Leugnet Ihr weiterhin, die Tat begangen zu haben?‹

›Es gibt viele Bürger Bolognas mit den Initialen RC‹, sagte ich, aber ich merkte, dass mir die Felle davonschwammen.

›Gewiss‹, erwiderte der Richter spöttisch, ›und alle wohnen direkt neben dem Brandherd.‹

›Ich war es nicht‹, rief ich. ›Mein Gott, so glaubt mir doch. Jeder in dieser Stadt kann es gewesen sein!‹

›Nicht jeder – nur Ihr! Wenn Ihr es nicht zugebt, wird es die Folter beweisen. Ich sage Euch: Weil die schöne Violetta Euch die kalte Schulter zeigte, habt Ihr den Brand gelegt. Und nicht nur das, Ihr habt zudem die ganze Hochzeitsgesellschaft ermordet. Die Daumenschrauben werden die Wahrheit ans Licht bringen.‹

Danach warfen sie mich wieder in dieses Verlies und ließen mich zwei Tage schmoren. Zwei Tage, in denen ich von mehreren Personen aufgesucht wurde, unter anderem von einem Priester und von Morna, meiner alten Amme. Sie versuchten, mich umzustimmen, beschworen mich, zu beichten und zu bereuen, doch ich war zu stolz.

Einen Tag später legte man mir die Daumenschrauben an, und mein Stolz brach zusammen. Je stärker die Schrauben angezogen wurden, desto geständiger wurde ich. Schließlich schrie ich meine ganze Schuld heraus.

Ich dachte, damit hätte mein Leiden ein Ende, doch wie sich zeigte, begann es erst. Denn man glaubte mir nicht. Man dachte, ich wäre für weitere Brände verantwortlich, die in der jüngsten Zeit gelegt worden waren. Wieder und wieder beteuerte ich meine Unschuld, brüllte wie ein Tier, jammerte, weinte, klagte, während die Schrauben gnadenlos weiter angezogen wurden. Endlich ließ man von mir ab. Man war sicher, die ganze Wahrheit aus mir herausgequetscht zu haben. Ich aber schämte mich in Grund und Boden für meine Schwäche.

Zwei weitere Tage später wurde mir das Urteil verkündet: Tod durch das Schwert des Scharfrichters auf der Piazza Maggiore, direkt vor dem Palazzo Pubblico. Wobei der Richter gnädig anmerkte, ich dürfe mich noch glücklich schätzen, der Sohn eines Patriziers zu sein, anderenfalls hätte man mich auch bei lebendigem Leibe rädern, häuten, verbrennen oder vierteilen lassen können.«

Matteo räusperte sich: »Wann soll das Urteil vollstreckt werden?«

»Am kommenden Dienstag.« Riccardos Stimme klang, als spräche er über das Wetter.

Matteo überlegte. »Also in der Woche vor Pfingsten. Zwei Tage nach Exaudi.«

»Wie meint Ihr?«

»Exaudi ist der sechste Sonntag nach Ostern und der letzte Sonntag vor dem Pfingstfest. Sein Name leitet sich ab von dem Vers: *Exaudi, Domine, vocem meam, qua clamavi ad te.* Was so viel heißt wie: Vernimm, o Herr, mein lautes Rufen; sei mir gnädig und erhöre mich. Eine Bitte, die im siebenundzwanzigsten Psalm der Heiligen Schrift nachzulesen ist. Wollt Ihr nicht auch den Herrn um Gnade bitten, auf dass er Euch erhöre und Einsicht schenke?«

»Niemals!« Riccardo hob abwehrend die rechte Hand und bemerkte im gleichen Augenblick, dass er damit ihren Anblick preisgegeben hatte. Rasch wollte er sie wieder verbergen, aber Matteo war schneller. Er packte das Handgelenk und hielt es fest.

»Lasst das!«

»Nur ruhig.« Matteo hatte in seinem Leben manche Wunde gesehen, doch der Zustand der Finger raubte ihm den Atem. Sämtliche Spitzen waren blutverkrusteter Brei. Riccardo musste unerträgliche Schmerzen haben. Vielleicht hatte er seine Geschichte nur aus einem einzigen Grund erzählt: um sich von den Qualen abzulenken.

Matteo löste seinen Griff und sagte: »Eine Operation ist unumgänglich. Bei allen Fingern muss das erste Glied amputiert werden. Nur so ist der Wundbrand zu vermeiden. Nur so ist die Hand zu retten.«

»Wozu der Aufwand?« Riccardos Stimme sollte höhnisch klingen, aber es gelang ihm nur halb. »Diese Hand wird Dienstag genauso tot sein wie ich.«

»Vielleicht, vielleicht auch nicht.«

»Was soll das heißen?«

»Zufällig weiß ich, dass Seine Exzellenz, der päpstliche Legat Francesco Bonomi, bis Exaudi auf Reisen ist. Am Montag vor Eurer Hinrichtung aber wird er wieder in Bologna weilen. Dann will ich zu ihm gehen und versuchen, für Euch eine Begnadigung zu erwirken. Er ist der Einzige, der sie gewähren kann.«

»Spart Euch die Mühe.«

»Nein. Sein Leben wegzuwerfen ist eine Todsünde. Wer sich ihrer schuldig macht, kann keine Absolution mehr erlangen, er wird im ewigen Höllenfeuer schmachten. Jedoch der Neid, die Eifersucht, die Morde, nicht zu vergessen die Fleischeslust – all jene Todsünden, die Ihr auf Euch geladen habt, können Euch von Gott verziehen werden. Und dafür werde ich kämpfen.«

Matteo wartete Riccardos Antwort nicht ab und verließ den starrköpfigen Gefangenen ohne ein weiteres Wort.

Um die Mittagszeit des nächsten Tages erschien er wieder, diesmal in Begleitung von Doktor Galbaio, dem jungen, uneigennützigen Arzt, dem es wichtiger war, Kranke zu heilen, als Reichtümer zu erwerben, und der deshalb zwischen mancherlei Kuriositäten im Studentenheim des Archiginnasios wohnte.

»Wen habt Ihr denn da mitgebracht?«, begrüßte Riccardo ihn nicht eben freundlich.

»Mein Name ist Galbaio, ich bin Arzt«, antwortete Matteos Begleiter.

»Ich brauche keinen Arzt.«

Matteo wurde ärgerlich. »Natürlich, Ihr habt ja auch keine gefolterten Finger.«

Riccardo schwieg. Dann drehte er den Kopf zur Seite. »Lasst mich in Ruhe.«

»Wie Ihr wollt. Wir gehen. Was aber gewiss nicht gehen wird, sind Eure Schmerzen.« Matteo zog ein Fläschchen mit *Liquor Laudanum* hervor. »Trinkt dies, das wird Euch guttun.«

Riccardo zögerte.

»Nun trinkt schon.«

Riccardo gehorchte. Er trank das Fläschchen mit drei großen Schlucken aus. Matteo wollte ihn daran hindern, denn eine geringere Menge hätte auch gereicht, besann sich dann aber eines Besseren. Er setzte auf die Nebenwirkung des Schmerzmittels. Wie erhofft, entspannten sich nach einer Weile die Gesichtszüge Riccardos. Die Schmerzen verschwanden, er wurde ruhig und schläfrig.

Matteo nickte Galbaio zu, der daraufhin seinen Koffer mit dem *Armamentarium chirurgicum* aufklappte.

»Habt Ihr alles dabei?«, fragte Matteo.

»Ich denke, ja.«

»Wo ist der Schließer, eben war er doch noch da?«

»Er hat sich schon aus dem Staub gemacht.«

Matteo unterdrückte eine wenig priesterliche Verwünschung und rief nach dem Mann. Als er herangeschlurft kam, befahl er: »Bring weitere Fackeln oder besser: gleich ein paar gute Laternen. Wir brauchen Licht.«

Der Schließer sah die blitzenden Instrumente und fragte: »Was habt Ihr vor?«

»Wir werden den Gefangenen operieren.«

»Das geht nicht. Ich kriege Ärger, wenn Ihr das tut.«

Matteo holte tief Luft. »Du wirst noch viel mehr Ärger

kriegen, wenn der Gefangene den Tag der Hinrichtung nicht erlebt, weil er an Wundbrand gestorben ist!« Die Drohung musste nicht unbedingt eintreten, aber das brauchte der Schließer nicht zu wissen. »Was ist, holst du nun die Laternen?« Brummend zog der Mann davon.

Matteo wandte sich an Riccardo. »Ihr habt gehört, was passiert, wenn Ihr den Eingriff ablehnt. Seid Ihr jetzt einverstanden?«

»Macht doch, was Ihr wollt.« Riccardo klang schläfrig, seine Augen waren halb geschlossen.

Matteo drehte den Eimer für die Exkremente um, ergriff die gefolterte Hand und legte sie auf den Eimerboden. Galbaio pfiff durch die Zähne, als er die Finger sah. »Das wird ein hartes Stück Arbeit«, murmelte er.

»Fangen wir an«, sagte Matteo und stellte die Laternen bereit, die der Schließer in der Zwischenzeit gebracht hatte. Dann packte er das Handgelenk des Patienten und umklammerte es wie ein Schraubstock.

Galbaio legte Skalpelle, Messer, Zangen, eine kleine Säge, Nadel und Faden sowie Verbandszeug bereit. »Irgendwer hat uns Ärzte mal als Knochenflicker bezeichnet«, murmelte er, »jetzt weiß ich auch, warum.« In der Folgezeit entfernte er mit großem Geschick das schon abgestorbene Gewebe, trennte von drei Fingern das erste Glied ab, darunter vom Daumen und von den beiden restlichen das zweite. Wo es ging, ließ er einen Hautlappen stehen, um den Fingerstumpf besser vernähen zu können. »Am besten wäre es, die Wunden zu kautern«, sagte er, aber es muss auch so gehen. Eine gute Salbe wird, so Gott will, für den Heilungsprozess ausreichen.«

Matteo, der die Hand des Patienten noch immer eisern festhielt – ein paar Mal hatte sie trotz des Laudanums gezuckt –, sagte: »Ich werde darum beten.«

Galbaio vernähte die Operationsstellen, strich eine Heilsalbe darauf und legte abschließend die Verbände an. Als er fertig war, streckte er seinen schmerzenden Rücken. »Das war's. Jetzt brauchen wir nur noch ein kleines Wunder.«

»Wunder passieren immer wieder«, entgegnete Matteo und gab die Hand des Patienten frei. »Denkt nur an die Hochzeit zu Kana, bei der unser Herr Jesus Wasser in Wein verwandelte. Es ist das erste von sieben Zeichen, durch die der Sohn Gottes als Messias vorgestellt wurde. Ach, wo ich gerade davon rede: Ich fand vor einiger Zeit in der Opferbüchse von San Simeone eine elfenbeinerne Brosche mit ebendiesem Motiv. Ein sehr hübsches Stück. Ich fragte mich, wer es wohl in die Büchse geworfen haben mochte, und kam darauf, dass es ein Protestant war, um genauer zu sein: ein Arzt, der heimlich die katholische Messe besucht hatte. Ein ebenso unerhörter wie unerlaubter Vorgang – über den ich mich sehr gefreut habe.«

Galbaio grinste. »Was Ihr nicht sagt, Hochwürden. Vielleicht wollte der Mann sich auf diese Weise dafür erkenntlich zeigen, dass Ihr Euch seine Geschichte angehört habt?«

Matteo grinste ebenfalls. »Das ist möglich. Vielleicht kennt Ihr den Mann? Solltet Ihr ihm irgendwann einmal begegnen, richtet ihm meinen herzlichen Dank aus. Die Brosche hat einen Ehrenplatz erhalten. Sie liegt des Nachts direkt neben meinem silbernen Kreuz auf der Anrichte.«

»Ich werde daran denken.«

In die aufkommende Verlegenheit hinein sagte Matteo: »Lasst uns nun gehen. Was getan werden konnte, wurde getan. Darf ich Euch noch auf ein gutes Glas Wein in San Simeone einladen?«

»Sehr gern, Hochwürden.«

Gemeinsam verließen sie den Kerker.

Am Sonntag Exaudi besuchte Matteo erneut den Operierten. Er wollte prüfen, ob die behandelten Fingerstümpfe gut verheilten. Behutsam nahm er die Verbände ab und begutachtete das Werk Doktor Galbaios. »Die Nähte sehen gut aus. Haben Eure Schmerzen nachgelassen?«, fragte er Riccardo.

»Sie sind auszuhalten.« Auch an diesem Tag war der Gefangene wenig entgegenkommend.

»Doktor Galbaio war so freundlich, mir noch etwas Laudanum für Euch mitzugeben. Falls Eure Pein sich wieder vergrößert, nehmt ruhig davon.«

Riccardo bedankte sich nicht.

Matteo stellte das Fläschchen neben ihn ins Stroh. Dann erneuerte er vorsichtig die Verbände. »Wie es aussieht, werden die Wunden gut verheilen. Nur schreiben werdet Ihr mit der Rechten nicht mehr können. Doch vielleicht versucht Ihr es mit links? Es gibt viele Linkshänder, die genau das tun.«

»Ich sagte bereits: Ich werde sowieso sterben.«

»Und ich sagte: Ich werde versuchen, das zu verhindern, indem ich den Legaten um Begnadigung bitte. Allerdings könntet Ihr mir meine Aufgabe sehr erleichtern, wenn Ihr zuvor von Herzen bereuen würdet. Dann hätte ich ein überzeugendes Argument. Bereut Ihr Eure Gräueltat?«

»Nein. Was ich tat, war gerecht. Ich werde keine Reue heucheln, um mein Leben zu retten.«

»Und was ist mit der alten Morna?«

»Was soll mit ihr sein?«

»Sie verzehrt sich vor Sorge um Euch. Wenn Ihr sterbt, würde auch sie nicht überleben. Sie war Eure Amme. Sie liebt Euch wie ihr eigenes Kind.«

Riccardo schien mit sich zu kämpfen. Zum ersten Mal überhaupt. Dann stieß er hervor: »Ich kann nicht schwach werden! Ich will nicht schwach werden! Ich muss meinen Weg bis zum Ende gehen.«

Matteo seufzte. Er spürte große Hoffnungslosigkeit. Riccardo hatte bereits viele Tote auf dem Gewissen, um seine Rache zu befriedigen. Auf einen mehr oder weniger schien es ihm nicht anzukommen. Selbst wenn es sich um seine alte Amme handelte. Lohnte es sich überhaupt noch, für diesen Mann zu kämpfen?

Ja! Gegen so viel Starrsinn und Verbohrtheit half nur ein gleiches Maß an Glaubensstärke. »Ich werde morgen zum Legaten gehen und bis dahin für Euch beten. Vielleicht lässt Gott Euch noch zur Einsicht kommen«, sagte er. »Gelobt sei Jesus Christus.«

Die Antwort blieb aus.

Am Montag der Pfingstwoche wurde Matteo beim päpstlichen Legaten, Francesco Bonomi, vorstellig. Da er unangemeldet kam, musste er über eine Stunde warten, bis der persönliche Sekretär, ein buckliger Diakon namens Pasarelli, ihn zu Seiner Exzellenz führte.

Das Arbeitszimmer Bonomis war mit kostbaren Wandteppichen geschmückt, mit Gobelins, die Begebenheiten der Apostelgeschichte zeigten, und mit großformatigen, frommen Bildern. Das größte hing an der Stirnseite des Raumes und zeigte einen Sünder über dem Abgrund, während ein zweiter, engelsgleicher Mann seine segnende Hand über ihn hielt. Darunter stand in lateinischer Schrift ein Vers aus den Sprüchen der Heiligen Schrift: *Ein gottloser Gesandter stürzt ins Unglück, aber ein treuer Bote bringt Heilung.*

Heilung war wohl auch das, was Bonomi sich wünschte, denn er thronte hinter seinem Schreibtisch, gänzlich verborgen unter einem riesigen Leinentuch. Einige angestrengt schniefende Laute, die unter dem Tuch hervorklangen, ließen vermuten, dass er inhalierte.

»Exzellenz, ich darf Euch Pater Matteo melden«, hob Pasarelli an. »Er möchte …«

»Wer?« Bonomi schlug das Tuch zurück. Heiße, aus einer Schüssel aufsteigende Dämpfe wurden sichtbar. Sie umwaberten ein verquollenes Gesicht, das an das Aussehen eines Frosches erinnerte. Kein Zweifel: Der Legat Bonomi war schwer erkältet.

»Pater Matteo«, wiederholte Pasarelli.

»Ich bin Seelsorger von San Simeone«, ergänzte Matteo und verneigte sich tief. »Ich hoffe, Ihr befindet Euch auf dem Wege der Besserung?«

Bonomi tupfte sich das schweißnasse Gesicht ab. »Nur Gott allein weiß, wo ich mir den Katarrh geholt habe. Aber mit Seiner Hilfe wird es mir irgendwann wieder besser gehen. Nehmt doch Platz. Was kann ich für Euch tun, Bruder Matteo?«

Matteo setzte sich umständlich, um Zeit zu gewinnen. Lange hatte er überlegt, wie er das Gespräch am besten beginnen sollte, aber ihm war nichts eingefallen. Er räusperte sich. »Nun, Exzellenz, das Pfingstfest steht vor der Tür, und wie wir wissen, verlieh der Heilige Geist den Jüngern die Fähigkeit, in fremden Zungen zu predigen, was jeder, der dem allein seligmachenden Glauben anhängt, als Pfingstwunder bezeichnet. Durch das Pfingstwunder wiederum wurde die babylonische Sprachverwirrung aufgehoben, mit der unser Herrgott die Menschen für die Hybris des Turmbaus zu Babel strafen wollte.«

»Gewiss, gewiss.« Bonomi trank einen Schluck Wein aus einem Kristallglas, bot Matteo jedoch nichts an. »Worauf wollt Ihr hinaus?«

»Nun, Exzellenz, ich will sagen, dass der Heilige Geist zu

Pfingsten ein Wunder vollbrachte, um eine Strafe aufzuheben.«

»Und weiter?« Bonomi begann, mit den Fingern auf der Schreibtischplatte zu trommeln.

»Ich wollte Euch bitten, ebenfalls eine Strafe aufzuheben. Pfingsten, so denke ich, wäre der richtige Anlass dafür.«

»Um was für eine Strafe handelt es sich?«

»Um eine Todesstrafe. Sie wurde über den Weinhändler Riccardo Contarini verhängt, weil er ein Feuer legte, in dem viele Menschen umkamen.«

»Contarini?« Bonomi griff zu einem Schnupftuch und schnäuzte sich ausgiebig. »Ich hörte von dem Fall. Ein junger Mann aus gutem Hause, der aus krankhaftem Neid über Leichen ging.«

»Ich habe versucht, seine Seele zu retten, und ihn mehrere Male in seinem Verlies besucht. Bitte wandelt seine Todesstrafe in eine Freiheitsstrafe um. Ihr seid der Einzige, der es kann.«

»Neid, Eifersucht, Missgunst sind Todsünden! Dazu die Ermordung vieler Menschen. War es nicht eine ganze Hochzeitsgesellschaft, die durch Contarinis Schandtat jämmerlich verbrannte?«

»Jawohl, Exzellenz.«

Bonomi begann wieder, mit den Fingern zu trommeln. »Ihr sagtet, ich sei der Einzige, der Contarini begnadigen kann. Nun, das ist richtig. Doch ein solcher Schritt will wohlüberlegt sein. Schließlich würde er das Urteil eines angesehenen Richters und seiner Beisitzer aufheben. Ich mache so etwas nicht gern. Ist Contarini sich denn aller seiner Sünden bewusst, und hat er sich zu ihnen bekannt?«

»Jawohl, Exzellenz, das hat er.«

»Und wie steht es mit seinem Wunsch, die begangenen Sünden wiedergutzumachen?«

»Darüber habe ich noch nicht mit ihm gesprochen.«

»Und die Reue als wichtigstem Teil der Buße – verspürt er sie von ganzem Herzen?«

Matteo seufzte. Es nützte nichts, er musste mit der Wahrheit herausrücken. »Nein, Exzellenz. Er fühlte sich von den Menschen betrogen und hintergangen, besonders von seiner Braut und seinem ehemaligen Freund, der sie ihm ausspannte. Deshalb betonte er immer wieder, seine Tat sei gerecht und seine Rache notwendig.«

»Was, der Mann bereut nicht einmal?« Bonomi blickte entgeistert und trank einen weiteren Schluck Wein, als müsse er sich nach dieser Ungeheuerlichkeit stärken. »Wie soll ich da die Todesstrafe in eine gottgefällige Buße umwandeln! Nein, das ist nicht möglich, Bruder. Ich muss mich wundern, dass Ihr mit diesem Ansinnen überhaupt zu mir gekommen seid!«

»Verzeiht, Exzellenz.« Matteo suchte nach Worten. »Ich vermute, dass Contarini tief in seinem Herzen bereut. Er ist nur nicht in der Lage, es vor sich selbst und vor anderen zuzugeben.«

»Und warum, glaubt Ihr, ist das so?«

»Ich denke, sein Stolz verbietet es ihm.«

»Stolz! Eine weitere schwere Sünde!« Bonomi hob anklagend die Hände.

»Die er aber sicher auch bereut.«

»Woher wollt Ihr das wissen?«

»Nun, ich denke …«

»Hört mal, Bruder, bei aller Barmherzigkeit, die mein Amt verlangt: Ich kann eine Todesstrafe nicht aufgrund irgendeiner vagen Vermutung aufheben.«

»Exzellenz, ich habe darum gebetet, die Aufhebung der Todesstrafe möge Contarini milder stimmen – und es ihm leichter machen, seine verblendete Haltung aufzugeben.«

»Tut mir leid, Bruder.« Bonomi erhob sich ächzend, um anzuzeigen, dass die Unterredung beendet sei. »Das ist mein letztes Wort.«

Matteo stand ebenfalls auf.

»Ach, noch eines: Ich bin sicher, in Eurer Gemeinde gibt es eine Menge Schafe, die Eure Zuwendung weit mehr verdient haben. Kümmert Euch um sie. *Laudetur Jesus Christus.*«

Nach dieser Rüge senkte Matteo in Demut sein Haupt und ergänzte: *»In aeternum. Amen.«* Dann verließ er mit raschen Schritten die Stätte seiner Niederlage.

Als er wieder auf der Piazza Maggiore stand, beschloss er, gleich hinüber zum Palazzo del Podestà zu gehen und bei Riccardo einen letzten Versuch zu unternehmen. »Seid Ihr noch immer der Meinung, Eure schreckliche Tat sei gerecht gewesen?«, fragte er, nachdem er sich die Fingerstümpfe angesehen hatte und mit ihrem Zustand zufrieden war.

»Gerechtigkeit ist ein Gut, das sich nicht in Zeit misst«, antwortete Riccardo von oben herab. »Meine Rache war zum Zeitpunkt ihrer Ausführung richtig. Sie war gestern richtig, sie ist heute richtig, und sie wird morgen noch genauso richtig sein.«

»Die Rache ist mein; ich will vergelten, spricht der Herr im Fünften Buch Mose.«

Riccardo lachte höhnisch. »Nach dem, was mir angetan wurde, glaube ich nicht mehr an Gottes Gerechtigkeit.«

»Jesus Christus!« Matteo musste an sich halten, um ruhig zu bleiben. »Habt Ihr denn keine Furcht, dass Eure Seele stirbt, wenn Ihr nicht bereut? Habt Ihr keine Angst, dass Euer Körper im ewigen Höllenfeuer brennt?«

Riccardo schaute plötzlich ungewohnt ernst drein. »Sagt, Hochwürden, habt Ihr eine Erinnerung an die Jahre vor Eurer Zeugung?«

»An die Jahre vor meiner Zeugung? Wie kommt Ihr plötzlich darauf?«

»Habt Ihr eine Erinnerung daran oder nicht?«

»Äh, nein.«

»Habt Ihr irgendeine Begebenheit im Gedächtnis – und sei sie noch so unbedeutend –, die Euch aus dieser Zeit gewärtig ist?«

»Nein, warum fragt Ihr?«

»Weil ich Euch klarmachen will, dass vor Eurer Zeugung nichts von Euch vorhanden war, kein Körper, keine Seele, kein Gedanke, nichts. Und so, wie es vor Eurer Zeugung war, wird es auch nach Eurem Tod sein: Euer Körper wird wieder zu Staub werden und Eure Seele mit dem Körper sterben.«

»Das ist Gotteslästerung!«

»Das ist, was ich glaube. Und deshalb kann mir niemand mit dem Höllenfeuer Angst machen. Meine Rache war nur recht und billig – und meine Überlegung einfach: Wenn ich es nicht war, der Violetta haben konnte, dann sollte sie keiner haben. Am allerwenigsten der Adler!«

Matteo seufzte. Der Starrsinn Riccardos war unheilbar. »Wenn das so ist, wird es Euch kaum erschüttern, dass mein Versuch, beim Legaten für Euch eine Begnadigung zu erwirken, fehlgeschlagen ist.«

»Ich habe nichts anderes erwartet. Ich werde meinen Weg bis zum Letzten gehen. Und niemand wird meinen Willen beugen.«

Matteo zuckte hilflos mit den Schultern. »Dann ist Euch wirklich nicht zu helfen. Gott sei Eurer Seele gnädig.«

Er stellte sich direkt vor den unverbesserlichen Sünder, faltete die Hände und sprach laut: »Im Lukas-Evangelium lesen wir, dass einer der Jünger bat: *Herr, lehre uns beten, wie auch Johannes seine Jünger lehrte.*

Und Jesus antwortete ihnen:
Wenn ihr betet, so sprecht:

Vater unser, der Du bist im Himmel.
Geheiliget werde Dein Name.
Dein Reich komme.
Dein Wille geschehe
wie im Himmel also auch auf Erden.
Unser tägliches Brot gib uns heute
und vergib uns unsere Schuld …«

Matteo hielt inne, schaute Riccardo an und fragte leise: »Warum betet Ihr nicht mit? Wollt Ihr wirklich nicht darauf hoffen, dass Gott Euch Eure Schuld vergibt?«

»Nein. Einen Gott, der das zugelassen hat, was mir widerfahren ist, bete ich nicht an!«

Matteo lief ein Schauer über den Rücken ob dieser neuerlichen Lästerung. »Merkt Ihr nicht, dass der Teufel aus Eurem Munde spricht?« Rasch betete er weiter, voller Verzweiflung, voller Angst vor dem Bösen:

»… wie auch wir vergeben unsern Schuldigern.
Und führe uns nicht in Versuchung,
sondern erlöse uns von dem Übel.
Denn Dein ist das Reich
und die Kraft und die Herrlichkeit in Ewigkeit.
Amen.«

Matteo schlug das Kreuz und sagte: »Ich wünsche Euch für Eure Hinrichtung die eben im Vaterunser angesprochene Kraft. Möge Euer Mut genauso stark sein wie Euer Starrsinn. Doch vergesst eines nicht: Auch im allerletzten Moment, bevor das Schwert des Scharfrichters niedersaust, ist es noch nicht zu spät, wenn Ihr nur die zwei Worte ruft: ›Ich bereue!‹«

Daraufhin schwieg Riccardo.

»Der Priester von San Petronio ist für Euch als Seelsorger zuständig. Er wird Euch morgen zum Blutgerüst begleiten. Gott befohlen, Riccardo Contarini.«

Matteo wandte sich um und verließ den Kerker.

Er hatte versagt.

Erst zwei Tage nach der Hinrichtung fand Matteo Zeit, um Zwiesprache mit seinem Schöpfer zu halten, wie er es in der letzten Zeit viel zu selten getan hatte. Er betrat die Sakristei von San Simeone und setzte sich auf einen Stuhl vor dem hölzernen Kruzifix an der Wand. »Herr«, sprach er, »verzeih, dass ich die Knie nicht vor Dir beuge, aber Du weißt, wie sehr sie mich in der Vergangenheit geplagt haben. Doch die körperliche Pein war wenig im Gegensatz zu der Wunde, die meiner Seele geschlagen wurde. Ich habe versagt, Herr! Riccardo Contarini, für den ich in der letzten Woche so häufig betete, hat Dich trotz meiner Bemühungen hartnäckig geleugnet. Er hat mir all seine Todsünden erzählt, und ich hielt seine Geschichte für eine Beichte. Doch als es so weit war, von Herzen zu bereuen, sprach der Teufel aus seinem Mund.

Ich habe den Teufel zum Schweigen gebracht, o Herr, indem ich laut das Vaterunser betete. Aber konnte ich Contarinis Seele retten? Ein Funke Hoffnung bleibt, denn die Gaffer, die mit lüsternen Blicken seine Hinrichtung auf der Piazza Maggiore verfolgten, berichten, dass er ein Wort rief, kurz bevor das Schwert des Scharfrichters auf ihn niedersauste. Es war das Wort: ›Ich …‹

Dann rollte sein Kopf.

Vielleicht wollte er noch ›bereue‹ hinzufügen, aber er kam nicht mehr dazu.

Wollte er es hinzufügen?

Du wirst es wissen, Herr, und Du wirst mit seiner Seele verfahren, wie immer Du es für richtig hältst. In Deine Hände befehle ich seinen Geist.

Und dann ist da noch etwas, Herr, das mich bewegt: Es geht um Violino, den Kastraten, den ich in mein Haus aufgenommen habe, weil er ein guter Mensch ist, und um Nausica, der so Schreckliches widerfahren ist. Für beide fühle ich mich verantwortlich, und beide sind ein Paar, das spüre ich. Denn ich habe sie in den letzten Tagen öfter gesehen, wie sie eng aneinandergeschmiegt zusammensaßen, Händchen hielten und verliebte Blicke tauschten. Ich muss gestehen, dass ich neidisch auf Violinos Jugend war – und es sogar noch bin. Wie schwach mein Fleisch doch ist! Strafe mich für meine sündigen Gedanken und mache mich stark! Gib mir einen Wink, ob ich mich bei Nausicas Vater, der sie so herzlos verstoßen hat, für sie verwenden soll. Soll ich?

Ich muss es wohl versuchen, auch wenn ich befürchte, genauso zu versagen wie bei Riccardo Contarini.

Manchmal, o Herr, ist es wirklich nicht leicht, Dein Diener zu sein.«

Die siebte der sieben Todsünden: Faulheit

acedia

Auch an diesem Julimorgen sah Pater Matteo noch vor der Frühmesse nach Isabella, seinem »alten Mädchen«, wie er das Maultier liebevoll nannte. Isabellas genaues Alter kannte niemand, aber sie musste weit über dreißig Jahre zählen, denn sie hatte Matteo schon auf seiner Pilgerfahrt nach Rom treue Dienste geleistet, und damals war er noch ein junger Mann gewesen.

Vorsichtig öffnete er die Stalltür, um Isabella, die ein wenig schwerhörig war, nicht zu erschrecken. Behutsam näherte er sich dem Maultier, das wie immer voller Gleichmut an seinem Platz stand. »Guten Morgen, mein altes Mädchen«, sagte er freundlich und wollte die Hand heben, um das Tier zu streicheln, als plötzlich ein leises Geräusch an sein Ohr drang. Es war ein Geräusch, das nichts mit den üblichen Lauten in einem Stall zu tun hatte, kein Rascheln, Knistern oder Scharren, sondern eher ein unterdrückter Schreckenslaut.

Ein Schreckenslaut?

Matteo blickte unwillkürlich über die hölzerne Trennwand, dorthin, wo bis vor Kurzem noch eine Sau mit ihren Ferkeln im Stroh gelegen hatte. Doch jetzt lag kein Borstenvieh mehr da, sondern eine nackte, junge Frau. Nausica! Und auf ihr, ebenso nackt, lag Violino, der Kastrat. Beide schauten so erschrocken drein, dass es fast lächerlich wirkte – wäre die Situation nicht so ernst gewesen.

Matteo brauchte einige Augenblicke, um die ganze Tragweite des Geschehens zu ermessen. Dann sagte er ruhig: »Bedeckt eure Blöße.«

Den Blick starr nach unten gerichtet, legten beide hastig ihre Kleider an und wollten den Stall verlassen, aber Matteos Stimme hielt sie auf. »Das wird ein Nachspiel haben«, sagte er grimmig. »Ich habe euch nicht bei mir aufgenommen, damit ihr mich auf so schändliche Weise hintergeht. Unzucht in den Mauern der Kirche! Ich komme in Teufels Küche, wenn sich das herumspricht. Geh auf deine Kammer, Nausica, und rede mit niemandem über … über diese Ungeheuerlichkeit!«

»Ja, Hochwürden«, hauchte Nausica und eilte davon.

Violino wollte ihr folgen, aber wieder hielt Matteos Stimme ihn auf. »Du bleibst, Violino!«

»Ja, Hochwürden.« Der Kastrat stand mit hängenden Schultern da und wirkte so zerknirscht, dass er einem fast leidtun konnte.

Matteo suchte nach Worten. Tief in seinem Herzen wusste er, dass Violino bei etwas erwischt worden war, von dem er selbst so manches Mal geträumt hatte, denn Nausica war eine schöne, begehrenswerte Frau. Schmutzige Gedanken hatte er gehabt, derer er sich schämte und um derentwillen er sich mehrfach gegeißelt hatte. Wer also war er, dass er den Stab über den jungen Kastraten brechen wollte? Und doch: Zwischen Denken und Handeln bestand ein Unterschied, und was Violino getan hatte, konnte nicht ohne Folgen bleiben. »Du hast mich sehr enttäuscht«, sagte Matteo.

»Verzeiht, Hochwürden, aber wir lieben uns.«

»Das habe ich gesehen«, antwortete Matteo trocken.

»Es ist nicht so, wie Ihr denkt.« Violino hob beschwörend die Hände. »Es ist nichts passiert. Ich … ich bin doch ein Kastrat!«

»Versuche nicht, mich für dumm zu verkaufen«, entgegnete Matteo. »Ich glaube eher, du bist ein Zimmermann. Ich habe einen Schaft in deiner Hand gesehen, und ich habe beobachtet, wie du ihn passgenau in ein Loch gesteckt hast. Willst du das bestreiten?«

»N... nein.«

»Das ist wenigstens etwas.« Matteos Stimme klang ein wenig milder. Als ehemaliger Arzt wusste er, dass auch Kastraten in der Lage waren, ein steifes Glied zu bekommen, besonders dann, wenn die Entfernung der Hoden nach der Geschlechtsreife vollzogen worden war. Bei Violino allerdings hatte die Beschneidung schon zu Beginn des Stimmbruchs stattgefunden. Demnach konnte eigentlich nicht sein, was Matteo gesehen hatte. Andererseits gab es in der Medizin nichts, was es nicht gab, und das schlechte Gewissen des Kastraten sprach dafür, dass Matteo sich nicht geirrt hatte. »Bereust du, was du getan hast?«

»Ja, Hochwürden, das tue ich. Aber nur, weil ich Eure Gefühle nicht verletzen wollte. Und in Schwierigkeiten bringen wollte ich Euch auch nicht. Bitte verzeiht mir.«

»Heißt das, die Fleischeslust bereust du nicht?«

Violino streckte sich. »Nein, Hochwürden. Meine Liebe zu Nausica ist so groß und so aufrichtig, dass nichts daran unrein sein könnte.«

»Hm.« Matteo überlegte, ob es Sinn machen würde, mit dem jungen Mann ein Gespräch über die christlichen Gebote des Verzichts und der Keuschheit zu führen, entschied sich aber dagegen. Liebe machte bekanntlich blind, und mit Blinden war nicht gut diskutieren. »Ich will, dass auch du auf deine Kammer gehst. Bleibe bis auf Weiteres dort, und sprich mit niemandem über deine, äh, Tätigkeit als Zimmermann. Auch nicht mit Dovizio. Ich will sehen, was ich für euch beide tun kann.«

»Ja, Hochwürden. Danke, Hochwürden.«

Violinos Augen leuchteten dankbar, als er mit raschen Schritten den Stall verließ.

Matteo blieb noch ein Weilchen bei Isabella, sprach mit dem alten Maultier und sammelte seine Gedanken. Dann verließ auch er den Stall.

Er hatte einen Plan.

Ombrellaio stand in verwitterten Lettern über der Tür des einfachen Handwerkerhauses. Matteo verharrte davor, legte sich noch einmal seine Worte zurecht und klopfte an.

Eine ältere Frau mit welkem Gesicht öffnete ihm. Sie hatte keine Ähnlichkeit mit Nausica, außer den braunen Augen mit den grünen Sprenkeln, die dafür sprachen, dass sie die Mutter war.

»Gott sei mit Euch«, sagte Matteo höflich, »seid Ihr die Frau des Schirmmachers Bonucci?«

»Die bin ich, Hochwürden.« Ihre Stimme klang abwartend.

»Ich bin Pater Matteo. Wie Ihr sicher wisst, hat Eure Tochter in meiner Kirche eine Bleibe gefunden, nachdem sie von Euch verstoßen wurde.«

Die Frau wich einen Schritt zurück. »Das war nicht ich!«, stieß sie hervor. »Er war es! Ich habe ihm immer gesagt, es hängt kein Segen daran, das eigene Fleisch und Blut zu verleugnen.«

Matteo nahm an, dass sie von ihrem Mann sprach, und sagte: »Ich bin nicht gekommen, um zu verurteilen, sondern um zu helfen. Wo ist der Meister?«

»In der Werkstatt.« Die Frau führte ihn in einen hellen Raum, der mit Seidenrollen, Mustern, Fischbein, Drähten und Nähmaterial vollgestopft war. »Da sitzt er.« Sie deutete auf einen Mann, der in einer Ecke am Fenster saß und Stoff über ein Schirmgestänge spannte. »Bitte wählt Eure Worte mit Bedacht, Hochwürden«, flüsterte sie, »ich lasse Euch besser mit ihm allein. Wenn es um seine Tochter geht, fährt er schnell aus der Haut.«

Sie verschwand, und Matteo trat näher.

»Wartet noch einen Augenblick, Messer Montaldo«, sagte Bonucci, ohne aufzublicken, »der Schirm für Eure Gattin ist gleich fertig.«

»Ich bin nicht Messer Montaldo«, erwiderte Matteo. »Und ich bin auch nicht gekommen, um einen Schirm abzuholen.«

Überrascht blickte Bonucci auf.

»Ich bin Pater Matteo, ich möchte mit Euch über Eure Tochter Nausica sprechen.«

»Ich habe keine Zeit!«

»Die werdet Ihr Euch aber nehmen müssen, denn es ist wichtig.«

»Was wollt Ihr?«

»Darf ich mich setzen?«

Notgedrungen schob Bonucci einen Stuhl heran. »Gebt Euch keine Mühe. Ich habe drei wohlgeratene Söhne, aber keine Tochter mehr.«

Matteo spürte Unmut, aber er beherrschte sich. »Das mag sein. Doch Eure Tochter hat einen Vater, der ihr sehr fehlt und den sie sehr liebt, obwohl er sie aus dem Haus jagte wie eine streunende Katze.«

»Das geht Euch nichts an!«

»Das geht mich sehr wohl etwas an.«

Matteo beschloss, ebenfalls alle Höflichkeit fahren zu lassen. Auf einen groben Klotz gehörte manchmal ein grober Keil.

»Wenn ich nicht gewesen wäre, wäre Eure Tochter nicht mehr am Leben, denn sie wollte das Kind der Sünde abtreiben und wäre dabei fast verblutet. Sie nahm die Prozedur nur auf sich, um Euch vor der Schande zu bewahren. Ich aber sage Euch, was die wahre Schande ist: Es ist der Umstand, dass Ihr nur auf Euren guten Ruf bedacht wart, dass Ihr nicht zu ihr gehalten habt und dass Ihr sie fast in den Tod getrieben hättet.«

»Sie hat mich angelogen, hat gesagt, sie wäre die Nacht über bei einer Freundin gewesen. In Wahrheit hat sie es mit fremden Männern getrieben.«

»Sie wurde brutal vergewaltigt und konnte darüber nicht sprechen. Es war eine Notlüge. Haben wir nicht alle schon einmal gelogen?«

Bonucci schwieg und starrte verbissen auf den fast fertigen Schirm für Messer Montaldos Gemahlin.

Matteo sagte versöhnlicher: »Wir sind alle nur Menschen, und ich bin nicht gekommen, um Euch Vorhaltungen zu machen. Nausica hat einen jungen Mann kennengelernt, Violino mit Namen, den sie offenkundig sehr liebt. Ich beabsichtige, die beiden jungen Leute zu verheiraten, und wünsche mir dazu den Segen ihrer Eltern.«

»Was, Nausica will heiraten?« Bonucci lachte freudlos. »Wer nimmt sie denn noch, nach all dem, was passiert ist?«

»Ich denke, Violino wird es tun. Er ist ein anständiger junger Mann und ein sehr guter Sänger.«

»Was Ihr nicht sagt.«

»Freut Ihr Euch denn nicht? Das Glück Eurer Tochter kann Euch doch nicht einerlei sein. Gebt Eurem Herzen einen Stoß. Verbannt die Härte darin und gebt Eure Einwilligung zum heiligen Bund der Ehe.«

»Hört mal, Hochwürden: Das alles kommt mir viel zu plötzlich. Ich kenne diesen ... wie war noch gleich sein Name?«

»Violino.«

»Ich kenne diesen Violino doch gar nicht. Im Übrigen habe ich schon neun Enkelkinder. Die reichen mir.«

»Da kann ich Euch beruhigen. Ihre Zahl wird sich nicht erhöhen.«

Kaum hatte Matteo das gesagt, hätte er sich am liebsten die Zunge abgebissen.

Bonucci reagierte wie befürchtet. »Wie meint Ihr das?«

Matteo seufzte. Irgendwann würde Bonucci ohnehin die Wahrheit erfahren. Warum also nicht gleich heute. »Violino ist ein Kastrat.«

»Ein was?« Bonucci fuhr hoch, als hätte er sich auf eine Stecknadel gesetzt. »Ihr wollt meine Tochter mit einem Entmannten verheiraten?«

»Violino ist ein sehr anständiger junger Mann, dem das Schicksal ähnlich übel mitgespielt hat wie Eurer Tochter. Ich bin sicher, das verbindet beide umso mehr.«

»Niemals! Ich habe meiner Tochter die Tür gewiesen, aber ich bin immer noch ihr Vater. Und als ihr Vater sage ich Nein! Dabei bleibt es.«

Matteo schalt sich ob seiner Ungeschicklichkeit. Er hatte das Gespräch von Anfang an falsch begonnen. Doch nun war es zu spät. Sein Wunsch, alles zu einem guten Ende zu führen, war nicht in Erfüllung gegangen. Doch vielleicht lohnte sich ein letzter Versuch.

»Wisst Ihr, was Jesus zu den Schriftgelehrten sagte, nachdem diese sich darüber empört hatten, dass er zu den Zöllnern und Sündern predigte?«, fragte er Bonucci und wartete die Antwort nicht ab. »Er sagte folgende Worte, die im Evangelium des Lukas nachzulesen sind: *Wenn einer von euch hundert Schafe hat und eins davon verliert, lässt er dann nicht die neunundneunzig in der Steppe zurück und geht dem verlorenen nach, bis er es findet? Und wenn er es gefunden hat, nimmt er es voll Freude auf die Schultern, und wenn er nach Hause kommt, ruft er seine Freunde und Nachbarn zusammen und sagt zu ihnen: Freut euch mit mir;*

ich habe mein Schaf wiedergefunden, das verloren war. Ich sage euch: Ebenso wird auch im Himmel mehr Freude herrschen über einen einzigen Sünder, der umkehrt, als über neunundneunzig Gerechte, die es nicht nötig haben, umzukehren … So weit das Gleichnis, Meister Bonucci. Vielleicht denkt Ihr über seinen Inhalt einmal nach – und erklärt Euch mit einer Hochzeit doch einverstanden. Wenn es so sein sollte, was Gott geben möge, lasst es mich wissen.«

»Niemals! Meine Tochter als Frau eines Kastraten? Ich mache mich doch nicht zum Gespött der Leute.«

Matteo erhob sich und seufzte abermals. Es hatte keinen Zweck. »Gott befohlen, Meister.«

Er verließ den hartherzigen Mann, um sich von seiner Frau zu verabschieden, doch er konnte sie nirgendwo entdecken. Vor der Tür regnete es in Strömen. Er trat hinaus auf die Straße und hatte schon nach wenigen Schritten keinen trockenen Faden mehr am Leib. Grimmig zog er die Kapuze seiner Kutte über den Kopf und sagte sich, dass er es nicht besser verdient hatte.

Er kam von einem Schirmmacher und hatte keinen Schirm …

»Um Gottes willen, wie seht Ihr denn aus, Hochwürden!«, rief Nausica entsetzt, als Matteo triefend wie ein Schwamm im Wohnhaus von San Simeone erschien. »Warum seid Ihr bei dem Wetter nicht daheimgeblieben?«

Das hätte Matteo ihr beantworten können, aber er unterließ es. Niemand brauchte von seinem Misserfolg zu wissen. Am allerwenigsten die Sünderin Nausica. »Ich werde mich umziehen und will dich anschließend drüben in der Kirche sehen«, sagte er stattdessen und machte eine bedeutungsvolle Pause. »Im Beichtstuhl!«

»Ja, Hochwürden.« Folgsam schlug Nausica die Augen nieder.

Eine Stunde später kannte Matteo das ganze Ausmaß ihrer Sünden – oder ihrer Liebe, je nachdem, von welcher Warte aus man es betrachtete. »Du wirst zur Buße für den Rest des Jahres jeden Morgen Isabellas Stall ausmisten«, sagte er zu ihr. »Also ebenjenen Ort, an dem du deine Verfehlungen begangen hast. Du wirst dich dabei täglich mit Violino abwechseln, denn ich nehme an, seine Beichte wird sich mit der deinen decken, weshalb seine Sühne die gleiche sein soll. Ferner wirst du wie bisher im Waisenhaus Salvamento in der Via de' Gargiolari arbeiten und jeden Morgen einen freudenreichen Rosenkranz beten. Bist du mit der Buße einverstanden?«

»Ja, Hochwürden«, hauchte Nausica.

»Hast du den aufrichtigen Vorsatz, die Sünde der Fleischeslust hinkünftig zu vermeiden?«

»Ja, Hochwürden.«

»So höre jetzt die Lossprechungsformel ...«

Nachdem Matteo die Absolution erteilt hatte, sagte er: »Und nun schicke mir Violino herüber. Er soll nicht glauben, er käme um das Beichtgespräch herum.«

»Gewiss, Hochwürden. Ich danke Euch.«

»Danke mir nicht. Tu, was ich dir sage.« Matteo bemühte sich um einen strengen Ton, obwohl ihm nicht danach zumute war.

Nach einer weiteren halben Stunde wusste er, dass Nausica in allem die Wahrheit gesagt hatte, denn Violino bestätigte ihre Beichte Punkt für Punkt. Er tat dies ohne Reue, was die Möglichkeit einer Wiedergutmachung durch die Buße ausschloss, aber Matteo setzte sich darüber hinweg. Er verdonnerte den jungen Kastraten zu derselben Stallarbeit und sagte sich, dass Strafe sein musste – wenn nicht von Gott verhängt, dann eben von dem väterlichen Freund, als der er sich verstand. »Die Absolution allerdings kann ich dir nicht erteilen«, sagte er abschließend.

»Damit werde ich schon fertig.«

Matteo überhörte den trotzigen Ton. »Ich werde darum beten, dass Gott dir die Fähigkeit zur Reue schenkt. Und nun geh. Deine Aufgaben bei Dovizio wirst du nach wie vor wahrnehmen.«

»Ja, Hochwürden.«

Nachdem Violino verschwunden war, saß Matteo noch eine Weile auf seiner Seite des Beichtstuhls und strich gedankenverloren über das grob gemaserte, vom Zahn der Zeit dunkel gefärbte Holz, das sich so warm und vertraut anfühlte. Dann sprach er das Gebet für Violino und trat hinaus ins Kirchenschiff. Der Regen, der ihn vor Kurzem bis auf die Haut durchnässt hatte, hielt noch immer an und prasselte gegen die bunten Fenster aus Bleiglas – ein Geräusch wie das Dröhnen einer Trommel, das sich in diesem Augenblick noch verstärkte durch ein kräftiges Rauschen. Was war das?

Matteo fuhr herum und verspürte gleichzeitig einen heftigen Stoß im Nacken. Irgendetwas war auf ihn herabgefallen. Sein Blick ging nach oben, dorthin, wo die Fresken die Decke schmückten. Ein großes Stück Putz hatte sich herausgelöst. Der Baum der Erkenntnis, von dem es stammte, war nur noch zu erahnen. Ebenso wie die anderen Motive aus der Genesis, die einst die Kuppel geschmückt hatten. Insgesamt bildeten sie einen Zyklus aus neun Einzelwerken, die sich keineswegs mit den Darstellungen in der Sixtinischen Kapelle zu Rom vergleichen ließen, aber sie waren Matteo ans Herz gewachsen, und jedes Stück, das aus ihnen herausbrach, verursachte bei ihm einen fast körperlichen Schmerz.

Überall zwischen den Kirchenbänken lag herabgefallener Putz, ein jammervoller Anblick, den er kaum ertragen konnte. Der Tag war bisher nicht erfolgreich gewesen, aber dies setzte allem die Krone auf. Es war zum Verzweifeln. »Herr«, rief er laut, »ich weiß nicht, wie ich die Restauration Deines Hauses bezahlen soll, aber so geht es nicht weiter. Ich werde etwas unternehmen. Jetzt. Sofort!«

Er eilte in die Sakristei, schlug automatisch das Kreuz vor dem kleinen hölzernen Kruzifix an der Wand, griff sich einen Schirm und machte sich auf den Weg zu dem Maler Prospero Fontana, der die Heilige Familie mit dem Jesuskind und andere berühmte Kunstwerke geschaffen hatte. Fontana war schon über sechzig, hatte in verschiedenen italienischen Städten gewirkt und zeigte sich wenig begeistert, als Matteo mit seinem Anliegen an ihn herantrat.

»Deckenfresken?«, fragte er, und es klang wie ein Schimpfwort aus seinem Mund. »Dafür braucht Ihr ein Gerüst. Weist die Kuppel Eurer Kirche Löcher auf, durch die man Seile für eine Plattform herunterlassen kann?«

»Äh, nicht dass ich wüsste«, antwortete Matteo.

Fontana winkte ab. »Es spielt auch keine Rolle. Ich bin nicht mehr der Jüngste, und keine zehn Kräne kriegen mich mehr auf ein Gerüst. Wisst Ihr, wie alt Michelangelo war, als er die Arbeit in der Sixtinischen Kapelle begann? Dreiunddreißig! Ich bin mehr als drei Jahrzehnte älter. Nein, nein, Hochwürden, bei aller Wertschätzung der heiligen Mutter Kirche, Ihr müsst Euch einen anderen suchen.«

Matteo hatte Mühe, sich seine Enttäuschung nicht anmerken zu lassen. »Dafür habe ich Verständnis«, sagte er. »Aber wie steht es mit einem Eurer Schüler? Könnte nicht Lodovico Carracci die Arbeiten ausführen?«

Fontana überlegte. »Ja, vielleicht.« Er winkte den jungen Mann heran und erklärte ihm, worum es ging.

»Wenn ich es richtig verstehe, handelt es sich um Ausbesserungsarbeiten?«, vergewisserte sich Carracci.

»Ganz recht«, bestätigte Matteo, der einen Hoffnungsschimmer am Horizont sah. »Neun Motive aus der Genesis, wie in der Sixtinischen Kapelle. Die Umrisse der Gestalten und Gegenstände sind noch sichtbar, sie müssten nur wieder mit Farbe gefüllt werden.«

»Umrisse mit Farbe füllen?« Carracci, ein junger Mann, der sich nicht wenig auf seine künstlerische Begabung einbildete, kniff die Augen zusammen. »Das wäre wohl eher die Tätigkeit eines Anstreichers. Nein, ich glaube nicht, dass ich Euch zu Diensten sein kann. Tut mir leid. Im Übrigen muss das Familiengemälde für den Tuchhändler Chieppa fertiggestellt werden. Der Stichtag ist nächste Woche und wurde schon einmal verschoben.«

»Das stimmt, Hochwürden«, bestätigte Fontana und zuckte bedauernd die Schultern.

Matteo schoss die Frage durch den Kopf, ob die Abbildung einer Kaufmannsfamilie wichtiger war als die der Genesis aus der Heiligen Schrift, aber er ersparte sich, sie zu stellen. Es war offensichtlich, dass man ihm nicht helfen wollte.

»Nun, dann bleibt mir wohl nichts anderes übrig, als zu gehen.«

»Wartet.« Fontana kratzte sich am Kopf. »Vielleicht könnte sich Giuseppe Eurer Sache annehmen. Er ist Malerschüler im ersten Jahr, aber sehr vielversprechend. Wenn Ihr wollt, schicke ich ihn gleich morgen früh zu Euch.«

»Das ist sehr freundlich. Ich danke Euch.« Matteo war erleichtert.

»Allerdings kann ich seine Tätigkeit nicht für Gotteslohn in Aussicht stellen.«

»Äh, natürlich nicht.«

»Den Kalkputz und die Farbpigmente müsstet Ihr natürlich auch bereitstellen, ebenso das Gerüst.«

»Äh, gewiss.«

»Dann ist es abgemacht. Giuseppe wird Euch helfen. Und nun entschuldigt mich, ich habe zu tun.«

Matteo verließ die Malerwerkstätte und machte sich auf den Heimweg. Der Regen, der zwischenzeitlich aufgehört hatte, setzte wieder mit aller Macht ein. Matteo unterdrückte eine Verwünschung und zog die Kapuze über den Kopf.

Er hatte seinen Schirm bei Fontana vergessen.

Als er wenig später tropfnass in seiner Kirche ankam, war seine Laune auf einen Tiefpunkt gesunken. Ihn fror, seine Zähne schlugen aufeinander, und er war verzweifelt. Niemand, weder Nausica noch Violino noch Dovizio, durfte ihn so sehen. Rasch verschwand er in der Sakristei, wo er sich entkleidete, abtrocknete und ein altes Priestergewand überwarf. Danach fühlte er sich wieder halbwegs wohl. Er wandte sich zu dem hölzernen Kruzifix an der Wand und sagte: »Herr, Dein Haus muss verschönert werden, und die Arbeiten sollen morgen beginnen. Aber es fehlt an Geld dafür. Woher soll ich es nehmen? Bitte, gib mir einen Rat. Wer fühlt sich Deiner Kirche so sehr verbunden, dass er mir weiterhelfen wird?«

Matteo schloss die Augen, horchte in sich hinein und wartete auf eine Antwort. Dann nickte er. »Danke, Herr«, sagte er. »Darauf hätte ich selbst kommen können. Ja, ich werde den heiligen Simeon, den Namensgeber dieser Kirche, um Inspiration bitten.«

Matteo verließ die Sakristei und ging zu dem Altar im Seitenschiff, auf dem der kleine Reliquienschrein mit den Fingerknöchelchen des Heiligen stand. Er fiel davor auf die Knie – was wie immer einen heftigen Schmerz auslöste – und murmelte: »Heiliger Simeon, ich möchte …«

Seine Bitte wurde jählings unterbrochen von raschen Schritten und stoßweisem Keuchen. Was ging da vor sich? Nachdem der Putz in so großen Mengen herabgefallen war, hatte Dovizio das Betreten der Kirche mittels eines Anschlags verboten. Wer setzte sich da einfach über die Anordnung hinweg?

Matteo wollte sich erheben, aber der Schmerz in seinen Knien hinderte ihn daran. So blieb er, wo er war, und versuchte, aus dieser Position heraus mehr zu erkennen. Was er sah, war ein junger Mann, nachlässig gekleidet, mit einem Barett auf dem Kopf, der wie gehetzt um sich blickte und offenbar auf der Flucht war. Sein Blick fiel auf die Tür der Sakristei. Er riss sie auf und stürzte hinein.

Kaum hatte er die Tür hinter sich zugeschlagen, erschien ein weiterer Mann in der Kirche. Augenscheinlich der Verfolger, ein vierschrötiger Mann. Er blickte sich suchend um, lief hin und her, schaute unter die Kirchenbänke, untersuchte den Altar im Mittelschiff, fluchte lauthals, schrie etwas von Rache und verstummte plötzlich. Er hatte ebenfalls die Tür zur Sakristei entdeckt. Mit einer geschmeidigen Bewegung fuhr seine Hand unter den Rock und förderte ein Messer zutage. Dann ergriff er die Klinke der Tür, um sie vorsichtig niederzudrücken.

»Ich freue mich über jeden, der in meine Kirche kommt, um zu beten, mein Sohn.«

Der Vierschrötige schreckte zusammen. Hinter ihm stand Matteo und sprach freundlich weiter: »Allerdings ist das Gotteshaus zurzeit geschlossen, weil der Aufenthalt darin wegen des herabbröckelnden Putzes zu gefährlich wäre. Ich muss dich bitten, das Gespräch mit deinem Schöpfer woanders zu suchen. Aber sei versichert: Dem Allmächtigen kommt es nicht darauf an, wo das Wort an ihn gerichtet wird, denn er ist …«

»Wo ist er?«, blaffte der Vierschrötige dazwischen.

»Gott, mein Sohn, ist überall …«

»Ich meine den Kerl, der mir durch die Lappen gegangen ist. Er ist hier in die Kirche gelaufen. Hab's genau gesehen.«

Matteo blickte streng, was ihm in diesem Fall nicht schwerfiel, da er es nicht schätzte, unterbrochen zu werden. »Ich habe niemanden hereinlaufen sehen«, sagte er wahrheitsgemäß. »Aber was ich sehe, ist ein spitzes Messer in deiner Hand. Es sieht nicht so aus, als wolltest du dir damit die Nägel reinigen. Waffen haben im Hause des Herrn nichts verloren.«

»Er muss hinter dieser Tür sein!«

»Hinter dieser Tür befindet sich meine Sakristei. Und den Schlüssel zu der Tür verwahre ich.« Matteo zog den Schlüssel aus seinem Gewand hervor.

»Ach so.« Der Vierschrötige guckte dümmlich.

Matteo ließ das Schließwerkzeug wieder verschwinden und atmete insgeheim auf. Mochte der Mann ruhig glauben, die Sakristei sei abgeschlossen. »Derjenige, den du suchst, befindet sich nicht im Kirchenschiff, das siehst du selbst. Verlasse also diesen Ort. Bete um dein Seelenheil und gib mir das Messer, ehe du damit Unheil anrichtest.«

Matteo streckte fordernd die Hand aus, aber der Vierschrötige fluchte nur und verschwand mit eiligen Schritten.

Als er fort war, spürte Matteo erst, wie weich ihm die Knie geworden waren. Er atmete tief durch und öffnete die Tür zur Sakristei. »Ich bin Pater Matteo«, sagte er, »die Gefahr ist vorüber.«

»Gott sei gelobt und gedankt.« Der junge Mann mit dem Barett kroch hinter der Kredenz für die liturgischen Geräte hervor. Offenbar hatte er sich dahinter versteckt.

Matteo musterte ihn. Anders als der Vierschrötige wirkte

er intelligent, war teuer gekleidet und hatte blaue Augen, die in seltsamem Gegensatz zu dem schwarzen Haar standen, das unter seiner Kopfbedeckung hervorquoll. »Wer seid Ihr?«, fragte Matteo.

»Ich bin Filippo.«

»Das war knapp, Filippo. Ich hoffe, Ihr habt eine gute Erklärung dafür, warum man Euch ans Leben wollte.«

Der junge Mann zögerte. »Ich habe alles falsch gemacht«, sagte er nach einer Weile. »Ich bin der älteste Sohn meines Vaters und hätte eigentlich seinen Besitz mit mehr als tausend Olivenbäumen übernehmen sollen, aber es ist anders gekommen. Statt Öl in der eigenen Presse unseres Hofes herzustellen, habe ich mich in den Straßen Bolognas herumgetrieben und es so weit gebracht, dass man mich töten will.«

»Niemand will ohne Grund töten«, erwiderte Matteo. »Wie liegt der Fall bei Euch?«

Filippo machte eine abwehrende Geste. »Wenn ich Euch die Wahrheit verrate, werdet Ihr mich aus der Kirche jagen – und das wäre mein Verderben.«

»Im Gegenteil. Ich werde es tun, wenn Ihr mir nicht die Wahrheit sagt.«

»Ist das Euer Ernst?«

»Selbstverständlich. Wollt Ihr beichten?«

»Nun …« Filippo straffte sich. »Ja, ich will. Es mag der einzige Weg sein, mit mir wieder ins Reine zu kommen.«

»In diesem Fall müssen wir das Bußgespräch gleich hier führen, denn der Beichtstuhl steht im Hauptschiff, und dort ist es zu gefährlich. Macht es Euch etwas aus, mir Auge in Auge gegenüberzusitzen?«

»Nein, Hochwürden. Was muss ich als Erstes tun?«

»Nur das, was Ihr als frommer Christ immer bei einer Beichte tut.«

»Nun, äh, ich fürchte, ich war in den letzten Jahren kein allzu frommer Christ.«

»Da seid Ihr sicher nicht allein. Ich werde die entsprechenden Einleitungssätze sprechen und dabei auch Euren Part übernehmen. So höret ...«

Nachdem das Formelle erledigt war, sagte Matteo: »Und nun erleichtert Eure Seele. Es ist zwar schon später Nachmittag, aber lasst Euch Zeit. Sprecht über alles, was Euch bedrückt. Ich sage das deshalb, weil morgen und in den nächsten Tagen kein Beichtgespräch stattfinden kann. Die Restauration der Kirche hat Vorrang. Und nun beginnt.«

Filippo nahm sein Barett ab und knetete es in den Händen. »Es ist nicht ganz leicht, Hochwürden, über all das zu sprechen, was ich in den letzten fünf Jahren erlebt habe. Aber ich fange an. Im Jahre 1571 war es, genauer gesagt, im Oktober, als mein Vater feststellte, dass er für einen Teil seines frisch hergestellten Olivenöls keinen Abnehmer finden würde. Der bisherige Käufer war aus verschiedenen Gründen zahlungsunfähig geworden. Nachdem Vater sich mit uns Kindern – ich habe keine Mutter mehr, aber noch vier jüngere Geschwister –, nachdem Vater sich also mit uns Kindern abgesprochen hatte, sagte er zu mir: ›Filippo, wir werden das Öl in Fässer füllen und in Bologna auf dem Markt verkaufen, und du als mein Ältester sollst mich begleiten. Eine andere Möglichkeit sehe ich nicht. Wir brauchen das Geld.‹

Ich muss an dieser Stelle sagen, dass ich bereits zu jenem Zeitpunkt ein ziemlicher Faulpelz war, der nichts im Leben ernst nahm – am allerwenigsten die Arbeit meines Vaters. Nie hatte ich mir Gedanken gemacht, woher das Geld kam, das ich gern ausgab, und nie hatte es jemanden gegeben, der mich daran gehindert hätte. ›Kannst du nicht allein fahren?‹, fragte ich gelangweilt.

›Nein‹, sagte er. ›In Bologna ist man zweimal bestohlen worden, ehe man sich einmal umgedreht hat. Ich brauche jemanden, der gut auf die Fässer aufpasst, während ich sie veräußere.«

›Kann das nicht Enrico machen?‹, fragte ich, denn Enrico, Vaters Zweitältester, war dafür viel besser geeignet als ich, da er zu Gewissenhaftigkeit und Zuverlässigkeit neigt.

›Ja, aber ich will, dass du mich begleitest‹, beharrte Vater. ›Du sollst in ein paar Jahren den Hof übernehmen, und irgendwann musst du den Ernst des Lebens kennenlernen.‹

So kam es, dass wir am nächsten Morgen nach Bologna aufbrachen. Vater saß mit mir vorn auf dem Bock und lenkte die beiden Braunen, während hinter uns auf dem Wagen zwanzig bis an den Rand gefüllte Ölfässer gluckerten. Bis zum Einbruch der Dunkelheit waren wir unterwegs und erreichten die Stadt kurz vor Toresschluss. Vater entrichtete zähneknirschend die saftige Steuer für unsere Ware. Dann fuhren wir weiter. In der Nähe der Piazza Maggiore, vor einer Herberge, in der viele Händler übernachten, machten wir halt, und Vater gab die Braunen in die Obhut eines Stallknechts. ›Du wirst sehen, Junge, morgen verkaufen wir unser feines Öl, und danach sind wir alle Sorgen los‹, sagte er zu mir.

Tatsächlich verlief der Verkauf am nächsten Tag sehr erfolgreich. Bis zur Mittagszeit hatten wir bereits über die Hälfte unserer Fässer veräußert. Die Geldkatze an Vaters Gürtel füllte sich zusehends, und je voller sie wurde, desto besser wurde seine Laune. Als es von San Petronio zwölf Uhr schlug, sagte er zu mir: ›Jetzt haben wir uns ein gutes Mahl verdient. Lass uns etwas essen gehen. Die Trattoria *Da Paolo* soll gut und billig sein, und Paolo, der Wirt, nicht so ein Halsabschneider wie andere in der Umgebung.‹

›Lieber nicht‹, antwortete ich. ›Kann sein, dass nachher

unsere Fässer weg sind. Du hast selbst gesagt, dass in Bologna viel gestohlen wird.‹

›Du hast recht.‹ Er winkte einen herumlungernden Jungen heran und sagte, während er in seiner Geldkatze kramte: ›Ich gebe dir ein paar Baiocchi, Kleiner, sei so gut und hole uns von Paolo Brot, Käse und Wein.‹

Der Junge nickte eifrig und wollte die Münzen entgegennehmen, aber in diesem Augenblick wurde er von einem vorbeieilenden Kerl angerempelt. Der Junge taumelte unsanft gegen Vaters Brust, und sämtliche Münzen aus der Geldkatze landeten auf dem Pflaster. ›*Scusa,* Messer, *scusa!*‹, rief der Junge und half ihm rasch, die Münzen einzusammeln.

Als die Geldkatze wieder gefüllt war, sagte Vater: ›Das war brav von dir, Kleiner. Andere hätten die Situation ausgenutzt, um mich zu bestehlen, du hingegen warst ehrlich. Hier, nimm diese Münze zur Belohnung.‹

Der Junge strahlte, machte eine tiefe Verbeugung und lief davon, um uns das Essen zu besorgen. Ich aber blieb ihm auf den Fersen, denn ich hatte etwas gesehen, das Vater entgangen war: Zwar hatte der Junge blitzschnell alle Geldstücke aufgehoben, doch genauso schnell ein Gutteil davon mit taschenspielerischer Geschicklichkeit im eigenen Gürtel verschwinden lassen. Er war nichts weiter als ein gemeiner Dieb, und ich wollte ihm seine Beute wieder abjagen. An der nächsten Straßenecke hatte ich ihn eingeholt und packte ihn beim Kragen. ›Du kleine hinterhältige Ratte‹, rief ich und drehte ihm den Arm um, ›rück sofort Vaters Geld heraus!‹ Er wand sich wie ein Aal in meiner Hand, aber ich hielt ihn eisern fest und nahm ihm sämtliches Geld ab. ›Das lass dir eine Lehre sein‹, sagte ich. ›Ich habe deine Tat genau beobachtet, denn meine Augen waren flinker als deine Finger.‹ Dann wollte ich mich aufrichten und gehen, doch ein kräftiger Hieb traf mich von hinten am Kopf. Ich verlor das Bewusstsein. Das Letzte, was ich sah, war das grinsende Gesicht des kleinen Diebes.«

Matteo nickte verständnisvoll. »Ja, die Langfinger um die Piazza Maggiore sind schlimmer als die Heuschreckenplagen im alten Ägypten. Sie sind die ärgste Brut in Bolognas Mauern und die Faulsten überhaupt, denn anders als die Bettler, die bei Wind und Wetter die Hand ausstrecken und für ihren Broterwerb etwas tun, machen sie höchstens die Finger krumm, um etwas zu stehlen. Ständig verstoßen sie gegen das siebte Gebot. Nun, wie ging es weiter? Ich hoffe, Euch war nichts Ernsthaftes passiert?«

»Nein, Hochwürden, obwohl ich Euch an jenem Tag gewiss eine andere Antwort gegeben hätte, denn als ich erwachte, brummte mir der Schädel wie ein Schwarm Hornissen. Lautes Lachen und Grölen, das meinen Zustand keineswegs verbesserte, drang an mein Ohr. Es kam von einer Gruppe Männer, die an einem Tisch saß und es sich schmecken ließ. Unwillkürlich fuhr meine Hand zum Gürtel. Natürlich! Man hatte mich bis auf den letzten Baiocco bestohlen. Was konnte ich tun? Ich lag in einer Ecke des Raumes und stellte fest, dass niemand mich beachtete. Wut stieg in mir hoch. Ich beschloss, genau das zu machen, was das Pack mit mir gemacht hatte. Ich kroch geräuschlos an den Tisch heran und suchte mir ein Opfer aus. Es handelte sich um einen Burschen, dem die Geldkatze am Gürtel zur Seite gerutscht war. Daneben steckte ein langes Messer in der Scheide. Ich weiß bis heute nicht, woher ich den Mut nahm, aber ich beugte mich vor und zog mit einer unendlich langsamen Bewegung das Messer hervor. Der Bursche schien nichts bemerkt zu haben, denn er aß und trank und lachte weiter, als wäre nichts geschehen, und seine Nebenleute taten es ihm gleich. Ich prüfte die Klinge und stellte fest, dass sie rasiermesserscharf war. Jetzt galt's! Behutsam durchtrennte ich die beiden Halteschlaufen der Geldkatze und hätte fast aufgelacht, als sie wie ein reifer Apfel in meine aufgehaltene Hand fiel. Welch ein erhebendes Gefühl! Der Dieb war selbst bestohlen worden! Ich würde nur noch warten müssen, bis die ganze Gesellschaft sturzbetrunken war, dann wollte ich mich davonmachen – und Vater berichten.

Doch dazu kam es nicht. Plötzlich legte sich eine schwere Hand von hinten auf meine Schulter. Ich fuhr herum und blickte in das einäugige Gesicht eines älteren Mannes. ›Ich bin Rubaro, der König der Diebe‹, sagte der Mann und kicherte. ›Was du soeben getan hast, gefällt mir, denn es war unverschämt.‹

›Unverschämt?‹, entgegnete ich verdattert.

Er nickte und rückte die schwarze Augenklappe zurecht. ›Unverschämt, unverfroren, unerschrocken.‹ Wieder kicherte er. ›Es sind Eigenschaften, die einen Dieb zum Meisterdieb machen. Du könntest einer werden.‹

›Ich will aber kein Meisterdieb werden.‹

Rubaros Miene wurde ernst. ›Dir wird nichts anderes übrig bleiben‹, entgegnete er. ›Anderenfalls muss ich dir sehr wehtun. So lange, bis du verfluchen wirst, jemals geboren worden zu sein. So lange, bis du elend krepierst und dein Kadaver den Krähen als Fraß dient. Willst du das?‹

›Nein!‹, rief ich erschrocken.

›Das klingt schon besser. Ich mache dir einen Vorschlag: Du lernst die hohe Kunst des Stehlens von der Pike auf, übst an der Klingelpuppe, trägst die Klauschürze, erfährst sämtliche Tricks, mit denen wir arbeiten …‹«

»Moment«, unterbrach Matteo, »Klingelpuppe, Klauschürze – was muss ich mir darunter vorstellen?«

»Verzeiht, Hochwürden, das könnt Ihr ja nicht wissen:

Eine Klingelpuppe ist gekleidet wie ein Mensch und hat überall da, wo die Finger eines Diebes hingelangen können, eine winzige Schelle. Ist der Lernende ungeschickt, klingelt sie, und er muss es erneut versuchen – immer wieder, bis er auch die kleinste Stofffalte und die hinterste Tasche ohne verräterischen Laut erreicht. Eine Klauschürze dagegen wird meistens von Diebinnen getragen. Sie sieht aus wie eine ganz normale Schürze, hat aber nicht nur eine Außentasche, sondern auch eine versteckte Innentasche für das Diebesgut.«

»Ich verstehe«, sagte Matteo.

»Dann lasst mich fortfahren. Rubaro war mittlerweile von allen seinen Kumpanen umringt, die mich teils misstrauisch, teils neugierig musterten. Er sagte weiter: ›Alles, was du unseren Kunden abnimmst, wirst du mit mir zur Hälfte teilen. Ein gutes Geschäft für dich – und ein gutes Geschäft für mich. Wisse, dass die Erfolgreichsten unter uns in eigenen Häusern mit eigenen Dienern leben und es nicht nötig haben, wie normale Sterbliche zu arbeiten. Nun, wie ist es?‹

Er bot mir seine Hand, und ich schlug ein, unter den beifälligen Rufen der gesamten Diebesgesellschaft. Auf diese Weise, Hochwürden, wurde ich zu einem der erfolgreichsten Langfinger Bolognas.«

Matteo runzelte die Stirn. »Etwas zu stehlen, kann niemals als Erfolg bezeichnet werden«, rügte er, »es ist vielmehr eine Todsünde. Doch ich will zu keinem Urteil kommen, bevor ich die ganze Geschichte erfahren habe. Bitte, erzählt weiter.«

»Jawohl, Hochwürden. In den nächsten Jahren kletterte ich auf der hierarchischen Leiter der Diebe immer höher. Ich legte mir einen neuen Namen zu und führte ein unbeschwertes Leben. Ich war fein gewandet, speiste köstlich und lernte die schönsten Frauen kennen. In den vornehmsten Häusern ging ich ein und aus, und niemand ahnte, welch heimliche Erwerbsquelle hinter meinem Luxus steckte. Auch meine Familie wusste von alledem nichts, denn von Zeit zu Zeit schrieb ich meinem Vater, es hätte mich ins Ausland verschlagen, und ich sei in geheimer Mission für verschiedene Fürstenhäuser unterwegs.

Dann jedoch kam der Tag, an dem sich alles ändern sollte. Rubaro rief mich zu sich und eröffnete mir, die Diebe brauchten einen neuen König, da er zu alt sei, um diese Aufgabe weiterhin wahrnehmen zu können. Neben mir habe er noch zwei weitere Diebe für die Krone vorgeschlagen, es seien Gustavo und Pipo. Sie sollten mit mir in einen Wettbewerb treten, wer von uns dreien der Geschickteste sei. Gustavo habe angekündigt, er wolle dem Gonfalonier bei der nächsten Ratssitzung die angeknöpften Ärmel seines Wamses stehlen, ohne dass dieser oder ein anderer es merken würde. Pipo habe versprochen, dem päpstlichen Legaten den Priesterring während der Messe vom Finger zu streifen ...‹«

»Wartet!« Matteo glaubte, sich zu erinnern. »Ich habe schon von einem Pipo gehört. Er soll mit einer Hure im Haus des Seidenraupenzüchters Selvo vor aller Augen einen Liebesakt vollzogen haben. Ein ausgewachsener Skandal, denn der Legat Francesco Bonomi persönlich war Zeuge.«

Filippo nickte. »Genau um diesen Pipo handelte es sich. Nun lasst mich weitererzählen. Rubaro, der König, fuhr fort: ›Beide Taten, das Stehlen des Ärmels und das Abstreifen des Ringes, dürften schwer durchführbar, aber nicht unmöglich sein. Was würdest du tun, um die Königswürde zu erreichen?‹

Da ich an jenem Tage schon erheblich dem Alkohol zugesprochen hatte, ritt mich der Teufel, und ich antwortete:

›Kennst du die Tochter des Apotecarius Colberti, der die Farmacia Del Monte betreibt?‹

Rubaro lachte. ›Meinst du Madalena, das Mauerblümchen? Sie ist wahrlich eine graue Maus. Schon neunundzwanzig Jahre alt und noch immer unverheiratet. Was soll mit ihr sein?‹

›Ich werde ihr die Jungfernschaft stehlen, und zwar, ohne dass sie es ahnt.‹

›Was?‹ Rubaro blickte ungläubig. Dann lachte er noch lauter. ›Das ist unmöglich. Und selbst wenn es möglich wäre: Wie willst du beweisen, dass du es getan hast? Ein blutiges Betttuch vorweisen? Das würde gar nichts bedeuten. Es wäre nicht das erste Tuch, das mit Katzenblut getränkt wurde.‹

›Ich werde dir die Möglichkeit geben, mich bei dem, äh, Diebstahl zu beobachten. Dir, Gustavo und Pipo. Und wenn es mir gelingt, Madalena das Jungfernhäutchen zu stehlen, ohne dass sie es merkt, will ich König werden.‹

›Einverstanden‹, sagte Rubaro und grinste lüstern. ›Wenn es so weit ist, lass es mich wissen. Das wird ein großer Spaß.‹

›Das wird es‹, versicherte ich.

Ein paar Stunden später allerdings, als ich wieder nüchtern war, wurde mir klar, auf was ich mich eingelassen hatte. Ich hatte etwas versprochen, das ich niemals würde halten können. Gab es trotzdem eine Lösung? Die ganze folgende Nacht grübelte ich, und als der Morgen kam, hatte ich einen Entschluss gefasst. Ich musste es versuchen, denn ich konnte nicht zurück.

Noch am selben Tag zog ich weitere Erkundigungen über Madalena ein. Ich erfuhr, dass sie die einzige Tochter des Apotecarius war und sich sehr für Literatur interessierte, besonders für den Dichter und Philosophen Dante Alighieri. Einmal in der Woche, so hieß es, besuche sie einen Kreis

Gleichgesinnter, mit denen sie gemeinsam las und diskutierte. Beim nächsten Treffen richtete ich es ein, dass ich dabei war. Wie zufällig kam ich mit ihr ins Gespräch und erzählte ihr, dass ich kürzlich ein Haus erworben hätte und mit dem Haus auch eine umfangreiche Bibliothek. ›Wenn mich nicht alles täuscht, sind auch einige Werke Dantes darunter‹, sagte ich mit wichtiger Miene.

›Seid Ihr sicher?‹, fragte sie spröde.

›Um ehrlich zu sein, nein‹, antwortete ich, ›aber es gibt ein Verzeichnis der Werke, und Dantes Name taucht darin einige Male auf.‹

›Da könnt Ihr Euch glücklich schätzen‹, sagte sie, und an der Art, wie sie es entgegnete, erkannte ich, dass sie nicht länger mit mir reden wollte. Das ärgerte mich. Warte, dachte ich, dich will ich schon kriegen!

Als der Kreis in der Folgewoche erneut zusammenkam, sprach ich sie wieder an und erzählte ihr, ich hätte mich in die Werke vertieft, und begann, ein paar Stellen, die ich mir eingeprägt hatte, zu zitieren. Absichtlich baute ich einige Fehler ein und blickte sie gespannt an.

Sie reagierte prompt. ›Es heißt nicht: *Schwach ist die Treue, die sich noch in Worten ausdrücken lässt*‹, sagte sie.

›Ach?‹

›Es heißt: *Schwach ist die* Liebe, *die sich noch in Worten ausdrücken lässt.*‹

›Natürlich, die Liebe, wie dumm von mir!‹ Ich blickte ihr tief in die Augen. ›Und? Glaubt Ihr, dass Dante mit dieser Erkenntnis recht hat?‹

›Was ich denke, spielt keine Rolle.‹

›Gewiss‹, lenkte ich ein, ›ich wollte Euch nicht zu nahe treten.‹

Beim nächsten Treffen sagte ich zu ihr: ›Verzeiht, Signorina Madalena, dass ich wieder über Dante rede, aber ich habe im Verzeichnis meiner Bibliothek ein Werk von ihm gefunden, das mir bisher nicht bekannt war.‹

›Wie heißt es?‹, fragte sie mäßig interessiert.

›*Republica libri tres,* also *Drei Werke über die Republik*‹, antwortete ich.

›Das kenne ich nicht.‹ Sie kräuselte die Stirn. ›Seid Ihr sicher, dass Ihr es nicht verwechselt? Es gibt ein anderes Werk mit dem Titel *Monarchia libri tres.*‹

›Sicher bin ich nicht, Signorina, aber im Verzeichnis steht es‹, sagte ich treuherzig und verschwieg, dass ich den Titel erfunden und die Eintragung im Verzeichnis gefälscht hatte.

›Wahrscheinlich habt Ihr Euch geirrt‹, sagte sie abschließend.

Nach einer weiteren Woche sagte ich zu ihr: ›Signorina, ich habe in den letzten sieben Tagen von morgens bis abends in meiner Bibliothek gestöbert, um das Werk zu finden.‹

›Und? Habt Ihr es aufgetrieben?‹, fragte sie.

Ich zuckte mit den Schultern. ›Nein, ich fürchte, ich bin nichts weiter als ein nutzloser Bücherwurm.‹

Sie lachte. Und ich sah zu meiner Überraschung, dass sie wunderschöne, wie an einer Perlenschnur aufgereihte Zähne hatte.

Das machte mir Mut. ›Ich möchte nicht aufdringlich sein, Signorina‹, sagte ich, ›aber vielleicht erlaubt es Eure Zeit, meiner Bibliothek in den nächsten Tagen einen Besuch abzustatten? Ich bin überzeugt, Ihr würdet das fehlende Werk mit einem Griff finden.‹

›Es tut mir leid‹, antwortete sie. ›Allein kann ich Euch keinen Besuch abstatten, das wäre nicht schicklich.‹

Abermals ging eine Woche ins Land. Gustavo und Pipo, meine beiden Mitbewerber um die Würde des Königs der Diebe, wurden bereits ungeduldig. ›Wir glauben, du hast das Maul zu voll genommen und bist nicht in der Lage, Madalena die Jungfernschaft unbemerkt zu stehlen‹, behaupteten sie, und zu meinem Schrecken schien Rubaro ihnen recht geben zu wollen.

›Beruhigt euch, ich brauche noch ein wenig Zeit‹, sagte ich. ›Schließlich muss ich etwas schaffen, das nie zuvor jemand fertiggebracht hat.‹

Widerstrebend willigten sie ein.

›Signorina‹, sagte ich noch am selben Tag zu Madalena, ›ich habe ein Geschenk für Euch. Ich hoffe, Ihr nehmt es an.‹

›Ich weiß nicht, ob sich das geziemen würde‹, antwortete sie.

Immerhin war das noch keine Ablehnung, und mit neuem Mut zeigte ich ihr eine alte Pergamentrolle, die ich zuvor mit einigem Aufwand bei einer Auktion gestohlen hatte. ›Dies sind handschriftliche Notizen Dantes, die er für seine Abhandlung *Über die Ausdruckskraft der Volkssprache* niederlegte‹, erklärte ich. ›Ich dachte, sie könnten Euch interessieren.‹

›Oh!‹ Ihre Augen leuchteten. Einen Augenblick lang kämpfte sie mit sich, dann griff sie zu. Sie entrollte das Pergament und begann, andächtig zu lesen. Sie war so konzentriert, dass ihre Lippen jedes einzelne Wort mitformten, und zum ersten Mal erkannte ich, dass sie einen schönen Mund hatte. ›Das kann ich nicht annehmen‹, sagte sie.

›Das sollt Ihr auch nicht‹, entgegnete ich. ›Ihr könntet mir dafür ebenfalls etwas schenken.‹

›Was könnte ich Euch schon schenken?‹

›Etwas von Eurer Zeit.‹

›Von meiner Zeit? Wie meint Ihr das?‹

›Nun‹ – ich hob die Schultern in gespielter Verzweiflung –, ›ich habe die *Drei Werke über die Republik* noch immer nicht gefunden, und vielleicht könntet Ihr mir doch bei der Suche zur Hand gehen …?‹ Gespannt hielt ich den Atem an. Ich wusste, wenn sie wieder ablehnte, würde es endgültig sein. Was würde sie sagen?

Sie lachte.

›Heißt das, Ihr seid einverstanden?‹

›Das heißt, dass Ihr ein ziemlich durchtriebener Kerl seid. Aber Ihr habt mir eine große Freude gemacht, deshalb will ich Euch den Gefallen tun.‹

›Ich freue mich auch‹, sagte ich, und zu meiner Überraschung stimmte das sogar.

Wir verabredeten uns für den Nachmittag des kommenden Tages in meiner Bibliothek, einem großen Raum mit vielen Regalen, die dicht gestellt mit Büchern jeglicher Art sind. Sie füllen drei der vier Wände, denn an der vierten Wand hängt ein lebensgroßes Bild von Giorgio Vasari. Es zeigt einen Kaufherrn aus Arezzo, dessen Name Domenico Boccanegra ist. Der Name tut nichts zur Sache, aber sein linkes Auge sollte für mich umso mehr Bedeutung gewinnen, denn ein leichter Schatten fiel darauf. Vielleicht wollte Vasari damit etwas Geheimnisvolles im Charakter des Porträtierten ausdrücken, vielleicht auch nicht. In jedem Fall bohrte ich ein winziges Loch in die Pupille und in die dahinterliegende Wand, sodass jemand, der im angrenzenden Raum stand, das Geschehen in der Bibliothek leicht verfolgen konnte.

Dann gab ich Rubaro, Gustavo und Pipo Bescheid. ›Es versteht sich von selbst, dass ihr kein Sterbenswörtchen verlieren dürft, während ich die Jungfernschaft zu stehlen versuche‹, ermahnte ich sie. ›Kein Hüsteln, kein Räuspern, kein Kichern. Kann ich mich darauf verlassen?‹

Sie versprachen es.

Wenig später begrüßte ich Madalena und führte sie in die Bibliothek. ›Ihr seht bezaubernd aus‹, sagte ich, und das war nicht einmal übertrieben, denn anders als bei den Treffen des Literaturkreises, bei denen sie stets züchtige, hochgeschlossene Kleider getragen hatte, trug sie an diesem Tag eine Robe aus rotem Seidenorganza, mit hochgeschnürter Taille und tiefem Dekolleté.

›Darf ich Euch eine Erfrischung anbieten?‹, fragte ich und deutete auf einen Tisch mit einer Karaffe Wein und zwei Gläsern. Ich hatte den Tisch eigens hereinschaffen und vor eine Kline, ein gepolstertes Ruhemöbel nach griechischem Vorbild, stellen lassen.

Sie schüttelte den Kopf. ›Nein, wie heißt es so schön? Erst die Arbeit, dann das Vergnügen. Suchen wir zunächst die *Drei Werke über die Republik.* Wenn sie in Eurem Verzeichnis auftauchen, muss es sie auch geben.‹

›Wie Ihr wollt, Signorina.‹

Wir forschten wohl eine Stunde nach dem nicht vorhandenen Werk, dann sagte Madalena: ›Es sieht so aus, als gäbe es das Buch tatsächlich nicht in Eurer Bibliothek. Seid Ihr sicher, dass es im Verzeichnis auftaucht?‹

›Überzeugt Euch selbst, Signorina‹, sagte ich und holte das Heft mit dem Register herbei. Ich legte es auf den Tisch und schlug es auf.

Sie setzte sich und warf einen Blick hinein. Sie war dabei sehr konzentriert, kräuselte die Stirn und spitzte die Lippen, was besonders reizend aussah. ›Das ist seltsam‹, sagte sie, ›entweder die Eintragung stimmt nicht, oder das Werk existiert nicht. Eines von beidem.‹

›Das mag sein, aber vielleicht haben wir das Buch nur übersehen‹, wandte ich ein. ›Meine Bibliothek ist groß, und eine Stunde ist schnell vorüber. Sollten wir uns nicht erst einmal stärken, bevor wir weitersuchen?‹ Ich schob ihr eines der Weingläser hin. *›Salute.‹*

›Wartet.‹ Sie sah mich an. ›Die Luft ist sehr schlecht und

staubig hier. Würdet Ihr mir meine Parfumkugel holen? Sie steckt in meiner Zimarra, die ich dem Diener vorhin übergab.‹

›Aber gern.‹

Ich holte die Parfumkugel, und sie schloss die Augen und steckte ihre kleine Nase in den aromatisierten Stoff. ›Bergamotte und Zeder‹, murmelte sie, ›meine Lieblingsdüfte.‹

›Nun wollen wir aber trinken‹, sagte ich. ›*Salute,* Signorina.‹

›*Salute.*‹

Wir tranken. ›Es ist eine Traube aus dem Piemont‹, erklärte ich, ›ich hoffe, sie schärft für unsere weiteren Nachforschungen die Sinne.‹

›Das hoffe ich auch.‹

Wir tranken abermals, und ich merkte plötzlich, wie mir der Kopf schwer wurde.

›Ist Euch nicht gut?‹, fragte sie besorgt.

›Doch, doch‹, versicherte ich, ›mir ging es nie besser.‹

›Dann wollen wir weitersuchen.‹

›Ja‹, sagte ich – und blieb sitzen. Denn ich war nicht mehr in der Lage, mich zu erheben. Die Glieder waren mir schwer wie Blei, und mein Kopf sank auf die Tischplatte. Noch in der Bewegung übermannte mich der Schlaf …«

»Einen Augenblick«, unterbrach Matteo. »Das ging doch nicht mit rechten Dingen zu! Was war passiert?«

»Ich wollte es Euch gerade erklären, Hochwürden. Der Grund für mein seltsames Verhalten war das Sedativum, das ich in eines der Weingläser geschüttet hatte. Es sollte Madalena das Bewusstsein rauben, damit ich ihr unbemerkt die Jungfernschaft stehlen konnte. Beim Aufwachen hätte sie keine Erinnerung an den ›Diebstahl‹ gehabt – und ich hätte den Wettbewerb um die Königswürde gewonnen.«

»So aber seid Ihr selbst zum Opfer Eurer Heimtücke geworden, denn Ihr habt versehentlich zum falschen Glas gegriffen!«

»Nein, Hochwürden, so war es nicht.«

»Wie war es dann?«

»Ihr sollt es gleich erfahren. Lasst mich weitererzählen: Wie lange mein Kopf auf der Tischplatte lag, weiß ich nicht, doch als ich erwachte, war Madalena fort. Stattdessen standen Rubaro, Gustavo und Pipo da und eröffneten mir, nach dem, was sie gesehen hätten – oder besser: nicht gesehen hätten –, wäre der Wettkampf für mich verloren. Ich könne nicht König werden. Ich musste alle meine Überredungskünste aufbieten, um ihnen klarzumachen, dass der Vorfall nur Teil eines Gesamtplanes sei und dass der Diebstahl ganz sicher beim nächsten Mal stattfinden würde. Damit gaben sie sich zufrieden.

Madalena jedoch schickte ich einen Brief, in dem ich erklärte, ein Schwächeanfall sei schuld für meine plötzliche Ohnmacht, und lud sie für die folgende Woche erneut ein.

Dann kam der alles entscheidende Tag. Er schien zunächst unter keinem guten Stern zu stehen, denn am Morgen stellte ich fest, dass ich auf dem rechten Auge kaum sehen konnte. Eine Bindehautentzündung war der Grund dafür. Meinen Plan wollte ich dennoch durchführen. Ich präparierte erneut eines von zwei Weingläsern mit dem Sedativum und wartete auf Madalena.

Sie erschien pünktlich und trug einen Traum von Kleid aus weißem Atlas. Das knappe Mieder und die Oberärmel zierten filigrane Goldgitter, und an den Seiten wurde es mit farblich zu den Gittern passenden Schnürungen geschlossen. Ich hielt den Atem an. War diese schöne junge Frau noch das Mauerblümchen, von dem man sagte, es würde bis in alle Ewigkeit Jungfrau bleiben? Bevor ich sie begrüßen konnte, schaute sie mich vorwurfsvoll an. ›Warum habt Ihr mich nicht wissen lassen, dass Ihr ein erkranktes Auge habt?‹, fragte sie. ›Unter diesen Umständen macht es keinen Sinn, die *Drei Werke über die Republik* zu suchen.‹

›Mir bleibt immer noch das linke Auge‹, wandte ich ein. ›Heute haben wir bestimmt Erfolg.‹

›Nein‹, sagte sie. ›Setzt Euch an den Tisch und trinkt ein Glas Wein. Ich bin in Kürze zurück.‹

Es blieb mir nichts anderes übrig, als zu gehorchen. Ich nippte an dem Wein – es war diesmal das richtige Glas –, wartete und hoffte, dass Rubaro, Gustavo und Pipo im angrenzenden Raum die gleiche Geduld aufbringen würden.

›Da bin ich wieder‹, sagte Madalena nach gar nicht langer Zeit. ›Legt Euch auf das Ruhemöbel und schließt die Augen.‹

›Was habt Ihr vor?‹

›Fragt nicht und tut, was ich Euch sage.‹ Sie klang sehr bestimmt.

›Nun gut, wie Ihr wollt.‹ Ich legte mich der Länge nach auf die Kline und dachte: Jetzt müsste sie nur noch den Wein mit dem Sedativum trinken, dann würde alles andere wie von selbst gehen.

Doch es sollte anders kommen.

Ich hörte, wie sie geschäftig hantierte, und dann, plötzlich, spürte ich einen leichten Druck auf dem entzündeten Auge. Ich öffnete das andere und sah, wie sie sich über mich beugte. Sie wirkte sehr ernsthaft und konzentriert, und ihre Stirn kräuselte sich in der reizenden Art, die ich schon kannte.

›Was tut Ihr da?‹, fragte ich.

›Ich appliziere Euch ein Kollyrium.‹

›Was ist ein Kollyrium?‹

›Ein Augenpflaster, das die Entzündung der Bindehäute lindert. Der Hauptbestandteil ist Blei, dazu Alraune sowie Arnika- und Holunderblüten in pulverisierter Form.‹

›Ihr scheint gut Bescheid zu wissen.‹

›Ich bin die Tochter eines Apothekers.‹

›Verzeiht, das hatte ich ganz vergessen.‹

›Ihr solltet nicht so viel reden.‹ Eine Strähne löste sich aus ihren dunklen Haaren und fiel ihr ins Gesicht. Sie blies sie fort, ganz in ihre Tätigkeit vertieft. ›Bald werdet Ihr wieder klar sehen können.‹

›Ich glaube, ich sehe schon jetzt sehr klar‹, erwiderte ich, denn es war der Augenblick, in dem ich mich endgültig in sie verliebte.

Was war geschehen? Ich hatte mich auf einen Wettkampf eingelassen, bei dem es darum ging, eine junge, unbescholtene Frau zu schänden. Ich hatte alles dafür getan, um zum Ziel zu kommen, hatte sie belogen und betrogen, hatte gestohlen, gefälscht, getäuscht und ihr darüber hinaus die ganze Zeit vorgeheuchelt, mich für sie zu interessieren. Und sie? Sie hatte mir all das vergolten, indem sie stets höflich und freundlich zu mir gewesen war. Meine Gefühle für sie waren, das wurde mir schlagartig klar, wie Wasser gewesen, das sich stetig erwärmte, heute aber, durch die kleine Geste der Hilfsbereitschaft, hatte die Flamme der Liebe es zum Kochen gebracht. Aus dem hässlichen Entlein war ein wunderschöner Schwan geworden. ›Jetzt ist es an Euch, die Augen zu schließen‹, flüsterte ich.

›Warum?‹

›Fragt nicht, tut einfach, um was ich Euch bitte.‹

Sie schloss die Augen, und ich stand auf und ging zum Tisch. Ich nahm den Stopfen aus der Weinkaraffe, trat vor das große Bild und verschloss mit dem Stopfen die Pupille des Kaufherrn Boccanegra. Was ich vorhatte, sollte niemand sehen.

Ich war fest entschlossen, nicht zu stehlen, sondern zu erobern. Der Wettkampf um die Königswürde schien mir nur noch lächerlich. Was zählte, war für mich einzig die Liebe zu Madalena. Würde sie meine Gefühle erwidern?

›Was habt Ihr vor?‹, fragte sie, die Augen noch immer geschlossen.

›Mich bei dir zu bedanken‹, sagte ich und küsste sie zart auf den Mund.

›Oh!‹ Sie schlug die Augen auf und wollte etwas sagen, aber da hatte ich sie schon in die Arme genommen und ihr die Lippen mit einem neuen Kuss verschlossen. Ich küsste sie lange und zärtlich, und jeder einzelne Augenblick erschien mir wie Engelsgesang.

›Ich will nie wieder die *Drei Werke über die Republik* suchen‹, flüsterte ich heiser, ›ich will überhaupt nicht mehr auf die Suche gehen, denn ich habe dich gefunden, und ich gebe dich nie wieder her.‹

Sie schaute mich an, ihre Augen leuchteten. ›Vielleicht will ich das gar nicht‹, wisperte sie und strich mit einer sanften Bewegung über das Augenpflaster. ›Ich muss doch dafür sorgen, dass du wieder gesund wirst.‹ Und dann, ganz plötzlich, presste sie ihren Mund auf den meinen, mit einer Leidenschaft, wie ich es nie für möglich gehalten hätte. Es schien, als wolle sie alles, was sie in Jahrzehnten versäumt hatte, mit diesem einen Kuss nachholen.

Lange verharrten wir so, und als wir voneinander ließen, begann ich, sie zu entkleiden. Ich scheute mich nicht, es zu tun, denn wir fühlten beide: Das, was kommen würde, war so selbstverständlich wie der Abend, der auf den Morgen folgt.

Wir liebten uns immer wieder an diesem wunderbaren Tag, und zwischen der Liebe lagen wir erschöpft auf der Kline und erzählten uns unsere Geschichte. ›Wie kommt es nur, dass eine so wunderschöne Frau wie du noch nie von den Männern beachtet wurde?‹, fragte ich.

›Weil ich es nicht wollte‹, antwortete sie.

›Warum nicht?‹

Sie zögerte. ›Es ist etwas, über das ich noch nie gesprochen habe. Dreizehn Jahre alt war ich, als Vater eines Tages einen Gehilfen anstellte, der mir vom ersten Tag an schöne Augen machte. Ich mochte ihn nicht, deshalb zeigte ich ihm die kalte Schulter. Doch eines Nachmittags, als Vater nicht im Laden war, begann er, mich unzüchtig zu berühren. Ich stieß seine Hand fort, aber er wurde immer aufdringlicher. Ich fing an zu schreien, doch er schlug mich und hielt mir den Mund zu. Dann warf er mich in die Ecke mit dem großen messingenen Mörser. Dahinter wollte er mir Gewalt antun. Ich wehrte mich mit aller Kraft, ich biss, ich kratzte, ich schrie, jedoch hätte alles nichts genützt, wenn ich nicht zufällig den Pistill des Mörsers in die Hand bekommen hätte. Damit schlug ich zu. Ich traf ihn an der Schulter. Er brüllte auf und ließ von mir ab. ›Du tückisches kleines Biest!‹, zischte er und wollte sich nochmals auf mich stürzen, aber ein weiterer Schlag hielt ihn auf. Ich weiß nicht mehr, wie oft ich zugeschlagen habe, aber endlich ließ er von mir ab und lief fluchend davon …‹

›Das muss furchtbar für dich gewesen sein.‹ Ich küsste Madalena mit inniger Zärtlichkeit. ›Der Hundsfott kann von Glück sagen, dass er nicht hier ist, ich würde ihn eigenhändig erschlagen!‹

Sie lächelte. ›Es liegt lange zurück. Der Kerl hat sich nie wieder in der Apotheke sehen lassen. Und obwohl mein Vater mich mehrfach fragte, wo er geblieben sein könnte, verlor ich kein Wort über das schreckliche Erlebnis – bis heute.‹

›Aber es war der Grund, warum du nie wieder etwas mit Männern zu tun haben wolltest, nicht wahr?‹

›Ja, mein Liebster.‹

›Mein Leben ist ganz anders verlaufen.‹

›Erzähle es mir.‹

Sie schmiegte sich an mich, und ich begann. Ich berichtete von meinem Vaterhaus und von meiner Faulheit, schilderte, wie ich in die Gesellschaft der Diebe geriet, wie ich durch die Fertigkeit meiner Finger zu immer mehr Reichtum gelangte und auf welchen Wettstreit ich mich mit Gustavo und Pipo eingelassen hatte. Ich erzählte ihr, wie ich prahlerisch behauptet hatte, etwas stehlen zu können, was auf diese Weise nie zuvor gestohlen worden war, und wie ich mir Zugang zum Kreis der Literaturliebhaber verschafft hatte, um sie kennenzulernen. Ich sagte: ›Um ehrlich zu sein, hat mich Dante Alighieri nie interessiert, doch ich musste mich mit ihm auseinandersetzen, weil ich mit dir ins Gespräch kommen wollte. Um das zu erreichen, erfand ich den Titel *Drei Werke über die Republik*.‹

›Ich weiß‹, sagte sie.

›Wie bitte?‹ Ich glaubte, nicht richtig gehört zu haben.

Sie lächelte. ›Ich habe dich von Anfang an durchschaut. Die Art, wie du über Dante sprachst und wie du ihn zitiertest, verrieten dich. Deine Interessen lagen offensichtlich ganz woanders. Und das schmeichelte mir.‹

›Das heißt, du wusstest die ganze Zeit um meine, äh, Schwindeleien?‹

Sie nickte. ›Ich habe sie sehr genossen. Und ich habe beim letzten Mal auch die Weingläser vertauscht.‹

›Hui.‹ Ich pfiff erleichtert durch die Zähne. ›Dann haben wir einander ja nichts vorzuwerfen. Ich bin sehr glücklich! Ich habe einen Wettkampf verloren, aber die schönste Frau der Welt gewonnen.‹«

Filippo machte eine Pause und blickte Matteo an. »Nun wisst Ihr, wie alles zusammenhängt, Hochwürden.«

Matteo streckte die Beine aus, denn er spürte seine Knie

nach der langen Beichte. »Das stimmt. Allerdings weiß ich noch nicht, wer in meine Kirche eindrang und Euch mit dem Messer ans Leben wollte.«

Filippo knetete wieder sein Barett. »Das war Gustavo. Er wollte mich töten, weil er zwanzig Scudi darauf gesetzt hatte, dass ich bei dem Diebstahl erfolgreich sein würde. Rubaro und Pipo hatten dagegengehalten. Die drei konnten Madalena und mich zwar nicht mehr beobachten, doch die Geräusche, die sie hörten, das Seufzen, das Stöhnen, das leise, glückliche Lachen, sagten ihnen, dass der Diebstahl nicht nur bemerkt worden, sondern sogar willkommen gewesen war. Gustavo glaubte, von mir hinters Licht geführt worden zu sein – was in gewisser Weise ja auch stimmt –, und wollte die verlorene Wettsumme von mir ersetzt haben. Da ich mich weigerte, wurde er gewalttätig.«

»Nun ja.« Matteo räusperte sich. »Die Gefahr ist ja fürs Erste gebannt. Die Frage ist, was passiert, wenn Ihr diese Mauern wieder verlasst.«

»Daran wage ich gar nicht zu denken, Hochwürden.«

»Hm.« Matteo überlegte. »Das Beste ist, Ihr bleibt die nächsten Tage hier in der Sakristei. Die Kirche ist ohnehin wegen der anstehenden Fresko-Arbeiten geschlossen. Ihr könnt uns bei der Restauration zur Hand gehen. In der Zwischenzeit will ich versuchen, die Wogen bei diesem Gustavo ein wenig zu glätten.«

»Wie soll das geschehen, Hochwürden? Ich fürchte, Ihr kennt Gustavo nicht …«

»Das mag sein. Ich kenne aber Violino, welcher Tribuno, den Bettlerkönig, gut kennt. Dieser wiederum kennt mit Sicherheit Rubaro. Ich denke, die beiden Könige können sich zusammensetzen und Gustavo gemeinsam zur Vernunft bringen. Es wird nur einige Tage dauern. Ich …«

Matteo wurde unterbrochen, denn Dovizio stand in der

Tür. »Hochwürden …«, begann er und hielt inne. »Nanu, wer ist denn das?«

»Das ist Filippo, ein junger Mann, der … äh, aus gutem Hause stammt. Er wird für einige Zeit in der Sakristei wohnen.«

»Was, hier?« Dovizio schnaufte.

»Genau. Die Gründe dafür erkläre ich dir später. Filippo braucht ein Lager und ein paar Decken. Ich wäre dir dankbar, wenn du beides …«

»Hochwürden, ich bin kein Herbergsvater!«

»Ich weiß, du bist in diesem Hause Küster und Kantor, tu mir den Gefallen und sei dieses eine Mal auch ein kleines bisschen Gastgeber.«

»Nun, nun …« Dovizio schwankte, dann gab er sich einen Ruck. »Niemand soll sagen, ich würde jemandem die Tür weisen. In Gottes Namen, ich hole das Gewünschte.«

Er verschwand, und Matteo sagte zu Filippo: »Er hat eine raue Schale, aber einen weichen Kern. Doch zurück zu Euch: Ihr habt zweifellos große Sünden auf Euch geladen, Ihr wart ein Nichtsnutz, ein Dieb und ein Protz, und überdies habt Ihr von einem Fleisch gekostet, das Euch nach dem Willen Gottes verwehrt ist. Bereut Ihr alle Eure Sünden?«

»Ja, Hochwürden!« Filippo legte die rechte Hand aufs Herz, um seine Worte zu bekräftigen. »Die Liebe zu Madalena hat mir die Augen geöffnet. Ich will sie heiraten und ein anderer Mensch werden, ein Mann, der sein Brot durch ehrliche Arbeit verdient.«

»Das spricht für Euch. Doch zuvor müsst Ihr eine Buße auf Euch nehmen, sonst wird kein Segen auf Eurem weiteren Leben liegen.«

»Jawohl, Hochwürden. Ich will mit Freuden alles tun, was Ihr mir auferlegt.«

»Lasst mich überlegen. So eindeutig Eure Sünden sind, so schwierig ist es, eine angemessene Sühne für sie zu finden.« Tief in Gedanken, begann Matteo, seine Knie zu beugen und zu strecken, denn sie schmerzten erneut. »Nun gut, so höret: Ihr werdet Madalena so rasch wie möglich zur Frau nehmen. Auf diese Weise wird die Sünde der Fleischeslust zwar nicht gegenstandslos, doch Gott wird sie Euch leichter verzeihen – Euch und auch Madalena. Die Hochzeit soll in meiner Kirche stattfinden. Seid Ihr damit einverstanden?«

»Von Herzen ja!« Filippo strahlte.

»Da die Eheschließung jedoch eher eine Belohnung als eine Strafe für Euch darstellen dürfte, höret weiter: Ihr sollt Euer Haus in Bologna verkaufen und den Erlös den Armen spenden. Mit Eurer Frau sollt Ihr fortan auf dem Hof Eures Vaters leben und ihn mit aller Euch zu Gebote stehenden Kraft unterstützen. Ihr sollt ein guter Olivenbauer werden und Euren Vater, wenn er das Zeitliche segnet, beerben und die Arbeit in seinem Sinne weiterführen.«

»Danke, Hochwürden!«

»Dankt mir nicht zu früh. Denn jetzt kommt die schwerste Buße: Ihr sollt Gustavo und Pipo, Eure ehemaligen Konkurrenten um die Königswürde, mit auf den Hof Eures Vaters nehmen. Ihr sollt dort aus ihnen Knechte machen, die redliche Arbeit zu schätzen wissen. Und nicht zuletzt sollt Ihr neben dem ältesten Eurer Olivenbäume eine kleine Kapelle errichten, in der Ihr jeden Morgen vor dem Tagewerk mit Eurer Familie und mit sämtlichen Arbeitern ein Ave-Maria betet.«

Filippo schluckte. »Ich weiß nicht, ob mir das alles gelingen wird.«

Matteo lächelte insgeheim. »Das weiß ich auch nicht. Aber Ihr müsst es versuchen. Und wenn Gott will, wird es Euch gelingen. Nun hört die Lossprechungsformel …«

Matteo sprach die vorgeschriebenen Sätze, und an ihrem Ende sagte Filippo: »Amen.«

»Amen«, wiederholte Matteo. »Nun ist es gut. Ich werde Euch jetzt allein lassen. Dovizio wird Euch Decken und alles, was Ihr sonst noch braucht, bringen. Ich wünsche Euch eine gute Nacht.«

»Gute Nacht, Hochwürden. Und danke für alles.«

Matteo verließ die Sakristei und ging hinüber zum Wohnhaus von San Simeone, betrat es und blieb unschlüssig stehen. Ihm war eingefallen, dass Filippo und Madalena nicht die Einzigen waren, die von verbotenem Fleisch gekostet hatten, auch Violino und Nausica hatten es getan. Würden sie die Kraft haben, davon abzulassen? Wie konnte er herausfinden, ob sie sich gottgefällig verhielten?

Er lenkte seine Schritte zur Kammer Nausicas und rief leise ihren Namen.

»Ja, Hochwürden, was gibt es?«, antwortete sie schläfrig.

»Ach, nichts, ich wollte nur wissen, ob alles in Ordnung ist.«

»Aber ja, wieso?«

Darauf hätte Matteo antworten können, er frage sich, ob Violino bei ihr nächtige. Aber er schwieg. Sie sollte nicht das Gefühl haben, er spioniere ihr nach. Stattdessen sagte er: »Gute Nacht.«

»Gute Nacht, Hochwürden.«

Er ging weiter, vorbei an seiner eigenen Kammer und an der von Dovizio. Vor dem kleinen Gelass Violinos machte er halt. »Violino?«

»Ja, Hochwürden?«

Matteo fiel ein Stein vom Herzen. Der Kastrat war da. Er sündigte nicht. »Wer wird morgen früh Isabellas Stall ausmisten, du oder Nausica?«

»Ich, Hochwürden.«

»Gut, komm direkt danach in die Kirche, die Restaurationsarbeiten werden dann beginnen.«

»Ist gut, Hochwürden.«

»Gute Nacht.«

»Gute Nacht, Hochwürden.«

Matteo gähnte. Sein Bett lockte. Rasch lenkte er die Schritte zu seiner Tür.

Es war ein langer Tag gewesen.

»Sämtliches Gestühl, alle Bänke, die Altäre, die Reliquien und auch der Beichtstuhl müssen aus der Kirche«, sagte der junge Malerschüler Giuseppe am anderen Tag, nachdem er sich im Kirchenschiff umgesehen hatte.

»Das geht nicht! Wo sollen die Sachen denn bleiben?«, rief Matteo.

Giuseppe, ein schmächtiger Fünfzehnjähriger mit erstem Flaum auf der Oberlippe, zuckte mit den Schultern. »Anders geht's nicht. Das Gerüst braucht Platz, Hochwürden.«

»Aber ich kann das Inventar doch nicht unsichtbar machen! Wo soll es denn bleiben?«

»Das weiß ich nicht. Ich bin Malerschüler und kein Möbelpacker.«

Die Worte kamen Matteo bekannt vor, aber er schluckte eine harsche Antwort hinunter. Es hatte keinen Sinn, sich mit dem jungen Mann anzulegen. »Der Beichtstuhl könnte zu Meister Bruno«, überlegte er laut. »Der hat ihn schon öfter zur Reparatur gehabt. Der Hauptaltar könnte ins Seitenschiff geschoben werden, Stühle und Bänke könnten vor die Kirche gestellt und mit Planen abgedeckt werden, die Reliquien könnten in die Sakristei ...«

»Wo ich ein scharfes Auge auf sie haben will«, ergänzte Filippo, der danebenstand.

Für einen Augenblick musste Matteo daran denken, wie paradox das Angebot war: Einer der größten Diebe Bolognas erbot sich, seine Schätze zu bewachen. Doch Filippo war geläutert, und man musste ihm glauben. »Das beruhigt mich. Bleibt nur die Frage, wann Giuseppe mit dem Aufstellen des Gerüstes fertig sein wird.«

»Wieso ich?«, fragte Giuseppe erstaunt.

»Wer sonst, mein Sohn?«

»Ich bin Malerschüler und kein Gerüstbauer. Außerdem hat Meister Fontana mir gesagt, er hätte Euch gesagt, für das Gerüst müsst Ihr selber sorgen.«

»Aha, ja, nun. Das hatte ich ganz vergessen.« Matteo unterdrückte abermals den aufkommenden Ärger. »Und wer baut mir ein Gerüst?«

»Ein Zimmerer oder Tischler.«

»Nun gut, vielleicht kann Meister Bruno uns helfen.« Er wandte sich an Violino: »Sei so gut und gib ihm Bescheid. Und mach es dringend.«

»Jawohl, Hochwürden.«

Violino verschwand, was Giuseppe zum Anlass nahm, auf weitere Mängel hinzuweisen: »Meister Fontana sagte auch, Ihr würdet für den Kalkputz und die Farbpigmente selber sorgen. Davon sehe ich nichts.«

Matteo unterdrückte eine Verwünschung. Was der wichtigtuerische Jüngling sagte, stimmte. Doch am gestrigen Tag war so viel passiert, dass er es glatt vergessen hatte. Er seufzte. »Wie es scheint, wird es heute und morgen nichts mit dem Arbeitsbeginn. Wir werden zunächst alles veranlassen, was notwendig ist, und wenn der Herrgott es will, wollen wir in ein paar Tagen beginnen. Lasst uns nun gemeinsam die Stühle und Bänke hinausschaffen, damit ein Anfang gemacht ist …«

Doch eine ganze Woche sollte verstreichen, bis das Gerüst endgültig stand und sämtliches Malermaterial beschafft war. Matteo hatte die Zwischenzeit genutzt und über Violino Kontakt mit Tribuno und Rubaro aufgenommen. Rubaro hatte sich bereit erklärt, mäßigend auf Gustavo einzuwirken, doch er meldete Zweifel an, ob der Vierschrötige auf die gewonnene Wettsumme verzichten würde. Er, Rubaro, sei übrigens genauso wenig bereit dazu. Matteo hatte geantwortet, der Betrag könne sicher vom Erlös aus dem Verkauf von Filippos Haus gezahlt werden. Damit schienen die Wogen erst einmal geglättet.

Ob Gustavo und Pipo vom Stehlen ablassen und später als Knechte auf einem Olivenbauernhof arbeiten würden, war eine andere Frage. Doch das lag nicht mehr in Matteos Verantwortung. Es war vielmehr Sache des Büßers, dafür zu sorgen.

Und ebendieser, nämlich Filippo, stand gerade oben auf dem Gerüst und ging Violino zur Hand. Beide brachen den lockeren Putz aus der Kirchenkuppel. Sie wurden unterstützt von Nausica, die ebenso mit Spachtel und Kratzer zu Werke ging. Es war eine staubige Arbeit, die durstig machte. Aus diesem Grund hatte Matteo einen großen Krug Wasser hinaufschaffen lassen, aus dem sie von Zeit zu Zeit tranken.

Matteo selbst und Dovizio befanden sich am Boden und rührten frischen Putz an. Er war zur Ausbesserung des Motivs, das im Mittelpunkt der Kuppel lag und *Die Erschaffung Adams* genannt wurde, bestimmt. Für die Verarbeitung musste der Putz formfest sein, durfte aber noch nicht abgebunden haben. Ferner sollte er in mehreren Schichten aufgetragen werden, bis die ehemals glatte Deckenfläche wiederhergestellt war.

Nach *Die Erschaffung Adams* sollte die Restauration des

zweiten Motivs, *Die Erschaffung Evas,* folgen. Danach *Die Scheidung von Licht und Finsternis, Die Scheidung von Land und Wasser* und so weiter, bis alle neun Motive ausgeführt waren.

Giuseppe, der Malerschüler, hatte mit wichtiger Miene erklärt, bei Fresken ginge man Motiv für Motiv vor, jeweils an einem Tag, in einem Arbeitsgang. Deshalb müsse alles stets rechtzeitig präpariert sein, besonders die Farbpigmente. Sie würden in Kalkwasser angerührt und auf den noch frischen, feuchten Putz aufgetragen. Beim Abbinden entstünde eine Kalkputzschicht mit den verbundenen Farbpigmenten. Ihre Farbintensität würde sich über Jahrtausende erhalten.

»Sofern der Putz nicht vorher von der Decke fällt«, hatte Matteo säuerlich geantwortet. Er mochte Giuseppe nicht besonders, auch deshalb, weil dieser die Arbeit nicht erfunden zu haben schien. Seine Tätigkeit beschränkte sich darauf, die Umrisse der zerstörten Freskenfiguren im Format eins zu eins auf Karton mit einer Mischung aus Rotocker und Schwarz vorzuzeichnen. Das war schon alles. Selbst das Anmischen der Farben hatte er Matteo und Dovizio überlassen.

»Wie geht es jetzt weiter?«, fragte Matteo ihn.

»Ich werde mich auf das Gerüst begeben und die Umrisse durch Andrücken des Kartons an die noch feuchte Wand übertragen. Dies jedoch erst, nachdem die Putzschichten glattflächig aufgetragen wurden.«

»Also nicht vor morgen?«, fragte Matteo enttäuscht.

»Ganz recht. Vorher können wir ohnehin nicht beginnen, da die von Euch angerührten Farbpigmente noch über Nacht einsumpfen müssen.«

»Einsumpfen?«

»Ja, so nennt man das.«

»Aha, auf einen Tag mehr oder weniger kommt es nun auch nicht mehr an.« Seufzend schaute Matteo, zusammen mit Dovizio, auf die von ihnen zusammengerührten Farben. Sie hatten es nach bestem Wissen und Gewissen getan und den naseweisen Malerschüler dabei mehrfach um seine Meinung gefragt, aber stets nur einsilbige Antworten erhalten. Würde das Rot auch rot genug sein, das Grün den gewünschten satten Ton haben, das Beige wirklich der Hautfarbe Adams entsprechen?

Wieder seufzte Matteo. »Morgen sehen wir weiter.«

Der nächste Tag kam und mit ihm eine Überraschung. Giuseppe erschien nicht. Erst gegen Mittag erreichte Matteo eine Nachricht, dass er sich krank fühle. Mit etwas Glück könne er aber morgen wieder kommen. »Danke«, sagte Matteo dem Überbringer der schlechten Kunde und schaute Dovizio an. »Es scheint so, als müssten wir allein mit der Aufgabe fertig werden.«

»Das sind wir bisher sowieso«, knurrte Dovizio. »Gottlob hat dieses Malerbürschchen gestern noch die Umrisse der wichtigsten Figuren in den Putz gedrückt. »Wir müssen sie also nur noch mit Farbe füllen.«

»Nur noch, sagst du?«

»Wir dürfen nicht verzagen, Hochwürden.«

»Du hast recht.« Matteo straffte sich. Also, ans Werk! Traust du dir das Ausmalen zu?«

»Ich?« Dovizio hob abwehrend die Hände. »Ich bin in diesem Hause Küster und Kantor, und Ihr könnt von mir alles verlangen, aber diesmal werde ich Euch nicht den Gefallen tun, auch nur ein kleines bisschen Maler zu sein.«

»Nun gut, wer macht es dann?«

»Fragt doch Violino oder Nausica oder Filippo.«

Matteo tat es, aber keiner von ihnen traute sich die Aufgabe zu.

»Jesus Christus, wer soll es denn machen?«, stöhnte er.

»Ihr, Hochwürden!«, kam es wie aus einem Munde.

»Ich? Nein!«

Gleich darauf stand er hoch oben auf dem Gerüst – die Knie hatten ihm jede einzelne Sprosse beim Emporklettern übel genommen – und tauchte zweifelnd den Pinsel in die Farbe. Er machte den ersten Strich, dann einen zweiten und dann einen dritten …

Von unten kamen aufmunternde Rufe. »Das macht Ihr sehr gut, Hochwürden!« – »Wie ein gelernter Künstler!« – »Es wird, es wird, ich sehe es!«

Matteo lächelte schmerzlich und machte weiter. Nach kurzer Zeit taten ihm die Arme weh, weil er ständig über Kopf arbeiten musste. Der Nacken schmerzte, weil er immerfort nach oben schaute, und die Knie plagten ihn sowieso. Aber er machte weiter.

»Herr«, bat er, »gib mir die Kraft, dass ich den Adam neu erschaffen kann, auf meine eigene, unvollkommene Art. Er wird mangelhaft werden, das weiß ich schon jetzt, denn alles, was menschengemacht ist, muss mangelhaft sein. Gib mir trotzdem die Kraft, lass mich durchhalten – des Werkes wegen und weil ich mich nicht vor meinen Getreuen blamieren will.«

Wie durch ein Wunder hielt er durch.

Am Ende des Tages fühlte er sich wie gerädert, aber der Adam war neu entstanden. Er schaute sich von unten seine Arbeit an. Wie er befürchtet hatte, war sie ziemlich misslungen. Adams Gesicht kam einem Holzschnitt gleich, Licht und Schatten fehlten darin, und die Muskeln des Oberkörpers waren zu einer nichtssagenden Fläche geworden.

»Sehr schön, Hochwürden, wirklich sehr schön«, brummte Dovizio.

»Willst du mich auf den Arm nehmen?«

»Um Gottes willen, nein. Ihr solltet gleich morgen weitermachen und an *Die Erschaffung Evas* gehen.«

»Ist das dein Ernst?«

»Gewiss, zumal das Malerbürschchen auch wieder da sein wird.«

Doch wie sich zeigte, erschien Giuseppe abermals nicht. Es hieß, er sei noch unpässlich. Matteo biss die Zähne zusammen und widmete sich der Wiedergeburt Evas. Sie ging ihm, wie er fand, schon ein wenig leichter von der Hand.

Am dritten Tag erschien Giuseppe wieder. Er blickte nach oben, wo die ersten beiden Motive der Genesis neu entstanden waren, runzelte die Stirn und sagte: »Nun ja. Heute wollen wir an *Die Scheidung von Licht und Finsternis* gehen.«

Matteo dachte: Du hochnäsiges Bürschchen! Wenn du »wir« sagst, meinst du mich, so weit kenne ich dich schon. Aber er sprach den Gedanken nicht aus, denn in diesem Augenblick erschien ein Herr in der Kirche, der augenscheinlich von Stand war. Er trug Schwarz, wie es der spanischen Mode entsprach, mit einem weiß plissierten und getollten Kragen. Höflich zog er das Barett vom Kopf und sagte: »Verzeiht, Hochwürden, ich weiß, das Betreten Eurer Kirche ist zurzeit verboten, aber ich komme in dringlicher Angelegenheit.«

Matteo kniff die Augen zusammen, dann huschte ein Lächeln über sein Gesicht. »Tullio Tegalliano, wenn ich mich nicht irre? Der Satyr, der in der Karnevalszeit den *guerra balconale* ausnutzte, um mit seiner Elfe Giulia, äh … allein zu sein?«

»Ganz recht, Hochwürden.« Tegalliano blickte verlegen. »Ich muss Euch sprechen.«

»Gleich jetzt?«

»Ja, bitte. Wie gesagt, es ist dringend.«

»Nun gut.« Matteo ließ die Bottiche mit der angerührten Farbe im Stich und sagte: »Geht am besten schon vor in die Sakristei. Ich will nur meinen Getreuen Bescheid geben, damit sie ohne mich weitermachen.«

Wenig später saß er Tegalliano gegenüber. »Was kann ich für Euch tun?«, fragte er.

»Erinnert Ihr Euch noch an die Beichte, die Ihr mir abnahmt, Hochwürden?«

»Selbstverständlich.«

»Die Buße, die Ihr seinerzeit mir und Giulia für unsere Verfehlungen auferlegtet, bestand darin, dass wir bis zu unserer Heirat noch ein ganzes Jahr warten.«

»Richtig, aber nicht nur das. Ihr solltet bis dahin fasten, keinen Tropfen Alkohol anrühren und den Fleischgenuss meiden – wohlgemerkt: jeglichen Fleischgenuss.«

»Ganz recht.« Tegalliano hüstelte. »Ich habe mich damals gern bereit erklärt, anlässlich der Hochzeit für die Restauration Eurer Kirche zu spenden.«

»Ja, und?«

»Um es kurz zu machen: Ich wollte fragen, ob Euch die Spende nicht schon früher willkommen wäre.«

»Oh, das wäre sie gewiss!« Matteo dachte an die Kosten, die bisher bereits angefallen waren und die ihn von Tag zu Tag mehr drückten. Sie waren nichts anderes als Schulden, von denen er nicht wusste, wie er sie jemals begleichen sollte, da der Kirchensäckel wie immer nahezu leer war. Trotzdem hatten die Arbeiten beginnen müssen, denn der herabfallende Putz schloss jede andere Möglichkeit aus. Was blieb, war das Vertrauen auf Gott und die Hoffnung, dass er zur rechten Zeit Hilfe senden würde. War Tegallianos unverhofftes Erscheinen ein Zeichen dafür? Laut sagte er: »Eine Zuwendung für unsere Kirche ist immer willkommen. Darf ich fragen, warum Ihr schon heute spenden wollt?«

»Weil ich so bald wie möglich heiraten muss.«

Ein Verdacht stieg in Matteo auf. »Heißt das etwa, Giulia ist …?«

»Ja, sie ist schwanger.« Tegalliano schien erleichtert, dass die Worte heraus waren. »Allerdings heißt das nicht, dass wir uns nicht an die von Euch verhängte Buße gehalten hätten. Wir waren keusch, so schwer es uns auch fiel. Es muss während der Karnevalstage passiert sein, denn Giulia sagt, sie sei bereits im vierten Monat.«

Matteo rechnete rasch nach. In der Tat lagen die tollen Tage so lange zurück. »Es ist immer schön, wenn eine Frau gesegneten Leibes ist, denn Gott liebt alle Kinder. Sie sollten nur ein vor Gott getrautes Paar als Eltern haben. Insofern kann ich Euer Anliegen gut verstehen. Lasst mich überlegen …« Er überdachte, wie lange er noch für die Verschönerungsarbeiten seiner Kirche brauchen würde, und sagte dann: »Ich freue mich für Euch und Eure Giulia. Wenn Gott mir weiterhin die Hand führt, wird die Restauration wohl höchstens noch zwei Wochen dauern. Danach, also im August, soll Eure Hochzeit in diesem Haus stattfinden. Wann genau, werde ich Euch rechtzeitig wissen lassen.«

»Danke, Hochwürden!« Tegalliano strahlte. »Mir fällt ein Mühlstein vom Herzen. Sagt, wie viel wäre als Spende wohl angemessen?«

Auf diese Frage hätte Matteo am liebsten geantwortet: So viel wie nur irgend möglich. Doch er wollte nicht raffgierig wirken, deshalb sagte er: »Das kann ich nicht beantworten. Aber vielleicht sollte die Höhe des Betrages Eurer Dankbarkeit entsprechen?«

»Die lässt sich kaum in barer Münze aufwiegen. Immerhin, hiermit mache ich einen Versuch.« Tegalliano zog einen ledernen Zugbeutel aus seiner Gürteltasche und wollte ihn Matteo überreichen, aber dieser hob abwehrend die Hand.

»Nicht so schnell, mein Freund. Zum Zeichen dafür, dass Eure Spende an Gott geht, solltet Ihr den Beutel nicht mir geben, sondern in die Opferbüchse werfen. Sie steht neben dem Eingang.«

»Das will ich tun.« Tegalliano stand auf und verbeugte sich. »Ich danke Euch nochmals sehr, Hochwürden, auch in Giulias Namen, und erwarte Eure baldige Nachricht.«

»Verlasst Euch darauf. Gott befohlen.«

»Gott befohlen, Hochwürden.«

Tegalliano strebte beschwingten Schrittes zur Eingangstür, ließ den Zugbeutel unüberhörbar in die Opferbüchse fallen und verschwand aus dem Blickfeld.

Matteo kämpfte einen Augenblick mit sich und gab dann seiner Neugier nach. Er ging zu der Büchse und holte den Beutel hervor. Er fühlte sich schwer an. Wie viel wohl darin war?

»Ich bin gleich wieder da!«, rief er seinen Helfern zu und nahm den Beutel mit in die Sakristei. Hier war er ungestört. Er zählte in Ruhe die Münzen nach, und als er fertig war, stockte ihm der Atem. Zur Sicherheit zählte er noch einmal nach. Dann hatte er die Gewissheit, sich nicht geirrt zu haben. »Hundert Scudi«, murmelte er fassungslos. »Ein kleines Vermögen! O Herr, ich danke Dir. Du hast auf wundersame Weise dafür gesorgt, dass Dein Haus in neuer Schönheit erstrahlen kann. Und nicht nur Dein Haus, auch das baufällige Gebäude daneben, in dem meine Getreuen und ich wohnen. Das Dach muss dringend erneuert werden, schon seit Wochen regnet es herein. Doch damit hat es nun ein Ende. Halleluja!«

Wenig später nahm er Violino und Filippo beiseite und befahl ihnen, Meister Bruno zu verständigen. Er solle sich bei nächster Gelegenheit die Schäden ansehen und die notwendigen Reparaturarbeiten in Angriff nehmen. »Anschließend geht ihr auf den Dachboden und räumt ihn leer, damit der Meister sich umsehen kann.«

»Braucht Ihr uns nicht hier?«, fragten sie.

»Nein, für heute nicht mehr. Wir kommen schon allein zurecht.«

Sie verschwanden, und Matteo bat Nausica, Farbbottiche auszuwaschen, damit für den morgigen Tag weitere Pigmente angemischt werden konnten. Insgeheim war er froh, Violino und Nausica getrennt zu haben, denn beide ließen kaum eine Gelegenheit aus, sich immer dann, wenn sie sich unbeobachtet glaubten, zu herzen und zu küssen. Er vertraute ihnen zwar, aber ihre Liebe war groß und ihre Sehnsucht zweifellos auch …

Mit diesen Gedanken erklomm er das Gerüst und erreichte die obere Plattform, wo Giuseppe die letzten Konturen der auszumalenden Figuren in den nassen Putz drückte. »Du kannst nach Hause gehen«, sagte er zu ihm.

Der Jüngling zog die Augenbrauen hoch und wollte etwas entgegnen, aber Matteo kam ihm zuvor: »Da deine Tätigkeit sich ohnehin nur darin erschöpft, die Umrisse der zerstörten Fresken wiederherzustellen, brauche ich dich für heute nicht mehr. Sei morgen früh zur gewohnten Stunde wieder hier.«

Giuseppe verschwand mit beleidigter Miene, und Matteo begann, *Die Scheidung von Licht und Finsternis* auszumalen. Er war halb fertig, als ein zweites Mal Besuch an diesem Tag erschien. Es handelte sich um eine junge Frau, die züchtig gekleidet war und ein hochgeschlossenes Kleid aus lindgrünem Tuch trug, dazu ein mit bunten Glasperlen verziertes Haarnetz, das ihr dunkles Haar bändigte.

»Pater Matteo?«, rief sie nach oben.

»Ja, das bin ich. Was kann ich für Euch tun?«

»Darf ich Euch einen Augenblick sprechen?«

»Gewiss, geduldet Euch einen Moment, ich will nur noch die rote Robe von Gottvater fertig ausmalen.«

Er machte die letzten Pinselstriche und stieg dann zu ihr hinunter.

»Das Motiv ist sehr schön geworden«, begann sie das Gespräch.

»Ist das Euer Ernst?« Matteo traute seinen eigenen Künsten noch immer nicht.

Sie lächelte. »Jedenfalls habt Ihr Gott nicht einen so hässlichen Kropf gemalt, wie Michelangelo es in der Sixtinischen Kapelle tat.«

»Oh, Ihr wart dort?«, fragte er überrascht.

»Ja, ich war in Rom. Und ich habe mich lange mit dem Motiv beschäftigt; es ist das Einzige, das einen Makel aufweist. Alle anderen Figuren Michelangelos sind vollkommen.«

»Ihr scheint ein gutes Auge zu haben.«

»Ich interessiere mich für Anatomie.«

Über Matteos Gesicht huschte ein Funke des Erkennens. »Ah, ich glaube, ich weiß, wer Ihr seid: Madalena, die Tochter des Apotecarius Colberti?«

»So ist es.« Sie zögerte. »Um offen zu sein, bin ich nicht zu Euch gekommen, um mit Euch über Michelangelo zu sprechen.«

»Das kann ich mir denken. Es geht um Filippo, nicht wahr?«

»Ja, äh …« Sie suchte nach Worten, was ihr ganz reizend stand. »Filippo ließ mich wissen, dass er sich in Eurer Kirche aufhält.«

»Von einem Aufenthaltsort kann dabei weniger die Rede sein, eher von einem Zufluchtsort.«

»Einem Zufluchtsort?« Sie riss erschrocken die Augen auf.

Matteo erkannte, dass sie nichts von der Bedrohung durch Gustavo wusste, und versuchte, sie zu beruhigen. »Macht Euch keine Sorgen. Es scheint, dass seine Vergangenheit ihn eingeholt hat. Aber alles wird sich finden. Hier ist er sicher.«

»Kann ich ihn sehen?«

Matteo überlegte, ob er ein Treffen zwischen beiden ermöglichen solle, entschied sich aber dagegen. Erst wollte er sicher sein, dass der Zwist zwischen Filippo und Gustavo endgültig beigelegt war. Außerdem war es wichtig, *Die Scheidung von Licht und Finsternis* rasch zu Ende zu malen. Viel Zeit für Gespräche blieb da nicht. »Leider könnt Ihr ihn nicht treffen. Doch ich versichere Euch, er ist wohlauf. Es vergeht kein Tag, an dem er nicht ständig an Euch denkt.«

»Oh, wirklich?« Sie strahlte.

»Ja. Ich weiß alles über ihn und Euch.«

»Alles?« Sie errötete.

Matteo tat, als bemerke er es nicht. »So ist es. Verlasst Euch darauf, dass Eure Geschichte ein gutes Ende nehmen wird.« Er hielt inne und überlegte, ob er ihr sagen solle, ein Teil der Filippo auferlegten Buße bestehe darin, dass beide heirateten, beschloss aber zu schweigen. Er wollte nicht vorgreifen. Filippo sollte selbst die Möglichkeit haben, sie zu bitten, seine Frau zu werden. »Und nun entschuldigt mich. Ich muss das Motiv noch heute zu Ende malen. Und wie gesagt: Macht Euch keine Sorgen. Vertraut auf Gottes Güte und Barmherzigkeit.«

»Ja, Hochwürden.« Sie unterdrückte ihre Enttäuschung. »Ich danke Euch. *Arrivederci.*« Sie ergriff seine Hand und küsste den Priesterring.

»*Arrivederci,* Signorina.«

An den nächsten Tagen entstanden nach und nach die restlichen Motive. Das letzte Bild hieß *Die Trunkenheit Noahs*, und sollte den einundzwanzigsten Vers aus dem neunten Kapitel der Genesis illustrieren: *Und da er von dem Wein trank, ward er trunken und lag in der Hütte aufgedeckt …* Matteo war gerade dabei, den Hintergrund auszumalen, als ein Bote in der Kirchentür erschien. Violino fing ihn ab und nahm ihm ein Paket aus der Hand. Es war länglich und sorgfältig in Linnen eingewickelt. »Es ist für Euch, Hochwürden!«

»Ich komme.« Rasch kletterte Matteo vom Gerüst herunter. Er liebte es, Pakete zu bekommen. Man wusste vorher nie, was darin war. Er entfernte die Umhüllung und blickte neugierig auf den Inhalt. Es war ein Regenschirm. Ein Meisterstück seiner Art, wie er sofort erkannte: Der Stoff bestand aus reiner schwarzer Seide, die Stangen aus besten Federkielen. Wer mochte ihm ein solches Präsent geschickt haben?

Die Antwort fand sich in dem beiliegenden Brief. Er war von Nausicas Vater, dem Schirmmacher Bonucci. Allerdings schien der Meister sich der Hilfe eines Schreibers bedient zu haben, dafür sprachen die formvollendete Anrede und die höflichen einleitenden Sätze. Der restliche Text jedoch mochte aus seinem Munde stammen. Er lautete:

… Als Ihr beim letzten Mal mein Haus verließet,
regnete es, und Ihr hattet keinen Schirm.
Das bedaure ich, und ich möchte, dass Euch dies
nicht noch einmal passiert, wenn Ihr mich besucht.
Ich habe über das Gleichnis mit den hundert
Schafen nachgedacht, von denen eines
verloren war, und möchte mit Euch darüber reden.
Auch ein Schirm ist nicht immer vollkommen,

weil der Stock nicht ganz gerade verläuft
oder weil der Stoff einen Fehler hat – und doch
schützt er gut gegen Regen und Sonne
und wächst einem mit den Jahren ans Herz.
Kurzum, ich möchte mein verlorenes Schaf wiederfinden
und auf den Schultern nach Hause tragen,
denn ich habe ihm verziehen.
Bitte, lasst mich wissen, ob dieser Wunsch
in Erfüllung gehen kann …

Es folgten ein paar ausleitende Floskeln, verbunden mit der Hoffnung, Gottes Segen möge Matteo weiterhin begleiten, sowie Ort, Datum und eine Unterschrift, der man ansah, dass sie selten geleistet wurde.

Matteo legte das Schreiben zur Seite und spannte den Schirm auf. Sein Durchmesser war so groß, dass er und Violino leicht darunter Platz fanden.

Der Kastrat, den eine Ahnung beschlich, von wem der Schirm war, fragte: »Würdet Ihr mir verraten, was in dem Brief steht, Hochwürden?«

»Ja, darin steht, dass auf Regen Sonne folgt.«

Violino blickte ratlos. »Ich verstehe nicht.«

Matteo lächelte. »Das wirst du noch früh genug.«

Drei Tage später, man schrieb Ende Juli, war das Werk vollbracht. Matteo taten alle Glieder weh, aber er war glücklich. Von der Kuppel des Hauptschiffes erstrahlten die neun Motive der Genesis. Die Farben waren schön, wenn auch hier und da zu kräftig und auch nicht immer ganz richtig. So war der Apfel Evas versehentlich blau ausgefallen und der Baum der Erkenntnis rot. Die Sonne im Hintergrund leuchtete grün und das Meer darunter rosa. Manch ein Arm war zu lang geraten und der eine oder andere Kopf zu klein. Und vielen der Nebenfiguren fehlten Finger oder Zehen. Dies lag nicht zuletzt daran, dass Giuseppe, der Malerschüler, die vorhandenen Konturen der alten Gemälde oftmals nachlässig oder falsch übertragen hatte. Doch all das focht Matteo nicht an, da das flüchtige Auge des Betrachters die kleinen Schwächen übersah. Hinzu kam das beruhigende Gefühl, endlich wieder durch das Hauptschiff gehen zu können, ohne dass es von oben herabrieselte oder -bröckelte.

Die Kirchenbänke waren wieder aufgebaut worden, der große Altar war zurück an seinem Platz. Nur noch wenige Handgriffe fehlten, und seine Kirche, die kleine Chiesa di San Simeone, würde wieder wie neu sein.

Matteo atmete tief durch, ging in seine Sakristei und schloss die Tür hinter sich. Es war Zeit, wieder einmal das Gespräch mit seinem Schöpfer zu suchen. Es war Zeit, Dank zu sagen. Er setzte sich auf den Stuhl vor dem kleinen Kruzifix an der Wand, faltete die Hände und sprach: »Herr, verzeih, dass ich auch heute wieder vor Dir sitze, statt zu knien, aber Du weißt selbst, wie sehr mir die Arbeit in letzter Zeit auf die Gelenke ging. Doch ich will nicht klagen, ich habe vielmehr Grund zur Freude. Gestern war ich bei Meister Bonucci, dem Vater Nausicas. Er sagte mir, sein Alter mache ihm zunehmend zu schaffen, und je größer die Zipperlein geworden seien, desto mehr sei er ins Nachdenken gekommen. Er glaube mittlerweile, dass ein verlorenes Schaf wertvoller sein könne als neunundneunzig andere. Er wolle seinen Frieden mit Nausica machen und ihrem Glück nicht mehr im Wege stehen. Sein Weib habe schon lange so gedacht, doch ihm habe bis jetzt die Erkenntnis gefehlt. Ob ich sicher sei, dass sein Töchterchen an der Seite eines Kastraten die Erfüllung finden könne, wo doch ein Kinderwunsch der beiden niemals Wirklichkeit würde?

Ich antwortete, Du, Herr, habest entschieden, dass beide einander liebten, und was Dein Wille anordne, könne niemals falsch sein. Auch bestünde die Möglichkeit, ein Kind zu adoptieren, vielleicht aus dem Waisenhaus Salvamento in der Via de' Gargiolari. Doch so weit sei es noch nicht, zunächst müsse ich beide erst einmal verheiraten.

Ich habe dafür den fünfzehnten August, Mariä Himmelfahrt, vorgesehen und denke, das Hochfest zur Verehrung der Muttergottes bildet den richtigen Rahmen für eine Eheschließung.«

Matteo streckte ein paar Mal die Beine aus, um das Blut darin besser zirkulieren zu lassen, und fuhr dann fort: »Es wird ein ganz besonderer Tag werden, Herr, denn gleichzeitig soll ein zweites Paar den heiligen Bund eingehen. Es handelt sich um Filippo, den Sohn eines Olivenbauern, der lange Zeit einer der Faulsten im Lande war, und um Madalena, die Tochter des Apotecarius Colberti, von der alle Welt behauptet, sie sei ein Mauerblümchen. Aus eigener Anschauung kann ich jedoch sagen, dass dies nicht zutrifft. Wie heißt es beim Evangelisten Markus im achten Kapitel: *Wer Augen hat zu sehen, der sehe …* Auch Filippo schaute richtig hin. Er entdeckte bei Madalena jene Schönheit, die sich erst auf den zweiten Blick mitteilt, und verliebte sich in sie. Die Einzelheiten, Herr, will ich Dir ersparen. Sie sind alles andere als keusch. Nur so viel: Zu der Buße, die ich Filippo auferlegte, gehörte auch, dass er seinen gestohlenen Besitz verkauft und einem guten Zweck zuführt. Das hat er getan. Und darüber hinaus seine Wettschulden beglichen, sodass bei ihm keine Gefahr mehr für Leib und Leben bestehen dürfte. Er wird mit Madalena auf den Olivenhof seines Vaters gehen und dort auf ehrliche Weise sein Brot verdienen. Wie es aussieht, werden ihn dabei sogar Gustavo und Pipo, seine ehemaligen Diebeskumpane, begleiten, damit sie zu braven Knechten werden. Dass Letzteres wirklich eintritt, möchte ich allerdings bezweifeln. Doch wenn es Dein Wille ist, Herr, so wird auch das geschehen.

Aller guten Dinge sind drei, so heißt es, deshalb bin ich voller Freude, dass an Mariä Himmelfahrt noch eine dritte Hochzeit in Deinem Hause stattfinden wird. Ich will Tullio Tegalliano und Giulia Anafesto die Gelegenheit geben, einander das heilige Ehesakrament zu spenden. Ursprünglich hatte ich beiden die Buße der Enthaltsamkeit bis zum nächsten Jahr auferlegt. Doch nun habe ich erfahren, dass Giulia im vierten Monat schwanger ist, und wollte mit der Trauung nicht länger warten. Du, Herr, liebst alle Kinder, weil sie rein und ohne Sünde sind, und deshalb dürfen sie nicht unter den Verfehlungen ihrer Eltern leiden. Sie sollen ehelich geboren werden und glücklich und in Frieden aufwachsen können …«

Ein gewaltiges Gepolter unterbrach plötzlich Matteos Zwiesprache. Er schreckte auf, eilte zur Tür und spähte in das Hauptschiff.

Vier schwitzende Männer schleppten den Beichtstuhl heran. Sie keuchten und stöhnten und setzten das schwere Möbel im Seitengang ab. Einer von ihnen entdeckte Matteo und rief: »Einen Gruß von Meister Bruno, Hochwürden! Wir sollen den alten Kasten zurückbringen.«

Matteo verkniff sich eine Zurechtweisung wegen des unpassenden Ausdrucks und sagte freundlich: »Ich danke euch. Der Platz des Beichtstuhls ist übrigens auf der gegenüberliegenden Seite, ihr müsst euch also noch einmal bemühen.«

Die Träger unterdrückten eine Verwünschung und hoben das schwere Gebilde erneut an. Mit roten Gesichtern und geschwollenen Adern bugsierten sie es um die Bankreihen herum, setzten es krachend ab und machten sich flüchtig grüßend davon. Wahrscheinlich befürchteten sie, das Möbel noch weitere Male anheben zu müssen.

»Einen Gruß zurück an euren Meister!«, rief Matteo ihnen nach, wandte sich wieder dem Kruzifix zu – und stutzte. Täuschte er sich, oder war da eben ein Lächeln über das Antlitz des Herrn gehuscht?

Er faltete die Hände abermals und sagte aus tiefstem Herzen: »Nun hat alles wieder seine Ordnung, und alles ist wieder an seinem Platz! O Herr, ich danke Dir. Manchmal ist es wirklich leicht, Dein Diener zu sein.«

Dank

Wie stets danke ich zuerst meiner Frau, die mir bei Durchsicht und Beurteilung des Manuskripts wieder sehr geholfen hat. Überdies hat sie mich – da sie in unserer Familie der Techniker ist – mehrere Male gerettet, immer dann, wenn der launische Laptop unaufgefordert ein Update machte und danach alles irgendwie anders war …

Sowie Hans-Peter Übleis, meinem Verleger, der die Idee mit den *Sieben Todsünden* guthieß und dadurch das Buch ermöglichte.

Ferner Andrea Müller, meiner Lektorin, die der Beweis dafür ist, dass Profis dieses Namens nicht nur auf dem Fußballplatz stehen, sondern auch in Verlagshäusern arbeiten – und Beifall verdienen.

Und nicht zuletzt unseren Vierbeinern, auch wenn ich diesmal auf Eddis entspannende Schnarchgeräusche verzichten musste, da er leider im letzten Jahr starb. Seine Stelle nimmt jetzt Magda, eine dänische Mopsdame, ein. Zusammen mit Olli hat sie mich durch ihre beruhigende Anwesenheit beim Schreiben sehr unterstützt.

Wolf Serno,
im September 2017

Für alle war es eine Reise, die sie nie vergessen würden – an manchen Tagen unvergesslich schön, an anderen unvergesslich grausam.

Wolf Serno

Die Gesandten der Sonne

Roman

Bagdad, 798: Erfolgreich hat eine Gesandtschaft Karls des Großen, unter ihnen der Arzt Cunrad von Malmünd, Kontakte zum Kalifen geknüpft. Doch die Gesandten ahnen nicht, dass ihre Reise, die wie ein orientalisches Märchen begonnen hat, zu einem gefährlichen Abenteuer werden wird. Denn der Weg zurück wird durch das Mitführen kostbarer Geschenke für König Karl erschwert, darunter ein lebender Elefant.
Der junge Cunrad wächst dabei immer mehr in die Rolle des Anführers hinein – und stößt dennoch an seine Grenzen. Nicht zuletzt bei Aurona, der stolzen Langobardin …